EL SUEÑO DE SOPHIA

Los colores de la belleza

Corina Bomann

EL SUEÑO DE SOPHIA

Los colores de la belleza

Traducción de
Marta Mabres Vicens

Papel certificado por el Forest Stewardship Council®

Título original: *Sophias Träume*
Primera edición: noviembre de 2022

Printed in Spain – Impreso en España

ISBN: 978-84-9129-635-5
Depósito legal: B-16623-2022

Compuesto en Blue Action
Impreso en Rodesa,
Villatuerta (Navarra)

SL 9 6 3 5 5

1

1929

El cielo de enero se cernía denso y plomizo sobre el mar. Únicamente en el horizonte asomaban aquí y allá tenues resplandores rosados entre las nubes. Un viento gélido me acariciaba el rostro y se colaba por debajo de mi abrigo.

Me podría haber quedado sentada en el camarote, a salvo del frío, pero su espacio reducido me agobiaba, y tampoco me apetecía entretenerme en el salón que a esa hora estaba muy concurrido. Lo único que quería era llegar e iniciar por fin las pesquisas.

Llevábamos casi una semana de navegación. En la cena del día anterior había oído decir que llegaríamos a Dover en dos días. Al llegar ahí un ferri me trasladaría a Calais y, desde esa ciudad, seguiría hasta París en tren.

Me admiraba que madame Rubinstein fuera capaz de hacer esa travesía varias veces al año. ¿Cómo lo resistía? Me acordaba muy bien de la primera vez que crucé el océano con ella. Madame, una empresaria de éxito en el mundo de la cosmética, me acababa de conceder la oportunidad de cumplir el sueño de mi vida: fabricar cosméticos y, de ese modo, proporcionar a las mujeres belleza y confianza en sí mismas. Me sacó de París para que trabajara como química en su fábrica. Por primera vez, después de una temporada aciaga, yo había recuperado la esperanza.

No tenía noticias de ella desde que, apenas unas semanas atrás, me habían despedido de ese trabajo. ¿Habría logrado salvar su matrimonio? A fin de cuentas, había vendido su participación americana de Rubinstein Inc. para dedicar más tiempo a mister Titus, su marido. Me habría gustado saber algo más al respecto, pero a bordo de un barco las noticias llegaban de manera irregular. Solo había prensa al arribar a un puerto. Nos encontrábamos en medio del océano, en el territorio de la ignorancia y el desconocimiento.

Me llevé la mano al bolsillo del abrigo. Tenía siempre junto a mí la carta mecanografiada donde se afirmaba que mi hijo estaba vivo. ¿Podía permitirme esa esperanza?

Mi pensamiento giraba en torno a los días en el hospital tras su nacimiento. La noticia de su muerte, la depresión que le siguió. ¿Había algo a lo que debería haber prestado atención? ¿Había pasado por alto alguna señal? En mi memoria había un agujero oscuro. Por mucho que lo intentara, no había nada que pudiera hacer para iluminar esa oscuridad.

—Una vista fantástica, ¿no le parece? —preguntó una voz.

Saqué la mano del bolsillo y miré a mi alrededor. El hombre se me había acercado por detrás sin que yo me diera cuenta; tenía los pómulos altos y una mirada penetrante. Sus ojos eran oscuros como el carbón, y su frente alta le daba la apariencia de un intelectual. En la nariz llevaba unas gafas de níquel con cristales redondos.

Era el tipo de hombre que seguramente en otros tiempos no habría reparado en mí. Su sonrisa me dio a entender muy claramente la intención que escondían sus palabras.

—En efecto —respondí con indiferencia—. Pero, si no le importa, prefiero disfrutarla sola.

Darren, mi pareja, acababa de dejarme, y mi alma se resentía aún del recuerdo de nuestra última noche juntos. Todavía no tenía el corazón listo para insinuaciones.

El hombre soltó una risa algo ofendida a la vez que con ademán inseguro hacía girar el anillo de oro que llevaba en el dedo. Una alianza. Aquel gesto me provocó un estremecimiento. Me hizo retroceder en el tiempo. Georg, mi amante de entonces, también estaba casado. Me había hecho creer que quería separarse. Al final no lo hizo y, cuando me quedé embarazada, me abandonó.

—Me ha llamado la atención —dijo—. Una mujer como usted...

—¿Y eso? —pregunté con cierta agresividad—. ¿Qué quiere decir con eso de «una mujer como usted»?

Inspiré profundamente. No era más que un desconocido que casi con toda certeza no volvería a ver. No debía descargar en él mi rabia contra Georg.

—Joven, bonita... y, al parecer, bendecida con un carácter fuerte.

Palabras como esas eran las que en su momento me habían llevado a creer que las intenciones de Georg conmigo eran serias. Él, a la sazón mi profesor en la universidad, me había utilizado y me había dejado embarazada. No estaba dispuesta a repetir el mismo error.

—Está aquí todos los días a la misma hora —continuó el desconocido. Saltaba a la vista que no iba a rendirse fácilmente—. Y también me he cruzado con usted varias veces en el comedor, aunque es posible que nunca haya reparado en mí.

Así era. No lo había hecho. ¿Por qué debería? Solía tener la mente ocupada pensando en mi hijo. Eso me ayudaba a olvidar el rechazo de Darren. Por otra parte, yo no era de esas mujeres que tras un amor perdido corría de inmediato a buscar otro.

El desconocido se aclaró la garganta al darse cuenta de que así no iba a ir a ningún sitio. Casi sentí pena por él. De hecho, esa intransigencia mía era la coraza que me impedía caer en la desesperación. Aunque me resultaba atractivo, no estaba dispuesta a tener ninguna relación con él. Estaba casado. No construiría mi felicidad sobre la infelicidad de otros para luego precipitarme de nuevo en el abismo.

—Tal vez sea porque tengo muchas cosas en las que pensar ahora mismo —respondí.

—¿Acaso no tiene personas con quienes compartir esas cavilaciones? ¿O es que no quiere tenerlas?

Miré fijamente a ese desconocido. Tal vez había reparado en mí, pero, desde luego, yo en él no. Su cara era como la de otros hombres: una sombra que no me paraba a contemplar desde que mi relación con Darren había terminado.

—Sí, las tengo —respondí—, pero ahora mismo no están aquí, en medio del océano. Además, hay pensamientos que no se comparten sin más. Ni siquiera con las amistades.

—¿Ni con un desconocido?

Negué con la cabeza.

—Un desconocido no los comprendería.

Había compartido mis tribulaciones con Kate, la asistenta de mi casero, cuando, sentadas a la mesa de su cocina, discutíamos sobre si investigar o no las afirmaciones de la carta. A Darren, en cambio, no le había hablado de mi hijo, ni de la cicatriz que me afeaba el cuerpo desde su nacimiento, y eso lo había echado todo a perder.

Sin duda un extraño me recriminaría lo ocurrido. Había sido una ingenua, una crédula. Con todo, aunque no me lo podía perdonar, no era la culpable de la muerte de mi hijo. Si es que realmente estaba muerto.

El hombre volvió a esbozar una sonrisa ligeramente ofendida.

—Bueno, tal vez más adelante lo reconsidere. Estoy siempre abierto a historias interesantes. Aunque no la conozco, creo que tiene algo que merece la pena ser contado. —Hizo una pausa un momento, y luego agregó—: En caso de que cambie de idea, pregunte por James Joyce. A fin de cuentas, aún estaremos juntos algunos días, ¿no?

Dicho esto, giró sobre sus talones, y se dirigió al otro lado del barco.

Vi cómo se alejaba. Debía de ser uno de esos escritores que mister Titus también conocía. Pero era mejor no decir nada y dejar que se fuera. No me podía ayudar en lo que yo me había propuesto.

Cuando el ambiente en cubierta empezó a resultarme demasiado oscuro y frío, me retiré al camarote. Encendí la luz, me quité el abrigo y me envolví en la manta de lana áspera que cubría mi cama. A continuación, me senté ante el pequeño escritorio.

Tenía el cuaderno repleto de anotaciones, de cosas que recordaba de mi estancia en París. Me había dedicado a buscar indicios de forma meticulosa, como si se tratara de escribir un trabajo para la universidad, categorizando y ordenando todos mis recuerdos.

Había notas sobre los lugares donde había estado. Sobre todo, había descrito el hospital con todo lujo de detalles. Había hecho bocetos de las calles y de la consulta de la comadrona Marie Guerin, a la que había acudido en su momento para que me examinara. Ella no me había preguntado el nombre, pero sí me había hablado de la posibilidad de la adopción. Estaba también la pensión de madame Roussel desde donde había dado mis primeros pasos hacia Estados Unidos. Algunos lugares los consideré inofensivos; otros, en cambio, sospechosos. Había marcado con un círculo el hospital y la consulta de Marie Guerin.

A continuación, confeccioné una lista de personas. Gente de paso, como la mujer que me había conseguido un taxi para el hospital, o el amante de mi amiga Henny, monsieur Jouelle, que me había convertido en el blanco de su desprecio sin yo merecerlo. Estaba también el personal del hospital, como el doctor Marais, la enfermera Sybille, la comadrona Aline DuBois, y otras enfermeras cuyos nombres no recordaba, pero cuyos rostros habría sabido reconocer en cuanto los viera.

Por supuesto, existía también la posibilidad de que una desconocida hubiera aparecido en el hospital y se hubiera llevado a mi hijo. Y que entonces el hospital, por vergüenza, me hubiera hecho creer que Louis estaba muerto. Sin embargo, la intuición me decía que las cosas habían ido de otro modo.

Cuando los ojos me empezaron a escocer, me tumbé en la cama. A esas alturas me había acostumbrado al vaivén del barco. Al principio me había costado, sobre todo porque el mar había estado muy agitado. A diferencia de la primera vez que crucé el océano, una ligera náusea me había acompañado fielmente durante toda la travesía. Tal vez entonces la presencia de madame me había tenido muy distraída.

Deseé que estuviera conmigo para apartarme del recuerdo de mis padres que de nuevo volvía a surgir en mí. En ese pequeño camarote que se sacudía de un lado a otro, su imagen asomaba por los rincones oscuros de mi mente, inundándome de la misma rabia y decepción que entonces había sentido. Hacía mucho que no tenía ninguna relación con ellos. Ni siquiera cuando les anuncié la muerte de mi hijo se habían puesto en contacto conmigo.

Habría sido fácil coger el tren de París a Berlín y ver cómo estaban. Por un momento consideré seriamente esa posibilidad, pero luego me eché atrás. Era inútil, una pérdida de tiempo. Mejor concentrarme por completo en dar con Louis.

2

París estaba igual. El bullicio de sus calles no podía compararse con el de Nueva York, pero me resultaba familiar. Aunque era invierno, los edificios seguía resultando resplandecientes y elegantes. Buena parte de los colores habían desaparecido, pero yo sabía que asomarían en cuanto el sol volviera a estar más alto y llegara la primavera. Igual que los balcones, los parterres de los jardines de delante de las casas volverían a plantarse, y por las ventanas abiertas se alzarían cortinas de colores.

En el trayecto del taxi descubrí muchas cosas que me resultaban familiares; eso hizo que me diera cuenta de lo mucho que yo había cambiado desde que embarcara con madame Rubinstein en el ferri camino de Dover.

Había partido hacia el Nuevo Mundo vestida con ropa desgastada y demasiado holgada. La estudiante de buena familia se había convertido en aquella época en una indigente que solo había logrado sobrevivir en París gracias a la ayuda de su amiga.

Dos años después apenas quedaba nada de aquella muchacha marcada por su destino; no, por lo menos, a simple vista. La ropa que llevaba ya no llamaba la atención por su aspecto deslucido.

Me había convertido en una mujer de buen ver. Nadie podía ver las cicatrices que escondía y, si de mí dependía, nadie las vería nunca más.

Mientras contemplaba a la gente desde el vehículo en marcha, me sentí embargada por la ilusión de la anticipación. ¡Iba a volver a ver a Henny, mi amiga, mi salvadora tras la catástrofe con Georg! Ella me había acogido después de que mi padre me echara de casa. Yo había ido a París con ella y allí se había labrado una carrera excelente gracias a la cual yo conseguí salir adelante.

Pese a la incertidumbre que albergaba en mi interior, aquello era un rayo de esperanza que me reconfortaba. ¿Cómo le irían las cosas? Nuestra correspondencia había disminuido, pero posiblemente eso solo significaba que tenía mucho que hacer y que su prometido la acaparaba por completo.

Cuando las calles empezaron a perder su esplendor, vi que nos aproximábamos a la rue du Cardinal Lemoine. La calzada presentaba más desperfectos; había adoquines rotos amontonándose en los bordes de la calle. Pese a los esfuerzos del conductor por sortear los socavones, sufrí varios bandazos.

Podría haberme alojado en un hotel, pero prefería estar con personas conocidas. Hacía tiempo que Henny ya no residía allí, pero Genevieve y madame Roussel sí, y también tenía muchas ganas de verlas.

Minutos más tarde, el taxi se detuvo frente a la pensión. La fachada conservaba el mismo aspecto que antes, aunque ahora contaba además con algunas grietas debajo de las ventanas. Al parecer, madame Roussel aún no consideraba necesario hacer una reforma.

Pagué la carrera y recogí el equipaje. Mientras el coche se alejaba, entré en el patio interior y miré alrededor. Oí música procedente de algún lugar por encima de mí. Uno de los huéspedes de las habitaciones buenas debía de tener un gramófono, y eso me hizo recordar al honorable vecino del edificio donde vivían mis padres. Sin embargo, aparté rápidamente de mí ese recuerdo y agarré el asa de mi maleta. Como de costumbre, la puerta principal estaba abierta a pesar de que madame Roussel decía siempre a sus huéspedes que la mantuvieran cerrada a modo de protección contra los ladrones.

Entré y recorrí con la mirada las escaleras que tantas veces había subido y bajado. Entonces oí un portazo.

Al punto reconocí los pasos de madame Roussel.

Cuando me vio, titubeó sorprendida.

—¡Oh, madre mía! ¿Ya estás aquí? —preguntó.

En mi telegrama había indicado de forma vaga cuándo iba a llegar. Era imposible prever el tiempo en alta mar, especialmente entonces, en invierno, cuando las tormentas eran más frecuentes.

—Sí, el mar ha estado más tranquilo de lo que se esperaba —contesté, al tiempo que le tendía la mano. Madame Roussel no hizo caso del gesto y me dio un abrazo. El olor a jabón de rosas me inundó la nariz.

—¡Qué bien tenerte de vuelta aquí, muchacha! ¡Y mírate! ¡Cómo estás! Estados Unidos te ha traído la felicidad, ¿eh?

Desde luego. Con todo, esa felicidad resultaba algo indefinida. Los caminos que se abrían ante mí aún no estaban claros, y de mí dependía dar con el adecuado. Dar con mi hijo.

—¿Tiene aún la antigua habitación donde vivíamos Henny y yo? —pregunté.

—¡Tú no vas a alojarte ahí arriba otra vez! —repuso ella—. ¡Acompáñame! Tengo algo mejor.

Minutos después me mostró los alojamientos «de lujo» situados en el edificio contiguo. Entretanto, el gramófono había enmudecido.

—¿Genevieve vive aún aquí? —pregunté mientras subíamos la escalera.

—Sí, se pasa por aquí de vez en cuando —respondió madame Roussel—. Pero parece que ha dejado el oficio. Hace meses que a su habitación solo acude un único hombre.

¿Acaso mi antigua vecina en la pensión, Genevieve, había encontrado la felicidad? Esperé que así fuera. Me moría de ganas de volver a charlar con ella. Al principio de mi estancia en París me había ayudado mucho, y también me había apoyado tras la muerte de mi hijo. Genevieve me había recomendado la doctora que me logró salvar de ser engullida por las tinieblas de mi corazón.

—Aquí es —dijo madame Roussel, señalando la puerta que teníamos delante y que, como todas las demás en esa escalera, estaba pintada de color marrón rojizo y estaba identificada con un pequeño número. Estábamos ante el nueve.

Sacó un manojo de llaves del bolsillo y abrió la puerta. La habitación era sorprendentemente espaciosa. En lugar de una sencilla cama de metal como la de nuestra antigua habitación, esta tenía dosel. En el alféizar de la ventana había unas cuantas plantas y en ella cabía incluso un escritorio y un armario.

—Suelo cobrar cinco francos a la semana por esta habitación. A ti te la dejo en tres —explicó mientras se apresuraba a abrir las ventanas—. Por supuesto, no te librarás de la peste del carro de letrinas, pero aquí las ventanas cierran mejor. Y está más ventilado.

—Gracias, madame Roussel, es muy amable.

Miré a mi alrededor. Esa habitación no tenía nada que envidiar a la que tenía en Nueva York. Y era un palacio comparado con el cuarto estrecho que había ocupado con Henny.

—¿Te acuerdas de las normas?

—Por supuesto —respondí. Sin embargo, posiblemente, igual que todo el mundo, me olvidaría de cerrar la puerta que daba al patio.

—Por cierto, las mujeres del barrio quieren saber cuándo volverás a hacer cremas. Les dije que estabas en Estados Unidos trabajando para esa tal Helena Rubinstein, y que podían comprar tus cremas en los grandes almacenes, pero ellas siguen preguntando.

—Actualmente no hago cremas —dije.

—¿No? Y, entonces, ¿qué haces? ¿Perfumes?

—Ya no trabajo para madame Rubinstein. Ella... tuvo problemas con su matrimonio y vendió su empresa de Estados Unidos. Mucha gente perdió su empleo, yo incluida.

Madame Roussel me miró con asombro.

—¿Y qué vas a hacer ahora?

—Aún no lo sé. De momento he venido porque recibí esto.

Le mostré la carta del remitente anónimo.

—«Usted no me conoce y probablemente nunca nos conoceremos —leyó en voz alta—. Solo quiero decirle una cosa: su hijo está vivo. No sé dónde se lo llevaron, pero la última vez que lo vi estaba vivo y respiraba. Es todo cuanto puedo decirle».

Asustada, se llevó la mano a la boca.

—Entonces, era eso. —Se quedó pensando un momento, y luego preguntó—: ¿Crees de verdad que hay algo de cierto en ello? ¿Que tu hijo vive?

—No lo sé —admití—, pero necesito averiguar de dónde ha salido esta carta. Tengo que saber si en el hospital pasó algo que se me ocultó.

Madame Roussel asintió.

—Será difícil porque, si alguien cometió un error, no lo admitirá. En todo caso, te deseo mucha suerte.

—Gracias, se lo agradezco. —Le dirigí una sonrisa a madame Roussel, que se quedó mirándome pensativa un momento.

—Si necesitas la cocina, me lo dices, ¿de acuerdo? —añadió a continuación dándose la vuelta para marcharse.

—Desde luego, madame Roussel —respondí cerrando la puerta. A continuación, descansaría un poquito y luego iría a visitar a Henny.

3

Al cabo de una hora, me hallaba en la dirección que Henny indicaba en el remite de sus cartas. El elegante edificio de apartamentos era de estilo art nouveau, con unos encantadores balconcitos que en verano se decoraban con macetas floridas. En uno de ellos había aún ramas de abeto, probablemente restos de la decoración navideña, aunque ya había pasado más de un mes desde las fiestas.

No solo el edificio dejaba entender que ahí vivían parisinos acomodados. El entorno parecía cuidado y, aunque era invierno, los jardines delanteros estaban impecables. En primavera el esplendor floral debía de ser simplemente abrumador.

Henny parecía haber prosperado. Ya no era esa pequeña bailarina que vivía en pensiones de mala muerte o en habitaciones que daban a un patio trasero. Era una mujer a la que no le faltaba de nada, al menos mientras monsieur Jouelle siguiera encaprichado con ella.

Personalmente, no me gustaba ese ayudante del director del Folies Bergère. Desde el principio me había tratado como basura y había procurado convencer a Henny de que yo solo quería aprovecharme de ella. Me había tachado de oportunista y había intentado separarme de mi amiga. Henny no se lo había permitido. Me habría encantado verle la cara cuando ella le contó que había empezado una vida nueva y de éxito en Estados Unidos.

Con todo, la perspectiva de encontrármelo me inquietaba. A esas horas la pareja de Henny solía estar en el teatro; aun así, llamar a su casa me producía cierta aprensión.

Por fin, subí la escalera que daba a la puerta principal y busqué en la lista de nombres para llamar al timbre. Encontré el de Jouelle en la mitad. Inspiré profundamente y pulsé el botón.

Esperé respuesta con el corazón latiéndome agitado. Levanté la mirada, pero no sabía detrás de qué ventana vivía Henny.

Se oyó un chasquido.

—Hola, ¿quién es? —preguntó una voz en francés. Henny había aprendido mucho en los últimos dos años, pero todavía se le notaba el acento.

—¿Henny? —dije aliviada.

La voz del otro lado guardó silencio. ¿Me había equivocado?

—Soy yo, Sophia —aclaré—. ¡Estoy aquí, en París!

Henny callaba. ¿Y si había llamado a una puerta equivocada? Me confundió que no contestara nada.

Al instante siguiente, se oyó el zumbido de la puerta y la cerradura se abrió.

Entré un poco insegura. El vestíbulo de la escalera me recordó mucho al de mi antigua casa, aunque este era un poco más estrecho.

Las esterillas de rafia de los escalones amortiguaban mis pasos, de modo que los latidos de mi corazón eran casi el único sonido que podía oír.

Henny me esperaba junto a la puerta del apartamento de la segunda planta. Llevaba una bata negra con rosas tejidas de color rojo oscuro. Iba despeinada y tenía expresión somnolienta.

—Sophia, cariño, ¿qué haces aquí? —preguntó. Parecía que acababa de despertarse porque aún arrastraba un poco las palabras al hablar.

—Yo... te escribí. ¿No recibiste mi carta?

Me noté los brazos extrañamente entumecidos. Estaba frente a mi amiga. Y tenía todos los motivos para abrazarla. Pero Henny no era la misma. En otros tiempos, ella no se habría mostrado tan ausente. Ni siquiera si la hubiera despertado de repente.

—¡Sí..., sí, por supuesto! —dijo Henny. Entonces se espabiló y su semblante se iluminó con su entrañable sonrisa. Se me acercó rápidamente y me abrazó.

Respiré aliviada y la tensión me abandonó al instante. Tal vez no me esperaba. Quizá había pensado que yo llegaría más tarde, que iría a visitarla más adelante.

Con todo, no pude evitar sospechar que tal vez monsieur Jouelle tenía algo que ver en si ella leía o no su correo.

—¿Cómo estás? —preguntó Henny acariciándome las mejillas. La apreté contra mí de nuevo. ¡Qué alegría verla!—. ¡Pasa, pasa! —dijo tomándome del brazo para hacerme entrar en el recibidor de su piso. El aire estaba impregnado de un olor dulzón. Explicó—: Son varitas de incienso. Es la última moda aquí, en París. Nada es lo bastante exótico para las mujeres. Seguro que a vosotros os ocurre lo mismo, ¿no?

—No, de momento, no —le respondí—. Pero la moda llega muy lentamente al otro lado del océano. Muchas mujeres llevan aún peinados anticuados. Yo incluida.

Me pasé la mano por el moño que llevaba a la altura de la nuca. No me acababa de decidir a cortarme el pelo a lo *garçon*, que tan de moda estaba.

—Le tienes mucho apego a tu pelo, así que no me sorprende —comentó Henny, y, cuanto más la miraba, más cuenta me daba de que no había cambiado, no, al menos, respecto a mí.

—¿Dónde está tu prometido? —pregunté.

Henny se encogió de hombros.

—En el teatro. Por las mañanas suelo estar sola. Pero, ven, pasa —añadió—. ¿Puedo ofrecerte un café? ¿Té? A Maurice le encanta el té.

—Lo que te resulte más cómodo.

—En ese caso, café —dijo—. Ponte cómoda en el salón. Me echo algo encima en un momento y luego me meto en la cocina.

Yo obedecí mientras Henny desaparecía detrás de una puerta. El salón tenía un aire exótico. Había un conjunto de sofá y butacas de cuero y unas grandes plantas en maceta. El papel pintado era de color rojo oscuro y estaba decorado con rosas de tono rosado y unas delicadas hojas de hiedra. El aire olía a un suave aroma de puro, seguramente impregnado en las gruesas cortinas de terciopelo.

En unas estanterías altas se alineaban libros encuadernados en cuero y adornados con motivos dorados. El globo terráqueo que había junto a una de las ventanas seguramente era un mueble bar. Había visto algo parecido en una ocasión, yendo de visita con mis padres a casa de un socio comercial. Al deslizar la parte superior del globo se mostraban las botellas.

Me acerqué a la ventana, que brindaba una vista maravillosa de la ciudad y los jardines de Luxemburgo.

Toda la sala desprendía el espíritu de monsieur Jouelle. La presencia de Henny, en cambio, no se percibía en ningún rincón.

De haber sido solo el piso de Henny, habría dado una vuelta por la estancia y me habría detenido más a mirar. Pero la idea de que monsieur Jouelle pudiera regresar y encontrarme ahí me incomodaba. Seguro que Henny le había hablado de mi trabajo en Estados Unidos. Sin embargo, yo aún tenía grabada en la memoria su expresión furibunda cuando me instó a desaparecer de la vida de mi amiga.

Un golpeteo procedente de la cocina me sacó de mis cavilaciones. Seguí el sonido hasta que me encontré dentro de una cocina espaciosa. Al parecer, monsieur Jouelle tenía alquilada toda la planta del edificio.

La cocina estaba bañada de luz y era magnífica. El mobiliario era de color claro a juego con las paredes, que estaban decoradas con azulejos de Delft. La mesa, reluciente, resultaba demasiado grande para un piso como aquel.

—La asistenta no regresará hasta última hora de la tarde —explicó Henny, mientras ponía el café molido en la jarra de café—. Pero antes, en Berlín, tampoco teníamos servicio, ¿verdad?

—No, en efecto —corroboré.

Me pareció que Henny estaba un poco incómoda. ¿Acaso no se sentía del todo contenta en ese piso? Desde que había abandonado la casa de sus padres siempre había vivido sola y en habitaciones estrechas. Ahora llevaba bastante tiempo con Jouelle, pero no parecía haberse hecho a la idea de no ocuparse de manera exclusiva de llevar la casa.

—Siéntate, el café pronto estará listo —dijo mientras ponía el hervidor en los fogones de los que se desprendía un calorcito agradable.

—¿Cómo te va en esta casa? — pregunté mientras tomaba asiento en el largo banco de la mesa.

—Bien —respondió, encogiéndose de hombros—. ¿Y tú? ¿Qué me cuentas? Tu telegrama solo decía que ibas a venir a París. ¿Es por alguna razón en particular? ¿Es que vienes para hacerte cargo de un salón de belleza de aquí? Las chicas del teatro hablan continuamente de la inauguración de nuevos salones.

—No, no voy a abrir ninguno —respondí—. Ya no trabajo para madame Rubinstein. He venido para encontrar a mi hijo.

Entonces le hablé del anónimo. Henny me miró aterrada.

¿Acaso no había recibido mi carta al respecto? ¿O es que Jouelle se la había retenido?

Me habría gustado preguntárselo directamente, pero sabía que ese tema podía hacernos discutir rápidamente. Además, daba la impresión de que cuidaba bien de ella. Mi desagrado hacia su persona era un asunto entre él y yo.

El silbido del hervidor resonó en la estancia. Henny se levantó y acabó de preparar el café. A continuación, trajo la jarra de café a la mesa y sirvió una taza para cada una.

—Es agradable hablar por fin alemán de nuevo —dijo de pronto—. En los últimos años lo he echado mucho de menos.

Incluso a veces hablo sola para poder escucharlo. He llegado a temer que lo olvidaría.

Le tomé la mano y noté que estaba helada. Los dedos le temblaban un poco.

—¿Qué te ocurre? —pregunté.

—Nada —respondió ella—. Solo es que a veces estoy un poco nerviosa. El médico dice que es por la competencia que hay entre las bailarinas del Folies. Me ataca los nervios.

—¿Todavía no se han acostumbrado a ti? —pregunté alarmada.

—Sí, sí, claro —respondió Henny—. Pero no es lo mismo ser una principiante que ser la novia de Maurice. —Se interrumpió un momento y luego me sonrió—: Aunque eso no tiene por qué aguarnos la fiesta. Vas a venir a nuestra boda, ¿verdad?

—Por supuesto —contesté, con un nudo en la garganta. ¿Cómo le sentaría a Jouelle que fuera la dama de honor? ¿O el mero hecho de que asistiera?

—¡Qué bien! —exclamó con alegría, pero de un modo tan afectado que no parecía propio de Henny.

—¿Tu prometido lo verá bien? —pregunté con escepticismo.

—¿Por qué no? Le he hablado mucho de ti. Se alegra de que las cosas te vayan bien en Estados Unidos.

—¿Ya habéis fijado una fecha? —quise saber, porque en lo concerniente a Jouelle tenía siempre la impresión de jugar con fuego.

—Todavía no, pero lo haremos. —Asintió con la cabeza, como si necesitara asegurarse de ello—. Lo haremos. Y entonces tú serás la primera en saberlo.

—Eres consciente de que el correo tarda su tiempo hasta que lo reciba, ¿no?

Ella sonrió y respondió:

—¡No se lo diré a nadie hasta que tú recibas la carta!

Sabía que no lograría mantener esa promesa. Las chicas se enterarían, tal vez a través de Jouelle. Pero era normal. Henny tenía una nueva vida y yo, la mía, independientemente de lo que nos deparara el futuro.

Nos volvimos a quedar en silencio un rato. Casi podía ver cómo los pensamientos se agitaban en la cabeza de Henny mientras que, a la vez, me daba cuenta de que fruncía los labios para no dejar escapar ninguno.

—¿Y por dónde quieres empezar tu búsqueda? —preguntó con una voz un poco estridente y forzada. Era como si se esforzara en ser educada.

—Por el hospital. Intentaré hablar con las enfermeras, tal vez incluso con el médico.

—Si alguno está metido en este asunto, difícilmente te dirá la verdad.

—¡Por algún sitio tendré que empezar!

Henny asintió, pero no repuso nada. ¿Por qué de repente esa situación resultaba tan extraña? Antes éramos capaces de hablar prácticamente de todo, y ahora yo me sentía como un estorbo.

—¡Oh! ¡El tiempo vuela! —exclamó de repente Henny—. No quiero ser descortés, pero me temo que vas a tener que irte —dijo tras mirar el reloj—. Maurice va a regresar pronto.

Sacudí la cabeza, perpleja. Apenas llevábamos sentadas unos minutos. En mi taza el café ni siquiera se había enfriado.

—¿No se queda en el teatro hasta la noche?

—Siempre se pasa por casa para verme.

Lo entendí. Ni siquiera al cabo de dos años él toleraría mi presencia allí. Aunque fuera una mujer que se valía por sí misma.

Asentí y bajé la cabeza.

—De acuerdo.

Me esforcé en disimular mi decepción.

La Henny de otros tiempos me habría tomado de la mano y habríamos salido a pasear juntas por cualquier parque, como en Berlín.

Me levanté.

—Gracias por el café.

Me agarró de la mano.

—Espero que encuentres lo que buscas.

—Gracias.

Nos miramos un momento, luego la abracé. La preocupación bullía en mi interior. ¿Actuaba de una forma tan extraña porque mi visita la incomodaba, o es que me estaba ocultando algo?

—En cuanto haga alguna averiguación, me pondré en contacto contigo.

—Sí, hazlo.

Sonrió y luego miró por encima de mi hombro, como si temiera que Jouelle fuera a aparecer detrás de mí en cualquier momento.

Me acompañó hasta la puerta.

—Cuídate —le dije apartándole algunos mechones de pelo de la cara—. Si hay algo que te preocupe, házmelo saber. Me alojo en casa de madame Roussel.

—Que te vaya bien a ti también —respondió sin más—. Hasta luego.

Dicho eso, se separó de mí y cerró la puerta.

Su conducta me confundió tanto que me quedé paralizada. ¿Qué había sido eso? ¿Por qué tenía tanta prisa por librarse de mí y por qué la despedida no había sido más cordial? Rememoré tiempos pasados, pero ni siquiera la vez que discutimos se comportó con esa frialdad tan inusual.

Oí abajo la puerta principal. Me sobresalté. ¿Era de verdad Jouelle? Por un momento consideré la posibilidad de subir un piso más en la escalera y esconderme allí, pero luego decidí no hacerlo. Si el recién llegado era Jouelle, debía saber que yo había visitado a Henny.

Bajé los escalones poco a poco. En efecto, un hombre apareció ante mí, pero no era Jouelle. Se trataba de un anciano de bigote gris; me saludó con amabilidad y, tras pasar delante de mí, siguió subiendo.

Descendí con alivio el tramo de escalera que faltaba. Ya de vuelta en la calle, inspiré profundamente. Me sentía tensa y temerosa. ¿Y si Henny no se encontraba bien? ¿Era la distancia temporal y espacial la que de algún modo nos había convertido en extrañas?

Los pensamientos se sucedían de forma precipitada. Si Henny necesitaba ayuda, me lo diría, ¿no? ¿Era posible que Jouelle la hubiera convertido en otra persona?

Esa noche la pasé despierta mirando al techo. Al poco de acostarme, esperé oír el paso del carro de letrinas. Pero sabía que aún era demasiado pronto.

Aunque me dolían los pies, mi cabeza seguía activa mostrándome imágenes del pasado. Mostrándome a Henny como antes la veía, y tal y como la había visto horas atrás. Noté claramente cómo el peso de la preocupación se desplomaba sobre mí. Mi hijo podía estar en cualquier sitio ahí fuera. Henny había cambiado. Y no sabía qué iba a hacer en cuanto regresara a Estados Unidos.

En cualquier caso, me dije, una vez averiguara cuál había sido el destino de mi hijo, sabría lo que debía hacer. Igual que en aquella ocasión frente al escaparate de ropa infantil, sentí en mi interior la firme voluntad de lograrlo. Lo conseguiría, tanto si terminaba estrechándolo entre mis brazos como si confirmaba que su alma estaba en el cielo.

4

A la mañana siguiente fui en taxi al Hôpital Lariboisière. Llevaba la carta en el bolso. Lo que decía era grave. Si mi hijo estaba vivo, solo podía significar que, ya fuera a propósito o de forma involuntaria, había sido víctima de un intercambio. Y eso sería un tremendo escándalo.

Pero ¿esa afirmación era cierta? Ojalá el autor de ese escrito hubiera tenido el valor de indicar su nombre o, por lo menos, una pista acerca de su paradero.

El taxista se detuvo en la vía estrecha situada frente a la entrada de piedra que daba acceso a la zona hospitalaria. Pagué la carrera y me apeé. Mientras el coche daba la vuelta y se alejaba, me concedí un momento para reflexionar y explorar mis emociones.

Había soñado a menudo que acudía a ese lugar, siempre en busca de mi hijo. El recuerdo de lo ocurrido no se hizo esperar. En mi alma despertó el antiguo dolor. Sin duda nunca superaría la pérdida de mi hijo, pero en mi corazón encontré también esperanza. Independientemente de lo ocurrido, si Louis seguía con vida, tal vez habría una manera de llegar a él.

Crucé la entrada de piedra y entré en el patio del hospital. Estaba repleto de personas que paseaban envueltas en abrigos gruesos, algunas acompañadas por enfermeras abrigadas con largas capas oscuras. No quedaba ni rastro del esplendor estival de mi estancia ahí.

Entré en el edificio que albergaba la sala de maternidad. Aunque enseguida encontré el camino, las instalaciones me resultaron extrañas. En su momento, al ingresar ahí, no presté atención a los detalles y al salir lo único que me ocupaba era mantener bajo control el dolor que sentía en mi corazón.

Me dirigí al mostrador de recepción, detrás del cual había sentada una enfermera. Era un poco mayor, y unos mechones de pelo gris se le habían soltado por debajo de la cofia.

—¿En qué puedo ayudarla, madame? —preguntó amablemente.

—Yo..., me gustaría ir a la sala de maternidad.

—¿Viene a visitar a alguien? —añadió la mujer.

—Me gustaría hablar con una de las enfermeras. Se llamaba Sybille, si mal no recuerdo. Y también quizá con el doctor Marais y Aline DuBois, la comadrona. Fueron las personas que me atendieron aquí cuando nació mi hijo.

La enfermera me miró un instante y luego asintió.

—Mademoiselle DuBois ya no trabaja en este hospital.

Aquello me sorprendió un poco. ¿Por qué se había marchado la comadrona? ¿Había habido algún incidente en la clínica? ¿O tal vez sabía alguna cosa?

—Y no estoy segura de si Sybille está aquí ahora, pero puede intentarlo —continuó la enfermera—. ¿Se acuerda del camino?

Asentí. ¡Por supuesto que me acordaba!

La sala de maternidad era clara y estaba muy iluminada, y en cuanto abrí la gran puerta de dos hojas me llegó al oído el gimoteo lejano de unos recién nacidos. Se me encogió el corazón. Antes había sido distinto, ahora solo reparaba por encima en las mujeres que pasaban a mi lado empujando sus cochecitos, y era capaz de cerrar los oídos al llanto de los pequeños.

Sin embargo, de vuelta en ese lugar fue como si se me abriera de nuevo una herida recién cicatrizada. De pronto, sentí el corazón en carne viva y magullado, como cuando era incapaz de dejar de llorar.

A pesar de todo, recuperé la compostura y me apresuré a lo largo del pasillo. Debía averiguar lo que había pasado con Louis. Había algunos dormitorios que tenían la puerta abierta. Por el rabillo del ojo vislumbré las cortinas que separaban las camas. Oí voces, pero por suerte no vi a nadie.

Al llegar al puesto de enfermería, llamé a la puerta pintada de blanco.

Instantes después, se oyó el crujido de unos pasos sobre las tablas del suelo. Igual que todas las enfermeras de ese hospital, la mujer que abrió la puerta llevaba una cofia blanca, pero su rostro me era desconocido.

—Disculpe, por favor —dije—. Me llamo Sophia Krohn. Hace dos años y medio fui paciente en esta sala.

La enfermera arqueó las cejas.

—¿En qué puedo ayudarla?

—Me gustaría hablar con la enfermera Sybille. Fue la persona que me atendió entonces.

La enfermera me dirigió una mirada de extrañeza, pero luego asintió.

—Aguarde un momento, voy a ver dónde está.

Señaló unas sillas plegables que había contra la pared y me acomodé en una de ellas. Me retorcí las manos llena de inquietud. No sabía muy bien cómo abordar el tema. Tal vez el mejor modo de empezar fuera no haciendo acusaciones.

El tiempo pasaba muy lentamente. Al parecer, la enfermera Sybille no era fácil de encontrar y estaba ocupada. Volví la cabeza a un lado y miré por la ventana. Unas cornejas revoloteaban entre las copas de los árboles desnudos. Mis recuerdos volaron hasta la época en que estaba embarazada. No había sido fácil vivir con Henny en aquella minúscula habitación, siempre con poco que echarnos a la boca. Había pasado la mayor parte del tiempo en organismos oficiales, sintiéndome inútil y sin pensar en cuidar más de mí.

A menudo me había reprochado no haberme cuidado mejor, ni a mí, ni a mi hijo. Pero ¿qué médico habría atendido a una mujer embarazada y sin medios? Además, con lo poco que teníamos no habría podido permitirme una alimentación mejor. Ya era mucho disponer de un techo sobre la cabeza y no tener que depender del refugio para indigentes.

Y luego, el parto... Todavía me acordaba vívidamente de que me había desmayado en la biblioteca nacional y de que una desconocida me había ayudado.

—¿Madame? —preguntó una voz femenina.

Me volví. Al instante todos esos recuerdos se desvanecieron.

La enfermera Sybille me miraba extrañada. Saltaba a la vista que no se acordaba de mí. No era nada extraño, considerando que seguramente en los últimos años había atendido a cientos de mujeres.

—Soy Sophia Krohn —me presenté—. Estuve aquí hace dos años y medio y di a luz el 2 de agosto. Usted..., usted fue muy amable conmigo.

Tampoco mi nombre le decía nada.

—Mi hijo... murió.

—¡Oh! —exclamó—. Lo siento. Pero... no me acuerdo de usted.

—No importa —dije, disimulando mi decepción—. Quería hacerle una pregunta.

Miré a un lado. La enfermera que había acompañado a Sybille seguía de pie junto a la puerta. Parecía muy interesada en lo que teníamos que decirnos.

—¿Podríamos ir a un lugar donde hablar a solas? —pregunté—. Solo serán unos minutos. Me gustaría contarle una cosa. Seré muy breve.

Sybille me miró como si hubiera perdido la cabeza, pero finalmente asintió.

—Está bien.

La seguí hasta llegar a un pasillo tranquilo. También ahí había puertas desde las que nos podían oír así que bajé el tono de voz mientras sacaba la carta del bolso.

—Comprendo que no se acuerde de mí —le expliqué—. Hay tantas mujeres por aquí entrando y saliendo...

—¿Qué quiere? —preguntó Sybille con cierta impaciencia.

—Me han dicho que Aline DuBois, la comadrona, ya no trabaja en este hospital.

—Se marchó el año pasado al casarse. ¿Por qué quería verla? ¿Y por qué a mí?

Era el momento.

—Hace poco recibí esta carta. Mire. —Saqué el escrito del sobre y se lo entregué. Los dedos me temblaban como hojas—. Y... me pregunto quién pudo haberla escrito.

Los ojos de Sybille recorrieron las líneas, una y otra vez. Mi corazón latía con tanta fuerza que temí que se me saliera del pecho.

—Esto... Esto tiene que ser una broma de muy mal gusto —dijo finalmente mientras volvía a doblar la hoja—. Si su hijo murió aquí, lo siento mucho, pero me temo que no está en mi mano cambiarlo. Es así y punto.

—¿Acaso usted lo vio? —pregunté, sintiendo cómo la desesperación casi me dejaba sin aliento—. ¿Cómo puede estar segura si ni siquiera se acuerda de mí?

Los ojos se me anegaron en lágrimas, empañándome la imagen de la enfermera.

Sybille me escrutó con la mirada. Tuve la impresión de que intentaba acordarse de mí mirándome la cara, pero no lograba encontrar el recuerdo.

—Ustedes deben de tener el expediente de las pacientes —proseguí—. Tal vez sería posible..., si pudiera examinarlo... Si tuviera la certeza de que él... murió.

La expresión de la enfermera se endureció. Se quedó pensando un rato y luego dijo:

—Entiendo su dolor. Les pasa a muchas mujeres. Sin embargo, no le puedo dar acceso al archivo. Todo cuanto sé es que su hijo murió y que está enterrado en el cementerio de Montmartre. Es donde se entierra a todos los pequeños que no han podido vivir el tiempo suficiente.

Me la quedé mirando. ¿Por qué se comportaba de forma tan desagradable? Yo tenía un recuerdo totalmente distinto de esa enfermera. Entonces me había parecido muy comprensiva.

Me aclaré la garganta.

—Por favor, descríbame dónde está la tumba.

La enfermera Sybille me indicó la parcela y me explicó el mejor modo de llegar.

—Olvide esta carta —añadió—. Sea quien sea el que le ha gastado esta broma atroz, no le haga caso; su hijo murió en este hospital tal y como sin duda debe de indicar el certificado de defunción. Lo siento, pero es algo que yo no puedo cambiar.

Asentí con la cabeza y volví a meter la carta en el bolso.

—¿Me sabría decir cómo puedo encontrar a mademoiselle DuBois?

—No lo sé —respondió ella secamente, a todas luces molesta al ver que no iba a cejar en mi empeño—. No dejó dirección.

Era una lástima. Aline DuBois había sido una de las pocas personas que había visto a mi hijo con vida. Con todo, era evidente que yo no iba a llegar a ninguna parte con la enfermera Sybille.

—Gracias por su tiempo —dije y me despedí.

Me dirigía hacia la escalera cuando atisbé algo blanco por el rabillo del ojo. Como obedeciendo a una voz interior, dirigí la vista a un lado y vislumbré a uno de los médicos apresurándose por el pasillo con un historial de paciente bajo el brazo.

No había duda, era el doctor Marais, el médico que me había atendido durante el parto. Reconocí su cabello oscuro y su postura. Antes de que mi mente fuera consciente de la oportunidad que se ofrecía, mis piernas ya estaban en movimiento.

—¡Doctor Marais! —exclamé levantando la mano—. ¡Por favor, aguarde un momento!

El médico se detuvo y volvió la cabeza hacia mí sin que su mirada me reconociera.

—¿Me permite hablar con usted un instante? Me llamo Sophia Krohn. Hace dos años, en agosto, usted me ayudó en el parto de mi hijo Louis.

El doctor Marais hizo como si tuviera que ahondar muy profundamente en su memoria. Luego preguntó:

—¿En qué puedo ayudarla?

Saqué la carta.

—Hace apenas unas semanas recibí un mensaje sobre el que me gustaría hablar con usted.

El médico frunció el ceño.

—Bien, en ese caso tal vez será mejor que vayamos a mi despacho. Si me acompaña, por favor.

El doctor Marais me condujo por un largo pasillo y luego subimos por una escalera.

Me sobresaltó el grito de una mujer. El doctor Marais explicó:

—Estamos cerca de los paritorios. Uno de mis colegas ahora mismo está asistiendo a un parto.

Se me secó la garganta. Recordaba bien mi paso por esa sala. Los dolores y luego la oscuridad que siguió a la anestesia. Las emociones eran tan intensas que empecé a sudar.

—¿Se siente usted mal? —preguntó el doctor Marais al ver que no me movía del sitio.

—No, no, ya estoy bien —dije, aunque no era cierto. De todos modos, recobré la compostura y resistí el temblor que intentaba apoderarse de todas mis extremidades.

Tras dejar atrás otro corredor dejaron de oírse los gritos. El doctor Marais abrió una puerta y me invitó a entrar.

La estancia era bastante pequeña, pero estaba bañada de luz. En las estanterías de las paredes había archivadores muy bien alineados. Descubrí también varios libros gruesos de medicina. Junto a una de las ventanas un esqueleto me sonreía desde su calavera. Aparté la mirada.

Seguramente debía de haber distraído de su trabajo al doctor Marais, porque sobre el escritorio, abierto ante él, tenía un historial médico. Lo cerró a toda prisa mientras tomaba asiento.

—Siéntese, madame —dijo cruzando las manos sobre la mesa. Me miró durante un rato y luego inspiró profundamente—. Me acuerdo de usted. Tuvimos que practicarle una cesárea cuando ya había roto aguas.

Que él se acordara me alivió un poco.

—Nos quedamos todos consternados cuando su hijo falleció. Tras sobrevivir al parto por muy poco, teníamos algunas esperanzas. Pero a veces los designios del Señor son inescrutables.

No supe cómo abordar el tema. El médico parecía muy sincero y simpático. ¿Cómo reprocharle que en su departamento algo no hubiera funcionado como es debido?

Opté por ser diplomática.

—Le agradezco mucho lo que hizo por mí. Me salvó la vida. —Saqué la carta del sobre y la deslicé hacia él sobre la mesa—. Por eso recurro a usted. Como comprenderá, debo investigar a fondo este asunto.

Mientras el doctor Marais recorría las líneas con la mirada, la arruga del entrecejo, antes apenas visible, se volvió más profunda. Busqué en su rostro señales de culpabilidad, pero excepto por una leve palidez no noté nada.

Finalmente, se reclinó en el asiento y cruzó los brazos.

—No sé qué decirle —comentó escrutándome con la mirada.

Sentí que la espalda se me ponía rígida.

—Yo tampoco. Dígame qué debo pensar de eso.

—Es una broma, y además de muy mal gusto. Nada más.

Inspiré profundamente.

—¿Quién iba a gastarme ese tipo de broma? Y ¿por qué razón? —pregunté—. Cuando llegué a París, no conocía a nadie. Las únicas personas con las que tuve contacto cercano fueron mi casera, mi vecina en la pensión y, por supuesto, mi amiga. Pondría la mano en el fuego por cualquiera de las tres. Entonces, ¿quién iba a jugarme esa mala pasada?

—¿Tal vez alguien que quiera sacarle dinero?

El doctor Marais mantenía aún la apariencia tranquila, pero su mirada se ensombreció. Daba la impresión de estar sopesando mentalmente hasta qué punto esa noticia podría perjudicar a su departamento y a él.

—En esa época yo no tenía ni un franco. La factura del parto la pagó el novio de mi amiga. Y ese, no me cabe duda, tras librarse por completo de mí, no tiene ningún interés en que vuelva por aquí.

Marais no dijo nada. Su mirada era penetrante.

Apenas podía disimular mi temblor. Pero debía ser fuerte. No iba a tener otra oportunidad de volver a preguntar a nadie de ese hospital.

—Y, según usted, ¿qué ocurrió? —dijo por fin el doctor Marais—. ¿Acaso sugiere que en este departamento hubo... irregularidades?

—No lo sé —respondí—. Pero me gustaría pedirle su apoyo. No sé dónde acudir...

Por un rato, pareció sopesar sus posibilidades.

—Escúcheme, yo le aconsejaría no sacar este asunto a la luz —dijo al fin por sorpresa—. Estos asuntos...

—¿Le podrían dejar en mal lugar? —le interrumpí. No podía creer que solo pensara en la reputación del hospital. ¿Y mi hijo?—. Bueno, en ese caso, tal vez debería estar interesado en ayudarme. —Inspiré—. No pretendo cuestionarle nada. Solo quiero certezas. Si esto es una broma, ¿quién hay detrás? ¿No le parece que, si usted estuviera en mi lugar, también querría saberlo?

—Sin duda, pero...

—No le pido que juegue a ser detective. Únicamente que esté atento a lo que ocurre en su departamento. Antes de que otro niño desaparezca o sea declarado muerto sin estarlo. Sea como sea, yo haré averiguaciones en todos los sentidos. Esto usted lo debería tener muy presente.

El doctor Marais apretó las mandíbulas. Finalmente, montó en cólera.

—En ese caso, allá usted. Pero si se atreve a desprestigiar este hospital careciendo de pruebas, va a tener que asumir las consecuencias. La dirección no vacilará en llevarla ante los tribunales por difamación. ¡Que tenga un buen día, madame!

Durante un minuto nos quedamos mirándonos a los ojos. La ira se me revolvía en el estómago y las palabras se me agolpaban en la garganta. Tenía ganas de arrojarlas todas contra él, pero era consciente de que eso no serviría de nada.

—Así pues, ¿no va a ayudarme? —pregunté con tono tranquilo.

Al doctor Marais le costaba respirar. Ahora parecía que era él quien tenía dificultades para controlarse.

—No veo cómo. Esta carta es una mentira. Y ahora ¡márchese! ¡Tengo cosas que hacer!

Aquellas palabras me dolieron como si fueran bofetadas en la cara, y por unos instantes no pude moverme. En algún momento abandoné el despacho del médico; sin embargo, todo a mi alrededor se volvió borroso. Ni siquiera habría podido decir ni cuándo desapareció él, ni adónde se marchó.

5

Las nubes sobre el cementerio de Montmartre parecían más bajas que en otros lugares de París, aunque dejaban entrever retazos de un frío color azul. El viento murmuraba entre los árboles y al pasar junto a los panteones, pero por lo demás todo estaba tranquilo. Atravesé la alta puerta de piedra de la entrada y miré alrededor.

Hacía mucho tiempo que no acudía a un cementerio. A lo sumo, en Alemania, el domingo de difuntos iba a visitar las sepulturas de mis abuelos, a los que nunca llegué a conocer. Antes de perder a mi hijo, nunca me había enfrentado directamente a la muerte.

En su momento, no me había sentido con ánimos para acercarme ahí. Mi dolor era demasiado abrumador y, por otra parte, no le había visto el sentido pues mi hijo no tenía tumba propia y era solo uno de los muchos niños a los que se les había negado la oportunidad de empezar una vida.

Sin embargo, ahora quería ver dónde reposaba, si es que realmente estaba ahí.

La tierra crujía bajo mis botines. La enfermera Sybille me había descrito el camino. Tenía que apresurarme. En esa época del año, la oscuridad llegaba pronto y no quería deambular a ciegas por un cementerio a oscuras. Los panteones de arenisca gris y beis, con sus ángeles lúgubres, no resultaban especialmente acogedores.

¿Cómo sería la lápida de los niños? ¿Acaso tenían una?

Mientras andaba, recorrí con la mirada las losas de menor tamaño. La mayoría eran de personas sencillas que habían encontrado su última morada bajo una cruz o una lápida de piedra. En algunos casos, tenían una fotografía incrustada. Me detuve junto a una.

La tumba era de una joven llamada Nicole Blanchard. Había fallecido ocho años atrás, pero la fotografía que se veía sobre su nombre parecía tomada recientemente. Apenas tenía veinte años, su melena era negra y llevaba gafas. Posiblemente me lo imaginé, pero el parecido conmigo era asombroso. ¿De qué podía haber muerto tan joven?

Luego, debajo de su nombre, vi otro. Marie. Solo había un año escrito: el mismo que el de Nicole.

¿Había muerto durante el parto? ¿Tras dar a luz? ¿La cesárea no salió tal y como los médicos habían querido?

La tristeza se apoderó de mi corazón. Cuando murió, esa mujer tenía una edad similar a la mía. Su hija tampoco había sobrevivido.

Eso me podría haber ocurrido a mí también. Podría haber muerto. ¿Me habrían enterrado entonces con mi hijo? Y, si este hubiera sobrevivido, ¿qué habría sido de él?

Aparté esas ideas de mi cabeza. Hubo un tiempo en que deseé haber podido ocupar yo el lugar de mi hijo. Que él hubiera podido vivir. Pero las cosas habían ido de otro modo. Me encontraba ante la tumba de aquella desconocida. Y la tumba de mi hijo me aguardaba.

Me despedí en silencio de esa mujer y proseguí mi camino entre estatuas y panteones. Los nombres grabados en los pedestales o sobre las puertas no me decían nada.

Cuanto más avanzaba, mayor era mi inquietud. Sin embargo, volver atrás ahora ya no era una opción.

Al cabo de un rato llegué ante una cruz de hierro finamente cincelada. Se encontraba en medio de una pequeña zona sembrada de guijarros blancos, sobre la que languidecían ramilletes de flores aquí y allá. No había nombres, tan solo la indicación del hospital en el que habían nacido todas aquellas criaturas que descansaban bajo las piedras blancas.

El corazón me latía con fuerza. Al mismo tiempo, sentía como si alguien me recorriera la piel con el filo de un puñal.

Si realmente Louis estaba allí, entonces me encontraba más cerca que nunca de él. ¿Dónde lo habían enterrado? El lugar exacto no se podía ver bajo las piedras.

Me tapé la boca con la mano. Las lágrimas me recorrieron las mejillas hasta caer sobre los guijarros. Creía haber superado el dolor, pero en ese momento regresó con la fiereza de un animal salvaje que hubiera logrado reventar la mazmorra en la que se había encerrado.

Caí de rodillas con un gemido. Las piedras estaban frías y una ráfaga de viento me sacudió la espalda. Tuve la sensación de que me iba a caer. Pero no lo hice. En vez de ello, me eché a llorar y dejé el suelo anegado con mis lágrimas.

En cuanto me hube serenado un poco, me levanté y me limpié la cara. Sentía que la piel me ardía y que las sienes me latían. El dolor se agitaba de forma violenta dentro de mí. Era como si la cicatriz se hubiera abierto de nuevo.

Pero lo que sentía ahora no solo era tristeza. En mi interior noté que brotaba la ira. ¿Louis estaba allí de verdad? ¿Y si no fuera así? ¿Y si realmente me hubieran engañado?

Me sentía muy agradecida con el doctor Marais por haberme salvado la vida, pero la reciente conversación con él no dejaba de provocarme mucha rabia. La facilidad con que había desestimado mis palabras... ¿Tan improbable resultaba que un niño fuera cambiado o secuestrado en un pabellón?

No había médico capaz de supervisar por completo su departamento. Y una enfermera tampoco. Había, sin duda, momentos en los que los recién nacidos estaban solos y en los que un desconocido podía sacarlos de sus cunitas.

Me resultaba imposible pensar que alguien se permitiera gastarme semejante broma, aunque la verdad más plausible me desgarraba el corazón.

¡Iría a la policía! Pediría otro tipo de ayuda. Si de verdad el doctor Marais no sabía nada, no tenía nada que temer. Si era culpable, iba a tener que responder por ello. ¡Yo quería ver a mi hijo! Mi único deseo era saber que estaba bien.

De nuevo miré la sepultura y traté de percibir la presencia de Louis. Pero no sentí nada.

—Te encontraré —musité en voz baja apretando los puños.

A continuación, me di la vuelta y caminé con paso decidido hacia la salida. Había una pequeña esperanza de que mi hijo no estuviera enterrado ahí. E iba a aferrarme a ella.

Ya de vuelta en la pensión, me sentía exhausta, como tras una jornada de trabajo agotadora. El aire había refrescado aún más y la oscuridad no ayudaba precisamente a alegrar mis pensamientos. Atravesé el arco de la entrada, ocupada en sacar la llave del bolso.

—Pero, bueno, mira quién se ha dejado caer en esta ratonera.

Una voz de mujer muy familiar me hizo levantar la vista.

Ante mí me encontré a mi antigua vecina, Genevieve, envuelta en un abrigo de color ciruela y con un sombrero campana rosa en la cabeza. Sacó un manojo de llaves de su bolso y me dirigió una amplia sonrisa.

—¡Genevieve! —Me acerqué a ella y la abracé—. ¡Qué maravilla volver a verte!

—El placer es mío. ¿Qué te trae a París, cariño? ¡Está claro que todo el mundo se olvidó de avisarme!

—Es una cuestión personal —respondí—. Es mejor que lo hablemos arriba cuando tengas un poco de tiempo.

Genevieve enarcó las cejas.

—¿Tan grave es?

—En todo caso, no resulta... fácil de explicar. —Volví la vista hacia las ventanas iluminadas—. No me gustaría que alguien escuchara.

—De acuerdo —dijo Genevieve tras una breve pausa para pensar—. Acompáñame.

La seguí hasta el piso de arriba. La habitación era la misma que entonces. Eché un vistazo rápido a la puerta de enfrente, donde Henny y yo habíamos vivido en su momento. Luego Genevieve me hizo pasar y me señaló la cama.

—Siéntate ahí, tranquila —dijo y, como si me hubiera leído la mente, añadió—: Hace tiempo que dejé el oficio. Así que no temas, en esta cama solo me tumbo yo. Cuando necesito estar con un hombre, voy a casa de mi amante.

Me acomodé sobre aquel colchón mullido y miré a mi alrededor. La habitación en sí apenas había cambiado. Las cortinas estaban limpias y seguían igual. El tocador también estaba en el mismo sitio. Sin embargo, en una de las paredes había un cuadro nuevo. Era una acuarela de un paisaje.

—Jacques lo pintó para mí —explicó Genevieve al reparar en mi mirada—. Me dijo que lo colgara aquí para que piense en él.

—Eso es muy romántico— respondí.

—Pero tú no has venido a París para hablar de romances, ¿verdad?

—No, yo... —Uní las manos en el regazo—. He venido por mi hijo.

Por un momento Genevieve pareció querer decir algo, pero entonces se dejó caer con un suspiro en la silla que tenía frente al tocador.

—Recibí una carta —empecé a explicar y a continuación le conté todo lo ocurrido—. Como he visto que la visita al hospital no ha servido de nada, mañana iré a la policía.

Genevieve suspiró.

—Pobrecita... Pero tienes razón, ve a la policía. Tal vez des con un comisario decente que se comprometa con tu causa. Aunque sea una broma de mal gusto... —Me miró con compasión—. Me figuro tu esperanza. Ojalá se cumpla.

Se inclinó hacia delante y posó su mano sobre la mía. Sentí su calor. ¡Cómo me habría gustado recibirlo de Henny! Henny, que había mirado con pánico el reloj esperando la llegada de Jouelle.

Como si pudiera leer mi mente, Genevieve preguntó entonces:

—¿Ya has visto a tu amiga?

—Sí, ayer —respondí—. Fui a su casa. Ahora vive en un piso precioso y parece que monsieur Jouelle la trata muy bien.

Genevieve me miró perpleja.

—Entonces, ¿no te has dado cuenta?

—¿Cuenta de qué? —pregunté.

—Está distinta. De no conocerla, pensaría que está enferma.

—¿Enferma? —Negué con la cabeza—. ¡Seguro que me habría dicho algo! Además, ¿cuándo la viste por última vez?

—La verdad, hace ya un tiempo —admitió Genevieve—. De vez en cuando voy al teatro. Había algo diferente en ella. Parecía... ausente, tenía la cara como si fuera de mármol. Tal vez a monsieur Jouelle le guste eso, pero yo he visto el semblante de muchas mujeres maltratadas por sus clientes y con riesgo de venirse abajo.

—¿Te parece que Jouelle la maltrata?

Genevieve apretó los labios y luego se encogió de hombros.

—¿Quién sabe? No convivo con ellos en su piso.

Mi mente empezó a elaborar escenarios terribles. En la fábrica de madame, las mujeres hablaban a veces de maridos que pegaban a sus mujeres y sembraban el miedo y el terror en sus hogares.

Pero Henny no había dicho nada, y yo tampoco había tenido trato con mujeres en esa situación.

—¿Y qué puedo hacer?

Aunque la pregunta iba dirigida a mí misma, Genevieve la respondió:

—Me temo que no hay nada que hacer. Ella vive con Jouelle, están prometidos. En cuanto se casen, será él quien se encargue de Henny.

—¿Y si no es lo bastante bueno para hacerlo?

—Eso es cosa de ella. Es lo mismo que cuando tú en su día tomaste la decisión de tener a tu hijo. —Genevieve suspiró—. La vida no siempre es fácil. En especial para quien la vive. Encontrar el camino correcto es difícil y a veces uno, desde fuera, ve exactamente lo que sería mejor. Pero nadie está en posición de decirle a otra persona cómo debe vivir. Si ese hombre no es bueno para tu amiga, debe ser ella la que lo descubra.

—¿Y si le ocurre algo mientras tanto? Nunca me lo podría perdonar...

—¿Qué le puede ocurrir? —preguntó Genevieve—. Lleva más de dos años con él. Tú espera. Cuando venga a pedirte ayuda, entonces ayúdala. Pero antes no puedes hacer nada.

Aunque me resultaba muy difícil aceptarlo, sabía que tenía razón.

6

La comisaría de policía me trajo el recuerdo de la espera interminable para obtener el permiso de residencia. Durante unos instantes me quedé de pie frente a la puerta, sin saber qué hacer y debatiéndome entre dudas. ¿Debía presentar una denuncia? Mi única prueba era esa carta, carente de remitente y sin ningún nombre. Era solo una afirmación y una solicitud de perdón.

Por fin, hice acopio de fuerzas, subí la escalera y entré.

El mobiliario de la comisaría era de madera oscura y había unas celosías del mismo material que filtraban la luz del día. Saltaba a la vista que la lámpara que tenía sobre la cabeza llevaba tiempo sin limpiarse, porque la parte inferior del globo de cristal acumulaba varios cadáveres de moscas. Aunque la estufa de azulejos del vestíbulo se esforzaba en procurar calor, este se esfumaba con la apertura continuada de la puerta.

Me acerqué al mostrador, detrás del cual un hombre de mediana edad tecleaba con cierta torpeza en una máquina de escribir.

—*Bonjour*, monsieur —dije. El hombre uniformado abandonó lo que estaba haciendo y levantó la vista.

—*Bonjour*, madame, ¿en qué puedo ayudarla?

—Quiero denunciar el secuestro de un menor.

El hombre arqueó las cejas, que tenía algo pobladas.

—¡El secuestro de un menor! Eso es una acusación grave. ¿Quiénes son los perjudicados?

—Yo misma. Tengo razones para creer que mi hijo al nacer fue intercambiado, no sé si de forma intencionada o no, pero recibí una carta anónima que sugiere esta circunstancia.

El policía se me quedó mirando un rato y luego me preguntó:

—Usted no es francesa, ¿verdad?

—No, soy alemana. Pero durante mi estancia en París tuve permiso de residencia.

Me habría gustado saber qué le estaba pasando por la cabeza.

—Avisaré a un compañero —dijo por fin al tiempo que se levantaba—. Si desea tomar asiento un momento.

Me indicó un banco de madera en el que alguien había olvidado una bufanda que ahora colgaba descuidada en el respaldo.

Me senté y vi cómo el agente desaparecía por el fondo de la sala. Me llegó el ruido de unas voces apagadas; al parecer alguien estaba tomando declaración a otra persona, o la estaba interrogando.

Aunque esa comisaría tenía una apariencia distinta de aquella donde estuve esperando mi permiso de residencia, también en ella los minutos parecían alargarse de forma interminable.

Al parecer, el agente había tenido que buscar a alguien que se aviniera a hablar conmigo.

Por fin regresó seguido de un hombre vestido con un traje marrón y que, tal y como demostraba el pelo algo canoso de sus sienes, era de mediana edad. Mientras el guardia volvía a tomar asiento frente a su máquina de escribir, el otro policía se acercó a mí tendiéndome la mano.

—Soy el comisario Jeroult —dijo presentándose—. Soy de la policía criminal.

—Encantada de conocerle —respondí—. Me llamo Sophia Krohn.

—Es usted alemana, ¿verdad? —preguntó con una sonrisa jovial—. Una vez conocí a un tal Joseph Krohn, de Alsacia. ¿Por casualidad no serán ustedes familia?

Negué con la cabeza.

—No. Yo soy de Berlín.

—Bien, pues, acompáñeme y cuénteme lo que la ha traído aquí.

Entramos en una estancia pequeña que a todas luces servía de sala de interrogatorios. Había dos sillas junto a una mesa de madera, una máquina de escribir encima de esta y algunas hojas de papel. Miré a mi alrededor con cierta incomodidad.

—Discúlpeme por tener que atenderla aquí —explicó el comisario Jeroult cerrando la puerta tras de sí—. Mi oficina es un caos. No se puede ni imaginar la cantidad de gente que tiene ocurrencias estúpidas en esta época del año. Ayer mismo tuvimos que rescatar a una mujer del Sena, probablemente un crimen pasional.

Se sentó con diligencia frente a la máquina de escribir y sujetó en ella una hoja de papel.

—Por favor —dijo, señalando la silla desocupada que tenía delante, y tecleó una línea de texto.

Tomé asiento mientras me preguntaba cuántos testigos podrían haberse sentado allí mismo. Cuántos delincuentes.

—Así pues, su nombre es Sophia Krohn.

—Sí —respondí.

—¿Fecha de nacimiento?

—5 de agosto de 1905.

También escribió esta información en el papel.

—Mi compañero me ha dicho que quiere denunciar el secuestro de un menor. ¿De qué se trata exactamente?

Abrí el bolso con manos temblorosas y saqué la carta junto con el certificado de defunción que me habían dado de Louis.

—Semanas atrás recibí esta carta en la que se afirma que mi hijo sigue vivo. A mí me habían dicho que falleció al poco de nacer en el Hôpital Lariboisière; sin embargo, en la carta se afirma lo contrario.

Le acerqué los papeles.

El comisario me miró no sin cierta incomprensión.

—Me temo que voy a necesitar más información. ¿Por qué no me cuenta la historia desde el principio?

¿Por dónde empezar? ¿Por el día en que supe que me había quedado embarazada de un hombre que, en contra de sus promesas, no tenía ninguna intención de divorciarse? ¿O por el día en que me llevaron al hospital tras haber roto aguas?

Opté por empezar por el día en que Louis nació y el momento en que se determinó que iba a ser necesario realizar una cesárea. Le expliqué que permanecí inconsciente, de modo que, al despertar, me comunicaron que apenas dos días después de llegar a este mundo mi hijo había muerto.

Le enseñé entonces el certificado de defunción y le conté lo difícil que había sido para mí sobreponerme a todo aquello. Luego le hablé del día en que esa misteriosa carta llegó a mi casa en Nueva York.

—No tengo ni idea de quién podría ser esa persona —acabé diciendo—. Pero tenía que comprobar la afirmación de que mi hijo sigue con vida.

El comisario se quedó un rato tecleando en su máquina de escribir, luego apartó las manos del teclado y tomó los documentos. Estudió el certificado de defunción un instante y después leyó la carta. Me pregunté si la policía sería capaz de descubrir al remitente. En las historias criminales que mi conocida neoyorquina Ray Bellows solía leer casi siempre había un policía astuto capaz de dar con el culpable incluso en circunstancias muy adversas.

Al final, el comisario Jeroult bajó la carta y se reclinó en su asiento.

—¿Esto es todo lo que puede aportar? —preguntó.

—Sí —respondí, un poco desconcertada. ¿Qué más quería?

—El certificado de defunción parece absolutamente correcto. Fue emitido por un médico y no veo nada raro en él. En París se expiden a diario cientos de certificados como estos, algunos incluso en nuestra presencia.

—¡Pero está la carta! —insistí—. En ella se afirma claramente que mi hijo está vivo.

—Sin embargo, usted no tiene ni idea de quién se la ha hecho llegar, ¿verdad?

—No, claro que no —respondí—. Como puede ver, no tiene remitente.

—¿Y se le ocurre cómo podría haber obtenido su dirección esa persona?

—No. Quiero decir, no lo sé...

Jeroult suspiró profundamente.

—¿Quién conocía su dirección? Usted ha dicho que llegó aquí desde Alemania, ¿verdad?

—Eso fue antes del parto. Aquí vivía en una pensión.

—¿Y dio sus señas al hospital?

—Sí —respondí—. Entonces no sabía que acabaría marchándome a Estados Unidos.

—¿A quién le dio usted sus nuevas señas?

—A mi amiga —respondí—. Henny Wegstein. Es bailarina en el Folies Bergère.

—¿Su amiga sabía de su pérdida?

—Por supuesto. Vivía con ella. Y le escribía.

—¿Ella podría haber dado su dirección a otra persona?

Miré al hombre. Empezaba a sentirme como una delincuente.

—No lo sé —dije—. Lo más probable es que no. Ella aquí no conocía a nadie, y menos en el hospital.

—Así pues, ¿usted cree que el autor de esta carta es alguien del hospital? —siguió preguntando Jeroult.

—Yo... Es posible. ¿Quién más podría saber que mi hijo está vivo?

El comisario me miró fijamente, luego se inclinó y cruzó las manos sobre la mesa que tenía delante.

—Estos indicios no son suficientes para iniciar una investigación contra el hospital. Usted dispone de un certificado de defunción legal y de una carta que podría ser de a saber quién. Muy posiblemente de su propia amiga.

—¡Henny nunca sería tan cruel! —objeté.

—A veces las amistades cambian.

Negué con la cabeza. De repente, me empezó a resultar difícil respirar. Si realmente Henny estaba involucrada... Si había sido su modo de hacerme venir para que la ayudara...

¡Era imposible! Inspiré profundamente. No podía permitirme pensar esas cosas.

—Así pues, ¿no van a hacer nada por mí? —pregunté sintiendo cómo la ira se acumulaba en mi interior—. ¡A pesar de que tengo una carta que afirma que se ha cometido un delito! ¿Y qué hay de las huellas dactilares?

El volumen de mi voz iba en aumento sin que yo pudiera controlarme.

—Madame, usted tiene un certificado de defunción firmado por un médico.

El comisario intentaba calmarme, pero mi corazón latía desbocado y ya era incapaz de controlarme.

—El certificado de defunción podría estar falsificado, ¿no se le ha ocurrido? —grité—. El médico podría haber cometido un error. O...

—¡Madame! —exclamó Jeroult—. ¡Cálmese! En este caso no puedo hacer nada más que registrar su denuncia.

Miré a ese hombre con la respiración entrecortada mientras me preguntaba cómo se habría comportado él en mi situación. Si se hubiera tratado de su esposa, ¿también habría ignorado esa carta?

—Pero no espere gran cosa de eso —siguió diciendo—. Lo más probable es que esta carta no tenga ninguna importancia, que se trate de una broma de muy mal gusto y nada más. Por otra parte, no contiene ninguna información relevante para nosotros. La puede dejar aquí, pero...

—No hace falta —me apresuré a decir mientras intentaba recobrar la compostura. Lo último que quería era dejar esa carta, el único indicio que tenía de que tal vez Louis estaba vivo, en manos de la policía, que no mostraba ningún interés en seguir esa pista y que la desechaba como si se tratara de una broma—. Olvídelo. Que tenga un buen día.

Dicho eso me puse de pie y me apresuré hacia la puerta. Oí a mi espalda la voz del comisario llamándome, pero no le hice el menor caso.

Desconcertada, furiosa e indefensa me apresuré a salir de aquella sala y luego de la comisaría. Me temblaba todo el cuerpo y en mi rabia olvidé despedirme del policía del mostrador. Me temblaban tanto las manos que la carta se me escapó de los dedos y cayó sobre la nieve. Rápidamente la recogí y me la metí en el bolso.

—¿Mademoiselle? —preguntó entonces una voz a mis espaldas.

Al volverme, me encontré con un hombre de cabello oscuro, vestido con un pantalón marrón y un abrigo beis, que llevaba al cuello la bufanda que había visto en el respaldo del banco.

—Perdone que me dirija a usted, pero antes en comisaría he oído algunas cosas.

Enarqué las cejas. ¿Qué podía haber oído? ¡El comisario había cerrado la puerta!

—No sé de qué habla —repuse poniéndome a la defensiva.

—Su hijo. Es posible que yo sí pueda ayudarla.

—¿Ha estado usted escuchando a escondidas? —pregunté indignada.

Una breve sonrisa se dibujó en el rostro de aquel desconocido. Me recordó un poco el gesto travieso de Darren. Como en ese momento no podía soportar pensar en él, aparté ese recuerdo rápidamente.

—Digamos que lo oí al pasar. Las puertas de la comisaría no son muy gruesas y la mayoría no cierran bien. Además, era imposible no oír su voz.

Me empecé a sonrojar.

—Yo..., bueno, no pretendía...

—Considerando su situación, comprendo perfectamente que levantara el tono. Esos polis rehúyen las tareas complicadas. A diferencia de los detectives privados, entre los que me encuentro.

—¿Y qué hacía usted en la comisaría? —pregunté con suspicacia.

—De vez en cuando allí se valoran mis servicios. No hay muchos policías con habilidad para dar con delincuentes. O para buscar personas desaparecidas. Porque de eso se trata. Su hijo ha desaparecido.

—Mi hijo murió —repliqué—. Eso es, al menos, lo que dice el certificado de defunción.

—Esto complica el asunto —admitió el desconocido metiéndose las manos en los bolsillos del pantalón—. Sin embargo, usted tiene sus dudas. Y no parece que esté mal de la cabeza.

—Eso no es de su incumbencia —contesté tajante antes de darme la vuelta. Ya le había contado demasiadas cosas a ese tipo tan extraño.

—¡Espere! —exclamó acercándose a mí. Sacó un trozo de papel del bolsillo de su pantalón—. Aquí tiene, para que no piense que le habla un desaprensivo deseoso de aprovecharse de su situación.

El papel era una tarjeta de visita en la que se leía el nombre de Luc Martin. La dirección me resultaba desconocida, nunca había estado en esa zona.

—Puede llamarme en cualquier momento si necesita ayuda. Se lo repito: la policía no la ayudará, sea cual sea su caso en concreto. Yo tengo otros modos de obtener información.

Me estremecí. ¿A qué modos se refería? Tuve la impresión de que no eran precisamente ortodoxos.

—Gracias, me lo pensaré —respondí.

Me disponía a alejarme cuando él añadió:

—Permítame un momento, mademoiselle.

Me puse rígida.

—¿Qué médico hizo la autopsia? Tal vez debería hablar con él.

—¿Cómo dice?

—He oído mencionar un certificado de defunción. Alguien debió de emitirlo.

Las palabras se me quedaron atravesadas en la garganta. ¿Qué le importaba a él? ¿Y qué más había oído? ¿Acaso nadie le había podido impedir que escuchara a escondidas?

—Hay un certificado de defunción —corroboré—. Por eso la policía no quiere hacer nada. Dicen que eso lo aclara todo.

—¿Y qué es lo que le hace pensar que no es así?

—Un anónimo que afirma que el niño sigue vivo.

El hombre apretó los labios y asintió.

—Si no quiere utilizar mis servicios, permítame al menos un consejo. Hable con el médico que emitió el certificado de defunción.

—Así pues, ¿entro sin más en el hospital y empiezo a preguntar?

—Sí, ¿por qué no? Él vio a su hijo y tal vez le pueda dar información.

Negué con la cabeza. Estaba segura de que me diría lo mismo que la enfermera Sybille y el doctor Marais. Me di la vuelta, dispuesta a marcharme, pero mis piernas no me obedecieron.

—Inténtelo —exclamó detrás de mí—. Y si no halla una respuesta, venga a verme.

Dejé que sus palabras calaran en mí. Estaba aterida y los dientes me castañeteaban, pero era incapaz de saber si se debía al frío o a esa conversación.

—Yo... —comencé a decir.

Miré a mi alrededor, pero el hombre había desaparecido.

En las horas que siguieron deambulé por las calles de la ciudad. Había empezado a caer una nevada muy suave y mis pisadas iban quedando marcadas sobre la acera.

Las palabras del desconocido me habían confundido. ¿Le podía creer? ¿Había de verdad alguna esperanza? ¿Debía seguir su consejo y probar con el médico que había emitido el certificado de defunción?

¡Si tuviera alguna otra pista! ¡Una que fuera más relevante, que se sostuviera ante la policía!

Cuando el atardecer cubrió el cielo con unos delicados velos rosados, decidí regresar a la pensión. Para cuando entré en el establecimiento de madame Roussel, ya era de noche. Atravesé la entrada principal con la cabeza aún repleta de dudas.

Al sacar la llave, detuve el gesto. Al principio solo percibí la presencia de alguien; a continuación, una silueta salió de las sombras del patio y se detuvo ante mí. El corazón me dio un vuelco cuando reconocí a monsieur Jouelle.

—Buenas tardes, mademoiselle Krohn —dijo saludándome con una reverencia burlona.

—Monsieur Jouelle —respondí a la vez que, sin quererlo, daba un paso hacia atrás. Henny debía de haber hablado con él, ¿cómo si no iba a saber que había vuelto?—. ¿Qué quiere?

—Parece que su nueva vida en Estados Unidos le sienta muy bien —dijo él tras escrutarme un buen rato—. Especialmente ahora que ya no hay bebé.

Sus palabras se me clavaron en las entrañas como cuchillos. No podía creer que Henny se lo hubiera contado todo. ¡Cómo me habría gustado poder darle alguna respuesta adecuada! Pero se me hizo un nudo en la garganta mientras la ira hundía sus garras en mi alma.

—Mi prometida me ha informado de su regreso —siguió diciendo Jouelle—. Me gustaría que se abstuviera de volver a visitarla. Ella no se encuentra bien, y su visita ha agravado su estado.

Sacudí la cabeza, confundida.

—¿Henny no está bien? No me dijo nada...

—No quiso preocuparla. Por el bien de Henny y el suyo propio, le aconsejo que no se acerque a mi piso, ¿entendido?

Así pues, ¿ya no podía volver a ver a Henny? ¿Cómo se atrevía a darme órdenes? Y ¿por qué Henny le había hablado de mí?

—Henny es amiga mía —respondí algo desconcertada—. La conozco desde hace mucho más tiempo que usted y, si no está bien, la ayudaré.

—¡Ella no necesita su ayuda! —espetó él fustigándome con sus palabras—. ¡Y no necesita tampoco una amiga que la confunda! ¡Manténgase lejos de mi casa! Si no, la próxima vez la denunciaré por acoso y allanamiento de morada.

Dicho esto, Jouelle se dispuso a marcharse. Al pasar, me dio contra el hombro de forma brusca, haciéndome tambalear.

—¡Maldito canalla! —murmuré en voz baja mientras su silueta desaparecía por el pasaje. Me habría gustado decírselo a gritos, pero temía su reacción. Además, ¿de qué serviría insultarle? Probablemente solo corroboraría la mala opinión que tenía de mí.

Con el cuerpo tembloroso y consumiéndome de rabia, me dirigí hacia la puerta trasera de la pensión. Por fortuna, la mayoría de los huéspedes habían salido o se encontraban ya en sus habitaciones. El frío húmedo que se colaba entre las callejuelas empujaba a la gente al interior de los bares. Me alegré de que nadie me hubiera visto con Jouelle.

Cuando entré en el vestíbulo del edificio, se me acercó uno de los inquilinos de mi planta. No sabía cómo se llamaba, pero debía de ser inglés; en sus palabras se advertía un acento británico cuando me preguntó:

—¿Está usted bien, miss?

—Sí, gracias, no es nada —respondí mientras intentaba contener mi ira—. Es solo que en la calle el frío es terrible.

—Sí, ahora mismo el tiempo no acompaña —respondió él llevándose la mano hacia el sombrero a modo de despedida—. Buenas noches, miss.

—Buenas noches —respondí y empecé a subir la escalera.

Arrojé con rabia el bolso sobre la cama y me quité el abrigo. En mi mente acudieron mil insultos contra Jouelle a la vez que me invadía una profunda sensación de desengaño. Me parecía improbable que Henny le hubiera pedido que viniera a verme y me dijera que me apartara de ella. Sin embargo, le había hablado de mí. Le había dicho que volvía a estar en París, que había perdido a mi hijo y posiblemente también que lo estaba buscando.

Me acerqué a la cama y saqué la carta. No había contado con que la policía no quisiera ayudarme. Pero ¿y ese estrafalario detective que se me había acercado? ¿Acaso él podía hacer algo por mí?

Saqué su tarjeta. Su ofrecimiento no parecía muy fiable. A saber con qué tipo de personas trataba. Tal vez su intención era sacarle dinero a una mujer como yo por «servicios» que no arrojarían ningún resultado.

Sacudí la cabeza y dejé su tarjeta de visita sobre la mesilla de noche.

7

Llevaba desde el amanecer dando vueltas de un lado a otro en mi habitación. Aunque me dolían los tobillos y las rodillas me temblaban, era incapaz de permanecer sentada. Las ideas me bullían en la mente, y temía que, si me detenía, acabarían convirtiéndose en una madeja imposible de desenredar.

No lograba quitarme de la cabeza en el encuentro con Jouelle. Había además otros asuntos que considerar. Tenía que ocuparme de mi hijo. Tras la conversación con el doctor Marais, esa cuestión me parecía más acuciante que nunca.

Debía encontrar un modo de ayudar a Henny y de volver a hablar con ella. Necesitaba saber si Jouelle le había contado nuestro encuentro. Y, como amiga, quería saber si ella estaba de acuerdo con lo que él había dicho.

Aunque resultaba absurdo, el teatro era el único sitio que se me ocurría para acceder a ella. Jouelle me había ordenado que no volviera a pasar por su casa, pero no me había prohibido ir al teatro. ¿Cómo iba él a averiguar que me encontraba entre el público?

Desconocía las rutinas del Folies Bergère respecto a los ensayos del cuerpo de baile, y era consciente de que no me podía presentar allí sin más. De la manera como me había hablado Jouelle no me habría extrañado que hubiera dado instrucciones al personal para que me echaran si les pedía hablar con Henny. Así pues, opté por un enfoque distinto. Quería ver qué aspecto tenía mi amiga en el escenario. Y tal vez ella me reconociera entre la multitud de espectadores y luego viniera a verme.

Aguardé todo el día repasando mentalmente una y otra vez cómo sería el encuentro con mi amiga. ¿Qué le diría? ¿Cómo podría hacerla hablar? Imaginé todas sus posibles reacciones: rechazo, indignación, incredulidad, rabia, tristeza... A esas alturas, me sentía incapaz de saber cuál sería, pues Henny se había convertido en una desconocida para mí. Estaba segura de que la Henny de otros tiempos seguía existiendo en algún rincón de su ser, y debía volver a encontrarla. Solo entonces tendría la certeza de poder hablar con ella con franqueza.

A última hora del día me puse el único vestido que había traído conmigo. Era marrón, de lana caliente, y tenía un pequeño cuello de encaje. No era una prenda para ocasiones especiales, sino más bien para días de frío, pero sabía que me permitiría pasar desapercibida.

Tomé el autobús. Al final del día iba bastante lleno, pero no me importó.

Cuando llegué al teatro, no di crédito a mis ojos. Había cambiado tanto que apenas lo reconocía. Su fachada había sido renovada por completo. Del antiguo Folies Bergère solo quedaba el nombre, cuyas letras también habían sido rediseñadas y ahora resultaban muy sobrias. En cierto modo, esa fachada, con sus líneas rectas y sus ventanas altas, me recordó un poco la fábrica de madame. Aunque tenía una decoración menos recargada, seguía resultando muy elegante. El elemento más llamativo era un gran relieve dorado que mostraba la imagen de una bailarina que parecía flotar entre nubes o telas. Se mostraba completamente desnuda, excepto por un adorno en la cabeza que parecía una diadema o un sombrero. Al instante me acordé de Henny. En sus actuaciones también ella llevaba un pequeño casquete de perlas. Pese a que la imagen estaba muy estilizada, bien podía mi amiga haber sido la modelo.

De pronto me pregunté por qué en sus cartas Henny no me había hablado de esas obras; a fin de cuentas, debía de haber sido un acontecimiento digno de mención...

La gente se agolpaba ante la entrada. Era un poco como antes, en Berlín, cuando yo trabajaba en el teatro Nelson. Salvo que ahora sería a mí a quien le guardarían el abrigo.

Aliviada al comprobar que a Jouelle no se le veía por ningún sitio, compré una entrada y me dirigí al guardarropa. Las chicas que había detrás del mostrador se reían y bromeaban con los clientes, sobre todo con los hombres jóvenes.

Tras mezclarme entre el público, me dirigí hacia la gran sala. No sé por qué, pero de pronto me imaginé entrando junto a Darren para disfrutar del espectáculo. Sin embargo, él no estaba allí ni iba a volver a verlo. Ni siquiera sabía dónde me encontraba. A pesar de que ya había pasado un tiempo desde nuestro último encuentro, aquel pensamiento me sentó como un puñetazo en el estómago y me llenó de pesar.

De vez en cuando me sorprendía deseando que se pasara por mi casa en Nueva York para interesarse por mi paradero. No le había pedido a Kate que lo mantuviera en secreto.

Pero aparté de mí esa idea sacudiendo la cabeza. No lo haría, estaba segura. Ya debía de haberme olvidado, y era mejor que dejara de pensar en ello.

Tras mostrar la entrada al acomodador, este me acompañó a mi asiento. A mi alrededor, las voces zumbaban como un enjambre de avispas. Mis vecinos charlaban animadamente sobre la revista que habían visto la semana anterior. Los escuché un rato y oí también el nombre de Josephine Baker. Al parecer, muy pronto volvería a actuar en el teatro.

Por fin, la sala se oscureció. Simultáneamente, se encendió un foco e iluminó el escenario, cuyo telón rojo se fue abriendo.

Acto seguido, asomaron las primeras bailarinas acompañadas por el potente sonido de la orquesta. Todas eran delgadas y esbeltas, llevaban plumas en la cabeza e iban muy ligeras de ropa. Intenté distinguir a Henny entre ellas, pero no la vi.

Las mujeres bailaban de un modo que, a esas alturas, habría eclipsado incluso a la mismísima Josephine Baker. Pero en lo único que podía pensar era en dónde estaba Henny. ¿Acaso participaba en otro número posterior?

Después de media hora de diferentes números, las bailarinas reaparecieron. Yo no había prestado atención a los distintos puntos de la función, me habían pasado por delante como pensamientos fugaces.

Entonces por fin descubrí a Henny.

En Berlín la había visto a menudo desnuda ante el espejo, así que me asombró ver que estaba mucho más delgada. Envuelta en su bata amplia me había pasado desapercibido, pero ahora saltaba a la vista. Las delicadas cuentas de perlas no ocultaban nada: ni sus costillas, que le asomaban a través de la piel, ni sus brazos delgados.

¿Acaso no comía lo suficiente? ¿Estaba enferma de verdad?

De todos modos, eso no le restaba agilidad y bailaba con fervor. Sí, de hecho, incluso recordaba un poco a Josephine Baker. La diferencia era que sus labios pintados de color rojo sangre no dibujaban una sonrisa alegre, sino que tenían más bien un deje maniaco, fanático. Y eso no era lo único que asustaba.

Los ojos de Henny eran como unas perlas oscuras e inexpresivas dispuestas sobre un lecho de sombra en los párpados de color gris. A pesar de que sin duda veía cuanto la rodeaba, daba la impresión de no percatarse de nada.

Había contado con que notaría mi presencia, pero, aunque tuve la impresión de que su mirada me rozaba, no vi en ella el menor reconocimiento.

De pronto, sentí como si alguien me hubiera atado un cinturón en torno al pecho.

Intenté tomar aire para librarme de esa sensación, pero fui incapaz. Anhelé levantarme de un salto y salir corriendo de ahí, pero eso solo habría atraído una atención innecesaria hacia mí. ¿Y si monsieur Jouelle estaba siguiendo la actuación desde algún palco?

Aparté la mirada. No podía ver a Henny en ese estado. ¿Qué le había pasado en esos dos últimos años? ¿Qué le había hecho Jouelle? Desde luego, ese no podía ser el precio que debía pagar para quedarse en París, cuando todos los teatros de Berlín la habrían recibido con los brazos abiertos.

En cuanto terminó la función, el vestíbulo se llenó rápidamente. Por fortuna, aún no había coincidido con monsieur Jouelle. Tal vez estuviera en su casa. Dudaba de que en ese instante se encontrara en los camerinos de las bailarinas.

Tras mirar rápidamente a mi alrededor, me dirigí con cautela hacia las estancias situadas en la parte posterior del teatro. Aunque me perseguía el murmullo de las voces, no pareció que nadie reparara en mí. Al cabo de un rato de deambular por los pasillos, temiendo que se abriera alguna puerta, oí el parloteo de unas voces femeninas. Me encaminé hacia allí y llegué a una habitación de la que emanaba un olor intenso a perfume. Entonces supe que había llegado al lugar correcto.

Con cautela, me aproximé a la puerta. Unas mujeres semidesnudas se contemplaban ante una fila de espejos, ocupadas en limpiarse el maquillaje que habían llevado durante la función.

Me concentré tanto en localizar a Henny que no me di cuenta de que algunas se habían fijado en mí.

—¡Eh, oye! ¿Qué se te ha perdido aquí? —preguntó una voz rasposa femenina—. ¿Es que quieres pedir trabajo, o qué?

Las dos bailarinas que tenía al lado soltaron una carcajada. Me tensé.

—Me gustaría hablar con una amiga mía. Henny Wegstein.

Las mujeres intercambiaron miradas elocuentes.

—Aquí no está, cariño —respondió por fin la primera que había hablado—. Ha recogido sus cosas y se ha ido con su chico. Como siempre.

Noté que entonces otras chicas aguzaban el oído. Sus miradas se clavaron en mí como agujas.

Yo ya sabía quién era el «chico» de Henny. Pero ¿por qué las mujeres lo llamaban así? ¿Acaso Henny y Jouelle habían ocultado su compromiso de boda?

En ese momento me di cuenta también de la opinión que tenían las bailarinas de ella. Daba la impresión de que el desprecio chorreaba por los espejos.

—¿Y saben ustedes dónde podría encontrarla? Quiero decir, cuando ella no está en la casa de...

—No lo sabemos, cariño. Y, ahora, es mejor que te marches por donde has venido. Lo que haga Henny nos trae al pairo.

Dicho eso, me dieron la espalda.

Me quedé de pie junto a la puerta algo perpleja. Las mujeres reemprendieron sus charlas como si yo hubiera dejado de estar presente.

¿Qué hacer? ¿Ir al despacho de monsieur Jouelle? Henny debía de estar ahí, pero yo no quería problemas.

Así pues, me di la vuelta y enfilé el camino hacia el vestíbulo.

De pronto oí unos pasos a mi espalda.

—¡Madame! —gritó alguien. Una chica se acercó a mí a toda prisa—. ¿Tiene un momento?

La miré asombrada.

—Ya... sé que no debería decir nada. Pero me he dado cuenta de que usted se preocupa por Henny. Es complicado.

—¿Qué es complicado? —pregunté—. ¿Que no quiera saber de mí? Siempre ha sido mi mejor amiga. Pero ahora, en cambio, ya no desea verme. Ni tampoco hablar conmigo.

—No es por usted —dijo ella.

—Sí. Es por su... pareja. —Si Henny aún no había anunciado su compromiso, no sería yo quien la delatara.

—Es posible —admitió la bailarina con cautela—. Pero ha atravesado un periodo muy duro. Es evidente que no se lo ha contado.

Enarqué las cejas. ¿Qué significaba eso de un periodo muy duro? En los últimos tiempos, las cartas no llegaban con la misma regularidad, pero cuando me escribía era como si un rayo de sol entrara por mi ventana. Sus palabras no me habían hecho sospechar que algo anduviera mal.

—Lo pasó fatal. Todas las chicas creyeron que se había quedado embarazada. La despellejaron.

Sentí como si algo, pesado como una piedra, me aplastara el pecho. ¿Henny embarazada? ¡No podía ser! Era mucho más precavida que yo. Tal vez solo fuera un rumor.

—¿Qué le ocurrió? —pregunté. La bailarina miró alrededor como temiendo que en cualquier momento Henny apareciera. O Jouelle—. No se preocupe, esto quedará entre nosotras —aclaré mientras le posaba la mano en el brazo—. Solo necesito saber qué le pasó. Necesito saberlo para poder ayudarla.

La chica se me quedó mirando y apartó el brazo. Me di cuenta de cómo se debatía.

—¡Elaine! —se oyó de repente por el pasillo. Por el modo en que se sobresaltó me di cuenta de que ella era la aludida. No teníamos mucho tiempo.

—Bueno, supusimos que tal vez podía estar embarazada —explicó entonces de modo precipitado—. Pero luego dejó de estarlo. Hubo quien dijo que había abortado. Que Jouelle se lo había pedido. Y luego empezó a perseguir al dragón. Y de ahí ya nadie ha logrado sacarla.

—¿Perseguir al dragón?

—¡Elaine!

El tono se volvió más apremiante.

—Es todo lo que sé —añadió, antes de girarse y desaparecer por el pasillo.

Me quedé paralizada. ¿Henny había estado embarazada? ¿Y luego había abortado a petición de Jouelle? ¿Era eso posible, o era una invención de la chica? ¿Podía tratarse de chismes malintencionados porque Henny le hubiera arrebatado un papel importante a alguien?

¿Y qué significaba eso de que se dedicaba a perseguir al dragón?

Nunca había sentido tantas ganas de hablar con ella como entonces. De poder hacerlo, ella me lo aclararía todo. Pero tal vez también lo negaría y luego regañaría a las chicas.

Aunque Henny estaba a pocos metros, en algún rincón detrás de esas paredes, bien podría haber estado en otro país. La distancia entre nosotras era tan grande como el océano.

Al salir de nuevo a la calle, levanté la mirada hacia la fachada del Folies Bergère. El letrero con el nombre se iluminaba por la noche, pero las vaharadas procedentes de los sumideros lo apagaban un poco. El aire parecía más frío, olía a nieve, y las nubes brillaban en un tono naranja oscuro.

Me dije que Henny debía de estar a punto de salir del teatro acompañada por Jouelle. Seguramente se montarían en el coche de él y se marcharían. Era mejor no estar allí cuando aparecieran. Considerando lo que acababa de saber, tenía que pensar muy bien el modo de abordarla.

8

Me desperté de un sobresalto, atormentada por una pesadilla en la que un monstruo parecido a un dragón atacaba a Henny. Ya era de día, y desde la ventana vislumbré un cielo azul y claro. El sol arrojaba sus rayos por encima de los tejados cubiertos por la nieve caída durante la noche.

Me aseé, me vestí y luego bajé la escalera.

Madame Roussel no estaba, pero sobre la mesa había una cafetera. Como ya sabía bien, los franceses desayunaban de forma frugal: un cruasán, algo de mantequilla y mermelada de naranja. Madame Roussel lo había guardado todo en la alacena de la cocina.

Lo saqué y me senté a la mesa. No había rastro de los otros huéspedes que solían comer ahí por la mañana. ¿Ya habían salido de la pensión?

—Buenos días —dijo una voz somnolienta.

Genevieve estaba de pie en la puerta. Iba envuelta en su bata.

—Buenos días —respondí con sorpresa.

—Que no te extrañe —comentó, antes de dirigirse a la alacena, sacar una taza y servirse un poco de café—. Madame Roussel me deja tomar café. Y a veces incluso un cruasán.

—No estoy aquí para vigilar la comida de madame Roussel —repliqué acercándole la mermelada.

—¿Lo conseguiste? —preguntó, y a continuación tomó un sorbo.

—¿El qué?

—Ayer estuviste fuera hasta muy tarde. Pensé que habrías ido a visitar a tu amiga.

—Y así fue. Mejor dicho, esa era la intención. Fui al teatro.

Genevieve asintió y se acomodó en la silla de delante.

—¿Y bien?

—No conseguí hablar con ella, pero la vi en el escenario, y me di cuenta de que ha cambiado. —Bajé la cabeza—. La noté distinta. Y no porque estuviera actuando. Cuando bailaba en el teatro de Berlín, era siempre ella misma. Anoche, en cambio..., parecía una muñeca. Un autómata en movimiento, nada más.

—Eso es lo que pensé. Pero ¿por qué no hablaste con ella?

—¿Estando en el mismo edificio que Jouelle? —Negué con la cabeza mientras en silenció me maldecía por mi propia cobardía—. Habría ordenado a los vigilantes de la sala que me echaran.

—¿Por qué?

—Por molestar a las bailarinas, ¿qué sé yo?

Genevieve suspiró profundamente.

—Deberías intentarlo de nuevo. No hay nada de malo en que una mujer se presente en el camerino de las bailarinas y exprese su entusiasmo.

—Lo intenté... —respondí—. Fui a ver a las bailarinas. Pero ella no estaba. Me dijeron que se había ido con su chico. Imposible verla.

Me quedé mirando fijamente las baldosas. Algunas estaban rotas, con unas líneas finísimas que las atravesaban. Me pregunté cómo era posible que se quebraran si apenas caminaban sobre ellas unas pocas personas. Posiblemente era la combinación del peso y el tiempo lo que las desgastaba. Aquello guardaba cierta similitud con la amistad entre Henny y yo.

—Pero una de las chicas me siguió —continué—. Me contó que Henny había pasado un periodo difícil. No sabía exactamente lo que había ocurrido, pero había oído rumores de que había estado embarazada. Y luego comentó algo que no entendí. Dijo que Henny perseguía al dragón.

Genevieve dio un respingo.

—¿Estás diciendo que persigue al dragón?

—¿Qué significa eso? —pregunté—. Me temo que mi francés no me alcanza para entender algo así.

—No hay nada malo en tu francés —repuso ella—; no me sorprende que desconozcas el significado. Aunque hayas sido una chica caída en desgracia, en tu corazón sigues siendo pura e inocente.

—Pero ¿qué significa? —pregunté impaciente.

—Que es adicta al opio.

—¿Al opio?

Mi cabeza empezó a trabajar. Sabía, claro está, lo que era el opio. La savia de la adormidera, cuyos componentes principales eran unos alcaloides concretos que tenían un efecto narcótico sobre los sentidos. Cuanto más tiempo se consumía, más difícil resultaba prescindir de esa sustancia.

—¿Cómo? —Las cuerdas vocales me fallaron y de pronto me noté la garganta terriblemente seca—. ¿Cómo ha podido ocurrir?

—No lo sé. Pero esta sustancia circula en el mundillo artístico. Y el teatro no es una excepción. En algún momento debió de entrar en contacto con ella. Varias excompañeras de trabajo, que cayeron en eso, obtenían la sustancia de sus clientes. Una vez enganchadas, ya no podían dejarlo.

Observé que a Genevieve se le humedecían los ojos.

—Lo siento mucho —dijo sorbiéndose la nariz—. Sé lo mucho que ella significa para ti y me gustaría que las cosas no fueran así. Una de mis mejores amigas sucumbió por completo. Y muchas otras. Alguna vez estuve tentada de tomar, pero logré resistirme.

¿Henny acabaría sometida también?

—¡Pero debe de haber algo que yo pueda hacer! —exclamé levantándome con energía. Saber que mi amiga se había entregado a una droga que podría significar su muerte me destrozaba el corazón.

—Nadie puede espantar al dragón, es algo que tiene que hacer ella misma. Posiblemente con la ayuda de alguien que le sea cercano. Tal vez su prometido. Siempre y cuando él esté en condiciones de hacerlo.

Empecé a ir de un lado a otro. Me sentía tan impotente que me habría echado a gritar.

—Entonces, ¿qué hago?

Me agarré el pelo y tiré de él como si de ese modo se me pudiera ocurrir algo.

—Trata de hablar de nuevo con ella. O envía a alguien que le haga llegar un mensaje. Si quieres, yo estaría dispuesta a hacerlo.

¿Podría expresar en una carta toda mi preocupación? El riesgo de que Jouelle la interceptara y luego tal vez castigara a Henny era demasiado grande.

Entonces se me ocurrió algo. La tarjeta de monsieur Martin seguía en el cajón de mi mesita de noche.

—Creo que tengo una idea —dije—. Gracias, Genevieve.

—Encantada de ayudarte.

Le sonreí y salí de la cocina.

Le pedí al taxista que se detuviera dos calles antes de llegar a la dirección que me había dado el detective. Me apeé, pagué y traté de orientarme. Era una zona bastante degradada, un distrito de trabajadores de ingresos escasos y gente que no podía trabajar, o no le dejaban hacerlo.

El polvo de carbón ennegrecía la acera y había suciedad por todas partes. Una página de periódico revoloteó por encima de la calle. Oí voces aquí y allá que salían de algunas ventanas abiertas.

Me pregunté por qué no estarían cerradas, pues el aire era tan frío que el aliento dibujaba nubes delante de mis labios.

Al cabo de unos minutos, di con la dirección. En efecto, un letrero pequeño, algo deslucido, anunciaba al detective. Bajé por la escalera hasta el sótano y llamé a la puerta. El ruido resonó por el pasillo y luego todo volvió a quedar en silencio. Nada parecía moverse. ¿Acaso monsieur Martin no estaba? Me giré y volví la vista hacia la fachada del edificio del otro lado. Algunas ventanas estaban cubiertas con papel de periódico, posiblemente una solución de emergencia para tapar las grietas de los cristales y conservar el calor en las estancias.

Di un respingo al oír el giro de una llave en la cerradura detrás de mí.

El detective parecía adormilado. Se restregó la cara con expresión aturdida y le costó reconocerme.

—¡Ah! La joven de la comisaría. ¿Qué la trae por aquí?

—Necesito su ayuda —respondí intentando cerrar la nariz y no oler el intenso olor a tabaco. Un esfuerzo en balde.

—¿Por su hijo? —preguntó él y, antes de que yo pudiera responderle, añadió—: ¡Pase!

El interior de ese lugar resultaba oscuro y poco atractivo a primera vista. Monsieur Martin no parecía tener muchas cosas. Vislumbré junto a la puerta una cómoda lateral sobre la que dejó la llave. En el perchero de la pared de enfrente colgaban su abrigo, su bufanda y su gorra.

La vivienda parecía ser de solo dos habitaciones. Nos encontrábamos en una cocina que él utilizaba también como sala de estar, tal y como dejaba intuir el sofá desgastado. Por la puerta abierta de la segunda estancia vi los pies de una cama de metal, como las que había en las habitaciones baratas de la pensión de madame Roussel.

—Siento el desorden —dijo Martin, recogiendo con torpeza los platos usados de la mesa—. Suelo ir con mis clientes a una cafetería para que me confíen sus preocupaciones.

Me acordé de que debajo de la dirección había un número de teléfono.

—La gente suele llamar arriba, a mi casero, que luego pasa el recado. Un buen tipo, ese Jean.

—No tengo teléfono —expliqué—. Y no hace falta que se tome usted ninguna molestia, ni que me acompañe a una cafetería. Solo quiero pedirle una cosa.

—Por supuesto. Por favor, tome asiento —repuso. Sacó algo del aparador y luego acercó una silla de cocina. Vi que tenía una libreta en las manos—. Dígame, ¿qué ha averiguado del médico que emitió el certificado de defunción?

Lo miré con asombro.

—¿Certificado de defunción?

—Le dije que fuera a verlo. ¿Acaso no se ha atrevido?

—No he venido aquí por mi hijo —aclaré.

Monsieur Martin me miró.

—Ah, ¿no? —preguntó, sorprendido.

Negué con la cabeza.

—Es por mi amiga. Trabaja como bailarina en el Folies Bergère.

—¿La que el comisario creía que había escrito la carta? En ese caso, me parece que, después de todo, sí ha venido aquí por su hijo.

No quise seguir por ahí.

—He observado que está muy cambiada —le expliqué—. Cuando volví a verla, parecía muy ausente. Pero entonces su amante..., bueno, no, su prometido, apareció por donde vivo y me dijo que me alejara de ella, que mi presencia no haría sino empeorar las cosas.

El detective frunció el ceño.

—Yo diría lo mismo si supiera que mi novia ha hecho algo malo.

—No creo que sea la responsable de la carta. Pero estoy convencida de que él... —¿Cómo decirlo? No tenía pruebas de que monsieur Jouelle tratara mal a mi amiga—. Ayer, cuando la vi en escena, me di cuenta de que le pasa algo. Luego una chica del teatro me dijo que «perseguía al dragón».

Una arruga de preocupación asomó en la frente del detective.

—Al principio no supe qué significaba —proseguí—. Pero luego me enteré de que es un modo de decir que alguien es adicto al opio.

Martin musitó algo que no entendí y luego se pasó la mano por la cara.

—Lo siento. Esa basura... Muchos de mis antiguos compañeros de armas han sucumbido a ella. Piensan que les hará sentir mejor, pero el dragón no hace sino empeorar las cosas. Uno intentó dejarlo y estuvo a punto de morir. Lo tremendo es que aún no se haya prohibido.

—¿Qué puedo hacer? —pregunté tratando de reprimir un escalofrío. De repente me noté destemplada, y no era solo porque la estufa de monsieur Martin no calentara bastante.

—La pregunta es más bien: ¿qué quiere usted de mí? ¿Pretende que libre a su amiga del dragón? Si es así, no lo conseguiré. ¿Quiere que averigüe si ella es la responsable de la carta que recibió? En eso, posiblemente, tendría más éxito.

—Usted... —empecé a decir para interrumpirme al instante—. Usted podría averiguar de qué modo puedo ayudarla. En qué momento puedo contactar con ella sin que ese hombre esté presente o la esté vigilando.

El detective se reclinó en su asiento, visiblemente contrariado.

—¿Pretende malgastar el dinero en eso?

—Tal vez podría averiguar qué está haciendo ese hombre con mi amiga. Tal vez eso baste para apartarla de él.

Martin negó con la cabeza y luego se quedó mirando un rato a través del ventanuco de la puerta.

—¿De quién se trata? —preguntó entonces.

—Se llama Maurice Jouelle —respondí—. Trabaja en el Folies Bergère.

—Olvídelo —espetó de inmediato.

—¿Por qué?

—Usted, como extranjera, seguramente no lo sabe, pero ese Jouelle tiene cierta fama. No, claro está, de forma oficial, pero... yo no me metería con él. Tiene demasiados contactos, también con quienes venden opio. No me sorprendería que lo hubiera usado para someter a su amiga.

Me lo quedé mirando fijamente, como si me hubiera propinado un puñetazo. Me sentía apesadumbrada y los ojos se me llenaron de lágrimas. Si lo que decía era cierto..., ¿por qué Henny había accedido? ¿Para asegurarse un puesto en el Folies? ¿Cuánto tiempo llevaba así?

—Debo hablar con ella —dije—. Pero no sé cuándo puedo hacerlo sin peligro de que Jouelle me sorprenda. Necesito un momento en que ella no esté en el piso. Es posible que haga algún recado a diario.

El detective pareció reflexionar unos instantes.

—Está bien. Averiguaré cuándo es posible contactar a solas con su amiga —contestó al fin con resignación—. Eso serán tres francos.

—De acuerdo —respondí y me levanté—. Gracias.

—Tal vez cambie de opinión sobre lo de su hijo —dijo poniéndose de pie—. Le aseguro que tengo recursos para averiguar algo. Es posible que me lleve un tiempo, pero tengo confianza. —Asentí—. Usted necesita ayuda —continuó Martin—. No puede quedarse aquí para siempre. A menos que renuncie a todo. La búsqueda de una persona puede ser larga y puede conllevar muchas frustraciones. A veces pasan años, décadas. En su caso resulta especialmente difícil porque nunca llegó a ver a su hijo. Él no recuerda nada, ni siquiera puede pedir que le lleven a casa. Solo lo encontrará con mucha suerte, o con alguien que, como yo, tenga fuentes a las que recurrir.

—Me lo pensaré. Intente descubrir alguna cosa sobre mi amiga. Luego hablaremos de nuevo.

9

El domingo salí de la pensión por la mañana para dar un pequeño paseo por el parque. Necesitaba con urgencia distanciarme un poco de mis cavilaciones sobre Henny. Aunque era consciente de que a monsieur Martin le llevaría un tiempo averiguar cuándo se la podía abordar, estaba en ascuas e iba de un lado a otro de la habitación como un animal enjaulado. Me preocupaba muchísimo que Henny fuera adicta al opio y me sentía tremendamente frustrada por no saber qué hacer.

El aire era fresco y el sol refulgía. En los árboles y los arbustos centelleaban cristales de hielo. Los gorriones revoloteaban por las calles en busca de migas de pan. Como no sabía bien qué debía hacer, intenté distraerme. Sin embargo, la inquietud no me abandonaba del todo. Vi mujeres jugando con sus pequeños y me embargaron los celos junto con un sentimiento de desesperanza. ¿Alguna vez averiguaría quién me había enviado esa carta? ¿O era mejor aparcar ese asunto?

Mientras daba vueltas a esas cuestiones me percaté de que aún no había visitado a una persona que figuraba en la lista que había hecho durante la travesía.

Marie Guerin, la comadrona.

Me dirigí a la parada de autobuses más cercana. A pesar del tiempo transcurrido, no había olvidado la dirección de la consulta de Marie Guerin.

Unas campanadas me dieron la bienvenida en cuanto me apeé del autobús. Unos niños estaban librando una batalla con bolas de nieve sucias. Al verme, pararon al instante y se me quedaron mirando como si fuera una aparición. En cuanto hube pasado de largo, reemprendieron su juego.

Aguardé un momento ante la casa. Se oían voces procedentes de una ventana un poco abierta. Como los cristales estaban empañados, el interior no se podía ver. Era evidente que madame Guerin estaba preparando el almuerzo de domingo para su familia.

Llamé a la puerta.

Las voces, una de ellas masculina, enmudecieron. Instantes después la puerta se abrió. Por la rendija de la puerta asomó el rostro de Marie Guerin.

Su cara mostró una expresión de reconocimiento.

—¡Es usted! —dijo—. ¿Qué la trae de vuelta?

Me recorrió el cuerpo con la mirada.

—No quisiera molestar... —comencé a decir—. Por favor, disculpe que haya venido sin avisar, pero estaba cerca y...

La comadrona asintió.

—Pase.

Me invitó a entrar. El olor a asado me inundó la nariz y recordé los almuerzos dominicales con mi familia.

Madame Guerin me acompañó por el pasillo que conducía a su consulta. La puerta de la cocina estaba abierta de par en par. Atisbé unas piernas de hombre enfundadas en unos pantalones de pana gruesa y otro par vestido con unos pantalones más finos. Al parecer, tenía un hijo.

—Marie, ¿quién anda ahí? —preguntó una voz bronca que debía de pertenecer al hombre más mayor.

—Solo es una de mis pacientes. Podéis ir empezando.

Se oyó el repiqueteo de unos cuencos. Aquellos hombres parecían acostumbrados a que Marie Guerin tuviera que ausentarse durante el almuerzo de los domingos.

La comadrona cerró la puerta tras de sí. A continuación, me señaló la camilla con la cabeza.

—Por favor, siéntese y cuénteme qué le sucede. Sin embargo, tenga en cuenta que hoy no me será posible ocuparme de inmediato de su problema.

Al principio la miré con asombro, luego lo comprendí. Ella suponía que quería deshacerme de un niño.

—No vuelvo a estar embarazada —dije sin rodeos. Marie Guerin, que se encontraba ya junto al lavamanos, detuvo el gesto y me miró sin comprender—. He venido a hablar con usted. Es por mi hijo. Del que estaba embarazada cuando usted me examinó.

La comadrona se volvió hacia mí.

—Espero que esté bien.

—No lo sé —respondí. Luego le expliqué lo ocurrido.

La mirada de Marie Guerin se entristeció.

—¿Y en qué puedo ayudarla ahora?

—En esa época usted me dijo que era posible dar niños en adopción —dije—. Si mi hijo hubiera sobrevivido... —se me quebró la voz—, ¿usted cree que es posible que en el hospital hubiera gente que entregara niños en adopción... en contra de la voluntad de sus madres?

Marie Guerin suspiró profundamente y se sentó en un taburete.

—Mire, no tengo nada que ver con el hospital —repuso con tono tranquilo—. Y entiendo que usted quiera considerar todas las posibilidades. Sin embargo, las adopciones que ofrezco son legales. Las madres acuden a un abogado, manifiestan su voluntad de renuncia y, en esos casos, no llegan a ver a su pequeño porque hacerlo empeora las cosas. Hay un motivo por el que nunca pregunto ningún nombre. Para que no ocurra algo como esto.

—¿El qué? ¿Que las mujeres acudan a usted y le pregunten por sus hijos?

La comadrona asintió.

—Por regla general, solo suelo conocer sus nombres si vuelven para darme las gracias. Las que quieren dar su hijo en adopción ocultan su identidad, lo cual es bueno para todos. Yo las asisto en el parto y luego entrego al niño, generalmente a una enfermera al servicio de la mujer adoptante. A veces incluso hay presente un abogado. Después, trato a esas mujeres durante un tiempo, porque al cuerpo no le gusta verse privado del sueño de tener un hijo. Como usted sabe, quedan secuelas.

Sí, me acordaba muy bien. Durante un tiempo mi cuerpo no había comprendido que no había ningún recién nacido que atender.

—¿Ha oído usted rumores de niños... robados?

—Siempre ha habido casos de robo de niños y de niños cambiados. Pero, créame, hacer tal cosa iría contra todos mis principios. Las mujeres que quieren dar sus hijos en adopción acuden a mí voluntariamente. No obligo a nadie. Yo misma tengo un hijo y, si alguien quisiera arrebatármelo, mataría a esa persona.

Me estremecí. No contaba con oír esas palabras de una comadrona.

—Debería usted investigar más en el hospital. Si alguien le puede decir algo, tendrá que ser allí. —Suspiró y miró por la ventana un momento, luego continuó—: De todos modos, debe tener presente que tal vez nunca logre averiguarlo. Puede que quien le escribió lo hiciera por remordimientos, pero la mala conciencia se disipa con rapidez, en cuanto hay dinero de por medio.

Mi hijo vendido a una pareja de desconocidos. Aquella idea era tan atroz que sollocé.

—Lo siento —dijo Marie Guerin—. No pretendía disgustarla.

Negué con la cabeza mientras contenía el llanto.

—No lo ha hecho. Agradezco mucho su sinceridad.

Me levanté de la camilla y recobré la compostura.

—¿Le apetece almorzar con nosotros? En esta casa no hay asado cada semana, pero la ocasión lo merece...

—¿Están ustedes de celebración? —pregunté.

—Hoy mi hijo cumple veinte años. Es un joven muy especial.

Sin duda lo debía de ser, pero no podía aceptar esa oferta.

—Yo... no querría molestar —dije—. Muchas gracias por la invitación.

Marie Guerin sonrió y se levantó también.

—Está bien. Le deseo lo mejor y espero que algún día nos volvamos a ver. Me encantaría saber cómo acaba este asunto de usted y su hijo.

—Cuando lo encuentre, volveré a visitarla.

Le tendí la mano y ella me acompañó hasta la puerta. Al llegar ahí, me despedí y salí a la calle.

Tras apearme del autobús, me apresuré hacia la pensión. El viento se había vuelto más templado y murmuraba de un modo casi inquietante en las esquinas de los edificios. Desde los tejados, el agua goteaba por todas partes, y de vez en cuando el hielo se escurría hasta caer sobre la calle. El sol seguía brillando, pero unas nubes amenazadoras se aproximaban procedentes del este.

Estaba tan absorta en mis cavilaciones sobre lo que me había dicho madame Guerin que no reparé en la persona que me salió al paso en la puerta de entrada al edificio hasta que la tuve justo delante. Retrocedí dejando escapar un grito de espanto. Al principio pensé que era Jouelle, pero luego reconocí al hombre, y me sentí invadida por una esperanza prometedora.

—*Bonjour*, mademoiselle —dijo Luc Martin quitándose con un golpecito un poco de hielo de la solapa del abrigo—. Vive usted en una zona peligrosa. Antes, en el patio, un carámbano de hielo ha estado a punto de atravesarme. Menos mal que tengo oído de gato.

Esbozó una sonrisa simpática.

—Lo siento —respondí—. ¿Ha averiguado algo?

—Sí, así es. Seguir a alguien que hasta el momento no ha tenido problemas con la ley es cosa de niños. Aquí tiene las horas en las que se la puede encontrar sola. Por lo que parece, sale al parque una vez al día. La encontrará fácilmente.

Me entregó una hoja de papel en la que había ido anotando los movimientos de Henny durante los últimos días.

—De todos modos, no le puedo asegurar de que la vaya a encontrar ahí. Es difícil inferir de media semana la otra mitad.

—Gracias.

Abrí el bolso y le entregué los tres francos que habíamos acordado.

—¿Cómo va la búsqueda de su hijo? —preguntó mientras se guardaba el dinero—. ¿Ha hecho algún progreso?

Negué con la cabeza.

—Por desgracia, no mucho.

—¿Sospecha usted que se lo robaron?

—No sé qué pensar.

Martin asintió y se quedó en silencio un momento.

—¡Déjeme investigarlo, se lo ruego! —dijo—. Le prometo no pedirle más dinero del que usted pueda pagar.

Me quedé pensando un rato y luego le pregunté:

—¿Por qué quiere encontrar a mi hijo?

—Porque creo que podría ser un asunto serio. Usted también lo quiere, ¿no? ¿No le gustaría abrazar a su hijo? Tal vez yo pueda ayudarla. Basta con que permita que me encargue. Es suficiente con un adelanto de cincuenta francos. Yo la mantendré al corriente de mis avances con regularidad.

Debatí conmigo misma. Cincuenta francos era una suma considerable. ¿Merecería la pena? No había nada que ansiara más que tener por fin a Louis en mis brazos. Conocerlo. Recordé de nuevo las palabras de Marie Guerin cuando dijo que ella sería capaz de matar por su hijo. Para saber con certeza qué había ocurrido, necesitaba ayuda. ¿Qué importaba el dinero? Todavía me quedaba bastante de la venta de los pendientes de madame.

—Está bien —dije.

Luc Martin dio un respingo de sorpresa, y luego los ojos le empezaron a brillar.

—¡No se arrepentirá! Se lo prometo: si está vivo, lo encontraré.

No sabía si podía confiar en él, pero era mi última esperanza. Además, si las intenciones de monsieur Martin era honestas, yo tendría por lo menos un par de ojos ahí, en el Viejo Mundo, y unos brazos capaces tal vez de arrebatar en mi nombre a Louis de sus padres ilegítimos. Tendría oídos que oyeran por mí y una voz que me informaría en cuanto empezaran a acumularse las pruebas. Entonces podría decidir si merecía la pena o no regresar de nuevo.

—No llevo tanto encima —dije—. Aguarde un momento.

—No hay prisa —respondió él.

Subí la escalera mientras intentaba escuchar mi voz interior. ¿Podía confiar en él? Monsieur Martin me había traído información sobre Henny. Se había comportado de forma fiable. Pero ¿qué le impediría no hacer nada cuando yo regresara a Nueva York? Por otra parte, él era el único que había querido ocuparse del asunto. El hospital y la policía me habían dado la espalda.

Cerré la puerta de mi cuarto y me acerqué a la ventana. El detective seguía de pie en el patio haciendo dibujos en la nieve sucia con la punta de su zapato mientras fumaba. Me aparté de la ventana y fui a mi maleta. Llevaba dinero cosido en el dobladillo de dos faldas. Cogí mi neceser, saqué de ahí unas tijeras pequeñas y abrí el dobladillo de una falda. Instantes después tenía los billetes en la mano.

Me metí el importe acordado en el bolsillo del abrigo y guardé el resto en un bolsillo lateral de la maleta. No era un lugar especialmente seguro, pero la cerradura de la puerta de mi habitación funcionaba y, en cualquier caso, iba a necesitar dinero para los próximos días.

Un poco después regresé junto a monsieur Martin.

—Aquí tiene —dije entregándole los billetes enrollados, una costumbre que había adquirido en Estados Unidos.

—Así pues, ¿confía en mí? —preguntó él con la mano extendida, sin coger aún el dinero.

—¿Acaso tengo otra opción? —pregunté.

—Se lo podría replantear.

—No puedo quedarme en París para siempre. —Le tendí el dinero con un gesto más enérgico—. Tómelo y encuentre a mi hijo. Y, si no da con él, encuentre al menos una pista, un nombre, algo que le resulte útil a la policía. Para que no vuelvan a considerar la carta como un simple producto de mi imaginación.

—Así lo haré. —El detective se me quedó mirando y se metió el dinero en el bolsillo de la chaqueta—. Y ahora cuénteme todo lo que sepa del caso.

Miré a mi alrededor. ¿Acaso pretendía que lo invitara a pasar a mi habitación?

—¿Qué le parecería ir a un café? —sugirió, como si me hubiera leído la mente—. Si no me equivoco aquí cerca está el Amateur.

—Dicen que no es un lugar apropiado para mujeres respetables.

—Yo iré con usted. ¿Qué puede pasarle?

De nuevo esbozó una sonrisa simpática y yo asentí. Podían pasar muchas cosas, pero posiblemente Luc Martin conseguiría mucho más que yo.

A primera vista el Café Amateur daba la impresión de ser un local bastante decente. Eso me sorprendió. Por lo que me había dicho madame Roussel, había inferido que se trataba de un bar de mala muerte en el que no era posible poner el pie sin sentir al instante un cuchillo en la garganta. ¿Acaso era el modo que había encontrado de impedir que sus huéspedes gastaran el dinero en comida fuera de la pensión?

Cuando el detective abrió la puerta me envolvió un intenso olor a tabaco. En algún lugar sonaba una música suave.

—¿Lo ve? Es un lugar agradable, ¿no le parece?

Miré a mi alrededor. Las mesas y sillas de madera eran como las de todos los bares. Las paredes estaban revestidas con una madera de color marrón rojizo, y unas lámparas anticuadas emitían una luz amarillenta.

Aquel lugar me recordó un poco el bar clandestino de Nueva York al que Darren me había llevado. La diferencia era que ahí no había ni cantantes, ni fuentes de champán ilegales. Ni tampoco se veía ningún camarero.

Monsieur Martin me llevó a un lugar recogido para sentarnos situado debajo de un cuadro. La pintura estaba tan oscurecida que el motivo original ya no se podía distinguir.

—Así pues —dijo el detective sacando un paquete de cigarrillos del bolsillo de su pantalón—, hábleme de su hijo.

—¿De verdad quiere saber las circunstancias que rodearon su nacimiento? —pregunté. De hecho, no estaba dispuesta a hablar de mi parto con un desconocido.

—Necesito toda la información posible. —Se encendió un cigarrillo. El humo me hizo toser un poco. En otros tiempos, cuando mi padre se encendía un puro, me pasaba algo parecido. Nunca me había gustado que fumase. Por fortuna, en los laboratorios de la universidad estaba prohibido para no correr el riesgo de que algo explotara.

—¿Le molesta que fume? —preguntó el detective, que sin duda se había percatado de mi mirada.

—No, yo...

—Le molesta —dijo apretando el cigarrillo contra el cenicero. Lo miró un instante y luego lo volvió a meter en la cajetilla—. No se puede desperdiciar nada, ¿verdad?

Al instante siguiente se presentó un camarero, tal vez el propietario del establecimiento. Llevaba el delantal repleto de manchas de agua, como si acabara de lavar vasos.

—¿En qué puedo servirles? —preguntó.

Martin me miró.

—Un café con leche —respondí con lo primero que me vino a la cabeza. El camarero emitió un gruñido de asentimiento. No tomó ninguna nota.

—Como es demasiado pronto para un Pernod, tomaré lo mismo que la joven dama.

El hombre emitió otro gruñido y luego se marchó.

—No está acostumbrado a que los clientes le pidan bebidas sin alcohol. Posiblemente esté sorprendido.

Miré a mi alrededor. Aparte de nosotros, no había ni un alma.

—¿Seguro que el café está abierto?

—¡Oh, sí! —respondió Martin—. Si no lo estuviera, no nos habrían dejado pasar.

—Entonces, ¿la clientela viene más tarde?

Miré el reloj de la pared, cuyo péndulo oscilaba sin descanso. Las manecillas marcaban las cinco y diez.

—Los clientes habituales no vienen antes de las seis. Para entonces ya deberíamos haber terminado.

El camarero trajo los cafés y volvió a desaparecer.

Miré a Martin.

—De acuerdo —dije—. Empecemos por el día del nacimiento.

Le expliqué que me había desmayado en la biblioteca, que me habían llevado al hospital y que el médico me había dicho que era preciso practicar una cesárea. Le conté la sensación de irme apagando lentamente y luego volver a la vida. Y el terrible dolor cuando supe que mi hijo había muerto.

Monsieur Martin lo escuchó todo sin prisas, mientras iba tomando sorbos de su taza de café. El aroma me invadió los pulmones, y eso solo me bastó para mantener la cabeza más despejada.

Por fin cogí la taza y tomé un sorbo. Aquel brebaje era sorprendentemente malo. Alejé de nuevo la taza de mí.

—No tengo ni idea de lo que ocurrió durante el tiempo que estuve en coma. Podría haber pasado de todo. Nadie prestó atención al niño.

—¿Las enfermeras?

—Sí, bueno, era su trabajo. Pero... es posible que no prestaran atención realmente. Puede que no les importara el hijo de una mujer pobre. Tal vez para ellas lo mismo era un bebé que otro.

El detective asintió.

—¿No va a tomar notas? —pregunté.

Se dio un golpecito suave en la sien.

—Memorizo todo lo que veo y oigo. Es mi talento.

Asentí con la cabeza. Tal vez fuera cierto.

—Así que usted habló con el médico y la enfermera —dijo.

—Sí, la enfermera Sybille y el doctor Marais.

—¿Y qué hay de la comadrona que la ayudó en el parto?

—Aline DuBois. La enfermera me dijo que había ido a vivir a otro sitio. Nadie sabe a dónde.

—¿Aline DuBois?

—Sí.

El detective pareció tomar nota mentalmente.

—¿Se le ocurre alguna otra cosa?

Negué con la cabeza.

—Eso es todo lo que tengo. Aunque tal vez deba usted saber que hoy he hablado con Marie Guerin, la comadrona de los pobres. Ella me examinó durante el embarazo.

—¿Y lo dice ahora?

—No pudo ser ella —repuse—. En su momento no quiso saber ni mi nombre ni mi dirección, y no trabaja tampoco en el hospital. Ella se ofreció para encargarse de las gestiones para la adopción de mi hijo. Yo me negué y me fui. Al hablar hoy con ella, me ha dejado entrever que es posible que haya niños que sean cambiados o robados de forma deliberada para luego ser vendidos a parejas que quieren ser padres.

—Conozco a Marie Guerin —dijo con cierto tono furioso—. No solo es comadrona, también practica abortos.

—Es posible. Pero conmigo fue muy amable y me dio la impresión de que era sincera.

—Pondré a prueba su honestidad —replicó él—. Puede que usted haya alertado al verdadero culpable. Investigaré a todas esas personas, una por una.

—Tenga cuidado —le advertí—. Puede ser peligroso.

—¡Por supuesto! Pero para eso están los hombres como yo, ¿no?

Asentí con la cabeza mientras trataba de contener la esperanza que empezaba a sentir. Era posible que, como yo, se topara con muros infranqueables.

Martin tomó un último sorbo de su taza, y entonces miró la mía.

—El café no es muy bueno, ¿verdad?

—No —respondí—. ¿Quiere el mío?

Negó con la cabeza.

—No. Pero le estoy agradecido. Por la confianza.

Dicho esto, se levantó y fue a buscar al camarero.

Salimos del café. Varias personas subían por la calle, obreros vestidos con prendas toscas, mujeres envueltas en abrigos gruesos. Ya había oscurecido.

Al despedirnos, Martin dijo:

—Mademoiselle Krohn, yo... Permítame solo un consejo: vaya con cuidado con su amiga. Puede que detrás del asunto del opio haya algo más.

—¿Como qué?

—Es posible que Jouelle la tenga sometida con el opio y que luego la..., bueno, no sé si me entiende..., a otros hombres.

Su franqueza me sorprendió. Negué con la cabeza, aunque entendí lo que insinuaba. Me negaba a creer algo así.

—¿En serio piensa que es el caso?

—He visto muchas cosas, mademoiselle. Sobre todo, con hombres como Jouelle. Cuando hable con su amiga, tal vez le podría ofrecer ir con usted a Estados Unidos. Eso sería la única solución. Mientras ella siga aquí, no podrá escapar de ese hombre.

Dicho eso, se despidió llevándose la mano un momento a su gorra y desapareció.

10

Tras una noche de sueños inquietantes me dirigí a los jardines de Luxemburgo. Las palabras del detective me habían dado más valor. Me parecía ineludible rogarle a Henny que viniera conmigo a Estados Unidos. Sobre todo, si las sospechas de monsieur Martin eran ciertas. Era preciso que se alejara de Jouelle.

Salí a la calle con paso firme y me encaminé hacia la parada del autobús.

La hora punta de la mañana ya había terminado. La mayoría de las personas que esperaban vestían de manera sencilla, pero entre ellas había también algunas damas arregladas con elegancia. De vez en cuando nuestras miradas se cruzaban por un instante, y luego se apartaban. Ya no les llamaba la atención. Tiempo atrás no había sido así.

El autobús llegó. Me acomodé en uno de los asientos y miré por la ventanilla, aunque apenas me daba cuenta de lo que ocurría en el exterior. No dejaba de pensar en cómo hacerle entender a Henny que tal vez estaba en peligro. Quizá ella lo viera de otra manera, o simplemente estuviera asustada...

Cuando llegué a los jardines de Luxemburgo, una campana lejana acababa de dar las doce. Había comprado un bocadillo en una *brasserie*. No tenía mucha hambre, pero me dije que así pasaría el tiempo hasta que Henny apareciera. Si es que lo hacía.

Retiré del banco unos cristales de hielo que habían caído de un árbol y me senté. A esa hora no había mucha gente. Aquí y allá se veía personas paseando: un anciano, una señora envuelta en un abrigo colorido. Una joven me hizo pensar en los petirrojos que solía observar desde mi ventana en Berlín. ¡Qué simple era todo entonces!

Aparté mi mirada de la mujer, pues no quería avivar los recuerdos. Al instante siguiente vislumbré otro punto colorido. Aquel abrigo de color azul regio me llamó la atención. Sobre él destacaba una cabeza de pelo rubio.

Tensé el cuerpo. Al principio, solo distinguí su rostro de un modo vago, pero luego poco a poco se fue volviendo más nítido. Ella no parecía haberse percatado de mi presencia.

El detective estaba en lo cierto.

—¿Henny? —la llamé levantándome. Metí de nuevo el bocadillo en la bolsa marrón.

Mi amiga detuvo el paso, como si la hubiera arrancado de un pensamiento profundo.

—¿Sophia? —preguntó incrédula. Era evidente que yo era la última persona que esperaba encontrar allí. Mi corazón latía con fuerza.

—¡Henny! ¡Cómo me alegra volver a verte! —Me apresuré hacia ella como si la viera por primera vez después de mucho tiempo. Sin embargo, apenas habían pasado unos días—. ¿Cómo te va todo? ¿Estás bien?

Henny me miró con extrañeza.

—Sí —respondió—. ¿Por qué no iba a estarlo?

Había tantas cosas en ella que no parecían ir bien... Ya el mero hecho de que se comportara como si no nos hubiéramos visto recientemente me dio que pensar.

—Me alegro —dije sin saber muy bien cómo continuar—. Yo..., el otro día te vi durante la función. Fue..., estuviste muy bien.

—Gracias.

Miró a su alrededor. ¿Acaso temía que Jouelle estuviera por ahí? ¿Debía decirle que él me había salido al encuentro y que me había amenazado? ¿Debía preguntarle sobre lo que me había contado su compañera, lo del dragón?

La tomé de la mano.

—¡Henny! Si hay algo que quieras contarme...

Henny retiró la mano. Una sonrisa vacilante asomó en su rostro.

—¿Qué quieres saber?

—¿Qué tal te va con Jouelle? —pregunté—. ¿De verdad te trata bien?

—Sí, claro. ¿Por qué lo preguntas? Él me ha asegurado un trabajo fijo en el teatro.

—Claro que sí.

Levanté los brazos, pero no supe qué hacer con ellos. Me habría gustado mucho abrazarla, pero probablemente ella me habría apartado.

—Yo..., bueno, quería ofrecerte la posibilidad de venir a Estados Unidos conmigo. Parto de nuevo el viernes, y estoy segura de que puedo encontrar un billete para ti. Si quieres.

Negó con la cabeza y me miró con asombro.

—Tengo mis actuaciones. No puedo irme de viaje sin más como tú.

—Henny, tienes que dejarlo —me oí decir, antes de poder contener las palabras—. No debes tomar más de eso.

En realidad, mi intención no era sacar ese tema, pero la mujer que tenía delante estaba a punto de devorar a la Henny de verdad. No podía permitir que tal cosa sucediera. De nuevo, la tomé de la mano.

—Sé que eres adicta al opio. Y sé que Jouelle te tiene completamente sometida. ¿Sabes que vino a verme? Me dijo que me alejara de ti, que era lo que tú querías. ¿Es eso lo que quieres?

Henny abrió los ojos de par en par. Por un momento pareció que había desaparecido el velo que los cubría. Pero al instante su mirada se endureció.

—¿Qué te has creído? —replicó airada—. ¿Cómo te atreves a decirme esas cosas?

—Porque es la verdad —contesté—. Tu compañera me dijo que te dedicabas a perseguir al dragón. Y yo... —Me interrumpí. No podía contarle que había contratado a un detective para espiarla—. ¿De verdad le dijiste a Jouelle que debía mantenerme alejada de ti?

Henny me miró como si la hubiera sorprendido. ¿Era posible que le hubiera pedido que me amenazara? No me lo podía creer. En todo caso, sin duda, sí debía de haberle hablado de mi visita.

—Henny, ¡tienes que dejar de tomar opio! Si antes no te apetecía, ¿por qué ahora sí?

Ella frunció los labios como una niña obstinada.

—Tú no tienes ni idea —gruñó.

—No, para nada. Pero puedo ayudarte. ¡Ven conmigo a Estados Unidos! Mi tren parte este viernes a las diez de la mañana. ¡En Estados Unidos hay muchos teatros de variedades! ¡Te será fácil encontrar trabajo! Así te alejarías de todo esto. Apártate de ese hombre.

Aún no había terminado de hablar cuando supe que había cometido un error. No debería haber mencionado a Jouelle.

Henny endureció la mirada.

—¿Quién te has creído que eres? —preguntó en voz baja—. Ni eres mi madre ni puedes decirme lo que debo hacer.

—Pero...

Su mirada furiosa me interrumpió.

—¡Largo! —siseó—. ¡Lárgate y no vuelvas nunca más! ¡Ya no eres nada para mí!

Esas palabras me hirieron como un bofetón.

—¡Henny!

En ese instante en mi cabeza no solo resonaron sus palabras. De pronto, oí de nuevo a mi padre proclamando en su momento que yo ya no era su hija.

No entendía en qué me había equivocado.

Henny se dio la vuelta y se marchó con paso airado.

—¡Henny! —grité de nuevo, sin fuerzas para correr tras ella. Sentí la sangre latiendo con fuerza en mis venas. ¿Acababa de perder a mi amiga?

La contemplé mientras se alejaba enfurecida por el parque. Su abrigo azul se fue empequeñeciendo hasta que por fin desapareció entre los árboles. De todos modos, aunque se hubiera detenido, ya no la habría vuelto a ver; la desesperación me llenó de lágrimas los ojos y me eché a llorar con amargura.

En cuanto me hube calmado un poco, regresé a mi banco. Sentía las lágrimas ardiendo en la cara. ¡No podía creer lo que acababa de ocurrir! Me lo recriminé. No debería haber sido tan directa. Pero ¿de qué otra manera podría haberlo hecho?

A pesar del frío me quedé un rato sentada en el parque. Me sentía muy mal y la idea de encerrarme en mi habitación me producía angustia.

Cuando por fin me dirigí hacia la pensión, aún estaba muy afectada. Con cada paso que daba, aumentaba mi miedo a que Jouelle volviera a aparecer. Me habría gustado tener a alguien a mi lado, alguien que me protegiera de hombres como él. Pero estaba sola y tenía que cuidarme sola.

Crucé la entrada al edificio y miré alrededor en todas las direcciones. No había nada inquietante. El gramófono volvía a sonar, y accedí al vestíbulo acompañada de sus sones. Una de las lámparas debía de haberse estropeado porque una parte de la escalera estaba a oscuras. Me pregunté si madame Roussel lo sabría, pero no me sentí con fuerzas de ir a avisarla.

Solo quería estar sola y llorar.

Al oír pasos en el piso superior, bajé la cabeza y seguí mi camino.

—¡Sophie!

La voz sonó por encima de mí con un tono casi de sorpresa. Levanté la mirada y vi a Genevieve. ¿Qué hacía ella en esa parte de la pensión?

Me sequé la cara a toda prisa y traté de recobrar la compostura, pero noté que no lo conseguía.

—¿Qué pasa? —preguntó ella escrutándome. Aunque la iluminación era algo débil, no logré ocultarle la cara hinchada—. ¿Alguna noticia de tu hijo?

Negué con la cabeza.

—No. Es Henny. Ha roto nuestra amistad.

Genevieve, incrédula, hizo una mueca.

—¡No puede hablar en serio!

—Sí, lo dice en serio —repuse—. Yo solo quería ayudarla.

Me di cuenta de que no podría evitar explicárselo todo a Genevieve. Pero no deseaba hacerlo en medio de la escalera.

—Si no te importa acompañarme, te lo cuento. —Genevieve vaciló un momento—. Claro que si tienes otros planes...

—No —se apresuró a decir agarrándome de la mano.

Nuestras miradas se encontraron y asentí. Entonces le hice un ademán para que me siguiera.

Abrí la puerta de mi habitación.

—El techo de mi cuarto está mojado, es posible que el tejado esté mal —me contó mirando alrededor—. Madame Roussel me ha cedido un alojamiento provisional en esta parte del edificio, una planta encima de la tuya. Creo que el alquiler de más merece la pena.

—Ponte cómoda —dije indicándole una de las butacas curvadas y antiguas. A continuación, me acerqué a la ventana y corrí las cortinas. Del mundo exterior ya había tenido suficiente por ese día—. ¿Por qué sigues viviendo aquí? —pregunté mientras también me acomodaba—. Podrías mudarte a casa de tu amante.

—Necesito sentirme libre —declaró ella, extendiendo los brazos—. Puede que aquí la habitación no sea gran cosa, pero es un lugar que tengo para mí sola. Sobre todo, ahora que he abandonado el oficio. Mi amante es un buen hombre, pero de vez en cuando necesito guardar un poco las distancias. Es el único modo de mantener viva nuestra relación.

Asentí. Posiblemente era lo que a ella le convenía. Necesitaba a alguien fuerte a su lado que no quedara anulado por su personalidad.

—Cuéntame qué ha ocurrido.

Le expliqué que había encargado al detective que averiguara en qué momento podría encontrar a Henny sin Jouelle, y que había podido hablar con ella en el parque.

—No me ha escuchado —terminé diciendo—. Le he ofrecido venir conmigo a Estados Unidos, lejos de ese tipo. En Nueva York hay muchos teatros; seguro que la contratarían allí. Además, es alemana. Las autoridades le permitirían entrar en el país.

De pronto me sentí como alguien a punto de morir ahogado, buscando desesperadamente un punto de apoyo.

Genevieve me acarició el brazo.

—Tus intenciones eran buenas —comentó— y, por lo que me dices, es lo único que podías hacer. Pero a veces... —Hizo una pausa como si quisiera sopesar sus palabras antes de proseguir—. A veces no se puede rescatar a quien no quiere ser rescatado. Me temo que vas a tener que esperar a que ella se dé cuenta de la situación en la que se encuentra. Antes no aceptará tu ayuda.

—Me da miedo que no quiera volver a saber nada de mí nunca más.

—Lo dudo. A veces, la rabia nos hace decir cosas que no pensamos. Cuando vuelva a tener la mente despejada advertirá que tú llevabas razón.

—Pero ¿y si no vuelve a tener la mente despejada? ¿Y si el opio la consume?

Genevieve se me quedó mirando durante un buen rato y luego respondió:

—Henny es una mujer adulta. Estoy segura de que volverá en sí. Hasta entonces vas a tener que aguardar. Aguardar y tener esperanza.

—Hay tantas cosas que aguardo y en las que tengo esperanza —respondí con tono abatido.

—Estoy convencida de que un día lo verás compensado. Y lo que obtendrás a cambio será más hermoso que cualquier otra cosa que hayas visto o vivido hasta el momento, créeme.

11

A pesar de los ánimos de Genevieve, el rechazo de Henny me siguió afectando y pasé los días siguientes haciéndome reproches. Una y otra vez repasaba mentalmente aquel encuentro. ¿En qué momento había cambiado por completo su estado de ánimo? ¿Cuándo debería haberme dado cuenta de que sería inútil ofenderla? Siempre habíamos sido muy sinceras entre nosotras. Simplemente, no me había percatado de que eso había cambiado. Me habría gustado disculparme, pero ¿cómo? Si ella le había contado nuestro encuentro a Jouelle, seguramente él la vigilaría aún más de cerca o tal vez volvería a aparecer por aquí. Una posibilidad en la que no quería ni pensar...

En los últimos días me había preguntado si habría alguna posibilidad de contactar de nuevo con ella, de asegurarle mi amistad. Y de volver a proponerle que me acompañara a Estados Unidos. No me había atrevido a regresar al parque, aunque estaba segura de que Henny tampoco habría aparecido por allí. Aunque no habíamos discutido a menudo, en esas contadas ocasiones ambas habíamos preferido evitarnos.

No me atreví a regresar a su casa. Sin duda me impediría el acceso. Necesitaba a alguien que pudiera abordarla sin que ella lo dejara plantado. La única persona que se me ocurrió fue monsieur Martin. Él podría transmitirle un mensaje, incluso en presencia de Jouelle.

Cuando bajé la escalera que llevaba al apartamento de Luc Martin me recibieron unos ladridos de perro. ¿Acaso había adquirido un amigo de cuatro patas?

Luego me di cuenta de que los ladridos venían del piso de arriba.

Al instante siguiente, la puerta se abrió de golpe.

—¡Maldito chucho! —gruñó. Luego me miró—. ¡Oh, es usted!

Se aclaró la garganta y se alisó el pelo revuelto. Era como si acabara de salir de la cama. Su ropa arrugada corroboraba esa impresión.

—Discúlpeme, por favor, el perro de mi casera me está volviendo loco. Lleva días ladrando sin parar.

—¿Tal vez le ha pasado algo a su dueña?

Pensé en el perro de frau Passgang, una vecina de casa de mis padres; seguro que él también daría la alarma si su dueña cayera inconsciente.

—Da esa impresión, ¿verdad? Pero lo he comprobado, está vivita y coleando. Lo que ocurre es que está bastante sorda y no se da cuenta del alboroto que ocasiona su pequeño Filou. —Martin suspiró profundamente—. ¿Qué puedo hacer por usted, mademoiselle Krohn? Seguro que no ha venido aquí para despedirse. ¿Se le ha ocurrido alguna otra cosa sobre su hijo?

—No —dije—. ¿Tiene alguna información nueva?

—Me temo que no. He preguntado por la comadrona desaparecida, pero hasta el momento no he obtenido ninguna respuesta.

Asentí.

—No he venido por mi hijo. Solo quería pedirle un favor.

—¿De qué se trata?

—Me gustaría hacerle llegar un mensaje a mi amiga.

—¿No la encontró?

—Sí, desde luego. Hablé con ella, pero me mandó a paseo. De hecho, rompió su amistad conmigo cuando le dije la verdad sobre su prometido.

Martin aspiró aire entre los dientes.

—Vaya, tal vez debería haber actuado con más tacto.

—Es posible —repuse—. Pero la amistad no debería resentirse por contar la verdad a una amiga, ¿no le parece? Por prevenirla. Usted mismo dijo que ese Jouelle no es de fiar.

—Así es. Pero también le dije que debía tener cuidado. Por lo general a las mujeres de ese tipo de hombres no les gusta ver la cara auténtica de la persona a la que aman. Ni siquiera la ven cuando son víctimas de palizas constantes.

El estómago se me encogió del todo. Era evidente que había cometido un gran error. Un error que tal vez perjudicaría a Henny.

Luc Martin se rascó la barbilla.

—Discúlpeme, por favor, no pretendía reprocharle nada. ¿Quiere pasar? Dentro tengo papel para escribir. Si escribe la nota, intentaré hacérsela llegar a mademoiselle Wegstein.

—Gracias.

Entré tras él.

En esa ocasión, el ambiente era realmente caótico. Había piezas de ropa desparramadas por la estancia y platos apilados sobre la mesa de la cocina.

—Perdone el desorden —dijo apresurándose a desocupar la mesa de la cocina—. Estos últimos días han sido bastante agitados.

Estuve a punto de preguntarle si ya se había gastado el dinero que le había dado.

Al examinar el lugar con más detalle, me di cuenta de que no había botellas de alcohol por ningún lado. De hecho, daba la impresión de que había tenido que hacer algo tan importante que le había impedido ocuparse de cuidar la casa.

—Tome —dijo mostrándome por fin un bloc de notas—. Escriba lo que quiera decirle. Haré todo lo posible por entregársela. Lo que no puedo prometerle es que reaccione de la manera en que a usted le gustaría.

—Ni yo puedo exigirle una promesa así —respondí—. Le agradezco que quiera intentarlo.

—Encantado —contestó. A continuación, señaló una de las sillas—. A fin de cuentas, actualmente usted es mi mejor cliente.

Me senté y luego tomé el portaplumas que había junto al bloc de notas. ¿Qué decirle?

Tras reflexionar un rato, escribí:

Querida Henny:
Lamento cómo terminó nuestro último encuentro. No tenía ningún derecho a decirte lo que debes hacer. Mis disculpas también por los reproches que te dirigí. Eres mi mejor amiga, y siempre me has apoyado. Eso es algo que nunca olvidaré. Me gustaría decirte también que siempre estaré a tu lado si me necesitas.

Parto hacia Calais mañana a las diez de la mañana y en torno a las seis de la tarde embarcaré en el Magdalena. *Quizá pienses en mí. Y quizá quieras acompañarme. Aunque te parezca imposible, encontraremos la manera.*

Con cariño,
Sophia

Me quedé mirando las palabras que había escrito. ¿Eran correctas? Si Henny seguía enfadada conmigo, tal vez no las leería. Pero ¿y si solo se había asustado por Jouelle? ¿Y si entretanto había cambiado de opinión?

Doblé la nota.

—¿Tiene un sobre?

Me volví hacia Martin. Mientras escribía no me había fijado en él, pero entonces reparé en que me había estado observando.

—Por supuesto —contestó, y a continuación se levantó. Rebuscó en un cajón de la cómoda—. Está usado, pero no creo que eso le importe a su amiga. Puede que incluso la anime a leerlo.

—Eso espero.

Tomé el sobre y metí la carta en él. Luego doblé la solapa. Por un momento consideré la posibilidad de escribir su nombre en él, pero me contuve. Era mejor que ella no supiera de inmediato de dónde venía esa misiva.

Al terminar, entregué el sobre a monsieur Martin.

—Intentaré contactar con ella en el teatro —comentó el detective—. Puede confiar en mí.

Sonrió.

—Gracias —dije, y me puse en pie.

Antes de que pudiera girarme hacia la puerta, él me retuvo.

—Así pues, ¿va a partir pronto?

—Mañana —respondí.

Él asintió.

—Cuídese mucho. Nunca se sabe lo que puede ocurrir en esos barcos.

—La travesía es bastante aburrida —dije sorprendiéndome a mí misma al devolverle la sonrisa—. No me pasará nada.

—Eso espero. —Me tendió la mano—. Seguiremos en contacto, ¿verdad?

—Desde luego.

Le estreché la mano y le miré a los ojos. Descubrí entonces que los tenía de color avellana; en ese instante me di cuenta de que, en los últimos días, durante todos nuestros encuentros, no me había detenido a mirarlo de verdad. En ese momento advertí la bondad de su mirada y tuve la certeza de que me ayudaría.

—Que le vaya bien, monsieur Martin —dije.

—Igualmente, mademoiselle Krohn. Espero que pronto nos volvamos a ver.

—Lo mismo digo.

Nos miramos de nuevo y, mientras me dirigía a la puerta, sentí una extraña turbación. Subí la escalera y, al llegar a la acera, sacudí la cabeza como para disipar el pensamiento que se me había formado.

12

Así que quieres regresar a ese continente loco? —bromeó Genevieve cuando me asomé a su puerta para despedirme.

—No tengo elección —respondí sintiendo que el corazón se me encogía. Me daba la sensación de estar aún como al principio, y seguía sin tener ninguna certeza acerca del destino de mi hijo. Marcharme me parecía una traición. Sin embargo, debía hacerlo—. Ya sabes cómo son las cosas aquí. ¿Acaso ha cambiado la norma sobre el empleo?

Genevieve negó con la cabeza.

—No, de hecho es aún peor. Ahora apenas se contrata a extranjeros. Hoy en día muchos se están marchando a Inglaterra porque aquí es inútil intentarlo.

—¡Pues ya lo ves! —repuse frunciendo el ceño. Se me hacía un nudo en la garganta ante la idea de dejar a Louis ahí, si de veras seguía con vida, abandonado a su suerte, aunque fuera de forma temporal. Pero ¿qué alternativa tenía? Hasta ahora solo habíamos perseguido fantasmas. Para continuar con la búsqueda, necesitaba disponer de lo imprescindible para vivir. Y ahí no lo conseguiría—. De hecho, por un momento he sopesado la posibilidad de quedarme —admití—. Pero ¿cómo hacerlo sin trabajo y sin techo? Madame Roussel no me dejaría vivir aquí gratis.

Inspiré con un estremecimiento, luchando contra las lágrimas que me asomaban a los ojos, y así la mano de Genevieve. Ella pareció sorprendida ante mi repentina emotividad.

—Por favor, disculpa, no pretendía...

—Tú no has hecho nada —respondí—. Y tampoco he renunciado a encontrar a Louis. Contraté a ese detective del que te hablé, el que estuvo vigilando a Henny.

—¿Crees que conseguirá algo?

—Eso espero. —Esbocé una sonrisa dolida, notando cómo me invadía ese anhelo agridulce—. Si todo va bien, lo encontrará, y entonces me lo llevaré conmigo a Estados Unidos.

De pronto tuve una idea. Me parecía increíble no haberlo pensado antes. En ese momento, surgió en mí con una intensidad que por un momento me paralizó.

Aún conservaba la oferta que me había hecho miss Arden. Tal vez, si empezaba a trabajar para ella, podría pedirle que me enviara a Europa. Sabía que tenía una delegación ahí. Si lograba trabajar para ella en París, podría buscar a Louis. Y sin problemas con las autoridades.

—¿Qué te pasa? —quiso saber Genevieve al notar que de pronto me quedaba inmóvil.

Sacudí la cabeza y regresé a la realidad.

—Nada, yo..., he tenido una idea. Puede que exista una posibilidad de volver a París. Para siempre. Pero antes debo ir a Estados Unidos.

—¿Te gustaría hablar de ello?

Negué con la cabeza.

—No. Primero tengo que saber con claridad cómo pretendo abordar esta cuestión. Pero es una pizca de esperanza.

—Eso es bueno. —Genevieve me abrazó y me sonrió—. Que tengas suerte en tu viaje. Espero que regreses cuanto antes para recoger a tu hijo.

—Gracias. Ojalá nos veamos muy pronto de nuevo.

Nos miramos un momento mientras en sus ojos brillaban las lágrimas.

—Cuídate, Genevieve.

—¡Tú también, Sophie!

Asentí y me separé de ella. Me sentía excitada. No podía dejar de pensar en miss Arden y esa idea me llenaba de expectativas.

Abajo, en la cocina, me encontré con madame Roussel. Para mi gran sorpresa, me había preparado un paquete de pastas y tartaletas.

—No tenía por qué hacerlo —le dije al dejarle la llave de mi habitación sobre la mesa.

—Necesitarás algo para el viaje. Me han dicho que la comida en Estados Unidos es atroz.

—No está tan mal. Tal vez tengan un chef francés a bordo.

—Espero que así sea, por vuestro bien. Pero el camino hasta Calais es largo, y además luego tienes que ir a Inglaterra. No quiero que pases hambre.

—Es muy amable por su parte.

—No dejes de venir aquí cuando estés en París. No tires el dinero en hoteles sobrevalorados.

Sonreí.

—No lo haré. ¡Adiós!

Nos abrazamos, y luego abandoné la pensión con las provisiones y la maleta.

Al llegar a la estación, pagué la carrera al taxista y entré en la sala de espera. Mi tren partía en media hora: no era mucho tiempo, pero sí el suficiente como para esperar un milagro. ¿Aparecería Henny?

Me senté de manera que la entrada me quedara a la vista. Las agujas del reloj de la estación iban desplazándose, pero ninguna de las mujeres que atravesaron sus puertas era Henny.

Finalmente, llegó el momento de ir al andén. Me levanté, así la maleta y subí la escalera. Me sentía apesadumbrada. No tenía ninguna duda de que Martin había entregado mi nota. Él tenía sus modos y sus medios. Pero, al parecer, Henny no me había perdonado. Ni tampoco parecía querer salir de su situación. Me invadió una sensación de impotencia, y de nuevo dejé que las lágrimas acudieran a mí.

Había muchas personas en el andén, algunas sentadas sobre grandes maletas. Un par de niños en pantalón corto correteaban alegres hasta que sus madres los reprendieron de forma enérgica. Uno de los pequeños me dirigió una amplia sonrisa, dejando ver los huecos de sus dientes. Aparté la vista. Si Luc Martin no lograba obrar un milagro, nunca vería así a mi hijo. Nunca lo acompañaría a su primer día de escuela; nunca me daría cuenta de que se había enamorado. Todo eso, si estaba vivo. Poco a poco empezaba a albergar dudas al respecto.

Mientras mantenía la vista apartada de esos niños, vislumbré a una mujer parecida a Henny en altura y figura. Por un momento el corazón me dio un vuelco. Levanté la mano, dispuesta a llamar a mi amiga. Pero entonces se volvió hacia un lado y me di cuenta de que no era ella.

Bajé la mano. La decepción se apoderó de mí.

Me quedé inmóvil con la vista clavada en las vías que partían de la estación. Solo volví en mí cuando los altavoces sobre mi cabeza anunciaron el tren y apareció la locomotora. No podía esperar a Henny. Le escribiría, pero no sabía si mis cartas le llegarían.

El tren se detuvo y me uní a la cola de gente que aguardaba. El avance era lento. Una y otra vez miraba a mi alrededor. ¿Y si, después de todo, Henny venía? Al final, no me quedó más remedio que subir al tren. Me dirigí a mi asiento, siempre mirando afuera, escrutando el andén. Me intenté convencer de que tal vez se había subido a otro vagón.

Pero sabía que, si de verdad ella se hubiera querido marchar, me habría encontrado.

Aun así, en Calais contemplé a los pasajeros que se apeaban del tren. No disponía de mucho tiempo, tenía que buscar un taxi que me llevara al puerto. Llena de inquietud, recorrí la estación de un lado a otro, buscándola, pero no la vi por ningún lado.

Desalentada, me dejé caer en un banco. Se acercaban nuevos viajeros, pronto llegaría otro tren. Esperé a que pasaran. La constatación de que Henny no vendría se me clavó dolorosamente en las entrañas. Tal vez no volvería a verla nunca más.

El miedo a perder el barco me obligó a levantarme de nuevo. Bajé la escalera y me dirigí a la salida.

No muy lejos de la estación distinguí un taxi; al volante había un hombre de aspecto malhumorado leyendo el periódico.

—Todo se está yendo al garete —murmuró.

—Monsieur, ¿me podría llevar al puerto? —le pregunté interrumpiéndolo.

Me escrutó un momento y luego dejó el periódico a un lado.

—¡Suba!

Abrí la puerta posterior y deslicé la maleta en el interior del vehículo.

—¿Destino? —preguntó el taxista después de arrancar el motor. El pavimento de la calzada estaba tan lleno de baches que yo iba dando bandazos de un lado a otro.

—Al puerto —respondí. ¿Acaso no me había entendido antes?

—No, quiero decir desde el puerto. ¿A dónde va? ¿A Inglaterra?

—A Estados Unidos —respondí.

—Vaya, Estados Unidos. Se dice que un nuevo presidente jurará pronto el cargo. ¿Usted es estadounidense?

Oficialmente, aún no lo era.

—No, pero trabajo allí. Puede que en un par de años consiga la nacionalidad.

—Sea como sea, se dice que ese nuevo presidente de ustedes es un buen hombre. Hoover, ¿verdad?

—Sí —respondí.

Las mujeres de la fábrica habían comentado entre ellas que un tal Herbert Hoover había salido elegido. Sin embargo, como no me estaba permitido votar, apenas me había preocupado de esa cuestión. Me asombró que un taxista francés estuviera interesado.

—Ojalá tuviésemos de presidente a alguien como él. Nuestros políticos son débiles. Deberían haberse quedado más partes de Alemania, no solo Alsacia.

Fruncí los labios. Él no sabía que en su vehículo llevaba a una alemana. No se me ocurrió una respuesta. El imperio había contraído una gran deuda. ¿Por qué la gente no podía olvidar esa desdichada guerra? Para entonces ya habían pasado más de diez años.

—En todo caso, es usted afortunada. Ya me gustaría a mí ir a Estados Unidos. El jazz, la libertad... No me costaría acostumbrarme a eso.

Le podría haber explicado que la vida en Estados Unidos no consistía solo en jazz y en la posibilidad de hacer lo que uno quisiera. Pero eso nos habría llevado demasiado lejos.

Guardé silencio, y el conductor perdió interés en charlar conmigo.

Por fortuna, había tan pocos vehículos por la calle que llegamos al puerto con bastante rapidez.

Contenta de poder subir por fin a bordo, pagué la carrera y saqué la maleta del asiento.

—¡Mucha suerte, mademoiselle! ¡En unos años nos encontraremos al otro lado! —dijo el taxista al despedirse. Miré cómo se alejaba. ¿De verdad deseaba emigrar a Estados Unidos? De ser así, deseé que a él también le dieran una oportunidad.

La cola para el ferri era realmente larga. Tuve la impresión de que ese día había más pasajeros deseosos de embarcarse que la primera vez. ¿O quizá entonces no presté la suficiente atención a causa de madame?

Inspiré profundamente y acarreé la maleta hacia la gente que aguardaba. Las personas que tenía delante me observaron un instante y luego retomaron sus conversaciones. Detuve la mirada en una dama elegante que llevaba un abrigo de piel de cuello alto de intenso color rojo con sombrero a juego. En medio de los abrigos oscuros y grises, parecía una flor de primavera que, tras un largo periodo sumida en la oscuridad y el frío, asomaba la cabeza por fin hacia la luz. Durante un rato no pude evitar contemplarla fijamente.

De nuevo pensé en Henny. Ya había abandonado cualquier esperanza de que fuera a aparecer, pero me preguntaba cómo debía de sentirse ahora. ¿Seguiría resentida conmigo? ¿O quizá lamentaba haber reaccionado de un modo tan brusco? ¿Podía contar con recibir una carta suya?

—Su billete, por favor, mademoiselle.

El agente uniformado me sacó de la vorágine mental en la que estaba inmersa. Sin darme cuenta, la cola había ido avanzando, y yo con ella.

—Sí, aquí tiene.

El hombre lo revisó y asintió. Pasé junto a él y subí por la pasarela de embarque.

Instantes después, el ferri zarpó dejando oír con fuerza su sirena. El grupo de personas que quedó en tierra empezó a agitar los brazos saludando desdibujándose al fin en una mezcla de manchas de colores y pañuelos blancos, hasta que finalmente esta desapareció. Al otro lado del canal me esperaba el barco para la gran travesía. Una travesía que me llevaría a casa y, a su vez, a lo desconocido.

De algo estaba segura: si lograba convencer a miss Arden de mis méritos, encontraría pronto el modo de regresar otra vez a París.

13

La decepción por que Henny no hubiera aparecido en la estación me persiguió durante toda la travesía de regreso. Una y otra vez me descubrí repasando los diferentes escenarios posibles. ¿Jouelle la había sorprendido y la había encerrado en su apartamento? ¿Le había quitado el pasaporte? ¿O tal vez no acompañarme había sido decisión propia? ¿De verdad no quería saber nada más de mí?

Y luego estaba Louis, mi hijo. Resultaba descorazonador no haber dado con ninguna pista. Pero ¿qué otra cosa iba a esperar? Ese tipo de asuntos no se pueden resolver en pocos días. Había hecho cuanto estaba en mis manos; ahora todas mis esperanzas estaban puestas en monsieur Martin. Era de allí, conocía personas a las que recurrir y puertas a las que llamar a las cuales yo no tenía acceso. Confiaba en que pudiera aportarme claridad.

Curiosamente fue la visión de la Estatua de la Libertad lo que consiguió que dejara a un lado mis pensamientos sobre París. Sentí como si regresara a casa. Tenía ganas de ver a Kate y a mister Parker, aunque no sabía qué haría a continuación. En todo caso, por lo menos me hacía una idea, y me alegré de no haber destruido la carta de miss Arden.

Poco después el barco atracó en el puerto. Al instante me rodeó un bullicio al que ya me había desacostumbrado.

Partí hacia Brooklyn con el siguiente tren. El sol derretía por fin los últimos restos de nieve que se aferraban a los tejados y en los charcos se reflejaba el cielo azul. Pronto sería primavera y la vida empezaría de nuevo su ciclo.

Al llegar a la casa de mister Parker, saqué las llaves del bolso. Ardía en deseos de llegar a mi cuarto, aunque me llevaría una eternidad caldear la habitación.

Apenas había entrado en el vestíbulo y metido la llave en la cerradura del buzón cuando Kate asomó la cabeza.

—¡Has vuelto! —gritó arrojándose sobre el hombro el paño de cocina que sostenía en las manos. Un instante después me estaba rodeando con sus brazos. Su perfume de rosas me provocó una sensación agradable al mismo tiempo que su calor iba calando en mi ropa húmeda y fría—. ¡Cuánto me alegro de volver a verte!

—Yo también me alegro de estar de regreso —contesté preparándome por dentro para la inevitable pregunta.

Kate se apartó un poco de mí, posó las manos en mis brazos y me miró.

—¿Te apetece un café? —preguntó—. Quiero decir, después de que mires si tienes correo.

Abrí la puerta del buzón. Tal y como esperaba, en su interior no había nada.

Dejé la maleta en el suelo y la seguí a la cocina.

—Mister Parker ha salido —me informó—. Su hijo acaba de tener un hijo y ha ido a conocer a su nuevo nieto.

—¡Qué bonito! —respondí mientras sentía regresar a mí la inquietud. ¡Mister Parker ya era abuelo! Aquello era tan maravilloso que se me humedecieron los ojos.

Kate se dio cuenta y sacó del delantal un pañuelo planchado con esmero.

—Aquí tienes, toma. Lo siento, no pretendía...

—No es nada —dije secándome las lágrimas del rabillo del ojo—. Me temo que aún estoy un poco sensible por la travesía. Vi a muchos niños en París y de vez en cuando me imaginaba...

Me senté a la mesa de la cocina. Los pies me ardían y sentía escozor en los ojos. En el curso del trayecto había podido acostumbrarme un poco a la diferencia horaria, pero me sentía tremendamente cansada.

—¿Has encontrado alguna pista? —preguntó Kate mientras ponía el hervidor en el fogón.

—No —contesté. Kate asumió la respuesta con un asentimiento grave. Probablemente ya se había dado cuenta al verme cruzar sola el umbral.

—¿Tienes por lo menos alguna certeza ahora? —preguntó al cabo de un rato mientras sacaba una lata de café del armario. Poco después, el aroma a café impregnaba la estancia y lograba espabilarme un poco.

—En realidad, no. Sin embargo, hay alguien que me ha prometido seguir investigando.

—¿Un detective? —preguntó Kate con acierto.

—Sí. Afirma que él tiene más posibilidades de encontrar a mi hijo.

—Así son esa gente. Pero es mejor no detenerse a ver cómo consiguen esa información.

—¿Qué quieres decir?

Kate negó con la cabeza.

—Ah, no importa. Seguro que los detectives del Viejo Mundo son muy distintos a los sinvergüenzas que corren por aquí. No conozco a ese hombre, tal vez al final te devuelva a tu hijo. —Me dirigió una sonrisa alentadora—. Perdóname si te he parecido muy pesimista. En estas últimas semanas...

—¿Qué ocurre? —pregunté intuyendo que algo la preocupaba.

—Es mister Parker —repuso sentándose en la silla de delante—. Me parece que no se encuentra bien. Él no dice nada, pero... presiento que algo va mal.

—¿A qué te refieres?

—A veces parece... ausente. Y otras se queda mirando fijamente un punto y es incapaz de responder ninguna pregunta.

—Tal vez está preocupado por algo —señale, recordando, curiosamente, el tiempo que siguió al parto, cuando mi mundo quedó sumido en el dolor.

—Tal vez —repitió Kate—, pero creo que hay algo más. Estos días he tenido tiempo para pensar y..., si a él le ocurre algo, no sé qué será de mí.

—No le pasará nada —repuse—. Procura no sacar tantas conclusiones de su conducta. Si no estás segura, pregúntale.

—¡Es mi jefe!

—Pero te puedes interesar por su salud, ¿no? Más cuando os tratáis a diario.

—Claro, pero... Seguro que no me lo dirá.

—Si de verdad tiene algo, lo hará.

Kate asintió, pero no parecía convencida. Me habría gustado poder darle más ánimos, pero aún no había visto a mister Parker y no me podía formar un juicio.

—¿Cuándo va a volver? —pregunté.

—No lo sé. Supongo que cuando haya contemplado lo suficiente a su nieto. —Kate suspiró profundamente, luego me miró e intentó esbozar una sonrisa—. Pero, bueno, ahora estás aquí —dijo—. ¡Qué bien volver a tener a alguien cerca! Estando sola en la casa es como si las paredes empezaran a hablarle a una.

Entendía lo que quería decir. No eran las paredes las que hablaban sino los recuerdos, que anidaban en los rincones oscuros de la mente esperando una oportunidad para salir. Eso mismo me había ocurrido a mí también en mi habitación de París.

—Sí, y además no tengo intención de abandonarte de nuevo. Sin embargo, debo empezar a buscar un trabajo.

—¡Estoy convencida de que encontrarás algo!

—Eso espero —dije acercándome la taza a los labios.

El café, sin embargo, no consiguió espabilarme. Sentía que el cuerpo cada vez me pesaba más y la perspectiva de meterme en mi cama en ese instante me parecía maravillosa.

Acarreé la maleta hacia lo alto de la escalera. Al llegar a mi habitación arrastré el equipaje junto a la puerta y me dejé caer sobre la cama. Hacía frío ahí dentro, porque Kate no sabía exactamente cuándo iba a volver yo y no había caldeado la estancia. Sin embargo, me sentí a gusto. Desde que no vivía con mis padres había perdido un poco la sensación de estar en casa, pero en ese momento tuve la impresión de haber llegado a mi hogar, y no a un lugar en el que simplemente vivía. Cerré los ojos con la intención de descansar tan solo unos minutos, pues había muchos asuntos de los que ocuparme y preparar.

Cuando desperté ya había oscurecido. La luz de las farolas de la calle se colaba por las celosías. Me levanté y fui a la ventana. Al otro lado de la calle mister Miller tenía la lámpara encendida. Mientras observaba su figura sentada a la mesa del comedor, me llegó un olor fabuloso. Al parecer Kate había decidido celebrar mi regreso con una gran cena.

De pronto me acordé de Darren y me inundó una ola de melancolía. Aún recordaba cómo mister Miller despotricaba cuando Darren le despertaba durante su descanso dominical haciendo sonar la bocina. ¿Acaso mister Miller se preguntaba dónde se había metido ese muchacho? Sin duda se alegraba de que no hubiera aparecido más por ahí. Yo, en cambio..., lo echaba de menos. Darren era un hombre honrado y cariñoso. Me rompía el corazón saber que yo misma había echado a perder esa oportunidad.

Conservaba aún el colgante que me había regalado, aunque estaba convencida de que él ya habría tirado mi alfiler de corbata. De hecho, seguro que ni pensaba en mí. Un hombre como él debía de haber encontrado una nueva pareja, alguien que no temía hablar con franqueza sobre su pasado.

Inspiré profundamente intentando apartar de mí esos pensamientos. Luego me acerqué a mi escritorio. Abrí el cajón del medio, donde, entre otras cosas, guardaba las cartas de Henny. Las aparté con un suspiro y saqué el sobre que había recibido el otoño pasado tras haber conocido a miss Arden en una fiesta en casa de los Vanderbilt, a la que curiosamente me había llevado madame Rubinstein.

La escritura de miss Arden seguía siendo tan atrevida como su mensaje y su oferta. Desde luego, no era muy elegante tratar de hacerse con la colaboradora de una empresa de la competencia. En la fábrica se decía a menudo que madame se tomaba muy mal esos intentos por parte de miss Arden. Yo nunca se lo llegué a contar, porque entonces no contemplaba hacer ningún cambio; ahora, sin embargo, todo era distinto.

¿Cómo sería miss Arden como jefa? ¿Cómo serían sus laboratorios? Aunque habíamos especulado al respecto, nuestra competidora guardaba sus secretos como un cancerbero.

Recorrí las palabras con la vista.

> *En caso de que recapacitara sobre la posibilidad de cambiar su puesto de trabajo actual, le invito a atravesar la puerta roja.*

La puerta roja. Madame no se había permitido un símbolo de ese tipo. Según decían mis compañeras de trabajo, siempre había hablado de manera muy despectiva al respecto. Sus oficinas, en cambio, eran un refugio del arte. ¿Cómo serían las de miss Arden?

Volví a doblar la carta. Seguía incomodándome la idea de presentarme ante ella, pero era mi mejor opción en ese momento. Miss Arden no tenía nada que envidiar a madame Rubinstein, de lo contrario no rivalizarían entre ellas de un modo tan feroz. Sus productos eran buenos, y, si la oferta seguía en pie, yo por fin tendría de nuevo la posibilidad de trabajar. Por no hablar de regresar tal vez a París.

Me metí la carta en el bolso y me dediqué a elegir la ropa que me pondría el día siguiente.

14

A la mañana siguiente me dirigí a las oficinas centrales de la empresa Arden. El edificio estaba a apenas una manzana de las de Rubinstein, así que ya conocía el camino. Tomé el metro, igual que cuando me convocaron para reunirme con madame.

Ya entonces había reparado en la puerta roja que caracterizaba el edificio Arden, pero no le había prestado mucha atención. Me sentí nerviosa con solo pensar en que iba a cruzarla. Inquieta, me pellizqué la tela del traje sastre para acabar de ajustármelo. Había elegido el azul con ribetes blancos en el cuello. En su momento, al probármelo, me había parecido muy elegante; sin embargo, ahora, tiraba constantemente de la tela en un intento por que me quedara mejor. ¿Satisfaría las exigencias de miss Arden? ¿Y si había elegido el color equivocado? El mundo de miss Arden era rojo y rosado; madame, en cambio, prefería los tonos crema, el dorado y el azul. Si la competidora de Helena Rubinstein tenía el despacho dispuesto igual que los frascos en las estanterías, yo ahí parecería carbonilla sobre la nieve.

Por otra parte, no me sentía bien preparada. Excepto por el escrito de miss Arden, iba con las manos vacías. No había terminado la carrera en la universidad y hasta el momento no había recibido ningún certificado de Rubinstein Inc. Sin embargo, había desarrollado mi propia línea de cosméticos para madame. Había conseguido llamar la atención de miss Arden en la fiesta de mister Vanderbilt. Difícilmente me habría abordado si no le hubiera impresionado lo que había hecho para la casa Rubinstein. Tal vez había llegado el momento de tener algo de confianza en mí misma. ¡No podía presentarme ante miss Arden como un ratoncito asustado!

Erguí la espalda y abrí la puerta roja.

Lo que se mostró ante mí me impresionó tanto como cuando entré por primera vez en el despacho de madame. El estilo, sin embargo, era muy distinto. Mientras la sede central de Rubinstein tenía una apariencia algo masculina, ahí me vi envuelta en un universo de dorados y rosas impregnado de perfume. La decoración interior me hizo pensar en el salón de una duquesa inglesa.

La trabajadora que había tras el mostrador de recepción llevaba el pelo peinado en ondulaciones ligeras. El maquillaje de su rostro resultaba muy colorido. Me llamó especialmente la atención el lápiz de labios de color rosa.

—¿Qué puedo hacer por usted, miss? —me preguntó amablemente al reparar en mi mirada.

—Mi nombre es Sophia Krohn, y me gustaría hablar con miss Arden.

Las cejas perfectamente depiladas de la recepcionista se arquearon.

—Me temo que no será posible. Miss Arden está reunida.

Dejé el sobre en el mostrador.

—¿Sería tan amable de mostrarle esto? —pregunté—. Esperaré hasta que tenga un momento para mí.

—Pero... —empezó a decir la mujer; sin embargo, no hice caso de sus reparos.

—Por favor —insistí—. Es importante.

—De acuerdo, pero puede tardar un rato.

—No hay problema —respondí y me dirigí hacia el conjunto de sofás y butacas que estaba algo alejado del mostrador. Tomé asiento y observé cómo la joven miraba el sobre sin saber qué hacer. Al poco rato se apresuró hacia el ascensor.

Me retorcí las manos, nerviosa. La tensión en mi interior iba en aumento. ¿Cómo reaccionaría miss Arden cuando viera la carta?

Me quedé embobada mirando el ascensor. Cada vez que se abría la puerta, me sobresaltaba. Sin embargo, la mayoría de las veces los que asomaban eran hombres vestidos con abrigo y sombrero. Vi también dos mujeres envueltas en abrigos de color claro. La recepcionista tardó mucho en regresar.

Al final apareció, pero se apresuró a volver al mostrador. ¿Qué había dicho miss Arden? ¿Le había dado una nota? Me habría gustado correr hacia ella y preguntarle, pero, tras mi conducta al llegar, no me atreví.

Los minutos pasaron y poco a poco se convirtieron en una hora, y luego, en otra.

Debería haberlo supuesto y haberme llevado un libro. ¿Cómo se me podía haber pasado por la cabeza que iban a recibirme de inmediato? Ahora que madame Rubinstein había abandonado el país, seguramente yo había perdido interés para miss Arden.

Con todo, permanecí sentada, a pesar de que al cabo de un rato el estómago me empezó a gruñir. También en otros tiempos, cuando apenas tenía dinero, había pasado hambre, pero no tras un desayuno como es debido. ¡Qué rápido nos acostumbramos a la buena vida!

Transcurrió otra media hora; poco a poco, la contemplación de los transeúntes que pasaban frente a los altos ventanales me empezó a provocar sueño. Intentaba reprimirlo, pero era en balde.

—¿Miss Krohn? —me llamó una voz que venía de un lado. Di un respingo. Tardé unos instantes en caer en la cuenta de que la persona que me había llamado era la recepcionista. Tomé el bolso y me encaminé hacia ella—. Miss Arden desea verla. El ascensor la llevará hasta su oficina.

Señaló a un lado.

—Gracias —dije.

—De nada —respondió ella mientras se volvía hacia el caballero que se había acercado al mostrador después de mí.

Igual que en el edificio de madame, también en este ascensor me aguardaba un hombre vestido de uniforme. Sin embargo, el de aquí no parecía un ascensorista sino más bien el portero de un hotel elegante.

Le pedí que me llevara al despacho de miss Arden, mientras iba repasando las palabras que había pensado decirle. Si miss Arden se enteraba de que me habían despedido, posiblemente no me querría contratar. Pero si yo afirmaba que me había querido marchar... ¿quién podría contradecirme?

Una secretaria me recibió en la antesala. Llevaba un traje sastre de color frambuesa muy similar a uno que había visto tiempo atrás en el escaparate de Macy's.

—Miss Arden está hablando un momento con su marido y luego tendrá tiempo para usted. Por favor, acomódese.

Me señaló un sofá Chesterfield de color rosado, y yo me senté en aquel asiento mullido.

Tal y como me habían dicho, al cabo de unos instantes la puerta se abrió y salió por ella un hombre con un traje de color beis. Tenía el pelo de color rubio oscuro y parecía bronceado. Llevaba una carpeta bajo el brazo.

—Carla, recuérdemelo, por favor, ¿a qué hora dice que tengo la cita con los caballeros de Saks?

La secretaria lo consultó.

—A las dos, mister Jenkins.

—Bien, entonces dispongo de tiempo. Si mi esposa pregunta por mí, estaré en el departamento de publicidad.

—Se lo diré, mister Jenkins —respondió la secretaria con una sonrisa radiante.

El hombre se hizo a un lado y, sin ni siquiera mirarme, se dirigió hacia la puerta.

Así pues, aquel era el legendario Thomas Jenkins. Me acordé de que Darren me había dicho que aquel era el hombre detrás de miss Arden. A diferencia de mister Titus, no tenía fama de mujeriego, sino que pasaba por ser un publicista genial. Se decía incluso que, en realidad, era él quien había erigido el imperio Arden. Su cometido era hacer realidad los deseos de miss Arden. Aunque el origen de los productos cosméticos se debía a ella, sin las excelentes estrategias ideadas por él seguramente la empresa habría sido la mitad de grande.

Al poco rato, miss Arden asomó por la puerta. Llevaba su brillante pelo rojizo y rizado peinado en un corte estilo bob. Lucía una falda de tubo a cuadros beis y una blusa blanca sedosa. En un primer momento podía aparentar fragilidad, pero al mirarla con más atención saltaban a la vista sus rasgos enérgicos y su actitud autoritaria.

—¡Ah! ¡Aquí está! —dijo con una sonrisa casi triunfal haciéndome un gesto para que la siguiera a su despacho—. Acompáñeme, miss Krohn.

Me levanté y alisé los pliegues de mi traje. Luego me acerqué a ella y le tendí la mano.

—Muchas gracias por dedicarme su tiempo.

Miss Arden me devolvió el apretón de manos.

—Me alegra que haya hallado el modo de acudir a mí. Aunque pensé que la vería un poco antes.

—Las circunstancias no me lo han permitido hasta ahora —dije mientras entraba.

Miss Arden también amaba el arte. Las paredes de su despacho estaban decoradas con hermosas pinturas; en una vitrina había unas pequeñas esculturas doradas iluminadas por un foco que las realzaba.

A diferencia del despacho de madame, en este había grandes jarrones repletos de flores. Rosas, tulipanes y unas peonías exuberantes competían por atraer la mirada de los visitantes. Me pregunté cómo podían estar tan magníficas en un mes de febrero, pero al instante caí en la cuenta de que eran flores de seda con una apariencia engañosamente fiel a la realidad.

La alfombra gruesa, decorada con motivos de color rosado, contribuía también a que ese despacho resultara mucho más femenino que el de madame.

—¿Circunstancias? —preguntó.

—Tuve que resolver un asunto familiar —expliqué. Solo sería necesario informar de la existencia de mi hijo si monsieur Martin lo encontraba.

—Bueno, miss Krohn, siéntese —dijo miss Arden regresando detrás de su escritorio; parecía ser de la misma época que las sillas de delante, las cuales tenían el aspecto de haber sostenido al mismísimo Rey Sol de Francia.

Me acomodé en una de ellas.

Miss Arden se me quedó mirando un rato y luego preguntó:

—Veamos, ¿qué se le ofrece?

No sabía si era conveniente ir al grano. Pero ¿qué otra cosa podía decirle?

—Quiero trabajar para usted —expuse sin ambages.

Miss Arden se reclinó en su asiento. En su rostro fino y alargado se dibujó una sonrisa que apenas intentó ocultar.

—¿Qué le ha llevado a este cambio de opinión? —quiso saber—. A fin de cuentas, hace unos meses usted estaba muy segura de no querer abandonar su antigua empresa.

Le podría haber mentido, haberle dicho que su mensaje me había hecho cambiar de opinión, pero sin duda se habría dado cuenta de mi engaño.

—Como seguramente sabe, miss Rubinstein ha vendido a Lehman Brothers todas las acciones de su filial estadounidense —respondí—. Ya no tengo ningún motivo para ser leal a madame.

Miss Arden recibió mis palabras con un asentimiento.

—He oído que ha habido despidos —dijo tras reflexionar un instante.

Al instante, la sangre me subió a las mejillas.

—¿Cómo lo ha sabido? —pregunté sorprendida.

Sonrió enigmáticamente.

—Tengo mis contactos.

—¿Quiere decir espías?

Miss Arden se echó a reír de un modo que era de todo menos elegante.

—Yo no lo llamaría así, pero viene a ser lo mismo. Estoy segura de que mistress Titus hacía lo mismo cuando estaba al frente de la empresa.

No podía argüir nada al respecto, porque ni lo sabía, ni podía demostrar que estaba equivocada.

—¿Y bien? —porfió miss Arden—. ¿Es usted una de las personas despedidas?

Me clavó la mirada y tuve la impresión de que, pese a la dulzura de sus ojos, era capaz de verme el alma.

—Sí, así es.

Ya estaba dicho.

Miss Arden se me quedó mirando. Su expresión me hizo sentir la necesidad de explicarme.

—Era de las últimas personas que había contratado —añadí—. Los nuevos directores despidieron a los últimos que había en nómina.

—¡Bah! —Miss Arden volvió a soltar una carcajada y echó la cabeza hacia atrás—. ¡Típicos banqueros! ¡Solo piensan en dinero! Esa vieja bruja echará espuma por la boca cuando lo sepa.

¿Lo haría? Me contuve para no defender a Helena Rubinstein. Era una mujer dura y estricta, pero no era una bruja. Aunque tras la venta había trabajadoras que la llamaban de ese modo.

—Me parece que han cometido un grave error —siguió diciendo miss Arden tras recuperar la compostura—. ¡Perfecto! Esto es el fin de Rubinstein y nosotros podremos ocupar su lugar.

Aquella hostilidad tan franca me horrorizó. El odio de Helena Rubinstein había sido más sutil. O puede que yo no le hubiera oído los comentarios realmente desagradables.

Me sentí casi tentada de preguntar de dónde venía esa antipatía entre ambas mujeres, cuya fortuna y reputación posiblemente eran equiparables, pero entonces miss Arden continuó:

—No soy tan estúpida como esos banqueros. La voy a contratar. Después de todo, usted tiene cierta reputación. Si mistress Titus confiaba tanto en usted que le encargó el desarrollo de una nueva línea, es que usted es ideal para mí. Además, por lo que he oído, su producto tuvo una buena acogida. Si usted hubiera entrado por su cuenta en el negocio con algo parecido, yo habría tenido más competencia.

Me la quedé mirando. Nunca había recibido un cumplido como aquel. Ni siquiera de madame Rubinstein.

—Pero esta vez vamos a hacerlo bien desde el principio. Usted no va a languidecer en un laboratorio. Tengo otros planes para usted.

Arqueé las cejas.

—¡Pero si soy química! Quiero desarrollar productos que ayuden a las mujeres a sentirse bien. Sentirse bellas, deseadas. Quiero contribuir a su bienestar de forma directa fabricando cosméticos.

—Lo sé. Pero también veo que carece de título. Puede que con mistress Titus trabajara en un laboratorio. Es de sobra conocido el poco sentido que tenían algunas de sus contrataciones. Y ahora usted está en mi empresa.

Se interrumpió un momento y me observó atentamente.

—Usted es una mujer realmente bella. Evidentemente podría sacar más provecho de su imagen, pero aprenderá rápido. En cuanto alcance el nivel acostumbrado en nuestra empresa, tal vez le dé tareas de cara al público.

Estaba tan sorprendida que no supe qué decir. Lo lógico habría sido que hubiésemos debatido acerca de mi idoneidad y no de mi aspecto.

Al mismo tiempo, el tono con el que hablaba de madame y la forma en que se refería a ella me hizo estremecer. Intuí el nivel de encarnizamiento de la lucha de miss Arden contra su competidora.

—Pero son todo castillos en el aire, ¿verdad? Primero va usted a aprender nuestro método de trabajo, porque quiero que forme parte de mi empresa. Le pagaré siete mil dólares al año.

Me escudriñó con la mirada, como si esperara una reacción por mi parte. Me alegré de esa suma elevada. Pero seguía desconcertada por el hecho de que no quisiera que trabajara como química.

—Deseo que se sienta como en casa —prosiguió—. Parece que eso es algo en lo que mistress Titus fracasó.

Me habría gustado señalar que el único error de madame había sido vender la parte americana de su empresa, pero decidí cambiar de tema.

—¿Y qué voy a hacer exactamente?

—Empezará primero en uno de mis mejores salones. Cuando ya se haya familiarizado, le asignaré una nueva tarea. Supervisaré sus progresos. Si son de mi agrado, le daré un puesto de trabajo fijo.

Asentí y a la vez me di cuenta de por qué actuaba así. Primero quería ver si podía confiar en mí. Al fin y al cabo, Helena Rubinstein podría haberme incitado a espiarla.

—Eso suena muy bien —contesté esbozando una sonrisa de felicidad—. Miss Arden, ¿me permite una pregunta?

—¡Por supuesto, miss Krohn! —respondió con tono jovial.

—Si mi trabajo es de su satisfacción..., ¿habría alguna posibilidad de dejarme trabajar en París?

Miss Arden frunció el ceño.

—¿Por qué precisamente París?

—Bueno... —De repente, me sentí muy sofocada bajo mi traje chaqueta—. Es la ciudad de la moda más importante, ¿verdad?

—Mi sucursal de París está bien dotada de personal. Lo mismo puedo decir de las demás sucursales en Europa. Tal vez algún día la envíe para conocer el funcionamiento, pero por el momento estará empleada aquí. Primero debe entender lo que significa trabajar en Elizabeth Arden. Después, ya veremos.

Aquellas palabras me desanimaron un poco. Era evidente que mi sueño de ir a París cuanto antes no iba a hacerse realidad. Pero tal vez ella cambiara de opinión si le demostraba mi potencial.

Por el momento no tenía otra opción.

—Muchas gracias, miss Arden —dije. Eso pareció complacerla.

—Venga aquí mañana por la mañana para asistir a una reunión. A las nueve. La presentaré y luego acudirá al salón de belleza.

—Desde luego.

Aguardé tensa como un muelle a que me indicara que podía marcharme. No sabía qué pensar de todo aquello.

Ella se levantó y me tendió la mano.

Yo hice lo mismo.

—Bienvenida a Elizabeth Arden —dijo dándome un fuerte apretón de manos—. Estoy segura de que vamos a llevarnos muy bien.

Todavía aturdida por la conversación que acababa de tener, salí del despacho de miss Arden con paso vacilante. Una vez fuera, hube de calmarme primero. ¡Me había contratado! No como química, sino como aprendiz en un salón por siete mil dólares al año.

La suma era enorme, pero no tenía ni idea de lo que se esperaba de mí. Mi especialidad era la química. No sabía nada de tratamientos de belleza.

¡Pero ahí estaba! ¡Era mi oportunidad! Aunque no era la que había imaginado. Habría sido mejor aún que hubiera accedido a enviarme a París después de mi periodo de formación. Tal vez fuera bueno no tirar la toalla. Si me convertía en una colaboradora valiosa, quizá miss Arden me acabaría concediendo ese deseo.

De algún modo logré salir del edificio Arden y me encontré de nuevo en la calle. ¡Otra vez tenía trabajo! En ese instante me habría gustado proclamárselo a gritos al primero que pasara, pero los transeúntes embutidos en sus abrigos y chaquetas no estaban interesados en mí.

De camino al metro, pasé por delante del edificio donde se encontraba Rubinstein Inc. En el pasado, habría corrido el riesgo de coincidir con madame saliendo a recoger el almuerzo en su deli favorito. Pero ya no estaba. ¿Alguna vez averiguaría lo que había sido de ella?

Me detuve en el lado opuesto de la calle y volví la vista al edificio. Todo parecía estar como siempre, pero me di cuenta de que había algo distinto. Yo había cambiado. Por un momento contemplé el reflejo de las nubes en las ventanas. Me pregunté si allí arriba, en la quinta planta, se estaría celebrando una reunión. Se decía que madame empezaba el día reuniéndose por la mañana con sus colaboradores más cercanos.

¿Miss Arden hacía lo mismo? Además del marido, ¿con quién me encontraría mañana? ¿Quién estaba detrás de miss Arden?

El corazón comenzó a latirme con fuerza. Una sirena empezó a sonar en algún sitio. Era como si la policía se estuviera aproximando. Seguí contemplando las ventanas en lo alto. El vehículo pasó a toda velocidad.

No sabía qué sentir por madame Rubinstein, pero tenía la certeza de que había hecho lo correcto. Posiblemente trabajar para miss Arden algún día me llevaría a París. Y luego, tal vez, hasta mi hijo.

15

Kate? —llamé al abrir la puerta principal. Mi voz resonó en el vestíbulo, pero no recibí respuesta. Todo estaba en silencio. ¿Tal vez había salido?

Me moría de ganas de contarle a Kate mi día. En el metro no había sido capaz de quitarme la sonrisa de la cara. La gente me había mirado con extrañeza, pero no había podido evitarlo. ¡No cabía en mí de alegría!

Como no parecía haber nadie, me dirigí primero a mi habitación. Abrí el armario y examiné las perchas.

¿Qué debía ponerme el día siguiente? Para la entrevista me había vestido con el mejor traje sastre que tenía. En el mejor de los casos, lo demás era adecuado para un día anodino en el que la gente no prestaba mucha atención a los demás. Por fortuna, miss Arden no se había ofendido por no llevar el color «adecuado». ¿Podría conseguir con rapidez otro traje sastre para la reunión?

De repente, oí que la puerta de la entrada se abría. ¿Sería Kate? Salí a toda prisa.

—Kate, yo...

Al ver a mister Parker me quedé sin habla. Estaba encorvado y su aspecto era enfermizo.

—Mister Parker —dije. Él se detuvo y levantó la mirada. Bajé la escalera para acercarme.

—¡Ah, miss Krohn, ha vuelto! ¿Cómo le fue en el Viejo Mundo? —preguntó.

Nos dimos la mano.

—Fue bonito —respondí—. Quiero decir, interesante.

No sabía qué palabra emplear para definirlo. La estancia no había sido bonita en el sentido convencional de la palabra.

—¿Interesante? —preguntó—. ¿Encontró alguna pista sobre su hijo?

—No, por desgracia, pero allí hay alguien dispuesto a ayudarme.

Mister Parker frunció el entrecejo.

—Debe de tener muchas cosas en la cabeza; en cambio, parece usted muy tranquila.

—Desesperarme no me serviría de nada, ¿verdad? —Suspiré y luego esbocé una sonrisa. No quería que mister Parker se preocupara por mí—. Confío en mi ayudante. Durante mi estancia en París fue un gran apoyo.

Parker asintió.

—En ese caso espero que esa persona tenga éxito y usted pueda viajar pronto de nuevo a París para recoger al pequeño... y admirar también la ciudad con los ojos de un viajero. Al fin y al cabo, París es la ciudad del amor. —Suspiró profundamente—. Es una lástima que yo nunca la haya podido visitar.

—¿No ha estado nunca en París?

Había supuesto que un hombre como él había visitado Europa en algún momento, más cuando solía decir que tenía amigos allí.

Negó con la cabeza.

—No. Nunca lo conseguí.

—Tal vez surja la ocasión —dije. Él bajó los hombros con resignación.

—Me temo que ya no voy a tener muchas más oportunidades de hacerlo —respondió abatido.

¿Por qué era tan pesimista? Ciertamente era mayor, pero, con suerte, aún le quedaban muchos años por delante. Y el viaje no era tan agotador como tal vez podía pensar.

—¿Está usted bien, mister Parker? —pregunté.

Mi casero me miró un poco desconcertado, y luego sonrió.

—El tiempo no nos vuelve más jóvenes, ¿verdad? Cada vez que un niño viene al mundo, uno se da cuenta de ello especialmente.

—Kate ya me ha hablado de su nieto. ¡Enhorabuena!

—Gracias. La verdad es que es un mocoso precioso. Confiemos en que se convierta en un hombre de provecho.

—Eso espero.

Me di cuenta de que no tenía ganas de responder a mis preguntas. Pensé otra vez en la preocupación de Kate. Yo también notaba que estaba distinto. Parecía agotado.

—Yo..., por cierto, tengo un nuevo trabajo —anuncié.

—¡Oh, felicidades! —exclamó mister Parker—. ¿Qué empresa es la afortunada?

—Elizabeth Arden —respondí—. Espero que no sea un problema para usted.

—¿Un problema? —preguntó con asombro—. ¿Por qué iba a ser un problema para mí?

—Usted es amigo de madame Rubinstein.

Sacudió la mano.

—Hace tiempo que no la veo. En cuanto a usted, no me importa dónde trabaje mientras pague el alquiler y lleve una vida decente. Como se da el caso en ambas cosas, no puedo quejarme.

Le sonreí.

—Gracias, mister Parker.

—No hay de qué, querida.

Levantó la mano para saludarme y desapareció en sus habitaciones.

Media hora más tarde volví a tomar el metro. Como Kate aún no había regresado y ante el espejo la ropa que tenía no mejoraba, decidí ampliar un poco mi vestuario. Macy's abría siempre hasta tarde, así que, con un poco de suerte, encontraría algo con que impresionar a miss Arden al día siguiente.

El vagón estaba tan repleto como más tarde lo estarían las aceras. Tuve que andar con cuidado de no tropezarme con nadie, porque algunos hombres caminaban enfrascados en la lectura de su periódico y no miraban ni a izquierda ni a derecha.

Los grandes almacenes estaban abarrotados de gente y eso que aún faltaba bastante para la inauguración de los nuevos escaparates.

De camino al departamento de ropa de mujer, atravesé la sección de cosméticos. Resultaba difícil pasar por alto los productos de miss Arden; en cambio tuve que esforzarme para dar con algo de madame Rubinstein. Al parecer, la venta había perjudicado su reputación en Macy's. ¿Qué diría cuando tuviera noticia del éxito de su competidora?

—¿Sophia? —preguntó con asombro una voz a mis espaldas.

Me giré.

—¿Ray?

Por un momento, no di crédito a mis ojos, pero allí estaba ella, mi antigua compañera de trabajo, pulcramente vestida con el uniforme de las vendedoras de Macy's y con el pelo suavemente ondulado por encima de la oreja.

—¡Oh, madre mía! ¿Qué haces aquí? —preguntó.

Nos abrazamos. Al hacerlo, me llegó el aroma del perfume que llevaba: olía a rosa y violetas con un toque de sándalo. Antes, en el laboratorio, nunca había notado que Ray llevara colonia.

—Eso mismo iba a preguntarte —respondí—. ¿Desde cuándo trabajas en Macy's?

—Desde hace tres semanas —contestó Ray—. En la fábrica ha habido más despidos. A mí me incluyeron en la última remesa.

—Lo siento.

Ray hizo un gesto de rechazo.

—Para nada. Con los nuevos propietarios el ambiente en la fábrica ha cambiado por completo. Esos tipos solo se dejaban ver cuando había gente que debía irse. Cada vez que su vehículo aparcaba en el patio, todo el mundo se asustaba.

Suspiró profundamente y luego se obligó a sonreír.

—Ahora ya no tengo nada que temer. —Levantó las manos como queriendo abarcar toda la sección de cosméticos—. Y esto tampoco está tan mal, ¿verdad?

—Pero si tú soñabas con trabajar en un laboratorio.

Me invadió la tristeza. Los nuevos propietarios de la parte estadounidense de Rubinstein habían logrado llevarse por delante otros muchos sueños.

—¿Y qué hay de ti? —preguntó Ray—. No parece que pases hambre.

Negué con la cabeza.

—Afortunadamente no. Hoy mismo miss Arden me ha contratado. Ahora mismo iba a comprar un traje sastre nuevo.

Ray resopló.

—¿Miss Arden? ¡Menudo pez gordo!

—Sí, seguramente he tenido suerte.

Nunca le había hablado a Ray de la carta que recibí después de la fiesta de los Vanderbilt.

—¡Qué valiente has sido de ofrecerte a esa empresa! —Miró alrededor—. Cuando me presenté para este puesto estaba aterrada. Pusieron un anuncio y acudieron muchas chicas. Algunas incluso mucho más guapas que yo.

—¡Venga ya! —objeté—. ¡Eres muy guapa! Además, tú sabes lo que vendes porque te has encargado de fabricarlo.

—Eso es lo que dijo el director. Me refiero a la última parte. Por suerte, mi aspecto le daba igual. Me contaron que hubo una chica a la que tocaron de manera inapropiada durante la entrevista.

—Aquí, ¿en estos almacenes?

Había conocido a uno de los directores y francamente me había parecido una persona muy decente.

Ray negó con la cabeza.

—No, aquí no. Fue en una empresa más pequeña que buscaba mecanógrafas. ¡Imagínate, el dueño le acarició la rodilla mientras le hablaba! En los tiempos que corren podemos estar contentas si los jefes no nos piden algo que vaya más allá de la descripción del trabajo.

Me pregunté por qué de pronto me vinieron a la cabeza Georg y la chica con la que había ido al teatro en Berlín. Rápidamente alejé de mí ese pensamiento.

—En cualquier caso, parece que miss Arden te sienta bien —siguió diciendo Ray—. Cuenta, ¿cómo es el laboratorio donde trabajas? ¿No necesitarás una ayudante?

Los ojos de Ray brillaron esperanzados.

—No voy a trabajar en el laboratorio —repuse—. Empezaré por uno de los salones.

—¿Serás esteticista?

—Mañana lo sabré. Por eso estoy aquí. Necesito algo con lo que presentarme mañana en la empresa. Al parecer hay una gran reunión donde se supone que me van a presentar.

Ray me miró asombrada.

—Pero tú eres una química excelente. ¿Por qué quiere tenerte en un salón de belleza?

—Seguramente eso solo lo sabe la propia miss Arden —dije encogiéndome de hombros—. Pero estoy decidida a aprovechar la ocasión. No solo puedo fabricar cremas, sino que también me siento capaz de saber aplicarlas a las clientas. Tal vez mi credibilidad quedará reforzada si sé decirles de qué están hechos los productos. Estoy segura de que esto es solo el comienzo y de que más adelante habrá cosas más importantes.

Esbocé una sonrisa optimista y luego añadí:

—Supongo que miss Arden solo quiere saber si soy de fiar. También podría ser que yo le pasara a madame todas las formulaciones.

—Madame ya no está —repuso Ray.

—Ya no es dueña del negocio americano —precisé—, pero en Europa todavía tiene presencia.

—Pero ¿por qué te iba a contratar miss Arden si pensara que puedes pasar formulaciones a madame?

—¿Miss Bellows? —preguntó una voz a nuestras espaldas antes de que yo pudiera responder—. ¿Va todo bien?

Una mujer algo mayor y de aspecto muy cuidado, vestida con el uniforme de vendedora, alargó el cuello.

—Sí, mistress Potter, nos las apañamos bien.

La mujer me dirigió una mirada escéptica y a continuación se fue a otro lado.

—Es mi instructora —explicó Ray cuando miss Potter ya no nos podía oír—, mejor dicho, mi cancerbero. En un par de semanas me libraré de ella, pero por el momento vigila todos mis movimientos y aparece de improviso a cada momento como esos muñecos con resorte de las cajas de sorpresa.

—Dile que no he logrado decidirme.

—No me hace falta. Por ahora no he cometido ningún error. —Ray me tomó de la mano—. Me temo que no voy a poder acompañarte a ver los trajes sastre. Pero ¿qué tal si salimos juntas el fin de semana? ¿El sábado, quizá? Me vendría bien un poco de distracción y me muero por saber cómo sale tu gran reunión en Arden.

—Con mucho gusto —respondí—. ¿Qué propones?

—Ya pensaré algo —dijo ella—. Nos encontraremos frente al Roxy. Cerca hay varios *speakeasies*, ya sabes, bares clandestinos, donde nos podemos achispar un poco.

Asentí.

—Eso suena bien. ¿A las ocho?

—¡Y tanto! —Me sonrió, y luego me soltó la mano—. Así pues, ¡hasta el sábado!

—Hasta el sábado —respondí y me la quedé mirando mientras desaparecía entre las estanterías de los cosméticos.

16

Me miré en el espejo bajo la luz de la lámpara de pared. Todavía era temprano por la mañana y faltaban varias horas para el encuentro con miss Arden. Sin embargo, era incapaz de permanecer más tiempo en la cama.

Me acaricié suavemente la cintura. El traje me sentaba de maravilla. En los últimos años, el corte de la ropa había cambiado. La cintura ahora era más alta y la chaqueta presentaba unos pliegues geométricos. Además, la falda quedaba un poco más ceñida y se acampanaba ligeramente hacia la rodilla.

La vendedora me había dicho que con mi silueta delgada me quedaría muy bien. Ciertamente, no podía más que darle la razón.

Con todo, bajo la luz de la lámpara de mi cuarto mi aspecto me pareció algo llamativo y, de repente, tampoco me sentí segura con el color. Ese tono rosa palo se veía muy elegante bajo las luces de los grandes almacenes. Además, me había parecido casi un guiño del destino haber encontrado unos zapatos de tacón a juego. Sin embargo, ahora temía que resultara exagerado.

En cualquier caso, a esas alturas era demasiado tarde para cambiar de opinión. Miss Arden ya me había visto con el traje azul. Esta vez me haría notar de otro modo.

Para no ensuciar la chaqueta, me la quité y la colgué en el respaldo de la silla. Tras echar un vistazo al reloj comprobé que aún era demasiado pronto. Sin embargo, a esas alturas ya no lograría conciliar el sueño.

Mi mirada se posó en el escritorio.

Antes de acostarme había empezado a redactar una carta para Henny, pero la había dejado a medias. La pregunta sobre la utilidad de escribirla me había perseguido en sueños. En el peor de los casos, me dije, echaría el sobre sin abrir a la chimenea; eso siempre y cuando llegara a recibir la carta.

¿Debía seguir escribiendo? ¿Contarle a Henny lo ocurrido? ¿Pedirle de nuevo perdón y confiar en que mi escrito no llegara a manos de Jouelle?

Tras debatir un poco conmigo misma, me dirigí a mi silla y agarré el portaplumas.

Cuando terminé la carta, la luz de la mañana acariciaba los tejados del vecindario. Aturdida, levanté la vista. Sentí un leve dolor en las sienes y por un instante cerré los ojos.

Había tenido que empezar varias veces hasta quedar satisfecha con el resultado.

Deslicé la carta en el sobre y lo cerré. De camino al metro había una tienda que aceptaba envíos postales. Me pasaría por allí después de la cita con miss Arden.

Las pocas horas de descanso no favorecían mi cutis, tal y como confirmó una mirada en el espejo. Saqué mi neceser de maquillaje. Aunque con el tiempo me había acostumbrado a esa rutina, tuve la sensación de estar deslizando por primera vez las brochas sobre mi piel.

Ese día había mucho en juego. Miss Arden me había dado su aprobación, pero tenía la certeza de que el rango que ocuparía en la empresa vendría condicionado por esa reunión. Contaba con que ella me pondría a prueba frente a sus empleados.

La mano me tembló al extender el rojo sobre mis labios. Sin embargo, dibujé una curva bonita que sin duda habría satisfecho a madame. Cuando pensé en cómo me había presentado ante ella... Aquella ropa fea y demasiado holgada, y sin maquillaje. Eso había cambiado.

Al dejar las brochas, pensé que debería haberle escrito a Henny sobre miss Arden. Pero algo me lo había impedido. Nunca le había ocultado nada, pero eso también había cambiado. No sabía siquiera si volvería a ser mi amiga.

En cuanto estuve lista, me puse la chaqueta del traje, comprobé de nuevo mi peinado en el espejo y me recoloqué las gafas. Me dije que iba siendo hora de encargar unas nuevas... Luego, recogí mis cosas y salí de la habitación.

Kate aún no se había levantado. Por lo demás, todo estaba en silencio.

Aunque me moría de ganas de tomar un café, nada pudo retenerme en casa. Necesitaba salir al exterior, sentir el viento fresco de la mañana y dejar que me despejara la cabeza.

¡Mi primer día en Elizabeth Arden! Dudaba que ahí me hicieran clasificar y cortar perejil como en la fábrica de madame; sin embargo, no tenía ni la menor idea de cómo resultaría ese día.

Cuando salí de casa, oí un bocinazo fuerte. Me giré y vi un coche oscuro semejante al de Darren. Me quedé inmóvil mientras el vehículo pasaba junto a mí.

Al volante había un hombre algo entrado en años y tocado con una gorra y una chaqueta de tweed marrón. Suspiré aliviada. Era evidente que aquel no era Darren.

Durante el viaje a Europa me había imaginado una y otra vez cómo sería el reencuentro entre los dos. Sin embargo, ahora esa idea me aterraba.

Resultaba agradable volver a sumergirse en el bullicio de Manhattan. Aspiré el aire cargado de los humos de los coches en el que se mezclaba el aroma de una panadería intentando atraer a la clientela con sus productos recién horneados.

Crucé de nuevo la puerta roja y comprobé que el vestíbulo era un hervidero de gente. En esa ocasión, la recepcionista me envió directamente al ascensor, y entré en él junto con otras personas. Al instante la estrecha cabina se llenó del olor a lociones para después del afeitado y pomadas para el pelo. Me llamó la atención que estaba sola en medio de hombres trajeados. ¿Acaso todos trabajaban para miss Arden? ¿También ellos asistirían a la reunión?

Los miré de pies a cabeza. Algunos empezaban a tener el pelo ralo, otros lucían las sienes canosas. La mayoría llevaban alianzas. Uno de los pocos que no lo hacía, me observó fijamente con una sonrisa. Aparté la mirada. Mi traje dos piezas parecía causar efecto, pero no el que pretendía. No estaba allí para encontrar novio.

Al llegar a la planta donde se hallaba la sala de reuniones salí junto a los hombres. Al parecer, todos iban al mismo sitio que yo.

Mientras pasaban por delante con absoluta normalidad, me presenté a la secretaria que se encontraba frente a la sala. Ella sabía quién era yo y que me esperaban.

—Será mejor que entre —dijo—. La mayoría ya ha llegado.

Entré con paso incierto. En la puerta, vacilé. Había muchos hombres hablando entre sí en voz alta. De vez en cuando se oía también alguna voz de mujer. El único hombre que reconocí fue mister Jenkins. Ese día llevaba un elegante traje gris plata con corbata a juego, mientras que los demás lucían en su mayoría conjuntos de chaqueta y pantalón de color negro o marrón. Las camisas, en cambio, eran todas de color blanco impoluto y estaban perfectamente almidonadas.

Para mi alivio había más mujeres presentes de lo que las conversaciones dejaban entrever desde fuera de la sala. Vestían trajes sastre muy elegantes e iban peinadas como recién salidas de la peluquería. Todas llevaban maquillaje de miss Arden, al menos eso era lo que sugerían los colores empleados. Parecían muñecas hechas por el mismo fabricante, aunque con rostros distintos.

Al verlas me sentí un poco incómoda. El único maquillaje que tenía era aún de Rubinstein. No sabía si miss Arden repararía en ello.

En cuanto crucé la puerta, la atención de todo el mundo se centró en mí, algo que no ayudó precisamente a tranquilizarme. Me sentí un poco como cuando madame había examinado la gama de productos para el cuidado de la piel que había fabricado.

—Bien, ya estamos todos —dijo miss Arden dando la señal de cerrar la puerta.

Me quedé mirando alrededor, algo indecisa. Había vislumbrado un asiento libre en la mesa redonda, pero no me atrevía a ocuparlo sin el permiso de miss Arden.

—En primer lugar, me gustaría dar la bienvenida a Sophia Krohn —continuó miss Arden—. Ha aceptado mi invitación de dejar Rubinstein Inc. y ponerse a nuestro servicio.

Un murmullo recorrió el grupo. Algunas miradas se volvieron hostiles. Otras parecían estar preguntándose qué hacía ahí. No podía culparlos. A fin de cuentas, madame era la rival más feroz de miss Arden y yo no era quién para asistir a esa reunión. Sin embargo, era evidente que miss Arden estaba ansiosa por presentarme a todos los presentes.

—Es un placer tenerla con nosotros, miss Krohn —añadió señalando el asiento desocupado—. Siéntese, por favor.

Mientras las miradas me perseguían como flechas, me dirigí a la silla.

—Miss Arden, ¿está segura de que es una buena decisión? —dijo uno de los hombres—. Ya sabe usted que hacerse con el personal de la competencia... puede resultar problemático.

La expresión de miss Arden se ensombreció.

—Mister Blake, ¿acaso duda usted de mi buen juicio?

En un primer momento, dio la impresión de que así era, pero entonces mister Jenkins tomó la palabra.

—Mister Blake, la elección de miss Krohn tiene muchas ventajas. ¿Quién mejor para permitirnos una visión sobre la filosofía de la competencia?

¿De verdad creía que yo revelaría los secretos comerciales de madame? De repente, sentí un calor insoportable dentro de mi traje.

—Así pues, ¿cree usted que esta joven les hará de espía?

El hombre me dirigió una mirada burlona.

—¡Mister Blake! —Miss Arden habló con tono de advertencia—. He decidido contratarla. Y punto. Si le resulta difícil aceptar esta decisión, tal vez debería abandonar la reunión.

El hombre apretó los labios, pero no se levantó ni se marchó, ni tampoco replicó.

—Bien —dijo miss Arden, y por un momento me acordé de madame en esa ocasión en que reprendió a un especialista en envases. Aunque la voz de miss Arden era más sonora y femenina que la de madame, ambas coincidían por lo menos en un punto: no aceptaban que sus subordinados las cuestionaran.

—Como posiblemente habrán visto, la de hoy es una reunión inusual —prosiguió miss Arden—. Me ha parecido importante que miss Krohn conociera la maquinaria que hay detrás de la marca Elizabeth Arden.

¿Importante? ¿Para una futura esteticista? Eso me pareció un poco raro, e hizo que me preguntara cuál sería mi trabajo allí si no era trabajar en el laboratorio.

—Los caballeros que tengo a mi derecha —explicó— me asisten en asuntos relacionados con marketing, prensa y ventas. Mister Jenkins, mi marido, está al frente de ellos. Las damas a mi izquierda son las directoras más destacadas de mis salones de belleza, de los cuales hay varios en la ciudad. Creo que la estructura en la empresa de mistress Titus debía de ser similar.

—Yo... no llegué a conocer bien a la gente que trabajaba allí —respondí—. Pasé la mayor parte del tiempo en el laboratorio.

—¡Lástima! —exclamó miss Arden, con un tono algo contrariado. ¿De verdad había creído que yo le hablaría de la estructura empresarial de madame? Solo era una simple química, nada más. Los caballeros que acompañaban a madame el día de la evaluación de mi producto no me fueron presentados, igual que los que estaban tras madame y participaban en las reuniones del consejo.

—Bueno, de todos modos, sigo convencida de que usted nos será de utilidad. A fin de cuentas, mistress Titus confiaba lo bastante en usted como para dejarle desarrollar una nueva línea de cosméticos.

Recorrió las caras de los presentes con la mirada. ¿Acaso esperaba objeciones?

Nadie se atrevió a decir nada.

—¿Miss Hodgson? —Miss Arden dirigió la vista a una las damas presentes—. Usted es una de mis mejores directoras de salón. Me gustaría dejar a miss Krohn a su cargo.

—Por supuesto, miss Arden, será un placer.

—Miss Hodgson está a cargo de uno de los salones de más éxito de la ciudad. —Miss Arden volvió a dirigirse hacia mí—. Con ella usted aprenderá mucho.

Asentí con la cabeza y dirigí la mirada al rostro de miss Hodgson. El pelo rubio platino le daba una apariencia algo fría, pero iba maquillada de forma impecable, y era capaz de borrar de su cara sus años de experiencia.

—Lo estoy deseando —respondí dirigiéndole una sonrisa a miss Hodgson. Su rostro se mantuvo inexpresivo.

En los minutos siguientes, miss Arden trató con sus directores de departamento y las responsables de los salones algunos detalles sobre nuevos productos que tenía previsto lanzar en primavera.

Al cabo de una hora, en la que aprendí más de lo que mi mente era capaz de asimilar y en la que me sentí de nuevo como en mi época en la universidad, la reunión se disolvió. Las mujeres se separaron tras una breve charla entre ellas, y yo esperé a miss Hodgson, que estaba tratando algún asunto con miss Arden.

Apareció al cabo de un rato.

—¿Está lista, miss Krohn? —Su voz sonó como la de un general.

—Sí, miss Hodgson —respondí.

—Muy bien; entonces, en marcha.

Cuando nos dimos la vuelta, mister Jenkins se nos acercó.

—Miss Krohn, antes de que miss Hodgson se la lleve de aquí, ¿podría dedicarme un momentito? —Aunque se dirigía a mí, volvió la mirada hacia la directora del salón de belleza, que asintió.

—Sí, por supuesto, mister Jenkins.

—Bueno. En ese caso, acompáñeme.

Mister Jenkins tenía un despacho amplio y austero, aunque el mobiliario era de gran calidad. El escritorio era grande y parecía tan moderno como el de madame, pero por lo demás la decoración de la estancia era completamente distinta.

—No se tome a mal que mi mujer la presentara de ese modo —comenzó a decir Jenkins para mi sorpresa—. No acaba de creerse la suerte que ha tenido de captar a alguien de Rubinstein.

—No me ha captado —objeté—. Yo necesitaba un nuevo trabajo después de que los actuales propietarios de Rubinstein Inc. me despidieran.

—Y entonces se acordó de mi esposa. Lista.

Le podría haber contado que después de la fiesta ella me había escrito, pero preferí dejar eso en manos de miss Arden.

—Me gusta trabajar con cosméticos. Preferiría fabricarlos, pero miss Arden cree que le seré de más utilidad en otros sectores.

—Miss Arden —repitió mister Jenkins con un tono casi burlón—. Al menos ya conoce el modo adecuado de dirigirse a ella. Hay días que incluso me lo exige a mí.

Era difícil imaginar algo así en una pareja casada, pero tal como se me estaba mostrando en ese momento, parecía más un director ejecutivo que el esposo de la jefa. Tal vez solo pretendía bromear.

—Los empleados del laboratorio Rubinstein la llamaban así —repuse. Era cierto. Solo madame se refería a ella como «esa mujer» o «mistress Jenkins».

—¿De veras? —preguntó Jenkins. Ladeó la cabeza y me escudriñó—. Se podría pensar que mistress Titus prepara a sus empleados para que usen otros apelativos para mi mujer.

¿Me estaba poniendo a prueba? Decidí mantener una actitud correcta.

—Los empleados de madame son libres de usar la designación que consideren y, hasta donde yo he podido ver, todas las empleadas tienen su propio criterio.

Jenkins no apartaba la mirada de mí.

—Sí, mistress Titus se hace llamar madame, ¿no es cierto? Y eso que ella no es francesa.

Me sentí incómoda. ¿A qué venían esas preguntas?

—Creo que la jefa de cualquier empresa tiene un tratamiento que le es propio. Como empleada huelga decir que hay que respetarlo, ¿no le parece?

Una sonrisa se dibujó en el rostro de mister Jenkins.

—Antes fue usted muy diplomática cuando mi mujer quiso saber algo sobre la estructura empresarial de madame Rubinstein. Y eso a pesar de que usted ya no tiene ninguna obligación respecto a ella.

¿Con eso pretendía decirme que mi lealtad seguía siendo para madame? Sentí una oleada de calor recorriéndome la columna vertebral. Que yo no tuviera ninguna obligación respecto a madame no significaba que ya no la respetase. Aunque todavía siguiera resentida con ella por la venta de la empresa.

—No me parece apropiado hablar mal de un patrón cuando ya no trabajas para él —respondí tensando el cuerpo—. Mi padre me enseñó que la discreción es una virtud. En todos los ámbitos de la vida.

—¿Y este principio se aplica también cuando ese patrón la perjudica o la despide?

Entonces tuve la certeza de que me estaba poniendo a prueba. Que quería saber lo que le esperaba a su esposa si algún día yo abandonaba la empresa.

—Por supuesto —respondí—. De todos modos, no vacilaré en aplicar los conocimientos que adquirí en la empresa de madame Rubinstein en su beneficio. Siempre y cuando tenga la oportunidad de hacerlo.

Mister Jenkins se me quedó mirando un rato y luego asintió.

—Ya veremos qué talento desarrolla usted mejor. Nuestros laboratorios están muy bien surtidos, y, de hecho, no necesitamos una química.

—Es una lástima —respondí. ¿Alguna vez cambiaría esa situación?

—Pero siempre estamos abiertos a nuevas ideas. Así que, si se le ocurre algo que pueda mejorar nuestras líneas de productos, hágamelo saber.

—¿A usted? —pregunté. De hecho, yo creía que miss Arden era mi persona de referencia.

—Soy el responsable de publicidad y de ventas. Si considero que es algo que se puede vender, seguro que encontrará también el favor de miss Arden.

Dicho eso, se levantó y me tendió la mano.

—Que tenga un buen primer día, miss Krohn. Seguro que miss Hodgson le enseñará muchas cosas.

Le tomé la mano y se la estreché.

—Gracias, mister Jenkins.

Luego salí de su despacho.

No tuve tiempo para reflexionar sobre esa extraña conversación. Miss Hodgson aguardaba frente a la puerta del despacho de mister Jenkins.

—¿Ya ha terminado? —preguntó de mala gana.

—Sí —respondí.

—Bien, entonces acompáñeme.

Marchó ante mí con pasos delicados y contoneando las caderas. Yo me enderecé y la seguí.

17

Durante el trayecto en taxi hasta el salón, miss Hodgson no dijo palabra. Reprimió todos mis intentos por iniciar una charla con una actitud hosca.

De hecho, ese día había mucho que hablar sobre el tiempo ya que en el cielo el sol y las nubes libraban una contienda épica. De vez en cuando, finas gotas de lluvia se deslizaban sobre los cristales del taxi, seguidas luego por rayos de sol cuyo calor sentía en la cara incluso a través del cristal.

Sin embargo, mi directora estaba sumida en sus propias cavilaciones y me hacía sentir como si fuera un estorbo que miss Arden le había endosado.

El salón, que llevaba el fastuoso nombre de Celine, estaba en una zona muy elegante formada por casas bajas que hacían frente a los rascacielos al fondo con sus paredes blancas y sus columnas desafiantes.

El edificio donde se encontraba el establecimiento apenas se diferenciaba de las demás construcciones residenciales. El elegante tono beis de las paredes era tan atractivo como un delicado frasco de perfume, y para entrar en él había que atravesar también una puerta pintada en rojo.

El mobiliario del vestíbulo no era tan ostentoso como el de la sede principal, pero en él también se apreciaba claramente el estilo de miss Arden. Las cortinas eran de una tela gruesa de color rojo oscuro que no era terciopelo, sino que tenía una apariencia más moderna. Las butacas donde las clientas aguardaban para someterse a su tratamiento eran macizas y, a la vez, atractivas. Me habría gustado descansar allí un rato, porque mis zapatos nuevos distaban mucho de ser cómodos.

Sin embargo, no tuve tiempo de sentarme. Miss Hodgson me indicó que la siguiera hasta el mostrador de cristal que exhibía una selección de productos de belleza de miss Arden.

—¿Trabajó alguna vez en uno de los salones de mistress Rubinstein? —preguntó mientras atravesaba la estancia con paso enérgico.

—No, pero sé cómo son por dentro.

—Me temo que eso no le servirá de gran cosa —objetó miss Hodgson con tono algo burlón y, tras contemplarme unos instantes, añadió—: Lo mismo puede decirse de su maquillaje. A partir de ahora, solo usará como barra de labios el rosa Arden, también en su tiempo libre pues usted representa a la empresa. Le pediré a Sabrina que la arregle antes de todo. En los salones de miss Arden impera un nivel superior.

Me la quedé mirando perpleja. Aunque, desde luego, no era una experta con la brocha de maquillaje, aquella mañana había puesto un empeño especial. Y luego estaba la exigencia de emplear productos Arden durante el tiempo libre. ¿Quién iba a controlar tal cosa?

¿Cómo se suponía que era ese nivel al que se había referido? Contemplé a la mujer que en ese instante se inclinaba sobre una agenda de visitas. Estaba realmente impecable. Llevaba la línea de ojos perfectamente delineada y las cejas bien definidas. En cuanto al lápiz de labios —color rosa Arden, cómo no—, era como si el mismísimo Botticelli en persona se lo hubiera aplicado en los labios. Como tenía la piel de color muy claro, la recepcionista parecía casi irreal, como salida de un cuento de hadas.

—Helen, dígame, ¿Sabrina está disponible? Debería maquillar a nuestra nueva incorporación.

—Hola —dije a la recepcionista—. Soy Sophia Krohn.

—Helen Brody —respondió ella con una sonrisa glacial.

—¿Y bien? —insistió miss Hodgson en tono brusco.

Miss Brody volvió la cabeza con gesto elegante y respondió sin inmutarse:

—Ahora está con una clienta, pero debe de estar a punto de terminar. Calculo que unos cinco o diez minutos.

—Muy bien. Por favor, avísela para que ponga a miss Krohn a nuestro nivel. Si tiene alguna pregunta, estaré en mi despacho. —Dicho esto, se dirigió hacia mí—. En cuanto termine, venga a verme, ¿entendido?

—Entendido —repetí mientras miss Hodgson se alejaba a toda prisa.

Recordé el día en que madame en persona me había enseñado su fábrica.

Miré a miss Brody en busca de ayuda.

Esta también se había ido; al cabo de unos instantes regresó acompañada de una mujer joven de pelo rubio platino y corto que me sonreía desde una de las caras más encantadoras que había visto jamás y que, por otra parte, distaba mucho de parecer un maniquí de escaparate.

—Hola, soy Sabrina —dijo presentándose y tendiéndome la mano—. ¿Así que tú eres la nueva aquí?

—Sí, así es. Soy Sophia.

Sabrina me acompañó a una sala donde había varios espejos grandes e iluminados. Todos los asientos estaban libres, una situación que seguramente no duraría mucho rato. Me senté ante uno de los espejos. La luz era intensa y me recordó los espejos de maquillaje del Folies Bergère, que había visto buscando a Henny. Aun así, en ese sitio todo parecía más tranquilo y decente.

Sobre la mesa, frente al espejo, descubrí numerosos frascos y tarros diminutos. Había también varias paletas de maquillaje, que recordaban las cajas de pintura de un artista. Los tonos azules y rosados competían con el color plata, el verde, el dorado, el negro intenso y el color antracita. No se me había ocurrido que el rostro de una mujer pudiera albergar tantos tonos.

Se me pasó por la mente preguntar por la composición de todo aquello, pero no me pareció prudente hacerlo.

—Quítate la chaqueta. Parece muy cara y no querría ensuciártela.

—Pero me pondrás una capa, ¿no? —respondí.

—Desde luego, pero a veces los polvos salen despedidos por todas partes. No es cuestión de estropear la ropa.

Obedecí, dejé la chaqueta en el colgador y regresé a mi asiento. Sabrina me colocó una capa sobre los hombros y me pidió que me inclinara hacia atrás.

—Quítate las gafas y cierra los ojos —dijo en un tono suave que posiblemente usaba también con sus clientas—. Primero voy a quitarte el maquillaje, luego te haré un masaje facial con aceite de almendras para relajarte la musculatura y la piel. Eso deberías hacerlo a diario, por la mañana y por la noche. Así la piel se mantiene flexible.

¿Acaso mi piel no parecía flexible? De hecho, nunca me había sentido tan satisfecha con ella como entonces. Pero posiblemente el ojo experto de una esteticista lo veía de otro modo.

Seguí las instrucciones de Sabrina y la oí desenroscar un frasco. Al poco rato, noté un paño caliente y húmedo en la piel, con el que me fue desmaquillando. Sus gestos eran muy cuidadosos y eso me relajó al instante.

Mientras me masajeaba la cara con sus manos suaves, percibí el aroma dulce del aceite de almendras. Un estremecimiento agradable me recorrió el cuerpo. Nunca antes me había sometido al tratamiento de una esteticista cualificada. Al trabajar en el laboratorio, era algo que no había necesitado. Al parecer, aquí era imprescindible.

Tras masajearme la piel un rato, me puso un paño húmedo en la cara y me explicó que así la humedad iba penetrando. Mientras yo permanecía quieta debajo de la toalla, oí que ella preparaba algo.

—No puedes verlo, pero luego te lo mostraré con una clienta —dijo—. En su momento tendrás que hacerlo cuando una clienta quiera someterse a un tratamiento de belleza. Pero, por ahora, disfrútalo.

En los minutos que siguieron, volví a notar sus manos en mi cara, así como unas brochas suaves, gruesas y tupidas, y finas. Sabrina me aplicó sombra de ojos y máscara de pestañas, y me acentuó también los pómulos. Me fue explicando todos los pasos, y yo tenía ganas de verlo, pero, o debía dirigir la vista arriba, o a los lados o bien tenía que cerrar los ojos. De todos modos, si miraba hacia delante, apenas podía distinguir nada. Con mis ojos miopes, la cara se me mostraba desdibujada en una masa de luz y color.

Al mismo tiempo me vi envuelta en numerosas fragancias. Intenté captar todo lo posible, pero me dije que probablemente solo averiguaría los ingredientes de los cosméticos de miss Arden tras trabajar para ella durante un tiempo.

Nada más terminar, miss Hodgson asomó detrás de nosotras. Sabrina dejó a un lado el pincel para labios y levantó la cabeza con actitud expectante, como una escultora lista para que su obra fuera examinada.

Me volví a poner las gafas para ver mi aspecto, y también para observar la expresión de mi directora. ¿Le gustaría el modo como Sabrina me había puesto a «su nivel»?

Yo, por mi parte, estaba entusiasmada, aunque el maquillaje me daba un aspecto completamente distinto. Sabrina había arqueado suavemente mis cejas, algo en lo que yo nunca me había detenido. Había escogido un tono para los labios que no me amarilleaba los dientes, y además el *rouge* combinaba a la perfección. Me sentí como si me hubieran hechizado.

En cambio, miss Hodgson me miró por un instante y su disgusto fue evidente.

—Lleva usted una mancha de tinta en la ropa —observó—. No hace falta que le diga que en estas instalaciones llevar la ropa inmaculada es una obviedad.

Me sobresalté al oír esas palabras. Bajé la mirada y me di cuenta de que tenía razón. Por la mañana se me habían pasado esos borrones. ¿Cómo me los había hecho?

Me vino a la mente un recuerdo fugaz de mi época de estudiante. Mi madre lamentándose de que a veces durante las clases me manchaba las blusas.

—Disculpe, esta mañana a primera hora he estado escribiendo una carta —le expliqué recordando el sobre que aún tenía en el bolso.

—¿Y luego no se ha vuelto a mirar al espejo? —bufó.

—Sí, pero...

Al darme cuenta de que entonces solo me había fijado en la cara, enmudecí.

Y miss Hodgson siguió encontrando otros defectos.

—Es una lástima que lleve usted gafas —comentó con un suspiro—. Las mujeres con gafas no son buenos modelos para las clientas, porque el maquillaje de ojos desaparece detrás de los cristales gruesos.

¿Cristales gruesos? A mí siempre me había parecido que mis gafas eran finas. En todo caso, eran imprescindibles para mi quehacer diario.

¿Así que eso me convertía en un mal modelo? Aquello me molestó un poco. La última vez que alguien había hecho un comentario negativo sobre mis gafas había sido en la escuela.

—Lo siento, miss Hodgson —respondí—. Pero por desgracia sin gafas no veo nada. Y en mi profesión es importante no confundir los frascos, ¿verdad?

Eso era tan cierto en un laboratorio como en un salón de belleza.

Miss Hodgson hizo una mueca.

—Desde luego. Pero las gafas afean el rostro de la mujer. En fin, tal vez funcione a pesar de todo. En cualquier caso, usted tampoco estará aquí para siempre.

Dicho eso, volvió a desaparecer. No tuvo ni una palabra de elogio para Sabrina.

—Has hecho un trabajo fantástico —dije mirándome al espejo—. Lamento que miss Hodgson estuviera demasiado alterada para señalarlo.

Sabrina esbozó una media sonrisa y me dio la impresión de que no la sorprendía.

—No te preocupes —susurró—. El primer día miss Hodgson siempre les encuentra algo a todas.

—Lo de esos borrones ha sido un descuido —dije intentando justificarme—. De verdad, no lo he visto.

Tiré un poco de mi blusa, donde, a la altura del vientre, las manchas llamaban la atención. Eran minúsculas, pero miss Hodgson debía de tener una vista de águila.

—En cuanto a las gafas, no hay solución —continué mientras trataba de contener mi enfado. En el pasado había ocurrido lo mismo: mis compañeros de estudios se comportaban como si llevar gafas fuera culpa mía—. No creo que le vaya a gustar que yo ande de un lado a otro como un topo tirando todos los tarros por el suelo. O, peor aún, que me equivoque con los ungüentos y le aplique algo a una clienta que ella no quiera o no tolere.

—Seguro que no —repuso Sabrina con una sonrisa—. De todos modos, aquí vas a tener que acostumbrarte a oír críticas de vez en cuando. Ella es una de las mejores directoras de miss Arden, así que tiene un prestigio. Si te dice que vas mal maquillada, corrígelo de inmediato. Y si a ella le parece que una prenda de ropa no te queda bien, lo mejor es que la vendas y no vuelvas a aparecer por aquí con ella.

Al oír esas palabras, casi añoré la fábrica Rubinstein con sus largas mesas repletas de hierbas. También allí las primeras semanas habían sido difíciles, pero al menos no me obligaban a vestirme ni maquillarme de un modo determinado.

Por otra parte, aquella era una aventura en la que quería embarcarme. Era un cambio en mi vida que yo misma había buscado, nada a lo que otros me hubieran obligado. Lo conseguiría, y mi etapa en el salón de belleza pasaría.

—Ahora deberías subir a verla —dijo Sabrina empezando a ordenar sus pinceles—. Mi próxima clienta está al caer y ella quiere hablar contigo.

—Pero si acaba de venir.

Sabrina sonrió.

—Ha venido porque le ha parecido que he tardado demasiado. Su visita ha sido una advertencia. Lo hace siempre. Si no se asoma por donde estás, todo va bien; si lo hace, es que vas demasiado lenta. Es algo que te conviene recordar para más adelante.

—Lo haré —dije cogiendo mi chaqueta.

18

Si había creído que iba a trabajar de inmediato a solas con las clientas, me equivocaba. Mi trabajo en el establecimiento de miss Hodgson consistió al principio en observar lo que hacían Sabrina y las demás esteticistas.

La charla de presentación en el despacho de miss Hodgson fue breve y concisa y estuvo acompañada de la advertencia de que, aunque mi puesto era especial, no se me debía subir a la cabeza. En aquella empresa no se contrataba a nadie sin una formación sólida. Y eso significaba que debía trabajar el doble de duro.

En cualquier caso, en los días que siguieron no pareció tener ninguna objeción respecto a mi vestimenta. Yo cuidaba de manera escrupulosa que no se me viera ni la menor pelusa o mancha en ningún sitio, y eso que, de hecho, aquello no tenía mucha importancia ya que cuando observaba cómo Sabrina y sus compañeras aplicaban los tratamientos a las clientas estaba obligada a llevar una bata blanca liviana.

Algunas de las esteticistas aplicaban tratamientos de vapor a las mujeres; otras les daban masajes y les untaban la piel con un buen número de productos con la esperanza de borrar arrugas más o menos profundas.

A mí me maravillaba contemplar el proceso de transformación. Criaturas discretas y pálidas que posiblemente pasaban desapercibidas se convertían en bellezas impresionantes como las que se veían en los carteles de las películas. Sabrina era como una escultora capaz de crear maravillas a partir de un bloque de piedra en bruto. Yo sentía un profundo respeto por su habilidad.

Miss Hodgson impartía en persona sesiones formativas a las señoras para que pudieran hacer algo en el periodo entre los distintos tratamientos. Yo me mantenía en segundo plano, con la esperanza de que no se dirigiera a mí delante de las clientas. Sin embargo, lo hacía siempre.

—Fíjese bien, miss Krohn —comentaba—. A mis colaboradoras les exijo que se hagan este tratamiento a diario. Puede estar segura de que notará la diferencia.

Por la noche los pies me dolían de no haber podido sentarme en todo el día. Tenía la cabeza embotada por todas las impresiones recibidas, a la vez que notaba un hormigueo en las manos, y no precisamente por ganas de hacer algo. Cuando no había nada que observar, era la encargada de mantener el orden y la limpieza del salón. Lavaba las espátulas y las cápsulas, apartaba las toallas sucias y me encargaba de recibir los pedidos de la lavandería. Limpiaba armaritos y era la responsable de que el almacén donde se guardaban los productos cosméticos se mantuviera ordenado. Averigüé entonces que todo, sin excepción, pertenecía a miss Arden: solo las esponjas y las toallas se compraban a otras empresas. ¿Las esteticistas serían capaces de notarlo si se les intentaba colar productos ajenos?

Al llegar a casa solía estar tan cansada que era incapaz de charlar con Kate ni de tratarme la cara con cremas. Me limitaba a aplicarme el aceite de almendras y luego caía en un sueño profundo.

Me hacía mucha ilusión salir el sábado por la noche con Ray. Era la primera vez desde mi ruptura con Darren que salía a divertirme, y estaba muy contenta. Sería muy agradable charlar con mi antigua compañera de trabajo y oírle contar todo lo ocurrido en las últimas semanas.

Tal y como me había enseñado Sabrina, me apliqué colorete en las mejillas y luego me dediqué a maquillarme los labios. No me atreví con el maquillaje de ojos porque aún no dominaba el manejo del lápiz. Por otra parte, con las gafas difícilmente se podría apreciar el resultado.

Para mi salida a la vida nocturna de Nueva York, me decidí por el vestido de raso verde que había comprado en los grandes almacenes. Lamenté un poco haber vendido los pendientes caros que madame me había regalado, aunque seguramente habría sido demasiado peligroso llevarlos en cualquier lugar que no fuera una fiesta de los Vanderbilt. Me puse el abrigo, cogí el bolso y bajé la escalera.

Kate trasteaba en la cocina con los platos sucios. No había ni rastro de mister Parker.

Me asomé por la puerta.

—Voy a salir durante unas horas.

Kate, sobresaltada, dio un respingo y dejó caer el cepillo de fregar.

—¡Oh, madre mía! ¡Menudo susto!

Se llevó la mano al pecho. En su delantal quedó marcada una huella húmeda.

—Ay, perdona —dije—. He quedado con una amiga. Vamos de fiesta.

Era extraño que ese tipo de palabras salieran de mi boca; en todo caso, el reencuentro con Ray me había animado. Sería bonito olvidarse del mundo por unos instantes.

—En ese caso, ¡que os divirtáis! Ve con cuidado. Por la ciudad corren algunos tipos guapos capaces de hacerte perder la cabeza.

—No te preocupes, estaré alerta.

—Por cierto, ¿qué ha sido de aquel joven que siempre pasaba en coche por delante de casa haciendo un ruido infernal?

Seguro que mister Miller, en la acera de enfrente, lo debe de echar de menos.

Bajé la cabeza.

—No salió bien.

—¡Oh, vaya! —exclamó Kate. Se quedó pensando un rato y luego dijo—: Seguro que encuentras a alguien que te merezca.

—Sí. Tal vez —contesté. De momento, lo que yo merecía era un poco de diversión y quizá un cóctel—. ¡Que pases una buena noche, Kate!

—¡Igualmente, *honey*! ¡Y tráete un par de anécdotas, que las señoras mayores como yo las necesitamos!

Se rio y continuó fregando platos.

Ray ya me estaba esperando en el punto de encuentro acordado. Aunque la luz de las farolas no era especialmente buena en ese momento tenía abierto su espejito de maquillaje y se retocaba con la barra de labios. No era ni de Arden, ni de Rubinstein.

—Acabarás pareciendo un payaso de circo si te maquillas con esta luz —comenté bromeando—. ¡Miss Hodgson no te permitiría hacer algo así!

—¿Quién es esa? —preguntó Ray extrañada sin apartar la vista del espejito.

—La directora de mi salón de belleza. Para ella es importante que el maquillaje resulte natural, pero radiante.

—¿Natural? ¡Pero si lo usamos para no parecer naturales! —Ray se rio, cerró el espejito, se lo metió en el bolso y me abrazó—. Qué alegría verte. Y sí, quizá sí que parezco un payaso. Pero en el lugar a donde iremos es una condición necesaria.

—Entonces me temo que no llevo el maquillaje adecuado.

Había cogido la barra de labios que Sabrina me había dado disimuladamente al final de mi tercer día diciéndome que le sobraba. Al principio dudé en aceptarla porque temí que miss Hodgson sospechara que lo había robado. Pero, según pude ver, todas las chicas se llevaban los productos de maquillaje sobrantes que dejaban de ser presentables ante la clientela. En mis labios brillaba en ese momento el rosa Arden, un tono sutil, pero radiante. En cualquier caso, no tanto como el intenso color rojo burdeos que llevaba Ray.

—¡Ah, no pasa nada! —dijo Ray tras contemplarme por un instante—. Vas muy bien vestida. Vamos, conozco un local donde seguro que nos divertimos.

Me tomó del brazo y me arrastró con ella a través de un laberinto de callejuelas donde se amontonaban los cubos de basura y unas rejas altas intentaban detener el paso a los intrusos. Aquella zona inspiraba de todo menos confianza. Ni siquiera los gatos se quedaban ahí mucho tiempo.

Al cabo de un rato, giramos por una calle en la que a primera vista nadie esperaría encontrar un bar clandestino. Tenía la apariencia de una zona residencial venida a menos, con algunas ventanas tapiadas. Jamás habría sospechado que tan cerca del Roxy pudiera haber una calle como esa.

Nos detuvimos ante una casa con las ventanas iluminadas con luces rojas.

—¿Se supone que es aquí? —pregunté mirando alrededor. Ni se oía nada, ni se veía a nadie más. Seguramente todo el mundo quería entrar con discreción para no ser descubierto.

La primera vez que había ido a un *speakeasy* con Darren, todo había sido muy distinto.

—Sí, aquí es. Aunque no en los pisos superiores.

Me tomó de la mano y me hizo bajar por una escalera que me recordó un poco la entrada a la vivienda del detective. Aunque todo estaba oscuro, Ray llamó a la puerta.

Al rato se levantó una mirilla en la puerta.

—Contraseña —dijo una voz.

—Mockingbird —respondió Ray.

—¿Tu amiga está al corriente? —preguntó el hombre a continuación.

En la oscuridad vislumbré sus ojos, pero no pude ver nada más de su rostro.

—Lo está —respondió Ray—. Es de confianza.

—Vale. ¡Bienvenidas al Moonshine!

El hombre desatrancó la puerta y nos dejó entrar.

Al principio solo noté el olor a pared vieja, pero luego percibí la fragancia de perfumes, lociones de afeitar y alcohol. El hombre que nos había dejado pasar se mantuvo en la sombra. Ray no le dirigió la mirada, y preferí seguir su ejemplo. A diferencia de este establecimiento, el local al que había ido con Darren tenía la apariencia de ser un negocio legal.

—Debes saber que la contraseña la cambian cada tres días —me susurró Ray cuando el portero ya no nos podía oír—. Si no averiguas cuál es la actual, te quedas fuera.

Me pregunté cómo habría averiguado Ray la contraseña actual.

—¿Quién era ese hombre? —pregunté.

—Joe —respondió mi amiga—. A secas. Nadie sabe su apellido. No solo se asegura de dejar pasar a las personas adecuadas, sino que también vigila si aparece la policía.

Me quedé petrificada.

—¿La policía podría aparecer por aquí?

—Tranquila —dijo Ray—. Por esta zona se dan redadas de vez en cuando. Es normal. El personal procura siempre saber con antelación cuándo va a ocurrir algo. Joe es bueno detectando quién es un tipo raro o, peor aún, un informante de la policía.

Contraseñas y redadas. Entendía bien que a Ray le gustaran esos locales. Eran como los de sus novelas favoritas. A pesar de sentir un poco de temor, también noté un cosquilleo de emoción en la boca del estómago.

—¿Y cómo se enteran de las redadas? —pregunté.

—O sobornando a los policías o utilizando otras fuentes, como los italianos, por ejemplo. Esos se enteran de muchas cosas y están bien organizados.

—¿Acaso son delincuentes?

—La curiosidad mató al gato —repuso ella eludiendo la respuesta, mientras me hacía avanzar hacia el interior.

Allí no había una chica en el guardarropa recogiendo abrigos, ni tampoco una fuente de champán, como aquella vez con Darren. Tan solo había unas mesas con lámparas o candelabros provisionales. La gente allí sentada no eran más que sombras.

—Vayamos a la barra y pidamos algo para entonarnos —propuso Ray—. Me han dicho que hoy actúa un tipo que cuenta chistes picantes. Creo que será divertido.

Yo aún tenía mis dudas de que fuera posible divertirse allí, pero no quería ser una aguafiestas.

La barra era la parte de la sala mejor iluminada, posiblemente solo para que el hombre que había detrás no confundiera las botellas.

Dos grandes lámparas Tiffany coloreaban con retales de luces de colores el mobiliario, que tenía aspecto de ser bastante provisional. La barra del bar estaba hecha con un simple tablero de madera y dos taburetes altos. Detrás se erguía una estantería en la que antaño se debieron de guardar coles y patatas. Ahora acogía una mezcla desordenada de botellas de colores, algunas de ellas sin etiqueta. El barman llevaba un delantal sujeto a la cadera y la camisa blanca ligeramente abierta por el cuello. Su piel mostraba un tono dorado y tenía el pelo negro como el carbón.

—¡*Hi*, cariño! —dijo al reconocer a Ray—. Parece que hoy no vienes sola. —Al dirigirme una sonrisa, le brilló un diente de oro—. Aún no te conozco, pero me acordaré de tu cara.

—Eso es... muy amable por su parte —contesté. Él se echó a reír.

—¡Oh! Eres de las refinadas. Eso aquí cada vez se estila menos.

Como no sabía si aquello era o no un cumplido, preferí limitarme a sonreír.

—¿Lo de siempre? —preguntó dirigiéndose hacia Ray.

Ella asintió.

—Y lo mismo para mi amiga. Ella no sabe mucho de bebidas.

Fui a protestar, pero tenía que admitir que estaba en lo cierto. Yo solo bebía alcohol cuando en alguna ocasión alguien me ponía una copa delante de las narices.

—¿Cuándo levantarán la prohibición? —preguntó Ray al barman, que se limitó a encogerse de hombros.

—Ni idea. Pero mientras no lo hagan aquí los negocios prosperan.

Mezcló las bebidas y luego las sirvió en dos vasos altos. Mi nariz me advirtió de que el contenido de alcohol era considerable. El color de la bebida me recordó el ámbar de un collar que llevaba mi madre.

Al poco rato noté un olor dulce y a la vez intenso.

—*Cheers!* —dijo Ray levantando el vaso hacia mí.

Tomé el vaso, sobre el que se había formado una película húmeda.

El primer sorbo me dejó sin aliento.

—¿Qué es esto? —pregunté, tosiendo.

—Se llama Planter's Punch —respondió Ray divertida—. Hecho según la receta de la madre de Jim. De hecho, debería haber cuatro partes de agua, pero, como la madre de Jim es de Kansas, este contiene solo una parte.

—¿Y qué hay en las otras?

—Aunque Jim intenta guardar el secreto a mí me parece evidente: zumo de limón, azúcar y tres vasos de ron. O puede que alcohol casero, con él nunca sabes lo que le pone. No siempre las etiquetas se corresponden con el contenido de las botellas. De todos modos, tras beber esto, te sientes muy suelta. De hecho, es de lo que se trata cuando vas a un bar, ¿no?

Entendí lo que quería decir con «suelta», pero no sabía si estaba lista para descontrolarme.

Dejé mi vaso a un lado sintiendo que el alcohol me quemaba el estómago. Ray parecía estar acostumbrada a esa bebida porque seguía sorbiéndola alegremente.

—¿Sabes? Echo mucho de menos la época del laboratorio —empezó a decir entonces—. Los grandes almacenes pagan muy bien, pero me resulta cansino decir cada día las mismas cosas a los clientes. A veces me pregunto si tal vez no me habría sentido mejor con las telefonistas.

—¿Macy's tiene telefonistas?

—¡Sí! Y de vez en cuando emplean actores y actrices para sus desfiles. Y para Navidad. Pero son más bien trabajos de temporada.

Bajó la cabeza, como presa de una tristeza repentina, y dejó también el vaso a un lado.

—Puedes estar contenta de no haber estado allí cuando los nuevos propietarios tomaron las riendas de verdad. —Hablaba con una voz que no tenía nada de alegre—. Hicieron una limpieza a fondo. Incluso sustituyeron a miss Clayton por un hombre que no tiene ni idea de cosmética.

—¿Despidieron a miss Clayton?

—Sí, como a casi la mitad de las mujeres. En su opinión, ellas se pueden casar para mantenerse. También algunos hombres han tenido que irse, aunque, de todos modos, madame no había empleado a muchos. El personal del almacén se ha reducido muy poco: han mantenido a todos los conductores.

Se me hizo un nudo en el estómago. ¡Cuánta gente había perdido su trabajo por la venta de madame! ¿Qué diría al respecto cuando lo supiera? ¿O acaso no le importaba? Fuera como fuera, había decepcionado a muchas personas que habían trabajado para ella. Y solo por un matrimonio que no había por dónde salvar.

—¿Sabes si las demás se han podido colocar en otro sitio?

—Clara está en otra fábrica. Nos vemos de vez en cuando por el camino. Pero las demás... —Hizo un gesto desdeñoso con la mano—. Ojos que no ven, corazón que no siente. Ni siquiera sé dónde ha ido a parar miss Clayton. Se dice que ha empezado a trabajar para miss Grayson, esa empresa pequeña de cosméticos de la ciudad, pero solo me lo creeré si la veo ahí.

Me quedé pensando un momento y luego pregunté:

—¿Y nadie lo ha intentado con miss Arden?

Ray negó con la cabeza.

—Todas llevan trabajando para madame tanto tiempo que seguramente piensan que Arden es la mala de la película. A ninguna de ellas se le ocurriría pactar con el enemigo, tampoco a estas alturas. Ni aunque eso les permitiera salir de la miseria. —Me miró—. Pero tú te atreviste. Ella no logró convencerte de nada. No consiguió tu lealtad.

¿Era cierto? De vez en cuando, me sorprendía llamándola aún madame. Me había ofrecido a miss Arden porque había visto una oportunidad. Cualquiera que, como yo, hubiera estado alguna vez al borde de la pobreza no podía permitir que lo detuvieran unas falsas lealtades.

—Solo la veía como una jefa, como una persona que me había dado una oportunidad. Miss Arden me ha dado otra y estoy dispuesta a aprovecharla.

Ray asintió, pero me pareció vislumbrar rabia en su mirada. Aunque no contra mí.

—¿Estás enfadada con ella? —pregunté.

—Al principio, no —respondió Ray—. Pero con el tiempo... Realmente nos ha jugado una mala pasada, ¿no crees? Su matrimonio...

—He oído decir que se van a divorciar.

—¡Ya ves! —dijo agarrando el vaso—. ¡Todo para nada! Vendió la empresa y nos metió a todos en un atolladero. Sí, estoy enfadada con ella. Si alguna vez regresa y la veo, le escupiré a los pies.

Dicho eso, tomó otro gran sorbo de su vaso. Me pregunté si el alcohol tenía algo que ver en esas palabras.

De pronto se oyó una voz de alarma.

—¡Polizontes!

Di un respingo. Ray dejó el vaso y bajó del taburete alto. Jim, el barman, musitó:

—Mierda.

A continuación, se dio la vuelta. No logré ver si había salido huyendo o si se había escondido bajo la barra improvisada.

La clientela del local se levantó de un salto y todo el mundo empezó a ir de un lado a otro; entonces se oyó un estrépito. En un primer momento pensé que era un disparo, pero luego me di cuenta de que habían forzado la puerta.

Paralizada observé cómo unos hombres vestidos con abrigos marrones y el uniforme de la policía se abrían paso por la puerta. Prácticamente todos llevaban un arma en la mano.

—Señores, la fiesta ha terminado —gritó una voz masculina—. ¡Manos arriba!

—¡Mierda! —maldijo Ray; entonces, me agarró por el brazo y me arrastró con ella.

—¿A dónde vas? —pregunté, paralizada por el espanto.

—¡Al baño!

Tiró de mí más rápido de lo que mis zapatos me lo permitían.

Tropecé, afortunadamente recobré el equilibrio y seguí a Ray por el pasillo oscuro. El corazón me latía con tanta fuerza que apenas oía los gritos a mis espaldas.

—¿Y qué vamos a hacer? —pregunté aterrada mientras cerraba la puerta tras de mí. Seguro que los policías también mirarían ahí.

—¡Saldremos por la ventana!

Ray señaló una ventanita que había en la pared, entre las cabinas.

—¿Por ahí? —pregunté, horrorizada.

Aquella apertura no me parecía lo bastante amplia para que la atravesara una persona adulta.

—¡Pues claro!

Ray ya se estaba quitando los zapatos.

—Pero...

Antes de que pudiera objetar nada, ella ya estaba junto a la ventana agarrando la manilla. El aire fresco de la noche llenó la estancia llevándose consigo el olor a orina.

—¿Cómo se supone que subiremos ahí?

¿Aquello que oía eran pasos en el pasillo? Fuera lo que fuera, se volvía a notar bastante agitación. Daba la impresión de que los agentes intentaban impedir que algunos clientes se escapasen. ¿Qué nos harían si nos pillaban?

—Yo te auparé con las manos, y, cuando tú estés fuera, me subes. Como los gánsteres de verdad.

—La verdad es que nunca he querido ser un gánster de verdad.

—Quién sabe cuándo puede ser útil. Aquí.

Dobló un poco las rodillas, juntó las manos y me las ofreció como un estribo.

—Vamos. ¿Es que no sabes cómo hacerlo?

Vacilé un instante. De niñas, Henny y yo solíamos encaramarnos a vallas y muros, a veces aupándonos la una a la otra con las manos.

—¿Hola? —preguntó alguien en el pasillo. Me quedé paralizada.

—¡Vamos! —insistió Ray con un susurro—. ¡Y no te atrevas a dejarme aquí dentro!

Me quité los zapatos, busqué apoyo en la pared y luego me encaramé sobre su mano. Con una fuerza de la que nunca la hubiera creído capaz, me aupó de modo que pude pasar la parte superior del cuerpo por la ventana.

Constaté con horror que el hueco de la ventana tenía una reja.

Movida por el pánico, presioné contra ella y me di cuenta con alivio de que cedía. Tras apartarla a un lado salí al exterior y me encontré en un patio trasero. Las luces del edificio que había sobre mí alumbraban el suelo de forma borrosa, pero no conseguían iluminarlo por completo.

Me puse de cuclillas en el hueco de la ventana y metí los brazos. Lo primero que así fueron nuestros zapatos, que Ray había tenido la presencia de ánimo de pasar por la ventana. Los arrojé fuera del hueco y volví a tender las manos hacia Ray. Esta vez ella las agarró mientras a sus espaldas se producía un gran alboroto.

—¡Vamos! —dijo Ray. Yo tiré de ella con todas mis fuerzas.

No sé cómo logró sujetarse al suelo con los pies para no caer; posiblemente el miedo hacía que yo tuviera también más fuerza de lo habitual. Logré alzarla con un tirón fuerte. Ray se apoyó con las rodillas en el hueco de la ventana, y luego acabó de levantarse.

—Larguémonos —dijo con voz temblorosa.

Al instante siguiente, se oyó un estruendo. No habría podido decir si procedía de la zona del bar o si alguien había arrancado la puerta del baño. Ray y yo nos apartamos del hueco de la ventana y buscamos a toda prisa los zapatos. Cuando los tuvimos, nos deslizamos por el patio y lo atravesamos a toda prisa.

Finalmente dimos con una puerta de salida a la calle. En la esquina había apostada una enorme furgoneta de la policía. El conductor estaba lo bastante distraído como para no reparar en nosotras. Nos escabullimos en la oscuridad y procuramos poner la máxima distancia posible entre el bar clandestino y nosotras.

De pronto, Ray estalló en carcajadas.

—¿Dónde está la gracia? —resollé tras ella sin obtener respuesta al momento. Ella seguía riéndose. ¿Los nervios le habían hecho perder la cabeza? ¿O acaso el alcohol estaba mostrando todos sus efectos?

—¡Ha sido para morirse de risa! ¿Verdad? —preguntó reduciendo el paso y finalmente deteniéndose.

—¿De risa? —pregunté poniéndome la mano contra la cadera para no sentir las punzadas en el costado. Hacía muchísimo tiempo que no me veía obligada a correr de ese modo.

—Sí. ¡Les hemos dado esquinazo! Ha sido como en una de esas novelas que leo. Era algo que siempre había querido vivir.

—¡Oh! ¿No lo habías hecho nunca?

Al ver que ella sabía qué hacer, había dado por sentado que ya había pasado antes por todo eso.

—Por regla general, soy una chica muy buena —respondió con una risita.

—Si tú lo dices —murmuré.

Poco a poco los latidos del corazón se me fueron calmando.

Ray me rodeó los hombros con los brazos.

—Disculpa, por favor. No podía saberlo. Llevo varias semanas yendo a ese local. Seguro que ahora tendré que buscarme otro, porque, cuando los polis cierran un bar, lo hacen de verdad.

—No pasa nada —repuse—. Desde luego ha sido toda una aventura. Y me alegro de que no nos hayan pillado. Aunque mis zapatos seguramente no volverán a estar limpios nunca más.

Seguimos caminando cogidas por el brazo. Me sentí un poco como en otros tiempos con Henny. Ella también habría disfrutado de una fuga como esa...

Nos detuvimos al acercarnos a la siguiente estación de metro. Ray iba en dirección contraria, así que había llegado el momento de despedirnos.

—¿Nos volveremos a ver? —preguntó Ray con una sonrisa delicada—. Quiero decir, después de lo ocurrido, te sobran motivos para no querer salir más conmigo, pero tal vez...

—Sé dónde encontrarte —contesté—. Y tú puedes dar conmigo en mi antigua dirección, en casa de mister Parker. Si necesitas algo...

—... te llamaré. Lo mismo digo.

Nos volvimos a dar un abrazo.

—Espero que pronto atrapes al millonario que estás buscando.

—Y yo espero que seas feliz con miss Arden. Y si alguna vez vuelves a trabajar en un laboratorio y necesitas una ayudante...

—Serás la primera a quien se lo pida.

Ray se apartó de mí y me quedé viendo cómo se dirigía a su andén.

Al poco rato, llegó mi tren. Me subí en él y me pregunté si realmente debía contarle a Kate lo ocurrido esa noche.

19

Durante las semanas que siguieron alterné la euforia y la desesperación. Pasó un tiempo antes de que me permitieran acercarme a las clientas. Seguí lavando, acarreando toallas de un lado a otro, sacando cajas del almacén y ocupándome de las entregas de la lavandería, lo cual me procuraba siempre disputas con los conductores, que parecían sentirse en la obligación de hacer comentarios sobre mi peinado o mi bata.

Con todo, poco a poco empecé a comprender cómo funcionaba el salón de belleza y vi que no se trataba solo de hacer tratamientos a las clientas. Aprendí desde abajo y me di cuenta de lo que miss Arden pretendía. No me había enviado ahí por desconfianza. Quería que entendiera de qué iba el negocio. En honor a la verdad, en su momento madame no había tenido esa atención.

Por fin, en un cálido día de principios de verano, me permitieron atender a mi primera clienta bajo la supervisión de Sabrina.

Masajeé con cuidado la piel del rostro de aquella señora algo entrada en años, le coloqué unos paños calientes para relajarla y, finalmente, me puse manos a la obra con las brochas y las pinzas.

Sabrina me observó con una sonrisa.

—Aprendes rápido —dijo mientras la clienta se tomaba unos minutos de descanso y nosotras podíamos hacer una breve pausa.

—Llevo tiempo observando.

—Créeme, querida, aquí muchas han observado más tiempo que tú y el primer día no han sido capaces. Pareces tener buena mano para esto.

Me acordé entonces de mis compañeros de clase masculinos que el primer día en el laboratorio de la universidad habían esperado que se me cayera alguna cosa y salieron decepcionados. Incluso el anciano profesor que nos supervisaba había tenido que admitir que tenía talento. Pero ¿acaso a Sabrina le interesaría mi época universitaria? Allí nadie había estado en una escuela más tiempo del necesario.

—Gracias, es muy amable de tu parte —me limité a contestar.

Entonces sonó la alarma, que también puso fin al descanso de mistress Belleville.

Me gustaba realmente trabajar con las clientas de miss Arden, y dejé de añorar tanto el laboratorio. Sin embargo, al menos una vez a la semana, miss Hodgson se encargaba de dejarme muy claro que mi presencia en su establecimiento se debía únicamente al hecho de que antes yo había trabajado para madame.

—No creo que miss Arden la hubiera contratado a usted si no fuera porque quería jugarle una mala pasada a la Rubinstein.

En esos momentos tenía que contenerme mucho para no responderle con insolencia.

—Pero tal vez, después de todo, logre usted sorprenderme —solía añadir en respuesta a mi silencio. Y entonces me dejaba tranquila durante unos días.

Me llevaba bien con las otras esteticistas del salón. Sabrina era mi punto de referencia, y a ella se unieron poco a poco Janet y Becky. La primera sentía mucha curiosidad por Europa, y, después de que en una ocasión yo dejara caer que había vivido un tiempo en París, continuamente tenía que contarle cómo era esa ciudad. A veces debía inventarme alguna cosa para lograr contentarla; entonces mezclaba algunas experiencias vividas en Berlín, algo que a ella no le causaba el menor asombro.

—Un día viajaré a Europa —sentenció ilusionada—. Y luego me dedicaré a ver todas las cosas que cuentas. Tal vez conozca a un monsieur agradable.

—Aquí también hay hombres —objetó Becky, que era más robusta—. Más de uno actúa como si acabara de regresar de Francia, en el caso de otros es realmente así.

—No es lo mismo —replicó Janet aún extasiada. Me di cuenta de que en su caso no la disuadirían ni siquiera las historias de caballeros tan poco agradables como Maurice Jouelle.

Con el avance del verano, me empecé a crear por fin un poco de clientela propia. No se trataba de mujeres especialmente acaudaladas, esas estaban reservadas para miss Hodgson y Sabrina. La mayoría eran mujeres que querían probar un salón como aquel o querían darse un capricho. En opinión de miss Hodgson, con ellas no echaría nada a perder, así que me dejaba hacer.

Una cosa era elaborar una crema, pero ver el efecto que tenía y la felicidad y la alegría que proporcionaba a una mujer resultaba sorprendentemente satisfactorio. De algún modo, logré que algunas clientas repitieran. Se iban del salón con menos dinero, pero con una sonrisa más amplia.

A la única que, al parecer, no lograba contentar era a miss Hodgson. A veces criticaba el orden de mi puesto, otras el modo en que me peinaba. Si por la mañana no me había maquillado a la perfección, o si me había tocado la cara sin darme cuenta, ella lo notaba de inmediato y me regañaba delante de las clientas. De vez en cuando también asomaba mientras estaba haciendo un tratamiento y me corregía supuestos fallos.

Alguna vez, a última hora del día, me hacía ir a su despacho para echarme un sermón sin que viniera a cuento. Por lo general, solía recriminarme que descuidaba mi aspecto y que eso perjudicaba la reputación de su salón de belleza. Yo no me sentía culpable de nada y me esforzaba por contener el llanto.

No recibí ninguna noticia más de París. Todos los días al llegar a casa, miraba esperanzada el buzón y siempre lo encontraba vacío. Aunque me habría gustado, no contaba con recibir ninguna carta de Henny. Tenía las esperanzas puestas en Luc Martin, en que tal vez daría con alguna pista sobre mi hijo.

Una mañana de finales de agosto, Helen, la recepcionista, asomó en mi sala de tratamiento.

—Ha llegado un mensaje para ti de miss Arden —dijo entregándome un sobrecito. Me limpié los restos de crema de las manos con una pequeña toalla y tomé la nota. El sobre estaba cerrado; era evidente que no quería que otros leyeran su contenido.

—¿Las demás también lo han recibido? —pregunté a Helen. Ella me miró de forma muy sombría, como si amenazara tormenta.

—No —respondió ella—. Solo tú.

No lo dijo, pero en su voz percibí el consejo de que tal vez sería bueno que me sentara antes de abrir el sobre. ¿Acaso era un despido? ¿O tal vez miss Arden quería verme después de que miss Hodgson se hubiera quejado de mí?

Guardé la carta en el bolsillo de mi bata.

—Gracias —le dije a Helen. Luego volví de nuevo mi atención hacia la clienta. Intenté disimular mi nerviosismo, pero miss Lewis se dio cuenta al instante de que le masajeaba la piel un poco más rápido de lo habitual.

—¿Espera usted malas noticias? —preguntó tras mirar al espejo y ver mi cara.

—De hecho, no —repuse—. Pero las cartas inesperadas suelen traer consigo cierta fatalidad.

—Tal vez sea algo bueno. Un ascenso, quizá.

Estuve a punto de soltar una carcajada. ¿Un ascenso? En aquel salón era impensable.

Sin embargo, tal vez miss Arden fuera a trasladarme. ¿Eso era motivo de alegría, o era más bien como salir del fuego y caer en las brasas?

Aflojé el puño y traté de relajarme. No quería ni pensar en que miss Arden pudiera echarme. No quería ni pensar en qué debería hacer en ese caso.

Cuando miss Lewis se hubo marchado radiante y sonriente, ordené mi sitio, pues no quería que miss Hodgson volviera a recriminarme el desorden. Luego, me senté en mi taburete y saqué el sobre.

Era el mismo sobre y la misma caligrafía de la otra ocasión. Saqué la nota con manos temblorosas y sintiéndome el estómago revuelto por la inquietud.

Querida miss Krohn:
Quisiera pedirle que el próximo fin de semana me acompañe a Maine.

Mi chófer la recogerá el viernes sobre las nueve de la mañana.

Atentamente,
E. A.

P. D.: Lleve ropa para asistir a un evento social, no quiero que me haga quedar en ridículo.

Sacudí la cabeza sin salir de mi asombro. ¿Tenía que acompañar a miss Arden? ¿Y sin que ella me dijera ni el motivo ni el lugar adonde se suponía que íbamos?

¿Acaso alguien quería gastarme una broma pesada?

Pero no había duda de que aquella era su letra. Y también la redacción y el estilo cuadraban con ella.

Releí la nota y le di la vuelta al sobre, pero me resultó imposible encontrar ningún indicio de falsificación. Miss Arden realmente quería que la acompañara.

El problema era que el salón de belleza estaba abierto los viernes y los sábados. No podía no presentarme al trabajo sin más, tenía que avisar a miss Hodgson. Pero ¿ella me creería? ¿O estaba ya al corriente?

Tras la siguiente clienta hice acopio de valor para hablar con miss Hodgson. A esa hora no tenía sesiones de formación y se dedicaba al papeleo. Había que clasificar facturas, hacer pedidos.

Llamé a la puerta, que tenía abierta. Me sentía los latidos del corazón en la mandíbula.

—Miss Hodgson, ¿me permite que la interrumpa un instante? —pregunté.

—¡Un momento!

Asentí y me quedé parada en el umbral. Ella volvió a inclinarse sobre su libro de contabilidad y anotó tranquilamente los importes de algunos recibos antes de dejar el portaplumas a un lado y volverse hacia mí.

—¿Qué ocurre, miss Krohn?

—Miss Arden me ha enviado un mensaje.

—Espero que no sea su despido —repuso con una sonrisa maliciosa.

—No —respondí entregándole la carta—. Quiere que mañana la acompañe a Maine.

Aquello tomó desprevenida a miss Hodgson. Recorrió las líneas una y otra vez, como si no acabara de creérselo, o quisiera comprobar la autenticidad de la letra.

—Esto significa que no puedo atender las citas con mis clientas.

Miss Hodgson resopló.

—La jefa es quien la reclama.

—Así pues, ¿me permite ausentarme?

—Por supuesto, aunque eso contrariará bastante a las clientas.

—¡Oh! Evidentemente intentaré avisarlas. La mayoría tiene teléfono; tal vez Sabrina o Claudia podrán encargarse de las que no logre localizar.

En el caso de Claudia no estaba completamente segura, pero sin duda Sabrina podría colar una o dos clientas más.

—Tendrá que hacer horas extras para compensar el tiempo perdido —repuso miss Hodgson con tono de suficiencia—. Y, como comprenderá, hoy no la puedo dispensar de su servicio.

—No será un problema —contesté—. Me quedaré todo el tiempo que sea necesario.

Miss Hodgson pareció reflexionar.

—Vale —dijo entonces—. Cuando baje, pídale por favor a Helen que me traiga un café.

Asentí y me retiré.

Aunque ya sabía cómo era miss Hodgson, me decepcionó un poco que no me deseara buen viaje. Al fin y al cabo, iba a acompañar a su jefa, muy probablemente por temas de negocios.

Pero entonces me incorporé. Me había jurado a mí misma no dejarme avasallar por ella. Al día siguiente iba a salir de viaje con miss Arden, y haría lo que fuera preciso para compensar mi ausencia.

Al llegar abajo pasé el recado a Helen, que me miró un poco sorprendida, y luego me dirigí a reunirme con la siguiente clienta. Ya había atendido en una ocasión a mistress Travers, y me había dado la impresión de que no quería seguir mis consejos. Sin embargo, había concertado otra cita.

Al doblar la esquina hacia las salas de tratamiento, la vi de pie en recepción. Inspiré profundamente y me acerqué a saludarla.

En cuanto mi última clienta se hubo marchado, le pedí a Helen que me mostrara la agenda de visitas y me asusté al ver el gran número de entradas.

—Pero ¿qué ha ocurrido? —pregunté llevándome la mano a la frente—. ¿Cuándo han pedido hora todas estas mujeres?

—En los últimos días —respondió Helen—. Hoy mismo tres clientas nuevas han pedido hora contigo. Mejor dicho, miss Hodgson me ha pedido pasarte las clientas nuevas.

Tuve que contenerme para no echar maldiciones. Miss Hodgson había dado instrucciones a Helen para que me cargara de trabajo y, cómo no, no le había parecido necesario informarle de que tal vez no sería prudente concertar nuevas citas conmigo para el día siguiente y el otro.

—¿Qué ocurre? —preguntó Helen, al percatarse de mi tensión.

—¿Miss Hodgson no te ha dicho nada? —pregunté.

—¿Nada de qué?

—De que en los próximos días no voy a estar.

Helen enarcó las cejas.

—Miss Arden me ha informado de que el viernes y el sábado debo acompañarla en una pequeña salida. Así pues, tengo que cancelar todas las citas.

Por un instante, Helen apartó la mirada. Fruncí el ceño y entonces lo vi claro. Miss Hodgson sí había hablado con ella.

—Me ha dicho que siguiera concertando citas para ti —admitió Helen por fin.

—¿Con qué fin? —pregunté—. ¿El de asegurarse de que hoy no salga de aquí hasta medianoche?

Helen se ruborizó.

—Lo siento. Ella manda. Debo hacer lo que me pide.

Apreté los puños. En ese momento sentí unas ganas inmensas de subir a ver a toda prisa a esa mala víbora y expresarle mi opinión. Pero ¿habría servido de algo? Las clientas no desaparecerían por arte de magia.

—Miss Arden es la que manda —repuse intentando guardar la calma a pesar de que me temblaba todo el cuerpo—. Pero no me voy de viaje con ella para pasármelo bien. La verdad, no tengo ni idea de por qué miss Arden me ha convocado, aunque seguro que es por trabajo.

Sacudí la cabeza. Helen siempre me había parecido muy agradable. Pero entonces me di cuenta de que ni siquiera había tenido el valor de hacerle notar a miss Hodgson que estaba siendo injusta.

—Lo siento, no lo sabía.

Lo dijo con un tono tan apesadumbrado que pensé que tal vez fuera cierto.

—En fin, si tengo que avisar a todas las clientas, será mejor que me ponga manos a la obra.

—Si quieres, te ayudo —propuso Helen, pero negué con la cabeza.

—No, déjalo. Ya lo hago yo. A las clientas con las que no pueda contactar les enviaré una nota.

Dicho eso, tomé la agenda de visitas y me dirigí al despacho que miss Hodgson había abandonado hacía rato.

20

Poco antes de las once de la noche me dirigí al metro completamente exhausta. Estaba aterida y, a la vez, tenía la sensación de que la piel me ardía por el esfuerzo.

Tenía muchas ganas de acompañar a miss Arden, pero estaba demasiado cansada para sentirme feliz de verdad. Maldije en silencio a miss Hodgson. ¡Comparada con ella, miss Clayton era un ángel! Me resultaba difícil imaginar que miss Arden le hubiera pedido que se comportara conmigo de un modo tan ruin.

A pesar de lo avanzado de la hora, aún había mucha gente en el andén del metro. Me alegré de no estar sola. Pero ¿cuándo podía estarlo alguien en esa ciudad? Apenas había rincones donde no coincidieras con otra persona. En ese momento me sentí agradecida por ello.

Por fin llegó el tren. Solo se subieron unos pocos pasajeros. Una pareja joven, probablemente de regreso a casa tras un rato de diversión, se reía a carcajadas. Algunos hombres observaban a la joven mujer, que estaba visiblemente achispada.

Les dediqué una breve mirada y luego entré en el vagón. Cuando el tren se puso en marcha, cerré los ojos. «No te duermas», me dije.

Pero ocurrió. Los sonidos me abandonaron y el mundo quedó sumido en una neblina.

Finalmente me desperté sobresaltada y con miedo de haberme pasado la parada. En ese momento el tren se detenía justo delante del nombre de la estación. Aún faltaban dos. Suspiré aliviada y volví a incorporarme bien erguida en el asiento.

Al momento siguiente, un tipo cuyo aliento a alcohol se olía de lejos cruzó la puerta. El hombre se tambaleó hacia delante mirando a su alrededor. Además de la pareja, que seguía riéndose y haciéndose carantoñas, había otras tres mujeres sentadas cerca de mí.

Recé en silencio para que no reparara en mí, pero, por supuesto, así fue.

—¿Qué, muñeca? ¿Te apetece un poco de compañía? —preguntó sentándose a mi lado. Mi corazón comenzó a latirme deprisa. En Berlín alguna vez me habían abordado algunos borrachos. Normalmente me los había sacado de encima, pero en el metro no tenía escapatoria.

—No, lo cierto es que no —contesté.

—No das esa impresión —murmuró poniéndome la mano en la rodilla. Se la aparté y quise levantarme, pero él me agarró por la muñeca.

—Así que te haces la estrecha, ¿eh? ¡Quédate sentada que no muerdo!

Presa del pánico, miré a mi alrededor. La mujer de delante seguía con los ojos cerrados.

—¡Déjeme en paz! —le grité.

El tipo se limitó a echar una carcajada y apretó con más fuerza. Su tufo a alcohol me hacía llorar los ojos. Probablemente a la gente de alrededor le daba igual lo que hiciera conmigo.

Por suerte, el tren se detuvo apenas unos instantes después. Conseguí soltarme y me dirigí a la puerta. El corazón me latía desbocado por el pánico.

—¡Eh! ¿Qué te ocurre? —gruñó enfadado el tipo a mis espaldas—. Acaso no soy suficiente para ti, ¿eh? Piensas que no soy digno de ti, ¿verdad, zorra?

Aquellas palabras me estremecieron. Había un motivo por el que pocas veces salía hasta altas horas de la noche. De haber tenido a Ray conmigo, esto no habría ocurrido.

Me apeé sintiendo que las rodillas me flaqueaban y temblando de pies a cabeza. El corazón me latía con fuerza, y lo único que deseaba era que no me siguiera. Al llegar a la escalera miré alrededor prácticamente sin aliento. Sentía zumbidos en los oídos y el pavor a ver a ese desconocido detrás de mí me erizaba la piel de todo el cuerpo.

En ese momento el tren se puso en marcha. No pude ver si aquel desaprensivo continuaba en su asiento, pero no parecía haberme seguido.

Con las piernas aún temblorosas, subí la escalera. Habría podido esperar al tren siguiente, a fin de cuentas aún me faltaba una parada para llegar a mi destino, pero decidí caminar.

Era agradable volver a respirar aire fresco, aunque también oliera un poco a los cubos de basura que había cerca, en un patio trasero. La zona estaba desierta, solo se oía a un perro que ladraba. Ya me había apeado en otras ocasiones en esa estación para hacer algún encargo. La calle estaba llena de tiendas, cuyos escaparates, a diferencia de los de Macy's, casi nunca se renovaban a menos que se produjera un cambio de propietario.

Aquella uniformidad me tranquilizó, y poco a poco el susto fue abandonándome. Con todo, caminé a paso rápido por las calles sin mirar alrededor, y llegué a la casa de mister Parker al cabo de un cuarto de hora.

Igual que mi casero, seguramente su asistenta también debía de estar acostada. Me pregunté si tal vez Kate se habría preocupado.

Giré con cuidado la llave en la cerradura y entré en casa. La luz de la luna atravesó la puerta e iluminó el vestíbulo lo suficiente como para comprobar que estaba sola. Pensar que alguien pudiera estar al acecho no era realista, pero el silencio del edificio me tranquilizó.

Tras cerrar la puerta de entrada, me acerqué al buzón. Cuando lo abrí, una carta salió despedida. En cuanto leí el remitente, olvidé al instante todo lo que me acababa de ocurrir. Encendí la luz del vestíbulo y saqué la carta del sobre.

Chère *mademoiselle Krohn:*
Le ruego disculpe el tiempo que he dejado pasar desde nuestro último encuentro. Espero que haya llegado bien a Estados Unidos.

Tal y como acordamos, hice llegar a su amiga la nota, pero no me pareció que se alegrara mucho.

Tras muchos tira y afloja, logré convencerla para que aceptara la carta. Sin embargo, no puedo decirle lo que hizo después con ella. Es posible que haya entrado en razón y ya se haya puesto en contacto con usted. Espero de corazón que ambas vuelvan a encontrarse porque pocas cosas son más dolorosas que perder a un buen amigo.

Por desgracia, las pesquisas sobre su hijo están resultando más arduas de lo que yo había anticipado. Estaba usted en lo cierto: el personal del hospital es más insensible de lo que yo creía. Ni siquiera valiéndome de todo mi encanto he logrado sonsacar nada a las enfermeras, y eso es mucho decir.

Antes de que me tome usted por una persona poco seria permítame que le diga que, por supuesto, fui discreto. En cualquier caso, tengo la impresión de que ahí los secretos están muy bien guardados. Por lo tanto, he tenido que echar mano de otras fuentes. En este sentido, Marie Guerin me ha sido de gran ayuda. Nosotros, la gente de la clase trabajadora, nos enten-

demos, así que me ha dado algunos nombres de personas familiarizadas con el tema de las adopciones.

¿Cómo decirlo? Por lo visto, parece que, en efecto, hay una especie de mercado de niños. Tras las pérdidas originadas por esa guerra infausta, son muchas las personas deseosas de tener una descendencia que ocupe el lugar de los hijos caídos. Sin embargo, quienes sean que se están haciendo de oro con eso no tienen un pelo de tontos. Me temo que fui un poco descuidado y mi curiosidad me ha costado un par de dedos rotos. Por favor, no se alarme. Todo se está curando perfectamente. Conozco a la gente de esa calaña.

Voy a cambiar la táctica y la mantendré informada. Seguramente usted se pregunte muchas cosas. Hay algo que ya le puedo decir ahora: no, hasta el momento no hay pruebas de que los hombres que me atacaron guarden relación alguna con el hospital. Pero eso no significa que no la tengan. Continuaré indagando, y le prometo ser prudente.

¡Cuídese mucho!
LUC MARTIN

Leí la carta dos veces más y no pude evitar taparme la boca con la mano al llegar al párrafo sobre los dedos rotos. No había pensado que aquello pudiera ser tan peligroso. Pero, por mucho que me aliviara tener por fin noticias suyas, mi preocupación fue en aumento. ¿Y si mi hijo realmente hubiera caído en manos de esa gente? ¿Qué clase de personas tenían que ser para hacerse con una criatura de ese modo?

Casi me arrepentí de haber abierto el sobre de inmediato porque me sentía el corazón agitado y la presión de la sangre hacía que me dolieran las sienes.

Tuve que aguardar unos instantes hasta que me vi capaz de subir la escalera. Al llegar a mi habitación, dejé la carta sobre el escritorio y empecé a deambular de un lado a otro. No necesitaba volver a leerla, las palabras se me habían quedado grabadas a fuego: «un mercado de niños», «una descendencia que ocupe el lugar de los hijos caídos».

Mi hijo era varón. ¿Y si alguien lo había robado del hospital? ¿Y si los médicos se habían inventado su muerte, conscientes de que la policía no lo investigaría?

Pero, de ser así, ¿por qué entonces alguien me había escrito y me había puesto sobre aviso? Yo habría seguido con mi vida creyendo que Louis había muerto. Tal vez eso aliviara la mala conciencia del autor de la carta, pero para mí había supuesto el tormento de una incertidumbre perpetua.

Y posiblemente era mentira...

Sin embargo, ¿podía seguir creyendo que había sido objeto de un engaño después de que le rompieran los dedos a la persona que me ayudaba a causa de su «curiosidad»?

Finalmente, me venció el cansancio. El carrusel que tenía en la cabeza empezó a girar más lentamente. Me dejé caer en la cama. Entonces reparé en que Luc Martin también había escrito sobre Henny. Había aceptado mi carta. A regañadientes, sí, pero lo había hecho. ¿Había alguna posibilidad de que hubiera leído la carta que le había enviado desde Estados Unidos?

No me quedaban fuerzas para seguir pensando en eso. Los ojos se me cerraron y la oscuridad se llevó consigo todos los pensamientos sobre Henny, monsieur Martin y mi hijo.

Aunque había dormido bien y sin sueños, cuando sonó el despertador me sentía molida. Por un momento tuve la tentación de apagarlo y darle la espalda, pero por suerte me acordé de que ese día iba a ir de viaje con miss Arden.

Seguía preguntándome por qué quería que precisamente yo fuera quien la acompañara. Si se trataba de algo comercial, ¿miss Hodgson no habría sido una mejor compañera? ¿O tal vez otra directora de salón? Al fin y al cabo, ¡yo solo era una esteticista! Y, además, en prácticas.

Luego aparté esas dudas de mí. ¡Me alegraba de que me hubiera elegido a mí y no a otra! Tras las noticias que había recibido el día anterior de monsieur Martin, aquel era el rayo de esperanza que necesitaba. De no ser así, habría pasado todo el fin de semana pensando en los hombres que habían agredido al detective diciéndome que posiblemente tenían también a mi hijo en su poder.

Cuando el coche de miss Arden se detuvo frente a mi puerta, con el maquillaje ya había logrado un aspecto bastante presentable. Había preparado una maleta pequeña; mi ropa de verano para un fin de semana era limitada. Para el «evento social» había escogido un vestido azul precioso, y llevaba también dos de mis mejores blusas, porque desde luego no quería dejar en ridículo a miss Arden.

El chófer colocó mi maleta en el portaequipajes, se volvió a meter en el coche y arrancó.

El vehículo se abrió paso en medio del tráfico de la mañana, que ese día también parecía un poco caótico. Me pregunté por qué miss Arden me había mandado recoger si ella misma no estaba en el coche. ¿Acaso el chófer me iba a llevar a la estación?

Sin embargo, al rato me di cuenta de que no estaba tomando el camino hacia la gran estación central. En vez de ello se detuvo ante un edificio que nunca había visto antes. Era una casa con apariencia de ser muy antigua y con una decoración floral en las ventanas tan magnífica que no habría desentonado en el distrito de Charlottenburg de Berlín.

El chófer se apeó y llamó al timbre. Instantes después se abrió la puerta y el conductor desapareció en el interior del edificio. Al rato, reapareció con dos grandes maletas en la mano, que sujetó en el portaequipajes del vehículo.

¿Era aquella la casa particular de miss Arden?

Al instante siguiente apareció ella, ataviada con un vestido de viaje de color marrón y un sombrerito en la cabeza. No vi a mister Jenkins. ¿Iba a venir él también, o solo haríamos el viaje nosotras dos?

Miss Arden charló un instante con el chófer; luego dejó que le abriera la puerta y se sentó a mi lado.

—Me alegro de verla, miss Krohn. Espero que no haya sido un gran problema para usted cambiar las citas con sus clientas en tan poco tiempo.

—No, en absoluto, miss Arden —respondí por si volvía a hablar con miss Hodgson.

—Bien, entonces ya podemos partir. James, ¿sería tan amable de llevarnos a las oficinas principales?

¿A las oficinas principales?

Seguramente miss Arden reparó en mi asombro porque a continuación explicó:

—Mi marido nos acompañará. Yo he pasado la noche en casa de una amiga, de ahí este pequeño desvío.

Aquello era raro. ¿Cómo era posible que la noche anterior a un viaje ella no durmiera en su casa sino en la de una amiga?

No tenía ni idea de cómo le iba en su matrimonio, pero me dio la impresión de que no había querido ver a su marido.

Al momento siguiente me vino a la cabeza otro pensamiento un tanto inquietante: ¿por qué había mandado recogerme a mí primero y luego a su marido?

—¿Puedo saber a dónde vamos? —pregunté—. En su nota solo mencionaba Maine.

Miss Arden sonrió.

—¿Acaso no le gustan las sorpresas?

Aquella pregunta me dejó descolocada. Cuando iba en coche con Darren, me sacaba de quicio no conocer el destino.

—De hecho, sí —respondí intentando apartar del recuerdo la excursión a la «isla de piratas», que era como Darren había llamado a Gardiners Island—. Pero, cuando viajo, me gusta saber a qué atenerme.

Miss Arden sonrió.

—Vamos a visitar a una vieja amiga mía, Elisabeth Marbury. ¿Ha oído hablar de ella?

Negué con la cabeza.

—Bueno, ya la conocerá. Es una agente literaria y teatral. Las obras de teatro más impresionantes en Nueva York se deben a su mediación. Los mejores autores acuden a ella en masa.

¿Qué tenía que ver una mujer como esa con nuestra empresa? ¿Acaso quería invertir? ¿Era una clienta acaudalada que quería una presentación personalizada de los productos?

En ese caso, me habría gustado que miss Arden me hubiera informado mejor.

—¿Se supone que tengo que hacer algo especial allí? —pregunté, aunque lo que realmente me consumía era saber por qué me había elegido a mí.

—No, usted simplemente observe y, sobre todo, cause una buena impresión.

Con miss Hodgson había aprendido a observar realmente bien.

En cuanto llegamos a las oficinas principales, el conductor se apeó y desapareció dentro del edificio. Intenté contener mi nerviosismo. Tal vez no era nada extraño que miss Arden no hubiera pasado la noche en su casa. Por lo que me habían contado mis compañeras, sabía que la pareja vivía en una planta privada situada encima de las oficinas de la empresa. Pero ¿y si había desacuerdos entre ellos? Lo último que quería era volver a perder mi empleo porque la directora general de la empresa necesitaba salvar su matrimonio.

Al poco rato, el chófer regresó acompañado por mister Jenkins. Este llevaba una chaqueta de cuadros marrones y unos pantalones tipo bombacho a juego que terminaban por debajo de la rodilla. Aquel atuendo me sorprendió porque no me parecía adecuado para un encuentro de negocios. Más bien daba la impresión de que se iba de veraneo.

—Buenos días —saludó a todos mientras se acomodaba en el asiento del copiloto—. ¿Lista para una aventura?

Debía de dirigirse a mí, porque desde luego no iba a preguntar algo así a su esposa. Sin embargo, no supe si responderle y miré vacilante a miss Arden. Ella hizo como si su marido no estuviera. Cuando alguien pasa la noche fuera, al verse se saluda...

—Por supuesto —repuse al fin.

—¡Bien! —contestó él y volviéndose al chófer le dijo—: James, ¡pise el acelerador!

El motor se puso en marcha y nos adentramos en el tráfico.

21

La luz del sol se reflejaba en los lagos de Belgrade cuando, a última hora de la tarde, llegamos a la finca de miss Marbury. Estaba ansiosa por conocer a esa famosa amiga de miss Arden.

Durante el trayecto mister Jenkins me había puesto al corriente sobre miss Marbury.

Años atrás había ejercido una gran influencia en el movimiento sufragista. Entre sus amistades figuraban los hombres y las mujeres más influyentes de toda la costa Este. Al parecer, se codeaba con las mujeres más acaudaladas y poderosas del país; así pues, no era extraño que miss Arden se encontrara entre ellas.

Miss Arden se mantuvo muy callada durante la conversación. Daba la impresión de estar ensimismada. Sin embargo, al contemplarla, me di cuenta de que tenía la vista clavada en su marido, como si estuviera esperando a que cometiera un error. Mister Jenkins no parecía percatarse de ello, aunque tal vez simplemente hacía caso omiso. Con todo, las miradas de ella eran como puñales a punto de atacar.

¿Qué significaba aquello? Me resultaba incómodo tener que presenciarlo, igual que me había sorprendido que me recogieran antes que a mister Jenkins y miss Arden. Si ambos hubieran estado ya sentados en el coche, posiblemente su actitud no me habría llamado tanto la atención.

Miss Marbury vivía en una mansión de paredes blancas que debía de tener unos doscientos años de antigüedad. Los hastiales y las ventanas en saledizo me recordaban un poco las casas de campo inglesas. Probablemente era de los tiempos en que la zona había sido colonia británica.

La antigüedad de la finca solo se manifestaba en su arquitectura; por lo demás estaba primorosamente cuidada. Los jardines rebosaban de plantas vivaces de color violeta, blanco y rosa. La entrada a la explanada estaba bien pavimentada y flanqueada por unas farolas que mostraban el camino a los visitantes tardíos. Detrás de la casa se alzaban unos árboles poderosos de aspecto extraño. Lamenté no haber tenido aún la oportunidad de familiarizarme un poco con la botánica americana, dejando aparte los jardines de la parte posterior de la fábrica de madame.

El coche de miss Arden se detuvo y mister Jenkins se apeó con el chófer.

—¿Qué ocurre, cielo? ¿Va a quedarse aquí sentada?

Miss Arden me sacó de mis cavilaciones. Para ella aquello no representaba ninguna novedad; yo, en cambio, tenía la impresión de haber sido invitada a la mansión de un lord inglés.

—Oh, no, por supuesto.

Me apeé del asiento trasero. El aire era fresco y olía delicadamente a flores. Esa sensación me sorprendió un poco. Me había acostumbrado a los olores de la gran ciudad, el humo de las chimeneas, los tubos de escape, la suciedad y el combustible. Me pareció como si hubiera entrado en una perfumería francesa.

—Una finca impresionante, ¿verdad? —dijo miss Arden—. Cómo me gustaría tener algo así...

La puerta de entrada se abrió antes de que ella pudiera seguir hablando. Apareció una mujer ataviada con un vestido de color lavanda acompañada por un mayordomo de frac oscuro.

Estaba bastante entrada en carnes. Saltaba a la vista que tenía dificultades para andar porque caminaba apoyada en un bastón. Su pelo canoso combinaba perfectamente con su cutis y sus brillantes ojos oscuros.

No había ninguna duda de que la mujer que ahora bajaba por la escalera era miss Marbury.

Al vernos, dio la impresión de que enderezaba un poco más la espalda y que sus pasos se volvían un poco más ágiles.

—¡Lizzy, querida! —exclamó miss Marbury apretando a miss Arden contra su pecho exuberante. A esta no pareció importarle. Estaba radiante.

—¡Cómo me alegro de volver a verte! —exclamó—. Es como si hubiera pasado una década entera.

—Y eso que solo han sido un par de semanas —repuso miss Marbury con una sonrisa. Luego se volvió hacia mister Jenkins.

—Tom, querido, cómo me alegro de que esta vez haya podido acompañarnos. Contamos con que a este encuentro asistirán también algunos caballeros, así que no va a aburrirse.

—En su presencia, Elisabeth, es imposible que me aburra —respondió él para luego besarle la mano.

Entonces caí en la cuenta de que miss Arden y miss Marbury tenían el mismo nombre de pila. ¿Sería eso motivo de confusión entre los invitados?

—Nos hace mucha ilusión que nos hayas invitado, Bessie —dijo miss Arden respondiendo de este modo a mi pregunta. Bessie era miss Marbury y Lizzy, miss Arden, al menos entre sus amistades.

—¿Y quién es esta joven? ¿Has adoptado una hija que no conozco?

Miss Marbury me contempló con una sonrisa cálida que la hizo más atractiva de lo que parecía a primera vista.

Le tendí la mano.

—Me llamo Sophia Krohn —dije presentándome—. Llevo seis meses trabajando para miss Arden.

—¡Sophia! —exclamó tomándome de la mano con una fuerza que hasta el momento solo había sentido con los hombres—. Un nombre maravilloso. ¿Le importa que me dirija a usted como Sophia? En mi opinión, el tratamiento informal no debería estar solo reservado a los hombres. Al fin y al cabo, somos hermanas, ¿no?

Asentí con la cabeza, aunque sus palabras me sorprendieron, y temí tener que dirigirme a todas las mujeres de ahí por su nombre de pila.

—Si lo desea, llámeme Sophia —respondí con una sonrisa, mientras miss Marbury seguía agarrándome.

—Has dado con una chica encantadora. Y parece como si supiera apreciar el buen entretenimiento.

Volvió a soltar una risa y por fin me soltó. Reprimí un suspiro de alivio. Me sentía los dedos como si me los hubiera pillado con una puerta.

Sin embargo, aquello dejó de tener importancia al instante siguiente, cuando miss Marbury nos invitó a entrar.

El interior de la casa superaba con creces el exterior. Por un momento, creí haber vuelto a entrar en las estancias más preciadas de madame. El vestíbulo estaba decorado con pinturas y esculturas magníficas. Era como acceder a un museo. Con todo, el intenso olor a café indicaba claramente que allí vivía gente.

Miss Marbury nos acompañó al salón. No solo las pinturas eran motivo de asombro, sino que destacaban también las numerosas plantas exóticas. Algunas de las enormes plantas que sobresalían en las macetas de cerámica parecían provenir directamente de Asia.

Sumida en su contemplación, estuve a punto de pasar por alto a la mujer menuda envuelta en un vestido de tarde de color crema. Era prácticamente la antítesis de miss Marbury: delgada, cabello rubio suavemente ondulado y un rostro casi aristocrático. Se acercó a nosotros con paso grácil.

—¡Elsie! —exclamó miss Arden abrazando a la mujer que aguardaba. Fue un abrazo más delicado, casi cuidadoso, como si aquella criatura fuera a romperse al contacto.

Después de que mister Jenkins la saludara también, miss Marbury me presentó:

—Elsie, esta es Sophia Krohn. Una nueva joya descubierta por Lizzy. Sophia, esta es Elsie de Wolfe, la más querida de mis amigas.

—Un placer conocerla —respondí.

—El placer es mío —respondió miss De Wolfe, con una voz fuerte, casi bronca, que no habría esperado en alguien como ella. Nos dimos la mano y me sorprendió lo delicados que eran sus dedos. Aunque masajeaba y aplicaba aceites y cremas a mis clientas a diario, mis dedos en comparación parecían ásperos. Miss De Wolfe me escrutó como buscando algo en mí. Luego ladeó un poco la cabeza y se volvió de nuevo hacia miss Arden.

—Os quedaréis todo el fin de semana, ¿verdad? —dijo miss Marbury—. He preparado algo maravilloso. Os encantará.

—Sabes que no necesito ningún estímulo para quedarme —repuso miss Arden. Nunca la había visto tan dulce y relajada.

Miré alrededor en busca de mister Jenkins, pero este ya había desaparecido por algún sitio. En cualquier caso, ahí él parecía un pez fuera del agua. Aquel lugar era un reino de mujeres, eso me quedó claro al instante.

—Lo sé, querida, pero los estímulos son importantes. Nos permiten avanzar. Deberías ver lo que mis clientas han hecho con esos estímulos. Una ha escrito una novela que ruborizará a los críticos.

Me miró. ¿Acaso me creía demasiado joven para novelas que «ruborizaban»?

—Oh, pequeña, debe de estar agotada. ¿Por qué no va a ver su habitación y descansa un poco?

Ni estaba agotada, ni necesitaba descansar, pero entendí que miss Marbury quería estar a solas con miss Arden y miss De Wolfe. Posiblemente se trataba de una costumbre de cada visita. Mister Jenkins lo sabía y se había retirado a tiempo.

—¡Claire! —exclamó miss Marbury.

Al instante, asomó una doncella vestida con uniforme blanco y negro. Igual que la casa, ella también parecía ser de una época totalmente distinta.

Hizo una reverencia.

—¿En qué puedo servirla?

—Por favor, acompaña a esta joven a su habitación. Sophia, la fiesta empezará a las ocho; hasta entonces tiene usted un poco de tiempo para descansar y refrescarse.

—Gracias, miss Marbury —respondí; a continuación, atravesé el salón detrás de la doncella para regresar al vestíbulo y luego subir por la escalera. Los peldaños crujían un poco y, mientras ascendía, reparé en los retratos que colgaban en los paneles de la pared. ¿Acaso eran miembros de la familia de miss Marbury?

—Por aquí, miss —dijo la doncella. Cuando me detuve un momento ante el retrato de una joven del siglo XVIII observé que tenía los labios pintados de color rojo intenso. ¿Acaso entonces ya existían los cosméticos? Creí haber leído en algún sitio que antaño la pintura de labios se hacía con pigmento de cochinillas. Los labios rojos siempre habían sido atractivos.

—Ya voy —respondí entrando en el pasillo, que estaba revestido de madera muy oscura. Las lamparitas de la pared, que también debían de estar encendidas durante el día, no conseguían iluminar todos los rincones.

De ahí que la luz me deslumbrara aún más cuando la doncella abrió la puerta de mi dormitorio. Dos ventanas altas, que ya había admirado desde el exterior, garantizaban que la habitación estuviera muy bien iluminada.

Miré alrededor con asombro. La cama con dosel no solo parecía antigua, sino que también tenía aspecto de ser muy cómoda, con su colchón grueso y su cobertor con estampado de rosas. Había una chimenea, que en ese momento no estaba encendida, y un gran escritorio con vistas al jardín, así como un armario con muchas puertas y cajones. Miss Marbury parecía tener debilidad por los objetos antiguos.

—El baño está detrás de la puertecita. Si necesita algo, solo tiene que llamar.

La muchacha señaló primero una puerta casi invisible en el revestimiento y, luego, un tirador que había junto a una de las ventanas.

—Gracias —repuse y vi cómo desaparecía por la puerta.

Entonces volví a recorrer la habitación con la mirada. Era el alojamiento más elegante que me habían dado jamás. Tras abandonar el apartamento de mis padres tres años atrás, jamás habría soñado con alojarme en una habitación como aquella. Por supuesto, solo era una invitada, pero era en la casa de una mujer muy importante. Y además trabajaba para otra mujer importante. De no haberme quedado embarazada, de haber continuado mi vida tal y como era, ¿qué habría sido de mí?

En las horas siguientes pude observar desde la ventana cómo el personal transformaba el jardín en un lugar encantador para una fiesta. Trajeron muchas mesas y sillas, instalaron pequeños cenadores y los decoraron con cadenas de luces y guirnaldas. Además, en los árboles colgaron fanales. Cuando oscureció parecía como si en ese lugar revolotearan luciérnagas.

Mi corazón latía emocionado. Me pregunté quiénes acudirían. Con lo importante que parecía ser miss Marbury, seguramente habría también estrellas de cine.

De pronto, me sobrevino un temor. ¿Y si madame Rubinstein también estaba invitada? ¿Y si miss Arden solo me había llevado para demostrarle que ahora yo trabajaba para ella? Madame coleccionaba sobre todo arte, pero también se interesaba mucho por la literatura y el teatro.

Por unos instantes me estremecí al pensar en ello. Pero luego me dije que no debía reprocharme nada. Había abandonado la empresa de madame porque me habían despedido. Si esa noche me la encontrase, se lo diría exactamente así, a la cara.

Poco antes de las siete y media llegaron los primeros invitados a la finca de Marbury. Había limusinas elegantes aparcadas en la rotonda y junto a la entrada a la finca. Me llegó el murmullo de las voces. Volví a mirarme en el espejo, me arreglé el peinado y comprobé mi maquillaje.

Enfundada en mi vestido de cóctel y con unos zapatos cuyos tacones elevados me habrían impedido llegar siquiera a la parada de metro de Nueva York, salí de mi dormitorio poco antes de las ocho y bajé la escalera. Me llegaban muchas voces. Había unos cuantos invitados reunidos en el vestíbulo charlando animadamente. Por fortuna, nadie reparó en mí mientras bajaba con torpeza la escalera.

Al cabo de un rato encontré a miss Arden junto a miss Marbury en el jardín. Ambas estaban sentadas debajo de un toldo instalado sobre el césped. La imagen de nuestra anfitriona resultaba majestuosa rodeada por amigas que parecían ser las damas de su corte.

Los fanales en los árboles aún no estaban encendidos; aun así, junto con los numerosos ramos de flores y las cintas, componían un espectáculo maravilloso.

—¡Ah, aquí está Sophia! —exclamó miss Marbury al descubrirme—. Espero que haya pasado una tarde agradable.

—Sí, muchas gracias —respondí.

—Parece mucho más descansada —afirmó miss Marbury indicándome con un gesto que me sumara a su círculo.

No atisbé a mister Jenkins en ningún sitio. Y no parecía que aquellas damas lo echaran de menos. Ellas prosiguieron su charla acerca de una obra de teatro, cuyo argumento parecía ser un poco escandaloso. Si se llegaba a estrenar, posiblemente los críticos la destrozarían sin contemplaciones. Precisamente por esa razón, en vez de abstenerse de publicarla, miss Marbury tenía ganas de venderla.

—Un pequeño escándalo nunca hace daño —comentaba con una sonrisa misteriosa—. Seguro que encontraré un director valiente que sepa aprovechar el revuelo a su favor.

Durante esa charla no solo descubrí que miss Marbury era una mujer muy inteligente, sino que el de las artes escénicas era todo un mundo que yo desconocía pese a haber trabajado en el teatro de variedades Nelson de Berlín.

Solo esperaba que no me pidieran mi opinión. Mi familia no se había interesado mucho por el teatro, y en el de herr Nelson solo se exhibían revistas. Tras lo que había oído, no estaba en condiciones de hablar de obras realmente ambiciosas.

Pero, por suerte, miss Marbury al poco rato dirigió su atención a otros invitados.

En las horas siguientes no solo descubrí las excelentes habilidades de la cocinera de miss Marbury, sino que también estreché la mano de numerosos caballeros y, sobre todo, mujeres distinguidas, que resultaron ser todos amigos o conocidos de la dama. Mister Jenkins no había exagerado. La cantidad de personas que la adoraban era digna de mención.

Para mi alivio, no encontré a madame entre los invitados, aunque sabía que solía llegar siempre un poco tarde para asegurarse de que su entrada no pasara desapercibida. Sin embargo, cuando, al cabo de una hora vi que seguía sin aparecer, respiré aliviada.

Por otra parte, hice amistad con una dama muy jovial que se me presentó como Emily Fletcher.

—¿Usted también es amiga de Bessie? —preguntó acercándose tanto a mí que percibí su perfume. Una mezcla de rosa y bergamota, discreta al principio, pero que iba nublándome los sentidos conforme permanecía más tiempo a mi lado.

—He venido acompañando a miss Arden —expliqué—. Hace apenas unas horas que he conocido a miss Marbury y a miss De Wolfe, pero ambas me parecen muy agradables.

—¡Bessie es arrebatadora! —exclamó—. La gente que no la valora carece de gusto. ¡Y Elsie! Creo que hasta yo me podría enamorar de esa mujer.

—Sí, las dos son realmente encantadoras —dije.

—Y usted ¿de dónde es? Si conoce a miss Arden, entonces debe de ser de Nueva York.

—En realidad, soy de Alemania —admití—. Pero llevo casi tres años viviendo aquí.

—¿Y qué le parece la gran ciudad?

Debería haber mencionado que en Alemania también había vivido en una gran ciudad porque tuve la vaga sensación de que me había tomado por alguien de pueblo. Sin embargo, me contuve.

—Muy bien. A primera vista, la vida allí me pareció un poco agitada, pero uno se acaba acostumbrando.

—Desde luego Nueva York es realmente especial. No me extraña que Bessie no pueda estar aquí todo el tiempo y que tenga la necesidad de salir. —Miss Fletcher desvió un poco la mirada—. Resulta tan emocionante, con todos esos bares clandestinos... ¿Cómo se llaman?

—Son los *speakeasies* —respondí recordando la palabra que Ray había utilizado.

—¡Sí, exacto, esa es la palabra! —dijo miss Fletcher con ojos brillantes—. ¿Ha estado en alguno?

—El hombre con el que me relacioné un tiempo me llevó una vez a uno —contesté—. Y hace poco estuve también con una amiga. Pero creo que no quiero que la policía vuelva a perseguirme.

—¿Se relacionó usted con un hombre? —preguntó con asombro miss Fletcher.

—Sí, pero duró poco. No... salió bien.

Apreté los labios mientras lamentaba un poco haber mencionado a Darren. No era propio de mí hablar con desconocidos de mis relaciones, tal y como otros hacían. Por otra parte, ¿qué contar al respecto?

—Entonces, ¿usted no es...?

Miss Fletcher me miró de pies a cabeza.

—No la entiendo —respondí, negando con la cabeza—. ¿Qué se supone que debería ser?

La mujer se sonrojó.

—Pensé que a usted también le gustaban más las mujeres que los hombres.

Yo seguía sin comprender a dónde quería llegar. Al darse cuenta de mi confusión, fue más precisa:

—Bessie y Elsie son pareja. Pensé que tal vez usted tuviera la misma afinidad.

Entonces por fin me pareció haber entendido.

—¿Está usted diciendo que miss Marbury es...?

—Lesbiana.

Pronunció esa palabra que hasta entonces yo solo había escuchado en contadas ocasiones, aunque sabía lo que significaba. En la universidad algunas se autodenominaban «discípulas de Safo». Yo había rehuido el trato con esas chicas porque me resultaban muy inquietantes.

Miré a miss Marbury, que en ese mismo instante intercambiaba una mirada con miss De Wolfe. Yo había tenido una complicidad similar con Henny, pero mis sentimientos siempre habían sido inocentes. Sin embargo, en el semblante de miss Marbury descubrí algo que también había visto en Darren. No solo parecía que miss De Wolfe le gustaba, sino que la amaba.

—Si no lo supiera, creería que miss Arden es una de las nuestras —comentó la mujer—. Pero ella tiene marido y no lo suelta... —Por su voz, casi parecía lamentarlo—. De todos modos, puede estar segura de que prácticamente la mitad de las mujeres presentes comparten nuestra inclinación. Espero que no sea un problema para usted.

—No. —Carraspeé—. Por supuesto que no.

—Bien. Nosotras no mordemos —dijo mi interlocutora con una sonrisa mientras me acariciaba el hombro—. Aunque algunos hombres lo piensen. —Tomó otro sorbo de su vaso y añadió—: En fin, querida, que pase una buena noche. Espero que nuestros caminos vuelvan a cruzarse alguna vez.

—Igualmente —respondí.

Miss Fletcher se me quedó mirando de manera intensa y luego añadió:

—Es una lástima que usted prefiera a los hombres. Con lo bonita que es habría merecido la pena intentarlo.

Dicho eso, se marchó.

Conforme la fiesta avanzaba empecé a no poder mantenerme de pie por más tiempo con mis zapatos, así que me busqué un lugar algo apartado de los invitados donde sentarme; era una piedra grande, que habría servido para convertirla en un monumento o una escultura. Me sentía aturdida, por una parte, por los cócteles que había tomado y, por otra, por las revelaciones de esa velada.

¿Qué le había hecho pensar a miss Fletcher que yo era lesbiana? ¿Acaso se me leía en la cara que no tenía pareja? ¿Me había convertido en algo parecido a una solterona resabida? ¿O bastaba con ser una conocida de miss Marbury?

Al rememorar los últimos meses trabajando para miss Arden, tuve que admitir que apenas me había relacionado con hombres. Tal vez eso le había dado pie a miss Arden a pensar que no me interesaban. ¿Y si me había llevado consigo para que encontrara a alguien allí? ¿Una mujer, si no podía ser un hombre?

Aparté de mí ese pensamiento. No, a miss Arden no le interesaban los asuntos privados. Tenía que haber algo más para justificar mi presencia.

—Vaya, ¿demasiado revuelo para usted también? —preguntó una voz masculina a mi lado. Me di la vuelta y me encontré a mister Jenkins. Sostenía un vaso de whisky ya casi vacío.

—Es solo que necesito descansar un poco —dije señalándole los pies—. No suelo estar tanto tiempo de pie con zapatos de tacones altos. En el salón voy siempre con zapato plano.

—Lógico —respondió Jenkins—. ¿Le importa si me siento con usted? Me temo que llevaba mucho tiempo sin estar entre tantos famosos.

Me pregunté qué pensaría miss Arden si viera a mister Jenkins sentado a mi lado.

—De acuerdo —repuse deslizándome a un lado. Por suerte, mister Jenkins guardó un poco de distancia mientras se sentaba también en la piedra.

—No me malinterprete —dijo volviendo la vista a su vaso. Me di cuenta de que estaba ligeramente borracho—. De hecho, no tengo nada contra los famosos. Me gusta esta gente. Pero el modo en que una persona se da más importancia que otra a veces roza lo intolerable.

—¡Qué suerte tengo de no conocer a muchos! —le contesté—. Yo contaba con ver estrellas de cine, pero parece que miss Marbury no las ha invitado.

—El cine no es lo suyo, ella se dedica más a la literatura. Y a las mujeres hermosas.

—Hace poco me han informado de eso.

—¿De verdad? —Jenkins enarcó las cejas—. ¿Quién se lo ha dicho?

—Miss Fletcher—respondí.

—¡Ah! Bueno, pues entonces aquí ya no le sorprenderá nada. —Tras una pequeña pausa continuó—: Bessie Marbury es una mujer maravillosa. A algunos hombres les parece un poco intimidante, pero, cuando la conoces más de cerca, acabas apreciándola.

—Sí, desde luego es una persona sobresaliente —admití sin querer dar la impresión de que pensaba mal sobre la amiga de miss Arden.

—Muchas de las mujeres que ve usted aquí llevan años abogando por los derechos de la mujer. Miss Marbury ha reunido a su alrededor un círculo muy influyente. Algunas de esas mujeres han vivido incluso la época de los corsés y los miriñaques. Usted es joven y seguramente no sabe gran cosa de esas luchas.

—A mi padre las sufragistas le parecían latosas, pero en casa no eran motivo de conversación —respondí—. Solo reparé en ellas de verdad en la universidad; entonces me pregunté por qué seguían luchando si el derecho al voto ya se había reconocido.

—Si le preguntara a miss Marbury, ella le explicaría que siempre hay una razón por la que luchar. Ya lo verá, en unos pocos años las mujeres solo llevarán pantalones, y tal vez entonces apenas las podremos distinguir de los hombres.

—No creo —repliqué—. Las mujeres sienten inclinación por la belleza. Aunque lleven pantalones, se cuidarán mucho de que no se las pueda confundir con un hombre. —Me interrumpí un momento y, animada sin duda por mi ligera embriaguez, añadí—: Además, no podemos hacer que nos crezca la barba.

Mister Jenkins me miró.

—¿Y qué hay de usted? ¿Le gustaría ser alguna vez una mujer con un poder avasallador?

—No —repuse al instante, sin apenas pensarlo; de hecho, miss Marbury me impresionaba mucho y me habría gustado tener un poco de su franqueza e influencia.

—¿De verdad que no? —preguntó él, sorprendido—. Si le preguntara eso a mi esposa, ella le respondería que sí al instante.

—Miss Arden tiene poder e influencia —objeté.

Una sonrisa enigmática asomó en el rostro de Jenkins.

—Creía que diría un poder avasallador.

—Jamás me atrevería a decir tal cosa. Además, no me parece avasalladora. Más bien genera respeto.

—Sí, es posible —respondió él pensativo—. Con usted ella se comporta con mucha indulgencia. Otras personas han conocido una Lizzy totalmente distinta. Esperemos que conserve la simpatía que siente por usted.

Aquellas palabras me resultaron extrañas y me inquietaron un poco.

—¿Puedo hacerle una pregunta? —me atreví a decir sintiéndome con el arrojo suficiente.

—Adelante, miss Krohn.

—¿Por qué me ha traído aquí? Quiero decir, salta a la vista que no encajo con toda esta gente. Miss Fletcher incluso ha creído que yo era lesbiana, pero...

—¿Y bien? ¿Lo es? —preguntó mister Jenkins con mirada pícara.

—No creo. De hecho, salí con un hombre. La relación fracasó, pero no fue porque a mí no me interesen los hombres. Supongo que a ellos les parezco demasiado... poco convencional.

Nada de eso era cierto. A pesar de tener estudios, yo era muy convencional. Pero eso no era asunto de mister Jenkins.

—Estoy seguro de que encontrará otro hombre —dijo—. Aunque sin duda a mi esposa no le haría ninguna gracia que se casara y abandonase la empresa.

—Para casarme antes debería encontrar a alguien. —Sonreí de medio lado—. Pero eso no es algo de lo que me apetezca hablar ahora. Estoy contenta con mi vida tal y como es.

Mister Jenkins asintió con la cabeza y luego se quedó un rato pensativo mirando en la oscuridad.

—Así pues, ¿qué hago aquí? —insistí al ver que él había intentado hábilmente esquivar la pregunta.

—Mi esposa sigue sus propias reglas a la hora de contratar empleados. Algunas de sus decisiones al respecto parecen absurdas a primera vista. Seguro que se acuerda de cuánto se asombró al ver que no iba a trabajar en un laboratorio habiendo estudiado química y habiendo trabajado en uno para la empresa de madame Rubinstein.

—Sí, claro —dije.

—Siempre lo hace. Pone a personas en puestos para los que, a primera vista, no parecen aptas, pero luego resultan absolutamente adecuadas. Como en su caso: usted ha hecho cosméticos, ahora debe aplicarlos. Supongo que, pese a todo, aún tiene en la cabeza las fórmulas químicas para hacerlos.

Asentí.

—Creo que tiene un plan para usted. Todavía no tengo claro de qué se trata, pero ella solo informará a la persona afectada y a su entorno cuando esté segura. Su periodo en el salón está pensado como una fase de instrucción, igual que esta visita aquí. Hasta ahora nunca había presentado a nadie de la empresa a sus amigas.

—¿Ni siquiera a miss Hodgson?

—No, ni siquiera a ella. Usted es la primera. Quiere que usted se acostumbre a estos contactos. Es posible que considere que algún día beneficiará a su empresa.

Dijo «su» empresa, no «nuestra».

—Por otra parte, Lizzy siente debilidad por las mujeres hermosas —añadió—. No sería una buena fabricante de cosméticos si no fuera así, ¿verdad? Le gusta rodearse de mujeres hermosas, y usted lo es.

—Llevo gafas —dije recolocándome de forma explícita la montura en la nariz.

—Eso es una necesidad y no perjudica su aspecto. Aunque tal vez debería comprarse una montura más moderna. Poco a poco, los ópticos empiezan a darse cuenta de que las gafas también pueden ser un adorno.

Me sonrió y nos quedamos en silencio durante un rato. Necesitaba asimilar lo que me había dicho. Tal vez después de todo miss Fletcher tuviera razón y miss Arden sentía inclinación por las mujeres. Por las mujeres hermosas. Quizá ella se había equivocado al juzgarme.

Sin embargo, las palabras de mister Jenkins casaban con lo que había visto en miss Arden. Ella promocionaba a las personas y así se aseguraba su lealtad. Eso era en lo que debía pensar, y no en la posibilidad de que tal vez ella albergara sentimientos hacia mí que yo no podía corresponder.

—Bien —dijo él por fin levantándose—. Me parece que debería regresar con los hombres. Si no, pensarán que las sufragistas me han atado a un árbol. —Soltó una carcajada—. ¡Que pase una buena noche, señorita Krohn!

—Igualmente, mister Jenkins —respondí.

Me quedé pensativa viendo cómo se alejaba. Al mismo tiempo, sentí de pronto una gran inquietud. ¿Qué veía miss Arden en mí? ¿Qué planes tenía para mí?

Tras haber trabajado para madame, creía conocer bien a las mujeres como ella. Pero lo cierto es que no sabía nada.

22

Agradecí que mi inclinación por el alcohol no fuera muy acusada ya que eso evitó que me despertara al día siguiente con la cabeza como un bombo. Cuando salí de la cama, me sentí despejada y descansada. El aire del campo parecía hacer su efecto. Desde que estaba allí no tenía las ojeras tan oscuras. ¿O era solo producto de mi imaginación?

Me acerqué a la ventana, retiré las cortinas que habían inundado la habitación de un resplandor rojo, y abrí una de las ventanas. Llegaron a mí los trinos de los pájaros y la brisa con olor a heno. Cerré los ojos y, al inspirar, tuve la sensación de que el aire me penetraba hasta el rincón más profundo de mi cuerpo. Nunca había pensado en cómo sería la vida en el campo, pero tenía que admitir que despertar así me gustaba.

Media hora más tarde, tras haberme lavado y puesto mi vestido veraniego de color verde caña, bajé la escalera. Se oían unas voces, acompañadas del tintineo de las tazas al chocar. ¿El desayuno ya había empezado?

Cuando entré en el comedor, vi a dos sirvientas que estaban preparando las mesas. Así pues, había aparecido demasiado pronto. Como ninguna de las dos pareció reparar en mi presencia, las observé un momento. ¡Qué extraño debía de ser tener servicio doméstico!

Claro que también Kate estaba siempre en casa, pero ella y mister Parker eran como un todo sólido e íntimo. Aquellas chicas, en cambio, aunque solo fuera por sus uniformes, parecían ajenas por completo a los demás moradores del lugar. Finalmente me vieron y detuvieron sus quehaceres.

—Buenos días, miss —dijo Claire—. El desayuno aún tardará un poco; después de una fiesta miss Marbury no suele bajar hasta las nueve aproximadamente.

—Oh, por supuesto —respondí retirándome de ahí un poco avergonzada. ¿Qué podía hacer? ¿Regresar a mi habitación? ¿Sacar un libro de la librería?

Me pareció que lo más apropiado era salir a dar un paseo.

Tras cruzar el umbral, tendí la cara hacia el sol. Me noté la piel un poco rígida y eso a pesar de la crema que me había aplicado. ¿Era también por el aire del lugar? ¿O era por el sol?

Me puse en marcha y crucé el césped, cuyo aspecto era de nuevo tan inmaculado como a nuestra llegada. El personal auxiliar que miss Marbury había contratado debía de haber recogido a primera hora de la mañana. Solo habían pasado por alto un lazo de tul de color morado, que colgaba de la rama de un arbusto.

Me coloqué bajo la sombra de un árbol alto y miré alrededor. Al contemplar las colinas onduladas y las espesas alfombras boscosas me invadió una leve sensación de añoranza. No por Berlín, ni por París, sino por Darren. Me habría gustado hablar con él sobre la velada de anoche, pero ya no era posible.

Finalmente me alejé un poco de la finca de miss Marbury. En el trayecto hacia ahí había vislumbrado un pequeño lago. Confié en encontrar el camino que me condujera hasta él. Anduve junto a la calzada y al poco rato vi un destello. Al cabo di, en efecto, con el sendero de acceso al agua. De nuevo me acordé de Darren. Aquello le habría gustado; posiblemente habría sabido contar una historia sobre algún pirata o ladrón que había enterrado un tesoro ahí cerca. Rememoré nuestros paseos cogidos del brazo, y anhelé su calidez, sus palabras, su presencia.

Aparté de mí ese pensamiento porque de nada servía aferrarse al pasado. Sin embargo, al instante siguiente me acordé de Henny. En verano habíamos ido al lago de Wannsee, y, aunque mi embarazo me había impedido nadar, lo había pasado muy bien.

Por un momento consideré la idea de quitarme el vestido y arrojarme al agua. Pero entonces noté un movimiento. Dos mujeres aparecieron entre los arbustos y se acercaron de puntillas a la orilla. Habría apostado a que las había visto el día anterior en la fiesta. Saltaron entre grititos al agua, riendo y besándose.

Las contemplé un rato, fascinada, y luego me puse en marcha de nuevo. Como seguramente no esperaban que alguien las observara, preferí respetar su intimidad.

Al regresar, miss Marbury y también miss Arden ya se habían levantado. No había rastro de mister Jenkins.

—¡Sophia, querida! —dijo miss Marbury, al verme—. ¿Tan pronto y ya está usted levantada?

—He salido a dar un pequeño paseo —respondí—. Me levanto siempre muy temprano así que decidí ir a echar un vistazo al lago.

—¿Acaso es usted una amante de la naturaleza? —preguntó.

—En la ciudad no hay muchas oportunidades de contemplar tranquilamente un lago —dije.

—Desde luego. Excepto por Central Park, Nueva York no es famosa por su botánica. Allí se admiran más bien los frutos del empeño humano. ¡Es difícil encontrar una ciudad más magnífica que esa!

En eso debía darle la razón. Berlín y París también eran fabulosas, pero Nueva York se llevaba la palma con sus rascacielos.

—Lizzy me ha dicho que usted es de Alemania —comentó miss Marbury cogiéndome del brazo—. Y que ha estudiado en la universidad.

—Estudié química —respondí.

—¡Oh, ciencias naturales! Lizzy, no me habías dicho que entre nosotras había una científica.

Miss Arden no contestó nada, posiblemente porque sin título ella no me consideraba como tal.

—Para mí, es todo un misterio. Yo soy más de palabras e historias —explicó miss Marbury—. ¿En su especialidad existen también historias dignas de ser contadas? Sobre el escenario, a los científicos se les suele representar de un modo algo confuso, como en Frankenstein. ¿Conoce usted ese libro?

Asentí. De jovencita ese científico loco obsesionado con crear un ser humano me había provocado un escalofrío agradable.

—De todos modos, le puedo asegurar que no todos los científicos se baten con Dios —repuse—. Mi objetivo era mejorar con la química la vida de la gente. Sobre todo, en el caso de los cosméticos, la vida de las mujeres.

—Sí, ¿dónde estaríamos ahora sin las bendiciones de la ciencia? Pero, si quiere saber mi opinión, cualquier intento de cambiar algo en un ser humano es un intento de batirse con Dios. Aunque lo que se cambie sea la belleza. Es como en el teatro: a la gente se le muestra un mundo que de otro modo no existiría.

Esas palabras me hicieron reflexionar. Ciertamente el maquillaje era una ilusión. Pero las mujeres necesitaban la sensación de ser bellas. ¿O acaso no era así?

De jovencita, yo solo quería una cosa: tener una piel bonita. Georg había admirado mi aspecto, mi cabello, y yo me había sentido muy halagada. Curiosamente el tiempo que lo siguió, cuando no podía ocuparme de mi aspecto, me había abierto los ojos en cuanto a mis objetivos. Las mujeres hermosas tenían ventaja; hasta entonces yo siempre lo había percibido así. Y me había impuesto la misión de guiar a todas las mujeres hacia esa belleza. Ahora trabajaba para miss Arden, y seguía aprendiendo. Tal vez de eso algún día surgiría algo completamente distinto. Aún no había abandonado el sueño de tener un negocio propio.

—Pero no pretendo inquietarla, querida —añadió miss Marbury—. Realiza usted una labor magnífica, y no olvide que el pintalabios rojo es uno de nuestros distintivos, de las feministas.

—Y eso a pesar de que tú nunca llevaste —apuntó miss Arden dejando oír su voz por primera vez tras permanecer pensativa mirando a lo lejos.

—Es cierto, mi boca era el terror, incluso para los pintalabios. Y lo sigue siendo. Pero fue un aviso al mundo de los hombres que no debía desdeñarse. ¡Nos dio visibilidad!

Me imaginé a miss Marbury rodeada por un grupo de mujeres con los labios pintados de carmín entonces, cuando yo era una niña, en una época en que el maquillaje no se había visto jamás en el rostro femenino. Sí, lograron hacerse notar, aunque esa visibilidad les trajo muchos problemas.

—Me parece que ahora deberíamos ir a ver esa parcela. ¡Para una mujer como tú, Lizzy, es simplemente perfecta!

—¡Me muero de ganas de verla! —dijo miss Arden agarrándose del brazo de miss Marbury.

Cuando nos dirigimos hacia la parcela que miss Marbury quería mostrarle a miss Arden, mister Jenkins aún no había bajado. Miss Arden parecía tensa. Por muy jefa que fuera de la empresa, en cuestiones importantes le gustaba tener a su marido a su lado. Y la parcela que Bessie Marbury quería mostrarle parecía importante para ella.

—Podemos ir andando —dijo miss Marbury—. No está lejos. Es una pena que esté tan abandonada. Pero, en fin, la pena de unos es la alegría de otros.

Con esas palabras se encaminó hacia la salida. Daba la impresión de que ese día caminar le costaba aún más, pero nadie se atrevió a disuadirla, ni siquiera miss De Wolfe.

En cuanto hubo bajado la escalera, nos dirigimos hacia la cancela de la entrada.

Curiosamente, tomamos la dirección donde se encontraba el lago.

—Este es el Long Pond —explicó miss Marbury cuando nos detuvimos un instante señalando con el bastón—. La parcela se encuentra justo al lado. Creo que se ajusta a la perfección con tus proyectos, Lizzy.

Me pregunté cuáles podrían ser. ¿Tal vez quería comprar una casa de fin de semana para relajarse en compañía de sus amigas?

Seguimos andando junto al lago. Miss Marbury apenas dijo palabra; era evidente que el camino le resultaba trabajoso. De vez en cuando miss De Wolfe le dirigía miradas de preocupación.

Me giré en cuanto se oyeron unos pasos detrás de nosotras. El hombre que nos seguía debía de ser mister Jenkins, al menos llevaba su traje de viaje. Al cabo de poco, nos alcanzó.

—Mis disculpas, señoras, me temo que me he quedado dormido. Cuando he bajado, me han dicho que ya habían partido.

—No se preocupe, Tom. Como ve, actualmente no estoy muy bien de los pies. No nos podríamos escapar de usted.

Observé que miss Arden lanzaba una mirada de reproche a su marido. ¿Era por su retraso? Yo volví la mirada hacia el paisaje y fingí no haber visto nada.

Media hora después apareció ante nosotros un grupo de árboles grandes, con un follaje tan espeso que apenas dejaba ver el terreno que ocultaban. En cuanto hubimos dejado atrás esos árboles gigantescos y subido una pequeña loma, vimos la finca. Tenía una extensión de varias hectáreas y contaba con numerosos edificios pequeños que seguramente en otros tiempos debían de haber estado al servicio de la explotación agraria. La zona antes cultivada ahora estaba completamente desatendida, pero ofrecía mucho espacio para jardines.

—Permítanme que les presente The Gables —dijo miss Marbury, con el orgullo de una agente inmobiliaria—. Una de las mejores propiedades de la zona en torno a Mount Vernon, y una casa llena de historias.

The Gables, en efecto, tenía un aire histórico y daba la impresión de ser incluso más antigua que la mansión de miss Marbury. Su construcción era de estilo inglés y parecía ser de los tiempos de la llegada de los primeros Padres Peregrinos a América. Mister Parker nos había hablado de ellos el día de Acción de Gracias mientras comíamos pavo.

En la mansión, que constaba de un edificio principal de dos plantas y varios anexos, conectados algunos con el edificio principal, destacaba sobre todo el color. El tejado refulgía en un tono verde musgo, algo que, sin duda, no era intencionado y que se debía al envejecimiento de las tejas. Las paredes, en cambio, resplandecían en un amarillo brillante que contrastaba vivamente con el verde del césped alrededor. Había además un par de edificios destinados a establos y un picadero para caballos. Con todo, lo más llamativo seguía siendo el edificio principal con sus ventanas, que me recordaron un poco a los edificios nobles de París.

—Conseguí que el administrador me dejara las llaves para que pudieras echar también un vistazo al interior —anunció miss Marbury mientras miss De Wolfe le entregaba un manojo de llaves—. ¿Vamos allá?

Miré a miss Arden, extasiada ante esa visión, parecía incapaz de moverse.

¿Tenía tan buen ojo para los talentos de una persona como para las propiedades? Me habría gustado mucho poder leerle el pensamiento en ese momento.

Su expresión revelaba que el exterior de la propiedad la había cautivado. Los ojos le brillaban, y la cara se le iluminaba de un modo que yo nunca antes le había visto.

Cruzamos la puerta principal, que estaba decorada con elementos barrocos de yeso, y entramos en el vestíbulo. Sobre el parqué había una capa de polvo, que resultó aún más evidente cuando mister Jenkins abrió los postigos a petición de miss Marbury.

Al atravesar esos ventanales altos la luz iluminó todos los rincones de la estancia, haciendo que las sábanas que cubrían los muebles, los cuadros y los espejos destacaran de un modo deslumbrante. Unos adornos de estuco embellecían el techo y, aunque se habían retirado las lámparas de araña que en otros tiempos tal vez colgaron ahí, resultaba fácil imaginar el esplendor de antaño.

No obstante, percibí también algo desagradable. Olía a madera quemada.

—¿Ha habido un incendio aquí? —pregunté mirando alrededor.

No advertí ningún indicio de ello, pero estaba segura de que en algún punto del edificio tenía que haberlo.

—Tiene usted buen olfato, Sophia —dijo miss Marbury—. En efecto, hubo un incendio. Por suerte, en la parte posterior. Aquello destruyó un par de salas, pero no mucho. ¿Vamos a echar un vistazo?

—¿No será peligroso?

Siempre que había un incendio en Berlín los bomberos advertían a la gente para que no entraran en el edificio.

—No, no creo. Los anteriores propietarios no se mudaron por que el techo les fuera a caer encima. En realidad, creían que la casa estaba encantada. Pero nosotros somos gente con estudios y no creemos en fantasmas, ¿verdad?

Negué con la cabeza y seguí a los demás.

Ciertamente, por el rastro dejado, el incendio no había sido devastador. Había afectado sobre todo a la cocina, que tenía el suelo tosco de piedra y unos muros gruesos. Seguramente el fuego se debió de originar en los fogones, tal y como revelaban los restos de hollín. Había algunos cristales de ventana rotos y en el suelo también se veían pedazos, aunque no era posible saber con exactitud si el cristal había estallado por el calor o lo habían roto los bomberos. En cualquier caso, las tareas de extinción habían estropeado el papel pintado y habían causado un desorden mayúsculo que todavía se podía apreciar.

—Estoy convencida de que los desperfectos se podrán reparar con facilidad. Los anteriores propietarios fueron tontos abandonando la casa por una nimiedad como esa. Pero la mujer no quiso regresar nunca más, porque temía que el fuego la sorprendiera mientras dormía.

Miss Marbury sacudió la cabeza.

—Es fabulosa —dijo miss Arden claramente emocionada.

—Espera a ver las vistas sobre el Long Pond. Aquí hay una pequeña loma con una panorámica perfecta. Pero antes te mostraré la sala ideal para celebrar cócteles.

Miss Marbury y miss De Wolfe encabezaron la marcha y mister Jenkins las siguió, pero miss Arden y yo nos quedamos paradas contemplando la cocina.

—¿Qué le parece, miss Krohn? —preguntó al cabo de un rato—. ¿Se sentiría usted a gusto en una casa así?

—Bueno, sería un poco grande para lo que necesito —respondí.

—¿Y si tuviera familia? ¿Hijos?

Esa última palabra me atravesó como un puñal. Hijos. ¿Alguna vez tendría otros aparte del que ya había tenido, que, aunque posiblemente estaba muerto, podía no estarlo?

—Desde luego, esta casa sería adecuada para una familia numerosa. Pero, la verdad, no me veo de madre. Ni siquiera tengo marido.

—A veces no hace falta un hombre para eso. He oído decir que Josephine Baker ha adoptado a un montón de niños. Sin tener marido. ¿Sabe a quién me refiero?

El corazón se me encogió. Henny. Recordé su felicidad al saber que la habían contratado para actuar en París.

Pero tampoco ella era una mujer a la que yo pudiera imaginar con un montón de niños.

—Me parece que antes debería poder permitirme una casa como esta —respondí esquivando la pregunta—. Voy a tener que ahorrar un tiempo.

En cuanto hube dicho eso me percaté de que miss Arden podía interpretar mis palabras como si ella me pagara demasiado poco. Sin embargo, pasó por alto la observación.

—A veces no hacen falta niños para llenar una casa así —dijo ensimismada.

¿En qué estaría pensando? ¿En una fiesta como la de anoche en casa de miss Marbury? ¿En un nuevo negocio? Sin saber muy bien por qué, siempre tenía la impresión de que miss Arden estaba sopesando abrir nuevos negocios. ¿Y si entre ellos había alguno en el que yo pudiera participar haciendo algo más que maquillar a clientas?

La visita prosiguió por los edificios anexos, que estaban sorprendentemente bien conservados, y los establos. Hacía tiempo que los caballos habían abandonado el lugar, pero aún se percibía un leve rastro de su presencia en el olor a heno que quedaba en la buhardilla.

A continuación, regresamos a la casa. Mister Jenkins se rezagó porque quería ver algo fuera.

—Los anteriores propietarios aprovecharon muy poco esta finca —informó miss De Wolfe—. No venían prácticamente nunca. Se supone que estas tierras formaban parte de una herencia que no sabían o no querían administrar.

—De todos modos, parece que les costó mucho decidirse porque tardaron bastante en ponerla a la venta —añadió miss Marbury.

—Me la quedo —afirmó miss Arden, antes incluso de haber terminado la visita.

Miss Marbury enarcó las cejas.

—¿Te la quedas?

Miss Arden asintió.

—Sí. Me parece que es perfecta para mí. ¡No! Debo decir que me ha enamorado.

—¡Esto es maravilloso! —exclamó miss Marbury—. ¡Por fin seremos vecinas!

—Así es —corroboró miss Arden dirigiendo la vista a las enormes vigas del techo—. Podría tener una cuadra de caballos, ¿qué te parece? Con equipo de carreras propio.

—¡Una idea excelente! —sentenció miss Marbury—. Serías una de las primeras mujeres en hacerlo. Tal vez incluso podrías montar. Eres lo bastante menuda.

Miss Arden tenía una expresión exaltada. ¿Acaso se estaba viendo ya en el hipódromo galopando a lomos de un caballo?

Más que nunca, me pregunté qué estaba haciendo yo ahí. Había albergado una leve esperanza de que estuviera buscando el emplazamiento de un nuevo laboratorio o que quisiera montar una nueva fábrica. Los caballos no se me habían pasado por la cabeza.

—¿Cuánto tiempo se necesita para las formalidades? —preguntó por fin miss Arden ya de vuelta de su ensoñación.

—Si pongo a mi abogado a ello, apenas un par de semanas. Incluso es posible que los herederos estén tan contentos de librarse de esto que te permitan alojar aquí los caballos antes. —Miss Marbury se interrumpió un instante y luego añadió—: Vamos, tomemos una copa para celebrar esta decisión.

Miss Arden me miró.

—Miss Krohn, parece usted un poco decepcionada.

¿Se me notaba en la cara?

—No, no lo estoy —le respondí esforzándome en sonreír—. Es solo que creía que... —Vacilé. ¿De verdad le podía dar mi opinión? Me desilusionaba mucho que no fuera a abrir un nuevo negocio. ¡Una cuadra de caballos! Era lo último que habría esperado de miss Arden.

—¿Qué había creído usted? —insistió.

Para entonces, miss Marbury y miss De Wolfe también tenían la vista clavada en mí.

—Que estaba buscando una parcela para un nuevo negocio. Una fábrica, tal vez, o un laboratorio.

Estuve a punto de decir sin querer que me lo había hecho creer el hecho de que me hubiera invitado a pasar el fin de semana ahí.

Por un momento se hizo el silencio. ¿De verdad me había equivocado tanto con miss Arden? ¿Iba a comprar esa propiedad solo para su propio placer y por los caballos?

—Los caballos son desde luego un asunto comercial —dijo al fin—. No se imagina la de dinero que pueden reportar una buena cuadra de caballos y un equipo de carreras.

—¡Pero usted fabrica cosméticos! —respondí, casi molesta—. Madame habría usado un lugar así para abrir en él un hotel o un salón de belleza.

Me ruboricé al instante. Al mencionar a Helena Rubinstein había cometido un desliz. Cuando me di cuenta, deseé que la tierra me tragara.

Contuve el aliento. Percibí claramente la frialdad que parecía emitir de pronto miss Arden. Acababa de cometer un error gravísimo.

Por un instante se hizo el silencio. Miss Arden echaba chispas. Miss Marbury y miss De Wolfe se mantuvieron en un segundo plano. Por el rabillo del ojo vi preocupación en sus rostros.

El corazón me latía a toda velocidad. En una ocasión, una de las esteticistas del salón de miss Hodgson había criticado la empresa Arden diciendo que tenía una puerta giratoria por la que los empleados salían más rápido de lo que entraban. ¿Iba a despedirme?

Miss Arden tenía sus ojos brillantes clavados fijamente en mí. Tuve la impresión de que incluso los pájaros habían dejado de trinar para no atraer su ira hacia ellos.

—Lo que yo haga con mis posesiones depende por completo de mí. ¿No le parece? —preguntó por fin miss Arden. Habló con un tono de voz bajo y tranquilo, pero en sus palabras me pareció detectar una ira apenas contenida.

—Por supuesto, miss Arden —repuse inclinando la cabeza.

Se me quedó mirando un rato más y luego, dijo, casi siseando:

—Y no vuelva a mencionar nunca más a esa persona en mi presencia, ¿entendido?

Asentí. Posiblemente mi mención a madame había pesado mucho más que mi propuesta para esa propiedad.

—Le ruego que me disculpe, no pretendía ofenderla —dije, pero miss Arden ya se estaba volviendo hacia sus amigas. Al alzar la mirada, vi cómo se esforzaba por esbozar una sonrisa. El ambiente alegre que había reinado hasta entonces había desaparecido.

23

Al día siguiente, poco después de tomar el largo y copioso desayuno en el que miss Marbury había insistido, iniciamos el viaje de regreso a Nueva York. Casi me alegraba pues, después de mi metedura de pata, miss Arden me había castigado con un silencio obstinado.

En la cena, había intentado disculparme de nuevo con ella, pero también esa vez había actuado como si yo y mis palabras no existiésemos.

Permanecí despierta toda la noche sumida en cavilaciones. ¿Qué pasaría ahora? ¿Perdería mi trabajo?

Aunque al final conseguí dormirme, el temor me volvió a invadir en cuanto me desperté. Esa inquietud me acompañó al baño, ante el armario y al bajar la escalera. Me impidió además tocar siquiera el magnífico bufé. Al contemplar esa comida solo se me ocurrió pensar en que probablemente sería la última ocasión en que podría disfrutar de algo así.

Miss Arden charlaba animadamente con sus amigas. Si se había percatado de mi presencia, probablemente fingía no verme. Por una parte me alegraba, pero, por otra, me apesadumbraba.

—¿Qué le ocurre, tesoro? —preguntó miss Marbury asombrada. Di un respingo. Ensimismada en mis cavilaciones no me había dado cuenta de que estaba a mi lado—. ¿Tiene molestias en el estómago?

Estaba segura de que miss Arden había vuelto a hablar con ella sobre mi comportamiento.

—Yo... A veces por las mañanas no tengo hambre —dije—. Además, me duele un poco la cabeza, tal vez sea eso.

—Oh, ¿quiere que haga que le traigan algún remedio? —El rostro de miss Marbury reflejó una expresión de preocupación—. Sé bien lo que es el dolor de cabeza. Me suele aquejar cuando leo críticas de editores engreídos que no tienen ni idea de nuestro negocio, ni mucho menos de arte. —Soltó una risita gutural y luego me dio una palmadita en el antebrazo—. ¿Quiere intentar tomar ese remedio? Me han dicho que una ducha fría también va bien, pero sería una lástima con su peinado.

—No, gracias, se me pasará —afirmé, tendiendo el brazo de forma elocuente hacia un par de uvas que había en el bufé—. De momento, probaré algo ligero.

—Eso está bien —dijo miss Marbury, alejándose satisfecha. Contemplé las uvas que tenía en la mano, pero sentí una gran reticencia a comérmelas. Tras asegurarme de que nadie me miraba, las volví a dejar en su sitio.

Tras el desayuno nos despedimos de miss Marbury y de miss De Wolfe. Mister Jenkins ayudó al chófer a cargar las bolsas y maletas. Lamenté que el coche no tuviera una tercera fila de asientos. No me quedaba más remedio que sentarme junto a miss Arden.

El silencio era tal que parecía como si tuviésemos un oso sentado entre nosotras. Sin darme cuenta, me fui deslizando hasta quedar cerca de la puerta.

Al salir de los terrenos de la finca Marbury, supe que sería la última vez que estaría ahí. Miss Arden no volvería a llevarme con ella. Y, lo que era aún peor, temía que, en cuanto llegásemos a los límites de Nueva York, me despediría. Si no antes.

Por lo menos, me dije, la próxima noche volvería a dormir en mi cama. A pesar de que la de la habitación de la casa de miss Marbury era muy cómoda, había tenido la sensación de que los edredones me asfixiaban. Además, cuando habíamos ido a ver los establos había sufrido varias picaduras de mosquitos que ahora me provocaban una comezón insoportable. En casa tenía en algún sitio un paquetito de sales de diacetato de aluminio que me aliviarían. Si no, tal vez Kate me podría ayudar.

En cualquier caso, conocer a miss Marbury había sido toda una experiencia. Lo que había dicho sobre la belleza y la intervención humana en los designios divinos no se me iba de la cabeza. Me habría gustado descubrir su mundo un poco.

—Y bien, ¿qué piensas hacer con la finca? —preguntó mister Jenkins mientras el chófer conducía el vehículo hacia la carretera. Era la primera vez que le hablaba de la parcela delante de mí.

Un estremecimiento me recorrió la espalda. Miré por la ventanilla como si no lo hubiera oído. Sin duda ella no querría volver a escuchar mi opinión, especialmente delante de mister Jenkins.

Por un momento, pareció como si miss Arden no hubiera oído la pregunta, pero luego respondió:

—Sabes que siento debilidad por los caballos. Ahí podría montar una cuadra de caballos de carreras.

—¿De veras? ¿Caballos de carreras? —preguntó mister Jenkins—. ¿Con jockeys y todo?

—¿Por qué no? —respondió miss Arden de modo casi desapasionado—. En los tiempos que corren, no está de más tener un segundo puntal en que sostenerse. La gente malgasta enormes sumas de dinero en las apuestas de caballos. Y los importes de los premios son considerables. Sin embargo, la cuestión de la imagen sería lo más importante para mí. Muchos grandes empresarios tienen cuadra propia, ¿por qué nosotros no?

Me pregunté si madame, cuando oyera hablar de esa cuadra de caballos de carreras, estallaría en risas de burla, o sopesaría la posibilidad de hacer algo similar.

—Y a usted, ¿qué le parece? —Miss Arden se volvió hacia mí. Aquellas palabras me golpearon como un azote. No me atrevía a levantar la vista—. Usted tenía su propia opinión sobre el tema, ¿no?

—Se lo ruego, miss Arden, discúlpeme —contesté mientras veía cómo mis palabras le resbalaban como gotas de lluvia sobre un impermeable. Sus ojos y sus rasgos permanecieron imperturbables.

—Le he pedido su opinión —replicó bruscamente—. ¡La que usted no tuvo el menor reparo en expresar delante de mis amigas!

Mister Jenkins me miró con lástima. Seguramente ella ya se había explayado sobre mí con él.

—Yo... —empecé a decir. De pronto sentí la garganta seca y ronca—. Siento no haberme contenido. Debería... —Me interrumpí al darme cuenta de que estaba a punto de mencionar otra vez a madame—. Debería haber callado.

Miss Arden resopló.

—Quiero que repita sus palabras ante mister Jenkins.

Miré al marido de miss Arden en busca de auxilio. Pero posiblemente no podía confiar tampoco en su apoyo.

—Dije que sería mejor utilizar The Gables para un hotel o un salón de belleza, y no para la cría de caballos —admití finalmente en tono achicado.

Miss Arden resopló de nuevo.

Madame tampoco habría tolerado que nadie se inmiscuyera en sus asuntos. Sin embargo, yo estaba convencida de que habría tenido más visión de futuro y no habría montado un establo para caballos en una parcela tan hermosa.

Por un momento se hizo el silencio. Aquello me hizo sentir peor que antes.

—Seguro que harás lo correcto —dijo mister Jenkins al final sin entrar en lo que yo había expresado—. Hasta ahora es lo que siempre has hecho.

Se apreciaba una ligera resignación en su voz. ¿Tal vez le gustaba mi idea?

En todo caso, no parecía tener la menor intención de convencer a su esposa. Dirigió de nuevo la vista hacia el parabrisas, y en la parte trasera del vehículo se impuso un silencio glacial.

Llegamos a Nueva York a última hora de la tarde. Por suerte, miss Arden me dejó primero a mí, de modo que no tuve que soportar aquel silencio por más tiempo.

Aunque sabía que no me escucharía, le di las gracias por el viaje, me despedí de ella y de su marido, y me dirigí a mi casa con mi equipaje sin mirar atrás.

Cuando entré oí que Kate estaba lavando los platos. De la sala de estar llegaba una música apagada. Posiblemente mister Parker estaba enfrascado en la lectura del periódico, como mi padre en su tiempo. Su recuerdo no me ayudó a alegrar el ánimo.

—Vaya, ¿ya has vuelto del mundo de los ricos? —preguntó Kate, que había salido de la cocina antes de que pudiera acercarme al buzón. No había tenido ocasión de contarle cuál era el destino del viaje, pero ella se había figurado algo parecido.

—¡Kate, *hi*! —La abracé—. Sí, ya he vuelto y me alegro de estar aquí.

—¿A dónde te llevó tu ilustre jefa? ¿A un baile?

—A Maine —respondí—. A una fiesta en el jardín de la casa de una conocida suya.

—¡Oh! ¿Con langostas y todo? —preguntó Kate con una sonrisa de intriga—. Se dice que en Maine se hacen los mejores bocadillos de langosta del mundo.

—Sí, en el bufé había. Pero no probé ninguno, así que no puedo decirte si eran los mejores.

—¡Oh, seguro que sí! —exclamó Kate casi con tono de ensoñación y luego añadió—: Ha llegado una carta para ti. El cartero la metió por error en nuestro buzón.

Se secó las manos en el delantal y desapareció en la cocina para regresar instantes después.

—Aquí tienes. De Francia, según parece.

¿Otra carta? Hacía muy poco que había recibido una de monsieur Martin. ¿Acaso había tenido éxito en sus pesquisas? ¿O tal vez eran noticias de Henny?

Con dedos temblorosos, di la vuelta al sobre y, al ver la caligrafía, todas mis cavilaciones en torno a miss Arden pasaron a segundo plano.

—¿Algo emocionante? —preguntó Kate, que me estaba observando atentamente y había atisbado la fina sonrisa que había asomado en mis labios.

—Es de ese detective del que te hablé —dije—. Debe de haber novedades.

¿Había encontrado a mi hijo? Apenas me atrevía a suponer tal cosa, pero tal vez...

—Espero que sean buenas —contestó Kate retirándose hacia la cocina.

Mientras subía la escalera a toda prisa, abrí el sobre con tanto ímpetu que desgarré incluso una esquina del papel de carta. Las manos me temblaban demasiado para sacar el escrito, así que tuve que detenerme a medio subir y leerla.

> Chère *mademoiselle Krohn:*
> *Hoy le puedo comunicar que creo haber dado con madame DuBois. Recibí aviso de un viejo campesino de cerca de Arles de que una mujer que había sido comadrona en París se había mudado con su marido a una pequeña granja próxima. Admito que encontrar a esta dama es como esa famosa búsqueda de la aguja en un pajar. Varios de los avisos recibidos resultaron ser fal-*

sos. El apellido DuBois es bastante común, igual por lo menos al número de comadronas que deciden huir de la vida agitada y sucia de la ciudad. Pero esta vez tengo motivos de esperanza. Parece que todo se ajusta: la edad, el aspecto y el nombre de soltera. ¡Solo espero que no me despedace un perro de granja! En otro orden de cosas, volví a hacer un intento en el hospital. Tiendo a aferrarme a un tema y es difícil amedrentarme, pero esta vez me amenazaron con llamar a la policía. Llegado a este punto, preferí batirme en retirada. Todo indica que se ha corrido la voz de que estoy al acecho. Y eso es algo que no gusta a algunas personas.

He observado que hay alguien que asoma en momentos concretos allá donde me encuentre. Por suerte, no ha habido ningún ataque contra mis dedos. Voy a tener que actuar con más discreción. También podría ser que nuestro amigo común Jouelle estuviera molesto porque le hubiera entregado una carta a su novia, tengo que considerar todas las posibilidades.

Por el momento, mañana iré a ver a madame DuBois, o como sea que se haga llamar ahora. En cuanto regrese, le escribiré otra carta. Por lo tanto, no se extrañe si esa carta llega antes que la presente, nunca se sabe qué criterios emplea el servicio postal para enviar el correo.

Sigo pendiente de este asunto y le informaré en cuanto sea posible.

Saludos cordiales,
LUC MARTIN

Me apreté la carta contra el pecho. ¡Por fin había una pista! Aquella idea me reconfortó e hizo que el enojo de miss Arden pasara a un segundo plano.

Acabé de subir el resto de la escalera.

Ya arriba, volví a leer la carta y aquella noche me dormí rogando en silencio que la mujer que monsieur Martin había localizado fuera la Aline DuBois correcta, y que le pudiera proporcionar información. Cuando supiera dónde estaba mi hijo, podría librar al detective de su cometido.

24

El lunes tomé el metro con un nudo en el estómago. En cuanto abrí los ojos fui tremendamente consciente de que ese día iba a tener que afrontar las consecuencias de mi actitud.

El hecho de que miss Arden aún no me hubiera despedido no significaba nada. Seguramente encargaría esa tarea a miss Hodgson. Al fin y al cabo, yo era empleada de su salón; probablemente en ese instante ya estaba en el despacho de miss Arden. Casi podía oír cómo la jefa se despachaba a gusto acerca de mi comportamiento.

Había imaginado todas las versiones posibles de la bronca que me aguardaría en cuanto hubiera cruzado la puerta del salón. Me arrastré dentro como un perro apaleado.

—Oh, vaya, ¿qué ocurre? —preguntó Helen, que ya ocupaba su sitio detrás del mostrador de recepción—. Tienes pinta de que te duele el estómago. ¿Necesitas un Alka-Seltzer?

La miré sin comprender.

—No, gracias. Se me pasará.

De hecho, estaba convencida de que ese día no iba a permanecer allí mucho rato. ¿Merecía la pena que me pusiera la bata?

Decidí hacerlo, porque no estaba dispuesta a mostrarles mi error.

En la sala común, Sabrina y las demás hablaban de su fin de semana, mientras yo solo deseaba que nadie se interesara por el mío. De todos modos, la estancia en Maine no había estado mal, dejando de lado que una dama había querido convertirme en su amante. Los invitados habían sido interesantes y la comida, a pesar de no haberme dado el gusto de probar el bocadillo de langosta, excelente. Sin embargo, el enfado de miss Arden pesaba más que todo aquello e inclinaba la balanza en sentido negativo.

—Pareces contrariada —comentó Sabrina al verme—. Este fin de semana has estado fuera de la ciudad, ¿verdad?

Asentí.

—¡Deja que lo adivine! ¡Alguien te ha roto el corazón!

Negué con un ademán.

—No, no había suficientes hombres. Los conocidos de miss Marbury son mayoritariamente mujeres.

—¿Has estado en casa de miss Marbury? —Sabrina resopló—. Es una de las mujeres más influyentes del país. En Nueva York la conoce todo el mundo y muchos temen su lengua afilada.

—En realidad, fue muy agradable —dije.

—Entonces, ¿qué ha pasado? ¿Tuviste problemas gástricos? ¿O es que ha ocurrido algo?

—Todo resultó un poco agotador —respondí esquivando la pregunta—. Nunca había visto tanta gente interesante junta.

—Se supone que esas cosas son estimulantes, ¿no? Cuando estoy entre gente interesante, me siento exaltada.

—¿No te cansa un poco? —pregunté desconcertada.

—Bueno, todo depende de cómo acabe la noche —repuso Sabrina hablando en doble sentido.

Helen me salvó de responder. Di un respingo cuando entró en la sala y me llamó.

—Mistress Morrison ha llegado y pregunta por ti. Tu primera cita.

Me quedé mirándola como si de pronto ya no entendiera el inglés.

—Vale, ya voy —respondí aturdida.

—¡Luego me lo cuentas todo! —exclamó Sabrina a mi espalda mientras yo seguía a Helen por el pasillo.

Mistress Morrison era una de las clientas cuya cita había tenido que cancelar antes del fin de semana.

—¿Ya está usted bien, querida? —preguntó.

Probablemente había creído que había pospuesto la cita por enfermedad.

—Sí, desde luego, mistress Morrison —respondí sacando una capa—. ¿Hoy será como siempre o desea probar algo distinto?

Sabía que mistress Morrison no querría otra cosa. Siempre se hacía aplicar su tratamiento de belleza y después un maquillaje nuevo para sorprender a su marido. Sin embargo, sorprenderlo era difícil porque ella siempre elegía los mismos colores para la sombra de ojos, las mejillas y los labios.

Tres cuartos de hora después habíamos terminado y yo despedía a una clienta satisfecha. La propina que me dio era casi ostentosa. Me la metí en el bolsillo con discreción. En cuanto se hubo marchado, me miré en el espejo. La luz se reflejaba en los cristales de mis gafas y resaltaba todas y cada una de las manchas de mi piel.

A pesar de que ese día me había maquillado con un esmero especial, las ojeras resultaban muy evidentes. Seguramente en una hora tendría que corregirme la pintura de labios. Empezaba a mostrar una leve tendencia a correrse, lo cual allí no estaba bien visto y ciertamente causaba una mala impresión.

Cuando miss Hodgson asomó por detrás de la cortina, di un respingo y me volví. Al instante supe que había llegado el momento. Seguramente acababa de volver de la reunión con miss Arden.

—Así pues, ya está de vuelta —dijo sin más.

—Así es. —La voz me temblaba. ¿Sacaría ahora la carta de despido?

Se quedó mirando un instante mi imagen reflejada en el espejo, y solo entonces se me ocurrió que lo mejor era mirarla directamente. Me giré hacia ella.

—¿Ha aprendido algo durante el fin de semana?

La pregunta me cogió por sorpresa. ¿Qué se suponía que debería haber aprendido? ¿Acaso creía que miss Arden me había llevado a una sesión formativa? ¿O quería decir alguna otra cosa? Todo cuanto decía miss Hodgson se tenía que tomar con mucha precaución.

—Sí, creo que sí —respondí intentando averiguar por su mirada lo que realmente quería saber. Sin embargo, su conducta resultaba un poco extraña para anunciar un despido.

En rigor, sí había aprendido algo: a tener la boca cerrada en todo cuanto tuviera que ver con madame.

El corazón me latía desbocado.

—Bien —dijo de pronto miss Hodgson.

—¿Bien? —repetí.

—Póngase de nuevo manos a la obra, pero antes corrija su maquillaje. Yo aquí no tolero la pintura de labios corrida.

Me la quedé mirando fijamente. ¿Lo único que tenía que decirme era esa advertencia sobre mi maquillaje?

—¡A trabajar! —espetó con fuerza y luego se dio la vuelta.

Me quedé como paralizada por un rayo mirando cómo se alejaba. No me había despedido. ¿Acaso no había hablado aún con miss Arden? ¿La gran desgracia estaba por venir?

Los días siguientes fui presa de una gran inquietud. No había modo de mantener las manos calientes, algo que a mis clientas no les gustaba nada. Una señora algo entrada en años comentó:

—¿Conoce ese dicho de «manos frías, corazón caliente»? El suyo debe de ser un amor apasionado.

Me sonrojé, pero no dije nada al respecto y traté de calentarme las manos con el radiador de la calefacción.

Cada tarde llegaba a casa tambaleándome y exhausta. De vez en cuando me olvidaba de comer, lo cual llevó a que Kate me preguntara qué estaba ocurriendo.

—Nada —respondí—. Es solo que ahora el trabajo me estresa un poco más de lo normal.

—En ese caso, tienes que cuidarte mucho, hacer descansos y comer bien. Aquí tienes.

Dicho eso, me puso una bandeja en la mano y se marchó.

Pasé otra semana esperando mi despido, pero no ocurrió nada. Era como si miss Arden se hubiera olvidado de mí. No sabía qué pensar. Por un lado, podría significar que, a sus ojos, era demasiado insignificante como para mantener tratos conmigo por más tiempo. Por otro, también era posible que durante aquel fin de semana yo hubiera desaprovechado una oportunidad que no había sabido ver.

Aunque estaba a la espera de recibir noticias de monsieur Martin, tampoco hubo más cartas suyas. De hecho, él me había prometido que me escribiría en cuanto diera con la comadrona. ¿Había ocurrido algún imprevisto? ¿Le habría pasado algo a él?

Una semana después le pedí consejo a Kate. Ella me escuchó en silencio y luego dijo:

—Lo que te vuelve loca no se puede apresurar. Él contactará contigo en cuanto sepa algo. De todas formas, no puedes hacer gran cosa, porque entre tú y París hay un gran y extenso océano. Y ahora mismo no puedes cruzarlo sin más.

Tenía razón. Ya la travesía por el Atlántico duraba al menos una semana. Miss Hodgson no me concedería ese tiempo, y menos aún sin un buen motivo para ello. No tenía más remedio que seguir el consejo de Kate. Y, en efecto, funcionó. Dejé que el trabajo me absorbiera y cuando al final del día me metía extenuada en la cama no me permitía pensar en nada. Lo único que hacía cada semana era enviar al cielo una pequeña oración para que Luc Martin diera con mi hijo.

25

Dos meses más tarde la reunión en casa de miss Marbury era solo un vago recuerdo. Después de que el calor del verano nos azotara hasta recalentar incluso los ventiladores del techo, nos encontramos inmersos en un tiempo lluvioso.

A esas alturas, la pregunta sobre por qué había tenido que participar en la salida a casa de miss Marbury era irrelevante. Lo único que me alegraba era que miss Arden parecía haber olvidado el incidente.

En el salón miss Hodgson nos tenía muy ocupadas. Se nos animaba a aumentar cada vez más el número de clientas. Ninguna sabía cómo se suponía que debíamos conseguirlo, pero por lo menos no necesitábamos salir a buscar clientas porque ellas acudían solas. Las agendas de las citas estaban a reventar, y temíamos que, con las fiestas de noviembre a la vuelta de la esquina, aún tendríamos más trabajo.

—Para las fiestas, todas las mujeres quieren mostrar su mejor aspecto —explicó miss Hodgson durante una sesión de formación del personal—. Ustedes las ayudarán a conseguirlo, y lo harán con buena cara y amabilidad.

—Como si alguna vez no fuéramos amables —refunfuñó Trudy, una esteticista que había empezado a trabajar con nosotras hacía un par de semanas, mientras removía algo en el bolsillo de su bata. Era donde guardaba su paquete de cigarrillos, y percibí por su inquietud que tenía ganas de fumar. A miss Hodgson no le gustaba que continuamente saliera fuera con el pitillo, pero hasta el momento no había habido mayores problemas.

Sin embargo, la directora de nuestro salón aún no había acabado con nosotras.

—Becky, debería echar un vistazo a uno de los catálogos que acabo de recibir. El maquillaje que lleva resulta algo anticuado. Estamos a las puertas de entrar en una nueva década, y cambiar un poco no nos irá mal.

Becky frunció los labios. Me podía imaginar todo lo que estaba pasando por su cabeza en ese momento.

—En cuanto a usted, miss Krohn, preste atención a la limpieza de su puesto de trabajo. Creo que usted procede de Alemania y allí todo el mundo es muy concienzudo. Haga justicia a sus compatriotas.

Noté que me ruborizaba. Mi puesto de trabajo nunca estaba sucio. A veces tenía un aspecto algo caótico, sí, pero aquella era una mala costumbre de la que no había logrado deshacerme, ni siquiera cuando estudiaba en la universidad. En los laboratorios no se podía vigilar que la superficie de la mesa estuviera bien lustrosa. Normalmente solía volver a ensuciarse al cabo de pocos instantes.

Pero eso era muy típico de miss Hodgson. Como mis clientas no se quejaban e incluso las que no tenían mucho dinero seguían solicitando mis servicios, no podía reprocharme más que una supuesta falta de limpieza.

Aquella tarde de finales de octubre, me pasé por el deli de Joe Bannister, un local que vendía comida preparada y que Kate me había recomendado el primer día que llegué a la ciudad. Aunque ella solía dejarme un poco de lo que quedaba del almuerzo para que me lo calentara, ese día se me antojaron los sándwiches de pollo frío que hacían ahí. Tras entrar acompañada por el tintineo de la campanilla de la puerta me fijé en que, para ser jueves, el local estaba inusualmente concurrido. Dos hombres trajeados con abrigos colgados del brazo hablaban agitados y gesticulando con otros hombres, que parecían reprocharles alguna cosa. No les presté mucha atención y me encaminé directamente al mostrador, detrás del cual Joe iba de un lado a otro. Parecía preocupado y estaba pálido.

—Buenas tardes, Joe —le saludé—. ¡Es raro que hoy tenga el local tan lleno!

—No es de extrañar en un día así.

—¿Qué ha ocurrido?

Joe miró por un instante a los hombres que había atrás. Seguían conversando en voz alta.

—¡Es la Bolsa! —dijo Joe entonces—. Parece que ha ocurrido algo terrible en la Bolsa.

Enarqué las cejas. Mi padre también había adquirido algunos valores, pero nunca me había interesado por ese tipo de inversiones.

—¿Y eso qué significa?

Joe señaló con la barbilla a los hombres trajeados.

—Según han explicado esos hombres, varios inversores han intentado deshacerse de sus valores movidos por el pánico. A la hora del cierre de la Bolsa, el Dow Jones estaba por los suelos.

No comprendía nada, pero el espanto de Joe me dio a entender que la situación era extremadamente grave.

—¿Cómo es posible? —pregunté sin saber qué decir.

Joe se encogió de hombros.

—Ni idea. Esos tipos han dicho que había una burbuja y que ahora ha estallado. Toda la gente que había hecho subir el Dow con sus compras se han quedado a dos velas.

Lo que decía Joe me sonaba a chino. ¿Qué era el Dow Jones y qué significado tenía esa burbuja?

—¿Y eso qué implica para nosotros?

—Que nos hundiremos en la pobreza —respondió Joe—. Mucha gente se ha arruinado de la noche a la mañana y han contraído una deuda inmensa. Es de temer que haya empresas que tengan que cerrar. La gente se quedará en la calle y habrá todavía más deudas y necesidad.

Aquello sonaba muy mal. Solo podía pensar en qué sería de nosotros si esa quiebra y endeudamiento afectaban también a miss Arden. ¿También se vería obligada a vender y a dejarnos luego en la estacada como había hecho madame?

Oscilando entre el espanto y la incredulidad, entré en casa de mister Parker. Esta vez el gramófono no sonaba, pero en el salón la radio estaba encendida. En ese momento estaban dando las noticias. Como Kate no aparecía por ningún lado, colgué el abrigo en el perchero, miré el buzón, que ese día volvía a estar vacío, y me deslicé en silencio y a toda prisa hacia la escalera. Me habría encantado poder quedarme de pie escuchando. Si lo que Joe me había contado era realmente tan malo, tarde o temprano me llegarían las noticias.

Al cabo de un rato me sentí incapaz de soportarlo. Aunque el sándwich fuera de Joe, me había quedado sin apetito, y tampoco quería estar a solas sumida en mis pensamientos y preocupaciones. Así que bajé la escalera y me asomé por la puerta abierta del salón. El locutor seguía hablando, pero aquello ya no eran las noticias.

Mister Parker estaba sentado en su butaca y Kate permanecía a su lado. Ambos miraban la radio como si en cualquier momento fuera a surgir de ahí un monstruo.

—Buenas noches —dije, y ambos dieron un respingo.

—¡Buenas noches, miss Krohn! —respondió mister Parker—. ¿Ya se ha enterado?

No me quedaba ninguna duda de que se refería al asunto de la Bolsa.

—Sí, Joe me lo ha contado hace un rato.

—Esto es un desastre —comentó Kate—. Y traerá consigo más desastres. Cuesta imaginar lo que pasará si ahora un montón de gente se queda sin trabajo.

—¿Tanto poder tiene la Bolsa? —pregunté. Todo aquello seguía pareciéndome completamente irreal.

—Desde luego —explicó mister Parker—. Muchas grandes empresas venden acciones igual que los bancos. Si ahora toda la gente que ha financiado esas empresas con esa compra se deshace también de sus acciones, las empresas y los bancos quedarán en una situación muy delicada. Se dice que el detonante principal ha sido el banco Lehman Brothers.

—¿Lehman Brothers?

Oír ese nombre fue como si me atravesara un rayo. Volví a ver ante mí a los dos abogados que me habían despedido a principios de año. Lehman Brothers había comprado la fábrica Rubinstein, ¿y ahora estaban arruinados? ¿O yo lo había entendido mal? ¿Qué significaba todo eso para mi antigua empresa?

—De todos modos, está por ver el efecto que va a tener todo esto —prosiguió mister Parker—. Cuando un banco cae en bancarrota, nunca es buena cosa. Por lo general suele arrastrar consigo a mucha gente, cuando no a otros bancos; así de estrecho es el entramado del sistema financiero de nuestro país.

—Tal vez la situación no sea tan grave como se piensa —dije en un intento de animarme a mí misma. Me había acostumbrado a trabajar en el salón de belleza y no quería otro gran cambio en mi vida.

—Tal vez. Si fuera creyente, le aconsejaría que rezara, pero, tal y como están las cosas, solo puedo decirle que sería bueno que conserve su dinero. Mientras siga valiendo algo.

Esas palabras me acompañaron toda la noche. Aunque intenté conciliar el sueño, estuve dando vueltas en la cama repasando mentalmente mis opciones si la quiebra de Lehman Brothers afectaba también a miss Arden. De ser así, ¿podría trabajar en otra empresa? Aquello era altamente improbable. Ni siquiera podía pensar en tener mi propio negocio. ¿Podría estudiar? ¿Me podría matricular en algún sitio? De todos modos, aunque lo consiguiera, la cuestión de cómo ganarme la vida seguiría pendiente. Sin dinero, ni siquiera podría pagarme el alojamiento.

Durante los días siguientes, los periódicos no hablaban de otra cosa que del «crac de la Bolsa», que fue como se le dio en llamar. Por doquier, en las aceras y en las paradas de metro, la gente iba con la nariz hundida en los periódicos. Se especulaba muchísimo y entonces empezaron a quebrar las primeras empresas. La desesperación de algunas personas era tal que llegaron a acabar con su vida. Se sucedían las noticias sobre suicidios.

En el salón de belleza reinaba una gran inquietud. Por el momento, miss Arden aún no se había pronunciado sobre el asunto, pero eso no significaba nada. Miss Hodgson y las otras directoras de salón podían ser convocadas a una reunión en cualquier momento. No me quería ni imaginar lo que vendría después.

Algunas clientas dejaron de venir, mientras que otras regresaron. Curiosamente, las que siguieron viniendo eran las menos acaudaladas, mientras que las casadas con hombres muy adinerados pospusieron sus citas o, simplemente, las anularon por completo.

—Seguramente los maridos de las clientas menos acomodadas no especulaban en la Bolsa —supuse.

Igual que los transeúntes en las esquinas, yo también leía los periódicos con avidez, aunque lo hacía a solas en mi cuarto después del trabajo. A esas alturas ya entendía lo que convertía en trágico aquel desplome de la Bolsa y el peligro que nos acechaba a todos.

—He oído decir que el marido de mistress Harris va a tener que cerrar su taller porque lo construyó gracias a un préstamo de Lehman Brothers —informó Sabrina, mientras ordenaba por tercera vez las paletas de maquillaje y los tarros de su puesto de trabajo. Había perdido varias clientas y, diligente como era, no sabía en qué ocupar las manos.

—¿Lehman Brothers no compró también la empresa de mistress Rubinstein? —me preguntó Trudy. Había sido inevitable que acabara hablándoles de mi anterior empresa.

—Así es —confirmé.

—Entonces no falta mucho para que no tengamos competencia por ese lado —comentó Sabrina—. Seguro que los Lehman van a tener que vender o cerrar la empresa pronto.

Aquellas palabras fueron un auténtico mazazo para mí. ¿Cerrar la fábrica Rubinstein? Resultaba difícil de imaginar, pero después de todo lo que se oía esos días...

En todo caso, madame se enfadaría muchísimo al ver que los compradores de la empresa que ella había construido con tanta pasión la habían echado a perder.

—Por suerte, hasta ahora miss Arden ha rechazado todos los intentos de comprarle la empresa —siguió informando Sabrina—. ¡He oído decir que alguien le había llegado a ofrecer veinticinco millones de dólares!

—¡Veinticinco! —exclamó Judy.

—La gente como nosotras no ve tanto dinero en toda su vida —observó Sabrina.

—Es probable que no vuelva a recibir una oferta igual —dije pensativa.

—¿Crees que debería haber cogido el dinero y esperar?

—Estoy segura de que miss Arden es incapaz de algo así —admití. Y madame solo lo había hecho porque quería salvar su matrimonio.

—Tienes razón, es incapaz. Y no lo hará. Deberíamos alegrarnos, porque si no acabaremos como los de Rubinstein. —Sabrina pareció darse cuenta de la dureza de sus palabras porque a continuación añadió—: ¡Por suerte estás aquí ahora! Fue la decisión correcta, ya entiendes lo que quiero decir.

Sí, lo entendía y lo veía igual que ella. Sin embargo, sentía lástima por todas las mujeres de la fábrica que, si lo que decía Sabrina era cierto, pronto se encontrarían en la calle sin empleo.

De vuelta a casa, las palabras de Sabrina no se me iban de la cabeza. No por las trabajadoras que seguramente iban a perder su trabajo, sino por la cantidad de dinero que se le había ofrecido a miss Arden. Los siete millones de dólares para Rubinstein ya habían sido una cifra enorme, pero ¿veinticinco? ¿Eso quería decir que miss Arden había superado a madame? ¿Significaba que lograría sobrevivir? Alguien capaz de rechazar una suma así debía de tener lo suficiente como para hacer frente a la crisis que se estaba gestando.

26

Con las noticias que se sucedían sobre quiebras de empresas, la Navidad estuvo ensombrecida por el temor a que el siguiente desastre que se anunciara fuera el nuestro, esto es, el de miss Arden. De nuevo asomó el recuerdo de madame Rubinstein, el modo en que nos había defraudado y lo había echado todo a perder.

El salón de miss Hodgson seguía funcionando bien, teníamos mucho que hacer.

Pero ¿cómo iban las cosas en la dirección de la empresa? ¿Miss Arden había especulado con acciones y no sabíamos nada al respecto? Cada día era como bailar sobre el hielo esperando que no se resquebrajara y con el temor a hundirnos todos con él.

No oí nada más sobre la casa de Maine. Este tipo de informaciones no llegaban al salón de belleza, y desde el día de mi regreso a casa no había vuelvo a ver a miss Arden.

Tampoco tuve noticias de monsieur Martin. A estas alturas, yo interpretaba su silencio como que, en efecto, había llegado a un punto en el que la búsqueda era inútil. Tal vez lo más sensato fuera olvidar lo ocurrido y que aquella carta hubiera existido. Yo había llegado por fin al punto de aceptar la muerte de mi hijo. Tal vez a partir de aquí lograría seguir adelante.

A mediados de 1930 pareció que a muchas personas se les agotaron los recursos. Tuvieron que cerrar muchas más empresas, y el número de parados y mendigos fue en aumento. Los periódicos hablaban de hambrunas devastadoras en el campo, y las calles eran como después de la guerra, cuando los soldados habían vuelto a casa sin saber lo que el futuro les depararía.

Aunque no había tenido noticias ni de monsieur Martin ni de Henny, me preguntaba cómo irían las cosas en Europa. Se decía que también allí habían llegado la inflación y la pobreza. ¿Cómo estarían mis padres? ¿Habrían logrado mantener su negocio a flote? Yo no tenía gran cosa, pero posiblemente bastaría para ayudarlos. De todos modos, seguramente mi padre preferiría cortarse una mano antes que aceptar algo de mí. Aun así, no podía evitar verlo en todos hombres de rostro demacrado. Y de esos en Nueva York había muchos.

En la reunión anual del personal, a la que también fuimos invitadas, miss Arden nos advirtió que no fuésemos a algunas zonas de la ciudad.

—El índice de criminalidad aumenta en la misma proporción que el hambre —explicó—. Ustedes, señoras, son demasiado valiosas para morir a manos de un granuja de medio pelo. Así pues, sean muy prudentes si salen al anochecer.

Luego dijo algo que en un primer momento me asustó:

—Sea como sea, esta crisis económica parece favorecer nuestro negocio. Las mujeres se muerden las uñas de preocupación, fruncen el ceño y se tiran de los pelos: nos necesitan más que nunca para arreglarse.

Aquella afirmación fue seguida de varios murmullos. No podía saber si las demás lo veían como yo, pero ese comentario me pareció despiadado.

Con todo, resultó que estaba en lo cierto. Mientras la miseria se extendía por doquier, Elizabeth Arden iba obteniendo beneficios. Aunque el número de salones no aumentó, todos los centros registraron un mayor número de clientas. Nuestros temores disminuyeron un poco.

Pero entonces conocimos una noticia asombrosa que podría significar el fin del glorioso avance de miss Arden.

—¿Ya lo has oído? —exclamó Trudy en cuanto entré en el vestuario. Olía como una fábrica de tabaco, y me pregunté cómo podía eliminar de su ropa y su pelo ese hedor que miss Hodgson tanto detestaba.

—¿Qué se supone que debería haber oído? —pregunté poniéndome la bata.

—Se dice que la vieja bruja ha vuelto.

—¿Qué vieja bruja? —pregunté.

—Esa tal Rubinstein. Se rumorea que ha vuelto a comprar su empresa. ¡Por dos millones de dólares!

Abrí los ojos con sorpresa. ¡Madame había vuelto a Nueva York!

—¿De dónde has sacado la noticia? —pregunté tratando de reprimir mi confusión.

—Del *Time Magazine*. Mira.

Trudy sacó la revista de debajo del mostrador. Todas sabíamos que, cuando no había clientas, leía a escondidas.

Pasó las páginas hasta dar con lo que buscaba.

Lo primero que me llamó la atención fue la fotografía de gran tamaño que completaba el artículo. Madame destacaba recostada en un diván y luciendo un vestido de fiesta de color rosa y unos pendientes enormes. No reconocí el mobiliario de la sala. Seguramente la fotografía se había tomado en París, o tal vez en Australia, donde había conservado el negocio.

Segura de la victoria, con el moño negro recogido en la nuca, miraba más allá de la cámara, con los ojos fijos en un punto desconocido.

Tuve la certeza de que el color del vestido era un claro desafío hacia miss Arden.

—¡Qué os parece! —comentó Helen uniéndose a la conversación mientras yo ojeaba el artículo a toda prisa—. Primero no ve el momento de salir de la ciudad en pos de su marido, y ahora, cuando seguramente ya se ha librado de él, regresa. Bueno, tampoco es nada extraño, seguro que el divorcio le ha costado un buen pellizco.

¿Madame se había divorciado de mister Titus? No había leído nada al respecto. En cierto modo, sentí lástima por ella. Sabía cuánto amaba su trabajo y lo apegada que estaba a su empresa. ¿Acaso sorprendía que la venta no hubiera podido arreglar las desavenencias entre ella y mister Titus?

—Pero tal vez no debería hablar así en tu presencia. A fin de cuentas, trabajaste para ella.

—Y ahora trabajo aquí, Helen, no lo olvides —repuse con más acritud de la necesaria.

—Discúlpame —dijo Helen y luego señaló el artículo—. ¿Qué te parece? ¿Tendremos competencia?

Estuve a punto de negar con la cabeza, pero habría sido mentirme a mí misma. Sin duda madame intentaría volver a hacernos la competencia.

—Empezará poniendo la empresa al día. Durante un tiempo estaremos tranquilos, pero no durará mucho. Madame... —Me interrumpí al rememorar la desagradable conversación en The Gables, pero, como no advertí ninguna reacción en las caras de mis compañeras, proseguí diciendo—: Madame no se deja vencer fácilmente. Luchará por su empresa.

—En tal caso, esperemos que miss Arden se centre más en su empresa y no tanto en sus caballos —comentó Trudy mientras se rociaba el cuello con un perfume de intenso olor a violeta.

—¿Caballos? —pregunté asombrada. ¿Lo había hecho al final? ¿Había convertido The Gables en una cuadra para caballos de carreras?

—Lo leí hace poco. Ahora se ha metido en el negocio de la cría de caballos. Se dice que incluso participa en las carreras con el nombre de su marido.

Reprimí el gesto de negar con la cabeza. ¿No tenía nada mejor que hacer en esos tiempos tan difíciles? Sin embargo, me abstuve de hacer ninguna crítica. Podía estar agradecida de que no me hubiera despedido tras mencionar a madame. A veces era inútil intentar cambiar algo inalterable.

En la víspera de mi cumpleaños, me quedé despierta mirando el techo de mi habitación. Era de nuevo el aniversario de Louis. Hacía un año y medio que había vuelto de Europa. Hasta el momento mi plan de regresar a París no había avanzado. ¿Lo lograría alguna vez? No quería perder la esperanza.

Después del trabajo, me pasaba el rato en el sofá raído, bebiendo té y leyendo libros que tomaba prestados de la biblioteca de mister Parker. Como Kate decía que a él no le importaba, me sumergía en crónicas de viajes por África y Asia, y novelas que me familiarizaron con la historia de Estados Unidos.

Por el momento, salir a divertirse era impensable. De hecho, muchos locales habían tenido que cerrar por la falta generalizada de dinero.

Al ir a ver a Ray a los grandes almacenes, supe que ya no trabajaba ahí. Aquello me entristeció un poco porque había vuelto a perderle la pista.

En cambio, empecé a salir a pasear con Sabrina cuando ella no pasaba el fin de semana con su novio. Mirábamos escaparates e imaginábamos lo que nos pondríamos la próxima primavera.

En enero del año siguiente, ella me acompañó a una óptica; mis gafas viejas no solo eran feas, sino que tampoco veía bien con ellas.

La óptica se encontraba en una bocacalle y tenía unas ofertas que me resultaban muy convenientes. El aire era gélido y nuestro aliento dejó un rastro en el cristal del escaparate.

—Necesitas un modelo más fino —me aconsejó Sabrina mientras mirábamos las distintas monturas ya dentro del establecimiento—. Estos cristales tan grandes te comen la cara. La tienes demasiado pequeña para estos dos culos de vaso.

—¿Culos de vaso? —pregunté con asombro. Luego caí en la cuenta de lo que quería decir.

El óptico era un hombre menudo con unas gafas redondas en la nariz. Llevaba el pelo peinado con la raya en medio y de su chaleco pendía un anticuado reloj de bolsillo.

—Su amiga tiene razón. Debería usted usar un modelo más fino. Tome.

Me entregó unas gafas con una fina montura metálica y cristales pequeños. Las gafas anteriores las había escogido en particular para protegerme los ojos mientras trabajaba en el laboratorio. Cuando me vi en el espejo, no me reconocí. Con la montura nueva, mi cara resultaba completamente diferente. Más adulta y más hermosa. Nunca antes me había visto así.

—¿Va a elegir este modelo?

—Sí —dije—. Con mucho gusto.

—Bien, pues ahora lo único que necesito es su graduación actual.

Dicho eso, me acompañó detrás de la cortina y me puso en la nariz un artefacto que ya conocía de mis anteriores visitas al óptico.

Al cabo de un rato, sentadas en una pequeña cafetería, Sabrina me preguntó:

—Por cierto, ¿cómo vas de amores? He observado que nunca dices nada cuando hablamos de novios o maridos.

En efecto, casi nunca participaba en ese tipo de conversaciones. ¿Qué habría podido decir? No tenía muchas oportunidades de conocer a alguien. Y en esos casos Darren asomaba una y otra vez en mi cabeza y con él el rechazo que había experimentado a causa de mi cicatriz.

—Apenas tengo ocasiones de conocer hombres —respondí un poco incómoda mientras me llevaba la taza a la boca.

—Eres tímida —afirmó Sabrina—, y no tienes ningún motivo para serlo. Además, con las clientas te he visto muy resuelta y decidida.

—Son clientas —repuse—. Con los hombres es distinto.

—No tanto. Incluso diría que con los hombres es más fácil.

—Ya..., ya he tenido algunas experiencias —repliqué—. Además, creo que aún no me he quitado de la cabeza mi último novio.

—¿Cuánto tiempo hace?

—Algo más de un año —dije.

—Entonces tuvo que ser algo serio.

—Lo fue. —Bajé la cabeza—. Por lo menos, me habría gustado que así fuera. Pero terminó demasiado rápido.

—¿Por qué?

Miré a Sabrina. ¿Debía contarle lo ocurrido? Decidí no hacerlo y me limité a responder:

—Fue culpa mía. Yo... no fui lo bastante franca, eso creo. No confié en él. En fin...

Suspiré con fuerza.

Sabrina posó la mano sobre la mía.

—Tranquila, ya encontrarás la felicidad. Como muy tarde, con las gafas nuevas. —Me dedicó una sonrisa alentadora—. Y cuando por fin abandonemos este valle de lágrimas en el que nos ha sumido la crisis económica, podremos volver a salir a bailar.

Dos semanas después me presenté a trabajar con mis gafas nuevas.

Me sentía más segura de mí misma y más radiante, y todo indicaba que mis compañeras de trabajo también lo notaron. Incluso miss Hodgson se quedó parada un instante. Se me quedó mirando un momento y luego en su rostro asomó el amago de una sonrisa.

—Ya iba siendo hora, miss Krohn —dijo—. Como sabe, una buena apariencia es de suma importancia para nuestro salón. Con estas gafas está usted mucho mejor.

—Muchas gracias —respondí algo desconcertada ya que miss Hodgson era muy parca en elogios.

—Estas gafas tuyas deben de tener poderes mágicos —dijo Sabrina cuando se lo conté—. Incluso le gustan a miss Hodgson. De verdad, deberías echar un vistazo a los chicos de por ahí y sonreírles. Tal vez alguno te salga al encuentro y te invite a tomar algo.

—Lo intentaré —respondí, y por primera vez en mucho tiempo me sentí firmemente decidida a conocer hombres. Tal vez entre ellos habría alguno a quien no le importara mi cicatriz ni que esta comportara una historia de la que no quería hablar.

A última hora del día, cuando me preparaba para acostarme, unos pasos retumbaron en la escalera. Al poco alguien llamó a mi puerta. Di un respingo. ¿Acaso Kate había recibido un telegrama para mí?

Me acerqué a la puerta, la abrí y me encontré, en efecto, con el rostro preocupado de Kate.

—¡Mister Parker no se encuentra bien! —exclamó angustiada—. ¿Podrías bajar a verle? A fin de cuentas, tienes estudios.

Iba a objetar que la química y la medicina eran dos disciplinas completamente diferentes, pero parecía tan angustiada que me limité a asentir.

Bajamos la escalera y Kate me condujo hasta el salón, donde mister Parker permanecía sentado en un sillón. Ya de lejos me di cuenta de que estaba tremendamente pálido.

—He ido a llamarle para cenar, pero no se ha podido levantar —explicó Kate en un susurro. Se detuvo junto a la puerta y yo me acerqué a él.

—¿Mister Parker? —pregunté.

Tenía la mirada perdida y la frente perlada de sudor, como si el mero hecho de estar sentado fuera un esfuerzo agotador.

—¿Le duele algo? —quise saber.

—No, yo...

Los labios le temblaban, y entonces me di cuenta de que tenía la mitad de la cara entumecida.

Aquello me recordó a uno de nuestros catedráticos, que tenía parálisis facial a resultas de un derrame cerebral. En su momento, los médicos habían logrado salvarle la vida y él incluso había podido seguir dando clases, pero el lado derecho de su cara permanecía siempre extrañamente inmóvil, confiriéndole una expresión inquietante.

—¡Necesitamos un médico, rápido! —le dije a Kate levantándome de un salto.

Ella se llevó un instante la mano a la boca y luego repuso:

—Hay uno cuatro calles más allá, el doctor Benjamin, pero tardará un poco en llegar...

—¡Llámale, por favor! —exclamé interrumpiéndola—. Tiene que venir, cueste lo que cueste.

Mister Parker dejó oír un gemido que sonó a negativa.

Kate se quedó mirando a su patrón por un instante y luego salió corriendo.

—No se moleste tanto —comenzó a murmurar mister Parker—. Yo...

El resto de la frase se convirtió en un galimatías ininteligible. Para entonces, el lado derecho de su cara estaba casi inmóvil. No había duda: se trataba de un derrame cerebral.

Al poco rato, Kate asomó a la sala de estar resollando.

—El doctor Benjamin está de camino.

—¿Lo ha oído, mister Parker? —pregunté—. La ayuda está de camino. —Le tomé la mano—. El doctor Benjamin estará con usted en un instante. Yo le cuidaré.

Los momentos que siguieron pasaron con una lentitud como nunca antes en mi vida. Contemplé preocupada a mister Parker, que empeoraba a cada instante. El corazón me latía a toda prisa. Aunque mi padre era la última persona en quien quería pensar, en ese momento lo recordé vívidamente y, aunque me había echado de casa, temí que fuera a morir.

Tuve que recordarme entonces de que se trataba de mister Parker y, a pesar de que en los últimos años no me había tomado la fe muy en serio, dirigí una plegaria al cielo en silencio.

Veinte minutos más tarde, el doctor Benjamin apareció sin aliento ante nuestra puerta. Kate lo vio antes de que él llamara al timbre, y salió corriendo a abrirle. Al poco rato entraba en la sala de estar.

Era aún un hombre bastante joven, y llevaba el pelo rubio oscuro un poco levantado; daba la impresión de que la llamada de Kate lo había pillado mientras se estaba preparando para ir a dormir. Tenía el cabello húmedo, y en las mejillas llevaba adherido un poco de espuma. A todo eso, con las prisas se había abrochado mal el abrigo.

—¿Dónde está el paciente? —preguntó tras saludar rápidamente. Me levanté y señalé a mister Parker, que a esas alturas ya estaba casi inconsciente. Unos ruidos difusos salían de sus labios y tenía helada la mano que le había estado sosteniendo. Sin embargo, aún respiraba.

Expliqué muy brevemente al doctor Benjamin cómo lo había encontrado, y entonces empezó a examinarlo.

—Deberían llamar una ambulancia para que lo lleven al hospital más cercano —dijo luego—. Me temo que ha sufrido un derrame cerebral. Por desgracia, en estos casos no puedo hacer gran cosa. En el hospital le podrán socorrer mejor.

Oí a Kate sollozando suavemente al fondo.

Sentí que me invadía la desesperación. Al parecer, el doctor Benjamin se dio cuenta porque añadió:

—Por supuesto, yo me quedaré aquí hasta que lo recojan.

—¿Usted no podría acompañarlo? —pregunté.

—De acuerdo, lo acompañaré hasta el hospital. Luego mis colegas se harán cargo de él.

Dirigí una mirada de preocupación hacia mister Parker. ¿Lo superaría? Un derrame cerebral parecía algo pavoroso.

A continuación, me di la vuelta. Kate no estaba en condiciones de llamar a nadie. Me precipité hacia el teléfono de la casa, levanté el auricular y pedí a la operadora que me pusiera en contacto con el hospital más cercano.

Cuando por fin apareció la ambulancia, sentí un gran alivio. El estado de mister Parker seguía siendo grave, pero el doctor Benjamin creía que su corazón era lo bastante fuerte como para sobrevivir también las horas siguientes.

Acompañada de Kate, que entretanto había preparado una bolsa para él, contemplé cómo lo subían a una camilla y lo metían en el vehículo. Este partió con el ruido de la sirena.

Aunque estaba segura de que la llegada de la ambulancia había atraído hacia las ventanas a todo el vecindario, por suerte no se presentó nadie en casa. Solo unos gatos se peleaban por ahí cerca. Sus maullidos estridentes resonaban de forma inquietante en medio de la noche.

—¿Qué va a ser de mí cuando él no esté? —preguntó Kate de repente entre sollozos.

Había logrado mantener la compostura todo el tiempo, pero entonces se vino abajo. La tomé entre mis brazos y noté que le temblaba todo el cuerpo.

—Estoy segura de que los médicos atenderán muy bien a mister Parker. No permitirán que muera.

—¿Y si es la voluntad de Dios?

—Estoy segura de que Dios no tiene nada que ver con esto. Mister Parker es un buen hombre. Nadie le desea ningún mal y, menos aún, la muerte.

Me habría gustado consolarla, pero lo único que me venía a la cabeza era el mal aspecto que había tenido mister Parker en los últimos meses.

Regresamos a la casa y nos sentamos en la cocina. Kate parecía muy ausente, así que decidí preparar café.

Cuando estuvo listo, me senté junto a Kate y tomé un sorbo. Aquel brebaje sabía horrible. Estaba claro que preparar café no se encontraba entre mis mejores talentos. A Kate, sin embargo, no pareció importarle. Lo fue bebiendo con la mirada clavada ante ella.

—No te preocupes —dije pasándole el brazo por el hombro—. Mister Parker estará bien. De todos modos, creo que deberíamos avisar a su hijo, ¿no te parece?

Kate asintió y se sonó la nariz con el pañuelo.

—Sí, seguramente es lo mejor.

27

En los días que siguieron apenas nos llegaron noticias sobre el estado de salud de mister Parker. El fin de semana fuimos al hospital para preguntar por él, pero, al no ser familiares, no nos dieron ninguna información ni nos permitieron verlo.

Tampoco el hijo de mister Parker asomó por casa. Cuando lo llamamos, su esposa nos respondió que no sabía nada. Estábamos en ascuas, temiendo que en cualquier momento se produjera el trágico desenlace. Kate, como yo, trataba de distraerse trabajando. Seguramente a mí me resultaba más fácil porque salía de casa y hablaba con las clientas y las compañeras.

Kate, en cambio, se quedaba entre las cuatro paredes con el recuerdo, siempre presente, del deterioro de la salud de mister Parker.

—*Hi*, Kate, ¿qué tal? —pregunté ese viernes por la tarde mientras dejaba un paquetito sobre la mesa. Algunas clientas habían anulado sus citas, y Trudy había logrado volver loco a todo el personal con sus historias de compras masivas. Así pues, me había pasado por el deli de Joe y había comprado un par de exquisiteces para compartir con Kate.

Kate no respondió. En un primer momento no me percaté, pero luego observé que tenía la mirada ausente, clavada en la pared donde colgaba el reloj de cocina.

—¿Kate? —pregunté. Se me encogió el corazón.

Entonces por fin volvió la mirada hacia mí. En sus ojos había una tristeza infinita.

—Mister Parker ha fallecido a primera hora de la tarde —dijo con tono débil—. Yo estaba allí, aunque sabía que no me dejarían pasar. Solo quería estar cerca de él..., y entonces fue cuando me lo dijeron.

Me dejé caer en la silla de cocina que había a su lado. La minúscula alegría que había sentido comprando esa comida se desvaneció al instante.

Aunque la situación no era halagüeña, había esperado que pudiera recuperarse. Los peores temores de Kate se habían hecho realidad. Y ahora ¿qué?

—Lo siento —murmuré, incapaz de decir otra cosa. Kate empezó a sollozar, y también a mí se me llenaron los ojos de lágrimas. Luego nos abrazamos y lloramos como dos hijas que hubieran perdido a su padre.

La tarde del entierro de mister Parker los nubarrones se cernían sobre la ciudad.

Logré convencer a miss Hodgson para que me diera medio día de permiso. Aunque mister Parker solo era mi casero, lo hice pasar por un amigo de la familia, y eso había convencido a miss Hodgson.

—Tendrás que recuperar esas horas —me advirtió, y me dejó salir.

Kate seguía completamente desolada. Me tomó por el brazo y mantuvo la vista clavada en sus zapatos mientras caminábamos.

Yo tampoco tenía ganas de hablar. Me embargaba la incertidumbre. Mister Parker había estado dispuesto a alojar a una inquilina, pero ¿qué pensaría al respecto su hijo? ¿Y el resto de su familia? ¿Quién heredaría la casa y tendría la última palabra? ¿Y si la familia la vendía?

Anduvimos por el cementerio de Green-Wood. Bajo el cielo gris los sepulcros antiguos tenían un aspecto desolador, y la temperatura parecía descender cada vez más. Los guijarros crujían a nuestro paso.

De repente, Kate me hizo detener.

—Mira —dijo señalando un sepulcro con apariencia de ser la versión en miniatura de un castillo de cuento de hadas. En el centro del mausoleo se elevaba la estatua de una hermosa joven que saludaba a los visitantes con una fina sonrisa, y apoyaba su mano izquierda sobre el corazón.

—Es Charlotte Canda —me explicó. De pronto, pareció olvidar el duelo por la muerte de mister Parker—. Y pensar que ese sepulcro aún sigue ahí...

—¿Por qué no debería seguir ahí? —pregunté fascinada por el curioso atractivo de aquella obra.

—Tiene que ser muy antiguo —señaló Kate—, y leí hace poco que hoy en día los cementerios están a reventar.

—Pero no derribarán un mausoleo tan hermoso, ¿verdad?

Kate no parecía escuchar.

—Mister Parker me contó una vez la historia de este sepulcro. Hace muchos años lo acompañé al funeral de un amigo. Esa pobrecita era la hija de un director de escuela. Acababa de ser presentada en sociedad y estaba prometida a un encantador noble francés. En la noche de su decimoséptimo cumpleaños, el día 3 de febrero, ella, una amiga y su padre regresaban a casa después de su fiesta de aniversario. El padre acompañó a la amiga hasta la puerta de su casa, tal y como era costumbre en la época, mientras Charlotte aguardaba en el carruaje. Como aquel día había tormenta, los caballos se asustaron y se desbocaron. Ella salió despedida del vehículo, cayó sobre el asfalto y murió en brazos de su padre.

Aquello me estremeció. Una vida tan joven, apagada el día de su cumpleaños. ¡Qué destino tan atroz!

—Poco después, entre sus pertenencias, se encontró un dibujo —siguió contando Kate—. Era un mausoleo para su tía, que había fallecido poco antes, y que representaba un castillo de cuento de hadas. El padre encargó convertirlo en el sepulcro para ella. Al parecer mide diecisiete pies de alto y diecisiete de ancho, y está adornado con diecisiete rosas. Yo las conté y es cierto. Cuanto más rato miras su tumba, más averiguas sobre Charlotte: sus mascotas, las cosas que le gustaban. Está todo ahí, conservado para la eternidad.

Kate se quedó en silencio. De lejos era imposible ver todos los detalles, pero no pude evitar admirar la perfección de la tumba. El mármol, aunque afectado por el paso del tiempo y cubierto de musgo, aún parecía brillar.

Al cabo de un rato, Kate volvió a tomar la palabra.

—No hace falta que te diga qué significa perder un hijo. Estoy segura de que sus padres estaban fuera de sí. En todo caso, su prometido fue incapaz de soportar el dolor de ese amor perdido y se suicidó al cabo de un año. Al ser un suicida no se le permitió ser enterrado en tierra sagrada, y menos aún junto a su prometida. Así pues, lo enterraron en una tierra no consagrada cerca de ella. A mister Parker le impresionaba mucho esta tragedia. Y ahora él también descansará aquí.

Se llevó el pañuelo a la cara. Le pasé el brazo por los hombros. No podíamos quedarnos ahí quietas, el funeral estaba a punto de empezar.

La historia de Charlotte Canda aún me resonaba en los oídos cuando empezó la ceremonia de inhumación de mister Parker. Yacía en un ataúd de roble macizo decorado con un arreglo de rosas blancas.

Sin duda, ahí había más de diecisiete.

Aquella muchacha había fallecido un 3 de febrero, apenas dos días antes que mister Parker. Me pregunté si a él le habría gustado ser enterrado en ese lugar. ¿Se encontraría en el cielo con Charlotte?

Intentaba imaginarme esa escena cuando Kate posó su mano en mi brazo. Entonces me di cuenta de que los sepultureros ya estaban depositando el ataúd de mister Parker en su tumba.

—Deberíamos irnos a casa —dijo ella, extrañamente serena— mientras aún sea nuestro hogar.

—¿No va a haber una recepción fúnebre? —pregunté mirando alrededor. Los familiares se habían congregado en torno a la sepultura; una mano de mujer arrojó una rosa en el hoyo oscuro.

—Sí, pero es para la familia de mister Parker —respondió Kate—. Yo solo soy una empleada insignificante. Ellos no me quieren allí.

—¿De dónde sacas eso? —pregunté—. Has trabajado muchos años para mister Parker. Es lo mínimo...

Kate negó con la cabeza.

—Conozco a mister Parker hijo. Y también al resto de la familia. No les gustan mucho los empleados que no trabajan para ellos. Ni tampoco la gente sencilla. —Reflexionó un instante y añadió—: Nos podríamos tomar un café irlandés a la salud de mister Parker. Seguro que en su mueble bar aún debe de estar una botella de whisky que recibió del extranjero, y aún me queda un poco de nata. Seguro que mister Parker hijo no notará si falta algo.

—¡Buena idea! —dije—. Yo compraré un trozo de tarta de manzana. Solo tenemos que desviarnos un poco hasta la panadería.

Kate asintió y así quedó decidido.

Al cabo de un rato estábamos sentadas tomando pastel y café irlandés, que era una bebida que no conocía. Excepto en el laboratorio, hasta entonces el alcohol no me había interesado mucho. En su tiempo, en Berlín mi padre lo consideraba algo indecoroso y ahí, en Nueva York, mi último encuentro con un cóctel de verdad había estado a punto de terminar en arresto.

Pero el café irlandés era algo muy distinto. La nata y el sabor intenso del café apenas lograban enmascarar el del whisky, pero el calor y el alcohol soltaron un poco el nudo que sentía en la cabeza. Charlotte Canda se desvaneció en una suave nebulosa, igual que el ataúd de mister Parker y el recuerdo latente de mi hijo, que siempre estaba ahí.

Kate contó algunas anécdotas de mister Parker, como la de esa ocasión en que había reñido con un policía por una botella de limonada, o aquella cuando en una fiesta un cucharón de salsa de carne había ido a parar, no de modo totalmente accidental, sobre el vestido de una pariente especialmente desagradable. Aquellas historias daban una imagen bastante diferente de mister Parker, que tenía siempre una apariencia de persona culta y leída.

—Deberías buscarte un hombre, muchacha —dijo Kate sin que viniera a cuento—. Alguien que pueda ofrecerte un techo sobre la cabeza del cual no te puedan echar.

—¿Qué hombre puede garantizar tal cosa en los tiempos que corren? —pregunté.

De pronto pensé en Darren. Curiosamente, lo recordé sentado a mi lado en ese bar clandestino, hablándome de las condiciones de trabajo de los inmigrantes. Eso debía de ser por el alcohol que cada vez se me subía más a la cabeza.

—Uno que sepa *dinvertir* en Bolsa...

También Kate parecía acusar el whisky y tener la lengua pesada.

—Invertir —la corregí.

—¡Eso mismo! —exclamó alzando el dedo en señal de advertencia—. Búscate uno que sepa de dinero.

Negué con un ademán de cabeza y me bebí lo que quedaba del café irlandés.

—Es mejor que gane lo suficiente como para permitirme tener un techo sobre la cabeza. Los hombres no son de fiar.

—¡En eso te doy la razón de nuevo! —admitió Kate—. Pero, dime, hoy en día, ¿con qué puede ganar tanto dinero una mujer? ¡Pues aquí lo tienes!

Sonreí y pensé en miss Arden y en Helena Rubinstein. No sabía lo que podía estar haciendo esa última, pero veía que la gran crisis no había hecho sucumbir a miss Arden. Si un día conseguía abrir mi propio negocio, seguramente haría mi deseo realidad. Aunque tal vez eso significara estar sola el resto de mi vida.

Por la noche, los pensamientos se me agolparon. Estaba aún muy lejos de tener mi propio negocio y mi propia casa. Aunque ganaba dinero, tenía un problema. Si al final los familiares de mister Parker vendían la casa y Kate y yo teníamos que irnos a vivir a otra parte, ¿a dónde iríamos?

A mí, claro está, me sería fácil encontrar una vivienda con mi sueldo. Pero ¿qué sería de Kate? ¿Conseguiría un nuevo trabajo en esos tiempos?

Le daba vueltas una y otra vez, y era incapaz de dar con una solución.

Finalmente, una sed intensa me arrancó de la cama. Me abrigué con la bata y bajé al piso inferior.

Ya en la escalera pude oír un sollozo apagado. Al llegar junto a la puerta de la cocina vi a Kate sentada a la mesa con la cara enterrada entre las manos. Tenía el pelo muy alborotado, y el camisón, a la altura del pecho, presentaba unas manchas húmedas. El café irlandés, que lo había teñido todo de color rosa, había dejado de hacerle efecto.

Dude sobre si dirigirme o no a ella.

—¿Estás bien? —pregunté finalmente.

—No —respondió—. Tengo mucho miedo de lo que está por venir. En estos tiempos, con esta situación económica... Nadie va a querer contratar a una asistenta.

—Eso no lo sabes —dije—. Todavía hay gente con dinero. Tenemos muchas clientas a quienes la crisis económica no les ha afectado.

En el periódico había leído que las zonas rurales del sur se habían visto mucho más afectadas porque las haciendas dependían de los préstamos de los bancos.

—Pero ninguna me necesitará. Acabaré en la calle. O en un albergue para indigentes.

—No es verdad —respondí poniéndome de cuclillas—. Tal vez mister Parker hijo necesite a alguien que cuide de la casa.

—En ese caso, seguramente enviará a su propio mayordomo.

Que mister Parker hijo tuviera mayordomo y que en cambio no pudiera permitirse pagar a la empleada de su padre me irritó un poco. Pero en ese momento no servía de nada.

—Veré lo que puedo hacer. No te abandonaré, Kate.

Kate se sorbió los mocos y luego asintió.

—Eres una buena chica. Gracias por intentarlo.

—No pienso intentarlo —respondí animada por una repentina determinación—. ¡Pienso conseguirlo!

28

A la mañana siguiente llegué al salón de belleza extenuada y con una gran sensación de pesadez en piernas y brazos. Tenía muy presente la advertencia de miss Hodgson en el sentido de que iba a tener que recuperar la ausencia del día anterior, pero ni con la mejor de las voluntades sabía dónde hallaría fuerzas para hacerlo.

Al verme, Helen me hizo un gesto para que me acercara. Tenía un mensaje de miss Arden.

—Ha llamado hace unos minutos y me ha dicho que debes ir a verla. Sin demora.

Estuve a punto de decir que habría podido llamarme a casa y así me habría ahorrado el camino hasta ahí.

—¿Podrías cancelar las sesiones con las primeras clientas, por favor? —le pedí en su lugar—. Estaré de vuelta lo antes posible.

Sabía que algunas señoras se enojarían, más cuando ya había tenido que posponer algunas citas a causa del funeral. Sin embargo, cuando la jefa llamaba, era mejor no hacerla esperar.

Durante el trayecto en metro, me pregunte por qué miss Arden me había convocado en su oficina. Que me despidiera a esas alturas, después de tanto tiempo desde el incidente en The Gables, no era impensable, pero algo me decía que se trataba de otra cosa.

Al cabo de media hora atravesaba la puerta roja y entraba en el ascensor. El ascensorista me dirigió una sonrisa amistosa e instantes después me encontré aguardando en la antesala del despacho de miss Arden.

El teléfono sonó y la secretaria me pidió que aguardara un momento. Tomé asiento en una de las sillas presa de una gran inquietud.

—Miss Arden la recibirá enseguida —me anunció por fin la secretaria tras colgar el auricular del teléfono.

Me puse en pie. Ante la puerta oí una voz de hombre. ¿Estaba presente alguien más?

—Miss Krohn, pase y cierre la puerta —me dijo miss Arden en cuanto me vio.

Cerré la puerta tras de mí y dirigí al instante la mirada hacia un hombre vestido de forma muy elegante que acababa de levantarse de una de las butacas de cuero. Tenía cuarenta años bien cumplidos. Y aunque la edad había empezado a dejar huella en sus rasgos, resultaba muy atractivo con sus cejas oscuras y el cabello negro. Tenía la nariz larga y estrecha, y los labios un poco gruesos. Habría quedado muy bien en un anuncio de productos de belleza masculina.

Miss Arden llevaba el pelo suavemente ondulado, y el traje sastre gris que vestía le quedaba excepcionalmente bien con la blusa blanca. También se levantó.

—Miss Krohn, ¿me permite que les presente? Este es Henry Sell, director del departamento de publicidad.

Aquel hombre tan apuesto se acercó a mí, me tomó la mano y me la besó con un gesto fugaz.

—Me alegro de conocerla, miss Krohn.

—Igualmente —respondí un poco confusa. ¿A qué venía la presencia del director del departamento de publicidad de miss Arden?

—Por favor, siéntese —dijo miss Arden, señalando la butaca ante ella—. Tengo una noticia maravillosa para usted. —Dirigió al hombre una mirada casi enamorada—. Mejor dicho, tenemos.

Al instante los pensamientos se arremolinaron en mi cabeza. ¿Qué significaba todo aquello?

—Hace tiempo usted me preguntó si podría colocarla fuera de Nueva York.

Enarqué las cejas. Mi mente necesitó un momento, pero entonces... ¿Era posible? ¿Me iba a enviar a París? Hacía mucho tiempo que no hablábamos de ello, pero quizá miss Arden había tomado nota de lo que le había dicho en la entrevista de presentación.

El corazón me empezó a latir con fuerza, esperanzado.

—Mister Sell y yo hemos estado hablando sobre mis establos de Maine. ¿Se acuerda? ¿Esa preciosa finca que vimos las dos?

Me sonrojé. Por supuesto que me acordaba.

—Sus palabras no estaban, en absoluto, desencaminadas. —Ella sacó a relucir justo lo que yo confiaba que nunca volvería a mencionar—. Pero no quiero adelantarme. —Se volvió hacia aquel hombre atractivo—. Henry, ¿por qué no le habla de su conocido en Lake Placid?

Mister Sell sonrió y me dijo:

—Como seguramente usted no lo conoce, no le revelaré su nombre. Solo le diré que tuvo la ocurrencia de convertir su casa en un club para caballeros. Uno con todo lo necesario: billar, polo, tiro al pichón... Al principio todo el mundo le tomó por un loco, pero ahora ese lugar está empezando a darle beneficios. El número de visitantes ha crecido de un modo enorme.

Me sonrió, pero yo no entendía a dónde quería llegar. ¿Qué tenía que ver un club de caballeros conmigo?

Entonces se me ocurrió.

—¿Acaso quiere usted inaugurar un salón de belleza masculina en esa casa? —pregunté con cautela—. ¿Necesita productos para ello?

Hasta donde yo sabía, miss Arden no tenía productos de belleza masculina en su catálogo. Aunque no estaba familiarizada con ellos, recordaba los productos que mi padre ofrecía en su negocio de droguería: ¡las lociones de afeitado, los tratamientos capilares, la gomina y la cera para el bigote no serían ningún problema!

Miss Arden se echó a reír.

—No, querida, es algo mucho mejor —dijo devolviéndome a la realidad—. Voy a abrir un club en Maine Chance.

—¿En Maine Chance? —pregunté, estupefacta. Tenía la mente aún en París, pero estaba claro que aquel no había sido el motivo por el que miss Arden me había llamado.

—Así es como se llama ahora The Gables. Mi marido propuso ese nombre, tiene un toque de esperanza.

—Entonces, ¿va usted a crear un club de caballeros allí?

Percibí muy claramente que estaba entrando en un terreno peligroso.

—¡No, claro que no! —repuso ella—. ¡Lo que quiero es abrir un club de señoras! ¡Un santuario de la belleza! Cuando oí esa historia, fue como si se me cayera una venda de los ojos. Igual que en ese club de caballeros, en el nuestro ofreceremos también actividades, aunque en los temas que conocemos: cosmética, deporte, moda... ¡Las posibilidades son infinitas! Con esto superaremos con creces a Rubinstein Inc.

Un santuario de la belleza. En su momento, cuando había propuesto acoger allí un hotel o un salón, ella se había enfadado.

—¡Y usted se encargará de construir ese santuario de la belleza para mí! —prosiguió antes de que yo pudiera objetar algo.

—¿Cómo dice? —pregunté horrorizada.

Así pues, no sería París. En vez de enviarme allí, me trasladaba a Maine. La decepción me embargó, pero procuré disimularla lo mejor que pude.

—Ha aprendido mucho de miss Hodgson, ¿verdad? —preguntó miss Arden con tono animado—. Estoy convencida de que a estas alturas usted ya sabe cómo dirigir un buen salón de belleza.

Por el momento no hay ninguna tarea especial de la que tenga que ocuparse. Actualmente estoy tratando acerca de la remodelación con una arquitecta. Sin embargo, necesito a alguien al frente, alguien que supervise la obra y luego cree el ambiente de acuerdo con mis deseos. Usted me parece ideal para esta tarea.

—Pero yo solo soy una química —respondí—. Y esteticista.

—Y demasiado modesta —replicó—. Me han dicho que tiene talento y que le gusta el trabajo. Para la tarea que quiero encargarle necesito precisamente esto. Una persona con entusiasmo en el proyecto y con capacidad para plasmar mis deseos.

Ya había oído decir que miss Arden tendía a contratar personas que no tenían nada que ver con el sector de la cosmética. Así, se decía que entre los publicistas había presentadores de radio y antiguos reporteros y, si había que hacer caso de lo que Helen afirmaba, en sus fábricas trabajaban incluso príncipes rusos.

Y ahora me había tocado a mí. Una química encargada de crear un club de señoras.

No pude evitar pensar en miss Marbury cuando había afirmado que miss Arden sabía apreciar a las mujeres capaces. ¿Acaso ella la había convencido de que yo era la persona adecuada? ¿O su única intención era mantenerme lo más lejos posible de madame?

Miss Arden me miró.

—Y bien, ¿quiere usted este trabajo?

Le devolví la mirada y luego observé a mister Sell, al cual parecía darle lo mismo si yo aceptaba o no. Él había tenido una idea maravillosa, y miss Arden le estaba agradecida por ello.

Pero ¿qué hacer? Si me iba a Maine, mi objetivo de ser trasladada a París quedaría pospuesto por un buen tiempo. Por otra parte, si lo aceptaba, seguramente en algún momento ella acabaría concediéndome mi deseo.

Pero «seguramente» no era una certeza. Tal vez ella nunca me enviaría a Europa. Y tal vez entonces mi hijo se iría haciendo cada vez más mayor, y yo nunca daría con él.

—No parece muy contenta —comentó miss Arden sorprendida al verme vacilar.

—Yo... —Cada vez me resultaba más difícil ocultar mi decepción. La cabeza me decía que se me estaba presentando una oportunidad maravillosa. Crear un club como aquel era un desafío al que quería enfrentarme. Sin embargo, por dentro lamentaba que eso me distanciara aún más de mi auténtico objetivo.

—Si cumple con su cometido a mi satisfacción, la nombraré directora del establecimiento. Será la envidia de todas mis colaboradoras.

Posiblemente estaba en lo cierto, pero ninguna de ellas tenía que ir a París para encontrar a su hijo.

Debatí un rato conmigo misma, aunque era consciente de que no me podía permitir mucho tiempo. Miss Arden aguardaba una respuesta. Darle largas la enfurecería. Podía encargar esa tarea a otra persona y dejar de tenerme en cuenta en la próxima ocasión.

—¿Qué la preocupa? —quiso saber—. ¿Le parece que es una tarea que le viene demasiado grande?

—¡No! —respondí—. Es solo que... me había hecho ilusiones... de que me enviaría a París. Alguna vez.

Me sonrojé.

Miss Arden se me quedó mirando y luego soltó una carcajada.

—Pero, querida, ¿qué se le ha perdido ahí? ¡El futuro está aquí! ¡Le estoy haciendo una oferta que no tendrá en ningún otro sitio! París es, desde luego, una ciudad hermosa, pero ¡somos nosotros los que marcamos el ritmo del progreso! Por otra parte, allí no necesito a nadie. ¡A usted la necesito aquí! Entonces, ¿qué me dice?

Sentí un gran sofoco y noté el sudor en la frente. Mi decepción iba en aumento y se me hizo un nudo en la garganta.

—Sí —me oí decir mientras notaba cómo algo en mí se estaba rompiendo—. Acepto.

Miss Arden sonrió.

—¿Lo ves, Henry? —comentó dirigiéndose a mister Sell sin apartar la mirada de mí—. Te dije que es una chica lista. No sabes lo feliz que me hace haber logrado arrebatársela a esa vieja bruja.

Madame. Posiblemente nunca me acostumbraría a que ninguna de ambas fuera capaz de referirse con respeto a su rival delante de sus empleados. Por otra parte, me irritaba un poco que me tratara como si fuera una niña. Ella no me había arrebatado a nadie, era yo quien había acudido a ella porque no me había quedado otra opción. Sin embargo, sin duda eso a mister Sell le traía sin cuidado, igual que el motivo por el que yo quería ir a París.

—Bien, miss Krohn —concluyó miss Arden—. Tiene usted dos semanas para distribuir a sus clientas entre sus compañeras, así como para rescindir su contrato de alquiler. Le pagaré ocho mil dólares al año y tras la apertura del centro le daré la oportunidad de permanecer ahí como empleada fija. Eso, siempre y cuando haga bien su trabajo, pero es algo que doy por hecho.

¡Ocho mil dólares! ¡En esos tiempos! Sabía que la crisis económica no había afectado a la empresa de miss Arden, pero viendo cómo en la ciudad cada vez cerraban más tiendas y que el número de mendigos aumentaba de manera continua, una suma así me resultaba casi embarazosa.

—Además, tengo que pedirle una cosa..., mejor dicho, imponerle una cláusula que voy a incluir en su nuevo contrato.

Recordaba muy bien aún la cláusula matrimonial de madame. ¿Sería algo parecido? Me preparé para oír cualquier cosa.

—Va usted a guardar silencio sobre todo cuanto ocurra en Maine Chance. Tampoco le dirá a nadie el objetivo de su actividad. A lo sumo, podrá informar a sus conocidos acerca de su cambio de residencia. Solo podrá hablar del club a personas no autorizadas si cuenta con mi permiso personal.

Asentí con la cabeza. Guardar silencio no me resultaba difícil.

Lo que me costaba era ser consciente de mi suerte.

—Bien, pues estamos de acuerdo. En dos semanas partirá hacia Maine Chance. —Miss Arden se levantó y me tendió la mano—. Espero grandes cosas de usted, miss Krohn.

Aunque se me había presentado una gran oportunidad, no lograba alegrarme por completo. Mi destino era París y encontrar a mi hijo. En cambio, ahora tenía que trasladarme a Maine y durante un tiempo no podría marcharme de allí. Me preguntaba si había hecho lo correcto. Aún podía echarme atrás y no firmar el contrato. Pero ¿qué pasaría entonces? Tal y como miss Arden decía: ella no necesitaba a nadie en París. Y por el modo en que lo había dicho, esa situación no iba a cambiar.

Por otra parte, si aceptaba al menos no tendría que estar preguntándome cuánto tiempo podría permanecer en casa de mister Parker. No tendría que temer por lo que mister Parker hijo fuera a hacer con el edificio. Encontraría un nuevo sitio donde vivir. Y se me había encomendado una nueva tarea que tal vez me acabaría permitiendo marchar a París en algún momento.

¡Si por lo menos tuviera noticias de monsieur Martin!

Al entrar en casa, abrí el buzón, para encontrarlo vacío como de costumbre. Suspiré con fuerza y volví a cerrar la puerta.

—¿Eres tú, Sophia? —preguntó Kate desde la cocina. Aunque tras la muerte de mister Parker podría estar en cualquier sitio de la casa, prefería estar en la cocina, como si aquel fuera su territorio.

—Sí, soy yo —respondí. Crucé la puerta y me la encontré sentada a la mesa, con una funda de cojín delante, que estaba ya un poco desgastada.

—Por fin tengo tiempo de remendarla —explicó ante mi mirada atónita—. No hay mucho más que hacer. ¡Ah, sí! He cortado el jamón del sótano. Si no nos lo comemos, se estropeará, así que he pensado en tomarme esa libertad.

—A mister Parker hijo no le importará —repuse—. Eso si alguna vez aparece por aquí y no se olvida de esta casa.

—Tranquila, aparecerá. Solo tiene que pensar qué hacer con ella. —Suspiró con fuerza y dejó la aguja a un lado—. Por lo menos no podrá decir que yo vivía de gorra sin hacer nada. Cuando venda la casa, todo estará en orden en lo que a mí concierne.

—Debería pagarte por ello —señalé—. Ahora mismo estás trabajando a cambio de comida y alojamiento. Aunque actualmente la comida escasee.

—Mister Parker aún guardaba un poco de dinero para los gastos de casa en la cafetera —dijo Kate—. De todos modos, no durará para siempre, y estaría bien volver a cobrar un sueldo. Pero no hablemos de mí. —Se esforzó por sonreír, y luego me miró atentamente—. ¿Qué te ocurre? Pareces triste.

Me dejé caer en la silla de la cocina. Me notaba todo el cuerpo pesado.

—Hoy miss Arden me ha llamado a su despacho. Me ha ofrecido crear un club de señoras en Maine.

—¿Un club de señoras? —preguntó Kate con asombro—. ¿Y qué es eso? ¿Un lugar donde las mujeres fuman puros y juegan?

—Algo parecido. —Sonreí, me gustaba la imagen de unas mujeres vestidas con trajes de hombre fumando puros ante una mesa de billar—. Será un lugar donde las mujeres puedan relajarse después de un periodo de trabajo duro.

—Eso sería justo lo que me conviene —dijo Kate con una carcajada.

—¿Por qué no? —repuse. No le aclaré que miss Arden estaba pensando en mujeres acomodadas, señoras que no necesitaban mirar el céntimo—. Le he preguntado por qué me quiere a mí para eso porque yo solo soy una química, pero ella dice que soy la persona adecuada.

—¡Suena maravilloso! ¿Por qué pones esa cara?

—Porque esperaba algo diferente. Pensé que me enviaría a Europa, a París.

—¿Por tu hijo?

Asentí con la cabeza.

—Sí. Pensé que trabajando para ella en algún momento me pasaría a la filial europea. En cambio, ahora me envía a Maine.

Kate me posó la mano en el brazo.

—¿Le has dicho por qué quieres ir allí?

Negué con la cabeza.

—No, yo... no quiero que lo sepa. Además, ha dicho también que no necesita a nadie en París.

—Bueno, entonces lo mejor es aprovecharlo, *honey* —repuso Kate—. Después de todo lo que has pasado, te mereces un trabajo mejor que ese salón de belleza. Aunque tampoco sea exactamente lo que querías.

—El cargo me hace ilusión. Pero en el fondo siento remordimientos. Tengo la sensación de estar decepcionando a mi hijo continuamente.

—¿Has recibido alguna noticia de París? —preguntó.

—No. No ha habido nada más desde la última carta.

—¿Y crees que tu presencia en París haría que el detective diera antes con tu hijo?

Fruncí los labios. Me habría gustado creerlo, pero, bien pensado, ¿qué podría hacer? ¿Cómo le podría ayudar?

Kate tendió la mano hacia mí y me colocó un mechón de pelo detrás de la oreja.

—Sé que es difícil. Pero tal vez lo mejor es que vayas a Maine y asumas una nueva tarea. Si ese detective localiza a tu hijo, ya regresarás a Europa. Pero me temo que ahora mismo allí no serías de gran ayuda. —Hizo una pausa, miró la funda de cojín que tenía delante y añadió—: De todos modos, me alegro de que te hayan ofrecido una oportunidad así. Todo lo demás ya se andará.

—Gracias —dije, y entonces me sentí abrumada por otro motivo. Yo acababa de recibir una oferta magnífica, pero Kate tenía motivos de preocupación. Me vería obligada a dejarla allí, a merced de mister Parker hijo.

De pronto tuve la sensación de llevar a cuestas otra enorme piedra. Sabía muy bien lo que era sentirse abandonado.

—¿Y si vienes conmigo? —pregunté—. A Maine. La casa es enorme, y miss Arden va a necesitar personal de servicio. Si no es así, tal vez yo sí podría necesitar una asistenta para mí.

—¿Quieres contratarme? —preguntó Kate con incredulidad. Luego sacudió la cabeza con una risa—. ¿Con tu escaso salario?

—Mi sueldo no es escaso —repliqué—. Es mucho más de lo que nunca he tenido.

Kate asintió y se quedó pensando un rato.

—Es muy amable por tu parte —dijo—. Pero me temo que el clima fresco de ahí arriba no me sentaría bien. Además, he pasado la mayor parte de mi vida aquí. No me veo viviendo en el campo.

—Kate —insistí, tomándola de la mano.

Ella sonrió.

—Tranquila. Tú has encontrado tu sitio, y estoy segura de que yo encontraré el mío. Aunque el mundo ahora mismo se haya vuelto loco, lo conseguiré.

29

Tras varias noches inquieta, logré asimilar mi nueva tarea y asumir también la idea de que no iría pronto a París. El hecho de no poder buscar a Louis en persona me carcomía la conciencia y me entristecía, pero Kate tenía razón. En esa búsqueda yo no sería de ninguna ayuda para monsieur Martin. Y además seguía sin saber si Louis realmente estaba vivo.

Kate, en cambio, me tenía muy preocupada. ¿Qué sería de ella cuando yo no estuviera? ¿Cómo la podía ayudar? Cuando disponía de algo de tiempo, buscaba anuncios en las revistas del salón.

Cuando se hizo público mi ascenso, me convertí en el foco de atención del salón de miss Hodgson. Sin revelar a mis compañeras en qué consistía exactamente, tuve que decirles que me habían encargado una nueva tarea que me obligaba a mudarme a Maine, a la impresionante finca con mansión que miss Arden había comprado el año pasado.

—¿Así que ahora vas a ser mozo de cuadra? —preguntó Gladys con cierto rencor, pero pasé por alto su comentario con una sonrisa.

—No se trata de caballos —repuse—. A menos que consideres a nuestras clientas como yeguas.

—Bueno, en el caso de miss Ross yo no estaría tan segura —dijo Jenna entre las risas de las demás. Tampoco yo pude contener la sonrisa maliciosa pues ciertamente miss Ross estaba dotada de una dentadura que parecía una burla de la naturaleza.

Disfruté de la atención que me prestaron esos días, y no me hizo falta persuadir a la mayoría de las chicas para que aceptaran a mis clientas.

Miss Hodgson, en cambio, parecía un poco contrariada. Aunque sabía que miss Arden no le había comunicado la verdadera razón de mi traslado, ella parecía intuirlo y se sentía dejada de lado.

Con todo, mi ilusión por Maine Chance quedaba un poco empañada por la incertidumbre en cuanto a Kate. Aunque ella hacía de tripas corazón, saltaba a la vista que estaba muy preocupada. Por la calle deambulaban mujeres con carteles ofreciéndose para trabajar. No quería que Kate acabara así.

Pero ¿qué podía hacer por ella? No conocía a nadie lo bastante acomodado como para permitirse una asistenta doméstica. Mis clientas gastaban dinero en el salón de miss Arden, pero yo sabía que lo sacaban de otras cosas. La apariencia era más importante que nunca para no mostrar ante los vecinos el grado de penuria.

Ese día por la tarde surgió una oportunidad para hacer algo por Kate. Miré la hora. Miss Arden pasaba muchas horas en su oficina. En cuanto yo estuviera en Maine solo podría hablarle en persona cuando viniera de visita. El teléfono no bastaba para lo que me había propuesto. Así pues, decidí acudir a ella, aun a riesgo de que no me recibiera o no estuviera en el edificio.

Tomé el metro y fui hasta Manhattan.

La recepcionista me miró desconcertada cuando le comuniqué mi intención.

—Es importante —insistí.

—Ahora mismo miss Arden está reunida. Va a tener que esperar.

—No importa —respondí—. Dispongo de tiempo.

En cuanto llegué al piso superior, entré en la antesala.

—Ya sé que miss Arden está reunida —empecé a decir para evitar que la secretaria me lo repitiera—. Esperaré. Es un asunto importante que deseo tratar con ella antes de partir hacia Maine.

La secretaria, que me había reconocido, asintió.

—Siéntese frente a la sala de reuniones —dijo indicándome dónde se encontraba.

Con el máximo sigilo de que fui capaz, crucé la alfombra y me senté en uno de los asientos con la esperanza de que la puerta no tardara mucho en abrirse cuando, de pronto, oí un golpe, como si alguien hubiera dejado caer un jarrón.

Miré a mi alrededor, pero no había ni rastro de la secretaria ni de ninguna otra persona.

También en la sala de reuniones reinaba un silencio extraño. Sin embargo, al instante siguiente se oyeron unas voces. Me levanté al momento, por si tal vez alguien necesitaba de mi ayuda. ¿Y si había ocurrido algún percance?

Sin embargo, cuando apenas había puesto un pie en el pasillo, me di cuenta de que mi ayuda sería cualquier cosa menos bienvenida.

—¡Qué te has creído! —bramaba una voz que tenía que ser la de miss Arden, aunque nunca la había oído gritar de un modo tan fuerte y estridente—. Desde el principio te dije que era mi empresa. ¡Mi empresa! ¡No la tuya!

—¡Pero soy tu marido! —La réplica tenía un tono rabioso. Mister Jenkins había levantado la voz. A menudo lo había oído reír a carcajadas, pero nunca dando gritos. Él siguió con su diatriba—: Estás en deuda conmigo. ¿Dónde crees que estarías si yo no hubiera creado todo esto para ti?

—¡Tú no has construido nada de nada, solo eres un empleado! —le espetó miss Arden.

Me sentí incómoda oyendo eso. Aunque no me concernía, agaché la cabeza. Me acordé de cuando mi padre me había echado de casa. ¿Echaría miss Arden a Thomas Jenkins también?

Finalmente salí de mi parálisis y volví a sentarme en mi sitio. La confusión se apoderó de mí.

No tuve que esperar mucho hasta oír una puerta que, sin embargo, no era la de la sala de reuniones. En el pasillo se oyó el estrépito de una puerta al abrirse y, a continuación, un portazo. Luego me llegó el ruido de unos pasos, unas pisadas enérgicas que se dirigían hacia mí.

En el instante en que asomó mister Jenkins lamenté estar ahí sentada. Pero la secretaria me lo había indicado...

Primero pensé que él no repararía en mí, pero entonces se detuvo.

—Miss Krohn, ¿qué la trae por aquí?

—Yo... —De repente me noté la garganta seca. Tenía la sensación de haber sido sorprendida y me sonrojé—. Quería ver a miss Arden, yo... necesito preguntarle algo.

Mister Jenkins me miró con los ojos aún brillantes de rabia. Seguramente no había sido buena idea mencionar a su esposa. Aun así, asintió.

—Bueno. Ella..., creo que volverá en un momento.

La voz le temblaba, como si controlarla le resultara un esfuerzo.

—Muchas gracias, mister Jenkins —dije. Se despidió de mí con un asentimiento contenido, y luego se encaminó hacia la salida a grandes zancadas.

Al poco rato, se volvieron a oír unos pasos y mi cuerpo se volvió a tensar. En esa ocasión, no esperé a que asomara miss Arden ni cualquier otra persona. Me levanté y de ese modo di la impresión de que acababa de llegar.

Acto seguido me encontré cara a cara con miss Arden.

—¿Miss Krohn? —preguntó asombrada—. ¿A qué debo el placer?

La voz no le temblaba, ni su aspecto dejaba entrever ningún indicio de la riña anterior. Su traje chaqueta de color gris oscuro, que tenía un corte muy favorecedor, le sentaba como un guante, y llevaba su cabello rizado pelirrojo perfectamente peinado.

—Miss Arden, disculpe que haya venido sin avisar —empecé diciendo—. ¿Tiene un momento? Me gustaría pedirle un favor y no sé a quién más puedo recurrir.

Miss Arden asintió.

—Acompáñeme a mi despacho.

Empezó a andar delante de mí con pasos rápidos, como un general que hubiera acabado de ganar una batalla importante.

Al llegar al despacho abrió una ventana. Se oían bocinazos de la calle, pero eso no parecía molestarle.

—Usted dirá —dijo mientras señalaba la silla de delante de su escritorio. Luego se pasó la mano por el pelo, aunque no llevaba los rizos despeinados. Más bien me dio la impresión de querer aplacar su agitación interna con ese gesto.

Le di las gracias y tomé asiento.

—Tengo una conocida que está a punto de caer en la miseria.

—¿Acaso no tenemos todos alguna persona así en los tiempos que corren? —preguntó miss Arden y luego añadió en tono cáustico—: Lo único bueno de la quiebra de Lehman Brothers es que conseguirán arruinar también el antiguo negocio de mistress Titus. Eso si es que sigue siéndolo.

Reprimí un suspiro frustrado. ¿Cómo podía ser así? Era evidente que también tenía problemas con su esposo. Regocijarse con el sufrimiento de otros no podía sino atraer más sufrimiento hacia uno mismo.

—Bien, ¿de quién se trata? —preguntó entonces—. ¿Una compañera de esa fábrica?

Negué con la cabeza.

—Es la antigua asistenta de mi casero difunto—le expliqué—. Al parecer, pronto vamos a tener que desalojar la casa. En mi caso, eso no será tan trágico ya que, gracias a su generosa oferta, ya dispongo de alojamiento. —Observé por su expresión que mis palabras le habían gustado—. Me preguntaba si quizá usted no la podría emplear para su servicio. Es muy trabajadora y concienzuda, y...

Miss Arden alzó una mano.

—Tengo suficiente personal, personas en las que confío. No me cabe duda de que su amiga es una gran persona, pero yo no la conozco.

—Yo respondo por ella —dije—. La verdad es que no la perjudicaría en nada.

Miss Arden me miró con recelo. Luego negó con la cabeza.

—La respuesta es no.

—Pero...

—Pero —repitió ella con énfasis haciéndome callar—. Le preguntaré a Bessie. En su círculo de amistades siempre hay mujeres que necesitan buenas empleadas. En estos tiempos, no es problema encontrar a alguien, la cuestión es que no todo el mundo tiene la discreción necesaria.

—Eso sería muy amable por su parte —repuse. Preguntarle a Elisabeth Marbury era mejor que nada. Ella tenía muchos contactos. Y si miss Arden hablaba bien de Kate...

—Pero no le prometo nada —añadió de inmediato.

—Solo por eso me siento eternamente agradecida con usted —dije.

Miss Arden se me quedó mirando un momento y luego asintió; supe que había llegado el momento de dejarla a solas.

—Gracias de nuevo, miss Arden.

Me levanté, y cuando ya me disponía a marcharme dijo:

—Que tenga un buen viaje hasta Maine Chance. Este proyecto será el más importante que aborde en un futuro próximo. No lo estropee.

—No lo haré, miss Arden.

Dicho eso, me giré y abandoné su despacho.

30

Los días fueron pasando, y mi partida a Maine estaba cada vez más cerca. Después del trabajo dedicaba el tiempo a ordenar mis pertenencias. Al hacerlo, di con mi maletín de química que estaba cubierto de polvo. En los meses anteriores apenas había pensado en que hubo un tiempo en que había querido hacer cremas por mí misma. Había estado tan ocupada en el local de miss Hodgson que ni siquiera había tenido ocasión de echar de menos el trabajo de laboratorio.

¿Alguna vez volvería a utilizarlo? ¿Quizá para abrir mi propio negocio?

La llamada del timbre en la puerta me sacó de mi ensimismamiento. Kate había salido a visitar a una conocida del barrio. Como no había nadie más en casa, bajé corriendo a la planta inferior.

—¡Un momento, por favor! —grité dirigiéndome a la puerta. Al poco rato, tenía delante la cara de un cartero.

—¿Sí, qué desea? —pregunté.

—Al hacer mi ronda he olvidado entregar esto aquí —contestó—. Discúlpeme.

Me dio un sobre.

Me bastó con un vistazo rápido para ver que venía de Francia y que era para mí.

—¡Gracias! —dije, a lo que el hombre uniformado respondió con un saludo llevándose los dedos a la gorra.

Cerré la puerta y me quedé mirando el sobre escrito. Venía de París. Al leer el remitente respiré aliviada. Todo indicaba que monsieur Martin no había sufrido ningún daño. Me llevé la carta a mi habitación y rasgué el sobre.

> Chère *mademoiselle Krohn:*
> *Le ruego que me disculpe por no haberle escrito durante tanto tiempo. En las semanas anteriores he recibido unos cuantos avisos. No, no se preocupe, no ha sido Jouelle quien ha intentado pararme los pies; a estas alturas estoy convencido de que él no tiene nada que ver con sus pesquisas.*
>
> *Como puede figurarse, alguien como yo toca muchas teclas y al pulsar alguna hay gente que... se siente incomodada. Cuando husmeas hay que contar con pisar algunos callos, eso va con mi oficio. Con todo, el asunto ya ha concluido, los moratones han desaparecido y las heridas han cicatrizado. Ya puedo volver a trabajar.*

Me senté. ¿Moratones? ¿Heridas? Se me revolvió el estómago con solo pensar lo que le podría haber ocurrido. Apreté los ojos y procuré reprimir mi malestar. De nuevo, el temor por mi hijo aumentó, y la sensación de impotencia me resultó casi abrumadora. Corrí a la ventana y la abrí. El aire fresco del atardecer me tranquilizó un poco y seguí leyendo.

> *A causa de este pequeño incidente, no fue hasta hace muy poco que pude emprender la búsqueda de madame DuBois o, mejor dicho, madame Herver, que es como ahora se hace llamar.*

En efecto, fue comadrona en París, en el hospital Lariboisière. Es muy posible que también supiera alguna cosa, el problema es que ya no podrá compartirlo con nadie. En su casa solo me encontré a su esposo, que me informó entre lágrimas de que su mujer se había quitado la vida hacía unos días. Se ahorcó en el granero sin dejar una nota de suicidio. Según me contó él, en las últimas semanas se había mostrado bastante melancólica, y todo a su alrededor parecía envuelto en un velo negro. Al final ni siquiera había querido comer.

Cómo no, le pregunté si había contado algo, si había escrito alguna carta. Pero el hombre lo negó. Nunca había observado nada en ese sentido.

«Posiblemente —dijo— le partió el corazón no poder seguir trabajando en el hospital. Cuando luego supo que no podía concebir hijos, su alma acabó de trastornarse».

En honor a la verdad debo decir que no me lo creo. Conozco varias mujeres que no pueden tener hijos, pero ninguna se habría quitado la vida por eso. ¿Demuestra esto su culpabilidad? ¿El verdadero desencadenante de su muerte fue su desesperación por haber actuado mal? Soy incapaz de afirmarlo y, por desgracia, nunca lo sabremos.

Siento no poder darle mejores noticias. La muerte de Aline DuBois ha desbaratado mis planes. Sin embargo, después de todo lo ocurrido este año, no me pilla por sorpresa. Tal vez los próximos meses me traigan más pistas o, por lo menos, una idea.

Me despido hasta la próxima. La escribiré en cuanto sepa por dónde empezar de nuevo. Si en el plazo de seis meses no lo consigo, le devolveré el dinero.

Suyo afectísimo,
Luc Martin

Bajé los brazos. La carta revoloteó hasta el suelo, pero no me molesté en recogerla. Sentía los brazos demasiado débiles y el corazón, que antes había latido con ansia, demasiado abrumado.

Me senté sin fuerzas en la cama y contemplé por las celosías entreabiertas de mi ventana las luces de las viviendas de enfrente. De vez en cuando las atravesaba una sombra; gente viviendo su propia vida, enfrentada a sus propios problemas. Seguramente, también ellos llevaban su propia cruz. Sin embargo, por un instante deseé encontrarme en su sitio.

Aline DuBois había muerto, su vida segada por su propia mano.

Monsieur Martin se resistía a culparla de algo. Sin embargo, ¿por dónde quería seguir ahora? Sin duda, si volvía a aparecer por el hospital con preguntas desagradables, le denunciarían. Aunque eso no dejaba en buen lugar a la gente de allí, tampoco era indicio de nada. Y sin pruebas no se podía adoptar ninguna otra medida.

Por fin, cuando las luces del otro lado de la calle se apagaron, me levanté y me dirigí al escritorio. En ese instante, el dinero me traía sin cuidado. Quería hacer algo, y a la vez no sabía qué.

Se me ocurrió escribirle una carta a monsieur Martin. Hasta entonces no había respondido a ninguna de sus cartas.

No tenía ningún sentido motivarlo ahora que el rastro se había enfriado. Pero tal vez se alegraría si le expresaba mi aprecio por su labor. Si le agradecía que arriesgara su integridad física por mi hijo. Por otra parte, me acongojaba ver cómo encontrar a mi pequeño tenía visos de ir a demorarse aún más en el tiempo.

Saqué papel de carta y me puse a escribir.

Estimado monsieur Martin:
Muchas gracias por las cartas en las que me informa sobre el estado de sus pesquisas. Me preocupó mucho el escrito en que me informaba sobre sus heridas. Espero que se haya repuesto y goce por fin de buena

salud. Por favor, cuídese, no deseo de ningún modo que usted salga malparado. Aunque es muy importante para mí saber el destino de mi hijo, e incluso tal vez encontrarle, no querría basar esa felicidad en el padecimiento de otra persona.

Me ha entristecido mucho saber que madame DuBois se quitó la vida. La recuerdo como una mujer amable. Estuvo conmigo durante todo el parto. Jamás tuve la sensación de que estuviera abrumada, aunque apenas la conocía. Voy a tener que pensar durante un tiempo en el significado de su muerte. ¿Culpabilidad o inocencia? Quizá el tiempo nos lo dirá.

Si cree que no es capaz de seguir investigando, no me lo tomaré a mal. No tengo intención de abandonar, pero no sé cómo continuar esta búsqueda. Tal vez usted sea capaz de ver el modo. Estoy más que dispuesta a seguir pagando sus servicios hasta que usted llegue a un punto en que ya no sea posible seguir. ¿Puede que haya llegado ese momento? Hágamelo saber. Ciertamente me gustaría mucho averiguar lo ocurrido, sería algo que me daría paz. Pero ¿y si ha llegado la hora de dejarlo?

Solté el portaplumas. Acababa de escribir que no quería rendirme; sin embargo, todas las frases a continuación sugerían lo contrario. ¿No sería más sensato olvidar el asunto? Tal vez la carta en que se me comunicaba que Louis seguía con vida era, en realidad, solo el producto de una mente confusa.

Henny me vino a la cabeza. Aunque todo mi ser se resistía a creerlo, no era posible saber lo que el opio podía llevar a hacer a una persona.

Terminé la carta y la dejé sobre el escritorio. Por la mañana ya decidiría si la enviaría. En cualquier caso, ahora tenía la certeza de que había hecho lo correcto aceptando la oferta de miss Arden.

31

En la tarde de mi último día en el salón de belleza, cuando apenas tenía ya algo que hacer, miss Hodgson asomó por el almacén. Como último gesto ahí, me había ofrecido a dejarlo todo ordenado.

—Habrá que reponer existencias —dije suponiendo que querría comprobar si había aprovechado de verdad mi horario laboral—. Algunas cremas se están agotando, y quedan muy pocas aguas faciales.

—Si me da una lista, pediré a Helen que vuelva a encargar lo que falta.

Como sabía que miss Hodgson me solicitaría algo así, ya se la había preparado.

—Aquí la tiene —repuse, entregándole el papel—. Ahora solo queda colocar bien algunas cosas y el almacén estará en orden.

—Únicamente quería decirle que la voy a echar de menos —espetó miss Hodgson.

La miré sorprendida. En esa visita de control había contado con cualquier cosa. Incluso que, como en el cuento de Cenicienta, arrojara al polvo unas lentejas y me pidiera que las recogiera.

—Gracias, es usted muy amable.

—Se ha convertido en una de las mejores empleadas que he tenido en este salón. —Miss Hodgson jugueteaba con los dedos como si le avergonzara hacer elogios, o se sintiera obligada a ello. ¿Y si así era?—. Admito que al principio no creí que pudiera sacar algo bueno de usted. Pero me ha demostrado que me equivocaba. Todas hemos empezado desde abajo, ¿verdad?

No sabía muy bien cómo reaccionar.

—Muchas gracias —me limité a contestar— por todo lo que he aprendido con usted.

Me sorprendió a mí misma la sinceridad de esa afirmación. Me habría podido asignar tareas peores, por ejemplo pasar horas lavando tarros de crema. Pero había cumplido con la instrucción que le había dado miss Arden de enseñarme algo.

—Puede que nos volvamos a ver —dijo—. Miss Arden ha sido muy imprecisa acerca de su nuevo cargo, pero tal vez implique que coincidamos de vez en cuando en alguna convención.

No tenía ni idea de dónde le venía ahora esa necesidad. ¿Acaso intentaba ponerme a prueba? ¿Sentía curiosidad y esperaba que esas palabras me motivaran a revelarle alguna información?

Me limité a sonreír, consciente de que me haría trizas la bata si supiera el cargo para el cual ella no había sido tenida en cuenta.

—Me alegraría mucho.

Le tendí la mano y ella me la estrechó.

—Cuando termine su trabajo aquí, puede marcharse —dijo—. Y si necesita un certificado, se lo haré encantada.

Dicho eso, abandonó el almacén.

Sobre las cinco de la tarde, ya había terminado y estaba lista para colgar la bata en aquel salón de belleza. Cuando entré en el vestíbulo con el abrigo doblado en el brazo, me encontré, para mi asombro, a miss Denver, una de las secretarias de miss Arden. Ese día parecía estar repleto de sorpresas.

—Hola —la saludé—, ¿ha venido usted para un tratamiento?

—Miss Arden me ha hecho llegar un mensaje para usted —dijo con una expresión tan grave que me hizo estremecer de pies a cabeza. Sacó un sobrecito del bolso—. Me ha dicho que debe tratar este asunto como confidencial.

¿Qué mensaje confidencial podía tener miss Arden para mí?

—Gracias —dije metiendo la carta en el bolsillo del abrigo.

—¡Que le vaya bien en Maine! —repuso miss Denver con una tímida sonrisa—. A mí también me encantaría vivir allí. He oído decir que es precioso.

—Lo es —respondí—. Pero es para gente a la que le guste la vida en el campo.

—A mí me gustaría —respondió ella sin vacilar—. Bueno, ¿quién sabe? Tal vez un día miss Arden también me traslade allí.

Sonrió de forma elocuente. Después de todo, saltaba a la vista que mi misión secreta no lo era tanto.

—Tal vez —respondí—. Si me resulta posible, intercederé por usted.

—Gracias.

Miss Denver me tocó un instante la mano y se despidió.

La vi marchar y finalmente saqué la carta del bolsillo. Había contado con que miss Arden me daría unas últimas instrucciones. Sin embargo, el contenido me sorprendió. Leí por encima las líneas escritas a mano, y luego salí a toda prisa por la puerta.

Pasé todo el trayecto en metro como si estuviera sentada sobre ascuas. De haber dependido de mí, el tren habría podido avanzar más rápido o incluso saltarse algunas paradas.

—¡Kate! —grité excitada al entrar en casa de mister Parker—. ¡Kate, traigo noticias!

Me detuve en seco cuando un hombre se interpuso en mi camino. Vestía un traje oscuro, y llevaba el cuello de la camisa tan almidonado que su cabeza parecía colocada sobre una estaca de jardín.

—¿Y usted es...? —preguntó escrutándome fijamente con sus ojos de color gris acero.

—Sophia Krohn —respondí confusa. ¿Qué se le había perdido a él ahí?

Al momento oí más voces. Parecía haber una conversación animada.

—Yo... soy la inquilina de mister Parker —añadí al ver que ese desconocido me miraba con desconcierto.

—¡Oh! —dijo él—. Pensé que era una interesada.

—¿Interesada? —pregunté.

—Mister Parker desea vender esta casa. Hoy es el primer día de visitas para verla. Pero si usted no tiene nada que ver...

Por un instante, me quedé inmóvil.

—Me temo que no soy ninguna de esas personas interesadas —repuse. Kate no me había dicho nada de que hoy esperara visitas. Ni tampoco de que el hijo de mister Parker estuviera considerando la posibilidad de vender la casa.

Al instante siguiente oí un golpe en la cocina.

—Discúlpeme —dije a ese desconocido que parecía ser el agente inmobiliario y, mientras él se encaminaba hacia la sala de estar, yo fui a buscar a Kate.

Estaba de pie junto a la cocina con expresión avinagrada echando agua a una cafetera.

—¡Hola, Kate! ¿Qué ocurre aquí?

Volvió la vista a un lado y me di cuenta de que había estado llorando.

—¿Qué, si no? —contestó desabrida—. Pues que el hijo de mister Parker no ve el momento de vender la casa. Apenas hace dos semanas que su padre ha fallecido ¡y él solo piensa en cómo sacar dinero!

—¿Qué podría hacer él con una casa en Nueva York? —dije conciliadora—. Vive en Boston, tampoco va a mudarse aquí sin más.

—Es lo que se hacía antes. Antaño la casa de los padres no se vendía al mejor postor.

Me acerqué a Kate y la abracé. Ella sollozaba.

—¿Qué va a ser de mí ahora? Seguro que el nuevo propietario no querrá una antigualla como yo.

—No pretenderás que te vendan como parte del mobiliario, ¿verdad? —pregunté, soltándola y sacando del bolso la carta que me había dado miss Denver—. Tengo algo para ti —añadí tendiéndole el sobre.

Kate me miró sin entender.

—¿Qué es?

—Míralo tú misma.

Kate sacó el escrito del sobre, lo leyó y luego se tapó la boca con la mano.

—¿Miss Morgan me está ofreciendo un empleo?

Asentí.

—Necesita que alguien se encargue de su casa de aquí, en Nueva York. Alguien que sea de confianza. Al parecer miss Arden te recomendó a miss Marbury, y esta luego preguntó entre sus conocidas. Según parece, Anne Morgan no solo es la hija de un banquero, sino también una amante de la literatura. No creo que te aburras con ella.

Kate sacudió la cabeza con incredulidad y luego se apretó la carta contra el pecho.

—No puedo creerlo —sollozó.

—Por supuesto que sí. Así yo me puedo ir tranquila a Maine.

Kate se dio la vuelta y me abrazó. Me envolvió con tanta fuerza con sus brazos que yo apenas podía respirar.

Cuando me soltó, Kate sonreía entre lágrimas.

—De buena gana echaría café sobre las camisas almidonadas de esos impertinentes.

—Mejor que no. Mister Parker hijo aún tiene que darte una carta de recomendación —dije riendo—. Si quieres, te ayudo, ¿qué te parece?

Kate asintió.

—Gracias.

—Dame un momentito, que me quite el abrigo.

Dicho esto, salí de la cocina. No sabía quién estaba más contenta, si Kate o yo. En todo caso me alegraba no tener que dejarla a merced de los hombres que había en la sala de estar.

Pasé el día siguiente empaquetando cosas. La visita a la casa del día anterior había durado bastante tiempo. Fracasado de modo estrepitoso mi intento de acostarme un poco antes, tuve que oír las voces y las risas apagadas de esos hombres. No parecía que los acompañara ninguna mujer.

Solo se hizo el silencio después de medianoche. Lo único que oí entonces fueron los pasos de mister Parker hijo en el vestíbulo. Al parecer, tenía la intención de hacer noche allí.

Me desperté alrededor de las siete y media y, al poco rato, volví a ocuparme de mis pertenencias. No era gran cosa, pero ciertamente más de lo que había traído de Berlín y de París. Lo doblé todo de forma ordenada y lo guardé en la maleta. Al final saqué el maletín de química. ¿Alguna vez volvería a trabajar en un laboratorio? Echaba un poco de menos el aspecto creativo de la química. Tal vez en Maine tuviera la oportunidad de dedicarme de nuevo a hacer experimentos.

Al bajar, solo me encontré con mister Parker hijo sentado en la mesa de la cocina. No había ni rastro de Kate.

—Buenos días —saludé dirigiéndome hacia la cafetera que había en los fogones.

Mister Parker hijo levantó la vista de su lectura.

—Buenos días —dijo doblando el periódico.

—Soy Sophia Krohn, la inquilina de su padre. Siento mucho su pérdida.

—Gracias, miss Krohn, muy amable —repuso tomando un sorbo de café.

No sabía muy bien qué más decir. Resultaba extraño tener en casa al hijo de mister Parker. En el tiempo que yo llevaba ahí, nunca se había dejado ver. Sin embargo, le había podido conocer de inmediato porque era la viva imagen de él.

—¿Kate no está? —pregunté, a pesar de intuir que mister Parker tenía pocas ganas de conversación.

—No. Ha dicho que hoy tenía una cita a primera hora.

En efecto, la entrevista con miss Morgan era a las ocho, así que debía de haber madrugado. Me habría gustado darle una palmadita de ánimos en la espalda.

Como era evidente que mister Parker no tenía ninguna intención de dejarme sola en la cocina, me senté a la mesa con mi taza y pregunté:

—¿Qué tal el día de visitas? ¿Ha encontrado comprador?

Sorprendido de que me dirigiera a él, me miró.

—De momento, no —respondió esquivo.

—¿Tiene esperanzas de que alguien muerda el anzuelo?

Mis palabras parecieron irritarle.

—No sé si el comprador estará interesado en alquilar una habitación —espetó con brusquedad—. Aunque, según cómo, podría hablar bien de usted.

Recorrió mi cuerpo con la mirada, de un modo que era de todo menos apropiado. De buena gana le habría abofeteado. Resultaba evidente que, a la postre, no era la copia exacta de su padre, a quien jamás se le habría pasado por la cabeza algo así.

—No lo pregunto porque quiera quedarme aquí —repuse con frialdad—. Es solo interés, nada más. Ya tengo otro sitio donde alojarme.

Parker pareció decepcionado. ¿De verdad se había creído que le ofrecería mi cuerpo solo para que un posible comprador me prorrogara el contrato de alquiler?

—Bien por usted —dijo, y volvió a coger su periódico. No había respondido a mi pregunta.

Terminé el café y me levanté de nuevo. Era mejor que me retirara a mi cuarto antes de que a ese tipo se le ocurrieran más estupideces.

Al cabo de una hora oí que la puerta se cerraba. ¿Mister Parker se marchaba? Aunque estaba convencida de haber reaccionado de forma contundente, su observación me había creado una sensación de incomodidad. Tener que abandonar esa casa, que había sido mi hogar durante tanto tiempo, despertaba cierta nostalgia en mí, pero estaba contenta de que miss Arden me hubiera dado esa oportunidad.

Salí de la habitación para comprobar que no hubiera moros en la costa, y pude vislumbrar la falda de Kate.

Bajé corriendo la escalera y la seguí hasta la cocina.

—¿Y bien? —pregunté, sintiendo que el corazón me latía con fuerza, como si yo fuera la siguiente en una entrevista de trabajo.

Posó la mirada en los fogones sin dejar entrever ninguna emoción. ¿Acaso miss Morgan no la había contratado?

—¿Kate? —insistí. Ella entonces pareció salir de su ensimismamiento.

Me miró, casi un poco intimidada, y luego dijo:

—¡La casa es inmensa!

¿Qué significaba aquello? Enarqué las cejas sin comprender.

—Parece que miss Morgan es una mujer de mucha reputación —comenté. No se me ocurrió nada más que decir.

—Sobre todo es una mujer rica —apuntó Kate, que aún estaba conmocionada.

—¿Y qué te ha dicho esa mujer rica? —pregunté impaciente. Kate vivía en una gran ciudad, ¿cómo era posible que aún se sorprendiera ante un edificio?

—Sí —respondió ella.

—¿Te ha dicho que sí? —repetí casi incrédula a pesar de que, de hecho, no había esperado otra cosa.

Kate asintió.

—¡Pero eso es genial! —exclamé abrazándola con alegría. Kate pareció abrumada un momento, pero luego recuperó el ánimo.

—Aún no me lo puedo creer. —Por fin una sonrisa le iluminó el rostro—. Una señora con una casa tan bonita quiere que me encargue de ella. Me ha dicho que pondrá dos muchachas a mi cargo para que las supervise. ¡Como un mayordomo!

—Un ama de llaves —la corregí sintiendo que mi corazón se desbordaba de alegría, como una botella de soda que alguien hubiera sacudido antes de abrir—. ¡Ahora eres un ama de llaves de pies a cabeza!

—Sí, eso parece. —Se rio sin acabar de creérselo—. Esa miss Arden debe de haber hablado muy bien de mí.

En ese momento oí que la puerta se abría otra vez. Miré a la calle y vi a mister Parker hijo pasando por delante de la ventana. Al parecer, no le había parecido necesario despedirse de nosotras.

—No —contradije a Kate—. Creo más bien que tú misma te has dejado en buen lugar. ¡Tienes mucha experiencia y talento! Además, mister Parker era amigo de madame Rubinstein. Creo que algunos propietarios de casas de Nueva York lo sabían.

—Supongo que eso fue lo que acabó de inclinar la balanza —dijo, y entonces los ojos le empezaron a brillar—. ¿Qué te parecería si preparo un buen pastel? Ahora que mister Parker se ha vuelto a marchar...

—Tal vez regrese.

Kate negó con la cabeza.

—Odia esta casa. Lo único que quiere es deshacerse rápidamente de ella. Por mí, como si se quiere marchar al infierno, me trae sin cuidado.

32

El tren entró en la estación con un gran estrépito y diez minutos de retraso. Pocos instantes atrás había oído refunfuñar a varios viajeros que en ese momento asieron rápidamente sus equipajes y se apresuraron a subir. Dejé pasar a una anciana a la que saltaba a la vista que le costaba avanzar con el bastón. Estuvo a punto de tropezar y la sujeté por el brazo. Me llamó la atención lo ligera que era. ¿Algún día yo sería también así?

—Gracias, joven —dijo resollando—. A su edad, me sostenía perfectamente. Es sorprendente lo que vamos dejando atrás con el paso del tiempo.

Aquellas palabras me impresionaron y, aunque aún había avanzado poco en mi tiempo, pensé por un instante en todo cuanto había dejado atrás. Mi amor, mis padres, mi hijo, Darren y Henny. Berlín, París y, ahora, Nueva York. Tampoco volvería a ver durante un tiempo a Kate, aunque me tranquilizaba saber que había encontrado un puesto seguro. Estaba convencida de que miss Morgan sabría apreciarla.

A veces la vida era como una serie de nuevos comienzos. Contemplé a la anciana que tenía ante mí. ¿Cuántas veces debía de haber viajado? Daba la impresión de tener la mente clara, y sus limitaciones físicas no parecían impedirle salir de viaje.

Al cabo de un rato llegué a mi asiento. Levantar la maleta para colocarla en el portaequipajes me pareció algo imposible, pero por suerte en el compartimento encontré un caballero dispuesto.

—Déjemelo a mí, señorita, no querrá tener una hernia, ¿verdad?

Antes de que yo pudiera contestar, ya la había alzado. Dejé mi maletín de química sobre el asiento y me desabroché el abrigo.

—Me llamo Harry Styles —se presentó—. Viajo por trabajo, ¿y usted?

—Sophia Krohn —respondí—. Y también estoy de viaje por trabajo.

Me observó, y luego dirigió la vista al maletín.

—¿Productos de cosmética? —quiso adivinar.

—Algo parecido —contesté—. Esto es mi maletín de química.

El hombre hizo una mueca de admiración con los labios.

—Así pues, ¿es usted química?

—Sí —respondí para simplificar.

—¡Lo que llegan a hacer las mujeres hoy en día! —exclamó y, como si tuviera más años de los cuarenta que aparentaba, añadió—: Antes las mujeres se dedicaban más al hogar. Ahora se dedican a hacer volar el mundo.

—No tengo nada que ver con la dinamita —repuse con ganas de crearle cierta intriga—. Trabajo en algo mucho más pacífico.

—Me ha picado la curiosidad —dijo, pero antes de que pudiera continuar entraron dos hombres más en el compartimento. Distraído con eso, pareció olvidarse de mí. Tomé asiento y saqué un libro del bolso. En el quiosco de la estación había comprado una novela: según decía la portada, la «dramática historia de Lady Bane, que, tras ser despojada de su título, se ve forzada a luchar por la fortuna de su marido», ayudada, cómo no, de un misterioso hombre de ojos azules como el acero.

Mientras el tren se ponía en marcha, fingí estar absorta en la lectura, aunque mentalmente vagué hasta esa casa cerca de los lagos de Belgrade. Nunca antes había vivido en el campo. Cuando Henny y yo nos imaginábamos el futuro jamás habíamos considerado vivir en algo parecido a una finca o una mansión. Habíamos acordado que la vida en el campo era muy aburrida y que solo tendría interés si nos hartábamos del marido.

Al instante siguiente caí en la cuenta de que tenía que avisar a monsieur Martin para que dejara de enviar cartas o telegramas a mi antigua dirección en Nueva York. Me dije que sería mejor escribirle al día siguiente después de llegar pues dudaba de que mister Parker hijo se molestara en reenviar mi correo. Posiblemente no se dejaría ver en la casa hasta que el contrato de compraventa estuviera firmado.

Cuando llegué a Maine Chance, un sol espléndido se desplomaba sobre los campos aún sin sembrar y los bosques sin hojas. Me dije que en primavera aquel lugar estallaría de verdor, pero, salvo por unos azafranes que había visto al borde del camino, no había mucha vegetación que contemplar.

Al examinar la casa por segunda vez, me pareció un poco más sencilla, aunque posiblemente se debía a que en verano la luz era más intensa y el paisaje, más colorido que entonces.

En cualquier caso, en los próximos años aquel lugar albergaría algo único. Creía en el proyecto de miss Arden y me sentía contenta de formar parte de él.

—¿Puedo ayudarla en algo, miss? —preguntó una voz masculina. Al volverme me encontré con un hombre que sujetaba un caballo marrón por las riendas—. Esta propiedad es de miss Arden de Nueva York.

—Lo sé —repuse. Aquel desconocido debía de ser un miembro de la cuadra de miss Arden—. Me llamo Sophia Krohn. Me envía miss Arden.

El hombre se me quedó mirando y luego dijo:

—Pase. Hoy ha venido por aquí bastante gente, seguramente los encontrará dentro de la casa.

Asentí, levanté las maletas del suelo y avancé por el camino de grava.

En cuanto abrí la puerta, oí voces femeninas. No fui capaz de ubicarlas bien, tenían que estar en algún rincón del edificio.

Para mi enorme sorpresa, al instante siguiente Bessie Marbury salió a recibirme.

—¡Ah, Sophia, querida! ¡Cuánto me alegro de volver a verla! —dijo abriendo los brazos. Un momento después, me apretaba efusivamente contra su generoso pecho.

El hecho de que se acordara de mí me sorprendió aún más que su abrazo.

—Lizzy me avisó de que venía. Por desgracia, ella no puede estar presente, pero, como yo me encontraba en mi residencia de verano, estuve de acuerdo en recibirlos a todos.

—Es muy amable de su parte, miss Marbury —repuse. Era curioso que una mujer como ella se ocupara del personal del lugar. Sin duda debía de tener una secretaria capaz de asumir esa tarea. En todo caso, me alegré de no estar sola en el edificio, que ciertamente requeriría mucho trabajo y dedicación.

—Acompáñeme, le presentaré al resto. Por lo que me ha dicho Lizzy, usted será quien lleve las riendas del sitio.

—En todo caso, lo intentaré.

Por suerte, miss Arden había prometido enviarme instrucciones precisas. Esperaba tener solo que encargarme de que «todo marchara del modo debido».

Miss Marbury me acompañó hasta la cocina, que había sido reformada de manera provisional. Las jóvenes que me esperaban allí eran una cocinera y dos criadas. Me pregunté qué harían ahí ahora, con los albañiles ensuciándolo todo y sin invitados que atender. Sin embargo, no me correspondía a mí cuestionar las decisiones de miss Arden.

—Señoras, quien me acompaña dirigirá este establecimiento en el futuro. Ustedes van a acatar las instrucciones de miss Krohn sin reservas, ¿me he expresado con claridad?

Las mujeres me miraron casi asustadas. Parecían de la zona y ni iban maquilladas, ni llevaban ropa especialmente elegante. ¿Qué impresión les estaba dando? Seguramente me veían como un pavo presumido.

Les di las gracias y expresé mi deseo de una buena colaboración entre todas; luego, dejé que miss Marbury me mostrara mi dormitorio.

—Todo está un poco manga por hombro —explicó—. Los propietarios anteriores desatendieron esta joya durante mucho tiempo. Me alegré mucho cuando supe que por fin se habían decidido a venderla. —Abrió la puerta—. Hemos intentado arreglarla lo mejor posible. Pero solo resplandecerá de verdad bajo su dirección.

La habitación era grande y luminosa, pero ese era el único lujo que ofrecía. No esperaba gran cosa, pero ese papel pintado deslustrado y los zócalos amarillentos me espantaban. La última vez que había visto algo parecido había sido en el piso de Henny en Berlín. Las ventanas, por su parte, no parecían cerrar bien, ya que noté cómo se colaba un poco de aire frío. Eso por no hablar del murmullo del viento tras los cristales.

El mobiliario me hizo pensar en el de los mercadillos. Había muchas piezas, pero la mayoría parecían bastante endebles. Al menos, la pequeña estufa de hierro hacía pensar que en invierno el ambiente allí dentro sería cálido y agradable.

—Confío en que se sienta cómoda aquí.

Eso esperaba yo también, por lo menos en algún momento.

—Gracias, miss Marbury —dije—. No decepcionaré a miss Arden.

—Eso es muy encomiable, pero sobre todo recuerde una cosa: no se decepcione a usted misma.

Dicho eso, salió de la habitación.

Volví a mirar a mi alrededor con más detenimiento. Aquí y allá vislumbré detalles bonitos, como una rosa descolorida en la pintura o un pomo bellamente torneado. En todo caso, me esperaba mucho trabajo, tanto que no iba a tener tiempo de utilizar mi maletín de química.

Sin embargo, había una cosa que debía hacer antes de ponerme manos a la obra. Dirigí la mirada hacia mi maleta. Había puesto encima de todo el material de escritura, así como el papel de carta. Tenía que informar a monsieur Martin. Y quería escribir a mis padres para que supieran dónde localizarme. No tenía ninguna esperanza de que me respondieran, pero me sentía en la obligación de hacerlo. Y también escribiría a Henny. Aunque no me quisiera ver nunca más, tenía que saber dónde encontrarme si me necesitaba.

33

1933

A principios de 1933 el invierno trajo un frío intenso a Maine, pero por suerte las estufas en Maine Chance funcionaban a la perfección y las obras en el edificio principal tocaban a su fin.

Me resultaba casi increíble que hubieran transcurrido ya casi tres años. Los meses habían pasado volando, y mi trabajo solo se veía interrumpido cuando llegaban noticias procedentes de Nueva York o cuando miss Arden venía para ver sus caballos.

En el pueblo cercano había hecho unas cuantas amistades con las que salía a tomar café de vez en cuando o a dar un paseo. En ocasiones, Rue Carpenter, una arquitecta de Nueva York y buena amiga de miss Arden, también se dejaba caer por allí.

Miss Carpenter, una mujer enérgica de pelo cano que llevaba siempre trajes sastre impecables y un sombrero campana que a esas alturas resultaba anticuado, hacía tres años había diseñado un nuevo salón en la Quinta Avenida de Nueva York junto con un ruso llamado Remisoff. Yo aún no había tenido el placer de visitar aquel establecimiento en persona, porque, cuando se inauguró, la rotura de una tubería estuvo a punto de inundar el edificio y era preciso que me quedara ahí. Sin embargo, Peg, nuestra cocinera, me enseñó las fotografías de una revista. A la vista de la magnífica decoración y los gimnasios, que recordaban salas de ballet bañadas de luz, sentí un poco de envidia de que no me hubieran confiado la remodelación de ese edificio. En todo caso, cuando miss Carpenter asomó también por Maine, nos dimos cuenta de que formábamos parte de algo grande.

Empezamos definiendo las habitaciones para los huéspedes y asignando funciones a cada espacio. Debía haber una peluquería y un salón de belleza, así como gimnasios y salas dedicadas a tratamientos con vapor y de masaje. Planificamos además un salón hermoso, con biblioteca y chimenea, en el que las damas pudieran relajarse. Cuando contemplé sus bocetos, el corazón me dio un brinco de ilusión. ¡Me parecía increíble que un día yo fuera a dirigir ese lugar!

De ahí la aflicción de miss Arden y la mía cuando miss Carpenter murió repentinamente el día 7 de diciembre de 1931. Los planos para Maine Chance estaban listos, pero ella ya no viviría para ver la obra realizada. Aquello nos entristeció un poco, pero no dejamos sus ideas de lado. Fue preciso contratar a otros arquitectos, pero por suerte los bocetos y los planos de miss Carpenter estaban lo bastante avanzados como para poder continuar según su concepto.

La obra conllevó bastantes inconvenientes para nosotros. Los albañiles entraban y salían sin cesar. Solíamos quedarnos a menudo sin electricidad y tener agua limpia era casi una aventura. Por suerte, la residencia de miss Marbury no estaba muy lejos y siempre tuvo la amabilidad de permitir que nos aseásemos en su casa.

Me gustaba conversar con ella, aunque a su lado me sentía un poco insegura. Era tan culta y leída que siempre me daba la impresión de ser una ignorante. De vez en cuando miss Marbury me preguntaba sobre asuntos amorosos, pero no le podía contar mucho al respecto. Dejando de lado algunos empleados que estaban al cargo de las cuadras y no me interesaban, en Maine Chance apenas había hombres. Lo único que yo quería era que la obra del edificio avanzara.

Para entonces, casi habíamos terminado. Las salas de tratamiento estaban listas y solo quedaba colocar el mobiliario definitivo. En algunas partes, el jardín ya estaba creado; en primavera estaba previsto plantar en las zonas que faltaban. Disponíamos de alojamiento para una veintena de empleados en los edificios adyacentes y yo seguía habitando en el piso superior. Aún no estaba decidido si aquello iba a continuar siendo así; de hecho, en la finca había un pequeño edificio que se podía convertir en un alojamiento exclusivo para huéspedes o bien en mi residencia.

En total, el establecimiento podía alojar entre quince y veinte huéspedes. Yo sabía que miss Arden deseaba que el lugar, que ella llamaba «club de belleza», fuera un establecimiento muy exclusivo y no buscaba una ocupación elevada. Lo que ella quería era atraer a mujeres ricas que estuvieran dispuestas a gastar mucho dinero en tratamientos exquisitos y en productos.

Me sorprendí dejando vagar mi pensamiento. En poco tiempo, el negocio empezaría a funcionar. ¿Miss Arden me recompensaría el buen trabajo realizado concediéndome un deseo? ¿Me permitiría crear un laboratorio para elaborar productos propios del establecimiento? Teníamos suficientes anexos para dedicar uno a este fin. Estaba sopesando qué podríamos ofrecer en exclusiva, algo que fuera lo bastante bueno para contar con la aprobación de miss Arden.

Aunque la rehabilitación del edificio me había dado muchas satisfacciones, anhelaba volver por fin a las cremas y las aguas faciales. En los dos últimos años me había sentido como una directora de obras que debía velar por que los operarios no hicieran nada contrario a las ideas de miss Arden. Al principio me habían mirado como si fuera una criatura de otro planeta. Pero con el paso del tiempo se acostumbraron a que les diera instrucciones.

Ellos, igual que yo, también habían tenido que aprender que mi jefa no aceptaba un no por respuesta, excepto si venía de su amiga Bessie, que posiblemente era a la única a la que le permitía expresar libremente su opinión.

Maine Chance había sido como una burbuja que nos protegía del mundo exterior. Mientras el hambre y la pobreza asolaban todo el país, miss Arden nos proporcionaba todo cuanto necesitábamos.

Por su parte ella se permitía el lujo de venir a inspeccionar los establos los fines de semana y de comprar caballos. Su favorito, y también el mío, era un medio árabe de pelaje blanco como la nieve, que entrenaba un príncipe ruso auténtico, o al menos era lo que él afirmaba. Helen había tenido razón. El príncipe Kader Guirey, que había emigrado a Estados Unidos hacía un tiempo, fabricaba durante la semana polvos de tocador en una de las fábricas de miss Arden, pero los fines de semana se calzaba el pantalón de equitación y galopaba sobre la hierba con la furia de un cosaco. No había muchacha que trabajara ahí a la que no tuviera encandilada.

De vez en cuando yo iba al pueblo vecino y donaba todo cuanto ya no necesitábamos, como restos de madera, material de construcción o ventanas viejas, fortaleciendo así mi integración en el lugar y contribuyendo al buen nombre de miss Arden en la zona. Miss Marbury también estaba encantada. En los últimos meses que había pasado en su casa de campo, no se había sentido muy bien de salud, algo que no era de extrañar con ese tiempo. De vez en cuando me pasaba a visitarla, sabedora de que eso complacería a miss Arden. Después de todo cuanto había hecho por mí y por Kate, sentía que era mi deber velar también por sus amigas cuando tenía la ocasión.

Entretanto había sido elegido un nuevo presidente de la nación, aunque todavía no había jurado el cargo. Franklin D. Roosevelt había prometido reactivar la economía y, de ese modo, combatir el hambre que sufrían muchas familias estadounidenses. A la gente le gustaba, y después de leer en el periódico una entrevista que le habían hecho, también yo tenía muchas esperanzas depositadas en él. Ya era hora de que la gente dejara de pasar miserias.

Mientras se iniciaba una ligera nevada y el fuego crepitaba en la chimenea a mi espalda bajé la vista hacia el patio. Poco a poco se iba borrando el rastro del paso de los caballos tras el paseo matutino. Miss Arden daba una gran importancia a que los animales salieran al aire libre y fueran montados todos los días, incluso con ese tiempo.

Cuando tenía la ocasión, iba a observar a los jinetes. Algunos eran realmente atractivos y varios incluso parecían interesados por mí, pero yo evitaba acercarme a ellos. Empezar una relación significaba tener que revelar mi secreto.

Aunque rara vez pensaba en Darren, muchas veces los recuerdos acudían a mí cuando menos me lo esperaba haciéndome que evitara tener más contacto. Esos hombres eran empleados de miss Arden, como yo. Había empezado a resignarme a la idea de estar sola. Ningún hombre valía lo suficiente para que yo le confiara mi historia.

En la planta baja de la casa se oyó un alboroto. ¿Acaso teníamos visita? Me levanté de mi asiento junto a la ventana y salí de la habitación. Peg, la cocinera, hablaba nerviosa con una de las criadas.

En cuanto llegué abajo, se precipitó hacia mí.

—¡Oh, madre mía, miss Krohn!

—¿Qué ocurre, Peg?

—Llego justo ahora del pueblo. Miss Marbury murió anoche en Nueva York. El ama de llaves acaba de recibir el telegrama. Está muy afectada.

Me la quedé mirando azorada. ¡Si la había visto en Navidad! Había querido regresar a Nueva York tras recibir una carta de miss De Wolfe. Seguramente ese viaje le había agravado aún más su estado de salud.

—Es horrible —dije angustiada—. ¿Cómo es posible que haya sido tan rápido?

—No lo sabemos. Debió de ser un fallo cardiaco.

Asentí y pensé en lo que había significado para Kate la muerte de mister Parker. ¿Los empleados ahora también tendrían que temer que los herederos de miss Marbury vendieran las casas?

—Gracias, Peg, llamaré a miss Arden. Ella lo debe de saber ya, supongo.

—Seguro que ha sido la primera en enterarse —respondió Peg—. Oh, madre mía, pobre. Seguro que está destrozada. Miss Marbury era su mejor amiga.

Estaba convencida de que así era. Por ello, me armé de valor antes de descolgar el auricular y pedir que me conectaran con el despacho de miss Arden.

Su voz destilaba dolor cuando por fin pude hablar con ella.

—¡Es tremendo, pobre Bessie! —dijo con voz congestionada—. No hace nada rebosaba salud y ahora...

Miss Marbury hacía tiempo que no rebosaba salud, pero todos habíamos confiado en que con la llegada de la primavera mejoraría.

—¿Qué hay de miss De Wolfe? —pregunté—. ¿Ha podido usted hablar con ella?

—No, aún no. La pobre no está ni para visitas ni para llamadas.

—Es comprensible. —No sabía qué más decir.

—¿Asistirá usted al entierro? —me preguntó miss Arden—. Sé que Bessie la apreciaba mucho.

—Por supuesto. De momento aquí no hay mucho trabajo: los albañiles saben lo que deben hacer y hasta que los anexos para las habitaciones del personal no estén listos todo lo demás va a tener que esperar.

—Bien. —Miss Arden volvió a adoptar un tono más animado—. Voy a pedir que reserven para usted una habitación en un hotel. Espero que el Waldorf Astoria sea de su agrado.

¿El Waldorf Astoria? No lo había visto aún, pero había oído hablar mucho de él. Ese hotel tenía una fama legendaria: estrellas de cine y políticos se alojaban en él. Ray, que siempre había soñado con casarse con un hombre rico, no habría cabido en sí de la emoción. De hecho, aquel sitio era demasiado elegante para mí, pero sabía que no lograría hacer cambiar de opinión a miss Arden. En cualquier caso, sentía mucha curiosidad por el lugar.

—Me parece perfecto —respondí—. Gracias, miss Arden.

—Está bien. Mi secretaria le informará sobre la hora de la recepción fúnebre. Nos vemos.

Dicho eso, colgó.

Aunque miss Arden no me hubiera pedido que asistiera al funeral de miss Marbury, yo habría ido igualmente, porque la tenía en gran estima por su sabiduría y su espíritu rebelde.

En torno a las diez de la mañana tomé el tren hacia Nueva York. Tenía ganas de volver a la ciudad. Según se decía, algunos amigos de Bessie Marbury se habían reunido para asumir su legado. Entre ellos no solo estaba el futuro presidente Roosevelt, sino también mister Vanderbilt, a quien yo conocía por madame, y Anne Morgan. Esperaba tener la oportunidad de ver a Kate, que seguía trabajando para ella. Desde que ambas abandonamos la casa de mister Parker no nos habíamos podido reencontrar de nuevo, si bien nos escribíamos de vez en cuando.

Cuando, a última hora del día, llegué a la estación central, me esperaba el chófer de miss Arden. Ella había insistido para que él me acompañara hasta el Waldorf Astoria.

—Buenas noches, miss Krohn. ¿Me permite que me encargue de su equipaje? —preguntó James.

—Sí, por supuesto. Gracias —respondí entregándole mi maleta. La podría haber llevado yo misma, pero en los últimos años había aprendido que de vez en cuando estaba bien ceder.

Sentada en el asiento trasero del vehículo contemplé las luces que bordeaban las calles. Los carteles de neón se habían multiplicado, y eso a pesar de que en el país seguía habiendo mucha pobreza. ¿Tal vez la ciudad intentaba hacer olvidar a sus moradores que esos tiempos eran de todo menos prósperos?

Nos detuvimos ante un gran edificio blanco que estaba iluminado por numerosos focos. El nombre del hotel destacaba enmarcado en dorado por encima de unos altos ventanales acristalados de tono amarillo y plateado que bañaban el vestíbulo de la entrada con una luz cálida. Un portero vestido con librea gris se acercó al vehículo de miss Arden y me abrió la puerta.

—¡Buenas noches, señora, bienvenida al Waldorf Astoria!

Le devolví el saludo, le di las gracias y me apeé. Entretanto, James ya había sacado mi equipaje. Antes de que se ofreciera a llevarlo por mí, se lo tomé de la mano, le di las gracias y me dirigí a la entrada.

Al llegar al vestíbulo del hotel me quedé parada un momento. El esplendor del interior me dejó sin aliento. No se veía nada más que mármol blanco y oro por todas partes. Unas columnas de madera oscura sostenían el techo, que estaba decorado con ornamentos austeros de estilo griego. En el centro del vestíbulo destacaba un reloj enorme.

Me dirigí al mostrador de recepción, de mármol negro, y recibí la bienvenida de un conserje, vestido también con librea gris.

—Sophia Krohn —me presenté—. Hay una habitación reservada a mi nombre.

—Ah, la señora de Elizabeth Arden —respondió el hombre mientras me acercaba un papel—. ¿Sería tan amable de rellenar este formulario?

Mientras anotaba ahí mi nombre y mi fecha de nacimiento, el conserje fue hacia el tablero de las llaves. Luego dejó sobre el mostrador una llave con un pequeño colgante dorado.

—Si lo desea, el botones se encargará de llevarle el equipaje.

—No hará falta —dije—. No llevo gran cosa. Pero me vendría bien que me pudieran planchar un vestido.

—Será un placer encargarme de ello.

—Gracias.

Tomé la llave y me encaminé hacia el ascensor.

Cuando entré en mi habitación, seguía abrumada por el esplendor del hotel. No podía creer que hubiera llegado tan lejos. No solo me encargaba de llevar a cabo uno de los proyectos más importantes de miss Arden, sino que en ese momento me encontraba en un edificio por el que pasaban las diez mil personas más importantes del país.

Contemplé mi habitación, cuyas paredes estaban recubiertas de jacquard de seda de color beis a juego con las sillas Luis XIV y con el cortinaje de delante de la cama. Esa suite podría haber pertenecido a un palacio. Menudo avance comparado con la habitación de pensión en que Henny y yo habíamos vivido...

Tras deshacer el equipaje y colgar mi vestido de luto en una percha para el día siguiente, me dirigí a la mesita de mármol situada junto a la ventana. Allí me esperaba un sobrecito de color crema. Saqué la tarjeta y leí un mensaje escrito de puño y letra por miss Arden.

> *Bienvenida de vuelta a Nueva York. ¡No deje de probar un menú* à la *Oscar!*
>
> *E. A.*

Tiempo atrás había oído a miss Arden poner por las nubes al *maître d'hôtel* del Waldorf Astoria. No solo era el alma más fiel del hotel y un hombre que gozaba de mucho respeto, sino que su ambición en la cocina y su habilidad para organizar eventos eran legendarias.

Tras el largo viaje no tenía mucho apetito, pero como sabía que las raciones serían pequeñas y que seguramente miss Arden me preguntaría al respecto, decidí ir al comedor y disfrutar del arte culinario de Oscar.

Cuando entré en aquel salón inmenso, no di crédito a mis ojos. Al principio solo me llamó la atención el brillo de dos enormes piedras preciosas y luego vi su rostro: madame Rubinstein. En medio de mi campo de visión, sentada en un pequeño conjunto de sofá y butacas de cuero amarillo y madera oscura, y flanqueada por dos caballeros vestidos con trajes elegantes.

Como si no hubieran pasado cuatro años desde la última vez que nos habíamos visto, ella aún llevaba su pelo negro recogido en un moño severo, y su piel seguía estando impecable. No parecía haber envejecido ni lo más mínimo.

Vacilé. ¿Me reconocería?

Como si ella fuera capaz de percibir mi presencia, su mirada de pronto se posó en mí. Ahora ya no podía fingir que no la había visto. Me sobrepuse y me dirigí hacia ella para saludarla. Si miss Arden llegara a enterarse, probablemente me haría pedazos, pero no quería ser grosera. Por otra parte, madame había hecho posible que yo llegara a Nueva York. Ella me había dado mi primera gran oportunidad.

—¡Sophia Krohn! —exclamó dejándome pasmada. Helena Rubinstein nunca recordaba un nombre. Para ella, sus socios y empleados eran solo «el de los envases», «el hombre al que se le murió la mujer», o «la mujer del ataque de nervios». Únicamente en ocasiones contadas hablaba de alguien y mencionaba su nombre.

—Madame Rubinstein. Me alegro mucho de volver a verla.

Le tendí las manos y, como era costumbre en esos círculos, nos dimos un beso simbólico en ambas mejillas.

—¡Oh, madre mía! ¡Está usted aún más hermosa! —dijo mirándome con agrado.

Recelé. Ella jamás había demostrado tanta alegría de verme. Tal vez fuera por los dos caballeros que la acompañaban a los que no quería incomodar con una reacción airada contra mí.

—Caballeros, una de las químicas con más talento que ha trabajado para mí.

Los señores se presentaron, pero no fui capaz de relacionar ninguno de los nombres con nuestro sector.

—Me alegro de verla de nuevo. Y, además, en un sitio así. Parece que las cosas le van bien.

Me miró de pies a cabeza; finalmente me clavó la mirada en el rostro.

—¡Su piel está magnífica! Sin duda ha sido fiel a mis productos.

Adopté una sonrisa neutra. En presencia de esos dos hombres, habría sido una descortesía tener que admitir que usaba la gama de Arden porque tenía descuento.

—¿Tendría usted un momento para mí, fräulein Krohn? —preguntó, pasando a hablarme en alemán. No había abandonado su costumbre de hablar mezclando distintos idiomas—. Me gustaría hacerle una pregunta. En privado.

—¿Quiere usted que las dejemos a solas? —preguntó uno de los hombres.

Madame negó con la cabeza.

—Ya va siendo hora de que estire un poco las piernas.

—Por supuesto, madame —dije acompañándola al salón. Allí, bajo pesadas lámparas de cristal, un número incontable de huéspedes disfrutaban de la actuación. Nadie reparó en nuestra presencia. Y la música impidió que alguien nos escuchara a escondidas.

—Tengo entendido que ahora trabaja usted para esa mujer —comenzó a decir madame sin andarse con rodeos, tal y como solía hacer—. ¿Qué demonios le llevó a acudir a ella después de todo cuanto hice por usted?

La miré, sorprendida. ¿Cómo se había enterado?

Entonces fui consciente de que seguramente miss Arden había sentido la necesidad de hacerle llegar esa información en cuanto madame había retomado el asiento tras su escritorio de Nueva York.

—No me quedó más opción —respondí—. En cuanto me despidieron, tuve que buscarme otro trabajo. Miss Arden me dio una oportunidad.

Helena Rubinstein hizo una mueca similar a la de miss Arden cuando hablaba de madame en su presencia.

—¿La despidieron? —preguntó entonces—. ¿Cómo es posible?

La miré con asombro.

—¿Nadie le ha hablado de los despidos? Algunas compañeras de trabajo tuvieron que marcharse poco después de la venta. Yo fui de las primeras porque consideraron que Glory no había ido bien y que, por lo tanto, se podía prescindir de mí.

De pronto los ojos de Helena Rubinstein brillaron con furia.

—¡Esos *schmocks*! —murmuró—. Acordé con ellos que no despedirían a nadie.

—Pues parece que ese acuerdo no duró mucho. Me echaron sin más y ni siquiera me dieron una carta de recomendación. Fue un milagro que miss Arden me contratara.

—No lo fue —replicó como si supiera leerme la mente. En todo caso, ella no sabía nada de la carta que miss Arden me había enviado después de la fiesta de los Vanderbilt—. Sabía perfectamente a quién tenía delante. Y estoy segura de que para ella fue un placer contratarla, consciente de lo mucho que odio que alguien se quede con mi personal competente. Pero pagará por ello.

Aquel tono sombrío y vengativo me estremeció. Era evidente que, aunque por fuera era la misma, internamente había cambiado.

Se quedó un rato reflexionando y luego añadió:

—Habrá oído decir que he recuperado mis acciones. ¿Por qué no se ha puesto en contacto conmigo? ¡Su despido fue un error enorme!

—Ya estaba trabajando para miss Arden, y no me atreví a presentarme ante usted. Sin duda debía de estar muy ocupada con el divorcio y...

—¿Divorcio? —repitió madame interrumpiéndome a la vez que arqueaba las cejas—. ¿Quién ha hablado de divorcio?

Me sonrojé y de pronto me sentí muy acalorada, como si estuviera delante de una estufa.

—Miss Arden mencionó...

—¡Bah! —exclamó tan fuerte que algunas personas se volvieron hacia nosotras—. Esa mujer haría bien en ocuparse mejor de su propio matrimonio. —Hizo una pausa para recobrar la compostura, y luego me dio una palmadita en la mano—. No se preocupe; al fin y al cabo, usted no es responsable de las tonterías que se cuentan.

—Así pues, ¿vuelven a estar juntos?

La fría expresión en su mirada me dijo que no era así.

—Digámoslo de esta manera: Edward está en Europa en pos de sus intereses y yo estoy aquí en pos de los míos. Pero no ha habido ningún divorcio.

No supe si sentirme aliviada. Parecía como si ninguno de los dos pudiera liberarse de los grilletes que se habían impuesto mutuamente.

—Siento que haya acabado de ese modo —dije, y tras quedarse mirándome a los ojos un rato asintió.

—Le agradezco su interés, miss Krohn. Y eso me hace desear aún más que vuelva a trabajar conmigo.

Enarqué las cejas. No había contado con que intentara hacerme cambiar de empresa.

—Yo... no sé qué decir —respondí.

—En mi ausencia han pasado muchas cosas desagradables —continuó madame—. Cosas que toleré porque quería salvar mi matrimonio. Pero ahora todo eso ha terminado. El nombre de Rubinstein brilla más que nunca. He abierto filiales nuevas en Roma y Milán, y desde que volví a asumir la dirección del negocio aquí la empresa va muy bien. Estoy convencida de que esa mujer destila rabia.

No tenía ni idea de en qué medida los triunfos de madame afectaban a miss Arden. De todos modos, seguramente la idea del club de belleza y el hecho de que se tratara de algo que nunca antes se había llevado a cabo se lo hacían más fácil de digerir que en otros tiempos.

—Le podría ofrecer un puesto en uno de mis laboratorios. O, si le interesa, nombrarla asistente de mi hermana en Roma. Roma es una ciudad maravillosa. Usted sería de las mujeres mejor pagadas allí.

Mis pensamientos se arremolinaron. Sin duda Roma debía de ser hermosa, y no había nada que me retuviera aquí. Además, estaría más cerca de Francia y tendría la oportunidad de visitar a monsieur Martin y ayudarle de forma activa en su búsqueda.

Pero ¿qué sería entonces de todo el trabajo en Maine Chance? ¿De todos los años invertidos allí? Miss Arden podía tener sus peculiaridades, y a veces reaccionaba de forma descontrolada, pero nunca me había tratado mal. Con ella me encontraba en el mismo dilema que con madame. Cada una de ellas, a su modo, me había proporcionado un modo de sobrevivir.

—Me lo pensaré —respondí de forma evasiva ya que no quería enemistarme con madame ni con sus conocidos. Si el viento giraba, tal vez yo tuviera que cruzar una puerta que no fuera roja. Y entonces no querría encontrármela cerrada—. Como comprenderá, aquí tengo mis relaciones y debo ver antes si resistirían el traslado a Roma.

Madame me sonrió como si se hubiera percatado de mi mentira, pero luego asintió.

—De acuerdo, piénseselo. Pero no tarde mucho. Este tipo de puestos hay que ocuparlos rápidamente. No puedo mantenerlos vacíos eternamente.

—Lo sé, madame, y le agradezco su ofrecimiento —dije—. Y también le agradezco que considere mi despido como un error. Cuando tuve que abandonar la fábrica, me sentí completamente derrotada.

—Si regresa conmigo, intentaré recompensarla —respondió; me volvió a apretar la mano y se alejó.

No la seguí de inmediato, sino que me quedé escuchando la música un rato. Aquella oferta llegaba tarde, y lo sabía, pero había removido algo en mi interior. ¿Debería haber esperado? No. Necesitaba el dinero y nadie podía imaginar que madame iba a regresar a Estados Unidos.

En cualquier caso, era bueno saber que madame no estaba resentida conmigo. Al menos, mientras tuviera esperanzas de que trabajaría de nuevo para ella.

Al cabo de un rato, me alejé de ese lugar y de la música y volví al comedor. Había recuperado el hambre y tenía ganas de probar la cocina cuya reputación legendaria había llegado incluso a Maine.

Dirigí la mirada hacia donde había encontrado a madame, pero el lugar estaba desocupado.

34

Aunque miss Marbury no era amiga mía, cuando aquel día me puse el vestido negro me embargó una sensación de melancolía. Más que llorar la muerte de Bessie Marbury, la lamentaba. Había sido una mujer agradable y merecía que le hubieran concedido unos años más de vida.

A mi llegada al cementerio, descubrí que no había sido la única que había tenido la precaución de llegar antes de la hora. Los asientos no reservados ya estaban ocupados. Todas las demás personas que querían presentar sus respetos a miss Marbury tenían que contentarse con estar de pie.

Me resultó conveniente, porque me permitió tener una buena visión general. En la primera fila vislumbré a miss Arden y a una mujer desconocida para mí, ambas tocadas con sombreros velados, como viudas lamentando la muerte de sus maridos. Miss De Wolfe aún no se había dejado ver. ¿Acaso estaba despidiéndose de su querida compañera junto al ataúd?

Sin duda debía de estar completamente devastada. Si había que hacer caso de los rumores que circulaban por el salón de belleza, no era un secreto que en asuntos románticos miss Marbury sentía predilección por las mujeres. Y su corazón había pertenecido por completo a miss De Wolfe.

En cambio, miss Arden era su mejor amiga y, por lo que había visto en los años anteriores, le debía a Bessie mucho más que Maine Chance. La amistad de ambas se parecía tanto a la mía con Henny que resultaba incluso doloroso, sobre todo porque mi amiga ya no quería saber nada de mí.

Al cabo de un rato apareció un grupo de hombres vestidos con trajes oscuros. Primero pensé que era una guardia de honor. Pero luego me di cuenta de que eran los guardaespaldas del presidente electo Roosevelt, que avanzaba lentamente apoyándose en unas muletas. En una ocasión había leído que de joven había contraído la polio. De hecho, era casi un milagro que lograra mantenerse de pie a pesar de todo. Aquello demostraba una voluntad firme, autocontrol y resistencia, unas cualidades que le habían sido muy útiles durante la campaña electoral.

Los presentes se levantaron para demostrarle su respeto, como un mar de abrigos alzándose como una ola.

Cuando hubieron llegado todos los asistentes a la ceremonia, el reverendo inició su discurso. Fue un sermón muy solemne que se hizo muy largo. Además de los hitos personales de la vida de ella, se mencionaron también los nombres de muchos personajes famosos de quienes Elisabeth Marbury había sido amiga o patrocinadora. Aquí y allá se oía algún sollozo. La mayoría de la gente estaba de pie con la cabeza gacha, aunque yo tenía la certeza de que entre esas personas algunas tenían la atención centrada en cuestiones completamente ajenas al alma de miss Marbury.

Miré a mi alrededor en busca de conocidos. Entonces fue cuando descubrí a Kate, que se hallaba en un lugar completamente apartado. Con toda probabilidad miss Morgan, que se encontraba también entre los asistentes al funeral, había insistido en que su personal estuviera presente. Con la máxima discreción posible, abandoné mi sitio y me encaminé hacia ella.

Al verme me dirigió una amplia sonrisa.

—Hola —susurré apretándole ligeramente la mano. Ella me devolvió el saludo y adoptó al instante una expresión seria al ver que algunos asistentes nos miraban. Decidí guardar silencio, al menos de momento.

El sermón se prolongó aún un buen rato, y las piernas me empezaron a doler. ¡Lo que habría dado por un taburete plegable!

Cuando por fin el reverendo terminó, el pequeño coro que tenía detrás entonó un canto fúnebre. Mientras los restos mortales de miss Marbury eran bajados lentamente a la tierra, los presentes se levantaron y desfilaron ante su tumba.

Finalmente, pude hablar con Kate.

—¿Cómo estás? —pregunté.

—Bien —respondió ella—. Como ves, he perdido algunos kilos, pero no es porque esté mal allí, sino porque miss Morgan se preocupa mucho por la salud de sus empleados. ¡Nunca me había pasado algo así!

—¡Eso suena muy bien!

—Parece que a ti el campo te sienta de maravilla —señaló—. Tienes las mejillas sonrosadas como las manzanas de invierno.

—Es muy distinto a la ciudad —respondí—. Allí no puedes ir a cualquier hora a un deli y comprar algo de comer. En el pueblo solo hay una tiendecita, que no siempre tiene todo lo que se necesita. La ciudad cercana más grande está bastante lejos, y para llegar hasta allí hay que ir en coche. O a caballo.

—No te imagino montada sobre un caballo —dijo Kate riendo.

—La verdad, yo tampoco —convine—. Los caballos me gustan y disfruto observándolos. Pero jamás me montaría en uno. Si me cayese y me arruinase la cara creo que miss Arden me despediría.

Dirigí la vista hacia mi jefa, que en ese momento hablaba con unos hombres.

—¿Has pasado alguna vez por la casa de mister Parker? ¿Sabes quién la compró?

—No —respondió ella—. Después de que tú te fueras, todo sucedió bastante rápido. Hice mi equipaje, dejé una nota a mister Parker hijo y me fui. No me pareció oportuno dimitir, porque de hecho mi verdadero patrón había muerto. Encima luego mister Parker no me pagó el resto de mi salario. Pero no se lo recrimino. Apenas me tuvo en cuenta para nada; posiblemente pensó que la comida y el café llegaban a la mesa por arte de magia.

Sacudí la cabeza.

—Cuesta creer que sea hijo de mister Parker.

—Vistos sus modales, desde luego se podría llegar a dudar. Pero al mirarle la cara... —Se encogió de hombros—. En fin, la vida continúa. Y miss Morgan, la verdad, es maravillosa. Me he acostumbrado muy rápido a la vida de una ama de llaves. —Me tomó de la mano—. Nunca te lo podré agradecer lo suficiente.

—Ni falta que hace. Me alegro de que estés bien.

Nos sonreímos, y luego Kate preguntó:

—¿Te apetece tomar una taza de té? Miss Morgan quería que asistiera al entierro, pero la recepción fúnebre está reservada a los invitados más distinguidos. Podríamos sentarnos en la cocina de miss Morgan y charlar como antes.

¡Cómo me habría gustado aceptar esa oferta! Sin embargo, yo tenía invitación. Miss Arden se había encargado de ello.

—Lo siento, pero debo asistir a la recepción. En otro momento será.

—De acuerdo. —Kate asintió un poco decepcionada. Luego me cogió la mano—. Regresa pronto a Nueva York, ¿vale?

—En cuanto pueda...

—¡Kate! —exclamó una voz de mujer.

Ella retiró la mano.

—No hay descanso para los malditos, ¿verdad? Que te vaya todo muy bien en el campo.

—¡Y a ti en la gran ciudad!

Con estas palabras nos separamos. Kate se dirigió rápidamente hacia miss Morgan, que la había llamado. Yo fui a ver a miss Arden.

Una buena parte de los asistentes al entierro se habían disgregado, algunos posiblemente se encontraban ya de camino al hotel donde se iba a celebrar la recepción fúnebre. Solo el círculo más próximo de conocidos de miss Marbury seguía allí, viendo cómo se cerraba el sepulcro. Me di cuenta de que, hasta donde yo había podido ver, miss De Wolfe no había aparecido. ¿Acaso se encontraba mal?

Aguardé a que miss Arden reparara en mí para acercarme a su lado.

—Miss Krohn, me alegro de verla —dijo miss Arden con un tono que me puso en alerta. Podía estar de luto, pero no olvidaba en ningún momento su negocio. Eso incluía que sus empleadas fueran vestidas y maquilladas de manera impecable.

Como yo iba así, o al menos eso me parecía, debía de tratarse de alguna otra cosa.

—Igualmente, miss Arden —respondí amablemente—. Muchas gracias por la habitación en ese hotel magnífico. Seguí su consejo y probé un menú de Oscar. ¡Fue fabuloso!

—Muy bien —repuso ella—. Lo que me pregunto es por qué se codea con el personal de servicio.

¿De verdad se había dado cuenta desde la primera fila de que había estado hablando con Kate?

—Kate es una conocida —dije asombrada al percibir esa hostilidad en su voz—. Es la mujer por la que le pedí ayuda.

—¡Su sitio está conmigo! Con la gente como yo. Usted quiere triunfar, ¿no es así?

—Desde luego —respondí. A la vez, tuve que reprimir mi incomprensión. ¿Qué había de malo en que hubiera hablado con Kate?

—Podría haber aprovechado el tiempo para hacer contactos importantes. Esto rebosaba de personalidades. Aunque tengo la certeza de que ninguna de ellas apreciaba a Bessie tanto como yo.

¿Cuál de esas personas habría sentido la necesidad de estrechar mi mano? Yo no era pariente de miss Marbury, ni siquiera una amiga.

Miss Arden pareció adivinarme el pensamiento.

—Está usted al cargo de mi proyecto más importante. Por eso espero que se muestre también ante la gente que aún no la conoce. Su trabajo consiste en representar a mi empresa, incluso durante un entierro.

—Sí, miss Arden —respondí, a pesar de que por dentro me hervía la sangre. Tal vez ella buscara un modo de desahogar su pena.

—De acuerdo. Acompáñeme y le presentaré a algunas personalidades. Por mí, a sus conocidos les puede escribir; a partir de ahora mismo usted se ocupará del negocio.

Dicho esto, se dio la vuelta y no tuve más remedio que seguirla.

Al final del día me resultaba imposible diferenciar mentalmente las caras. ¿Había estrechado la mano del futuro presidente o no? No estaba segura del todo. Fuera como fuera, sí había conocido a numerosos representantes empresariales. Aquello me recordaba un poco la fiesta de los Vanderbilt a la que había tenido que acompañar a madame, si bien entonces las circunstancias no habían sido tan tristes.

Mientras oía hablar a miss Arden con esos hombres, me di cuenta de que la pena que demostraba era bastante beneficiosa para su empresa. Tras elogiar de corazón a miss Marbury señalaba que estaba creando algo innovador. Yo le daba la razón, pero era consciente de que no me estaba permitido revelar nada. En nuestro sector, esas cosas se propagaban muy rápido y era solo cuestión de tiempo que aquello llegara a los oídos de madame. Ágil como era, Helena Rubinstein podía erigir de la nada un club de belleza antes de que nosotras inaugurásemos el nuestro.

Más entrada la noche, miss Arden parecía volver a estar satisfecha conmigo. Se sentó a mi lado en un sofá y se recostó dejando oír un ligero suspiro de cansancio. Esos momentos eran muy raros en ella.

Por algún motivo miss De Wolfe me vino a la cabeza. Tampoco la había visto durante la recepción.

—¿La amiga de miss Marbury se encuentra bien? —pregunté. Miss Arden me dirigió una mirada confundida, como si no supiera a quién me refería—. Miss De Wolfe —aclaré—. No la he visto por ningún sitio.

—No ha asistido —respondió miss Arden con un tono de voz inexpresivo—. No quería pasar por todo esto.

Fruncí el ceño. Un entierro era agotador, pero ¿no era algo que uno debía a los seres queridos? Para mí, solo la enfermedad o residir en un país muy lejano era razón para no asistir a esos actos.

—Pero miss De Wolfe era la persona más... cercana a miss Marbury.

—¿Cómo saber lo que ocurre en el corazón de cada persona? —respondió miss Arden. La mirada que me dirigió me dejó claro que era mejor no seguir preguntando.

Por otra parte, miss Arden me informó de que ya podía regresar al hotel.

—El tiempo de los negocios ha terminado, mañana tiene que regresar a Maine. Descanse.

Me extrañó mucho la franqueza con que consideró un acto comercial la muerte de su amiga.

Esa idea me siguió cuando me vi de nuevo en un taxi de regreso al Waldorf Astoria.

Por fin, en torno a medianoche, me dejé caer sobre la cama blanda del hotel. Me quité los zapatos y me tumbé. Al cerrar los ojos las impresiones de la tarde fueron retirándose y sentí cómo poco a poco recuperaba la calma.

Una calma que había estado anhelando. ¿Acaso era una señal de que me estaba haciendo mayor?

¿O tal vez me había acostumbrado ya a que el reloj avanzara a un ritmo distinto en el campo que en Nueva York?

En cualquier caso, me había gustado volver a ver a Kate, aunque hubiera sido por poco tiempo y me hubiera costado una regañina por parte de miss Arden. Sentí muchas ganas de regresar a Maine Chance y oír de nuevo el murmullo del viento en los árboles frente mi ventana. Al principio era algo que me molestaba, pero ahora no podía imaginarme algo más tranquilizador y apacible.

35

Días después de mi regreso, miss Arden apareció en Maine Chance acompañada por miss De Wolfe. Esta parecía haberse recuperado algo de su dolor. Pese a que, por la razón que fuera, no había encontrado fuerzas para asistir al entierro de su amiga, ahora avanzaba a buen paso por el camino.

Tampoco en esta ocasión mister Jenkins asistió al encuentro, lo cual me sorprendió un poco. Al principio había venido bastante a menudo, y eso que miss Marbury podía llegar a ser muy mordaz con él. Sin embargo, últimamente miss Arden venía sola o bien acompañada por su secretaria.

Miss De Wolfe todavía parecía muy afectada. En cambio, en la mirada de miss Arden brillaba de nuevo su espíritu emprendedor.

Me pidió que acompañara a su invitada y le mostrara el lugar. No había razón para mantener el secreto con ella porque sin duda miss Marbury ya se lo había contado todo. Así pues, Elsie de Wolfe fue la primera mujer de clase alta en ver las salas de tratamiento y los gimnasios.

—También tenemos previsto introducir el yoga dentro del plan de belleza —declaró con orgullo miss Arden—. Mi intención es hacer venir a un profesor directamente de la India. Los hombres de ese país no son especialmente guapos, en especial los que se dedican al yoga, pero hacen cosas increíbles.

—Seguro que tu clientela encontrará otros modos de deleitarse la vista —aseguró miss De Wolfe—. Muchas de las empresarias de éxito alojarán a sus amantes por la zona, o bien no demuestran ningún interés en los hombres. Además, los mozos de la cuadra tienen buena presencia.

—Es cierto, pero su tarea principal es cuidar de los caballos. En los próximos años voy a ampliar también la cuadra. Y no solo para que las damas puedan dar paseos a caballo.

—Así pues, ¿vas en serio con lo de las competiciones?

—Alguien como yo debe tener algo para que la gente hable de ello en sociedad, ¿no te parece?

Mientras miss Arden se sumergía en un mundo de purasangres y programas de cría, tuve la sensación de irme volviendo invisible a cada paso. Miss De Wolfe estaba tan absorta en la conversación con miss Arden que estoy segura de que si yo hubiera desaparecido no lo habrían notado.

No fue hasta que hubimos abandonado la sala de formación destinada a los cursos de belleza para las señoras que miss Arden volvió a acordarse de mí.

—Miss Krohn, sin duda le gustará saber que por fin he encontrado a alguien que la ayude a crear la campaña publicitaria para el club de belleza.

Enarqué las cejas. ¿Alguien que creara la campaña publicitaria? Había dado por hecho que, como siempre, mister Jenkins sería el responsable. Por fortuna, tuve el acierto de no preguntarle por su marido.

—Es una excelente noticia —respondí—. Cuento con poder dar la bienvenida a las primeras clientas en verano a más tardar. De hecho, solo nos falta disponer de varias esteticistas con formación y de las instructoras de los cursos.

—Tengo algunas en mente. Ya sabe lo buena que es miss Hodgson formando al personal.

La mención a miss Hodgson me sorprendió un poco. Ciertamente ella seguía siendo la mejor directora de salón de la empresa. Pero ¿desde cuándo formaba personal para el prestigioso proyecto de miss Arden? ¿Significaba eso que también vendría?

Recé en silencio para que no fuera así; entretanto, miss Arden seguía hablando.

—Es un hombre excelente, competente y atractivo. Cuando le conocí en una fiesta el mes pasado, supe que era la persona adecuada para este trabajo.

Que fuera un hombre era algo bastante propio de miss Arden. No tenía problemas en dejar que las mujeres dirigieran sus salones de belleza. Y además me había confiado la decoración del edificio y la remodelación del club. Sin embargo, cuando se trataba de asuntos públicos, prefería echar mano de los hombres.

—¿Podría saber de quién se trata?

—Su nombre es Darren O'Connor. Por lo que tengo entendido, en una ocasión trabajó en un proyecto de mistress Titus.

Me quedé helada. ¿Darren O'Connor? ¿Qué probabilidades había de que no fuera él?

Ciertamente, supuse, escasas.

Sacudí la cabeza.

—¿Algo va mal? —preguntó miss Arden.

—No, yo... solo estoy un poco confundida.

Observé que miss De Wolfe también me estaba mirando.

—¿Por qué? ¿Conoce a mister O'Connor?

—Sí —admití—. Trabajé con él en la línea de productos Glory. Fue el diseñador del envase.

—¡Eso es maravilloso! —Miss Arden dio una palmadita, y sus ojos comenzaron a brillar—. ¡Así que usted y mister O'Connor se conocen! ¡Él no me lo dijo!

Por lo tanto, ella le había hablado de mí. ¿Darren sabía que debía trabajar conmigo?

Se me aceleró el pulso. Al mismo tiempo, me pregunté por qué él no me había mencionado. ¿Acaso se había olvidado de mí?

¿Estaba tan necesitado del encargo que había decidido ignorar el hecho de que tendría que trabajar conmigo? ¿Y si tal vez me hubiera perdonado? Al fin y al cabo, habían pasado más de cuatro años desde que nos vimos por última vez.

—Parece usted algo agitada, ¿está usted bien? —preguntó miss Arden.

—Sí, es solo que... me ha pillado por sorpresa.

—¿Hubo algún problema con mister O'Connor?

—No, en absoluto. —Sabía que miss Arden recelaría si yo seguía comportándome de un modo tan extraño—. Hacía mucho tiempo que no oía hablar de él, eso es todo.

—Bien —dijo volviéndome a escrutar con la mirada. Luego se volvió hacia miss De Wolfe—. ¿Te apetece ir a ver los establos? Una de nuestras yeguas tuvo un potro precioso poco antes de Navidad.

—Por supuesto, querida —respondió miss De Wolfe, y miss Arden me dio permiso para retirarme.

Tras una noche agitada, la mañana del 4 de marzo me levanté muy temprano. Ese día, nuestro nuevo presidente iba a jurar el cargo. Ese día yo volvería a ver a Darren.

Tras terminar mi aseo matutino, me quedé mirando el armario. ¿Qué debía ponerme? En mi última salida a Nueva York me había comprado varios jerséis de abrigo y faldas de lana. Eran ideales para el tiempo en el campo. Sin embargo, de pronto todos me parecieron demasiado recatados.

Aunque no había estado con ningún otro hombre desde nuestra ruptura, no quería presentarme ante él con aspecto de solterona.

Pero ¿por qué me parecía tan importante? Darren y yo íbamos a volver a trabajar juntos. Aunque lo dudaba, seguía existiendo la posibilidad de que no supiera que yo estaba ahí. A fin de cuentas, miss Arden había dicho que él no le había contado nada sobre nuestro proyecto juntos.

Sentí un escalofrío. Debía darme prisa. Las estufas de Maine Chance calentaban muy bien, pero durante la noche perdían temperatura, y no estaba dispuesta a acatarrarme con el primer frío de la mañana.

Así pues, me decidí por un jersey de color rosa pálido y una falda de cuadros gris y me los puse rápidamente.

Para entonces llevaba media melena y empleé unas tenacillas para rizarme el cabello.

Cuando terminé, me miré en el espejo. Cuando miss Arden no estaba en la casa, no me maquillaba, pero como ese día era de esperar que acompañara a Darren me puse manos a la obra. Elegí un tono rosa palo algo oscuro para los labios e incluso me maquillé los ojos.

Aunque a Darren no le importara, al menos miss Arden estaría satisfecha.

¡Oh, Dios! ¡Darren iba a verme! Sentía los latidos de mi corazón incluso en la garganta y, aunque todavía faltaba un buen rato para que llegara, notaba que las rodillas ya me flaqueaban.

¿Había algo que pudiera hacer para complacerle? Me acordé entonces del colgante que me había regalado en Martha's Vineyard. Lo había conservado todos esos años, pero nunca había tenido el valor de ponérmelo. De vez en cuando lo encontraba al rebuscar en mi cómoda, pero siempre me apresuraba a guardarlo y a olvidarme de él.

Me acerqué a la cómoda y abrí el cajón superior. El colgante estaba en el fondo, en la caja en la que Darren me lo había entregado.

Cuando toqué la caja, fue como si vibrara. Me acordé de nuevo de cómo había terminado nuestra historia. La rabia en su rostro, sus reproches y mi propia vergüenza. Abrí la cajita y acaricié con el dedo la antigua moneda pirata. No había perdido nada de su brillo, y yo aún no sabía quién era la reina retratada en ella. Si las cosas hubieran sido diferentes, seguro que Darren lo habría averiguado por mí.

Saqué el colgante, pero vacilé al ir a colocarme la cadena en torno al cuello.

Casi deseaba que él no hubiera coincidido con miss Arden. Así yo habría podido olvidar ese asunto. Sin embargo, el destino parecía empeñado en que tuviera que relacionarme con él de nuevo.

Iba a llegar en torno a la una de la tarde. Mi única esperanza era que, en cuanto me viera, rechazara el encargo.

Sin embargo, tenía la sospecha de que no haría tal cosa. No era el tipo de persona que dejaba escapar encargos como ese. No me quedaba más remedio que asegurarme de que su habitación estuviera lista y brindarle una buena acogida.

Con expresión decidida, me puse la cadena con el colgante y salí al pasillo.

Me gustaba cuando la casa estaba en silencio. El personal no llegaba antes de las seis. Las chicas solían presentarse con aspecto cansado y los ojos hinchados. En cambio, Peg, la cocinera, tenía una actitud animosa que casi parecía fuera de lugar. Al llegar daba la impresión de haber realizado ya los recados de medio día y, pese a todo, rebosaba energía.

Encendí la estufa de la cocina y volví a subir.

La habitación donde se iba a alojar Darren estaba destinada a las clientas más adineradas. De hecho, era una de las estancias más bonitas que podíamos ofrecer. El pintor había retirado los papeles pintados antiguos y amarillentos que también había en mi cuarto y los había sustituido por una pintura de color rosa pálido y un zócalo de madera. Las cortinas de las ventanas eran de terciopelo espeso de color rosa palo y, cuando era preciso, impedían perfectamente el paso de la luz.

Los cuadros enmarcados en blanco que adornaban las paredes eran todos pequeños originales de pintores franceses cuyos nombres desconocía. No había tenido tiempo de centrarme mucho en las imágenes que representaban. Aunque nos estábamos ciñendo al programa, había mucho que hacer. Nos faltaba la campaña publicitaria... y fijar una fecha de apertura.

Por algún motivo, miss Arden no acababa de definirla. A ello había que sumar el hecho de que últimamente parecía tener graves problemas con mister Jenkins. Aunque las noticias allí tardaban en llegar, Peg sabía por la cocinera de miss Marbury que cada vez había más peleas entre Arden y Jenkins porque él se extralimitaba en sus funciones. Se había permitido darle órdenes a su esposa y también había actuado a sus espaldas. Afirmaba que era por su propio bien, pero para miss Arden eso era un abuso de confianza.

—Ya cuando se casaron ella le dejó claro que este era su negocio y que él era solo un ayudante. —La cocinera de miss Marbury lo había oído decir—. Me imagino las caras de los miembros de la alta sociedad cuando, tras la boda, ella simplemente se fue al trabajo. No hubo celebración.

Me resultaba inconcebible imaginar una boda sin la fiesta posterior. En el pasado, en Berlín, yo había fantaseado un poco con la fiesta que daría cuando me casara. Entonces quería hacerlo de blanco con una celebración digna de un cuento de hadas.

Aunque nunca había estado tan lejos de vivirlo, sabía que después de casarme jamás me marcharía directamente a la oficina. ¿Qué matrimonio podía salir de aquello? Miss Arden había criticado que madame se hubiera divorciado —lo cual, al parecer, no era verdad—, pero todo hacía pensar que tal vez sería ella quien perdiera a su marido.

Dejé a un lado esos pensamientos y retiré la tela protectora que cubría la colcha. En aquel edificio antiguo el polvo se acumulaba con rapidez, así que había decidido mantener tapada la cama hasta la mañana de aquel día.

Debajo asomó una colcha de color rosa pálido decorada con flores y pájaros. Las mujeres que hacían esas colchas tenían que ceñirse a unas reglas muy específicas. Una de ellas giraba en torno a la selección de los motivos que podían utilizar. Algunos tenían simbolismo religioso; otros contemplaban elementos muy mundanos. No era de extrañar que miss Arden hubiera optado por los motivos más terrenales. Puede que unos pájaros cardenales y unas rosas blancas sobre un fondo de color rosado tuvieran un cierto aire navideño, pero desde luego era una colcha preciosa que armonizaba a la perfección con el estilo del dormitorio.

En general, era una estancia bastante femenina, pero estaba segura de que eso a Darren no le importaría.

Alisé el edredón y volví a ahuecar las almohadas; luego abandoné la habitación, constatando con alivio que estaba bastante apartada de la mía.

Cuando regresé a la cocina, Peg ya estaba allí, con media hora de adelanto. Era algo que siempre hacía cuando miss Arden anunciaba su visita, como si ese tiempo de más pudiera complacer a su jefa.

—¿Ha encendido usted el fuego, miss Krohn? —preguntó mientras se quitaba su abrigo de fieltro gris. Aquella prenda presentaba holgura en los codos y en el vientre, pero Peg lo adoraba y posiblemente no se desprendería de él sin ofrecer resistencia.

—No podía dormir —expliqué.

—Lo entiendo —contestó Peg apresurándose hacia la pequeña bomba de agua, casi una antigüedad, que había instalada en la cocina—. Por fin entra un hombre en la casa.

—No olvide que en el establo de al lado hay muchos —dije.

—Cierto, pero no les está permitido acceder aquí. Este será el primero tras toda la dominación femenina. Me pregunto si será guapo.

Excepto miss Arden, nadie más sabía que yo conocía a Darren.

—Creo que sí —respondí, tratando de mostrar el menor interés posible. Pero eso no desanimó a Peg.

—A miss Arden le encantan los hombres atractivos. ¿No se ha dado cuenta de que en público siempre aparece rodeada de hombres guapos?

—¿Cuándo la ha visto usted rodeada de hombres guapos? —pregunté, desconcertada. Cuando yo veía a miss Arden, solía estar acompañada de mujeres. Mujeres hermosas, pero mujeres.

—¡En el *Harper's Bazaar*! —exclamó Peg—. Una amiga mía está suscrita a la revista. No me puedo creer que usted no lea revistas.

—Ya sabe que siempre tengo mucho que hacer —respondí con una sonrisa mientras sacaba dos tazas del armario. Con un café fuerte y un paseo por la finca, estaría preparada para todo el trabajo de oficina que me aguardaba.

36

Cuando el coche de miss Arden se acercó, tuve la impresión de que el pulso galopaba por mis venas como los caballos de nuestro establo. A pesar de que el estómago me gruñía, había sido incapaz de comer nada durante el almuerzo. En ese momento, sentía un gran nudo en la garganta.

Me había propuesto comportarme con desenvoltura, pero llegado el momento me sentía un poco azorada. Así el colgante como si fuera un salvavidas. ¿Era apropiado llevarlo? ¿A Darren le molestaría verlo?

En cuanto se oyeron unas pisadas, erguí el cuerpo y bajé la escalera. Acababa de dejarla atrás cuando la puerta se abrió. Darren cedió educadamente el paso a miss Arden.

—La finca es realmente impresionante —decía en ese momento.

Su voz me provocó un cosquilleo en el cuerpo, que parecía haber caído en un hormiguero. Parte de mí apenas podía esperar a que él reparara en mí; la otra habría huido de buena gana por temor a su reacción.

Me detuve junto a la escalera, quieta como una estatua de sal.

—De no haber sido por mi querida amiga Bessie, ya difunta, no podría haber aspirado a una joya como esta —explicó miss Arden. Al instante siguiente me di cuenta de que Tom Jenkins también estaba presente. Avanzaba con paso algo desganado detrás de Darren y de su esposa—. ¡Ah! ¡Aquí tenemos a nuestra hada madrina! —exclamó ella señalándome—. Tengo entendido que ustedes ya se conocen.

Darren levantó la vista y se quedó helado. Al parecer, miss Arden no le había dicho con quién iba a tener que trabajar. De alguna manera, eso me tranquilizó un poco.

—¡Buenas tardes! —dije dirigiéndome hacia ella. Tendí la mano a miss Arden y a mister Jenkins y luego se la tendí a Darren—. Me alegra volver a verle, mister O'Connor.

Darren recobró al momento la compostura y me devolvió el apretón de manos.

—Lo mismo digo, miss Krohn.

Desvió la mirada hacia mi colgante, pero lo que reflejaron sus ojos no fue alegría. En ese instante supe que había cometido un error. Tensé el cuerpo y tuve muchas ganas de salir corriendo.

Ni miss Arden ni mister Jenkins parecieron percatarse de nada.

—¿Qué le parecería mostrarnos la casa, miss Krohn? —preguntó miss Arden.

—Será un placer —respondí, tratando de contener la avalancha de emociones que amenazaba con ahogarme.

Encabecé la marcha, contenta de que nadie esperara que yo mantuviera un poco de conversación con ellos.

La primera sala estaba decorada como un club de caballeros inglés, aunque con toques femeninos. El color que predominaba era el rosa palo, que se mostraba en distintas tonalidades, y, en vez de una mesa de billar, había librerías y vitrinas en las que se exhibían objetos artísticos. Los cuadros de las paredes aún estaban tapados, y no todos los objetos se encontraban en su sitio. Como ya había previsto que miss Arden querría mostrarle a Darren la casa, había pedido al personal que destapara los muebles; normalmente estaban protegidos para que la tapicería no se manchara ni perdiera el color antes de tiempo.

—Este es el salón donde las clientas podrán relajarse o entretenerse antes de someterse a un tratamiento —expliqué—. Algunos muebles los hemos importado de Europa, lo cual no ha sido fácil; gracias a nuestro personal auxiliar hemos conseguido transportarlos. De todos modos, los volveremos a tapar hasta el día de la inauguración.

Noté que hablar del proyecto me aliviaba un poco. Piensa en él como si fuera un desconocido, me decía a mí misma. Imagina que es alguien a quien solo le quieres enseñar la casa.

A continuación, nos dirigimos al gimnasio, y luego a los salones de belleza y de peluquería. En este último todavía faltaba parte del mobiliario, en particular porque el cristalero se había quedado sin espejos.

—Imagínense aquí hileras de espejos y mesas de cosmética, separadas por biombos de inspiración asiática. Junto a esta zona habrá también salas privadas para tratamientos que las clientas podrán reservar y que están equipadas con la tecnología más moderna disponible hoy en día.

Dirigí la mirada hacia Darren, que parecía tener la mente en otro sitio. Con las manos metidas en los bolsillos del pantalón, sus ojos vagaban por todas partes, pero no se dirigían a mí. ¿Acaso no le interesaba lo que le contaba? Aquello me enojó y, aunque me esforcé, mis palabras a continuación fueron más enérgicas.

Al llegar a la sala en la que se iba a construir la zona de baños, estaba a punto de estallar. De buena gana lo habría arrastrado al exterior y le habría preguntado por qué había accedido a trabajar para miss Arden. A fin de cuentas, madame había vuelto al negocio y sin duda habría podido quedarse con ella.

Aun así, logré controlarme mientras explicaba que allí las clientas podrían descansar y refrescarse después de jugar al tenis o hacer equitación.

Cuando terminamos la visita, mister Jenkins me llevó aparte. Darren se había ido al picadero con la excusa de fumar. Miss Arden hablaba por teléfono con la arquitecta para exponerle algunos deseos más.

—¿Está usted bien, miss Krohn? —preguntó mister Jenkins—. He notado una cierta... tensión entre usted y mister O'Connor.

¿Cómo había podido darse cuenta? Darren y yo no habíamos hablado directamente entre nosotros, y él no había hecho ningún comentario sobre mis explicaciones.

—No es nada —dije—. Solo es que tengo un poco de dolor de cabeza.

Por la expresión de su cara, vi que no me creía.

—¿Hubo alguna discrepancia entre ustedes mientras trabajaron juntos para madame Rubinstein? Mi esposa comentó que usted reaccionó de una forma un tanto... peculiar cuando mencionó su nombre.

—¡No, por supuesto que no! —respondí porque no quería privar a Darren de ese encargo—. Es solo que...

—¿Sí? —preguntó Jenkins mientras yo de buena gana me habría abofeteado por mi desliz. ¿Qué podía decir, que había tenido una relación con él? ¿Que cuando él descubrió mi secreto se enfureció?—. ¿Acaso usted se... enamoró de él? —Noté que me sonrojaba. Jenkins obviamente interpretó aquello como un sí porque soltó una risa breve—. Eso es. ¡Usted estuvo prendada de él!

Se había aproximado bastante a la verdad. Sin embargo, no pareció tomarse en serio aquel enamoramiento mío.

—Es bastante habitual entre compañeros de trabajo, no se preocupe —dijo, como si diera por hecho que no había ido más allá de una fantasía romántica. O tal vez no me creía lo bastante hermosa para alguien como Darren—. Incluso yo, como hombre, debo admitir que resulta atractivo. Mi mujer tiene vista para eso.

Pronunció esas últimas palabras de mala gana.

—Usted concéntrese en la empresa —continuó—. Así le será más fácil no volver a perder la cabeza por él. He visto su trabajo y lo considero una persona extremadamente competente. Los dos juntos harán del club algo realmente extraordinario.

—Tendré en cuenta su consejo —repuse—. Por lo demás, en lo que respecta a mister O'Connor, me siento bastante tranquila. Dudo mucho que vuelva a quedarme prendada de él otra vez.

—Me alegra oírlo. —Jenkins me sonrió y luego asintió—. Bueno, miss Krohn, no la entretengo más.

—Gracias —dije volviéndome. Me sentía muy aliviada, pero también un poco molesta. ¡Mi relación con Darren no era asunto de mister Jenkins! Lo pasado, pasado estaba.

Sin embargo, al reflexionar luego para mí, me pregunté por qué entonces me inquietaba tanto su presencia.

Miss Arden y mister Jenkins no se quedaron a cenar, a pesar de que Peg se había esmerado para que todo estuviera delicioso. A última hora de la tarde partieron y me dejaron a solas con Darren.

Los dos salimos a despedirlos juntos y contemplamos cómo su coche se alejaba. La tensión que sentía en mi pecho era casi insoportable.

¿Cómo debía comportarme con él? Me habría gustado hacer una observación ingeniosa o conciliadora, pero no se me ocurría nada que resultara adecuado. Darren parecía sentirse igual. Con las manos metidas en los bolsillos del pantalón tenía la vista clavada en las puntas de sus zapatos.

—Bueno, aquí estamos de nuevo —dijo por fin levantando la vista. Tenía una mirada extrañamente imperturbable—. No creí que nos volveríamos a ver.

—Yo tampoco —le respondí.

¡Cómo me habría gustado repetirle de nuevo que sentía no haberle contado nada en su momento!

—De haber sabido que yo estaba aquí, ¿habrías rechazado la oferta de miss Arden?

Darren soltó un bufido.

—En los tiempos que corren una oferta de esta envergadura no se rechaza. Ni siquiera si ante la puerta hay un cancerbero vigilando. Hay que aceptar y sacar el máximo provecho.

Tragué saliva. ¿Así me veía? ¿Como un perro del inframundo al acecho?

De nuevo se hizo el silencio entre los dos. La decepción se me atragantó en la garganta. De haber podido, me habría ido corriendo a esconderme en la casa.

—Así que todavía la conservas —dijo de pronto. Lo miré confundida hasta que caí en la cuenta de que se refería a la moneda de mi colgante.

—Sí —respondí—. No fui capaz de tirarla. Es demasiado bonita. —Además me recordaba a él, aunque ese recuerdo no sirviera de nada. En ese momento lamentaba muchísimo habérmela puesto—. Pensé que hoy era la ocasión ideal para lucirla.

—Muy amable por tu parte, pero completamente inútil —replicó con una dureza que llegó a dolerme—. Estamos aquí por trabajo, ¿no es cierto? Nos consultamos cuando sea necesario y, cuando todo termine, nos separamos de nuevo.

De repente se me hizo un nudo en la garganta. Según él, ambos debíamos fingir ser unos desconocidos que por azar trabajaban juntos.

—¡Entendido! —dije, cruzando los brazos y dándole la espalda. Regresé a la casa dando largas zancadas. Tal vez las artes culinarias de Peg lograran reconciliarme con ese día extraño.

Cené en la cocina y Darren en su habitación. Pidió que le subieran la cena a su cuarto y no se dejó ver durante toda la noche. Me pregunté si tal vez lamentaba haber rechazado mi gesto de ese modo.

Su reacción no dejaba de ser extraña después de todo el tiempo transcurrido. A esas alturas, seguramente debía de tener una novia nueva y todo indicaba que el trabajo le iba muy bien. ¡Una de las mujeres más ricas de Estados Unidos lo había contratado!

¿Tan difícil le resultaba tratarme con un poco de amabilidad?

En cualquier caso, escondí el colgante en el cajón y me juré a mí misma que no volvería a sacarlo de ahí. Si algún día me marchaba y regresaba a Nueva York, lo abandonaría en esa casa. Tal vez alguna clienta le encontrara algún uso.

—Se la ve triste —comentó Peg mientras guardaba las sobras de la cena que en realidad había planeado para miss Arden y mister Jenkins. Nos pasaríamos el resto de la semana comiendo costillar asado, pero no me importaba.

—Es solo que me siento cansada —dije sirviéndome un poco más de puré de patatas.

—Realmente mister O'Connor es un hombre atractivo —comentó Peg—. Sin embargo, parece muy reservado y poco sociable.

—Puede que necesite hacerse primero al entorno —contesté alegrándome para mis adentros de que no estuviera ahí. En ese caso o habría seguido castigándome con su silencio, o habría intentado ganarse a Peg con su encanto. Y ambas cosas habrían sido muy desagradables para mí.

—Usted ha comido siempre con nosotras, desde el principio —señaló Peg. En efecto, yo había trabado amistad muy pronto con las tres mujeres que me ayudaban y me atendían.

Posiblemente eso era justo lo que Darren temía.

—No hay cuidado, ya se soltará —dije en un intento por tranquilizar a Peg—. Su arte en la cocina hará su efecto.

—Espero que le guste —repuso—. Me molesta que la gente pida que le lleven la comida a la habitación si no está enferma porque no se puede ver su reacción. Pasado el tiempo se comportan con amabilidad y dicen que la comida estaba estupenda, pero en realidad puede que la detesten.

—Seguro que mister O'Connor se quejaría si algo no le gustara —comenté en voz alta y, en un susurro, añadí—: En el pasado eso no fue un problema para él.

—¿Cómo dice? —preguntó Peg, que aquel día tenía los oídos especialmente agudos.

—Nada importante —respondí sacudiendo la cabeza—. Solo estaba pensando en voz alta. Nada más.

Por la noche me quedé mirando el techo, que había sido reformado como todo lo demás en la casa. Había pedido que dejaran un pequeño rosetón de yeso del que colgaba la pantalla de una lámpara como si de un fruto sobredimensionado se tratara. En algún punto entre las nubes debía de brillar la luna. No la podía ver, pero su luz bañaba la estancia.

Pese a las ventanas nuevas, aún se oía el murmullo del viento. Por lo general, aquel sonido solía tener un efecto tranquilizador en mí, pero ese día mi corazón no estaba dispuesto a escucharlo.

Resultaba extraño estar bajo el mismo techo que Darren. Él se hallaba bastante alejado de mí ya que las habitaciones de los huéspedes ocupaban un ala distinta de la mía; aun así, casi me parecía notar su presencia.

Había habido momentos en los que había anhelado su regreso. Sin embargo, esos cada vez eran menos frecuentes, y en los últimos años él se había convertido en apenas una sombra situada en un margen de mi campo de visión. Yo había creído que ya lo había superado, pero en ese momento era muy consciente de que ese no había sido el caso en absoluto.

¿Cómo habría sido mi vida si no nos hubiésemos separado? ¿Si le hubiera confiado mi secreto desde el principio? ¿Estaría casada a estas alturas? ¿Habría trabajado entonces para miss Arden?

¿Tendría un nuevo hijo que me habría hecho olvidar que aún no sabía qué había sido de Louis? ¿O de monsieur Martin, que desde su última carta tres años atrás no se había vuelto a poner en contacto conmigo?

Era imposible hallar una respuesta a todas esas preguntas. Formaban parte de una versión distinta de mí, de la mujer que no había llegado a ser. ¿Me apenaba por eso? Sí, por supuesto. Y añoraba haber perdido mi vida en Berlín. Una vida en la que no conocía a Georg ni le permitía destruirlo todo.

Pero no había vuelta atrás. Yo era la persona en la que me había convertido en los años pasados. No podía sino mirar hacia delante.

37

En los días que siguieron se apoderó de mí un estado de ánimo extraño. Aunque todo seguía su curso y no nos veíamos muy a menudo, la presencia de Darren me mantenía en tensión todo el tiempo.

Solo me relajaba un poco cuando iba a los establos o veía a los mozos de cuadra montando en el picadero. En cuanto entraba en la casa, mi cuerpo se ponía en alerta como si tuviera que reaccionar de inmediato en cualquier momento.

Aquello era extraño, porque Darren pasaba la mayor parte del tiempo en el despacho haciendo bocetos. Excepto por los almuerzos apenas lo veía y entonces solo hablábamos si era absolutamente necesario.

Miss Arden le había indicado que me preguntara cualquier información que necesitara, pero no solía hacerlo. Prefería cavilar por su cuenta y sacar sus propias impresiones.

Al principio esa actitud me dolió, pero al poco tiempo la obstinación me ganó. Si esa era su manera de alcanzar el objetivo, por mí adelante. Cuanto antes terminara, antes me libraría de él.

Intenté distraerme examinando más detenidamente el gimnasio. Aún faltaban un par de aparatos para hacer ejercicio.

Miss Arden había encargado unas máquinas con las que las mujeres podían fortalecer los brazos tirando de unas pesas que pendían de unos cables de acero. Yo no acababa de entender qué relación podía guardar con los tratamientos de belleza y cosmética, pero las instrucciones de miss Arden siempre tenían una razón de ser.

Al mediodía, antes de tomar un pequeño almuerzo, solía dar una vuelta por la finca. Ahora que la mayoría de los operarios se habían marchado, el lugar estaba extrañamente tranquilo. Solo en los establos había animación. El número de caballos de miss Arden aumentaba sin cesar. Me preguntaba por qué ella no se instalaba definitivamente en el campo. Cuando venía a la finca a título personal, llevaba siempre ropa bastante ordinaria, a veces incluso pantalones de montar, porque le encantaba galopar con sus caballos por el campo.

El príncipe Guirey se había ofrecido a darme clases de equitación, pero me había negado. Los caballos no eran lo mío, y no quería poner en peligro mi trabajo con un hueso roto. Sin embargo, a veces sentía un poco de envidia de los hombres que cuando galopaban parecían formar un todo con el caballo.

Al regresar a la casa, Ella, una de las criadas, me estaba esperando.

—Han traído esto para usted —dijo entregándome un sobre con un matasellos que ya de lejos indicaba que procedía de Francia.

Se me aceleró el pulso. Giré el sobre rápidamente. ¡Una carta de monsieur Martin! Observé que el sobre llevaba dando vueltas por el mundo desde hacía bastante tiempo y que se había reenviado dos veces. Al parecer, el detective había confundido mis señas.

—Gracias —le dije a Ella y me llevé la carta al despacho. Estaba en la planta baja y era de miss Arden cuando estaba en la finca. El resto del tiempo, era mi territorio, por lo menos mientras yo me ocupara de la remodelación del club de belleza.

Cerré la puerta tras de mí, me acerqué al escritorio y así el abrecartas con manos temblorosas. Al hacerlo, noté cómo me abandonaba la confusión a la que había tenido que hacer frente a causa de Darren.

Me sorprendió un poco ver que monsieur Martin había escrito esa carta con máquina de escribir cuando todas las anteriores las había escrito a mano.

El papel era de baja calidad, y aquí y allá algunas letras de la máquina lo habían perforado. Posiblemente, el papel de carta bueno escaseaba también en Francia a causa de la crisis económica generalizada.

En cualquier caso, en ese momento me habría valido incluso el papel higiénico.

Me acerqué a la ventana y empecé a leer.

Chère *mademoiselle Krohn:*

Al menos, espero que aún conserve este apellido y, por lo tanto, pueda dar con usted. Le ruego me disculpe por ponerme en contacto con usted a estas alturas. Tres años es mucho tiempo, y le aseguro que tengo muchos remordimientos por ello. En todo caso, ¿qué podría haberle escrito? El mundo se hunde cada vez más en el caos, y París, donde todo suele refulgir mucho más que en otras partes, no es una excepción.

Desconozco si recibe usted noticias de Alemania, pero lo que ocurre allí es alarmante. Lo mismo puede decirse de mi país. No resulta precisamente fácil obtener información. Tras la muerte de Aline DuBois, me vi en un callejón sin salida y además tuve que ver cómo salir adelante con mi vida. Espero que lo comprenda.

Pero ahora he vuelto. El motivo es que, de pronto, siento la necesidad de seguir con el caso. A veces las nuevas pistas solo salen tras cierto distanciamiento.

Puede que eso a usted le parezca terrible. De hecho, si el remitente de la carta que recibió no mentía, su hijo pronto cumplirá siete años. Sea como sea sé por experiencia que los autores de un delito se suelen volver imprudentes cuando creen que se ha abandonado la búsqueda.

Hace unos días, de un modo más bien casual, me han llegado casos de robos de niños en otras ciudades. Son casos algo distintos, pues se trata de robos de bebés que estaban en su cuna, o secuestros de niños pequeños en el curso de un paseo. No se sabe lo que habrá sido de esas pobres criaturas. Estoy intentando ponerme en contacto con todas las fuentes posibles con la esperanza de que alguien me pueda dar alguna pista.

Al menos la policía de otras ciudades no se muestra tan ignorante como la nuestra. Me han prometido apoyo, tal vez porque las pesquisas avanzan muy lentamente. En todo caso, le prometo que no pienso dejarla de nuevo esperando durante años. En cuanto tenga alguna novedad me pondré en contacto con usted. Y, por favor, absténgase de enviarme dinero. Aunque me vendría bien, mi honor me dice que todavía no me he ganado los honorarios que me abonó en su momento. Vuelvo a estar centrado en el caso e intentaré retomar la pista.

¡Cuídese mucho!

Suyo,

Luc Martin

Bajé la mano que sostenía la carta. La decepción inundó mi corazón como si de una ola se tratase. Después de tanto tiempo él se había puesto en contacto, pero seguía sin tener ningún resultado. ¡De todos modos, al menos tenía una pista! ¿Bastaba eso para hacerse ilusiones? A esas alturas Louis estaría a punto de cumplir siete años. Si había sido criado por otros padres, sin duda ya no me aceptaría como su madre ni creería lo ocurrido en su momento.

Intenté imaginarme su cara. ¿Se parecería a mí? ¿A mi padre? ¿A Georg?

De hecho, esos dos no se lo merecían porque no lo habían querido. ¡Pero a mí me habría gustado tanto tenerlo! Además, me traía sin cuidado a quién se pudiera parecer con tal de poder verlo. De hablar con él.

Un golpecito en la puerta me sacó de mis cavilaciones. Doblé rápidamente la carta y la metí en el sobre. Supuse que sería Ella que me traía el almuerzo. Peg preparaba unos sándwiches estupendos y se me hacía la boca agua con solo pensar en ellos.

Sin embargo, el que entró después de que yo dijera adelante fue Darren. Intenté disimular mi agitación, erguí la espalda y pregunté:

—¿Qué hay?

Darren apartó la vista de mí, como solía hacer siempre que nos encontrábamos.

—He elaborado un par de propuestas y me gustaría que les echaras un vistazo.

Dejó los papeles sobre mi escritorio sin aguardar respuesta y se metió las manos en los bolsillos. No sabía cómo interpretar ese gesto que él hacía siempre que me dirigía la palabra.

—Gracias, lo haré —respondí. De pronto mi voz adoptó un tono desagradable.

Él asintió y se dio la vuelta. Sin saber por qué, de repente sentí el impulso de hablarle de la carta del detective. Pero entonces me di cuenta de que probablemente le traería sin cuidado. Me abstuve de decir nada más y oí que la puerta se cerraba.

Pasaron unos días. No tuve ni un momento para examinar las propuestas de Darren. Hubo problemas en uno de los anexos. Los operarios encontraron humedad bajo el suelo, así como puntos atacados por las termitas. Aquello ponía en peligro la estabilidad del edificio y nuestro calendario de obras. Un colapso podía provocar un retraso de varios meses. Por si fuera poco, en ese momento había escasez de madera, y además necesitábamos un exterminador capaz de contener la infestación. Dar con uno era como buscar una aguja en un pajar.

Acalorada y agotada por las llamadas telefónicas, el viernes cogí la chaqueta y salí del despacho dispuesta a dar un pequeño paseo por la finca.

Tenía ganas de que llegara el fin de semana y estaba sopesando la idea de ir en tren a una de las ciudades próximas, sentarme en un café y olvidarme de que tenía que vivir bajo el mismo techo que Darren.

Apenas había cruzado esa idea por mi mente cuando oí unos pasos en el pasillo. Levanté la vista y me quedé helada al ver a Darren. Venía hacia mí y también parecía sumido en sus cavilaciones. Deseé haber salido un poco más tarde, pues a esas alturas habría sido ridículo esconderme de nuevo en el despacho.

Cuando me vio, levantó la cabeza y nos miramos un momento. Luego apartó la vista.

—¿Has mirado los papeles? —preguntó con frialdad.

Negué con la cabeza.

—Aún no. No ha habido ocasión.

Resopló.

—Han sido días muy complicados —dije justificándome sin realmente tener por qué. De hecho, yo no interfería en su trabajo.

—Sabes que miss Arden quiere recibir los bocetos muy pronto. Y yo, la verdad, me estoy dejando la piel para que estén a tiempo. No estoy dispuesto a que me dejes en mal lugar.

—¿Yo te estoy dejando en mal lugar? —repliqué poniéndome en jarras. Sentí que algo me oprimía el pecho, como un animal revolviéndose en su jaula.

Darren hizo una mueca.

—¿Aún me guardas rencor por lo de entonces? ¿Es por eso por lo que desatiendes mi trabajo? ¿Para vengarte de mí? ¿Para deshacerte de mí?

Me lo quedé mirando y noté cómo dentro de mí ese algo se abría paso. De pronto, el nerviosismo que siempre sentía en su presencia me abandonó, retrocediendo ante algo distinto, ante una emoción sombría que solía contener dentro de mí y que ahora ansiaba desatarse. Podía vivir con el hecho de que me ignorara. Pero que me recriminara descuidar mi trabajo movida por mis emociones personales era ir demasiado lejos.

Sentí que los ojos me ardían, y por un momento tuve ganas de llorar. Sin embargo, mi enojo se impuso.

—Acompáñeme, mister O'Connor —dije con la mayor serenidad que pude y, sin esperar su reacción, pasé delante de él.

Él me siguió.

Salí fuera del edificio porque no quería montar una escena delante de Peg y de las criadas. Me di cuenta de sus miradas de asombro al pasar ante ellas a grandes zancadas. ¿Cómo mirarían a Darren, a quien adoraban en secreto?

Me dirigí con pasos enérgicos por el sendero de grava hacia el picadero que se encontraba un poco alejado.

—¿A dónde demonios vas? —oí a mis espaldas. Darren aún me pisaba los talones. Bien.

Al llegar junto al vallado me volví hacia él.

—¿Cómo te atreves? —Me complació ver que se apartaba un poco de mí—. ¡Han pasado cuatro años! ¡Cuatro! ¿De verdad piensas que todavía no lo he superado? ¿En serio?

Mientras profería esas palabras la saliva me salió despedida de los labios. Me daba igual. La rabia me ardía en el pecho y, de haber tenido un jarrón a mano, probablemente se lo hubiera arrojado.

—¡Además, no es que yo no quiera trabajar contigo! ¡Eres tú quien me lo impide porque sigues recriminándome que en su momento no te dijera nada!

—Yo... —empezó a decir, pero le interrumpí.

—¡Está bien! ¡Por mí, haz lo que quieras! Pero no soy yo quien que se mantiene lejos de tu despacho. Eres tú quien evita el mío. ¿Acaso crees que voy detrás de ti? ¡Si necesitas aclarar algo, siempre puedes acudir a mí, pero no, claro está, tú eres demasiado delicado para tal cosa!

Noté cómo la rabia crecía en mi interior mientras le hablaba como nunca antes. Jamás había tenido un arrebato similar. Era como si no solo estuviera gritándole a Darren, sino también a Georg, a mi padre y a Henny. A todas las personas que me habían defraudado y actuaban como si la culpable fuera yo.

—¡Y esto no altera en nada el hecho de que mi silencio de entonces fue una nimiedad por la que no debimos habernos separado! —continué—. ¡Pero tú te viste herido en tu precioso orgullo, y eso, claro está, es algo inconcebible en un mundo donde todo gira a tu alrededor!

—¿Te parece una nimiedad que me ocultaras que habías tenido un hijo? —preguntó, al parecer algo recuperado de la primera impresión. En ese instante me di cuenta de que, efectivamente, se trataba de eso. Esa seguía siendo la cuestión.

—Te habría hablado de mi hijo —repuse—. Puede que no de inmediato, pero lo habría hecho. ¡Pero en ese momento todo ocurrió muy rápido y tú te encargaste de confirmar todos mis temores!

Inclinó la cabeza como un gato a punto de atacar. Pero yo me adelanté.

—Y ahora me vienes con esa recriminación infantil de que no lo puedo superar cuando es evidente que eres tú el que aún no lo ha superado. —Inspiré y proseguí—: ¿Tú sabes por lo que he tenido que pasar? ¿Sabes lo que es la culpa? ¿Preguntarte si hiciste lo suficiente para asegurar la supervivencia de tu propio hijo? ¿Aunque solo fuera en mi vientre? —Hice una pausa, pero no lo bastante larga para que él pudiera objetar algo—. Desde el momento en que supe que había muerto, estas preguntas nunca me han abandonado. Estaba enfadada conmigo misma. Por haberme enredado con su padre. Por no haber logrado nutrirlo con mi cuerpo lo bastante como para que pudiera sobrevivir. Cuando me condenaste, no tenías ni idea de lo que había tenido que vivir. Eras el primer hombre en el que creí que podía confiar otra vez. Pero esa confianza requería tiempo. ¡Te habría hablado de mi hijo! Después de ello, en cambio, lo único que pude pensar era que había vuelto a fracasar. Que no podía ofrecerte la virginidad que al parecer tanto querías.

—Eso no es verdad —objetó.

—Ah, ¿no? Entonces, ¿tú no saliste huyendo ni al partir me trataste como si no existiera porque te sentías herido en tu orgullo? ¿Ni tampoco rechazaste mis disculpas porque había ofendido tu vanidad?

Darren tenía los labios fruncidos y, con ese gesto, me dio la razón. Era exactamente así. Su orgullo y su vanidad habían sido el auténtico motivo de nuestra separación. Ni mi silencio, ni mi temor a confiar en él.

—Me quedé destrozada, y desde entonces no he dejado que ningún otro hombre se acerque a mí porque no he podido olvidar tu reacción —seguí diciendo—. ¡Por algo que ocurrió en mi vida hace muchísimo tiempo! ¡Era lo único en lo que podía pensar!

Incliné la cabeza resollando, y me puse los brazos en jarras.

—Llevo más de cuatro años preguntándome si mi hijo sigue con vida. Cuatro años y aún no tengo respuesta. Si entonces no hubieras huido como un cobarde, lo habrías sabido todo. Y podrías haber estado a mi lado. Podríamos haber ido juntos a París, pero tú preferiste hacerte el ofendido.

Darren sacudió la cabeza, confundido.

—¿Acaso me culpas de tu desgracia?

—¡No, en absoluto! —repuse. Noté la garganta encendida y sentí que no lograría contener las lágrimas más tiempo. Pero, si me echaba a llorar, mi ira desaparecería. Y en ese instante quería estar furiosa.

—¡Nunca te he culpado! Pero deberías haber tenido paciencia conmigo y no salir como alma que lleva el diablo tras descubrir mi cicatriz. Deberías haber hablado conmigo en lugar de ofenderte. ¿Tienes idea de lo insensata que fue tu conducta? ¡Te comportaste como un niño enfadado al descubrir que su juguete no era lo que él quería!

Inspiré profundamente. Poco a poco me iba quedando ronca, y hablar representaba un esfuerzo inmenso. Con todo, ya que estábamos, había algo más que quería decirle.

—Y encima ahora tienes el valor de acusarme de intentar echar a perder tu trabajo. ¿De verdad crees que soy así? Pero si fuiste tú quien me rechazó cuando llegaste. ¿Creías en serio que me apetecía volver a estar contigo? ¿Pensaste que por eso me puse el colgante?

No respondió.

—Me puse el colgante como un gesto de conciliación; de hecho, habría sido infantil tirarlo, ¿no te parece? —De nuevo me puse las manos en las caderas como si yo misma tuviera que sostenerme—. Pero, vaya, supongo que es lo que hiciste con mi alfiler de corbata. Bien, ¡pues yo no soy así! Como dices, yo también quiero acabar de una vez con este asunto. ¡Que no me dé tiempo a ver tus bocetos no tiene nada que ver contigo! ¡Por mí puedes irte al infierno!

Me di la vuelta y me dirigí a grandes zancadas hacia el bosque que quedaba más allá del picadero. No quería ni verlo ni oírlo más. No quería más recriminaciones, ni tampoco una disculpa a medias. En ese momento lo único que quería era que él desapareciera de mi vida.

Cuando empecé a sentir que me faltaba el aliento, Darren y el picadero habían quedado muy atrás. Me apoyé en un tronco nudoso y cerré los ojos. Me había sentado bien decir todo lo que me había callado hasta el momento, echárselo a la cara, pero la inquietud y la rabia persistían. Posiblemente, él aún no lo había comprendido, y me pregunté por qué deseaba tanto que viera que había cometido un error en Martha's Vineyard.

Permanecí allí un rato, con la mirada dirigida al cielo que se recortaba entre las copas de los árboles. Las ramas aún estaban desnudas, y de vez en cuando se dejaba ver alguna que otra corneja. Miss Arden había previsto inaugurar el club de belleza en otoño, la fecha estaba fijada para mediados de octubre, cuando en esa zona empezaba la *Leafing Season*, el tiempo de las hojas, y el follaje en los bosques relucía con los más bellos tonos amarillos y rojizos. Debía centrarme en eso. ¿Qué me importaba a mí Darren, que de todos modos desaparecería en cuanto hubiera terminado su campaña publicitaria? Echaría un vistazo a sus bocetos. Tal vez eran lo bastante buenos como para que se pudiera marchar pronto.

Un crujido me apartó un instante de aquel rencor sordo. Sin embargo, al mirar a mi alrededor, solo descubrí una ardilla correteando por encima de la hojarasca del suelo y trepando luego por un árbol.

Cuando regresé al picadero, Darren ya no estaba allí. Propio de él. Debía de estar hablando por teléfono con miss Arden para contarle que el trabajo allí le resultaba insoportable.

Sentí cierta aprensión y también remordimientos. No debería haberle gritado. Aunque posiblemente se lo merecía, no tendría que haberme dejado llevar de ese modo. ¿Y si se lo contaba a miss Arden? Hasta entonces su reacción ante las decepciones o los disgustos siempre había sido huir. Lo fue cuando no quise besarle frente al bar clandestino, y también cuando descubrió mi cicatriz.

No me habría sorprendido encontrar sus maletas hechas al pie de la escalera. Sin embargo, excepto por el ruido de platos en la cocina, la casa estaba en silencio.

—¡Ah, miss Krohn! Ahora mismo iba a subirle el almuerzo.

Me disponía a responderle que no tenía apetito cuando vi los sándwiches. Con mayonesa, las lonchas del jamón que teníamos en el sótano, y los pepinillos encurtidos que Peg había preparado el verano anterior.

—¿Le importa que coma aquí mismo? —pregunté mientras me sentaba en el banco largo que, en realidad, estaba destinado al servicio—. Preferiría no ver mi despacho durante unos minutos.

—¿Una discusión? —quiso saber Peg.

—Solo un par de pequeñas discrepancias. Mister O'Connor debe de pensar que sigue en Nueva York.

—Sí, a la gente de ciudad le lleva un tiempo acostumbrarse a la vida en el campo —dijo con tono bondadoso—. Pero seguro que a la inversa pasa lo mismo.

No la contradije, y me dediqué a mi sándwich.

Tras el almuerzo regresé a la oficina. El clasificador con los bocetos y las ideas de Darren se encontraba junto al resto de documentos de los que debía ocuparme. Entonces más que nunca deseé volver a trabajar en un laboratorio. Me pregunté si tal vez madame Rubinstein me permitiría regresar a la fábrica. A pesar de las dificultades a las que me había enfrentado, la vida que llevé entonces me parecía mucho más fácil que la actual, en la que corría el peligro de sucumbir entre calendarios, permisos y muestras de tejidos para cortinas y tapicerías.

Abrí una ventana y dejé que entrara una brisa primaveral. Se oía el canto de los pájaros en los árboles. En muy poco tiempo, aquel lugar volvería a florecer.

Tras permanecer un rato contemplando el exterior, por fin me sentí con fuerzas para regresar a mi escritorio.

Abrí la carpeta. Darren se había pasado las dos semanas anteriores haciendo bocetos de anuncios para el club de belleza y elaborando los primeros apuntes para el diseño de la campaña.

Igual que en la anterior ocasión, quedé impresionada por los dibujos, pero me bastó una ojeada para comprobar que la idea y la mayoría de los bocetos no se correspondían con lo que miss Arden pretendía crear. En la mayoría de los casos daba la impresión de que se estuviera anunciando un club de golf.

Cerré la carpeta con un suspiro. A esas alturas él ya debería saber que nuestra clientela iba a ser fundamentalmente femenina, emprendedora y de éxito. ¿Acaso miss Arden no le había dado ninguna consigna? Me resultaba difícil de creer.

Al pensar para quién había sido diseñado ese club de belleza me venían a la cabeza mujeres como Anne Morgan, Bessie Marbury o Elsie de Wolfe. Mujeres que gozaban de cierto prestigio entre los hombres, pero que también querían asegurarse la admiración por su aspecto físico en una fiesta de mister Vanderbilt o de los Astor.

Evidentemente, también serían bienvenidas las esposas de hombres acaudalados, pero conocía demasiado bien a miss Arden como para saber que ella preferiría a las mujeres influyentes. Mujeres cuya amistad tal vez ella pudiera granjearse.

¿Bastaría con deslizar una nota al respecto en la carpeta de Darren?

Cuando entré en su despacho, tenía la mesa completamente desocupada. Al verlo todo tan ordenado, di por sentado que había recogido sus cosas y se había marchado. ¿Acaso había pedido un taxi?

No, con el silencio del lugar los vehículos se oían muy bien, y seguro que habría notado la llegada de un coche. ¿Dónde se había metido?

Abandoné la habitación con un suspiro y cerré la puerta tras de mí.

38

Darren no se dejó ver durante todo el día siguiente. Pregunté a Peg por él y me dijo que lo había visto abandonar la finca el día anterior por la tarde y que desde entonces no había regresado. No me supo decir si se había llevado el equipaje consigo.

Por un momento me preocupé. ¿Y si le había ocurrido algo? No creía que mis palabras hubieran llevado a Darren a cometer la estupidez de hacerse daño a sí mismo. Aun así, existía la posibilidad de que se hubiera caído en el bosque o de que se hubiera metido en problemas en el bar del pueblo de al lado.

En cualquier caso, mis planes para salir de excursión ese sábado se esfumaron.

Después de desayunar, me puse el abrigo y salí de la casa para inspeccionar el estado de la pista de tenis. Tras los chubascos de las semanas anteriores se había acumulado bastante agua. Los operarios me habían prometido que se ocuparían de efectuar un drenaje. Confiaba en que a esas alturas ya habrían logrado vaciar de agua el lugar.

En opinión de miss Arden el tenis era el último grito entre las damas de la alta sociedad neoyorquina. En Berlín en una ocasión había visto a unas mujeres practicando ese deporte, vestidas con faldas largas y sombreros campana. Con el tiempo la indumentaria había ido cambiando; la moda estaba sujeta a renovaciones constantes. Recientemente había encontrado una blusa que me había traído de Berlín y que ahora había quedado anticuada sin remedio. Además, yo también me había hecho mayor. Con veintisiete años, ya se me consideraba una solterona. ¡Qué rápido había pasado el tiempo, y cuántas cosas habían quedado en el camino!

Me detuve al llegar a la pista de tenis. En ese momento no parecía que lo fuera, o, mejor dicho, aún no lo era. Los postes a los que se sujetaba la red seguían en pie, pero las líneas trazadas en su momento habían sucumbido ante las tareas de drenaje. Habría que volver a pintarlas en cuanto el tiempo fuera más seco.

De pronto tuve la sensación de no estar sola. Me giré. A tres brazos de mí estaba Darren. Tenía el rostro sonrojado; daba casi la impresión de haber llorado.

¿De dónde venía? ¿Acaso se había metido en problemas?

Independientemente de lo que hubiera pasado, me sentí muy aliviada al verlo.

—Debería salir más a menudo —comentó. Me di cuenta de que no sabía bien qué decir.

—¿Dónde te habías metido? —pregunté—. Pensé que te habías marchado.

Darren bajó la mirada.

—Necesitaba un poco de tiempo para reflexionar. He pasado la noche en el hostal de ahí abajo.

Recibí la información con un asentimiento y nos quedamos un momento en silencio. Intuí que él esperaba algo.

Fuera como fuera, mi enfado se había aplacado lo suficiente como para permitirme dar el primer paso.

—Oye, siento haberte gritado —dije—. En los últimos días se me han acumulado muchos asuntos y, desde que supe que ibas a venir, han vuelto a mi memoria demasiados recuerdos. No he sabido cómo hacer frente a todo.

Darren negó con la cabeza.

—Me he comportado como un idiota. Entonces igual que ahora.

Me dejó un momento para responderle.

—Te lo debería haber contado. Entonces. Pero eso ya lo sabes. Yo también fui una idiota. Pero, según he leído, ahora la idiotez tiene cura. —Le dirigí una sonrisa socarrona—. No puedes imaginarte lo mucho que me hubiera gustado explicarte entonces un par de cosas. Pero quizá nos pongamos al día. En algún momento.

Darren asintió.

—¿Así que tu hijo sigue con vida? —preguntó entonces.

Inspiré profundamente y me pasé un mechón de pelo por detrás de la oreja derecha.

—¿De verdad te interesa?

—Sí. Me interesa —respondió con suavidad.

Entonces me giré por completo hacia él. Aún estábamos bastante separados, y yo temía acortar esa distancia. Durante mucho tiempo después de nuestra separación había deseado poder seguir juntos, pero notaba que aquella chispa se había apagado.

Aun así, tal vez fuera posible mantener una amistad. Una amistad en la que pudiésemos guardar nuestros secretos todo el tiempo que quisiéramos. Una amistad que comprendiera que no era posible contarlo todo de inmediato.

—Poco después de separarnos —comencé—, recibí una carta en la que alguien se disculpaba conmigo y me comunicaba que mi hijo estaba vivo. Entonces viajé a París para averiguar si era cierto. Sin embargo, no fui capaz de dar con el remitente, ni con mi hijo. Solo me quedó la pregunta de si él en efecto sigue vivo, o si todo eso fue solo una patraña.

—Debió de ser horrible para ti.

Inclinó la cabeza y apartó unas hojas con la punta del zapato, como un niño pequeño tras una travesura.

—Desde luego. Pero ya me he hecho a la idea. Aquí tengo un trabajo, y hay alguien allí que lo busca.

—¿Un detective? —Asentí—. ¿Tú crees que encontrará a tu hijo? ¿Después de todos estos años?

—Eso espero. Mientras él no tire la toalla, nada está perdido. Pero si se ve obligado a abandonar porque realmente no hay ninguna esperanza, lo aceptaré.

Me quedé mirando el suelo durante un rato y luego oí a Darren decir:

—Espero que logres despejar la duda.

—Gracias, es muy amable por tu parte.

Nos quedamos mirándonos y volví a percibir la calidez que en su momento me despertaba. Sin embargo, ahora todo era distinto. Lo que sentía no era amor.

—¿Te parece que podemos superar esto, como amigos? —preguntó por fin—. ¿O, por lo menos, como adultos civilizados que no se tiran de los pelos?

—Por mí, no quedará —respondí—. Pero si en algún momento tienes la sensación de que no lo soportas...

Sonrió de medio lado.

—Como te dije, en los tiempos que corren es difícil conseguir grandes encargos. Para mí fue un milagro que alguien como ella quisiera contratarme.

—Siente debilidad por la gente que ha trabajado alguna vez para madame Rubinstein —expliqué—. Es por eso por lo que me dio este trabajo.

Darren soltó una carcajada.

—Sí, es posible. Tal vez debería darle las gracias a la buena de madame, aunque tal vez ya no se acuerde de mí. —Hizo una pausa y luego añadió—: Por favor, disculpa que en su momento te comparase con un cancerbero. Ciertamente no tienes nada de eso.

—No pasa nada.

Nos dimos la mano y nos miramos un instante como dos niños vergonzosos. Luego dije:

—He estado mirando los bocetos. Con eso no irás muy lejos. Aunque miss Arden siente debilidad por los caballos y a veces puede parecer un poco rústica, esto no es un club de golf. Creo que deberías replanteártelo y, sobre todo, hacerlo todo más femenino.

—¿Femenino?

—Aquí no jugaremos al golf, jugaremos al tenis. —Señalé el suelo que tenía a mis pies—. Aunque no lo parezca, la cancha estará aquí.

Una sonrisa me iluminó el rostro al recordar cuando nos colocamos frente a los escaparates de Macy's y discutimos sobre los colores que preferiría miss Rubinstein. Me sobrevino una repentina sensación de complicidad.

—Vale, pues tenis. —Darren se interrumpió—. ¿Qué te parece? ¿Crees que Peg tiene algún sitio para mí en la mesa de la cocina? Comer solo en la habitación resulta un poco... aburrido.

Sonreí.

—Estoy segura de que encontraremos una silla.

Darren, en efecto, se presentó para cenar, para gran alegría de nuestra cocinera y de las criadas. Parecía otra persona, y estuvo hablando de su tiempo en Nueva York después de separarnos.

Así supe que se había asociado con un colega que lo dejó en la estacada y también que la crisis económica había reducido mucho el mercado. Casi nadie necesitaba diseño publicitario porque era imposible saber si la empresa aguantaría hasta que el cartel estuviera impreso. La demanda de envases de lujo era cada vez menor, y las ganas de invertir dinero en algo que no fuera de absoluta necesidad habían caído en picado.

Sin embargo, la cosmética parecía ser una excepción. Eso yo ya lo sabía; de no ser así, miss Arden no se habría atrevido a emprender un proyecto como ese.

Al final de la velada, a Peg le brillaban las mejillas de emoción.

—No sé qué le habrá pasado, pero hoy mister O'Connor parecía una persona totalmente distinta. ¡Qué hombre tan interesante! ¿No le parece?

—Así es —respondí procurando no sonreír demasiado.

—Sería una buena pareja para usted —añadió Peg mirándome con expectación. Yo negué con la cabeza.

—No, para nada. Seguro que tiene novia.

—No ha dicho nada al respecto.

—Esas cosas no se explican a desconocidos.

—¡No somos desconocidos! —exclamó Peg indignada.

—Es posible, pero hoy ha sido la primera vez que se ha aventurado fuera de su habitación. Deberíamos darle tiempo.

Intenté que no se me notara que a mí también me había llamado la atención que no hubiera mencionado a ninguna esposa. Y que no llevara alianza.

En todo caso, reprimí pensamientos que no conducían a ningún sitio. Éramos compañeros de trabajo y como tales habíamos acordado llevarnos bien.

No podía esperar nada más. No, después de lo sucedido.

39

Aquella bronca fue purificadora y obró maravillas en nosotros. Darren escuchaba de buen grado mis sugerencias, e incluso de vez en cuando bromeábamos sobre trivialidades y nos reíamos juntos. Ahora lo veía de un modo muy distinto al del pasado, cuando nuestros sentimientos nos confundían. Era un buen dibujante, capaz de expresar con rapidez lo que se le decía. Casi deseé haber tenido la ocasión de poder verlo trabajar por encima del hombro en el pasado, cuando hizo el encargo para madame.

Estaba un poco preocupada por las noticias que llegaban de mi país. En el curso de una visita a Nueva York, los titulares anunciaban que un hombre llamado Adolf Hitler se había hecho con el poder. Les había prometido a los alemanes trabajo y acabar con la pobreza imperante.

Aquello debería haberme tranquilizado, pero cuando vi una foto suya rodeado de sus personas de confianza sentí un vago malestar. Todo en él tenía un aire marcial. Los rostros de los hombres eran duros e implacables. La última vez que había visto algo parecido había sido en las fotografías de la Gran Guerra, de la que ya habían pasado quince años. ¿Cómo pretendía aliviar las dificultades del país?

—No aguantará mucho en el poder —auguró el príncipe en una cena en la que miss Arden estaba presente—. Los hombres como él prometen mucho y cumplen poco. Créanme, en unos años nadie hablará de él.

—Ojalá —dijo ella—. No quiero que arruine mis negocios en Alemania. Me han llegado noticias de que se pretende crear una nueva imagen de la mujer. Sin sofisticación, sin gusto, pero fértil. —Soltó un bufido desdeñoso—. En eso nunca se saldrán con la suya. Las mujeres aspiran a la belleza, sea cual sea la época. Nuestras cifras durante los años de la crisis lo demuestran.

Yo esperaba que el príncipe tuviera razón, no solo por la empresa de miss Arden, sino también por mis padres. Una nueva guerra afectaría la vida de todo el mundo. Aunque ellos hubieran roto el contacto conmigo, quería que estuvieran a salvo.

En cualquier caso, no tenía mucho tiempo para devanarme los sesos pensando en la situación de Alemania. El trabajo me esperaba todas las mañanas, y, cuanto más hacíamos, más se veía todo lo que quedaba por hacer. Miss Arden tenía grandes esperanzas depositadas en el nuevo club. Además de la belleza y el fortalecimiento corporal de las damas acomodadas, se fue imponiendo el tema de la salud. Miss Arden me había hecho llegar un dosier donde se afirmaba que las mujeres daban cada vez más importancia al cuidado de su cuerpo por dentro. Se estaba planteando incluso contratar a un médico especialista que elaborara dietas para que las clientas pudieran perder peso o tuvieran la piel bonita.

Eso, por supuesto, significaba que era preciso adaptar algunas de las ideas de Darren.

—¿Se supone entonces que debemos anunciar más bien un club de salud? —preguntó después de que yo le planteara la cuestión y le dejara sobre la mesa la documentación pertinente.

—En realidad, es una mezcla saludable de ambas cosas —precisé.

Mentalmente yo era capaz de imaginarlo con nitidez: las mujeres empezarían el día montando a caballo o haciendo ejercicio; a continuación, disfrutarían de un buen desayuno para luego someterse a varios tratamientos de belleza antes de relajarse por la tarde con música y eventos culturales.

—¿Por qué solo para mujeres de éxito? —siguió preguntando Darren—. Ya sé que miss Arden también habló de eso en su momento, pero ¿no sería mejor atraer a gente de todas las capas sociales? En especial a las mujeres más humildes el cuidado de su salud les vendría bien.

Negué con la cabeza.

—A causa de la crisis económica muchas no pueden permitirse una estancia así. Además, mostrarse radiantes en las fiestas es la última de sus preocupaciones.

Darren aceptó mi indicación con un asentimiento de cabeza.

—Quizá te pida que elabores productos para la salud.

—No soy farmacéutica —respondí en broma.

Darren enarcó las cejas.

—Eres científica. Estoy convencido de que serías capaz de hacerlo. Al fin y al cabo, los medicamentos solo son química, y en eso me parece que tienes un talento especial.

Sonreí. Me hacía ilusión que Darren creyera en mí. El último hombre que lo había hecho había sido Georg. De repente, volví a ver su cara ante mí. La forma en que me hablaba. Eso me azoró y asustó, paralizándome.

—¿Qué ocurre? —preguntó Darren.

Sacudí la cabeza y aparté de mí la imagen de Georg. Ya no tenía cabida en mi vida.

—Nada, es solo una cosa que me ha venido a la cabeza. —Hice una breve pausa, y luego añadí—: Así pues, ¿estamos de acuerdo?

Darren me miró con asombro y luego asintió.

—Sí, está claro. Incluiré el tema de la salud. A ver si logro que no parezca el anuncio de una clínica. ¿Qué te parece? ¿Dibujamos también la piscina?

—Aún no está terminada —dije.

—¿Acaso crees que no tengo imaginación? Me la imaginaré. Y el agua será tan azul como en Maui y brillará como un diamante.

Sabía que él soñaba con viajar a Hawái.

—No puedes prescindir de las islas, ¿eh? —pregunté recordando nuestras excursiones dominicales a la costa de Nueva Inglaterra, hacía ya tanto tiempo.

—En las islas hay tranquilidad, ¿no? —respondió—. Pero créeme, Maui no tiene nada que ver con Martha's Vineyard. Si quieres, te llevo conmigo.

¡Desde luego que me habría gustado! Pero al momento me reprendí. Darren y yo seguíamos siendo los mismos. Y aunque para entonces mi cicatriz se había vuelto blanca, todavía era visible y representaba todo lo que él no había sido capaz de tolerar.

Cuando las salas para los tratamientos de vapor y los gimnasios estuvieron listos, un tal mister Gayelord Hauser nos anunció su visita. Miss Arden decía maravillas de él como experto en dietas. Aunque no era médico, en su campo era considerado una eminencia.

Su presencia puso a prueba la casa, al menos en lo referente a la manutención de las habitaciones de los huéspedes. Aquello, claro está, sería muy distinto cuando tuviésemos a la vez quince huéspedes muy exigentes a las que se les hubiera prometido un programa personalizado. Sin embargo, mister Hauser también era muy severo y el primero en seguir las dietas con las que pretendía poner en forma a las mujeres. Así, el día antes de su llegada, Peg recibió un plan detallado de lo que él quería comer.

—¿No es un poco exagerado? —preguntó vacilante tras haber leído la nota donde se solicitaban cosas como melaza, levadura de cerveza, germen de trigo, leche desnatada y yogur.

—Debemos hacernos a la idea de que las huéspedes van a tener deseos especiales —respondí frunciendo el ceño. Aun así, carecíamos de tiendas que nos pudieran suministrar fácilmente ese tipo de cosas. No estábamos en Nueva York.

—Es evidente, pero en ese caso deberíamos construir una despensa más grande en la que haya todo cuanto la clientela pueda desear —gruñó la cocinera, que, poco después, envió al chico de los recados para obtener esos alimentos de algún modo.

Cuando mister Hauser apareció fue como si viniera a nuestro establecimiento una estrella de cine. Llegó al volante de un elegante vehículo de color crema como nunca antes había visto. Su séquito estaba formado por un entrenador y una especie de ayuda de cámara que le llevaba unas maletas grandes como si fuera a quedarse ahí durante meses.

Él, por su parte, con su aspecto atlético, su pelo oscuro y vestido con traje de color claro, provocó suspiros entre las criadas. Tuve la impresión de que ni siquiera Peg lograría seguir sintiéndose molesta después de que él le besara la mano con galantería.

—Me alegra mucho que haya venido a visitarnos —dije mientras atravesábamos el vestíbulo. Aunque el personal se iba dispersando detrás de nosotros, durante un buen rato pude oír el cuchicheo y las risas de las criadas. Seguramente nos estarían observando de lejos.

—Llevo trabajando un tiempo con miss Arden, y me ha hablado muy bien de usted. —Para mi asombro, me di cuenta de que tenía acento alemán. Se me quedó mirando un instante y prosiguió—: Miss Arden me comentó que somos compatriotas —dijo dirigiéndose a mí en alemán—. En sus palabras, inmigrantes de éxito.

Soltó una breve risa.

—¿De qué parte de Alemania es usted? —pregunté. Me resultaba extraño hablar en alemán. Aunque soñaba y pensaba en mi lengua materna, mi boca emitía siempre palabras en inglés.

—De Tubinga. Así pues, del sur. ¿Y usted?

Sentí la necesidad de preguntarle por qué sus padres le habían puesto un nombre como Gayelord. Pero entonces caí en la cuenta de que seguramente debía de haberse buscado ese seudónimo, tal vez porque su nombre en alemán resultaba demasiado extraño para los estadounidenses.

—De Berlín —respondí.

—¿Cómo es que una mujer de Berlín emigró del país? ¿Acaso su marido encontró empleo aquí?

Negué con la cabeza.

—No, no estoy casada. —¿Qué pensaría un hombre como él de que yo hubiera emigrado por necesidad?—. Helena Rubinstein me descubrió en París —añadí.

Al oír el nombre se estremeció ligeramente. Luego me miró casi admirado.

—¡Helena Rubinstein! Una mujer fascinante. Un poco corpulenta para su edad, pero de una capacidad enorme. Cuando veo cómo está reconstruyendo su marca tras su regreso... Después del desastre provocado por Lehman Brothers está volviendo a ganar dinero. —Se interrumpió un instante y luego preguntó—: ¿Por qué la dejó? ¿Miss Arden le hizo una buena oferta?

Tenía la certeza de que cualquier cosa que dijera ahora llegaría, más tarde o más temprano, a oídos de miss Arden.

—Por supuesto que sí. Pero, estrictamente hablando, fue el desastre provocado por Lehman Brothers lo que desencadenó mi salida.

—¿Y mistress Rubinstein no ha hecho nada para recuperarla?

—No soy una frívola —respondí—. Soy fiel a quienes me dan una oportunidad.

Mister Hauser asintió. Yo sabía que esa respuesta complacería también a miss Arden.

—Bien, pues, por favor, muéstreme mi habitación. Mis dos acompañantes deberían alojarse cerca de mí, siempre que sea posible.

—Desde luego —dije—. Sígame, por favor.

Decidí dar un pequeño rodeo por el salón con mister Hauser y mostrarle también las salas de tratamiento. Sin duda, miss Arden le pediría un informe.

—Está todo aún mejor de lo que me dijo miss Arden —comentó mientras pasábamos por las salas.

—Hace tiempo que ella no viene, y aquí las cosas cambian prácticamente a diario —expliqué. Ciertamente, desde la muerte de Bessie, miss Arden apenas se dejaba ver por el establecimiento. Tal vez le dolía demasiado no poder ir más a la finca Marbury y pasar las tardes con su amiga.

—Sea como sea, parece que usted está haciendo un gran trabajo. Por mi parte voy a poner todo mi empeño en desarrollar una atención dietética adecuada. Espero que disponga de una cocinera competente.

—Antes usted le ha besado la mano —respondí—. Peg es la mejor cocinera de la zona.

—Eso ya se verá. En caso de que sus habilidades necesitaran mejorar, yo me encargaré de que la ayude mi chef experto en dietas.

¡Eso podía ser divertido! Decidí no decírselo a Peg de momento, si no en la cocina podría producirse una explosión.

Al terminar la breve visita guiada, acompañé a mister Hauser a su habitación. Me dio la impresión de que era de su agrado. Miss Arden había dado instrucciones a los arquitectos para que decoraran cada habitación de forma individual, pero sin que una pareciera peor que la otra. Sin duda, el entrenador y el ayuda de cámara estarían contentos.

—Acomódese primero. Daré instrucciones a Peg para que le prepare un tentempié.

—¿Recibió mis instrucciones al respecto?

Asentí.

—Sí, y para nosotros es un placer cumplirlas.

Dicho esto, me despedí con ganas de oír a Peg despotricar sobre la comida de mister Hauser.

A primera hora de la tarde se celebró la primera reunión con mister Hauser, a la que también asistió Darren. Tenía el encargo de diseñar un folleto que describiera al detalle no solo las instalaciones, sino también los tratamientos de belleza que se ofrecían.

Para empezar, disfrutamos de una charla sobre lo que mister Hauser tenía pensado para las huéspedes del club.

Por lo visto, era preciso aplicar normas muy estrictas en cuanto a la dieta y el deporte: nada de alcohol y pocas grasas y azúcar. En cambio, mucha verdura y cereales, poca carne y nada de postres. Además, recomendaba tomar los alimentos anotados en la lista que había estado a punto de llevar a Peg a la desesperación.

—¡Ni se imaginan ustedes lo entusiasmadas que están las estrellas de Hollywood con esta dieta! Marlene Dietrich y Greta Garbo deben solo a mi dieta su aspecto fantástico. Incluso el barón de Rothschild me envió una carta de agradecimiento.

Lo miré algo perpleja. Se suponía que las mujeres venían a relajarse. ¿Eso no incluía una buena cocina? ¿Y un pequeño postre de vez en cuando?

Cuando expresé en voz alta este pensamiento, me miró como si le hubiera dado un bofetón.

—Puede que usted no lo sepa, pero de joven, poco después de llegar a Estados Unidos, contraje una tuberculosis que me afectó la cadera. Tras numerosas operaciones, los médicos se dieron por vencidos y yo consulté a un médico naturista. Este me impuso una dieta a base de plantas y mi estado mejoró. Luego, en Suiza seguí también una dieta compuesta solo de vegetales. Pues bien, a las pocas semanas el hueso de mi cadera se regeneró. Un éxito que la medicina conservadora difícilmente podría haber logrado. Y postres, tampoco.

Darren y yo intercambiamos una mirada fugaz. Me figuré lo que se le estaba pasando por la mente. Me habría gustado recordar a Hauser que ese establecimiento no era una clínica, sino un lugar destinado a la belleza, pero me contuve.

Me dije que las huéspedes acomodadas de miss Arden acudirían allí atraídas solo por la reputación de su nombre.

—¿Nos permitiría nombrar en el prospecto a los actores y actrices con los que usted ha trabajado? —pregunté.

—¡Desde luego! Pero no olviden señalar también mi nombre.

—¡Oh, a usted lo nombraremos de forma muy destacada! —dijo Darren. Me pareció detectar un ligero tono de burla en su voz.

Mister Hauser no pareció darse cuenta. Sonrió halagado y pasó a explicar su concepto.

Cuando se marchó para asistir a una sesión de gimnasia con su entrenador, Darren me preguntó:

—¿Crees de verdad que las damas ricas se conformarán con germen de trigo y que renunciarán al champán? A fin de cuentas, se supone que esto son unas vacaciones de lujo, ¿no? En mi opinión, estas comidas son una tortura.

—Ya lo has oído: Marlene Dietrich y Greta Garbo están entusiasmadas.

—Sí, probablemente aceptarán lo que sea si se les promete que eso las mantendrá para siempre en los veinte años.

—¿Y tú crees que las empresarias de éxito quieren otra cosa? —Le sonreí—. ¡Todas las mujeres desearían tener siempre veinte años!

Mister Hauser se fue y el verano llegó. Por fin podíamos utilizar la piscina que miss Carpenter había diseñado antes de morir. Hizo falta casi todo un día para llenarla de agua, pero finalmente pudimos darnos un chapuzón y refrescarnos en esa tarde que seguía siendo calurosa.

—Me gustaría tener algo así en casa —afirmó Darren deslizándose de espalda por el agua—. En verano no saldría de aquí para nada.

—¿Y quién se ocuparía entonces de tu trabajo? —pregunté agarrada al borde de la piscina mientras veía cómo Peg traía una gran jarra de limonada.

—Si soy lo bastante rico para permitirme algo así, es probable que tenga empleados dibujando para mí.

—En ese caso, esperemos que recibas más encargos como este.

Sonreí y me quedé contemplando a Darren un momento. Llevaba un bañador muy corto que destacaba su atractivo. Me pregunté si antes su torso había sido tan musculoso.

Al rememorar la noche en la que casi nos acostamos, lo único que recordaba era su expresión airada y sus ojos enfurecidos. El Darren que tenía delante, que en ese momento se daba la vuelta y empezaba a nadar por el carril, era un hombre totalmente distinto, nuevo. Me sorprendí sintiendo ganas de volver a conocerlo.

40

A finales de septiembre me citaron en la sede de Nueva York. Como cada año miss Arden debía de haber convocado una gran reunión del personal. Dado que la fecha de apertura del club de belleza estaba próxima, supuse que debería volver a dar cuenta de nuestros progresos. Hice la maleta ilusionada y le pedí a Darren que me llevara en coche a la estación de tren.

—Es raro que no me hayan invitado —comentó cuando nos pusimos en marcha a primera hora de la mañana—. Yo también formo parte del equipo. A fin de cuentas, soy el responsable de las relaciones públicas del centro.

La carta había llegado a finales de agosto. De hecho, Darren ya había finalizado sus bocetos, pero miss Arden había insistido en seguir utilizando sus servicios. Como además podía seguir residiendo en el club, eso a mí me parecía muy bien.

—Querrá volver a hablar con sus directoras de filial. Aunque aún no tengamos trato con la clientela, yo cuento como si lo fuera.

—¡Qué suerte tienes! —dijo—. Por fin podrás volver a aspirar el aire de la ciudad.

—Podrías acompañarme por tu cuenta.

Darren negó con la cabeza.

—Uno de nosotros tiene que estar aquí supervisándolo todo. Además, el príncipe quiere enseñarme a montar.

—¿Tú? ¿Montar a caballo? —pregunté asombrada—. ¿Y si te caes de la silla y te rompes las manos?

—Me compraré guantes de boxeo —bromeó.

—No te servirán de nada si el caballo se desboca.

Esos animales seguían infundiéndome un enorme respeto. Posiblemente nunca llegaría a ser una buena amazona. En cambio, cada vez me atraía más la idea de aprender a conducir. Tener coche era práctico, y tal vez podría convencer a Darren para que me diera unas clases.

Un sol brillante refulgía en las ventanas de los edificios de oficinas cuando salí del metro. Me sentía muy animada porque supuse que los demás participantes en la reunión quedarían impresionados al ver los progresos del club. Miss Arden se había mostrado entusiasmada con las ideas de Darren y las mías, incluso había llegado a compararnos con su difunta amiga miss Carpenter. «Es como si estuvieran poseídos por su espíritu», había afirmado cuando en agosto la pusimos al día mientras dábamos un paseo por los terrenos de Maine Chance.

Así pues, entré en el ascensor muy animada. Me sorprendió mucho no coincidir ahí con ningún otro miembro del personal. ¿Acaso había llegado demasiado tarde? Consulté mi reloj de pulsera y constaté aliviada que incluso iba con algo de tiempo.

Sin embargo, al llegar a la planta de oficinas me di cuenta de que el ambiente era relativamente tranquilo.

—¿Qué ha ocurrido? —le pregunté a la secretaria, que adoptó una expresión ligeramente asustada—. ¿Dónde están los demás?

—¿Cómo dice? —preguntó ella confundida.

—¿Y las demás directoras? ¿Acaso no hay reunión hoy?

La secretaria se me quedó mirando fijamente un momento, como si la hubiera alcanzado un rayo, y luego respondió:

—Hoy no hay ninguna reunión. Miss Arden quiere hablar con usted en persona. ¿No lo sabía?

Enarqué las cejas, atónita.

—No, yo creía...

—Miss Arden me ha dicho que la avise en cuanto llegue. ¿Quiere sentarse un momentito?

Sin salir de mi asombro, me senté en una de las sillas tapizadas. ¿Qué significaba todo aquello? ¿Por qué no había sido informada de lo que ocurría?

Al poco rato, miss Arden salió a recibirme. Llevaba un traje chaqueta oscuro y casi se podían ver los nubarrones de tormenta que se cernían sobre su cabeza.

—Siéntese, miss Krohn.

¿Qué había ocurrido? ¿La había disgustado sin darme cuenta? ¿Acaso mister Hauser me había criticado de algún modo? Después de todo lo que habíamos hecho por él me costaba creerlo.

—Vamos a tener que posponer la inauguración del club —declaró miss Arden con expresión sombría.

—¿Posponer? —repetí—. ¡Pero si prácticamente está listo!

Miss Arden me entregó un escrito.

—Lea esto.

Cogí el escrito y lo leí por encima. Era una demanda. En ella se afirmaba que Elizabeth Arden habría pagado prácticas ilícitas de compra guiada. Esa expresión me resultaba difícil de comprender.

—¿Prácticas ilícitas de compra guiada? —pregunté—. ¿Qué significa esto?

—Algunas empresas tienen la costumbre de pagar sumas elevadas a los comerciales de una empresa rival, como las vendedoras de grandes almacenes, o los distribuidores, para que recomienden el producto de la competencia en vez del suyo. Por eso la demanda está dirigida contra nosotros y otras empresas.

Fruncí el ceño. A primera vista, aquello me parecía absurdo.

—¿Y esa gente lo hace?

—Por un importe adecuado, desde luego.

Seguía sin acabar de entenderlo.

—¿Y dónde está el delito para que haya dado lugar a una demanda?

—Con esta práctica se coacciona a los clientes a comprar el producto de la competencia en lugar del producto que suelen adquirir. No está permitido.

Aquellas palabras me dejaron petrificada. Me acordé entonces de Glory y del comentario de madame en el sentido de que miss Arden se había asegurado de que los empresarios no quisieran incorporarlo a su oferta. ¿Era eso? ¿O tal vez se refería a otra cosa aún más cuestionable?

—¡Todo es por culpa de esa bruja polaca! —siseó con rabia mientras mis pensamientos seguían dando vueltas.

¿Madame Rubinstein había interpuesto esa demanda? Me costaba mucho creerlo. Además, en el escrito no constaba su nombre sino el de un fiscal.

—No creo que madame sea tan ruin.

—¡No la llame madame! —me increpó miss Arden—. ¡Esa timadora!

Noté cómo iba montando en cólera.

—Miss Arden —empecé a decir en tono más calmado a pesar de que esa noticia me había conmovido profundamente—. Lo más importante es si, en efecto, en nuestra empresa se han dado este tipo de prácticas y, en tal caso, si existe alguna prueba que lo demuestre.

Si en su momento Glory hubiera tenido una mejor acogida, posiblemente los gerentes de Lehman Brothers no me habrían despedido y seguiría trabajando para madame.

—¿Acaso usted es ahora mi asesora jurídica? —dijo miss Arden.

Negué con la cabeza. Sabía lo difícil que era que escuchara cuando estaba enfadada. En todo caso, la ira que percibía en ella era de un calibre totalmente nuevo.

—No, miss Arden, y pienso que sus asesores están mucho más cualificados que yo para afrontar esta circunstancia. —La miré fijamente a los ojos. Cuando en momentos así no se le plantaba cara, era la perdición—. Sin embargo, necesito saber si estoy mintiendo cuando me pregunten si esas acusaciones están justificadas.

Miss Arden se me quedó mirando durante un buen rato, y en sus ojos vi una rabia latente. ¿Era por mí, o por la demanda?

—Por supuesto que usted no mentirá si niega esas acusaciones —dijo por fin—. Jamás me he planteado esas prácticas.

—¿Qué hay de mister Jenkins? —apunté con cautela—. ¿Acaso él...?

—Yo soy la jefa de esta empresa —refunfuñó miss Arden—. Cualquier cosa que haya ocurrido ha pasado por mi escritorio.

Asentí. Con eso bastaba. En ese momento no podía pedirle más informaciones.

—Le agradezco la franqueza, miss Arden —dije—. Mister O'Connor y yo nos ocuparemos de que el retraso en la apertura no nos deje en mal lugar.

—Gracias —respondió miss Arden con tono seco.

Aguardé a que me indicara que podía retirarme, pero no lo hizo. En vez de ello se me quedó mirando un buen rato.

—Voy a tomar medidas contra este disparate —anunció por fin—. No permitiré que esa demanda arruine mi buen nombre. —Hizo una breve pausa y prosiguió—. Inauguraremos el club de belleza el próximo verano. Para entonces, todo habrá pasado. Entretanto conservaremos la calma.

¿Significaba eso que iba a quedarme atrapada en Maine otro año más sin tener realmente nada que hacer? Esa perspectiva no me gustaba.

—¿Y qué haremos allí mister O'Connor y yo durante ese tiempo?

—Control de daños. Calmar a la prensa. Seguro que ustedes ya deben de haber hecho gestiones con proveedores y revistas.

—Por supuesto —repuse. Los espacios publicitarios tenían que reservarse con antelación. Darren se había encargado de eso; yo, por mi parte, había empezado a hacer pedidos de comida. Aunque no había habido entregas, sin duda a las empresas no les haría ninguna gracia ese aplazamiento.

Vi que se nos venía encima una montaña de trabajo.

—Por otra parte, van a tener que evitar la propagación de rumores. Hoy en día esto es importante. —Esbozó una sonrisa furiosa—. Si se producen novedades, se lo haré saber.

—De acuerdo, miss Arden. —Intenté ocultar mi decepción. ¿Qué dirían Darren y los demás cuando lo supieran?

La anulación de la inauguración me dejó tan absorta que de camino a la estación choqué sin querer con varias personas y fui el blanco de algunas imprecaciones. El cuerpo me temblaba, sentía el corazón desbocado y me notaba el pulso en los oídos.

Para distraerme un poco y tranquilizarme, en el quiosco de la estación compré una revista, algo ligero para entretenerme, y me la llevé a mi compartimento del tren. Mi intención era relajarme, pero, en cuanto salimos de la estación central, di con un artículo que me dejó sin aliento.

«¿Separación inminente de miss Arden y Tom Jenkins?», rezaba el titular de la publicación. Seguí leyendo presa de una gran inquietud. «Cada vez se prodigaban menos juntos en público. Corrían rumores de que su relación no pasaba por su mejor momento. Ahora, un agravio podría significar el final de este matrimonio. Una fuente no oficial declara que mister Jenkins ha intentado traicionar a su esposa en su negocio solicitando a todas las filiales y salones que le remitan solo a él el informe comercial de sus actividades. Quien conozca a miss Arden, que ha levantado su imperio con voluntad de hierro y se ha convertido en la reina de la industria mundial de la belleza, puede adivinar lo mucho que este engaño le podría haber afectado».

Bajé la revista y por un momento no supe cómo contener mi indignación. No bastaba con que a su empresa le achacaran prácticas comerciales desleales. ¿Ahora encima la prensa sensacionalista se dedicaba a arrastrarla por el barro?

Por un momento estuve a punto de arrojar la revista por la ventana. Pero entonces me acordé de la enorme discusión que había presenciado justo antes de mi partida a Maine Chance. Ya entonces la disputa parecía girar en torno a la cuestión de quién era el dueño de la empresa. ¿Podía ser que mister Jenkins, a quien yo siempre había visto velar por el bienestar de su esposa, hubiera cometido un error de esa envergadura?

Volví la mirada de nuevo hacia la revista desde cuya portada una joven actriz cuyo nombre no conocía dirigía una sonrisa a los lectores. ¿Era posible creer al reportero y a su «fuente no oficial»?

¿Era a eso a lo que miss Arden se refería al decir que debíamos evitar la propagación de rumores? ¿Explicaba eso por qué me había parecido tan susceptible?

Al regresar a la casa, sentí un enorme deseo de ir a ver a Darren. El aplazamiento de la apertura y los rumores de divorcio acerca de miss Arden y mister Jenkins me habían afectado. Tal vez ese periodista había entendido algo mal. Además, a las revistas sensacionalistas les encantaba difundir noticias falsas para así aumentar sus tiradas.

Colgué mi abrigo en el perchero y me apresuré a ir al despacho de Darren.

Me lo encontré en el escritorio, inclinado sobre una copia del cartel publicitario que había diseñado semanas atrás. Estaba dividido en tres áreas diferentes y una de ellas mostraba nuestra piscina. Como había dicho, había logrado que el agua refulgiera como si fuera una piedra preciosa. Estaba haciendo pequeñas correcciones con un portaplumas.

—Tus manos están intactas —bromeé haciendo referencia a la conversación que habíamos mantenido justo antes de marcharme.

Darren soltó un respingo.

—¡Oh, madre mía! ¡No te he oído llegar!

—Es parte de mi táctica para debilitar al enemigo. —Esbocé una media sonrisa.

—¿Qué tal Nueva York? ¿Manhattan sigue en pie?

—Todo continúa en su sitio. Pero me temo que traigo malas noticias. —Hice una pausa y vi que Darren fruncía el ceño—. Miss Arden, junto con otros empresarios, ha sido demandada. Por una especie de fraude. Al parecer, una serie de empresas pagaron a empleados de grandes almacenes para recomendar sus productos en lugar de los de sus competidores.

—¡Eso es terrible! ¿Qué dice miss Arden al respecto?

—Está muy disgustada y afirma que no son más que calumnias. Según ella su personal nunca haría algo así.

—Has dicho «según ella»...

—Debo creer lo que dice, ¿no?

—Pero tienes tus dudas.

—Nadie sabe de lo que alguien es capaz cuando su negocio está en peligro. Madame ha vuelto...

Me interrumpí. No quería hacer especulaciones, pero era concebible que para situar la marca Arden por delante de la marca Rubinstein los representantes comerciales de miss Arden ayudaran un poco.

—Sea como sea, quiere posponer la inauguración del club de belleza hasta el próximo verano.

Suspiré. Probablemente durante un tiempo tendría que fingir que me dedicaba a inspeccionar la obra. Era muy mal momento para proponer a miss Arden la instalación de un laboratorio en la finca. Podría ser incluso que al final abandonara por completo la idea del club de belleza. Ciertamente, había invertido una gran cantidad de dinero en la obra, pero ya me había dado cuenta de que miss Arden, voluble como era, podía tomar decisiones extremas.

—Bien, pues entonces no nos quedará otro remedio que esperar y ver. —Darren reflexionó un momento y luego me miró—. ¿Ha dicho algo sobre lo que se supone que debemos hacer ahora aquí?

—Tenemos que mitigar los daños. Tú te encargarás de los periodistas y de la publicidad, y yo de apaciguar a los proveedores.

Me froté las sienes y contemplé los bocetos de los anuncios que había sobre la mesa. ¿Cuándo los podríamos llevar a imprimir por fin?

Darren asintió. Noté su decepción. Yo me sentía igual. Sin embargo, se mirara por donde se mirara, no teníamos más opción que aceptar lo que miss Arden había decidido.

—Y entonces he visto algo todavía más inquietante —dije—. Puede que no tenga ninguna importancia, pero como miss Arden me ha dado instrucciones para que evitásemos la propagación de rumores...

Darren frunció el ceño.

—Mientras no sea otra bomba.

—Me temo que lo es —repuse—. Al parecer la relación entre miss Arden y mister Jenkins está tan mal que están considerando el divorcio. Se dice que mister Jenkins ha intentado engañar a su esposa.

—¿Con otra mujer? —preguntó Darren.

—No, en la empresa. Es un poco confuso. Según parece pidió a los salones y a las filiales que le pasaran la información comercial solo a él. Una vez los oí discutir, pero que él haya sido capaz de hacer algo así...

Volví la vista hacia Darren. Él se quedó callado pensando.

—Si eso es cierto, es realmente muy grave —dijo al fin—. Pero estoy seguro de que en ese caso miss Arden lo demandaría.

—¿Quién podría contarle algo así a un reportero?

Sacudí la cabeza, perpleja.

—Bueno, posiblemente alguien que no la tenga en mucha estima.

—Entonces, ¿crees lo que dice ese artículo?

Darren suspiró.

—Me cuesta, pero es posible. Y explica además por qué miss Arden quiere que aplaquemos a la prensa. El divorcio y la demanda ya son bastante perjudiciales. No quiere que Maine Chance salga perjudicado antes incluso de inaugurarse.

—¿Y qué podemos hacer al respecto?

—Ya pensaré alguna cosa —dijo Darren—. Sea como sea, te aconsejo que, en caso de preguntas, insistas en que no sabes nada de esto. Si miss Arden hubiera querido que nosotros estuviésemos enterados, seguro que nos habría puesto al día.

—Así pues, por lo menos hay una pequeña esperanza de que no sea verdad —repuse, pero me di cuenta de que Darren lo dudaba.

—Esperemos a ver qué dicen los comunicados oficiales. Entretanto, mejor nos quedamos callados y trabajamos para que Maine Chance siga teniendo una buena imagen.

Darren me dedicó una sonrisa animosa y luego me acarició el brazo para tranquilizarme.

—Todo irá bien.

Lo miré. Me habría gustado lanzarme contra su pecho y dejar que me abrazase, pero no me atreví. En vez de ello, le di las gracias con un ademán de cabeza y salí de su despacho para ir a la cocina y comer algo.

41

Por desgracia, las afirmaciones del periodista se confirmaron en las semanas que siguieron. En noviembre, miss Arden convocó a todos los directores de sucursal y otros directivos para informarles de manera oficial de su separación de mister Jenkins. En esa misma reunión supimos también que le había impuesto la prohibición de trabajar para cualquier otra empresa durante cinco años.

Era una noticia funesta que conmocionó a todos los presentes. A pesar del error cometido, Tom Jenkins gozaba del aprecio de la mayoría de los empleados de Elizabeth Arden. Todo el mundo supo que, a partir de ese momento, la mera mención de su nombre sería como sentarse en un barril de pólvora a punto de estallar.

Por mi parte, había confiado en que por fin sabría la nueva fecha de apertura, pero miss Arden siguió teniéndonos en vilo.

Darren y yo trabajábamos a espuertas. Mientras que él intentaba intensificar el contacto con los medios de comunicación, yo recibía llamadas prácticamente a diario de gente interesándose sobre qué había de cierto en la historia del divorcio y si ello afectaría a nuestra futura colaboración. De hecho, esta cuestión debería haberla respondido Darren, pero aquí no se trataba de periodistas entrometidos, sino fabricantes de manteles, servilletas, toallas y accesorios deportivos.

Por la noche me zumbaban los oídos, y solo deseaba que las aguas volvieran pronto a su cauce y que la gente perdiera el interés.

A pesar de toda esa intranquilidad, celebramos las Navidades de forma animada con todo el personal que vivía en la casa. Se quedó incluso el príncipe Guirey, el gran aficionado a los caballos. Peg tenía la esperanza de que miss Arden también acudiera, pero ella no se movió de Nueva York. Yo entendía que su enojo la hubiera afectado. Otro motivo para no venir era la ausencia de miss Marbury. Tiempo atrás, miss Arden se habría expuesto por ella incluso a una tormenta de nieve. Pero el hueco que había dejado la muerte de su amiga también le impedía visitar Maine Chance.

Pese a todos los acontecimientos desagradables, procuramos disfrutar de los días entre la Navidad y el fin de año del mejor modo posible. Aunque la comida de celebración fue algo frugal, después de que yo le contara a Peg las Navidades de mi infancia, la cocinera había conseguido hacerse con una receta de pan de jengibre. Con el nuevo año, recibí correo de monsieur Martin; curiosamente era una tarjeta de Navidad en la que me aseguraba que seguía trabajando en el caso.

Me la quedé mirando un rato mientras examinaba mis emociones. Apenas me quedaba esperanza. Valoraba su empeño, pero pensaba que posiblemente era en vano. Coloqué la tarjeta junto con las demás cartas que me había escrito y, aunque rogué en silencio que encontrara a mi hijo, me fui haciendo a la idea de que había deseos que no se cumplían.

La nieve, bajo la que estuvimos a punto de quedar sepultados a principios de 1934, no se retiró hasta marzo. Darren había aceptado enseñarme a conducir.

A esas alturas ya me sabía la teoría. Estaba deseosa de ponerla por fin en práctica.

—¡Pobre de ti si me destrozas el coche! —me amenazó cuando entramos en el vehículo. El coche con el que años atrás me había venido a recoger para salir de excursión ya estaba viejo, pero Darren seguía cuidándolo con esmero, protegiéndolo como si fuera la niña de sus ojos.

—Estás sentado a mi lado —dije—. ¿Qué más puede pasar?

Darren me reprendió con la mirada, pero luego me entregó la llave de contacto.

Empezamos la clase de conducción con una charla de Darren sobre para qué servía cada palanca y cada pedal.

Durante la misma nos rozamos las manos de forma absolutamente casual, lo que me produjo un auténtico estremecimiento en todo el cuerpo. Me acordé de la época en que los domingos salíamos de excursión con el coche. Por unos pocos instantes fue como si nunca nos hubiésemos separado.

Me reprimí. Darren y yo éramos amigos, nada más. Pero mientras hablaba, reparé en que de vez en cuando me miraba más de lo necesario. Aunque procuré no darle importancia, mi cuerpo no podía evitar reaccionar.

—Ahora gira la llave de contacto y arranca el coche.

Hice lo que me indicó, y el motor se despertó con un rugido.

—Ahora pisa el embrague, pon la marcha y pisa con cuidado el acelerador mientras retiras el pie del embrague.

Me cogió la mano, la posó sobre la palanca de cambios, y luego me dio unos golpecitos en la rodilla.

—Primero esta pierna, y luego la otra.

Hice lo que me dijo, pero, en vez de ponerse en marcha, el vehículo sufrió una sacudida y el motor se apagó.

Darren soltó un suspiro de frustración.

—Despacio. Debes soltar el embrague lentamente.

—No me lo habías dicho —respondí.

—Entonces inténtalo de nuevo. Pero no lo hagas muy a menudo, de lo contrario no podremos arrancar el motor.

Giré la llave, y al ver que el motor rugía con la misma rapidez que antes me tomé las palabras de Darren como una amenaza vacía. Sin embargo, la mirada que me dirigió cuando de nuevo no solté el embrague con la lentitud necesaria me aterrorizó.

—Disculpa —dije con tono apocado.

—Estás aprendiendo —respondió indicándome que arrancara el motor.

Así seguimos unas veces más.

Darren resopló. Vi en sus ojos el acopio de paciencia que tenía que hacer conmigo. Yo quería hacerlo mejor, pero, de algún modo, no me salía.

—Darren, yo...

Mi voz se apagó cuando mi mirada se encontró con la suya. El corazón me empezó a latir como hacía tiempo que no lo hacía, y de pronto anhelé que me atrajera hacia sus brazos.

—¿Qué pasa? —preguntó arqueando las cejas—. ¿Has cambiado de opinión?

Su voz casi sonaba esperanzada.

Negué con la cabeza. Aquel gesto, en todo caso, no solo respondía a su pregunta. No podía decirle de ningún modo lo que sentía. No quería destruir nuestra amistad con recuerdos que deberíamos haber dejado atrás hacía tiempo.

Pero ¿por qué me miraba así y me tocaba de un modo tan delicado, demasiado incluso para ser accidental?

Para disipar estos pensamientos, volví a girar la llave en el contacto. Esta vez logré apretar los pedales en el orden correcto y metí la marcha sin que se oyera ningún ruido desagradable.

—¿Lo ves? ¡Ya lo tienes! —exclamó Darren con entusiasmo mientras avanzábamos a paso de tortuga hacia la cancela de la entrada.

Durante el trayecto, que se desarrolló a escasa velocidad, el sudor prácticamente me pegó las manos al volante. El coche me parecía demasiado grande, la dirección dificultosa; me daba la impresión de tener que usar todas mis fuerzas para lograr tomar las curvas. Sin embargo, al cabo de un rato fui mejorando. Cuando una camioneta se nos aproximó de cara, se me pusieron los pelos de punta, pero pasó a mi lado más rápido de lo que yo creía.

—¿Lo ves? No es tan difícil —dijo Darren. Me pareció percibir un poco de orgullo en sus palabras. Yo también estaba muy satisfecha de mí misma. ¡Estaba aprendiendo a conducir!

En el camino de vuelta, Darren me aconsejó que me sacara el carné de conducir en el campo.

—El tráfico de la ciudad es para volverse loco. Y los profesores ahí tienen muy poca paciencia.

—Pero en la ciudad es donde más me muevo de un lado a otro —objeté.

—¿Para qué? —preguntó Darren—. Allí puedes usar el metro. Si yo no saliera de la ciudad de vez en cuando, probablemente no tendría coche.

—¿De verdad? Pues yo creía que te gustaba mucho.

Se produjo una breve pausa.

—¿Dónde aprendiste? —pregunté sin apartar la vista de la calzada.

—En el campo —respondió—. Cuando aún vivía en la granja de mi padre. Me parecía importante tener un modo de poder salir de allí.

Me acordaba aún de la triste historia de su familia, y comprendí por qué para Darren había sido importante poder valerse solo.

—Para una mujer también es importante poder salir —dije—. Es algo que he aprendido en los últimos años. Nunca me habría imaginado saliendo de Alemania. Pero ahora estoy aquí y, aunque me ha costado mucho, siento que estoy en el sitio adecuado.

Sentí la mirada de Darren en mi mejilla. Todo en mí anhelaba corresponderla, pero nos estábamos acercando a la finca, y lo último que quería hacer era estrellar el coche de Darren contra el vallado.

Cuando estacioné el vehículo en la explanada, una de las criadas se acercó a nosotros corriendo. Yo estaba de buen humor, porque, aunque el resto del trayecto lo habíamos hecho a paso de tortuga, había perdido el miedo.

Sin embargo, la cara agitada de Mindy me alarmó.

—¡Miss Krohn! ¡Miss Arden al teléfono!

Las palabras me atravesaron como un rayo. ¿Qué podía querer? ¿Había salido ya la sentencia del juicio?

Miré un instante a Darren, que parecía tan desconcertado como yo, salí a toda prisa del coche y corrí hacia la casa.

Al llegar al despacho, levanté el auricular y respondí a la llamada.

—¡Buenas noticias, miss Krohn! —se oyó por sorpresa desde el otro lado de la línea—. Ya podemos inaugurar el club. A principios de verano. ¡El 1 de junio!

Se me escapó un gritito de júbilo. Miss Arden enmudeció, sorprendida.

—Disculpe, me he dejado llevar por la alegría —dije—. Así pues, ¿nos ponemos en marcha?

—Sí, así es. Y no puedo agradecerle lo suficiente su dedicación y paciencia. Vamos a asombrar al mundo.

Desde luego. Nuestra obra era única. Me imaginé que madame soltaría sapos y culebras cuando averiguara que la cuadra de caballos que teníamos ahí no era sino una tapadera de algo mucho más grande.

Cuando volví a colgar el auricular, corrí a buscar a Darren, que estaba en la cocina sirviéndose un vaso de agua.

—¡Nos ponemos en marcha! —anuncié—. El club de belleza. ¡Miss Arden dice que vamos a poder inaugurarlo el 1 de junio!

Peg soltó un grito triunfal, haciendo que Darren, del susto, se echara por encima el contenido del vaso.

—¡Disculpe, señor! —dijo Peg apresurándose a traerle un paño de cocina.

—¡Es maravilloso! —exclamó él dejando el vaso a un lado y secándose.

—¡Sí! ¡Así es! —Me apreté las manos al pecho con una sonrisa tan amplia que las comisuras de los labios casi me dolieron.

—¡Esto hay que celebrarlo! —decidió Peg—. Deberíamos aprovechar el tiempo antes de que todas esas mujeres de negocios invadan el lugar.

—¡Lo haremos! —repuse y miré a Darren. De repente, me sobrevino un pensamiento inquietante. En cuanto se inaugurase el club de belleza, él seguramente dejaría de ser de utilidad allí. Aquello me entristeció más de lo que hubiera creído posible unas semanas atrás. Éramos amigos, nos entendíamos bien, pero cuando él se fuera ya nunca sabría si habríamos podido ser algo más.

Dos días después, la idea de que íbamos a abrir pronto impregnaba por completo mi mente. Sentía un hormigueo en todo el cuerpo, y por las mañanas no había nada que me retuviera en la cama.

Al amanecer salí de debajo de las sábanas, me vestí rápidamente y me paseé por las salas de tratamiento y de descanso mientras intentaba imaginármelo todo en funcionamiento.

Prácticamente las podía ver: todas esas mujeres hermosas, jóvenes y mayores, dispuestas a someterse a sus curas tras entregarse al plan dietético de mister Hauser. ¡Ya percibía en el aire el olor a jabón, los perfumes, las aguas faciales y los tratamientos capilares!

¿Era esta la ocasión para sugerir a miss Arden la creación de un laboratorio propio? Muchos sanatorios destinados a la recuperación de la salud tenían estancias dedicadas a ese fin. ¿Por qué no un club de belleza?

De nuevo me acordé de madame cuando me hablaba de que deseaba que la cosmética fuera una rama propia de la medicina.

Tal vez miss Arden estuviera abierta a esta propuesta. Otra persona podía dedicarse a llevar la casa. Yo me dedicaría a investigar. Y tal vez lograra entusiasmarla también con la idea de mantener a Darren ahí. Yo, claro está, desconocía qué planes tenía él, pero esperaba que no rechazara una oferta así.

Fui a la cocina. Peg solía llegar un poco antes así que tal vez tuviera suerte y pudiera tomarme a esas horas un café. El que hacía nuestra cocinera era excelente y se había convertido para mí en el elixir de la vida.

Para mi sorpresa, en la cocina no estaba Peg, sino Darren. Estaba sentado con el cuerpo inclinado hacia delante y se masajeaba las sienes. Daba la impresión de tener resaca.

—¿Estás bien? —pregunté preocupada.

Alzó la vista.

—Sí, es solo que tengo la cabeza como un bombo. Y eso que ayer no tomé ni una sola gota de alcohol.

Con gesto decidido le puse la mano en la frente. Por suerte, no estaba caliente. Darren me miró sorprendido, y casi me avergoncé por haberlo tocado. Pero entonces sonrió.

—Seguro que es porque pasas mucho tiempo sentado al escritorio en una mala postura.

Recordaba muy vivamente el dolor que sentí en la nuca tras mis primeros tratamientos a clientas.

—Quizá tengas razón. Pero ¿qué alternativa tengo? No puedo diseñar mis bocetos andando.

—Debería pedirle a miss Arden que el masajista empiece a trabajar un poco antes. Al fin y al cabo, ella necesita a su especialista en publicidad.

—Especialista en publicidad —repitió Darren—. Suena casi como esa expresión que madame usaba entonces.

—Especialista en envases —recordé en voz alta—. Ella tenía muy mala memoria para los nombres.

—Supongo que sigue igual. Bueno, al menos ella nunca me llamó especialista en publicidad.

—Sin embargo, es lo que eres. —Hice una breve pausa y luego añadí—: Si quieres, puedo descontracturarte un poco la nuca. En el salón de belleza de miss Hodgson hacía algo parecido.

—¿De verdad? —preguntó—. Te estaría eternamente agradecido.

Se quitó el batín y se desabrochó la chaqueta del pijama. La visión de su pecho desnudo me turbó un poco. Con el corazón agitado, me acerqué a él frotándome las manos, que tenía frías. De vez en cuando fantaseaba en secreto con tocarlo, sin embargo en ese instante habría girado de buena gana sobre mis talones. ¿Por qué me había ofrecido a masajearle?

Ahora ya no había vuelta atrás. Posé cuidadosamente las manos en sus hombros.

Darren se estremeció.

—¡Estás fría como un carámbano!

—Lo siento —dije intentando tranquilizarme—. Se pasará enseguida.

Intenté convencerme a mí misma de que ante mí solo tenía una clienta, algo difícil de creer viendo los músculos que se le marcaban bajo la piel. Al instante, mis manos empezaron a masajearlo como por arte de magia.

Darren gimió complacido. Aquello aún me confundió más.

—Tienes los músculos tensos y agarrotados —comenté contenta de que no viera el rubor de mis mejillas—. No es extraño que te duela la cabeza.

—Tal vez deberías darme masajes a menudo. ¡Realmente aprendiste bien con miss Hodgson!

Mi rostro aún se encendió más mientras mis dedos se abrían paso suavemente por las fibras musculares agarrotadas. Sentía un cosquilleo en el estómago y un deseo que creía haber olvidado.

—¿Qué está ocurriendo aquí?

Di un respingo y me detuve al momento. Peg, que acababa de entrar por la puerta, nos miraba con una sonrisa.

—No es lo que parece —me apresuré a decir.

—Así que a esto es a lo que se dedican cuando no estoy.

—Tengo mucha tensión en los hombros y eso me provoca un fuerte dolor de cabeza —explicó Darren—. ¡Yo jamás podría serle infiel, Peg!

—¡Ja, ja, y encima se burla! —Peg se puso el delantal—. ¿Le apetece un café?

—Sí, con mucho gusto —dijo Darren mientras yo seguía petrificada. Tal vez él no me había visto la cara, pero Peg sí se había dado cuenta.

Me salvó el timbre de la puerta.

—¡Ya voy! —exclamé porque las criadas aún no habían llegado—. Cúbrase los músculos, mister O'Connor, para que no se le enfríen enseguida.

—¡Como usted diga, doctora!

Su sonrisa me siguió mientras yo abandonaba la cocina.

En la puerta me encontré con Pete, el mensajero de la oficina de telégrafos, un joven larguirucho de dieciséis años al que le empezaba a crecer la barba. Resollaba tanto que seguramente debía de haber corrido todo el camino.

—¡Buenos días, Pete! —le saludé—. ¿Qué te trae por aquí?

—Ha llegado un telegrama para usted, señora. —Sacó un sobre de su bolsillo—. Mister Usher me ha dicho que se lo trajera de inmediato.

Miré el sobre, pero no hallé ninguna pista sobre el remitente.

—Gracias —dije llevando la mano hacia un montoncito de monedas que había en la cómoda junto a la puerta. Tenía siempre un poco de propina por si aparecía por ahí algún chico de los recados—. Aquí tienes. ¡Y saluda a mister Usher de mi parte!

—¡Así lo haré!

El chico saludó llevándose la mano a la gorra y se marchó.

Cerré la puerta tras él y llevé el telegrama a la cocina. El olor a café flotaba en el aire.

—Era Pete —anuncié.

—¿Pete? —preguntó Darren—. ¿Es que ahora Phil tiene un aprendiz?

En los últimos meses, el cartero se había convertido en un buen conocido de Darren porque su llegada solía coincidir con su paseo del mediodía.

—Pete trabaja en la oficina de telégrafos —le expliqué mientras rompía el sobre con manos temblorosas. ¿Qué había ocurrido? Raras veces un telegrama traía buenas noticias. ¿Acaso al final miss Arden había echado sus planes por la borda?

Extraje el telegrama, lo desplegué y me quedé paralizada.

¡URGENTE! +++ CONTACTE CON NOTARIO DR. BALDER DE BERLÍN +++ HERENCIA KROHN +++ LEGADO MATERNO +++

A esas palabras las seguía una serie de números, posiblemente el teléfono del notario.

Las letras y números parecían abrasarme los ojos. Solté un gemido, di un traspié hacia atrás y en el último momento logré asirme a una silla para sentarme. Me desplomé encima.

—¿Sophia? —preguntó Darren. Pero yo tenía la impresión de que su voz venía de lejos, como si se hallara en un espacio completamente distinto.

Era incapaz de responder. Mis pensamientos, en cambio, comenzaron a dar vueltas sin que pudieran encontrar un lugar donde asirse. La alegría que había sentido instantes atrás se desvaneció. Casi me avergonzaba de haberla sentido.

—Sophia, ¿qué ocurre?

Darren ahora estaba a mi lado. Olía su loción de afeitar y oía su voz, pero seguía sin poder moverme.

«Herencia». La palabra resonaba como una campana en mi cabeza. «Legado materno».

¿Mi madre había muerto? ¡No podía ser! Apenas tenía más de cincuenta años. Esa no era edad para morir.

—¿Sophia? —volvió a preguntar Darren.

Solo cuando su mano me acarició levemente el hombro logré cruzar el torbellino de pensamientos que se había apoderado de mí.

—Es mi madre —dije en voz baja y, sin darme cuenta, en alemán. Luego lo repetí en inglés y añadí—: Ha muerto. El notario de la familia me acaba de informar al respecto.

—¡Oh, madre mía! —oí que exclamaba Peg.

—Lo siento —musitó Darren poniéndose de cuclillas a mi lado. Su mano seguía en mi brazo, como si quisiera impedir que volviera a perderme en ese torbellino de pensamientos—. ¿Hay algo que pueda hacer por ti?

Negué con la cabeza, aturdida. Él no podía cambiar lo ocurrido. Ni tampoco podía deshacer la atrocidad que había cometido mi padre, que no había tenido a bien informarme del estado de salud de mi madre. Ni de su muerte.

—Yo... tengo que llamar por teléfono —dije aturdida poniéndome de pie—. Tengo que llamar a Berlín, a ese notario.

—Eso no es un problema —repuso Darren—. Pero estás pálida como una sábana. Tal vez antes deberías quedarte un rato sentada.

Negué de nuevo con la cabeza sintiendo cómo la ira, como una llama, me atravesaba el cuerpo.

—Debo llamar. ¡Ahora!

Me precipité fuera de la estancia para telefonear.

Darren me siguió.

—¿Te parece buena idea? Antes sería mejor que te recuperaras un poco de la impresión.

—¡No quiero recuperarme! —le espeté. ¿De qué me serviría quedarme sentada? Eso no devolvería la vida a mi madre. Ni haría menos atroz el gesto de mi padre—. ¡Necesito saber qué ha pasado! ¿Por qué mi padre...?

Me llevé la mano a la boca mientras las lágrimas me brotaban de los ojos. De pronto fui incapaz de moverme.

Darren se puso a mi lado y me pasó el brazo por los hombros. Sentía los latidos de mi corazón en los oídos y las rodillas me empezaron a temblar. De todas las noticias posibles, esa era la que menos me esperaba.

Dejé que Darren me sacara del despacho y me acompañara hasta el salón donde había unos sofás muy cómodos. En un instante me vi sentada en un asiento muy mullido.

No me di cuenta de nada más a mi alrededor. Las lágrimas no cesaban de brotar, me resultaba imposible detenerlas. El corazón me latía desbocado, la sangre borboteaba en mi interior, y el dolor me desgarraba de tal modo que ni siquiera la cercanía de Darren y sus suaves caricias en la espalda lograban paliarlo.

42

Llegó un momento en que se me secaron las lágrimas. El dolor seguía presente y rabiando en mis entrañas, tan intenso como el que había sentido cuando recibí la noticia de la muerte de mi hijo.

Sin embargo, el bramido que sentía en los oídos se aplacó y mi mente volvió a la realidad.

—Tengo que llamar —dije con voz nasal mientras me secaba los ojos con el pañuelo que Darren me había ofrecido. No podía hacer mucho por mis párpados hinchados. Tenía la garganta irritada y rasposa. Pero si no telefoneaba entonces, puede que luego no tuviera fuerzas.

—Por supuesto —repuso Darren suavemente mientras me apartaba un mechón de pelo de la cara—. Pero, por si acaso, te acompañaré. No quiero que te pase nada.

Iba a preguntarle qué podía pasarme, pero al levantarme sentí un ligero mareo así que no dije nada y me alegré de su ofrecimiento.

Mientras me dirigía al teléfono, oí ruido en la cocina, pero nadie se aventuró a salir. Al llegar al despacho me senté y descolgué. La telefonista de llamadas internacionales hablaba de un modo tan animoso que me llegué a sentir incómoda transmitiéndole mi deseo con voz nasal y ronca.

Hubo que esperar un rato hasta que la operadora logró establecer la conexión con Europa. Mientras aguardaba, pensé en la de cosas asombrosas de que era capaz la tecnología moderna. Podíamos atravesar el océano, telegrafiarnos y últimamente incluso hablar por teléfono.

Entonces, de pronto, me embargó una inmensa rabia.

¿Cuánto le habría costado a mi padre contactar conmigo? En tantos años, ni una noticia. Y ahora me veía obligada a oír de labios de un desconocido que mi madre había fallecido.

Mi corazón se encogió, y me esforcé por contener el llanto.

—¿Hola? —preguntó la voz de la telefonista obligándome a recuperar la compostura—. Ahora ya puede hablar con el abonado.

—Gracias —dije y oí un chasquido. Poco después se oyó una voz masculina en el aparato.

—¿Fräulein Krohn?

Era extraño oír hablar en alemán. Por un momento creí haber olvidado cómo hacerlo, pero entonces las palabras me salieron de la boca como por arte de magia.

—Yo misma. Buenos días, herr Balder.

—Buenos días o, en nuestro caso, más bien buenas tardes. Pero eso no tiene importancia. Supongo que ha recibido el telegrama.

—Así es. —Reprimí un sollozo.

—Mis condolencias —siguió diciendo—. Su madre ya llevaba un tiempo con problemas de salud. Me habría gustado tener el modo de informarla antes, pero su padre... —Hizo una breve pausa y luego continuó—: Su padre me dio instrucciones de no informarla.

Me tapé la boca con la mano para no echarme a llorar. ¿Cómo era posible que el resentimiento de mi padre llegara hasta ese extremo? Fue como si me hundieran un cuchillo en el pecho.

—¿Fräulein Krohn? —preguntó la voz del notario—. ¿Está usted ahí?

Me costó recuperarme, pero al final logré articular un «sí» lastimoso.

—Su madre le legó algo de dinero y una cajita. Según parece, su padre no sabe lo que contiene, y además está excluida de la parte que le corresponde a él. ¿Quiere que se la envíe?

—¡No! —espeté.

—¿No? —preguntó asombrado herr Balder—. ¿Debo entender que usted desea renunciar a la herencia?

Me obligué a ordenar mis ideas.

—No, no es eso —respondí—. Quiero decir que voy a ir yo a recogerla. Si a usted le parece bien.

—Por supuesto —repuso el notario—. Pero hay un largo trecho desde Estados Unidos hasta aquí.

—Que estoy dispuesta a recorrer. Me gustaría mucho visitar la tumba de mi madre. Usted debe de saber dónde se encuentra, ¿verdad?

—Por supuesto. En el cementerio de Zehlendorf.

—¿En Zehlendorf? —repetí sorprendida.

—¿No lo sabía usted? —preguntó el notario—. Sus padres se mudaron a Zehlendorf hace tres años. A la avenida Kronprinzenallee.

También esa noticia me sentó como una bofetada. Durante todos esos años siempre había escrito a mis padres informándoles de dónde me había trasladado. El hecho de que ni siquiera hubieran pensado en notificarme su mudanza, aunque fuera a través de un abogado o del notario, recrudecía aún más mi dolor y decepción.

—No, no lo sabía —me oí responder atónita.

—Bueno, todo indica que su visita es realmente necesaria. Debería usted intentar hablar con su padre.

Casi solté una carcajada llena de amargura. No sabía lo que mi padre le habría contado a herr Balder. Pero ¿por qué debería ser yo quien hablara con él? Si él hubiera querido reconciliarse conmigo, podría haberme informado personalmente.

Estuve a punto de colgar el teléfono con un gesto airado cuando me di cuenta de que herr Balder no tenía la culpa de nada.

—Procuraré aclarar lo que haga falta.

—Bien —respondió herr Balder—. En ese caso, le ruego que me telegrafíe indicándome la fecha prevista de su llegada. En la medida de mis posibilidades estaré encantado de responder cualquier pregunta que tenga sobre su herencia. Mi más sentido pésame, fräulein Krohn.

Le di las gracias y me despedí.

En cuanto herr Balder hubo colgado, bajé el brazo. Ya no sentía el peso del auricular, ni era consciente de lo que me rodeaba.

Me desbordaba la consternación. Dolor y rabia. Era incapaz de comprender ni expresar de forma adecuada mis emociones.

La muerte de mi madre me resultaba irreal, un error que esperaba que se aclarase en breve. Y luego estaba el asunto de la mudanza...

Hice cuentas. A esas alturas, mi padre tenía más de cincuenta años. Era demasiado pronto para retirarse. Así pues, ¿por qué ese cambio de domicilio? ¿Acaso mi recuerdo los había expulsado de su casa? ¿O había sido la crisis económica? ¿Su empresa había ido mal?

Mi padre siempre había rebosado entusiasmo. Pero yo misma había sido testigo de cómo empresas mucho más grandes se habían visto abocadas a la ruina a causa de la crisis. ¿Le había sucedido algo similar? ¿Acaso su negocio de droguería, del cual siempre se había sentido orgulloso y en el que yo había tenido mis primeros contactos con la química, ya no existía? Y, de ser así, ¿qué hacía ahora? ¿De qué vivía?

Con todo, el hecho de que se hubiera mudado a Zehlendorf quería decir que no podía estar en la miseria. En mis visitas a esa parte de Berlín, tan nueva, me había parecido muy elegante.

—¿Sophia?

La voz de Darren me sacó de aquel carrusel mental.

Alcé la vista y me di cuenta de que seguía delante del teléfono. Muy despacio, como si estuviera cargada con piedras enormes, me giré. Darren no había entendido ni una palabra de mi conversación porque yo había hablado en alemán.

—Mis padres se han mudado —expliqué.

Darren frunció el ceño.

—Pero...

Se interrumpió al ver que le hacía un gesto para que me dejara terminar.

—El notario me ha dicho que mi madre está enterrada en Zehlendorf. Es una zona situada al suroeste de Berlín. Cuando me fui, mis padres aún vivían en Charlottenburg. Tenían una vivienda fabulosa; no había ninguna razón para marcharse de allí.

—Posiblemente algo cambió en la vida de tus padres.

—Me marché. —Mi voz sonaba como si viniera de un lugar lejano—. Me marché, pero siempre he informado a mis padres de dónde estaba. Pero ellos... ni siquiera tuvieron la decencia de hacérmelo saber.

Darren guardó silencio. ¿Qué decir cuando unos padres borran de sus vidas a su hija?

Antes de volver a hundirme en la tristeza, decidí llamar a miss Arden. Darren se marchó con su coche a Portland, la ciudad grande más próxima, para conseguirme un pasaje en un barco. Le agradecí mucho que se encargara de esa tarea. Con todo, sentía un cierto temor de hablar con miss Arden. La inauguración estaba prevista para el 1 de junio. Mi ausencia duraría al menos tres semanas. ¿Quién se ocuparía de todo? Darren, por supuesto, era perfectamente capaz de supervisar lo que hiciera falta. A fin de cuentas, la mayor parte de las tareas ya estaban acordadas. Sin embargo, la responsabilidad recaía en mí.

A última hora de la tarde volví a descolgar el auricular del teléfono sintiéndome como si me hubiera tragado un ladrillo, y pedí que me conectaran con Nueva York. Confiaba en encontrar a miss Arden en su despacho.

Por suerte, la secretaria me respondió con bastante rapidez y pasó la llamada a miss Arden.

—¿Qué hay, miss Krohn? —preguntó mi jefa con tono alegre, algo que en ella no era habitual.

—Miss Arden, ¿habría algún inconveniente en que yo viaje a Europa durante tres semanas? Mi madre ha fallecido y yo...

—¿Su madre? —preguntó miss Arden con amabilidad.

—Sí —confirmé con un sollozo.

—¡Eso es tremendo! —Oí cómo miss Arden echaba hacia atrás su silla de despacho, como si estuviera a punto de salir corriendo—. Mi pésame... ¿Hay algo que pueda hacer?

—Yo... tengo que ir a Berlín. Me llevará un tiempo llegar allí. Creo que tres semanas es un periodo razonable.

—Más que razonable —repuso—. Tengo una delegación en Alemania y sé lo agotador que resulta ese viaje.

—Así pues, ¿tengo su permiso?

—Por supuesto —dijo con una actitud inusualmente maternal—. Vaya. Todo el mundo tiene derecho a asistir al entierro de su madre.

No le aclaré que no se trataba del entierro.

—Gracias.

Me habría gustado contarle que mi padre me había traicionado. Que había guardado silencio incluso cuando mi madre agonizaba. Pero miss Arden no era una amiga. Tal y como había aprendido trabajando con miss Hodgson, era bueno no demostrar demasiada debilidad.

—¿Puedo ayudarla en alguna otra cosa? ¿Le hace falta dinero?

—No, gracias. Es suficiente con que me permita tomarme ese tiempo y viajar.

Me sorbí la nariz y con la mano libre tanteé en busca del pañuelo, que estaba completamente empapado.

—Seguro que no tendrá dónde alojarse —dijo miss Arden—. Informaré a mi delegación en Berlín para que le preparen una habitación.

Iba a objetar que no sería necesario, pero entonces recordé que los hoteles eran caros y que yo no tenía a nadie a quien acudir. Sin duda, no podría alojarme en casa de mi padre.

—Es usted muy amable, muchas gracias. En cuanto a Maine Chance...

—Enviaré a una persona para que la sustituya durante las próximas semanas —me interrumpió miss Arden antes de que pudiera sugerir algo—. Usted solo infórmeme de la fecha de su partida. Y no se preocupe; cuando regrese, todo seguirá con normalidad.

Me pregunté si miss Arden era consciente de lo mucho que me aliviaban esas palabras en ese momento. Aunque no podían paliar mi dolor, era bueno saber que mi jefa me apoyaba.

—Gracias, miss Arden —dije esforzándome por contener mi emoción ante su amabilidad. Ocurriera lo que ocurriera en las próximas semanas, saldría adelante.

A última hora del día me quedé sentada en el salón vacío, en el sofá del que Darren había quitado la tela protectora. Todos los demás muebles seguían tapados. No me atrevía a regresar a mi habitación. Me había pasado ahí varias horas acurrucada sin que el dolor remitiera.

Alumbrada por una lamparita, miraba al vacío en el que mentalmente los pensamientos tomaban forma y desaparecían con la misma rapidez con que asomaban.

Al otro lado de la ventana se había levantado algo de viento. De vez en cuando se oían chasquidos en la cocina, pero Peg ya se había marchado. Se había ofrecido a quedarse un poco más, por si necesitaba algo, pero la invité a que se fuera. No tenía hambre, solo sed. La jarra de agua que tenía en el suelo a mi lado estaba medio vacía.

Darren no había vuelto aún. ¿Tan difícil era conseguir un pasaje en un barco? ¿Y si no lo lograba?

El crujido de unos neumáticos me sacó de mi ensimismamiento. La luz de un faro iluminó la ventana al pasar, y la estancia de repente brilló como si fuera de día.

Volví la cabeza a un lado. Darren. Debería haber salido a recibirlo, pero en ese momento no me veía capaz de levantarme del asiento. Con las manos en el regazo aguardé a que la puerta se abriera.

—¿Sophia? —gritó él al entrar. Sabía que, excepto yo, no había nadie más en el edificio.

—¡Estoy en el salón! —respondí con todas mis fuerzas y en la medida en que mis maltrechas cuerdas vocales me lo permitieron.

Al poco rato, Darren entró por la puerta.

—¿Por qué estás sentada aquí a oscuras?

La lámpara del techo se encendió.

Algo cegada por la luz de la araña de cristal, respondí:

—No estoy a oscuras. Tengo una lámpara.

—Una vieja lámpara de aceite. ¡Como si aquí no hubiera electricidad!

Miré la lámpara. En los primeros tiempos, había tenido que hacer uso de ella muy a menudo. La corriente entonces era inestable, y las obras no mejoraron precisamente la situación.

—En el pasado me prestó un buen servicio —expliqué—. La luz me hacía sentir segura.

Darren inspiró y asintió.

—Entiendo. Lo siento.

Nos quedamos callados un momento, y luego Darren añadió:

—He encontrado un barco. El *Mary Of The Seas* parte de Nueva York dentro de dos días a las diez de la mañana. Deberías hacer la maleta y partir mañana por la mañana.

—Así pues, ¿lo has conseguido?

—Ha sido un poco complicado, ya me veía conduciendo hasta Nueva York. Pero querer es poder.

—Gracias.

Respiré aliviada. De buena gana me habría echado a su cuello, pero en ese instante me pareció fuera de lugar.

—Hay otra cosa —dijo entonces.

Enarqué las cejas.

—¿Sí?

—Bueno, no sé cómo lo verás, pero creo que te vendría bien tener a alguien a tu lado, que te apoye en este asunto. Sobre todo, por lo de tu padre.

Miré a Darren sin comprender.

—¿Qué quieres decir?

—Si no te importa, me gustaría acompañarte.

—¿A Berlín?

—Sí —respondió—. Nunca he estado en Europa, y me encantaría ver la ciudad donde naciste. —Hundió las manos en los bolsillos de su americana—. No será un viaje fácil, y las emociones podrían superarte en el momento equivocado. Si me lo permites, yo podría cuidar de ti.

Al mirarle a los ojos, supe que no servía de nada hacerse la fuerte. Mi padre me había ocultado la muerte de mi madre. Me había quitado la oportunidad de verla y de despedirme de ella. Posiblemente me haría falta alguien que me impidiera matarlo.

Al mismo tiempo, su ofrecimiento me conmovió tanto que me hizo saltar las lágrimas.

—¿Qué pasa con miss Arden?

—La informaré —repuso.

—Pero ¿tienes pasaje? —pregunté conteniendo el llanto.

Darren se llevó la mano al bolsillo de la americana y sacó unos papeles.

—No estaba seguro de que estuvieras de acuerdo, pero por si acaso he comprado dos. De haber sido necesario, habría intentado hacerte cambiar de opinión.

Mientras su imagen se desdibujaba ante mis ojos, me arrojé a su cuello entre sollozos.

—Bueno, tampoco es un acto tan heroico —dijo acariciándome la espalda con delicadeza; sin embargo, en ese momento, sus palabras lo significaban todo para mí.

—Sí, sí que lo es —repliqué—. Sola no lo habría conseguido.

—Por supuesto que sí. Pero no será necesario. —Me abrazó un rato más, y luego me miró—. Deberías acostarte. Vas a tener mucho que hacer en los próximos días, y necesitarás todas tus fuerzas para el viaje.

Quise objetar que no iba a poder conciliar el sueño después de todo lo ocurrido. Pero cuando me acarició la mejilla con suavidad, venció todas mis resistencias.

—De acuerdo —dije deseando en secreto poder llevarlo a la cama conmigo. Aunque solo fuera para acurrucarme entre sus brazos y saber que no estaba sola.

Sin embargo, no me atreví a pedírselo. Subí sola a mi habitación con la certeza de que mi viaje iba a comenzar en breve.

No llegué a cambiarme de ropa. En cuanto mi cuerpo tocó la cama para echarme un momentito, caí sumida en un sueño profundo.

43

Cuando abandonamos Maine Chance sentía el corazón pesado como una roca de puro granito. Tenía muchas ganas de estar ya en Berlín. Y muchas ganas de estar también de vuelta. Los días de viaje me parecían un obstáculo insuperable. Quería visitar la tumba de mi madre, sí, pero también sentía miedo. Miedo a enfrentarme a mi padre. Miedo a todo lo que saliera a la luz.

—¿Cómo es posible que no haya otro modo de cruzar el mar? —pregunté mientras me montaba en el coche de Darren—. Una alternativa más veloz.

—Al parecer, el *Mary Of The Seas* es el barco de vapor más rápido de la naviera —explicó Darren, mientras comprobaba de nuevo el equipaje—. Su folleto dice: «Llegada garantizada a Europa en una semana».

—Aun así, me sigue pareciendo demasiado tiempo.

Suspiré profundamente y recordé la noche pasada cuando, mientras intentaba hacer el equipaje con manos temblorosas, había descubierto que la blusa negra que había llevado para el entierro de miss Marbury había sido víctima de las polillas. Por lo menos, el traje sastre estaba intacto. En cuanto llegara a Berlín me compraría una blusa nueva.

—Seguro que en el futuro será posible viajar aún más rápido —dijo Darren sentándose al volante a mi lado—. Pero de momento tiene que ser así. De hecho, los nuevos dirigibles aún no han entrado en funcionamiento.

Apenas unos días atrás durante el desayuno Darren había leído un artículo que afirmaba que Alemania estaba a punto de sacar a la luz unos modelos nuevos de dirigibles. Según afirmaban, esos artefactos hechos de tela y rellenos de gas permitirían viajar con más rapidez y comodidad por encima del océano. En un recorrido de récord, una de esas aeronaves había tardado solo cuatro días en ir de Europa a América. Pero dejando de lado que esos dirigibles no operaban con la misma regularidad que los barcos de vapor, el billete no era asequible.

Darren puso en marcha el motor y al poco rato abandonamos la explanada del establecimiento. Recordé entonces que quería sacarme el permiso de conducir. De hecho, tenía previsto apuntarme a una autoescuela tras la inauguración de Maine Chance. Confiaba en que el trabajo me lo permitiera.

Pasamos la noche en una pequeña pensión cerca de Nueva York.

No era un establecimiento especialmente elegante, pero era agradable tumbarse en la bañera, olvidarse de todo por unos momentos sumergida en el agua caliente y luego tomar una cena sencilla que estaba incluida en el precio.

Para ahorrar dinero nos registramos en una habitación doble como si estuviésemos casados. Por fortuna, el recepcionista se abstuvo de comprobar nuestros documentos de identidad. Solo pidió ver la documentación de Darren.

Mientras al poco tiempo Darren roncaba a mi lado, yo tenía la vista clavada en el techo. Estaba exhausta, pero al mismo tiempo demasiado nerviosa para poder descansar. Me sentía el cuerpo pesado, pero mi mente no paraba de dar vueltas en torno a los mismos pensamientos.

Me pregunté de qué había muerto mi madre. ¿Había sucedido de forma inesperada? ¿Mientras dormía? ¿En el hospital? ¿Había preguntado por mí en sus últimos momentos?

Al final logré dormirme, pero aquel sueño me trajo imágenes confusas y perturbadoras de las que me costó mucho despertar.

Por suerte, Darren estaba allí e impidió que me quedara dormida.

—Maldita sea —refunfuñé incorporándome. Sentía dolor en las sienes y mi cabeza parecía envuelta en algodón.

—¿Tienes jaqueca? —preguntó Darren rebuscando en su bolsillo.

—Como si tuviera resaca.

—¿Ya no te acuerdas de que ayer salimos de bares?

—¿Cómo? —pregunté asustada. Solo entonces me di cuenta de que bromeaba.

—Toma —dijo entregándome un comprimido—. Es una aspirina. Luego te sentirás mejor.

Al ver aquel comprimido blanco, me acordé de mi padre. En la tienda de productos de droguería también vendía aspirinas; a veces yo había tenido que apilar los frascos en las estanterías.

Eso no impidió que aceptara agradecida el medicamento y me lo tomara con un vaso de agua. Mientras esperaba que hiciera efecto, me contemplé en el pequeño espejo del baño. La noche había oscurecido mis ojeras aún más. Me descubrí en el entrecejo una arruga de preocupación. ¿Había estado siempre ahí?

Intenté arreglarme un poco con cremas y maquillaje. No quería que al subir a bordo me tomaran por una vagabunda. Con todo, no quise ponerme pintalabios. No me parecía adecuado.

Al salir del baño, Darren estaba sentado en la cama, vestido con pantalón y chaleco, lustrándose los zapatos. Posiblemente él también quería causar una buena impresión en el barco. Cuando me vio, se detuvo.

—¿Cómo te encuentras? —preguntó tras mirarme un momento.

—Tengo mal aspecto —respondí.

—No, estás estupenda.

—¡Venga ya! —resoplé.

—No, en serio. Tienes un aspecto muy pulcro. De todos modos, sé que la imagen exterior no siempre se corresponde con la interior. Así pues, ¿cómo te encuentras?

Suspiré.

—No muy bien.

—Ya sabes que la aspirina tarda en hacer efecto.

—Lo sé. —Lo miré—. Es que... tengo la impresión de ir a remolque de la situación. Dentro de mí reina el caos.

—En tus circunstancias es muy comprensible. Por eso me alegro de estar a tu lado.

—Yo también —dije—. Pero este viaje tan largo... Voy a tener mucho tiempo para irme inquietando.

—Al contrario —repuso Darren levantándose—. Te da la posibilidad de ir preparándote.

—¿Cómo se supone que debo prepararme para enfrentarme a un hombre que me ha borrado de su vida? No sé cómo al notario se le ocurrió sugerir que debía hablar con él.

—Quizá tu padre quiere pedirte perdón. Tal vez ha cambiado de parecer.

Sacudí la cabeza.

—Lo dudo. No me ha perdonado. Le conozco demasiado bien.

—Las personas cambian.

—Eso a mi padre se le da mal, siempre ha sido así. Si pienso en cuando era jovencita, jamás modificó ni un ápice sus convicciones. Si me hubiera perdonado, se habría puesto en contacto conmigo personalmente.

Incliné la cabeza. Poco a poco, la pastilla parecía empezar a hacer efecto y la sensación de dolor disminuía.

—No, lo más seguro es que el notario vea más la necesidad que mi padre. El hecho de que yo no estuviera al corriente del fallecimiento de mi madre y que posiblemente no hubiera tenido noticia de ello de no ser porque hay una herencia indica que algo no va bien y que debe aclararse.

—¿Quieres aclarar las cosas?

Darren me tomó de las manos y me obligó a levantar la vista hacia él.

—Por un lado, sí. ¡Dios! Lo que hubiera dado por que él me escribiera una sola vez. —Cerré los ojos porque no quería volver a llorar—. Pero ahora..., ahora solo tengo miedo. Miedo a que habría podido ser peor. Ni siquiera sé si debería ir a verlo.

Darren reflexionó un momento y luego dijo:

—Bueno, si no quieres, nadie te obliga. Vamos a ver al notario, luego visitamos la tumba y a continuación nos marchamos. Si no quieres, él no estará ahí para juzgarte.

Asentí con la cabeza.

—Puede que tengas razón. Pero...

Darren me tomó entre sus brazos.

—No le des más vueltas. Por el momento, disfrutemos de la travesía; puede que en tu ciudad haya algo que te apetezca mostrarme. Me hace gracia conocer el lugar donde naciste y te criaste.

No había pensado en eso. Pero, claro, Darren no había estado nunca en Berlín. Me lo quedé mirando y por un momento noté que el dolor no era tan agudo.

—Creo que hay bastantes cosas que pueden interesarte —dije. De repente, me acordé de herr Nelson y sentí muchas ganas de volver a verlo. Me había ayudado cuando más lo necesitaba y me había animado—. Podríamos ir a visitar a herr Nelson a su teatro.

Vacilé por un instante. ¿Era apropiado tras la muerte de una madre? Pero ¿cuándo tendría Darren la oportunidad de volver a Berlín?

—¿Nelson? ¿Es americano? —preguntó.

—No, que yo sepa es alemán. Por lo menos nunca ha dicho que no lo fuera. Posiblemente es su nombre artístico. Mi amiga

Henny decía que mucha gente de la farándula utiliza nombres que no son los suyos. Según parece, de este modo parecen más... profesionales.

Darren me sonrió apartando así la pequeña punzada que sentía al pensar o mencionar a Henny.

—Me encantará acompañarte al teatro. Y también iré contigo a cualquier otra cita que tengas.

—No entenderás nada —objeté. Entonces tuve una idea—. Podríamos aprovechar la travesía para que te enseñe un poco de mi lengua materna. Hablada no es tan difícil.

—¿En serio? Te oí usarla por teléfono y me sonó muy complicada.

—Es cuestión de acostumbrarse.

Una sonrisa me asomó en la cara, pero algo en mi interior contuvo la alegría incipiente.

—Deberíamos ir saliendo —dije—. Nunca se sabe cómo estará el tráfico.

Darren asintió.

—Sí, tienes razón. Pongámonos en marcha.

El aire de la mañana era fresco y claro, y gracias a la pastilla y a la charla con Darren me volví a sentir mejor. El trayecto por la ciudad no resultó tan largo como había temido y me alegré de llegar al puerto un poco antes de lo previsto.

La cola de pasajeros frente al embarcadero era larga. Aquí y allá, varios viajeros se abrazaban entre lágrimas. Cuando nos llegó el turno, mostramos nuestros pasajes.

Esta vez renuncié a contemplar cómo la estatua de la Libertad iba desapareciendo en el horizonte. No quería estar rodeada de gente. Solo quería hundirme en la cama y pasar durmiendo los días de viaje. Por suerte, Darren se mostró comprensivo.

Metió mi maleta en mi camarote y luego se retiró. Para que estuviera tranquila, había accedido a compartir camarote con un completo desconocido. Me sentí profundamente agradecida.

No obstante, cuando el barco zarpó, me dirigí hacia el ojo de buey de mi camarote, pero desde allí no se veía la ciudad. En su lugar, volví la mirada al océano que tenía delante. Camino de mi hogar.

44

Los días de travesía transcurrieron más rápido de lo que esperaba. Me pasé durmiendo la mayor parte del tiempo porque el dolor me sacudía en oleadas que me dejaban agotada. Darren procuraba levantarme el ánimo en la medida de lo posible, pero no lo lograba del todo. En cambio, conseguí enseñarle algunas palabras en alemán. De este modo, si se decidía a aventurarse solo por la calle, sabría dar las gracias y preguntar direcciones.

La ventaja de que me acompañara era también que los hombres no me abordaban, algo que sí había ocurrido en mi última travesía. Notaba que me miraban, pero solían alejarse en cuanto se percataban de que Darren iba conmigo. A menudo me sorprendía a mí misma observándole de forma furtiva y preguntándome cómo sería empezar de nuevo. Al menos ahora ya no había ningún secreto entre nosotros. Pero ¿lo querría él también?

Al llegar a Dover nos embarcamos en el ferri hasta Calais, y desde allí continuamos el viaje en tren. Disfruté contemplando el paisaje, y eso me distrajo un poco de mis pensamientos. Sin embargo, cuanto más nos aproximábamos a Alemania, mayor era mi inquietud. ¿Qué podía haberme legado mi madre? ¿Por qué el notario quería que hablara con mi padre?

Por fin, al día siguiente por la tarde, llegamos a Berlín.

La estación de Lehrter Bahnhof estaba abarrotada. Las locomotoras soltaban humo en medio de la gente, y las palomas se peleaban por unas migas de pan.

Por primera vez en mucho tiempo, oí fragmentos de conversaciones en mi lengua materna alrededor. Sin quererlo, las lágrimas acudieron a mis ojos. Me vi de nuevo entonces, en el andén, partiendo hacia una nueva vida con Henny.

¡Cuántas cosas habían cambiado desde entonces!

La estación también era distinta. Vi a mucha más gente uniformada. No eran policías, sino unos hombres que parecían soldados, aunque su vestimenta no tenía nada que ver con la del antiguo ejército imperial, que yo conocía por fotografías de otras épocas.

Lo primero que hicimos fue ir al despacho de aduanas. A fin de cuentas, éramos extranjeros, aunque yo aún conservara el pasaporte alemán.

Por suerte, la cola no era larga, así que al poco rato nos encontramos ante el mostrador.

—*Heil Hitler!* —exclamó el aduanero mientras tendía la mano hacia delante.

Aquel saludo me asombró un poco. Aunque había leído artículos de prensa sobre el nuevo gobierno que lo mencionaban, aquello me resultó muy fuera de lugar.

—¡Buenas tardes! —respondí con cierta inseguridad—. Acabamos de llegar de Nueva York y queríamos declarar el equipaje.

El hombre me miró.

—¿Estados Unidos? ¡Habla usted muy bien el alemán!

—Nací aquí, pero vivo en Estados Unidos desde hace casi siete años.

—¿Es usted judía? —siguió preguntando. Enarqué las cejas. ¿Qué le importaba a ese hombre mi religión?

—No. Soy evangélica.

De todos modos, tenía que admitir que llevaba muchísimo tiempo sin entrar en una iglesia. Pero eso no era de la incumbencia de un funcionario de aduanas.

—¿Y su marido?

—¡Oh! No es mi marido. Es un conocido que me acompaña para ayudarme tras el fallecimiento de un familiar.

—Digo si es judío —rezongó el funcionario.

—No, no lo es.

Darren me miró sin entender nada. Le expliqué de forma escueta lo que ocurría. Como no sabía si el funcionario entendía el inglés, guardé un tono lo más neutral posible.

—¿Qué dice? —preguntó el agente cuando Darren me respondió.

—Dice que es católico. Pero eso también lo puede encontrar en nuestros pasaportes.

El funcionario musitó algo que no entendí y examinó nuestros pasaportes.

—¿Tienen algo que declarar? —preguntó entonces—. ¿Café, tabaco, alcohol?

—No —respondí—. Como he dicho, hemos venido aquí por un fallecimiento.

—¿Cuánto tiempo se quedarán?

—Apenas un par de días. Debo reunirme con el notario de mi madre.

Revisó superficialmente el visado de Darren y luego nos selló los pasaportes. Nos devolvió la documentación con un gruñido.

—Gente agradable, tus compatriotas —comentó Darren al salir de la estación para dirigirnos a una parada de taxis.

—Los funcionarios de aduanas nunca son agradables, pero que ahora saluden así en lugar de dar las buenas tardes me ha sorprendido.

—¿Y esa pregunta de si somos judíos?

—Eso también —admití—. Parece que con el nuevo gobierno aquí han cambiado muchas cosas.

Darren levantó un brazo al aire, e instantes después un taxi se detuvo frente a nosotros. Le indiqué el destino al conductor, y nos montamos en el vehículo.

En el curso del trayecto hasta la delegación de miss Arden, que se encontraba en Budapester Straße, pude ver grandes carteles publicitarios que presentaban a Hitler como el salvador del pueblo alemán, así como imágenes idealizadas de hombres altos y rubios, vestidos en camiseta y con un martillo en la mano, que «hacían progresar la economía alemana». Los anuncios de otros tiempos seguían ahí, pero parecían mucho más deslucidos.

—¿Pretenden vender algo con eso? —comentó Darren estirando el cuello—. ¿Desde cuándo los políticos son un soporte publicitario?

Él, por supuesto, conocía la imagen de Hitler por la prensa.

—Si interpreto bien estos carteles, no se trata de vender. Lo que quieren es decirle a la gente lo que tiene que hacer. —Me interrumpí un momento y añadí—: Estas cosas aquí antes solo ocurrían cuando la movilización militar era inminente.

—No estarán buscando guerra, ¿verdad?

—No lo sé —contesté—. Sería una estupidez, ¿no te parece? Tan pronto después de lo vivido.

—Una estupidez mayúscula. Pero ¿quién puede ver lo que hay dentro de las mentes de los políticos?

Darren volvió a mirar hacia fuera. Ahora apenas se veían carteles. Con todo, las palabras de Darren me despertaron inquietud. ¿Y si en breve se volvían a producir disturbios? Todavía me acordaba muy bien del miedo que pasaron mis padres durante el golpe de Estado de 1920 por el sufrimiento que había dejado la Gran Guerra tras de sí.

La delegación de miss Arden se encontraba cerca del zoológico, y la avenida Kurfürstendamm no estaba muy lejos. Posiblemente había visto el edificio durante mis paseos con Henny, pero no me había percatado de que se tratara de la delegación de una gran empresa de cosméticos. Entonces vi el escaparate llamativo y los tarros y frascos que resplandecían bajo la iluminación. También ahí las clientas cruzaban una puerta roja para entrar. Miss Arden velaba por que la imagen de la empresa se mantuviera igual en todo el mundo.

Entramos acompañados del tintineo de la puerta. Como ya conocía de los salones de belleza de Estados Unidos, había una recepción con un mostrador de cristal y butacas amplias para las clientas. Una joven de rizos rubios y ondulados y maquillada con lápiz de labios de color rosa nos recibió con una sonrisa amable.

—Buenas tardes, soy Sophia Krohn, de Nueva York —me presenté—. ¿Miss Arden les ha anunciado mi visita? Quiero decir, nuestra...

En ese instante fui consciente de que no le había dicho a miss Arden que Darren me iba a acompañar. ¿La habría informado él antes de partir? Estaba tan aturdida que no me había acordado.

Una expresión de complicidad asomó en el rostro de la recepcionista.

—Un momento, por favor, llamaré a fräulein Rieker.

Dicho esto, desapareció tras una cortina de terciopelo que separaba la recepción de las salas del fondo.

Miré alrededor. También ahí el gusto de miss Arden se reconocía claramente. Las cortinas de color rosa palo, las butacas pesadas y acogedoras, y los cuadros llenos de colorido contrastaban de forma agradable con los carteles de la calle. Era bueno saber que allí, aparentemente, las cosas no habían cambiado mucho.

La cortina se descorrió y asomó una joven de aspecto pulcro, pelo oscuro y traje sastre azul. Sostenía una carpeta bajo el brazo y parecía muy ocupada.

—Soy Käthe Rieker, la asistente de dirección —se presentó estrechándonos la mano—. ¿Es usted herr Krohn? —preguntó.

Darren negó con la cabeza.

—No, me llamo O'Connor. Darren O'Connor. Acompaño a miss Krohn. Fue una decisión... de último momento.

La joven asintió.

—Frau Wienicke me ha pedido que les asista en lo que precisen y que les muestre su alojamiento. Por desgracia, nuestro director general, mister Yates, no se encuentra aquí, pero frau Wienicke espera sacar un poco de tiempo para hablar con usted.

—Muchas gracias, es muy amable, aunque, de hecho, no será necesario —repuse un poco abrumada. Nos estaba tratando como personajes oficiales y, sin embargo, se trataba de un asunto privado—. Solo he venido aquí por mi madre...

—Lo sé. Por favor, acepte mi pésame por su pérdida. Miss Arden ya nos ha informado.

—Gracias. Y les agradezco mucho que nos hayan preparado un alojamiento.

Fräulein Rieker asintió y se dio la vuelta.

—Acompáñenme, por favor.

Subimos la escalera, pasamos junto a las salas de tratamiento y luego subimos aún unos peldaños más. Finalmente llegamos a las dependencias privadas que ocupaba miss Arden durante sus estancias allí. Ante mis ojos se abrió un comedor enorme seguido de un dormitorio.

—Esta será su habitación —dijo fräulein Rieker dirigiéndose a mí; luego, se volvió hacia Darren—. Mister O'Connor tendrá una habitación que está al final del pasillo. Es el dormitorio de mister Jenkins cuando viene por aquí.

—Genial —le oí decir a Darren; luego, él se volvió hacia mí y me hizo un guiño disimulado.

Käthe Rieker asintió.

—Vengan conmigo, por favor. He reservado una mesa para nosotros en un restaurante cercano. Así, si lo desean, podemos charlar un poco.

Yo estaba hambrienta, pero no tenía muchas ganas de hablar con fräulein Rieker. Habría preferido estar a solas con Darren. Lo miré y leí lo mismo en sus ojos.

Con todo, no quería ser grosera y sabía con certeza que él tampoco.

—Es muy amable de su parte, fräulein Rieker.

Miré un momento a Darren y a la joven mientras se alejaban por el pasillo; luego entré en mi habitación. Lo primero que me llamó la atención fue la colcha de color rosa que cubría la gran cama. Por lo demás, el interior de la estancia era de color beis y dorado; sin duda, miss Arden no había podido resistirse a introducir una nota de color rosado en la decoración de su dormitorio.

Dejé la maleta en el suelo y me acerqué a la ventana. El sol se acercaba al horizonte y las sombras se habían alargado. Algunos ciclistas circulaban junto al edificio. El zoológico se extendía frente a mí.

Habían pasado muchos años desde que había ido ahí con mis padres. Entonces se acababan de inaugurar las nuevas instalaciones exteriores. Con el tiempo, los arbolitos de entonces habían crecido, y ya no era posible ver por encima de algunos setos bajos. Tal vez estaría bien dar un paseo por allí...

Alguien llamó a la puerta.

—Adelante —dije, y al instante siguiente Darren asomó la cabeza.

—Por lo que veo, te han dado la mejor habitación —comentó mientras entraba.

—No contaban contigo —repuse. Él soltó una risa al oírlo.

—No es eso. Están siempre preparados. Pero al parecer, mister Jenkins tiene un gusto más... espartano.

—Me cuesta mucho creerlo —objeté. Me dispuse a salir para comprobarlo, pero Darren me lo impidió posando delicadamente las manos en mis brazos.

—Está bien, no te preocupes —dijo dirigiéndome una mirada que me hizo sentir un cosquilleo. Todo en mí anhelaba besarle. ¿Por qué no lo hacía sin más?

Una llamada a la puerta me hizo abandonar mi propósito. De pronto, me ruboricé, y eso que no había pasado nada.

—¿Fräulein Krohn? —preguntó una voz.

—¿Sí?

La puerta se abrió y apareció una joven con una cestita en la que vi una toallita blanca, y numerosas botellas y frascos, todos ellos productos Arden para el cuidado de la piel.

—Un obsequio de la casa —dijo entregándome la cesta—. Fräulein Rieker les está esperando abajo.

—Gracias, ahora vamos.

La joven se retiró tras hacer una pequeña genuflexión y desapareció por el pasillo. Contemplé la cesta y de pronto deseé con toda mi alma poder dársela a mi madre. Sacudí la cabeza para apartar de mí esa emoción.

—En ese caso, será mejor no hacer esperar a nuestra anfitriona —dijo Darren contemplando el obsequio—. Estoy deseando ver si fräulein Rieker también tiene una cesta para mí.

—Miss Arden no fabrica productos para hombres —repliqué con una sonrisa—. Pero estaré encantada de compartir contigo los míos si te apetece.

—Gracias, te agradezco la oferta.

Se acercó a mí, me rodeó los hombros con un brazo y me besó en la frente.

Me quedé petrificada, pero luego deseé que ese momento no terminara jamás.

Fräulein Rieker nos acompañó al Gourmenia Palast, un edificio que no estaba muy lejos de la estación de tren Zoo.

—El restaurante Traube, es decir, «la uva», es uno de los mejores de la ciudad. ¿Les gusta el vino, supongo?

—Yo no soy una experta, pero a pesar del nombre seguro que en ese restaurante también habrá comida, ¿verdad?

Miré a Darren, que parecía divertido.

—Por supuesto. Es uno de los establecimientos más concurridos de la ciudad. Cada vez cuesta más conseguir una mesa allí, pero la esposa del propietario adora nuestros productos. Aún no se ha dejado amedrentar por la propaganda.

—¿Propaganda?

—Aquí a las mujeres se les dice que maquillarse es poco alemán. Que la mujer alemana solo necesita agua y jabón.

—¿En serio?

Fräulein Rieker asintió. Sacudí la cabeza atónita.

—¿Y las mujeres se lo toman en serio?

—Algunas sí. Sobre todo, las de las clases más bajas. De todos modos, en nuestros salones de esas no se ven muchas, pero esa idea empieza a cuajar entre las mujeres de la clase acomodada. Los maridos de muchas se desviven por pertenecer al partido.

En la prensa había leído que la designación de «partido» aludía al NSDAP, que estaba presidido por Hitler y que desde el año anterior ocupaba el gobierno.

Fräulein Rieker se detuvo un momento y luego añadió con un susurro:

—¡Pero deberían ver a las esposas de los peces gordos! Esas no hacen caso de la palabrería de sus maridos. Siguen viniendo al salón y reservando los mejores tratamientos. Mis colegas bromean diciendo que la norma de usar la pastilla de jabón la impulsaron las esposas para no tener competencia.

Soltó una risita, pero al momento recobró la compostura y miró alrededor, como con miedo a que alguien pudiera haberla oído.

—Pero no se lo digan a nadie. Hoy en día todas las paredes tienen orejas y todas las ventanas tienen ojos. Sean muy prudentes. De nuestro establecimiento les aseguro que no saldrá nada, pero fuera cada vez es peor. Muchas personas intentan congraciarse con los nuevos funcionarios.

—En ese caso, tal vez sea mejor que usted no diga nada más aquí —repuse mientras sentía un escalofrío trepándome hasta la nuca. Jamás el ambiente en Berlín había sido tan opresivo.

—No se preocupe, estamos hablando en inglés —repuso ella—. La mayoría no domina esta lengua. La gente cree que la única que cuenta es la de la raza superior.

Eso tampoco me sonó nada bien. Esa expresión de «raza superior». De nuevo me estremecí.

Al poco rato llegamos al Gourmenia Palast, un edificio que albergaba en su interior numerosos establecimientos. Vi el cartel del Café Berlín y el de un restaurante llamado Stadt Pilsen. Los ojos de Darren se iluminaron al ver que había un local llamado American Buffet. Me pregunté cuánto tiempo más podría sobrevivir ese establecimiento a la vista de los cambios en el país. Si ya el maquillaje se consideraba poco alemán...

El diseño del Palast era limpio y simple, como de un tiempo aún por llegar. Lo mismo podía decirse del restaurante Traube.

La arquitectura interior era simple, y a la vez, maciza e impresionante. Los comensales se sentaban en una suerte de palcos distribuidos en tres plantas que recordaban algunos edificios de Nueva York. Unas grandes lámparas circulares en los techos arrojaban una luz cálida.

En los rincones crecían plantas de todo tipo. Así, a un lado vi árboles plataneros enormes, además de palmeras y otras plantas de aspecto exótico. En el centro de la sala había un atrio de cristal, que también estaba iluminado y que permitía que las plantas más grandes se pudieran desarrollar bien.

Tuve la certeza de que aquel lugar habría complacido tanto a madame como a miss Arden.

—Por un momento, uno podría creer que se encuentra en el jardín botánico, ¿verdad? —dijo fräulein Rieker indicándonos que la siguiéramos.

No pude sino darle la razón, más cuando el gorjeo que oí procedía, en efecto, de pájaros de verdad que revoloteaban sobre las cabezas de los comensales.

—Asombroso, ¿verdad? —pregunté a Darren mientras fräulein Rieker conversaba con el camarero de la entrada.

—Entusiasmaría a muchos empresarios de Nueva York —dijo mirando alrededor—. Es simplemente increíble que en el Viejo Mundo exista algo así.

—Nuestra mesa está preparada —nos informó fräulein Rieker.

El camarero nos llevó a la segunda planta, desde la que teníamos una hermosa perspectiva del atrio y de sus plantas magníficas. Un pajarito amarillo y blanco se posó en la barandilla y trinó con fuerza.

—¡Un canario! —exclamó Darren con entusiasmo—. ¡Oh, madre mía! ¿Dejan que vuelen libremente por aquí? ¿Y si se escapa?

—Posiblemente los pájaros saben que es mejor quedarse allí donde hay comida —observó fräulein Rieker.

Miré a mi alrededor. Salvo por unos hombres vestidos con uniforme negro, la gente de ese lugar era como la que podía encontrarse en un restaurante de Nueva York. Muchas mujeres iban maquilladas, si bien sus peinados eran distintos. Era como si el pelo corto hubiera desaparecido. A algunas damas la melena les caía en suaves ondulaciones hasta los hombros. Otras, en cambio, la llevaban severamente recogida detrás de la nuca.

Los comensales de las mesas por debajo de nosotros parecían un poco menos acomodados que los que estaban sentados junto a nosotros. Las mujeres llevaban el pelo recogido en trenzas, como si fueran jovencitas. Algunas las llevaban recogidas en torno a la cabeza, y tenían los rostros tan pálidos y macilentos que habrían horrorizado a miss Arden. También la moda había cambiado. Las faldas ahora eran más largas, los vestidos se sujetaban con cinturón, y la mayoría de las señoras llevaba encima una especie de chaqueta. Sin embargo, vi que las acompañantes de los hombres uniformados lucían vestidos de noche de telas brillantes. Todo hacía pensar que también en la moda se aplicaba el doble rasero.

El camarero nos trajo el menú. Fräulein Rieker nos recomendó el rosbif y un borgoña francés. Ni Darren ni yo pusimos objeciones.

Tras hacer la comanda, nuestra anfitriona dijo:

—¿Saben? Me encantaría ver alguna vez la casa donde vive miss Arden. Cuando viene por aquí, desprende siempre tanta elegancia... Fräulein Krohn, la envidio por haber logrado dar el salto al otro lado del océano.

—Bueno, no fue nada fácil, pero yo también me alegro de que miss Arden me contratara. —Decidí no decirle que había sido Helena Rubinstein quien me había allanado el camino hacia el Nuevo Mundo.

—¿Cree usted que miss Arden podría llevarse a Nueva York también a alguien como yo?

La voz de esa mujer, que en general destilaba una gran seguridad en sí misma, se volvió casi infantil. Aunque sus motivos eran, sin duda, distintos a los míos, me reconocí en ella. Yo también había esperado que me enviara al sitio que yo quería. Pero, como sabía ahora, miss Arden obedecía a sus propios planes. Puede que incluso fuera bueno que no me hubiera trasladado a París, tal y como yo había deseado. La pista se había enfriado y posiblemente habría lamentado encontrarme allí.

—Hay mucha gente que se marcha a Estados Unidos —continuó diciendo fräulein Rieker—. Se dice que allí es fácil hacerse rico.

—Me temo que eso es un mito —explicó Darren—. Por supuesto hay quien lo consigue. Pero hoy por hoy se ha vuelto más complicado. Se lo dice alguien que intenta establecerse por su cuenta.

—Pero eso no detiene a la gente. —Fräulein Rieker se giró y dijo en un susurro—: Y, si me preguntan, lo entiendo. A primera vista, uno podría decir que estamos mejor que antes, pero me temo que lo peor está por venir. Estoy contenta de trabajar para miss Arden. Tal vez nos ofrezca una salida cuando las cosas empiecen a empeorar.

—¿De qué modo pueden empeorar?

—No lo sé, es solo un presentimiento. Quizá a los nuevos dirigentes se les ocurra prohibir por completo los cosméticos. Es como si cada día trajera consigo nuevas normas. Quién sabe lo que está por venir.

Quise preguntar qué normas eran esas. Y qué podía tener un gobierno en contra del maquillaje. Madame Rubinstein me había contado que, en su momento, cuando empezó con su negocio, el maquillaje fue para las mujeres una forma de liberación. ¿Acaso los gobernantes de ahí temían la libertad? ¿Tenían miedo de las mujeres?

Pero en ese momento apareció el camarero con nuestra comida. Se me hizo la boca agua. Peg era una cocinera excelente, pero ni siquiera ella lograba hacer un rosbif tan tierno y jugoso.

Pasamos el resto de la velada hablando de temas relativamente triviales y de trabajo. Fräulein Rieker quería saberlo todo sobre sobre el proyecto en el que yo trabajaba. La inauguración era solo cuestión de tiempo, así que le conté un par de cosas, sobre todo anécdotas, como la inundación de la pista de tenis, o el nutricionista vanidoso y su entrenador personal. Darren habló de la campaña publicitaria que había desarrollado.

Ella nos escuchó con los ojos brillantes, y percibí muy claramente su anhelo por ver mundo y su temor a que todo cuanto se había erigido allí pudiera ser destruido. De regreso a la sucursal de Arden permaneció muy callada. Apenas nos topamos con transeúntes; al parecer, el nuevo gobierno también influía en las ganas de la gente de salir de noche. En otros tiempos, era imposible pasear por la ciudad de noche sin cruzarte con noctámbulos achispados. En cambio, ahora las aceras estaban prácticamente desiertas.

Al llegar a la puerta, fräulein Rieker se despidió de nosotros y me entregó la llave de la puerta principal.

—Vivo aquí cerca y he dejado mi número de teléfono en recepción. Si lo precisan...

—Muchas gracias —respondí—. No estoy sola.

Ella miró a Darren y sonrió con un poco de timidez.

—Ha sido una velada muy agradable —dije—. Gracias.

—Soy yo la que debo darles las gracias a ustedes. Desde que las cosas han cambiado tanto por aquí, es difícil tener una visión realista del mundo exterior. Todo destila ideología. Me gustaría poder acompañarlos.

—Tal vez algún día miss Arden se la lleve a Estados Unidos. La vida da muchas vueltas, se lo digo por experiencia.

Ella asintió; luego se despidió y yo abrí la puerta.

Estar a solas en la delegación resultaba bastante extraño. Los pasos resonaban de forma excesiva, y también el aroma de las cremas y los perfumes se percibía con más intensidad.

La presencia de Darren despertó mi imaginación, pero me contuve. Estábamos acercándonos delicadamente el uno al otro y además me daba cuenta de que a Darren eso le gustaba. No me atreví a hacer lo que el corazón me pedía en ese instante; tenía la impresión de andar por una fina capa de hielo capaz de romperse con cualquier gesto irreflexivo.

—¿Qué te parece mi país? —pregunté a Darren mientras subíamos la escalera hacia nuestras habitaciones—. Admito que han cambiado muchas cosas. Ya solo esa historia del maquillaje...

—No es precisamente Estados Unidos —contestó Darren—. De hecho, resulta bastante agradable. Un poco rígido y formal, tal vez. Todo muy ordenado. Pero me preocupa que la gente ya no se atreva a decir en voz alta lo que piensa. ¿Te has fijado que no dejaba de mirar alrededor? Y eso, a pesar de no pronunciar ni una palabra en alemán.

—Sí, me he fijado. Eso antes no pasaba. Por lo menos yo nunca noté nada parecido. —Suspiré. Me había imaginado un regreso a mi país algo distinto. ¡Y eso que lo peor aún estaba por llegar!—. A ver cómo sale todo mañana.

—Estoy contigo —dijo Darren frotándome el brazo—. Solo tienes que decírmelo y vendré a ayudarte con todo.

Negué con la cabeza.

—Es muy amable por tu parte, pero al menos a la reunión con el notario debo asistir sola. Aun así, gracias por estar aquí. No sé si habría podido con todo sin nadie con quien hablar.

—Si no recuerdo mal, has pasado por cosas peores.

—Puede que tengas razón. —Intenté sonreír, pero al parecer incluso las comisuras de mi boca estaban demasiado cansadas.

Darren me sonrió. De pronto su cara estaba tan cerca de la mía que solo podía ver sus hermosos ojos verdes.

Quise decir algo, pero en ese instante me notaba la garganta ronca y seca. Darren parecía estar igual. Tras quedarnos mirando unos instantes, él se inclinó hacia mí y sentí sus labios en los míos. Un gesto cálido y dulce, pero breve, como para comprobar si estaba dispuesta. Lo estaba y quería más.

Así que lo besé, de forma más larga e intensa. Cerré los ojos para percibir por completo la sensación. De pronto fue como si nunca nos hubiésemos separado. Como si no hubieran transcurrido años hasta nuestro reencuentro.

Nos quedamos así un rato, unidos en ese beso; luego él se apartó de pronto, tembloroso.

—¿He hecho algo mal? —pregunté con asombro.

—No, no, todo lo contrario. Yo... —Se interrumpió—. Por favor, perdona.

Sentí que me sonrojaba.

—¿Qué se supone que debo perdonarte? —pregunté—. Ha sido uno de los mejores besos que me has dado.

Y, sobre todo, era el primer beso desde la ruptura. En ese momento supe por qué no había vuelto a abrir mi corazón a ningún otro hombre.

—¿Te gustaría que... nosotros? Esto es...

—¿Que volviésemos a besarnos?

—Que volviésemos a vernos. A estar juntos. Ya sabes qué quiero decir.

Él, que nunca se quedaba sin palabras, de pronto empezó a andarse con rodeos.

—Sigo siendo la que era hace cuatro años. Vale, bueno, soy algo mayor y no llevo las mismas gafas, pero... —Me interrumpí un instante y lo miré. Me costaba muchísimo disimular el temblor lleno de ansiedad que sentía en lo más profundo de mí—. Pero sigo llevando esa cicatriz. Y sigo llevando conmigo todo lo que significa.

—Lo sé —dijo—. Y ya hablamos de ello, ¿verdad? Si hay algo más que te preocupe, dímelo sin más.

—No lo hay —respondí—. Pero mi hijo... La pregunta sobre si sigue vivo o muerto estará siempre presente. Me acompañará hasta que lo encuentre o yo muera.

Darren me tomó entre sus brazos.

—Lo sé. Y te aseguro que no me importa. Si pudiera...

Le puse un dedo en los labios para acallarlo.

—Por favor, no prometas lo que no puedas cumplir. La búsqueda de mi hijo es... difícil. Siempre lo será, mientras monsieur Martin no encuentre ninguna pista. Puede que algún día me rinda.

—Te prometo que te apoyaré. Hagas lo que hagas.

—Gracias.

Me solté delicadamente de él. El corazón me latía deprisa y estuve a punto de invitarlo a entrar en mi habitación. Pero entonces retrocedí.

—Deberíamos dormir —dije—. Mañana será un día agotador.

Darren asintió y se metió las manos en los bolsillos del pantalón.

—Desde luego.

—Y en cuanto a tu propuesta: me lo pensaré. —Le sonreí—. Y, además, a conciencia. Nunca he dejado de quererte, pero ahora nos va tan bien. Somos buenos amigos. Necesito tiempo para decidir si podemos ir más allá.

—De acuerdo.

Entonces apareció también una pequeña sonrisa en el rostro de Darren. Se me quedó mirando unos instantes, luego extendió la mano hacia mí y me acarició tiernamente la mejilla.

—Buenas noches, Sophia —dijo y desapareció por el pasillo.

Me retiré a mi cuarto. Me apoyé contra el marco de la puerta, porque sentía que las rodillas se me doblaban y seguía notándome el pulso acelerado.

Para ser sincera, deseaba volver a estar de verdad con Darren. Aquel beso había sido magnífico y había logrado apartar un poco mi dolor. Pero ¿realmente me podía arriesgar? Un beso era un beso, no era ni más, ni menos. De eso no tenía por qué surgir algo necesariamente, por mucho que yo lo deseara. Aunque ahora no hubiera secretos entre nosotros, sabía que él podía ser demasiado vehemente en sus reacciones. Nos llevábamos bien como amigos, pero no sabía cómo iría todo si volvíamos a ser pareja. A pesar de que yo lo deseaba mucho.

Cerré los ojos para escuchar los latidos de mi corazón y mis pensamientos. Cuando por fin ambos se serenaron, me aparté de donde estaba y me preparé para acostarme.

45

Como mi cita con herr Balder no estaba prevista hasta bien entrado el día, a primera hora de la mañana fui con Darren a la calle Leipziger Straße. Confiaba en poder encontrar allí una blusa a juego con mi traje sastre de luto.

Los grandes almacenes Wertheim eran el lugar donde mi madre y yo íbamos para comprar ropa nueva cada temporada. Habría podido ir a otro establecimiento, pero quería percibir el recuerdo de mi madre. Había pasado mucho tiempo sin pensar en ella y me parecía que había transcurrido una eternidad desde la última vez que habíamos paseado juntas y en armonía por ese lugar.

El tiempo era apacible, y el sol brillaba. En las calles reinaba el ajetreo habitual. Fuimos allí en autobús, ocupado esa mañana no solo por gente normal sino también por varios hombres uniformados. Estos charlaban animadamente con las personas que tenían a su lado, y a nadie parecía molestarle que propagaran cierto ambiente belicoso.

Me tuve que dominar para no clavar la mirada en ellos. Hablaban de temas que bien podrían haber salido de la boca de unos obreros normales y corrientes, pero su aspecto reducía al absurdo la ingenuidad de sus palabras.

Me alegré cuando llegamos a la parada y pudimos apearnos. A primera vista, los grandes almacenes no habían cambiado. Seguían siendo el imponente palacio de las compras de mi infancia.

Sin embargo, en cuanto nos dirigimos a la entrada, junto a la puerta advertí la presencia de un joven con un cartel. Al principio creí que se trataba de un anuncio, pero entonces leí lo que decían las letras gruesas sobre el papel. ¡NO COMPRÉIS A LOS JUDÍOS!

La letra era similar a la que había visto en los carteles.

—¿Qué es eso? —preguntó Darren—. ¿Alguna oferta especial?

Sacudí la cabeza, confusa.

—No, esto... es algo distinto.

Darren enarcó las cejas sin entender.

Dirigí la mirada al joven y noté claramente que nos observaba. Por eso, renuncié a explicárselo a Darren y me dirigí sin más a la puerta principal.

—¿Por qué quiere comprar en una tienda judía? —preguntó aquel individuo cerrándonos el paso. Me quedé helada. Por un momento no supe cómo actuar. Decidí hacer ver que no le entendía.

—*Excuse me, Sir?* —pregunté en inglés. El joven abrió mucho los ojos—. *I don't understand you.*

—Chusma extranjera —gruñó dejándonos pasar.

—¿Qué ha sido eso? —preguntó Darren atónito mientras dejábamos la puerta atrás.

—No sé qué le ha pasado a la gente —respondí, alterada.

—¿Por qué le has hablado en inglés?

—He querido fingir que no le entendía.

—¿Qué ha dicho? ¿Acaso te ha hecho una proposición indecente?

Negué con cabeza.

—No. Quería impedir que comprara aquí.

—Disculpen —dijo una voz femenina con tono inseguro—. ¿Puedo ayudarles?

—Sí, yo...

Levanté la vista. La joven vendedora no solo tenía la voz asustada, sino que parecía realmente atemorizada. Entonces me llamó la atención que en esos grandes almacenes apenas había nadie. ¿La gente se tomaba en serio el letrero de ese hombre de la calle? ¿Le hacían caso y se dejaban intimidar por él?

—Quisiera una blusa negra. Mi madre ha fallecido y...

La joven se me quedó mirando fijamente.

—Lo... Lo siento.

—Hace tiempo solía venir aquí con ella a menudo.

—Es... un detalle bonito —comentó, y tras echar otro vistazo temeroso a la puerta, nos hizo un gesto para que la siguiésemos.

Me planteé si debía preguntarle qué estaba ocurriendo allí.

Tampoco en la sección de señoras había nadie. Tan solo una clienta algo mayor estaba de pie junto a un perchero.

La vendedora nos acompañó hasta un sofá y nos pidió que nos acomodásemos. Ese trato solo se dispensaba a las clientas habituales. Mi madre y yo no lo éramos. Pero, al parecer, ella tenía tiempo.

Poco después, apareció con un perchero con ruedas en el que colgaban varios modelos de blusas. Algunas llevaban volantes y me parecían un poco anticuadas. Pero también había modelos estrechos y de corte más sencillo.

—Aquí están todas las blusas negras que tenemos actualmente. Si lo desea, puedo hacer que se las muestren.

—No será necesario —me apresuré a decir para no ponerla en apuros—. Las miro y, si me gusta alguna, me la probaré.

La joven asintió y dio un paso atrás. Al hacerlo, cruzó las manos ante su regazo y bajó la mirada.

Me invadió una sensación de inquietud mientras iba contemplando las blusas, sacándolas una tras otra del perchero mientras me preguntaba si eran apropiadas para la ocasión. El silencio en esos grandes almacenes resultaba perturbador. En Nueva York, parecía como si el aire vibrara con las voces y una suave música de fondo. Ahí, en cambio, era como estar en un mausoleo.

—¿Cuánto tiempo lleva ese..., ese hombre frente a la puerta? —pregunté finalmente.

—¿Qué hombre? —contestó ella. Le tembló la voz. Sabía perfectamente a quién me refería.

—El hombre del letrero —dije—. El que trata de impedir que la gente entre aquí.

La dependienta empezó a juguetear inquieta con el cinturón de su vestido.

—No detiene a todo el mundo —respondió ella con cautela—. La clientela judía tiene permiso para comprar aquí.

—¿Y los otros? ¿Los que no lo son?

—Por supuesto pueden entrar también, pero... —Inspiró nerviosa—. Es mejor que no le cuente nada más... Seguro que sabe cómo ha cambiado todo en los últimos años.

—No. No lo sé —respondí—. Llevo viviendo en Estados Unidos desde hace mucho tiempo.

Me alegré de haber fingido que no entendía a ese hombre. A saber de qué modo nos podría haber importunado.

—Vaya, es usted afortunada. —Dejó oír una risa insegura—. Mi tío también se marchó a Estados Unidos. A él le gustaría que hiciésemos como él, pero... no podemos abandonarlo todo aquí sin más, ¿no le parece?

Me habría gustado contarle que yo lo había abandonado todo. Pero no era lo mismo. Mi padre me había repudiado; en cambio en este caso había un desconocido junto a la puerta con la clara intención de querer arruinar el negocio de los grandes almacenes.

—¿Y si llaman a la policía? ¿Para que hagan marchar a ese hombre?

—No lo harán —contestó—. Ahora las cosas van así. Y damos gracias de que nos dejan tener abierto. Otras tiendas están peor. Se quedaron sin clientes y tuvieron que cerrar. A las que se negaron a ello, les rompieron los cristales. Sin embargo, estos grandes almacenes aún valen algo. No se atreven a destruirlos. Por lo menos de momento.

Me estremecí. «Ahora las cosas van así».

—¿Y por qué?

La chica adoptó una expresión de resignación.

—Consideran que no valemos nada. A partir de ahora vamos a tener que acostumbrarnos a eso. Los judíos pierden sus puestos de trabajo en todo el país. Hay una ley nueva que dice que ningún judío puede ser funcionario de la administración. A resultas de ello, también mi hermano ha perdido su trabajo en el ayuntamiento.

Sacudí la cabeza, incrédula.

—¡No puede ser verdad!

La chica sonrió con tristeza.

—Es muy amable por su parte que lo vea de este modo. Pero no me lo invento. Pregunte por la ciudad. No encontrará ningún judío empleado en ninguna oficina pública, hospital, ni en ningún otro lugar. ¿Quién sabe? Puede que pronto incluso las tiendas desaparezcan.

Aquellas palabras me impresionaron de tal modo que fui incapaz de decir nada.

La vendedora se quedó en silencio un momento, pensativa, entonces suspiró y añadió con tono comercial:

—Si se queda más de una le podemos ofrecer un pequeño descuento por las blusas.

No tenía ni idea de qué podía hacer con dos blusas negras, pero me sentí tan apenada por la chica y los propietarios de esos grandes almacenes que elegí dos modelos.

Se marchó con ellas en la mano en dirección a la caja y la seguimos.

Al salir de los grandes almacenes, el joven seguía allí; había dejado el cartel apoyado en la esquina y estaba engullendo a grandes mordiscos un bocadillo cuyo olor a queso se percibía a distancia. Por fortuna, ni siquiera nos miró.

—Vayamos al despacho de herr Balder —dije agarrándome del brazo de Darren. Nos alejamos rápidamente de los grandes almacenes. De pronto la cabeza se me llenó de palabras que quería decir, pero no me atrevía a pronunciarlas ahí, en la calle, donde tal vez alguien me entendiera.

Tomamos el metro y media hora más tarde llegamos a Charlottenburg. El sol relucía en la calle, que estaba llena de paseantes. Me llamaba la atención que la moda allí fuera claramente distinta de la de Nueva York, donde las mujeres que se las podían permitir lucían prendas de colores vivos. Y, cuando no, sabían sacar el máximo provecho de lo que tenían. Se maquillaban y se recogían el cabello con cintas de colores. Se ondulaban el cabello en ondas muy suaves, y llevaban perfume, aunque solo costara unos pocos céntimos.

En cambio, las mujeres que me venían de cara causaban una impresión distinta. Las prendas de abrigo que llevaban resultaban, de algún modo, insulsas y sin forma y, en cuanto a su peinado... Apenas se veían cortes *garçon*, ni otros peinados elegantes. Todo parecía uniforme, sin rostro.

Recordé lo que había dicho fräulein Rieker: me inquietaba que hubiera mujeres que temieran comprar maquillaje. ¿Dónde habían quedado esos tiempos en que les gustaba exhibirse y en que se maquillaban en público?

Noté sus miradas cuando pasaban junto a mí y me sentí prácticamente desnuda. Con todo, eran ellas las que lo estaban; sus caras carecían de color, excepto por un leve bronceado a causa del sol. Madame habría detestado esa apariencia.

Como aún nos quedaba algo de tiempo, buscamos una cafetería próxima a la notaría. Aquel era un día entre semana y había poca actividad. Apenas unos pocos caballeros entrados en años estaban sentados en las butacas, enfrascados en la lectura del periódico. Me sentí un poco como en otros tiempos, cuando me aislaba en una cafetería cercana a la universidad. Me invadió la nostalgia. Hasta que conocí a Georg, aquella había sido una época muy despreocupada, llena de esperanza.

Tomamos asiento en una mesa libre y pedimos cafés y una jarra de agua.

—Estás muy callada —comentó Darren en cuanto el camarero se hubo retirado.

—Hay muchas cosas que me dan vueltas por la cabeza—repuse.

—¿Lo dices por esos grandes almacenes?

—Por esos grandes almacenes, por fräulein Rieker... Nunca había visto ni oído nada parecido. A ver, ¿y eso de que alguien se aposte delante de una tienda con un letrero para perjudicar ese negocio? ¿Cuánto tiempo crees que duraría ese tipo frente al Macy's?

—No mucho, porque el servicio de seguridad lo echaría al instante. O, mejor dicho, recibiría una buena paliza.

—En cambio aquí... No parece que eso preocupe a nadie. Y la vendedora estaba asustada. Aunque se esforzaba por disimularlo.

El sol de primera hora de la tarde brillaba con fuerza y nitidez en un cielo prácticamente sin nubes, pero en mi alma unos gruesos nubarrones oscurecían la luz mientras subía la escalera que llevaba al despacho del notario. Me acordaba de cuando subí a la consulta de la doctora Sahler, que ocho años atrás confirmó mi embarazo.

Sin embargo, allí el aire no olía a fenol, sino a cera para suelos. Detrás de la puerta a la que llamé instantes después se oían unas voces apagadas.

La joven que me abrió llevaba el pelo severamente recogido en un moño. Lucía una blusa de color azul con cuello de marinero y falda por encima de la rodilla.

—¿Qué puedo hacer por usted?

—Me llamo Sophia Krohn y tengo una cita con el notario herr Balder.

Su mirada adoptó una expresión de reconocimiento. Me pidió que aguardara sentada un momento en la sala de espera.

Recorrí con la mirada la fachada de la casa de enfrente. Una de las ventanas estaba abierta, y la cortina blanca ondeaba hacia la calle. Era como si me quisiera saludar.

Darren se había quedado en la calle, quería echar un vistazo a las casas de la zona. En ese momento, sin embargo, deseé haberle invitado a acompañarme.

—¿Fräulein Krohn?

Me volví. Herr Balder era un hombre alto, de espaldas anchas y brazos fuertes. A primera vista habría podido pasar por un deportista de lucha. Llevaba unas gafas de níquel plateadas en la nariz que casi parecían pequeñas para su cara grande. Sus ojos grises relucían en su piel bronceada. El pelo, algo escaso, había perdido casi todo su color. Solo en algunos puntos destacaba aún un poco de rubio oscuro.

El notario me examinó de pies a cabeza, como si tuviera delante una aparición.

—Veo que ha pasado mucho tiempo —dijo tendiéndome su mano firme—. Usted ya no es esa jovencita que conocí en casa de sus padres.

En esa época yo llevaba unas gafas feas, y tenía la cara prácticamente desfigurada por el acné. En esas circunstancias, era fácil tener un aspecto distinto e incluso mejor. De todos modos, por supuesto, el cumplido me alegró. De no ser porque mi madre había fallecido habría podido expresar mejor esa satisfacción.

—Sí, ha pasado mucho tiempo —me limité a decir—. Gracias por atenderme.

—Siempre es un placer. —Balder hizo un ademán para que lo acompañara.

El despacho estaba bañado en la suave luz de la tarde en la que bailaban pequeñas partículas de polvo. El aire olía a madera, a papel y tenía también un ligero aroma a café. Las tablas del suelo crujieron bajo mis pies al encaminarme hacia el escritorio frente al cual había dos sillas tapizadas.

—¡Por favor, tome asiento! —dijo Balder mientras se dirigía a su silla detrás del escritorio.

Me acomodé con cierta sensación de angustia.

La muerte de mi madre me seguía pareciendo irreal. Eso no cambiaría hasta que pudiera ver su sepultura.

—Bien —empezó a decir Balder. Soltó un largo suspiro—. En general, no me resulta difícil abrir un testamento. Pero en su caso...

—Se lo ruego, herr Balder —respondí—. No sé lo que le habrá contado mi padre. Sin embargo, en los últimos años he conseguido labrarme una buena vida. Tengo empleo, y he asumido muchas responsabilidades. He salido adelante. Y eso, a pesar de que mi padre creyó que acabaría viviendo en un lugar de mala muerte.

Me estremecí. Aquello estaba fuera de lugar. Además, herr Balder tampoco merecía ser el blanco del enfado que, en realidad, estaba destinado a mi padre.

Inspiré profundamente.

—Discúlpeme, se lo ruego.

—No pasa nada —contestó Balder—. Todos llevamos nuestra cruz. Veamos entonces qué quiso darle su madre.

No dijo «dejarle en testamento». Dijo «darle». Me recliné en el asiento y contemplé cómo sacaba el sobre y ponía a su lado la cajita que me había mencionado por teléfono. Tenía el tamaño de una caja de puros. Sin quererlo, me acordé de las que usaba mi padre. Sentí la boca seca.

—A continuación, voy a leer las últimas voluntades de Elisabeth Krohn, Gründling de soltera, nacida el día 21 de marzo de 1883 y fallecida el día 5 de marzo de 1934.

El notario hizo una breve pausa y luego continuó:

Querida Sophia:

Lamento que nuestra vida haya sido tal y como se te muestra. Ante todo, me gustaría pedirte que me perdones por todo lo que hice y por todo lo que dejé de hacer. Durante mi enfermedad, en mi dormitorio, he tenido mucho tiempo para reflexionar. Perder a mi hija me ha hecho más daño que el cáncer que me ha ido corroyendo lentamente. Esperaba que vinieras, pero ¿cómo ibas a saberlo? Rogué a tu padre que te avisara. Pero él no quiso. Así que solo me queda esta carta para despedirme de ti.

El notario interrumpió la lectura al oírme sollozar. Abrió el cajón de su escritorio y sacó un pañuelo recién planchado.

—Gracias —gemí mientras me secaba las mejillas—. Estaré bien en un momento. Solo es que..., mi madre..., esa enfermedad...

Lo miré con los ojos anegados en lágrimas.

—Su madre fue muy valiente. Estuve junto a su lecho para escribir esta carta. Ella ya no tenía fuerzas para hacerlo personalmente.

Intenté imaginar a mi madre en un hospital. En una cama como la mía en el de París. Mi madre nunca había estado enferma. Y había sido víctima de esa terrible enfermedad.

—Por favor, siga —dije arrugando el pañuelo en mi puño. Quería marcharme de inmediato de ahí, porque sentía el pecho como aplastado bajo el peso de una piedra enorme. Pero solo podría hacerlo en cuanto hubiera oído la lectura de la carta de mi madre y hubiera aceptado su herencia.

Herr Balder me dirigió una mirada compasiva por un instante, y luego siguió leyendo:

Yo, Elisabeth Krohn, te lego todos mis ahorros, mis joyas y esta pequeña cajita. En ella están las cartas que me escribiste. No logré ponerlas todas a salvo de tu padre. Si las encontraba en el buzón, iban a parar directamente al fuego, sin que yo tuviera la oportunidad de leerlas. Sin embargo, muchas se han conservado. Y, créeme, me hubiera encantado contestar, pero tu padre no me lo permitía a pesar de que hacía tiempo que yo te había perdonado. En realidad, ¿acaso había algo que perdonar? Cometiste un error, un error achacable a tu juventud. Te merecías una oportunidad. Pero fui demasiado débil para dártela.

Heinrich fue inflexible. En cuanto interceptó una de tus cartas, empezó a controlar de forma escrupulosa las cuentas de casa y a guardar los sellos bajo llave en su despacho. Me pidió que le ayudara en la tienda a riesgo de que en casa quedara todo por hacer. Así, cuando al final de la tarde llegaba a casa agotada, me aguardaban las tareas domésticas. Para cuando terminaba, ya no me quedaban fuerzas. A fin de mantener la paz renuncié a responderte. ¿Puedes imaginarte cómo era eso?

A herr Balder la voz le temblaba. Noté cómo esas palabras le emocionaban. Posiblemente también él se había formado siempre una imagen distinta de mi padre. Hizo un esfuerzo audible por guardar la compostura.

Pensé a menudo en cómo contactar contigo. Pero tu padre apenas me perdía de vista. Con el paso del tiempo se fue volviendo más receloso, y al final decidió mudarse a otra parte de la ciudad. Intenté oponerme, pero fue en vano. Una mujer como yo no tiene muchas opciones. Aunque te dejo una pequeña herencia —el importe procede fundamentalmente de la venta de mis joyas que encargué a herr Balder—, ese dinero no me habría bastado para separarme de Heinrich y llevar una vida independiente.

Así pues, su intento de mantenerte fuera de nuestras vidas surtió efecto.

He leído tus cartas, una y otra vez, siempre que te echaba de menos. Así, he sabido que estuviste en casa de Henny y que te marchaste a París con ella. Sufrí contigo tu pérdida, la muerte de mi nieto. ¡Cómo me habría gustado conocerlo! ¡Cuánto deseé que hubiera sobrevivido! Y que yo hubiera podido ir a visitarte.

Pero nada de eso ocurrió. Solo puedo confiar en volver a verte en el cielo. Espero que algún día puedas hablar con tu padre. Le he perdonado todo lo que me hizo, y espero que algún día tú también lo hagas.

Te quiero, hija mía.

Tu madre

Tras sus palabras se hizo el silencio. Al otro lado de la ventana, unos gorriones piaban con intensidad, como discutiendo.

Mientras los latidos de mi corazón me retumbaban en los oídos, sentí el eco de las palabras de mi madre. Me había perdonado. ¡Me había perdonado! Había sido mi padre quien le había impedido contactar conmigo.

¡Su resentimiento hacia mí le había llevado a tratarla como a una prisionera! Controlándola y, posiblemente también, asustándola. Incluso se había mudado de domicilio para impedir que yo pudiera retomar el contacto. ¿Qué le había ocurrido?

—¿Acepta usted la herencia de su madre? —preguntó herr Balder, visiblemente emocionado.

—Acepto la herencia —respondí—. Pero ¿cómo ha logrado usted dar conmigo?

Había comunicado a mis padres mi dirección en Maine, pero casi con toda seguridad mi padre había destruido la carta de inmediato.

—Solicité su búsqueda oficial.

—Podría haber preguntado en Elizabeth Arden —respondí esforzándome por guardar la compostura—. Trabajo en esa empresa, ¿sabe? Se lo había escrito a mi madre.

Balder negó con la cabeza.

—Lo siento, ella no mencionó nada al respecto.

Me figuré el motivo.

—Seguro que mi padre interceptó la carta.

Fruncí los labios furiosa. No quería soltar ninguna imprecación delante de Balder, aunque sin duda mi padre las merecía todas.

El notario me miró con preocupación y luego deslizó unos documentos hacia mí.

—Firme aquí, por favor. Después podrá usted llevarse la cajita. Hoy mismo daré orden para que se le transfiera el dinero. Son unos mil Rentenmarks.

—¿Mil?

Me pareció una suma enorme. Conocía las joyas de mi madre. Había heredado muchas piezas de su abuela, algunas de ellas de oro con piedras preciosas auténticas. Mi madre siempre se había negado a entregar las joyas, a pesar de los llamamientos que se hicieron durante la Gran Guerra. Por entonces, mi padre aún la apoyaba... Ahora todas esas piezas habían desaparecido porque ella había querido dejarme algo en herencia. Eso me desgarró el corazón.

—Intenté obtener el mejor precio —dijo Balder.

—¿Y mi padre? ¿Lo permitió?

—No lo supo. Su madre me dio la llave y me dijo dónde encontraría las joyas.

—¿Usted entró en el piso a hurtadillas, como un ladrón?

—No como un ladrón. Por orden y con el permiso de su madre. Créame cuando le digo que aquello no fue un plato de buen gusto. Cuando su padre descubrió que las joyas habían desaparecido, montó en cólera.

Una y otra vez, no dejaba de preguntarme por qué herr Balder me aconsejaba hablar con mi padre. Lo que había hecho Heinrich Krohn era imperdonable.

—¿Le causó alguna dificultad?

—No —respondió herr Balder—, porque no averiguó quién había vendido las joyas. Fui muy discreto. Cuando salió a la luz que su madre había hecho el testamento solo a favor de usted, él, claro está, se enfureció.

Conocía muy bien los raptos de ira de mi padre. Negué con la cabeza. Ciertamente en mi vida habían ocurrido muchas cosas inusuales, pero que mi padre se convirtiera en carcelero y que nuestro notario tuviera que sacar del piso a escondidas las joyas de mi madre resultaba increíble.

Con dedos temblorosos así el portaplumas y estampé mi nombre en varios papeles, que luego devolví a herr Balder.

—¿Por qué me aconseja usted que hable con mi padre? —pregunté—. Después de todo lo que le hizo a mi madre.

El notario resopló con fuerza.

—Creo que su padre está enfermo. A primera vista puede parecer normal, pero me temo que detrás de todo cuanto ha hecho se esconde un trastorno muy profundo.

—¿Cree usted que mi padre se ha vuelto loco?

—No, no, eso no. Parece que está en sus cabales. Pero su actitud respecto a su madre... Tal vez sería bueno que consultara con un médico experto en ese tipo de trastornos. En cualquier caso, yo no estoy en disposición de llevarlo allí. Esto es algo que solo puede hacer su hija.

—Si le pregunta, le dirá que no tiene hija —objeté con dureza. Sentía un tremendo dolor en el pecho, tan intenso casi como el día en que recibí la noticia de la muerte de mi madre.

—Inténtelo al menos. Si le ocurriera algo a su padre... seguramente se lo reprocharía a sí misma.

Tuve la tentación de decir que no, pero me contuve. ¿Qué podía ocurrirle a mi padre?

—¿Cree usted que podría hacerse daño a sí mismo?

—No, no creo que llegue tan lejos. Pero si le ocurriera alguna desgracia... Usted es la única persona que le queda.

—¡Trató a mi madre como a una prisionera! —repuse.

—No lo discuto, pero eso tal vez podría ser una manifestación de su dolencia. No deja de ser su padre.

Miré a Balder estupefacta. Instantes atrás se le veía claramente conmovido con la carta de mi madre. ¿Y ahora me rogaba que fuera a ver a mi padre y le convenciera de que consultara con un médico?

—Veré lo que puedo hacer —respondí escuetamente mientras me ponía en pie.

No servía de nada discutir con un desconocido los errores cometidos por mi padre, aunque herr Balder estuviera claramente de parte de mi madre. Era yo quien debía decidir si visitar a mi padre o mandarle al diablo.

—¿Necesita alguna otra cosa de mí?

—No. —Herr Balder también se puso en pie—. Ya puede llevarse la cajita. Y, por favor, déjele a fräulein Weber sus datos bancarios para que le podamos transferir el dinero.

—¡Muchas gracias, herr Balder!

Nos dimos la mano, me puse la cajita bajo el brazo, y abrí la puerta.

Me tomé tiempo para bajar las escaleras. La cajita me pesaba en la mano, no por su peso, sino por su importancia.

¡Había anhelado tanto tener una respuesta de mis padres a mis cartas! Sin duda me habrían hecho la vida bastante más llevadera. Y, de haber sabido cómo se encontraba mi madre..., habría estado con ella.

Ese pensamiento me dejó sin aliento, obligándome a detenerme y apoyarme en la pared.

Mi padre... ¡Lo que había hecho era inconcebible! Tratar a mi madre como si fuera una propiedad, controlando sus pasos y actos para que no se le ocurriera ponerse en contacto conmigo. ¿Ese comportamiento merecía que yo me preocupara por él?

¿Acaso no daba lo mismo cómo se encontrara cuando no le había importado el modo como había tratado a mi madre?

Finalmente logré seguir avanzando. La ira contra mi padre me servía de acicate.

Al salir del edificio, un par de jóvenes vestidos con camisas marrones se acercaron a mí. Me miraron, escrutándome de un modo tan intenso que casi me hicieron sentir incómoda, y luego siguieron su camino. En los brazos llevaban unos brazaletes con la esvástica.

Uno de ellos musitó algo que no pude entender. Los demás se echaron a reír. Me quedé helada. Seguramente no había sido nada malo, pero no me hizo ninguna gracia. Esos hombres transmitían una imagen tan cruda, tan brutal. Si viera tipos así en el metro, posiblemente esperaría a que pasara otro tren.

Al instante siguiente apareció Darren. Al parecer, había dado una vuelta a la manzana.

—¿Qué tal ha ido?

—Bien, considerando las circunstancias. —Alcé la caja. Aún sentía que me flaqueaban las rodillas y el corazón estaba cubierto por un velo de tristeza—. Mi madre me dejó esto. Y algo de dinero.

—¿Qué hay dentro? —preguntó Darren.

—Cartas. Mis cartas —respondí—. En todo caso, las que mi madre pudo ver.

Le expliqué a Darren lo que me había contado el notario. Cuando terminé, observé que estaba consternado y fruncía los labios.

—¿Qué debo hacer? —pregunté—. ¿De verdad debo visitarle?

—Me preocupa que quieras despedazarlo —respondió Darren—. Aunque, por otro lado, estarías en tu derecho después de lo que le hizo a tu madre.

No andaba muy desencaminado. Lo cierto era que tenía muchas ganas. Sin embargo, dentro de mí sentí que me invadía una tristeza plomiza, una oscuridad que anteriormente solo había sentido al perder a mi hijo.

—Me gustaría regresar a la sede de Arden —logré decir a duras penas—. No quiero andar más por la calle. Necesito reflexionar.

—De acuerdo —dijo Darren tomándome de la mano—. Te llevaré de vuelta. Y, si puedo hacer algo por ti, dímelo. Cumpliré todos tus deseos.

Volví la mirada hacia Darren y noté en mi pecho una calidez asombrosa. Por un instante, me pareció que todo se alejaba de mí: la tristeza, el miedo, la ira. Solo veía a Darren y me alegré de que estuviera conmigo.

46

Pasé las dos horas siguientes frente a la cajita con la vista clavada en su tapa de colores.

El dolor por la muerte de mi madre me consumía por dentro como un incendio abrasador. Una y otra vez la veía en una cama de hospital imaginaria deseando haber estado a su lado.

Todas esas cartas que mi madre había recibido... Si al menos hubiera podido responder a una... Si hubiera tenido el valor para hacerlo...

Pero no podía reprochárselo. La ira de mi padre no tenía límites y, dejando de lado el miedo, ella como esposa le debía lealtad. Con todo, era tremendo que él le hubiera impuesto esa lealtad.

¿Realmente debía visitar a mi padre? ¿Intentar hablar con él? No estaba segura.

Lo que había sabido me arrebataba la energía de forma continuada. Cuando Darren se asomó y preguntó si íbamos a salir a cenar, negué con la cabeza.

—¿Salgo entonces a ver si puedo comprar alguna cosa? Seguro que aquí existe algo parecido a un deli.

No tenía apetito, pero agradecí su oferta.

—Puedes probar en la estación Zoologischer Garten. Seguro que allí encontrarás alguna cosa.

Darren sonrió, a todas luces feliz de poder hacer algo por mí.

Cuando se hubo marchado, me tumbé en la cama. Seguía sin entender que mi padre hubiera entrado en una especie de delirio patológico. ¿Qué ganaba impidiendo a mi madre ponerse en contacto conmigo? ¿Acaso era eso lo que la había enfermado?

Mientras reflexionaba los ojos se me cerraron y me vi inmersa en un sueño disparatado.

Recorría un cementerio desconocido con una linterna en la mano. Anochecía a mi alrededor y los caminos cada vez resultaban más difíciles de distinguir.

Estaba claro que andaba buscando algo, pero en el sueño no sabía qué. Al cabo de un rato, encontraba unas tumbas, algunas muy gastadas. En la mayoría de las lápidas la letra ya no se podía leer a causa del grosor de la capa de musgo.

Yo andaba y andaba, y bajo mis pies el suelo cada vez era más blando y fangoso, como si acabara de llover.

Entonces vislumbraba algo blanco entre los árboles. Atraída casi como por hechizo, cambiaba de dirección y me dirigía hacia allí. Bajo la luz de un fanal que colgaba de uno de los árboles vi una cama blanca. En mi sueño, me pregunté quién podía poner ropa de cama recién lavada sobre un suelo embarrado, y entonces asomó una figura procedente de un lado. Me volví y reconocí a mi madre. Llevaba un camisón antiguo y era más joven que el último recuerdo que yo conservaba de ella. Tenía un aspecto casi igual que el mío.

—Te he esperado durante tanto tiempo —dijo mientras se tumbaba en la cama del suelo sin decir nada más.

—Pero estoy aquí, mamá —me oí contestar—. Estoy aquí, ¿no me ves?

Mi madre no respondió. Cerró los ojos y se durmió.

Me desperté sobresaltada con el corazón latiéndome desbocado. Las imágenes del sueño desaparecieron y me di cuenta de que me encontraba en una habitación del alojamiento de miss Arden. Estaba a punto de anochecer.

Me levanté y me senté al escritorio. Abrí la cajita con gesto decidido y saqué las cartas. Había muchas, aunque con el tiempo había dejado de escribir a mis padres.

Sentí remordimientos. Tal vez las cartas nunca les hubieran llegado, pero yo había dejado de intentarlo... Había abandonado la esperanza en la reconciliación, en mi madre...

Miré las cartas y fui consciente de lo mucho que había cambiado mi caligrafía en los últimos ocho años. Mientras en la primera carta todavía parecía algo infantil, la letra en la última era ya la de una mujer adulta.

Tal y como pude comprobar, la carta en que informaba sobre mi empleo en la empresa de miss Arden no estaba. Mi padre se había hecho con ella y probablemente la había destruido. Quizá luego llegó a la conclusión de que si cambiaba de dirección yo no tendría ya ningún modo de contactar con ellos.

Entonces vi algo más. Además de mis cartas, en la cajita había otras. Estaban metidas en sobres, pero no llevaban dirección. Saqué una y levanté la solapa.

«Mi querida Sophia —leí—, aunque no sé cuándo te llegará esta carta, ni siquiera si logrará llegar a tus manos...».

Me cubrí la boca con la mano. Mi garganta dejó oír un gemido sordo. ¡Mamá me había escrito! La cajita no solo contenía mis cartas, sino también sus respuestas. Era increíble. ¡Mi madre me había contestado!

Un golpecito en la puerta me sacó de mi ensimismamiento. Darren entró en cuanto le invité a hacerlo. Llevaba en la mano una bolsa de papel.

—Tengo que decir que los delis de aquí no se parecen a los nuestros. En cambio, las panaderías son fabulosas. Te he traído algo.

Abrí la bolsa y vi un caracolillo grande con *streusel*. Rompí a llorar.

—¿Qué te ocurre? —preguntó Darren inquieto—. ¿He hecho algo mal? La pasta tenía un aspecto delicioso, me ha hecho pensar en nuestros caracolillos de canela.

—No, estoy bien —sollocé secándome en vano las lágrimas de las mejillas—. Es solo que... mi madre... A veces íbamos a la panadería y me compraba un caracolillo con *streusel.*

—¡Oh! —exclamó Darren—. No lo sabía. Ya me lo comeré yo, no hay problema.

—No, no importa —contesté. Aunque fui dejando de sollozar, las lágrimas no cesaban—. Me encantan. Gracias.

—De nada. —Darren se me quedó mirando. Me habría gustado que en ese momento se me tragara la tierra. ¿Quién se echaba a llorar viendo pasteles?

—Me escribió —dije, mostrándole la carta que había sacado—. Al parecer, ella respondió a mis cartas en la medida en que le era posible. Pero nunca las envió.

—Es... hermoso.

Darren contempló el sobre por un instante y luego me lo devolvió.

—Es como si me hablara. Yo...

Las lágrimas continuaron brotándome de los ojos.

Darren se puso en cuclillas frente a mí y me acarició suavemente las mejillas.

—Todo irá bien, ya verás. Tu madre te cuida. Estoy completamente convencido de que el cielo existe y de que a partir de ahora ella te protegerá.

Sabía que con sus palabras él pretendía consolarme, pero entonces algo estalló dentro de mí. Le rodeé el cuello con mis brazos, me aferré a él y di rienda suelta al desconsuelo.

Pasé el resto de la noche leyendo las cartas detenidamente. No logré acabar muchas, porque la mayoría las releía varias veces. Aparté algunas para la travesía en barco.

Mi madre se expresaba con mucha prudencia, como si temiera que finalmente mi padre se hiciera con las cartas. Aun así, pude hacerme una idea de la vida que había llevado desde entonces. Me había echado de menos, pero no se permitía demostrarlo ya que mi padre la tenía sometida a constante observación. Poco a poco él se había ido dejando invadir por un odio contra mí que le había llevado a desocupar mi antigua habitación y a quemar todos los retratos en los que yo aparecía. Enterarme de esto me destrozó, pero me obligué a seguir leyendo.

Sin embargo, cuando di con la carta en la que expresaba su dolor y pesar por la muerte de mi hijo, me sentí completamente sobrepasada. Las palabras se me desdibujaron bajo las lágrimas, y no pude acabar de leerla. Con manos temblorosas y entre sollozos metí de nuevo la carta en la cajita y luego la guardé en el armario. A continuación, me acurruqué bajo la manta y lloré hasta quedarme dormida.

La noche fue muy agitada. Una y otra vez me despertaba sobresaltada por sueños que luego era incapaz de recordar. Al final me rendí y me quedé mirando al techo. La luz fue cambiando y la oscuridad desapareció. Al final, los primeros rayos de sol se deslizaron por las paredes del dormitorio.

Me levanté y fui al baño. Mientras sentía el agua de la ducha resbalando por mi piel me pregunté que más me quedaba por hacer allí. Ya tenía mi herencia. ¿No sería mejor regresar de inmediato?

Con todo, debía a mi madre una visita a su tumba. Y quería ver cómo estaba herr Nelson. Ciertamente, no tenía ánimos para divertirme, pero tal vez podría hablar un momento con el dueño del teatro para contarle lo que había conseguido.

Cuando abandoné la habitación a eso de las diez, bien peinada y vestida, Darren me salió al encuentro. A diferencia de mí, parecía muy descansado.

—¿Qué tal la noche? —preguntó, ofreciéndome el brazo.

—Inquieta —admití; luego lo miré directamente—. Me gustaría ir al cementerio de Zehlendorf. Debo visitar la tumba de mi madre.

Darren asintió.

—Está bien. Primero nos tomamos un desayuno rápido y luego nos ponemos en marcha.

Al bajar la escalera, oí el tintineo de la campanilla de la puerta. El salón parecía estar muy ocupado. Me llegó un aroma agradable que se mezclaba con el olor de la laca para el pelo.

—Buenos días —saludé a la joven de recepción. Ella me devolvió el saludo y se giró hacia la clienta que acababa de entrar. Aquella mujer iba tan elegante y arreglada que debía de ser lo que Käthe Rieker había denominado «la esposa de un pez gordo».

Entonces caí en la cuenta de que no habíamos visto a fräulein Rieker desde la noche del día anterior.

¿Acaso había enfermado?

Aguardé hasta que la recepcionista invitó a la clienta a pasar a la sala de espera.

—¿Sabe algo de fräulein Rieker? —pregunté entonces.

La joven me miró desconcertada.

—¿No lo sabe?

—¿Qué debería saber? —pregunté.

—Ayer partió hacia Londres.

—¿Miss Arden la envió allá?

—No, todo hace pensar que fue una decisión espontánea. A nosotras también nos ha sorprendido mucho.

Sacudí la cabeza. ¿Qué había pasado? ¿Por qué había desaparecido así, sin más?

—Entonces ¿ha dejado el trabajo?

Me invadió la inquietud. Todo lo que fräulein Rieker había dicho sobre su deseo de emigrar a América...

—No, no que yo sepa. Tal vez sería mejor que se lo pregunte a frau Wienicke.

Sin duda, la directora de la delegación lo sabría. Pero ¿me facilitaría esa información? Di las gracias a la recepcionista y regresé junto a Darren.

—¿Qué hay? —preguntó este.

—¿No te sorprende que desde la velada en el Traube ya no hayamos vuelto a coincidir con fräulein Rieker?

—No —dijo—. De todos modos, no he prestado mucha atención.

—La chica de recepción me acaba de decir que fräulein Rieker se ha ido a Inglaterra.

—Tal vez después de todo hubo alguien que sí escuchó nuestra conversación.

Darren dirigió una mirada a la joven, que en ese momento tachó algo de la agenda de visitas y luego desapareció en dirección a las salas de tratamiento.

Me preocupaba que fräulein Rieker se hubiera ido a Inglaterra. ¿Acaso la habían amenazado?

Me dije que, si coincidía con frau Wienicke, le preguntaría al respecto. Tal vez cuando estuviera de vuelta en casa alguien me podría informar. Sin duda, miss Arden estaba al corriente de lo que ocurría en su delegación alemana.

Tras un desayuno algo frugal y tardío en una cafetería cercana del que apenas logré ingerir el café, nos dirigimos a Zehlendorf. El sol brillaba y el aire olía a tubos de escape. De vez en cuando, se dejaba notar una pequeña brisa de primavera.

Tomamos el autobús que partía de la estación y dejamos que nos llevara hasta Zehlendorf.

Ya conocía esa parte de la ciudad de antes. Henny y yo habíamos ido varias veces, y mis padres solían hacer una parada allí de camino a Wannsee. Mientras el autobús iba recorriendo las calles, intenté recordar imágenes del pasado. Las casas elegantes, las calles comerciales, las estaciones del tren rápido urbano.

Era una zona parecida a Charlottenburg, no había muchas diferencias entre ambas. ¿Qué había llevado a mi padre a mudarse precisamente allí, tan lejos de su negocio? ¿Se trataba solo de apartarme de su vida? ¿No le había bastado con vaciar mi habitación para borrarme de ella?

Tras cambiar una vez de autobús, llegamos a Zehlendorf. Un pequeño mapa que compramos en el quiosco de la estación indicaba que el cementerio se encontraba en la calle Onkel-Tom-Straße. Paseamos junto a casas y comercios, atravesamos un cruce y pasamos por delante de algunas mansiones hasta que por fin apareció ante nosotros el cementerio.

La capilla era un edificio de ladrillo rojo muy macizo que parecía bastante reciente. Largas hileras de tumbas se alternaban con criptas y pequeñas arboledas.

Aunque sabía dónde yacía mi madre, nos llevó un buen rato localizar su sepultura en aquella gran explanada.

Atravesamos la puerta de acceso y anduvimos por el amplio camino. Me agarré del brazo de Darren. Tenerlo a mi lado me tranquilizaba y me infundía valor. No sentía ganas de charla. Él pareció darse cuenta y se limitó a ir señalando números aquí y allá para no desviarnos del camino correcto.

Descubrí construcciones muy bellas destinadas a preservar la memoria de los difuntos. Algunas no tenían nada que envidiar a las sepulturas de Nueva York. Unos ángeles tristes contemplaban al espectador, tendiéndole la mano o apoyándose contra piedras o contra las paredes de los mausoleos.

—¡Sophia, mira, aquí! —exclamó Darren de repente.

Miré donde me indicaba. El corazón me dio un salto. La había encontrado.

La lápida de mi madre era muy sencilla. Tenía su nombre y su fecha de nacimiento y muerte grabados en una piedra de color gris claro. Sobre las letras había una pequeña cruz.

Aquella imagen me dejó sin aliento. No porque no hubiera sido del gusto de ella. Ver su nombre grabado en la piedra me decía que no había error posible. Louis no tenía lápida y eso me había permitido aferrarme a la esperanza de que estuviera vivo. Sin embargo, bajo aquella losa descansaba mi madre. No tenía vuelta de hoja.

El dolor se apoderó de mi pecho y me cerró la garganta. Las lágrimas se me deslizaron por las mejillas y fueron cayendo sobre los ramos de flor que cubrían la sepultura y que se encontraban ya bastante marchitos.

Al notar que las rodillas me flaqueaban, me puse de cuclillas y apoyé la mano en la tumba. De nuevo acudieron a mí las palabras de las cartas, y me pareció oírlas con su voz. El arrepentimiento, la nostalgia...

Intenté sentir la presencia de mi madre, pero solo notaba la tierra y un dolor muy profundo en el corazón. Entonces empecé a hacerme reproches a mí misma.

Si en su momento no hubiera cedido al galanteo de Georg... Si me hubiera esforzado más por contactar con ella...

Eran tantos los «si» que daban vueltas por mi cabeza... Sin embargo, lo que había ocurrido no se podía deshacer. No podía ir atrás en el tiempo y visitarla en su lecho de enferma. No la podría volver a ver antes de que enfermara.

Mientras sollozaba, noté la mano de Darren sobre mi espalda. No dijo nada, pero la calidez de sus dedos me atravesó el cuerpo. Era como si me hubiera lanzado un cable donde agarrarme mientras yo iba a la deriva en un mar de lágrimas.

Media hora después me dirigí hacia la salida con el paso aún algo vacilante y cogida del brazo de Darren. Por un momento estuve tentada de pedirle que regresásemos a la delegación de Arden. Pero entonces salimos de la sombra de los árboles y noté el sol en la cara.

Me pareció como que mi madre me consolara acariciándome las mejillas. Aquella sensación liberó toda mi energía y me di cuenta de que ella no habría querido que me hundiera en la oscuridad. Ella habría querido que viviera. Que disfrutara de la vida.

Y también me percaté de que en la ciudad todavía había gente que me quería bien.

Al llegar a la cancela de la entrada me detuve.

—Vamos al teatro —dije.

—¿Al teatro? —preguntó Darren asombrado—. ¿El de ese tal mister Nelson?

—Sí —respondí—. A esta hora estará en su despacho. Me gustaría saludarle un momento. Tal vez esta noche podamos ir a ver la función. Sus revistas eran siempre muy bonitas.

Darren adoptó una expresión dubitativa.

—¿Te parece que es lo correcto? Tu madre...

—Mi madre querría que hablara con herr Nelson y que también fuera al teatro. La carta que ella dictó al notario desprendía tanta melancolía y desesperación... Mi padre la trató como a una prisionera. Seguro que habría preferido ir al teatro conmigo que ser controlada por él.

—Yo también lo creo. —Darren me atrajo hacia él y me besó la cabeza—. Bien, pues vamos al teatro Nelson. Pero, si cambias de opinión por el camino, lo dejamos y punto. No tienes que hacer esto por mí si no te apetece.

Lo miré aturdida, y recordé entonces la conversación que habíamos tenido durante el viaje.

—No lo hago solo por ti —dije. De hecho, había olvidado completamente que le había prometido ir al teatro—. Lo hago por mí. Herr Nelson se comportó siempre muy bien conmigo y hablar con él hará que mi dolor sea un poco más llevadero. Fue como el padre que perdí ese invierno.

—De acuerdo. En ese caso, estoy deseando conocer por fin a ese hombre. Querrás que te acompañe, ¿verdad?

—Por supuesto —dije asiéndole de la mano en la acera.

47

La avenida Kurfürstendamm estaba tan bulliciosa como siempre. Tras apearnos del autobús, pasamos junto a varios grandes escaparates que exponían complementos de moda y joyas.

—No parece que a los alemanes les guste el glamour —comentó Darren—. Resulta todo tan...

—¿Sólido? —sugerí. Acostumbrada a las espectaculares presentaciones de Macy's, yo también tenía la impresión de que esos expositores eran algo simplones.

—Yo diría más bien retrógrado —repuso Darren—. En Estados Unidos estos escaparates no atraerían a nadie. En el mejor de los casos, a la gente que apenas sale de su pueblo.

—¡Uy! —exclamé—. Será mejor que no lo digas demasiado fuerte; de lo contrario te prohibirán el acceso de inmediato.

—Tampoco es que me apetezca mucho entrar en esas tiendas —afirmó—. ¿Dónde está el colorido? En la empresa de miss Arden todo es muy vistoso. E incluso madame Rubinstein sabe cómo usar los diferentes tonos.

Tenía razón, esos escaparates resultaban un poco apagados. En el pasado no me lo había parecido. ¿Acaso mi recuerdo estaba distorsionado? ¿O es que entonces todo me deslumbraba porque no tenía dinero?

Seguimos por Kurfürstendamm hasta llegar al número 217.

La desazón que había sentido había iba dando paso a una leve excitación. ¿Cómo estaría herr Nelson? ¿Qué diría al verme? ¿Las chicas de las taquillas y del guardarropa seguirían allí? Tenía un poco la sensación de estar regresando a casa para ver a la familia, esa familia que me había acogido incondicionalmente después de mi desventura.

Al instante siguiente me quedé parada. No podía creer lo que veían mis ojos.

Ahí donde en el pasado el teatro Nelson tenía las puertas abiertas de par en par para que el público entrara refulgían ahora unos andamios. En la puerta colgaba un gran cartel de «Cerrado». No estaban tampoco las vitrinas donde se anunciaban las revistas en cartel.

—¿Estás segura de que es aquí? —preguntó Darren, escéptico.

—Sí.

Miré estupefacta el edificio. Sin duda, era el teatro. Aunque no hubiera el menor indicio de ello.

Un golpeteo me sacó de mi estupor. Rodeé el andamio. En él vi a un operario que debía de haber acabado en ese momento su tiempo de descanso.

—¡Oiga, disculpe! —grité—. ¿Sabe dónde puedo encontrar a herr Nelson?

—¿A quién? —preguntó con torpeza.

—Al dueño del edificio. Rudolf Nelson.

—Este edificio no pertenece a ningún Nelson. ¿Es usted una parienta?

—No —respondí, antes de comprender a qué se refería con eso—. Yo..., antes trabajaba en este teatro.

—Entonces alégrese. El judío ese se largó hace un año. Nosotros trabajamos para Rudolf Möhring. Quiere convertir el edificio en un cine. ¡Eso es mucho mejor que ese espectáculo de judíos!

Rudolf Möhring. Nunca antes había oído ese nombre. ¿Un cine en el teatro Nelson? ¿Qué diría Henny si lo supiera?

—¿Sabe usted adónde se marchó herr Nelson? —pregunté.

—No —rezongó el hombre—. Y será mejor que deje de mencionarlo.

Me quedé mirando a ese hombre. ¿Qué había hecho herr Nelson? ¿Por qué era mejor que no preguntara por él?

Una extraña sensación me impidió seguir haciéndole preguntas.

—Gracias —dije y giré sobre mis talones.

Al instante siguiente caí en la cuenta del significado completo de las palabras de ese albañil. ¡Con qué desdén había hablado de la revista! Eso coincidía con el cartel de los grandes almacenes Wertheim. Era evidente que los judíos habían sido declarados el máximo enemigo. Pero ¿por qué? En nuestro barrio había algunos, en parte gente acomodada, respetable. Gente como los Wertheim. ¿Qué se suponía que habían hecho?

Regresé junto a Darren muy afectada.

—¿Qué pasa? —preguntó—. ¿Qué ha dicho ese hombre?

—Herr Nelson ya no está aquí —respondí abatida—. El teatro pertenece ahora a otra persona. Quiere convertirlo en un cine. Por eso las obras.

—Oh, lo siento.

—Yo también. Y es raro. Dijo algo sobre espectáculos de judíos. ¿Te acuerdas del cartel en la puerta de los grandes almacenes? ¿Y del hombre que nos habló al respecto?

Darren asintió.

—Sí, parece ser que aquí tienen algo contra los judíos.

—Antes no era así.

Volví la vista de nuevo hacia el teatro, sintiendo una gran inquietud. Ese Berlín ya no era mi Berlín de antaño. Tal vez las fachadas fueran las mismas, pero todo indicaba que detrás de ellas las cosas habían cambiado mucho.

—¿Puedo ayudarles? —preguntó una voz detrás de nosotros. Me volví y me encontré con un hombre mayor vestido con un abrigo desgastado de color marrón grisáceo.

—Yo... Nosotros... —Vacilé y miré hacia el albañil, que para entonces volvía a dar golpes con el martillo—. Acabo de saber que el teatro Nelson cerró.

—Sí, una lástima. Poco después de que Hitler llegara al poder el bueno de Nelson puso tierra de por medio. —El desconocido suspiró—. Me encantaba ir a su teatro. Sus revistas daban brillo al día a día.

Intenté recordar su rostro, pero con la cantidad de gente que entonces veía a diario seguramente me había pasado desapercibido.

El hombre entrecerró los ojos.

—Usted estuvo ahí, ¿verdad? Quiero decir, trabajaba en el teatro.

—Hace mucho —admití. Daba la impresión de que había pasado una eternidad desde que me dedicara a recoger los abrigos del público.

De pronto el martilleo cesó. El hombre levantó la cabeza y luego dijo en voz baja:

—Acompáñenme. Será mejor que busquemos otro sitio donde hablar.

Le expliqué brevemente a Darren lo que ocurría, y nos marchamos con el anciano. Este permaneció en silencio hasta que nos detuvimos frente a una casa de aspecto muy elegante. Vi con asombro que el desconocido sacaba un manojo de llaves de su bolsillo.

—Bienvenidos a mi humilde hogar —dijo. Al ver que vacilábamos, añadió—: ¡Oh! Aún no me he presentado. Me llamo Breisky. Hubert Breisky. Y, si ustedes no tienen nada que objetar, me gustaría invitarles a tomar un café.

—Es muy amable, herr Breisky. Yo me llamo Sophia Krohn, y este es Darren O'Connor.

Volví la mirada hacia Darren, que escuchaba la conversación con expresión de no comprender nada. Las escasa nociones de alemán que le había enseñado durante la travesía no bastaban, ni de largo, para entender lo que decíamos.

—¡Ah! Irlandés, supongo —dijo Breisky.

—Estadounidense.

—¡Siempre quise viajar a Estados Unidos! —El anciano se volvió hacia Darren—. Encantado de conocerle —dijo en un inglés excelente mientras le estrechaba la mano.

—Igualmente, mister Breisky —contestó Darren.

Al hombre los ojos le brillaban como si acabara de recibir un regalo.

—¡Ah, qué vueltas da la vida! Pasen, pasen, me enorgullezco de preparar un café excelente. Además, debería haber aún un poco de pastel. Mi Berta hace el mejor del mundo.

Aún no estaba segura de si debíamos ir con el anciano. La actitud de Darren era mucho más predispuesta.

—¡Muchas gracias, señor! Estaremos encantados de aceptar su invitación.

Antes de que pudiera protestar, me llevó consigo hacia la escalera. Instantes después nos encontramos frente a la puerta del piso de Breisky. El hombre abrió y al momento nos envolvió una fragancia muy agradable.

—Hace mucho tiempo que no venía por aquí nadie del extranjero —explicó Breisky, haciéndonos pasar al vestíbulo—. Antes, cuando el teatro aún estaba en funcionamiento, solía tener invitados de todas partes. Pero ahora casi nadie viene a la ciudad. O, mejor dicho, no viene nadie. No, después de que todo haya cambiado.

—Seguro que su esposa lo debe de añorar —dije quitándome el abrigo.

—¿Mi esposa? —preguntó Breisky, sorprendido—. ¡Ah, no! Berta es mi ama de llaves. El amor de mi vida falleció hace varios años. Desde entonces vivo solo. Acompáñenme a la sala de estar.

La decoración del piso me sorprendió. Tal vez el abrigo de herr Breisky estuviera algo desgastado, pero del mismo modo que su cabeza no parecía nada oxidada, la decoración de su vivienda era sorprendentemente moderna. Vi fotografías artísticas de bailarines junto a esculturas de bronce modernas que habrían hecho las delicias de madame. Descubrí entonces de dónde procedía la fragancia que había notado al entrar. Junto a la ventana florecían unas orquídeas de los colores más intensos; algunos habrían podido rivalizar de igual a igual con la intensidad del rosa Arden. Aquel esplendor sin duda habría encantado a nuestra jefa.

Tomamos asiento en un sofá macizo de cuero marrón y de aspecto inglés, mientras herr Breisky iba de un lado a otro.

—¡Pónganse cómodos! ¿Les puedo ofrecer un poco de limonada antes del café?

—Sí, encantada —respondí, y acto seguido nuestro anfitrión desapareció de la estancia. Aquello a mí me parecía un poco extraño, pero Darren parecía muy tranquilo.

—No te preocupes —dijo—. Este anciano es inofensivo. Posiblemente solo quiere un poco de compañía. Y puede que te cuente algo más sobre herr Nelson.

Miré alrededor en busca de un retrato de su difunta esposa, pero en ningún sitio vi una foto. Era curioso, pues se había referido a ella como el amor de su vida. Me pregunté si mi padre tampoco mostraría el retrato de mi madre.

Disimulé mi disgusto, y al poco rato la fragancia del café inundaba el piso y ahogaba la de las orquídeas. Breisky asomó con una bandejita sobre la que había tres vasos con un líquido de color amarillo pálido.

—El café está casi listo, solo tiene que reposar un poco. En cuanto al pastel, sí, estamos de suerte.

Me resultó un poco violento que nos sirviera él.

—¿Me permite ayudarle? —me ofrecí, pero él se negó.

—¡Ustedes son mis invitados! Déjelo, no estoy tan mayor.

Mientras disfrutábamos de una limonada realmente excelente, él volvió a desaparecer en la cocina, aunque solo por poco tiempo, para luego reaparecer con una bandeja más grande. Las tazas tintineaban suavemente, y en la cafetera el café desprendía un aroma maravilloso.

—Espero que les guste el pastel de limón. No encontrarán uno mejor en todo Berlín.

—Gracias, es muy amable de su parte —respondí.

Herr Breisky nos sirvió las tazas. El olor del pastel de limón me hizo salivar, y, aunque la situación me seguía pareciendo anómala, tuve que contenerme para no tragarme de golpe el primer trozo.

—Ha preguntado usted por mi mujer —dijo herr Breisky, después de tomar un sorbo de café con aire pensativo. Entonces abrió un cajoncito que había en la mesita de centro.

Poco después nos mostró una fotografía con manos temblorosas. El joven retratado vestía una ropa anticuada. Llevaba el tupé suavemente ondulado con gomina. Hacía tiempo que los hombres no llevaban el cabello peinado de ese modo.

—Este es mi Joseph —explicó mientras en su voz percibí claramente el dolor—. Era actor. Puede que por eso yo sienta tanto apego por el teatro de herr Nelson y de vez en cuando voy a ver qué sucede por allí. Tras la inauguración fuimos varias veces. Joseph murió en 1925, pero yo continué yendo. Por unos instantes podía imaginarme que él seguía a mi lado.

De pronto me acordé de la fiesta de miss Marbury, cuando miss Arden quería comprar Maine Chance. Entonces lo comprendí. Me sorprendió que compartiera ese secreto con dos personas completamente desconocidas.

—Podría ser peligroso enseñarle a alguien esta foto —comentó Darren adelantándose a mí—. Con todo lo que he visto hasta ahora...

—Tiene usted razón, joven —respondió Breisky—. Pero soy bueno juzgando a las personas y sé a quién le puedo mostrar según qué cosas y a quién no, créanme. Vi de inmediato que ustedes no colaboran con esos.

Me imaginé a quiénes se refería. Todavía se me ponía la piel de gallina al pensar en esos hombres vestidos con camisas marrones y los brazaletes con la esvástica.

—¿Saben? Este país está a las puertas de un periodo de gran oscuridad —siguió diciendo el anciano mientras guardaba de nuevo el retrato en el cajón de la mesita de centro—. En mi círculo de amistades hubo varios que ya advirtieron sobre ese Hitler. Pero todo el mundo lo desdeñó y dijeron que solo era un chiflado. ¡Y ahora se ha autoproclamado Führer! En cuanto tuvo la sartén por el mango, empezó todo.

—¿Qué empezó? —pregunté.

—Al principio solo fueron llamadas al boicot. La gente se presentaba ante las tiendas judías con carteles pidiendo a los clientes que no comprasen nada allí. Luego se aprobó la llamada Ley para la Restauración de la Función Pública, que no es otra cosa que la prohibición de dar empleo en la función pública a personas no arias. A eso se suma que cualquier persona empleada en ese sector tiene que presentar una acreditación de su condición aria. Hoy en día, también las empresas que no pertenecen al sector público han empezado a despedir trabajadores. Hace poco, yo mismo presencié en un teatro lo que ocurre si un actor es judío. En ese caso, se trataba de una mujer joven que interpretaba a Desdémona. ¡Una actuación realmente conmovedora! Pero entonces llegó esa gente de las SA, se sentaron en primera fila y empezaron a interrumpir la representación con gritos y amenazas. Una buena parte del público se marchó. Solo callaron cuando el director del teatro se llevó a la actriz del escenario. Pobre chica... —Se interrumpió y luego añadió—: Herr Nelson hizo bien. Se marchó al extranjero en el momento oportuno.

—¿Está en el extranjero?

—Huyó, sí. Primero a Viena, y, si no me equivoco, ahora está en Suiza.

—Pero ¿por qué?

—Oh, herr Nelson es judío, ¿no lo sabía?

Negué con la cabeza. En el teatro no se había tratado ese tema, por lo menos yo no había oído nada al respecto. Y Henny tampoco lo había mencionado. De hecho, ¿qué importancia tenía la religión?

—Su apellido auténtico es Lewysohn. Se puso Nelson porque, aunque sea inglés, sonaba mejor a los oídos alemanes.

—¿Como el almirante Nelson? —intervino Darren.

—Sí, como el almirante Nelson, el gran héroe naval. —Una sonrisa asomó en el rostro de herr Breisky, pero rápidamente se desvaneció—. Seguramente su intención era darle al local una pátina cosmopolita. Y funcionó. Pero este nuevo gobierno no entiende de bromas.

Pensé en fräulein Rieker de la delegación de Arden. Todo indicaba que la intención era convertir Alemania en un lugar triste. Sin maquillaje ni distracciones. Todo jabón y amargura.

—No sé cuánto tiempo la gente continuará permitiendo esas cosas. No sé cuándo se cansarán. De momento están conformes porque se les ha hecho creer que se producirá un repunte económico. Pero ¿por cuánto tiempo? Por desgracia, soy demasiado mayor para empezar de nuevo en otro lugar. Y tampoco quiero irme por Joseph. Se extrañaría si dejara de ir a visitar su tumba.

En su rostro asomó una expresión melancólica, casi triste. Luego sacudió la cabeza.

—Pero no quiero aburrirles. Ahora ya saben lo que le ocurrió a herr Nelson y a su teatro. Probablemente nunca volverá.

—Es una lástima —dije—. Y usted no nos aburre. Llevo todo el tiempo preguntándome qué está pasando aquí. Soy incapaz de reencontrar mi Berlín, y eso que todas las piedras siguen en el mismo lugar.

—Así es. De momento. Esperemos que a los nuevos gobernantes no se les ocurra ninguna tontería más. Por mí, que se vayan al diablo.

Abandonamos la casa horas más tarde, profundamente impresionados por lo que nos había contado herr Breisky. Ninguno fue capaz de comentar nada. Me alegraba saber que herr Nelson estaba a salvo, pero me preocupaba el hecho de que hubiera tenido que huir. ¿A quién más le podía haber afectado todo aquello? Pensé en las bailarinas, las taquilleras y en los tramoyistas. No solo habían perdido sus empleos, sino que tal vez algunos no encontrarían otro por ser judíos como el propio herr Nelson.

Darren me posó suavemente la mano en el hombro.

—Deberíamos regresar.

Negué con un gesto enérgico de la cabeza.

—No. Vamos a volver a Zehlendorf. Quiero hablar con mi padre.

—¿Ahora? —preguntó Darren atónito—. ¿Te parece buena idea? ¿Después de lo que acabas de saber?

—Después de lo que acabo de saber solo quiero marcharme —respondí—. Lejos de Berlín. Pero no me iré de aquí sin haberle dicho lo que pienso. Sin decirle que es un maldito sinvergüenza. Para cuando lleguemos a Zehlendorf ya habrá vuelto de la tienda, si es que aún la conserva.

Me eché a andar con paso decidido. Darren se unió a mí. Me notaba el corazón acelerado, y sentía un intenso sofoco bajo la ropa. Al mismo tiempo, me invadió una tremenda sensación de impotencia. Solo había un modo de que las emociones no me asfixiaran, aunque mi padre no fuera el responsable de todas ellas.

En la estación de Uhlandstraße tomamos un tren subterráneo y viajamos hasta Wittenbergplatz. Allí cambiamos a la línea de metro en dirección a Zehlendorf. Me hervía la sangre. Miraba por la ventana con los labios fruncidos, mientras por dentro la prudencia se debatía con la ira. Darren intentó iniciar una conversación en un par de ocasiones, pero yo guardé silencio. Era consciente de que no serviría de gran cosa, pero quería que mi padre supiera lo que había descubierto. Quería que supiera que yo estaba en la ciudad y que estaba dispuesta a hallar la felicidad en mi vida.

Además, quería hacerle tanto daño como el que me había hecho a mí.

Cuando salimos del metro en la estación de Oskar-Helene-Heim, cogí a Darren de la mano. Él me miró con preocupación.

—He de hacerlo —dije—. Prometo que mantendré la calma, al menos en la medida en que me sea posible. Pero necesito tener esta conversación. No puede irse de rositas. Debe saber que todavía existo. Y que sé lo que le hizo a mi madre.

—¿No sería mejor castigarlo olvidándolo? —preguntó Darren vacilante—. Yo también tuve mis problemas con mi padre y lo he borrado de mi vida, sin más, por todo lo que le hizo pasar a mi madre, y puedo vivir con ello.

—Me temo que en mi caso no es tan fácil. —Vi de soslayo que la gente nos miraba con curiosidad. ¿Acaso pensaban que estábamos discutiendo? Estaba segura de que incluso en el elegante barrio de Zehlendorf no todo el mundo entendía el inglés—. Siempre formará parte de mí. Por mi apellido y por la historia que no voy a poder olvidar. En cuanto a lo que pasó con mi madre... Es imperdonable y quiero que él lo sepa. En su momento, me echó de casa. ¡Ahora quiero que sepa que soy yo quien lo echa de mi vida!

Darren asintió.

—Está bien. Pero prométeme que no te enfurecerás demasiado. Ese canalla no se lo merece. —Hizo una pausa y me dedicó una sonrisa alentadora—. De hecho, me gustaría hablar con él, pero me temo que mi alemán no es lo bastante bueno.

—No tienes que hacerlo —repuse—. Ya en el pasado discutí varias veces con él. ¡Puedo hacerlo!

Le cogí del brazo y me encaminé con él hacia la salida.

La casa que el notario me había indicado como la dirección de mis padres me pareció sombría y extraña. Constaba de dos plantas coronadas por una cubierta en mansarda de color rojo oscuro con ventanas. Una de las que había en la planta baja estaba abierta y de ella salía un ruido vago. Era como si alguien estuviera arrastrando muebles de un lado a otro. ¿Era el piso de mi padre?

Consulté la hora. Faltaba muy poco para las seis de la tarde. Él estaba ahí, lo presentía.

Tenía los dedos ateridos y el corazón alterado. Pero había que hacerlo.

—¡Tú puedes!

Darren me apretó la mano y yo me giré.

Abrí la cancela de hierro del pequeño jardín delantero, que quedaba oculto tras un seto espeso, y me acerqué a la puerta principal.

Mi ira había remitido un poco durante el camino, y sentía también un poco de aprensión. ¿Qué pasaría cuando nos viéramos cara a cara?

Me preparé para la confrontación, pero tenía la sensación de que no había armadura en el mundo suficiente para salir de ahí indemne.

Volví a mirar atrás hacia la cancela donde Darren aguardaba y luego pulsé el botón del timbre.

Sentía en la garganta los latidos del corazón. No sabía si me invitaría a entrar. Posiblemente me despacharía de malas maneras.

No pasó nada durante un rato, y luego se oyó un chasquido.

—¿Quién anda ahí?

La voz de mi padre no había cambiado. Oírla evocó en mí imágenes del pasado. Nuestra charla la última tarde que yo pasé en casa, su modo de inclinarse sobre mí después de que me desmayara. Y cómo se alteró al saber que estaba embarazada. «¡Yo ya no tengo hija!». Su voz furiosa había retumbado por el piso, y luego él desapareció en su despacho.

—¿Hola? —preguntó con un tono más irritado.

—Soy Sophia —dije con la boca seca. Sentía la garganta irritada, como si estuviera incubando una infección, y me dolía el estómago. Todo mi arrojo inicial se esfumó.

Silencio al otro lado. Tal vez se había vuelto a retirar a su despacho y me ignoraba. Mi mano quedó suspendida sobre el botón del timbre. ¿Debía volver a pulsarlo?

Bajé la mano. Si él no quería dejarme pasar, yo no podía hacer nada.

Me disponía a girar sobre mis talones cuando la puerta se abrió de golpe. Al instante siguiente me encontré de cara con el rostro furibundo de mi padre.

—¿Qué se te ha perdido aquí? —me espetó.

Excepto por su pelo, que tenía aún más gris y más ralo, no parecía muy cambiado. Incluso su ira contra mí seguía presente.

Me asustó su mirada furiosa, pero entonces recordé las palabras de mi madre.

—He ido a ver a herr Balder, el notario —dije. Me di cuenta de que mi padre daba un respingo—. No te preocupes, esta no es una visita de cortesía. Ni tampoco he venido aquí para rogarte de nuevo que me perdones.

Hice una pausa y me pregunté cómo podía ser tan intransigente después de tanto tiempo. A fin de cuentas, no tenía ante él a una pordiosera. ¡Había logrado labrarme un futuro! Pero aquello parecía traerle sin cuidado. Igual que tampoco parecía importarle que discutiésemos delante de su casa, ante la mirada de los vecinos.

—Estoy aquí porque herr Balder me ha leído el testamento de madre —seguí diciendo—. ¿Tienes idea de lo que le hiciste? ¿Sabes cómo se sentía cuando le ocultabas mis cartas?

Esperé una respuesta.

Mi padre apretó la mandíbula. Los ojos le brillaron y vi que su cuerpo se tensaba. No retrocedí.

—Hay que tener valor para presentarte ante mí —masculló finalmente, esforzándose por guardar la compostura. Al parecer, no quería que los vecinos oyeran nuestra conversación—. Después de todo lo que nos hiciste.

—¿Y se puede saber qué hice? —pregunté con actitud provocadora.

—Lo sabes muy bien.

—Cometí un error. Me quedé embarazada. Madre, al parecer, me perdonó. ¿Por qué tú fuiste incapaz de aceptar su decisión?

—Tu madre no sabía lo que era bueno para ella.

—Me dejó una carta. Herr Balder me la ha leído. Sus últimas voluntades. Las cuales, seguramente, ignoraste.

Empecé a acalorarme. La ira comenzó a quemarme por dentro. Al mismo tiempo, me parecía que nada de lo que dijera sería suficiente para vengar el padecimiento de mi madre.

—¡Tus cartas lo empeoraban todo! —me soltó de pronto mi padre. Le empezó a temblar todo el cuerpo—. ¡Nunca quiso dejarlo estar! ¡Siempre creyó que tenía una hija!

—¿Y por qué no iba a hacerlo? —repuse—. ¡Soy su hija! —Mi voz se volvió estridente, y tuve que inspirar profundamente para no parecer demasiado histérica—. ¿Piensas acaso que no sé lo que es perder a un hijo? Con el tiempo lo he aprendido y la entiendo. ¡Tú le impediste ponerse en contacto con su hija viva! ¡A pesar de que lo intentara una y otra vez! La tenías prisionera. La controlabas. ¡No tenías ningún derecho a ello!

—¡Era mi esposa! —bramó—. Hice lo que me pareció correcto. ¡Y, ahora, largo! No quiero verte por aquí nunca más.

Me estremecí cuando alzó la mano. Nunca me había pegado, pero ese gesto me asustó. Sin embargo, simplemente estaba señalándome la cancela del jardín.

—¿Acaso no quieres saber cómo me han ido las cosas? —pregunté sintiendo cómo de nuevo la ira me hervía en las venas.

— ¡No! —respondió él sin pensarlo.

¿Qué me había esperado? Fruncí los labios. Me habían educado para mostrar siempre respeto a mis padres, pero en ese instante de buena gana le habría abofeteado. Apreté los puños, pero mantuve los brazos abajo.

—¡Muy bien! ¡Bórrame de tu vida! —grité—. ¡Pero eso no cambiará el hecho de que trataste mal a madre! ¡La mujer que más confiaba en ti!

Me di la vuelta, vacilé y volví a dirigirme a él. La cara me ardía, pero la furia en mi interior era como un fuego purificador.

—¡Estás muerto para mí! ¡No necesito un padre como tú! Por lo que a mí respecta, ¡te puedes ir al infierno!

Dicho esto, me fui. Se me quedó grabada la expresión furiosa en el rostro de padre. Las lágrimas me anegaban los ojos y la decepción me ahogaba. Jamás me habría atrevido a decir algo así, pero era la verdad. No lo necesitaba, y tampoco quería volver a pensar en él.

Darren aguardaba en la calle, junto a la cancela. Había oído la conversación entre mi padre y yo. Aunque no entendía el alemán, seguro que no habría pasado por alto las emociones que destilaban sus palabras.

—¿Va todo bien? —preguntó escudriñándome. Asentí, a pesar de que no era así. Mi padre no había cambiado y seguramente nunca lo haría. Con la muerte de mi madre, sin duda había llegado el momento de separarme definitivamente de él y poner punto final a mi infancia.

—Vámonos —respondí a la vez que me obligaba a no volver la vista hacia la puerta desde la cancela. ¿Mi padre seguía allí? Ni lo sabía, ni me importaba.

Por la noche, después de que Darren me comprara de nuevo algo de comer, me quedé mirando por la ventana durante un buen rato observando cómo el sol desaparecía en el horizonte. Oí cómo el tráfico frente al edificio se iba apaciguando. Solo el ruido lejano de los trenes entrando en la estación, el traqueteo de las ruedas sobre los raíles y el chirrido estridente de los silbidos del vapor seguían penetrándome en los oídos.

Consciente de mi desasosiego, Darren me dejó a solas. Durante el trayecto apenas habíamos hablado. Sin embargo, conforme la oscuridad avanzaba, mi anhelo fue en aumento. No quería estar sola.

Cuando más allá del zoológico solo se vislumbraba una finísima franja de sol rojizo, me levanté y abandoné mi dormitorio.

Al llegar frente a su puerta, vacilé. ¿Era correcto lo que quería? El cuerpo rabiaba y me dolía, y contra todas aquellas sensaciones solo parecía haber un remedio: el calor de Darren.

Finalmente llamé a la puerta.

Se oyeron algunos ruidos y al poco rato la puerta se abrió. Darren me miró adormilado por la rendija de la puerta. Era evidente que ya se había acostado. Al verme, se tensó.

—¡Sophia! ¿Qué ocurre?

—Disculpa que te moleste —dije—. Yo... A mí... Me gustaría pedirte...

Me interrumpí. Sentía los latidos del corazón en la garganta, y necesité un instante antes de poder continuar.

—No quiero estar sola. Necesito... a alguien en quien apoyarme.

Darren se me quedó mirando, luego se hizo a un lado y abrió la puerta.

Tal y como había dicho, la habitación era espartana. Las paredes estaban pintadas en un tono gris azulado, y el mobiliario se limitaba a lo estrictamente necesario. Una cama, un armario y un escritorio. Todo de un estilo muy sencillo. El único cuadro en la pared era un grabado expresionista moderno de un artista desconocido para mí.

Por la ventana entreabierta penetraba la brisa fresca de la noche y sentí un escalofrío.

Años atrás, la primera vez que estuve en un dormitorio con Darren en Martha's Vineyard, no había salido bien, pero procuré no pensar en ello. Quería sentirlo, quería que me acogiera entre sus brazos.

—Sophia... —fue a decir, pero me giré y lo acallé posando los labios en los suyos.

Por un instante se sorprendió, pero sentí cómo su deseo aumentaba. Finalmente empezamos a desnudarnos el uno al otro.

—¿Estás segura? —preguntó Darren al separarnos por un instante.

—Sí —respondí—. Si me deseas.

—Te deseo —contestó, acercándome a él y dándome un beso en el cuello. Me quitó la ropa interior. Me estremecí un instante cuando me rozó el vientre y su dedo se deslizó sobre mi cicatriz.

Había sido el motivo de nuestra separación, pero ahora él la acarició casi con ternura, se inclinó y la besó con delicadeza. Hacía tiempo que ya no le prestaba mucha atención, pero esos besos me recorrieron el cuerpo como bolas de fuego de un modo que nunca antes había experimentado.

Cuando por fin nos dejamos caer en la cama voluptuosamente unidos fue como si desapareciera todo a nuestro alrededor. Ni un país cada vez más enajenado, ni padres con quienes no nos podíamos entender, ni empresa, ni trabajo. Solo estábamos nosotros, dos cuerpos desnudos moviéndose y deslizándose sobre las sábanas hasta que alcanzamos el clímax y el deseo nos inundó como una riada.

Poco después, tumbados el uno junto al otro y exhaustos, Darren me acarició la cintura delicadamente. Su mano recorría una y otra vez la cicatriz acariciándola.

—Es increíble lo idiota que fui —musitó pensativo—. Esta cicatriz...

Le cogí de la mano.

—No pasa nada —dije—. Ya lo hemos solucionado. Y si a ti no te disgusta...

—No, en absoluto. Además, casi no se ve.

Con el tiempo, la cicatriz se había reducido a una simple línea blanca. Por supuesto, seguía siendo visible, y eso nunca me abandonaría. Sin embargo, ante Darren ya no me avergonzaba de ella.

—Tu hijo —empezó a decir al cabo de un rato—. ¿Crees que el detective dará con él?

—No lo sé —respondí—. Ha pasado mucho tiempo. En su último mensaje decía que la pista se había enfriado. Desde entonces no he vuelto a tener noticias.

Me estremecí de frío. Darren me aproximó a él y extendió la colcha sobre los dos.

—Lo lamento.

—Yo también.

Examiné las emociones que sentía por mi hijo. Seguían ahí, lejanas tal vez, pero patentes. Sabía que siempre las llevaría conmigo.

—Pero te tengo a ti —seguí diciendo—. En realidad, es lo que he querido todos estos años. Pensaba que el trabajo no me permitiría iniciar una relación y, sin embargo, ha sido precisamente el trabajo el que ha traído a mi vida a un hombre por el que siento un gran afecto.

Ninguno de los dos añadió nada, nos limitamos a abrazarnos y finalmente me quedé dormida entre sus brazos.

A la mañana siguiente salí a hurtadillas de la cama de Darren y regresé a mi cuarto. Estaba decidida a hacer mi equipaje y marcharme. No soportaba permanecer más tiempo en Berlín y sentí añoranza por Maine Chance.

Después de ducharme y vestirme, saqué la maleta del armario y empecé a empaquetar.

Al poco rato, oí unos golpecitos en la puerta.

—¡Adelante! —exclamé, y Darren asomó la cabeza.

—¡Aquí estás! —dijo—. Me preguntaba dónde te habías metido.

Entonces me di cuenta de que aún llevaba su batín.

—No quería despertarte —expliqué.

—¿Y eso? —preguntó señalando la maleta.

—Quiero volver a Nueva York.

—¡Pero si el barco no parte hasta dentro de cuatro días!

—No quiero quedarme más tiempo aquí. Quiero volver a Maine Chance. Contigo.

Él cerró la puerta, se acercó a mí y me tomó entre sus brazos. Me besó delicadamente y me abrazó durante un rato.

—Podríamos viajar a otra ciudad —dijo entonces—. Dicen que Hamburgo es una ciudad muy hermosa.

Detuve el gesto.

—¿De dónde has sacado eso?

—Una vez trabajé con un tipo de una empresa de nutrición. Estuvo un tiempo en Hamburgo. Me dijo que hay muchas cosas bonitas que visitar. Como la famosa calle Reeperbahn, por ejemplo.

—Será mejor que no vayas por allí —respondí. Un tramoyista del teatro Nelson se había jactado de haber estado ahí y de haber utilizado los servicios de unas prostitutas—. No solo te podrías quedar sin cartera, sino que además podrías pillar cualquier cosa.

Darren soltó una carcajada.

—Estoy convencido de que allí también debe de haber placeres inofensivos.

Suspiré. Me habría encantado viajar con él por Alemania. Pero al recordar lo que había oído y visto se me hizo un nudo en la garganta.

—Acuérdate de lo que nos contó herr Breisky —señalé—. Esas situaciones son aplicables a todo el país, no solo a Berlín.

Darren asintió y, tras hacer una pausa para reflexionar, dijo:

—Puedo intentar cambiar los pasajes del barco. Tal vez haya sitio en uno que zarpe antes.

Asentí.

—Eso estaría bien. Además, no hace falta que sea un barco rápido. Tomémonos un tiempo.

Dirigí la mirada a la cajita que contenía mis cartas y las de mi madre. Había mucho que hacer durante la travesía.

—¡Como usted guste, señora! —respondió Darren con una sonrisa; luego, me atrajo hacia él y me besó.

48

Al cabo de una semana y media llegamos a Nueva York. Esta vez vi desde cubierta cómo la estatua de la Libertad nos daba la bienvenida. Darren me rodeaba con su brazo y, por primera vez en mucho tiempo, me sentí protegida. Aun así, me producía recelo hacer planes, consciente de la rapidez con que podían cambiar los vientos.

Al desembarcar, sentí en el rostro el aire de Nueva York. ¡Qué maravilla volver a estar ahí! Recorrí el embarcadero con Darren. Me habría gustado no separarme nunca más de él. En el barco habíamos pasado buena parte de los días en la cama y me había permitido volver a soñar un futuro con él.

Me volví hacia Darren.

—¿Cuándo te parece que debemos anunciar que estamos juntos?

—Bueno, si quieres, pasamos un momento por la oficina del *New York Times* y pongo un anuncio.

—Seguro que a miss Arden se le atragantaría el desayuno. —Sonreí.

Durante la travesía, los días pasados en Berlín habían quedado un poco relegados a un segundo plano, y eso a pesar de que había leído más cartas de mi madre. Traduje algunas a Darren, que me consolaba cuando rompía a llorar. Las palabras de mi madre me permitieron despedirme de ella, y saber que me había perdonado me reconfortaba. Aunque la ocasión era triste, Darren me hacía sentir más feliz que nunca.

—Vamos a tomárnoslo con calma —dije finalmente—. El personal del club va a tener que hacerse a la idea. No quiero que piensen que nuestro trabajo se va a resentir. No sé tampoco cómo lo encajará miss Arden.

—Tienes razón. Por suerte, aún no hay huéspedes que nos puedan sorprender besándonos.

—Lo cual me alegra —respondí—. Pero cuando llegue el momento...

Me interrumpí. Miss Arden aún no había anunciado quién iba a hacerse cargo de la dirección del club de belleza. A mí me había encargado la supervisión de la reforma del edificio, pero ¿qué pasaría cuando terminara? ¿Querría que siguiera allí? ¿O tal vez podría pedirle que me dejara trabajar en el laboratorio, allí, donde siempre había querido?

—¿Qué te parecería si volviera a trabajar como química? —pregunté mientras nos montábamos en el coche de Darren.

Darren enarcó las cejas.

—¿Ya no te apetece trabajar en el club?

—Desde luego, pero me gustaría tanto volver a hacer lo que realmente se me da bien. Elaborar cremas, desarrollar una gama de productos. Tal vez incluso una exclusiva para Maine Chance.

—Eso suena muy bien. Deberías hablarlo con miss Arden. Seguramente a ti te escuchará. —Darren se quedó pensativo un instante y luego añadió—: De todos modos, creo que serías una excelente directora del club. Lo que has conseguido en estos últimos años...

—Eres muy amable —contesté—. Esperemos que miss Arden lo vea del mismo modo. Pero lo que me gustaría es que me dejara montar un laboratorio en la finca.

—¿Y por qué no se lo has sugerido antes?

Darren arrancó el motor y se abrió paso entre el tráfico.

—No ha habido ocasión —respondí—. Y, si te soy sincera, las órdenes de miss Arden me absorben de tal manera que me acabo olvidando.

—Sí, puede llegar a ser muy categórica. —Una sonrisa recorrió el rostro de Darren—. Pero tal vez después de la inauguración del club de belleza te preste oídos.

—Eso espero —dije, y mientras el coche de Darren rugía entre los altos edificios de Nueva York y alcanzaba al fin la periferia me permití soñar con el laboratorio. Y con un futuro junto a él.

Cuando Maine Chance apareció ante nosotros el sol del atardecer se deslizaba por encima del paisaje iluminando fachadas y tejados. Aquella visión me transmitía una sensación acogedora.

Teníamos cosas por las que ilusionarnos. Tal vez entonces podría olvidar por fin lo ocurrido en Alemania. A corto plazo, estaba segura, no iba a volver a viajar allí. Por fin había podido dejar atrás a mi padre definitivamente, y a mi madre seguiría llevándola en mi corazón.

Cuando entramos en la explanada de la casa, reparé en que había otro vehículo. Al examinarlo más de cerca, lo reconocí.

—Miss Arden está aquí —dije sorprendida.

Darren asintió. Él también había reconocido el coche.

—¿Qué significa eso? —pregunté.

—Probablemente lo ha estado supervisando todo en persona. Es posible que no encontrara a nadie que pudiera encargarse de la sustitución.

De algún modo, eso me inquietó, aunque era consciente de que no había razón para sentir remordimientos.

—¿Le informaste de que no ibas a estar en la casa? —dije expresando en voz alta mis temores.

—¡Por supuesto! —repuso Darren—. No te preocupes. Seguro que todo tiene una explicación de lo más intrascendente.

—Cuando la jefa aparece por aquí en persona, tengo tendencia a preocuparme de verdad. Tal vez ha ocurrido algo en la casa.

—Si es así, no es responsabilidad tuya —dijo deteniendo el coche—. A fin de cuentas, ella te dio permiso para que fueras a Alemania.

Con todo, el hecho de que miss Arden estuviera allí me provocaba un cosquilleo en el estómago.

Cuando entramos, vi que miss Arden estaba en el vestíbulo. Debía de acabar de dar un paseo vespertino a caballo porque aún llevaba la ropa de montar.

Rápidamente solté mi mano de la de Darren. No sabía si a ella le parecería bien que dos empleados suyos tuvieran una relación. De hecho, no era de su incumbencia lo que Darren y yo hiciésemos en privado, pero aquel no era el momento más adecuado para sacarlo a la luz.

—¡Ah, miss Krohn! ¿Ha regresado ya de Alemania?

—Sí, miss Arden —respondí.

—Supongo que mister O'Connor ha ido a recogerla a Nueva York.

En ese instante no supe qué responder. ¿Cuánto tiempo llevaba ahí? Darren no le había dicho que iba a acompañarme?

—Sí, yo... —De repente me sentí la boca seca—. He vuelto un poco antes de lo previsto. La visita a mi país ha sido... muy triste.

—Lo lamento —dijo ella y luego miró a Darren. Por el rabillo del ojo me di cuenta de que él se ruborizaba.

—¿Sus vacaciones al menos fueron bien? —preguntó miss Arden.

¿Vacaciones? Me obligué a no mirar a Darren con sorpresa. ¿Acaso no le había dicho que se iba a Berlín conmigo?

—Muy bien, gracias por preguntar —respondió como movido por un resorte.

—Así pues, ¿en su casa todo arreglado?

—Sí, el asunto con mi familiar se pudo resolver. Ahora ya puedo dedicarme de nuevo a fondo a mis tareas.

Miss Arden acogió esas palabras con un asentimiento. Me pareció muy curioso que se centrara tanto en él. A mí me había despachado con una sola frase.

—Hablando de trabajo, mister O'Connor, me gustaría echar un vistazo a sus bocetos. ¿Tendrá luego un poco de tiempo?

—Por supuesto —respondió Darren—. Permítame que suba las maletas de miss Krohn y se los enseño.

—Está bien.

Miss Arden me dirigió una mirada que no supe interpretar, y luego desapareció por el pasillo.

Solo entonces me atreví a mirar a Darren. ¿Era capaz de leer en mi cara la pregunta? En todo caso, no la pronuncié en voz alta, sino que me limité a subir la escalera. Darren me siguió un poco más tarde, después de haber sacado la maleta del coche.

En cuanto hubo cruzado el umbral de mi habitación, cerré la puerta y le pregunté:

—¿Por qué le dijiste que te tomabas unas vacaciones?

Darren se sonrojó.

—Yo... no quería dar la impresión...

—¿De que habías vuelto conmigo?

Enarqué las cejas. Antes de partir teníamos un buen trato, incluso se podía decir que éramos amigos. En ese momento no había nada que temer.

—No quería que sacara conclusiones erróneas ni tampoco que me lo impidiera. Le dije que debía ir a casa de un pariente por una cuestión familiar. En sentido estricto, solo fue una mentirijilla.

—Fue una mentira considerable —repuse—. Si lo averigua...

—¿Cómo podría? —preguntó con una sonrisa descarada—. A menos que tú me descubras...

Dejó la maleta en el suelo, me agarró por la cintura y me atrajo hacia él.

—No tengo intención de hacerlo —dije acurrucándome contra él—. Pero ve con cuidado. ¿Sabes? A veces, trabajar para miss Arden es como una puerta giratoria: se sale con la misma rapidez con que se entra.

—No hallará motivo para despedirme. ¡Mis bocetos son estupendos!

—A mí también me lo parece, pero deberías ir con cuidado. No sé, tengo un presentimiento...

—Es muy amable por tu parte que te preocupes, pero estoy seguro de que mi encanto la conquistará.

Darren se inclinó y me besó. La calidez de sus labios me recorrió el cuerpo despertando el deseo de sentir por completo el suyo.

Pero miss Arden aguardaba abajo. Aunque aún no sabía el significado de su presencia allí, posiblemente era mejor que Darren no se demorara.

Mientras Darren hablaba con miss Arden, yo deshice mi maleta y fui a ver cómo iba todo. Peg ya se había marchado, pero nos había dejado una comida de tres platos. Mindy y Ella, las criadas, estaban aún y servirían la cena. De hecho, normalmente lo hacíamos nosotros mismos, pero miss Arden se encontraba en la casa. En cuanto el establecimiento se pusiera en funcionamiento, habría siempre personal para agasajar a los huéspedes.

Sentí un alegre cosquilleo al pensar en ese momento.

No volví a ver a Darren hasta la cena. Parecía relajado, como si realmente la charla hubiera ido bien. Me permití sentir un poco de alivio. Sin duda a ella le habían gustado los bocetos.

Como miss Arden permaneció con nosotros todo el rato, no tuve ocasión de conversar con él. Tras la cena, mientras Ella y Mindy recogían los postres, miss Arden se dirigió hacia mí.

—¿Podría hablar con usted un rato antes de que suba a acostarse? Sin duda debe de estar cansada después de un viaje tan largo, pero hay algo que me gustaría comentarle.

Estuve a punto de preguntar sin querer si eso no podía esperar hasta mañana.

Pero, naturalmente, asentí.

—Sí, miss Arden, con mucho gusto.

La seguí hasta el despacho. Tal como Darren había supuesto, ella me había sustituido y, por lo tanto, no estaba allí de visita. Sobre el escritorio vi algunos documentos, pero también gruesos catálogos de decoración y revistas. Daba la impresión de que había aprovechado el tiempo.

Miss Arden me hizo un gesto para que tomara asiento y luego cerró la puerta.

—¿Quiere un poco de limonada? —preguntó.

—Sí, gracias —respondí notándome la lengua pegada al paladar de puro nerviosismo. Deseé haber cenado menos, pero el estofado de Peg era el mejor plato que se podía comer.

Miss Arden sirvió dos vasos y me entregó uno. Luego se sentó frente a mí.

—Realmente ha hecho usted un trabajo excelente —comenzó—. Está todo listo para la inauguración. No puedo decirle lo feliz que me hace.

Sonrió y brindó por mí.

Le devolví la sonrisa. Tal vez, al final, todo estaba bien.

—Ha sido un placer para mí —dije—. Además, tengo muchas ideas que tal vez podríamos poner en práctica después de la inauguración.

—¿De qué se trata? —preguntó miss Arden.

¿Había llegado por fin el momento de expresarle mis deseos?

—Bueno, había pensado que podríamos abrir un laboratorio en la finca. Quizá en uno de los edificios externos. Podríamos fabricar productos cosméticos para el club aquí mismo y venderlos en exclusiva a las clientas. Eso aumentaría el interés en reservar una estancia, porque solo aquí se podrían comprar productos no disponibles en otros sitios.

Miss Arden me escrutó con la mirada.

—¿Le gustaría volver a trabajar como química? Pensaba que los años transcurridos la habrían convencido de que también tiene otras virtudes.

—La química ha sido mi pasión desde siempre —dije—. Empecé con ella cuando solo era una jovencita.

—Pero usted también es una organizadora con mucho talento —repuso—. Como seguramente sabe, para algunos cargos no siempre elijo a las personas formadas para ello. Usted es una de esas personas en las que veo otras cualidades.

Me miró a los ojos de un modo que me pareció extraño. Aunque no fue un gesto desagradable, me creó un cierto malestar.

—Aun así, sobre todo últimamente echo de menos el trabajo en el laboratorio —admití—. Y pienso que sería un complemento útil a lo que usted está iniciando aquí.

—Bueno, me alegro de que lo vea así —dijo ella—. De todos modos, dispongo de unos químicos excelentes. Sin pretender cuestionar sus capacidades en este sentido, me ciño a lo demostrado, y usted sería una excelente directora de mi club. Sin embargo...

—¿Sí? —¿Qué estaba pasando?

Miss Arden hizo una pausa para reflexionar, y luego dijo:

—Su relación con mister O'Connor parece ser bastante íntima.

La miré pasmada. ¿Qué tenía eso que ver con mi capacidad para dirigir el club de belleza?

—Sí, nosotros... Él ha sido una gran ayuda para mí después de recibir la noticia —respondí azorada. Empecé a sudar. No podía decirle que había estado en Alemania conmigo.

—Siempre es bueno tener a alguien al lado. Pero no es eso lo que quiero decir. He notado la manera en que la mira.

Me ruboricé. ¿Tan evidente era?

Miss Arden no esperó mi respuesta.

—¿Considera usted la idea de convertir su amistad en algo más? —preguntó entonces.

La miré estupefacta. ¿Qué quería decir? ¿Y qué le importaba a ella?

—Yo... no lo sé —dije intentando esquivar la respuesta—. Mister O'Connor es un buen amigo.

En sus labios asomó una sonrisa que no fui capaz de interpretar. ¿Era un gesto de aprobación o de desaprobación?

—Sea sincera. A toda mujer le llega un momento en el que quiere elegir pareja. ¿Mister O'Connor es el elegido en su caso?

—Es posible —respondí un poco insegura. Aquella conversación estaba fuera de lugar. Miss Arden no era una amiga con la que yo quisiera hablar de mis relaciones amorosas. ¿Por qué insistía tanto? A fin de cuentas, aquello no era de su incumbencia.

¿Acaso estaba tratando de averiguar si Darren me había acompañado y, por lo tanto, le había mentido?

De repente sentí unas ganas inmensas de salir huyendo.

Miss Arden guardó silencio un rato.

—No quiero inmiscuirme en su vida privada —dijo entonces—, pero ¿le parece aconsejable tener una relación en este momento?

—¿Cómo dice? —contesté con tono seco.

Una sonrisa asomó en su rostro mientras me escrutaba fijamente.

—Tiene usted todo lo que se necesita en nuestro oficio: cerebro, buena apariencia e ideas. Usted podría convertirse en una persona muy importante en esta compañía.

—¿Y piensa que no podría hacerlo con un hombre a mi lado?

Miss Arden reflexionó.

—Sé por experiencia que la mayoría de las mujeres no comparten mi visión del matrimonio. —Se interrumpió un momento y luego prosiguió—: Cuando me casé, fui con mi marido al registro civil y luego regresé al trabajo. A pesar de tener esposo, no quería renunciar a mi carrera profesional. En cambio, muchas mujeres en cuanto se casan dejan a un lado su talento. Entonces este languidece, y solo si el matrimonio se rompe o el cónyuge muere, se dan cuenta de que fue un gran error. Pero para entonces ya es demasiado tarde.

Me dio la impresión de tener sobre el pecho una losa enorme. ¿Acaso miss Arden creía que no querría trabajar si me casaba?

—No estoy dispuesta a abandonar mi profesión —afirmé—. La cosmética es mi pasión y pienso seguirla siempre, aunque algún día me case.

La duda en el rostro de miss Arden me hizo enmudecer. ¿Cómo se le ocurría? Hacía muy pocas semanas que me había reconciliado con Darren. Aún no teníamos planes de futuro. Y él no era un hombre que fuera a prohibirme trabajar. Al contrario, me dije al recordar la charla que habíamos tenido de camino a la casa.

—Bueno, ya se verá cómo va todo, ¿no le parece? —dijo levantándose.

Miré el vaso de limonada que tenía en la mano. Aún no había tomado ni un sorbo y, al parecer, ya debía retirarme.

—Partiré mañana a primera hora —añadió miss Arden—. Usted vuelve a estar al mando, ¿no es así?

—Sí —respondí levantándome también. Sentí que la decepción, y un poco también el asombro, se apoderaba de mí. ¿Qué significaba aquella conversación? ¿Y por qué no había preguntado siquiera por mi madre ni por mi estancia en Alemania?

Me acerqué a la puerta, me detuve y me volví una vez más.

—Muchas gracias por dejar que me alojara en su delegación alemana.

—De nada. Usted siempre es bienvenida en cualquiera de mis delegaciones.

Asentí y salí de la estancia. Solo cuando hube salido caí en la cuenta de que a través de la delegación alemana ella averiguaría, si no lo había hecho ya, que Darren había estado conmigo.

49

A la mañana siguiente miss Arden se despidió de nosotros. Ella y su chófer se montaron en el coche y partieron sin desayunar. La vi marcharse con un mal presentimiento. Al no haber vuelto a decir nada, no sabía cómo se había tomado mis palabras. Además, ella tampoco había citado de nuevo a Darren para otra reunión.

Por precaución, la noche anterior yo no había ido a visitarlo. No quería que ella se diera cuenta de nada. Además, saber que estaba en la casa me creaba una cierta incomodidad.

Pero tal vez me estaba preocupando de forma innecesaria, como en el pasado, cuando en la primera visita a la casa dejé caer un comentario sobre madame.

De hecho, la cuestión de si me haría cargo o no de la dirección del club era secundaria. Lo que me inquietaba era que miss Arden creyera que mi carrera profesional terminaría en cuanto tuviera marido. ¡Ni siquiera contemplaba tal posibilidad!

Darren me pasó un brazo por los hombros.

—Por fin solos —dijo.

Me recliné contra él.

—Sí, eso parece.

—¿Qué ocurre? —preguntó.

—Tenemos que hablar.

—¡Oh, oh! Eso no suena nada bien.

—No tiene nada que ver contigo. Mejor dicho, no tiene nada que ver con nosotros. Aunque, en cierto modo...

Un movimiento me hizo callar. Ella estaba cruzando el vestíbulo. Le indiqué con la mirada a Darren que me siguiera.

Salimos al jardín. Allí, donde ya había algunos cenadores aguardando la llegada de los visitantes, podríamos hablar sin ser molestados; a esa hora los mozos de cuadra estaban con los caballos; las criadas, en la casa, y los jardineros aún no habían llegado.

Nos sentamos en uno de los bancos.

Darren tenía una expresión preocupada.

—¿Y bien? —preguntó—. ¿Qué hay?

Inspiré profundamente.

—¿Miss Arden te preguntó ayer por nuestra relación?

Darren negó con la cabeza.

—No, ¿qué te hace pensar tal cosa?

—Que a mí sí me preguntó.

Arqueó las cejas y me miró azorado.

—¿Y qué dijo?

—Quería saber si había algo entre nosotros. Y luego me preguntó si me parecía conveniente empezar una relación de verdad ahora, cuando mi carrera profesional está a punto de despegar. Teme que en cuanto me case deje de trabajar.

Darren me miró fijamente, paralizado.

—¡No puede hablar en serio! ¿Por qué no me lo dijiste?

—No he tenido ocasión hasta ahora.

—Podrías haber venido a mi habitación.

—No me atreví. Fue... como dormir bajo el mismo techo que una mala suegra.

Darren soltó una carcajada.

—Bueno, esta comparación no es del todo descabellada. Sobre todo, después de lo que acabo de oír.

—A mí también me pareció raro, créeme. Le aseguré que no abandonaría mi carrera. Por otra parte, tampoco es que estemos a punto de casarnos, ¿no?

Darren me miró un poco abatido.

—No, no parece.

Enarqué las cejas. ¿Por qué de pronto había cambiado su estado de ánimo?

—¡Pues eso! Además, tú no me prohibirías trabajar, ¿verdad?

Me tomó de la mano y me miró profundamente a los ojos.

—¡Nunca haría tal cosa! Eres una mujer maravillosa, y quiero que seas feliz. Y, si el trabajo es parte de tu felicidad, entonces ¡que así sea!

Le sonreí, lo tomé entre mis brazos y lo besé. Instantes después él me abrazó a mí también; nos quedamos así unos minutos sentados en el banco y luego regresamos a la casa.

Los días siguientes transcurrieron igual que antes de mi partida hacia Alemania.

Me ocupé de organizar el material consumible así como las últimas piezas del mobiliario mientras Darren daba los últimos toques a la campaña publicitaria. Todo era como si nunca me hubiera marchado.

Poco a poco fui olvidando la extraña conversación con miss Arden. Como no queríamos hacer pública nuestra relación ante el personal, durante el día nos conformábamos con pequeñas carantoñas. En cambio, de noche, íbamos a escondidas a la habitación de uno u otro, y nos amábamos apasionadamente. De vez en cuando temí quedarme embarazada. Cuando lo hablé con Darren, él me atrajo hacia sí.

—¿Y qué? ¡No pienso dejarte plantada como ese canalla!

El viernes Darren me llamó a su despacho.

—¿Qué te parecen? —me preguntó indicando los bocetos que había dispuesto sobre el escritorio.

—Son fabulosos —respondí.

Los colores eran intensos y sin duda atraerían todas las miradas hacia las ilustraciones. En mi opinión eran anuncios dignos del club de belleza. Estaba convencida de que Ray, igual que Henny, con esa publicidad se sentirían atraídas por nuestra oferta, aunque no fueran mujeres de negocios ricas y de éxito. Ninguna mujer podía negarse a algo así.

—Creo que miss Arden estará muy satisfecha.

—Lo estuvo cuando los vio el otro día. Pero he hecho algunos retoques aquí y allá.

—Creo que no pueden ser mejores.

Darren se colocó a mi lado y me rodeó la cintura con un brazo.

—Deberíamos aprovechar el fin de semana para hacer una pequeña excursión. Tú y yo solos en algún lugar de la naturaleza.

—Pero el club se inaugura el 1 de junio —objeté.

—Y por eso aún es más urgente que hagamos algo antes de que todas esas ricachonas echen abajo las puertas... Luego posiblemente tú ya no tendrás tiempo.

Debatí conmigo misma. ¿Realmente podía abandonar el puesto? ¿Especialmente entonces, después de aquella extraña charla con miss Arden?

Todavía había mucho que hacer. Aunque miss Arden hubiera constatado algo distinto, yo tenía la sensación de que distábamos mucho de estar preparados.

—¡De acuerdo! —dije, sin embargo.

Darren dibujó una amplia sonrisa.

—¡Esta es mi chica!

—Pero solo nos quedaremos dos días y como muy tarde volveremos el lunes por la mañana, ¿de acuerdo?

—Prometido. Tú haz la maleta y deja todo lo demás en mis manos.

Por la noche esperé en mi habitación con el corazón inquieto. Darren se había resistido todo el día a revelarme a dónde íbamos a ir. Había un trecho largo hasta la costa; sin embargo, en la zona próxima a los lagos también había algunos alojamientos pequeños y encantadores.

Cuando vino a mi cuarto, sonreía de oreja a oreja.

—¿Lista?

—¿A dónde vamos? —quise saber.

—Antaño también me lo preguntabas siempre.

—Y solo respondías en el último momento.

—¡Así soy yo!

Sí, así era. Y yo adoraba su inventiva.

Tras desearle a Peg un feliz fin de semana, dejamos atrás el club. Darren condujo el coche por varios caminos rurales estrechos, hasta que, al cabo de un rato, me di cuenta de que simplemente estábamos dirigiéndonos al otro lado de los lagos. Atravesamos varios bosques y admiramos campos extensos que en esa época del año aún estaban baldíos. En los márgenes del camino empezaba a asomar el primer verdor.

—Allí hay una cabaña de pesca donde nadie nos molestará —me explicó al acercarnos a nuestro destino—. Ni los mozos de cuadra, ni el príncipe, ni Peg, ni las criadas. Solo nosotros.

—Como si una semana atrás no hubiésemos estado a solas en el barco —dije riendo.

—Por desgracia, nunca tengo suficiente.

Llegamos a la cabaña cuando el sol ya había desaparecido tras el horizonte. En su interior había luz encendida.

—¿Estás seguro de que estamos en el sitio correcto? —pregunté con escepticismo.

—¿Por qué?

—¡Por la luz! En la cabaña hay alguien.

—Lo acordé con Hank —explicó Darren—. Hank es el propietario de esta pequeña perla. Mañana por la mañana, a la luz del día, verás lo bonita que es la casita. Por suerte, miss Arden ni la vio ni la compró.

—¿Hank la habría vendido? —pregunté.

Darren negó con la cabeza.

—¡De ninguna manera!

Cuando abrió la puerta y la luz me iluminó, lo primero que vi fue una mesa llena de comida. Sobre el mantel de cuadraditos rojos y blancos había un par de cestas con pan y fruta, y, en el centro, una fuente con colas de langosta. Hank debía de acabar de traerlas porque resultaban apetitosas y parecían recién hechas.

—¿De qué conoces a Hank? —pregunté asombrada al entrar. Incluso había una botella de champán dentro de una cubitera.

—Lo conocí en el pub. El mismo día en que me reprendiste y me dijiste lo que pensabas.

—¿De verdad? —dije, sintiendo que se me sonrojaban las mejillas.

—Sí. Él me habló de su cabaña. Le escuché y me guardé esa información. Entonces aún no sabía para qué me podría ser útil, pero luego lo supe y le llamé.

Miré a mi alrededor. De hecho, no podía llamarse cabaña; en realidad, era más bien una casita de fin de semana. Había bastantes como aquella en la zona de los lagos de Belgrade. El mobiliario, como las paredes, estaba pintado de blanco y posiblemente procedía de casas distintas. Ninguna silla era igual a otra. Había una escalera estrecha que posiblemente llevaba al dormitorio. La nota de color la aportaban los cuadros y unos cabos viejos usados para la pesca.

Darren dejó el equipaje en el estante junto a la puerta. Luego se acercó a mí y me abrazó por detrás.

—¿Comemos antes o...? —murmuró besándome el cuello.

—Comamos —contesté, sintiéndome hambrienta como un oso. Cogí un trozo de cola de langosta, lo mojé en la salsa de cóctel que había en un pequeño cuenco de cristal, y se lo metí en la boca—. Todo lo demás vendrá después.

Aquella noche, acostados el uno junto al otro, exhaustos tras horas de pasión, Darren dijo de repente:

—Hagámoslo.

—¿Hacer qué? —pregunté, desconcertada.

—Casémonos.

Enarqué las cejas con asombro.

—Miss Arden tiene buen olfato. Si no, no te lo habría preguntado. —Me miró y me acarició la mejilla con ternura—. ¿Qué te parece? ¿Le damos la razón?

—¿Acaso me estás proponiendo matrimonio? —repuse un poco sorprendida—. Lo normal es que el hombre se arrodille ante la mujer y le muestre un anillo.

Darren sonrió.

—Pero tú no eres ese tipo de mujer, ¿verdad? ¿De verdad lo quieres a la antigua usanza?

Yo no sabía lo que quería. Pero sus palabras me arrojaron a un pequeño caos de emociones. Hasta el momento no me había planteado grandes cosas acerca del futuro. Solo había querido disfrutar de él como entonces, la primera vez que estuvimos juntos. Ahora teníamos una relación preciosa. Sin secretos, ni nada que hubiera quedado sin decir. Resultaba liberador no tener que estar siempre alerta por lo que él pudiera pensar.

Pero a miss Arden no le había dicho nada que no fuera cierto: hasta entonces no me había planteado el matrimonio.

—Piénsatelo —dijo él besándome dulcemente en los labios—. Si dices que sí, tendrás tu propuesta de matrimonio a la antigua usanza, con anillo y genuflexión. Prometido.

—No será necesario —respondí. El corazón me bailaba en el pecho, y me sorprendí esbozando una amplia sonrisa—. Al menos eso de la genuflexión. Pero sí me gustaría tener un anillo.

—Lo tendrás. Tengo una idea de cómo va a ser.

—¿Una idea? —pregunté—. ¿Para el anillo?

—Sí. No puede ser un anillo cualquiera.

—Ah, ¿no? ¿Y de dónde sacarás el dinero para algo original?

—Tal vez no necesite dinero —me respondió—. Pero si te lo digo ahora, ya no será una sorpresa, ¿verdad?

—Tienes razón. —Noté un instante cómo le latía el corazón y proseguí—. Pero las sorpresas solo me gustan hasta cierto punto.

—¿De cualquier tipo, o solo las malas?

—Las malas menos, claro. Pero incluso las buenas implican a veces tantas cosas que prefiero anticiparlas.

—¡Bueno, de todos modos estás avisada! —Darren soltó una carcajada. Al darse cuenta de que no decía nada, me preguntó—: ¿Va todo bien? ¿Acaso te estoy abrumando?

Negué con la cabeza.

—No, solo es que... miss Arden...

Darren soltó un bufido de disgusto.

—¿Qué tiene que ver ella con esto?

—Es que, como sabes, justo después de regresar de Nueva York me convocó a una reunión y me preguntó si había algo más entre nosotros.

La mirada de Darren se oscureció.

—Eso no es de su incumbencia. ¿Acaso le pregunto yo cómo le va con Jenkins últimamente?

—Lleva tiempo divorciada de él.

—¡Exacto! ¿Acaso nos ha preguntado a alguno de nosotros si eso nos parecía bien?

Se incorporó. Tenía una expresión tensa.

—Tienes razón. Por favor, discúlpame por sacar este tema. —Suspiré—. Ya me pasó una vez con madame. Me exigió que no me casara en un periodo de diez años. Si entonces las cosas hubieran sido distintas, quiero decir, si no hubiéramos roto, ¿me habrías pedido que me casara contigo?

—Era otra época —respondió Darren—. Y, en cuanto a mistress Titus, tampoco tenía ningún derecho a imponerte una cláusula como esa.

—¡No la llames así!

—¿Por qué no? —Darren levantó las cejas—. Teniendo en cuenta lo que te exigió, preferiría llamarla incluso mala pécora.

—¡Por favor!

Me lo quedé mirando mientras me preguntaba si en esa época yo habría estado dispuesta a dejarlo todo por Darren. Al fin y al cabo, trabajaba en un laboratorio. Me di cuenta de que en esa época yo había estado mucho más cerca de mi sueño de fabricar cosméticos que ahora. Miss Arden no había querido ni oír hablar de un laboratorio. Igual que cuando le había preguntado si me enviaría a Francia.

—¿Y bien? —preguntó él con dulzura, acariciándome el pelo—. ¿Te ves como mi esposa? ¿Aunque miss Arden se pusiera hecha una fiera?

Le miré a los ojos, consciente de que él siempre se alteraría con facilidad. Pero yo lo amaba, estaba segura. Y notaba que desde esa época él también había cambiado. Ni miss Arden ni madame podían detenerme. Y, si algo había aprendido desde que me despidieron de Rubinstein era que había cosas más importantes que el trabajo.

—Sí, desde luego —respondí con una sonrisa de lado a lado mientras él me atraía hacia sus brazos.

—¡Eso es lo que quería oír!

Me besó apasionadamente en los labios, y el beso siguiente fue aún más íntimo. Mistress O'Connor, me dije. El último paso para librarme por completo de mi padre. La felicidad me estalló en el pecho mientras de nuevo volvíamos a desaparecer bajo las sábanas.

50

Aquel magnífico fin de semana pasó demasiado rápido. Llevados por el deseo mutuo, apenas salimos de la cabaña. Las veces que lo hicimos, permanecimos largos momentos sentados junto al lago soñando con nuestro futuro. Darren y yo nos compraríamos una casita pequeña e intentaríamos vivir fuera del club. Él tal vez podría encontrar trabajo en Portland. Yo aprendería a conducir y seguramente nos compraríamos otro coche. Y quizá algún día tendríamos hijos.

En los últimos años, el recuerdo de Louis había ido perdiendo intensidad. Monsieur Martin no había vuelto a dar señales, y pensé que seguramente no había esperanzas. Eso me desgarraba el corazón, pero intenté mirar hacia delante. Tal vez tener un hijo con Darren me traería la felicidad.

Con el estómago repleto de mariposas y la cabeza rebosante de planes, el lunes por la mañana me apeé del coche de Darren.

¡Iba a casarme pronto! Durante mucho tiempo había creído que no sería posible. ¡Cómo me habría gustado poder proclamarlo a los cuatro vientos por toda la finca de Maine Chance!

Pero antes de todo quería contárselo a Peg. Me pregunté si se había dado cuenta de que la relación de Darren y yo había cambiado. De ser así, sin duda no se había atrevido a hacer ningún comentario.

Al entrar, encontré una carta en el suelo. El cartero debía de haberla deslizado por la ranura de la puerta hacía poco.

Iba dirigida a Darren. Era un sobre elegante, con el nombre de E. Arden en el remite. ¿Qué tenía miss Arden que notificarle?

—Hay una carta para ti —le dije entregándole el sobre.

Darren frunció el ceño.

—¿De miss Arden? —Le dio la vuelta al sobre—. ¿Qué querrá?

—Supongo que no lo sabrás hasta que la abras —contesté—. Puede que sea una invitación.

De serlo, era raro que yo no hubiera recibido otra también.

La extraña sensación que me acompañaba desde esa charla insólita con miss Arden y que solo había remitido un poco durante el fin de semana volvió a mí con toda su intensidad. Al instante, vi cómo Darren palidecía.

—¡No puede ser cierto! —exclamó estupefacto.

—¿Qué ha ocurrido? —Sentí una opresión en el pecho.

—¡Me ha despedido!

Abrí la boca, pero no pude articular palabra. Negué con la cabeza, incapaz de creérmelo. Darren me tendió la carta. La cogí y la leí:

Estimado mister O'Connor:
Lamento comunicarle mi voluntad de prescindir de sus servicios. El rendimiento laboral demostrado recientemente ya no se ajusta a lo que yo considero el estándar de mi empresa. Aunque le pagaré el resto de sus honorarios, le ruego que abandone Maine Chance de manera inmediata.

Saludos,
ELIZABETH ARDEN

—¡Mala pécora! —masculló.

Mindy, que entraba en el vestíbulo en ese momento, se quedó parada y nos miró asombrada.

—No pasa nada, no va por usted —dije mientras ella se retiraba a toda prisa—. Ven conmigo —le indiqué tirando de él para sacarlo fuera.

Ya en la explanada Darren echó la cabeza hacia atrás y resopló. Su alteración era palpable. Parecía un cartucho de dinamita capaz de estallar en cualquier instante.

—¿Tienes alguna idea de qué va esto? —pregunté.

—Según parece, miss Arden habla mucho de boquilla —respondió Darren con enfado, y luego me miró—. ¿A ti te dijo algo?

Sacudí la cabeza.

—¡No! Ya te conté esa charla tan extraña. Pero no hablamos para nada de tu rendimiento. —Me interrumpí. La mirada de Darren era tan sombría como en la ocasión en que descubrió que yo había tenido un hijo—. Pensaba que te había dicho que estaba contenta.

—Y lo hizo. Pero eso fue antes de que supiera que estábamos juntos.

—¡Si una cosa no tiene nada que ver con la otra!

—Pues parece que miss Arden no lo ve así.

Darren volvió la mirada a la lejanía. Tenía las mandíbulas apretadas. De pronto, a pesar de no haber hecho nada, me sentí culpable.

Le toqué el brazo.

—Darren, yo...

Se apartó de mí.

—Necesito estar a solas un rato, ¿de acuerdo?

Quería preguntarle por qué, pero me di cuenta de que era mejor asentir y dejar que se marchara.

Darren se encaminó hacia los establos a grandes zancadas. Me habría gustado correr detrás de él y abrazarlo, pero probablemente eso no le habría parecido bien.

Miré la carta que tenía en la mano. Sentí que las lágrimas acudían a mis ojos y que la ira me invadía. Ahora que todo iba a la perfección. ¿Por qué miss Arden nos hacía eso? Justo entonces, ¡cuando faltaba tan poco para inaugurar Maine Chance!

Entonces caí en la cuenta de que aquella conversación sobre Darren no había sido casual. ¡Posiblemente, al admitir mi relación con él, yo había hecho que lo despidiera!

—¡Miss Krohn! ¡Ya está usted aquí! —oí decir a mis espaldas. Era Peg.

Cerré los ojos un momento y traté de controlar mis emociones. Entonces me giré y me obligué a sonreír.

—¡Sí, aquí estoy! —dije—. ¿Qué ocurre?

—Si no le importa, me gustaría hablar con usted sobre el plan de comidas para la próxima semana.

Miré hacia donde se había ido Darren, pero ya no lo podía ver. Acto seguido, fui con Peg al interior de la casa.

Darren estuvo ausente todo el día y no se presentó tampoco para cenar. ¿Estaría de nuevo en el bar? ¿O tal vez andaba dando vueltas por la zona? Ojalá se hubiera quedado y hubiera hablado conmigo. ¿Por qué siempre reaccionaba así?

Peg, igual que el resto del personal, se extrañó de su ausencia. Le expliqué que había recibido una carta, aunque no le hablé de su contenido. Eso era asunto de Darren. A partir de ahí, surgieron especulaciones sobre si tal vez había recibido alguna noticia de su familia. Yo no dije nada y me lo guardé para mí. Sin duda, su despido asombraría tanto a los demás como a mí misma.

Entretanto, el sol empezó a hundirse en el horizonte. Yo deambulaba inquieta en el despacho, mirando por la ventana una y otra vez. ¿Qué podía hacer? Darren me había apoyado en Berlín, y yo quería hacer lo mismo por él. A fin de cuentas, pronto sería su prometida. ¿Por qué me dejaba de lado? Al oír la puerta de entrada, di un respingo y me apresuré fuera del despacho. En ese momento Darren venía por el pasillo.

—¿Dónde estabas? —pregunté, pero me atrajo hacia él sin decir nada y me besó.

—Necesitaba pensar —respondió entonces.

—¿Hablarás con ella? —pregunté—. Tal vez solo sea un malentendido.

Darren negó con la cabeza.

—No, no es eso. Y estoy seguro de que la cuestión no son mis bocetos—. Me miró—. Por alguna razón quiere mantenerme alejado de ti.

—Pero no tiene derecho a eso. ¡Debes decírselo!

—No creo que sirviera de nada. Cuando miss Arden se enfada, se convierte en una fiera salvaje. Seguro que Thomas Jenkins te lo puede confirmar después de haberse divorciado de ella y haber sentido sus dentelladas. Quién sabe, puede que al final él no tuviera ninguna culpa. Tal vez ella quería deshacerse de él igual que ahora quiere librarse de mí. —Hizo una pausa y volvió a besarme—. Quiere que seas como ella.

—¡Nunca lo conseguirá! —repuse.

A la mañana siguiente, cuando Darren debía abandonar la casa, me sentí como si me arrancaran una parte de mi alma. Me acurruqué entre lágrimas en sus brazos. Él me abrazó y me susurró suavemente.

—Lo conseguiremos, tú y yo. En cuanto encuentre un trabajo, decidiremos. Tal vez no me aleje mucho de aquí.

—Pero ¿cómo vas a encontrar trabajo en esta zona? —sollocé—. ¡Aquí no hay empresas importantes que puedan permitirse un profesional publicitario!

—Daré voces y no descansaré hasta encontrar algo. Llegará un día en que tendremos nuestra casita aquí, te lo prometo.

Nos despedimos con otro beso prolongado; luego, él se montó en su coche. Me habría gustado irme con él, pero aquel día esperábamos una entrega importante. Intenté aferrarme a lo que él había prometido y hacer de tripas corazón mientras su coche abandonaba la explanada. Sin embargo, cuando dejé de ver las luces traseras, caí de rodillas al suelo y lloré amargamente.

Pasé el día como si llevara la cabeza envuelta en algodón. No estaba en condiciones de trabajar ni de funcionar del modo habitual.

Me pasé la noche despierta mirando el techo de mi habitación. La casa sin Darren me parecía vacía, y la rabia por su despido me provocó estremecimientos como si estuviésemos en pleno invierno.

Me había llamado al llegar a Nueva York. Por suerte, no había rescindido el contrato de su piso allí, así que no tuve que preocuparme por dónde viviría ahora.

Con todo, esa injusticia me daba náuseas y al final logró sacarme de la cama. ¿No podía hacer nada al respecto? ¿Podía hacer cambiar de opinión a miss Arden haciéndole ver que mi trabajo no se resentiría por mi relación? ¿Qué le hacía pensar tal cosa?

Cuando el día despertó, me sentía agotada, pero estaba segura de que solo me quedaba una opción: ir a ver a miss Arden y hablar con ella.

Posiblemente eso no me llevaría a ninguna parte, pero por lo menos quería intentarlo.

Cuando Peg llegó a la casa, yo ya estaba sentada en la cocina. Me había preparado un café que no se podía ni comparar con el que hacía ella.

—Miss Krohn, ¿qué ocurre? —preguntó preocupada—. ¿No se encuentra usted bien?

—¿Tan mal aspecto tengo?

—Da usted la impresión de no haber pegado ojo en toda la noche.

—Y así es —respondí tomando otro sorbo de mi taza. Aunque el brebaje no sabía bien, notaba cómo lentamente iba haciendo efecto. El cansancio me iba abandonando y sentía que la rabia me aguijoneaba—. Voy a Nueva York.

—¿Es por mister O'Connor?

Asentí.

—Usted ha visto sus bocetos, Peg. Son buenos.

—Es cierto, pero puede que a miss Arden simplemente no le gustaran.

—En esos casos, lo habitual es pedir otros, pero no despedir a nadie. Tiene que ser otra cosa.

—¿Y qué puede ser?

—Se lo diré cuando regrese.

Me puse en pie. Me sentía como si tuviera los huesos de plomo. Pero esa sensación finalizaría en cuanto me diera el aire de la mañana.

Regresé a mi dormitorio e hice la maleta a toda prisa. Iba a tener que pasar la noche en algún sitio en Nueva York. Pero tal vez Darren me acogería en su piso. Tal vez entonces yo le podría dar buenas noticias.

51

Cuando, a última hora de la tarde, entré en el edificio de oficinas de miss Arden el estómago me ardía. Aunque había pasado el rato procurando tranquilizarme, seguía teniendo muchas ganas de retorcer el cuello a mi jefa.

¿Había alguna diferencia entre ella y madame? De hecho, Helena Rubinstein había impuesto una cláusula en mi contrato que me prohibía casarme en diez años.

Miss Arden intentaba separar a Darren de mí despidiéndole. Sin embargo, yo no estaba dispuesta a renunciar a él. Aunque me había asegurado que encontraría otro trabajo, dudaba de que lo encontrara cerca de donde yo estaba. En el peor de los casos, miss Arden podía servirse de su influencia y asegurarse de que nadie en los alrededores de Maine Chance contratara a Darren.

Cuando entré en su oficina, la secretaria me saludó con mucha amabilidad y me anunció a miss Arden. Me vino a la memoria la primera vez que había estado ahí, con el corazón repleto de esperanza. ¿Por qué tenía la impresión de que todo volvía a desmoronarse? ¿Acaso el destino no quería que yo fuera feliz?

—Miss Arden la atenderá ahora mismo —anunció la secretaria apenas unos instantes después. Aunque esto me sorprendió, no dije nada y me apresuré a entrar en su despacho.

—Ah, miss Krohn, ¿qué la trae por aquí? —preguntó en tono jovial. ¿No se figuraba el motivo de mi presencia?

Me erguí con gesto decidido.

—Necesito hablar con usted sobre mister O'Connor.

A duras penas podía contener mi ira.

—¿Qué pasa con él?

Miss Arden se reclinó en el asiento. En su rostro asomó una sonrisa fría.

Hubo un tiempo en el que me desviví por complacerla. Pero en aquel momento me daba igual lo que pudiera pensar de mí. Ni lo que fuera a resultar de esa conversación.

—Ha rescindido usted el contrato sin preaviso —respondí.

—No estaba satisfecha con su trabajo. Esperaba algo mejor para el lanzamiento del club de belleza.

—Pero durante su visita no es lo que manifestó. Según mister O'Connor, usted dijo que estaba muy contenta.

—Bueno —repuso—, pero al volver hablé con mis asesores y a ellos les pareció que no era bastante bueno. Y les di la razón.

Miss Arden entrecerró un poco los ojos escrutándome con su mirada.

—Es raro que venga usted aquí y no mister O'Connor —dijo entonces—. Hasta el momento él no se ha opuesto a su despido. ¿Es posible que esta visita tenga alguna motivación personal?

Sentí un nudo en la garganta. ¡Por supuesto que mi visita tenía una motivación personal!

—Sabe que tengo una relación con mister O'Connor. Él... me ha pedido en matrimonio.

Miss Arden arqueó las cejas, que llevaba perfectamente depiladas.

—¿Una propuesta de matrimonio?

—Sí. Y yo la he aceptado.

Sentí que un escalofrío me recorría el cuerpo. Al mismo tiempo dentro de mí se despertó la determinación. ¡Miss Arden no tenía nada que decir sobre mi vida privada! De ningún modo podía decirme si debía o no casarme.

—Bueno, ya encontrarán el modo de mantener viva su relación —repuso miss Arden con un tono casi burlón.

Frunci por un momento los labios y apreté los puños.

—¿Cómo se supone que lo vamos a hacer si no nos vemos? ¿Si yo permanezco en Maine Chance y él vuelve a estar en Nueva York?

—Tal vez pueda trabajar en el taller de mecánica de automóviles. O en la oficina de correos. Me parece que allí lo tratarán mejor. Por otra parte, no haría más que impedirle a usted cumplir con sus obligaciones. No puedo permitirme que mi futura directora de delegación se distraiga con su matrimonio y tal vez incluso con sus hijos.

De buena gana la habría abofeteado. Ella misma debía mucho a su anterior marido. ¿Acaso me tenía envidia porque ella había tenido que echarlo?

—Me gustaría pedirle que conceda otra oportunidad a mister O'Connor —dije haciendo acopio de todo mi autocontrol—. Estoy convencida de que le puede proporcionar bocetos incluso mejores.

—Yo no lo veo así —replicó miss Arden con tono glacial—. En breve le enviaré al nuevo grafista. Tal vez usted le podrá transmitir mejor lo que deseamos.

—¿No quiere reconsiderarlo?

El corazón se me encogió tanto que parecía de piedra.

—Por supuesto que no. ¡Mi decisión es firme!

—En tal caso, le presento mi dimisión —me oí decir.

Los ojos de miss Arden refulgieron, pero su expresión siguió impasible. Permaneció en silencio durante un buen rato.

¿Acaso con eso intentaba hacerme sentir insegura? ¿Esperaba que me echara atrás o me disculpara?

Tal vez era un error, pero en ese momento no podía hacer otra cosa. Había pasado muchos años dedicada a mi trabajo, sin experimentar ni una pizca de amor. De manera casual, miss Arden me había traído a Darren y nos habíamos vuelto a encontrar; esta vez no estaba dispuesta a perderlo de nuevo.

—Tengo que admitir que con los años ha aprendido usted a pisar fuerte —dijo entonces—. Cuando pienso en cuánto se disculpaba usted antes...

Esas palabras me sorprendieron. Lo cierto era que me esperaba otra cosa, una bronca, o insultos. Pero ella parecía de hielo.

—Como la tengo en gran estima y ha hecho una gran labor levantando el club, le concedo la oportunidad de excusarse y continuar siendo la directora de Maine Chance. Sin mister O'Connor.

—¿Quiere que escoja entre él y usted? —Dejé oír un bufido burlón.

—Sí, así es —respondió miss Arden tranquila, con una actitud casi pétrea.

Bajé la vista a mis manos, que tenía posadas en el regazo. Me vino a la cabeza el recuerdo de mi madre. Ella había sido una prisionera. Su marido incluso le había prohibido establecer contacto conmigo.

No quería ser prisionera de miss Arden, ni que ella decidiera si podía o no enamorarme.

Me levanté lentamente y miré a miss Arden a los ojos.

—No voy a ceder. Lo dejo.

Miss Arden asintió. Sus rasgos se endurecieron aún más.

—Abandonará el club de inmediato —dijo—. En tres días enviaré a la persona que la sustituya. Para entonces espero que usted ya no esté. ¡Y que Dios le asista si divulga algún secreto de mi empresa! Me aseguraré de que no vuelva a levantar cabeza.

Fruncí los labios. La cabeza me decía que era mejor irme ahora, pero el corazón me decía algo distinto. Y esta vez mi boca lo obedeció.

—Me da usted lástima —repliqué—. Puede que sacrificar a su marido y, con él, su matrimonio fuera una buena decisión. Pero en mi caso no es así. ¡No pienso estar tan sola como usted! Y tampoco hace falta que me amenace. ¡Soy una persona honrada y sé muy bien lo que debo o no debo hacer!

Me acerqué a la puerta con la cabeza bien alta y el paso firme.

—Mintió —musitó miss Arden a mi espalda.

—¿Cómo dice? —Me volví.

—Mister O'Connor dijo que había ido a visitar a un familiar. ¡Usted misma lo oyó!

Empecé a ruborizarme. Así pues, ¡lo había descubierto!

—Él se fue con usted, ¿verdad? —Una sonrisa glacial asomó en el rostro de Elizabeth Arden—. Y usted me lo ocultó.

—Entonces también debería haberme despedido a mí —repuse, abrí la puerta y salí al pasillo.

Una vez fuera, me apoyé en la pared pues las rodillas me flaqueaban. Al darme cuenta de lo que acababa de hacer, sentí un leve mareo.

Había montado el club de belleza de miss Arden. Si este ahora se convertía en un éxito sería gracias a mi trabajo. Ahora, sin embargo, otra persona tomaría las riendas. Otra persona se llevaría el mérito.

Noté una náusea en mi interior. Me sentía engañada y utilizada.

Pero no podía trabajar para una mujer que no me permitía tener una relación. Todas las personas anhelaban ser felices, y yo no iba a ser una excepción. No estaba dispuesta a renunciar a Darren.

En cuanto hube recuperado un poco la compostura, me enderecé y recorrí el pasillo. Por última vez. Cuanto más avanzaba, más aumentaba la sensación de haberme librado de una carga pesada.

Aunque me gustaba trabajar en el club de belleza, eso no era lo que quería hacer. Miss Arden no me había trasladado a

París, ni había considerado tampoco la posibilidad de permitirme volver a trabajar donde más me habría gustado: el laboratorio. Tal vez ahora tendría la ocasión.

Pasé por delante de la secretaria con una sonrisa, abandoné la oficina y tomé el ascensor por última vez.

Media hora después, salí del metro y me dispuse a buscar la dirección de Darren. Tuve la misma sensación que años atrás, cuando me vi andando por Berlín poco después de que mi embarazo se conociera y mi padre me hubiera echado de casa. O cuando regresé a casa procedente de la fábrica de madame Rubinstein después de haber sido despedida.

La diferencia era que en esta ocasión yo había decidido marcharme.

Las rodillas aún me flaqueaban, el cuerpo me temblaba y la confusión se agitaba en mi mente. Al mismo tiempo me sentía eufórica, como si hubiera tomado alguna droga. Me había enfrentado a miss Arden. Y, aunque había perdido, en esa ocasión no sería yo la que se disculpara.

Era la primera vez que visitaba a Darren en Nueva York. En su momento, cuando iniciamos nuestra relación años atrás, él siempre me pasaba a recoger. Jamás habíamos ido a su casa porque él temía que yo me llevara una impresión equivocada de él. «Un hombre decente no invita a una señorita a su apartamento; podría pensar que él pretende abordarla de forma deshonesta», había comentado en una ocasión con un guiño durante una salida de fin de semana.

Darren vivía cerca de Central Park y, al parecer, desde su ventana se podía ver esa amplia explanada verde, el pulmón de Nueva York. Al cabo de un rato, localicé el edificio. Su estilo era el propio de principios del siglo XIX. La fachada, de color óxido, presentaba algunos desprendimientos de pintura y parecía un poco venido a menos.

Subí los escalones, llamé al timbre y di un paso atrás. Darren debía de estar en casa, a menos que hubiera conseguido ya una entrevista de trabajo.

¿Qué diría al ver que me presentaba en su piso? ¿Y cuando le diera la noticia?

Sobre mi cabeza alguien levantó una hoja de ventana.

—¿Sophia?

Levanté la vista hacia un lado. El sol me deslumbraba así que tuve que protegerme los ojos con la mano, pero pude verlo. Parecía confundido, casi adormilado. Tenía el pelo revuelto, y, si la vista no me engañaba, llevaba una bata sobre los hombros.

—¿Puedo entrar? —pregunté.

—¡Por supuesto! —dijo—. Un momento.

Dicho eso, volvió a desparecer en el interior de la habitación. El «momento» se prolongó unos minutos, pero al final oí unos pasos en la escalera.

La puerta se abrió. Darren ahora estaba peinado y llevaba una camisa de cuadros que se había metido de manera descuidada en los pantalones.

—Hola —dijo al verme—. ¿Qué ha ocurrido? ¿Qué haces en Nueva York? Creía que hablaríamos por teléfono.

—Bueno, pensé en venir a verte en persona. —Mi sonrisa parecía algo forzada—. Tengo que contarte algo.

Abrió los ojos.

—No estarás rompiendo conmigo, ¿verdad?

Lo miré perpleja. ¿De verdad temía tal cosa?

Negué con la cabeza.

—No, contigo, no. Pero sí con miss Arden.

—¡No! —exclamó—. ¡No puedes...! ¡Es tu carrera!

—Subamos y te lo cuento.

Darren asintió y me dejó pasar. Subimos en silencio por la escalera estrecha y entramos en su piso.

A menudo había imaginado cómo podía ser ese lugar. En ese momento entendí por qué no le había importado el estilo espartano de su habitación en la delegación alemana de Arden. También su piso estaba amueblado de forma austera. Constaba de dos estancias y una cocina y se notaba que no había estado habitado en mucho tiempo. Por otra parte, Darren parecía haber ido perdiendo la ropa por la casa. Tenía la americana sobre una silla, y la maleta a medio deshacer en el centro del salón.

—Disculpa, no esperaba visitas femeninas —dijo apartando rápidamente la maleta. Sobre el sofá gris, descubrí los rollos con sus bocetos.

Darren apartó los rollos y me acompañó al sofá.

—¿Puedo ofrecerte algo? Me temo que solo tengo té.

—Primero siéntate —dije tendiendo la mano hacia él. Él me la agarró y tomó asiento.

—Bien, pues he ido a ver a miss Arden —comencé a explicarle—, y le he pedido que te volviera a dar el trabajo.

—Y ella no ha querido.

Darren dejó oír una risa amarga y se pasó la mano por el pelo.

—No, pero tenías razón. Lo único que quería es que yo no me casara. Y eso a mí no me ha parecido aceptable.

Le conté entonces cómo había ido la conversación.

Darren sacudió la cabeza con tristeza.

—No deberías haberlo hecho. Yo... ya encontraré algo.

—Estoy convencida de ello. Pero no quiero trabajar para una mujer incapaz de aceptar que sus empleadas tienen necesidades. Miss Hodgson, ¿te acuerdas?

—Sí, fue tu primera jefa en el salón.

—Sin duda hay un buen motivo por el que sigue soltera. Y no es porque los hombres no la quieran, sino porque es lo que miss Arden le exige o espera de ella. Yo no quiero eso para mí. —Acerqué su mano a mi pecho para que sintiera los latidos de mi corazón—. Quiero ser una mujer casada. No estoy dispuesta a dedicar toda mi vida a una jefa que evidentemente no tiene ni idea de lo que es el amor. Madame no era muy diferente en ese sentido.

De no ser porque ambas son rivales, seguramente se entenderían a la perfección.

—Sophia...

Negué con la cabeza.

—No. Está bien como está. He tomado la decisión correcta. Y no quiero darle más vueltas. Miss Arden volvió a ponerte en mi vida. Eso no habría ocurrido si yo no hubiera trabajado para ella. Aunque me ha decepcionado en otros aspectos, eso debo reconocérselo.

Miré a Darren. Su cabello peinado, el leve cansancio en torno a sus ojos, esos labios sensuales. Sentí que estallaba de amor por él.

—¿Me aceptarías como esposa? —me oí preguntarle.

—Pero... creí que querías una propuesta de matrimonio como es debido, con anillo y...

Lo besé.

—El anillo me trae sin cuidado. La pregunta es si tú me quieres tanto como yo a ti.

—Sí —respondió tomándome entre sus brazos—. ¡Te quiero a ti y a nadie más!

52

Entonces, ¿se marcha usted de verdad? —preguntó Peg con tristeza cuando, tras dejar la maleta en la cocina me dirigí a la mesa para tomar mi último desayuno en Maine Chance. Lo había preparado todo con esmero. En el lugar donde solía sentarme había cubiertos y delante había colocado una pequeña cesta con panecillos. Se había acostumbrado a prepararme un desayuno «alemán». Con el tiempo, los panecillos se habían vuelto cada vez mejores y la mermelada que hacía era simplemente divina.

En ese momento Peg estaba junto a los fogones y horneaba tortitas con su mejor sartén.

—No me queda otra, Peg —dije—. Dimití, ¿lo ha olvidado ya?

—Las dimisiones siempre se pueden anular.

—Esta no. —Me dejé caer en el banco de la cocina, cerré los ojos y respiré el aroma a azúcar y mantequilla—. Miss Arden no tenía por qué aceptarla. Pero lo hizo, así que no hay vuelta atrás.

Peg se apartó de los fogones, se volvió hacia mí y me miró.

—Usted ha hecho tanto por esta casa. No me cabe en la cabeza.

Suspiré profundamente. En su momento le había contado a Kate muchas cosas sobre mí, incluso le había hablado de Darren. Con Peg no había sido así.

—Abogué a favor de mister O'Connor porque opino que presentó unos buenos bocetos. Miss Arden tenía otros motivos para despedirlo. Y por eso tampoco puedo quedarme aquí por más tiempo.

—Usted lo ama, ¿verdad?

Asentí.

—Sí, así es. Pero eso no tiene nada que ver con su trabajo. No puedo trabajar para una jefa incapaz de separar la vida privada de la profesional. La que tiene problemas con eso no soy yo, es miss Arden.

Peg frunció los labios. Yo entendía que quisiera seguir siendo leal a su jefa. Y tampoco le podía exigir que estuviera de acuerdo conmigo. Era mi decisión.

Desayuné en silencio buena parte del tiempo, mientras notaba que Peg estaba a punto de echarse a llorar. Por suerte, Ella y Mindy aún no habían llegado. Les había dejado una tarjetita porque el tren partía muy pronto y no quería perderlo.

—Gracias por todo, Peg —dije al despedirme de ella—. Tal vez algún día venga usted a visitarme a Nueva York.

Peg esbozó una media sonrisa.

—A ver cuándo me podré escapar de los fogones. Esto quedará muy vacío sin usted, miss Krohn.

—Muy pronto no será así —respondí con una sonrisa triste—. En breve estará aquí una nueva directora y las clientas. Y entonces irá todo a pedir de boca.

Peg asintió y me abrazó.

—Adiós, miss Krohn. Nunca la olvidaré.

—Yo a usted tampoco, Peg.

Dicho esto, cogí la maleta y abandoné la casa. El príncipe Kader Guirey se había ofrecido a acompañarme en coche a la estación y yo había aceptado su ofrecimiento de buen grado.

El andén estaba vacío, excepto por el anciano guardavía. Era el mismo que cuando llegué. Con el paso del tiempo, cada vez menos viajeros hacían uso de la estación y el empleado pasaba el tiempo atendiendo un pequeño jardín que había detrás del edificio, en el que se encontraba también su vivienda.

Sopesé por un momento entablar una conversación con él. Nos habíamos visto muchas veces, pero nunca habíamos hablado. ¿Cómo era posible?

El motivo era evidente. Siempre que había acudido a la estación tenía la mente puesta en lo que iba a hacer. Tenía la mente ocupada en Maine Chance y no me daba cuenta de lo que me rodeaba. Tal vez eso había sido un error.

Sin embargo, al cabo de un rato decidí tomar asiento en el pequeño banco del andén.

El canto de los grillos me retumbaba en los oídos. Las briznas de hierba junto al terraplén se mecían suavemente con el viento.

¿Cómo iba a ser mi vida a partir de ahora?

Me pregunté si madame Rubinstein me volvería a dar otra oportunidad. ¿O tal vez había llegado el momento de probar algo nuevo? Dirigí la mirada hacia mi maletín de química, que había permanecido tanto tiempo sin usar. Trabajar con miss Arden me había enseñado muchas cosas, había adquirido experiencia y ahora sabía mejor cómo funcionaba un negocio. ¿Podía ya arriesgarme a cumplir mi sueño?

Un silbido estridente me sacó de mis cavilaciones. El tren se aproximaba. Al principio solo vi el humo saliendo de la chimenea de la locomotora, pero luego noté el suelo vibrando bajo mis pies mientras aquel pesado armatoste rodaba sobre las vías y por fin se detenía ante mí. Mientras se apeaban unos pocos pasajeros, me volví y miré atrás. Luego me subí al vagón.

En Nueva York me recibió un sol radiante. También esta vez tomé el metro y crucé Central Park, donde las niñeras empujaban los cochecitos con los hijos de sus señores. En los bancos, varios caballeros mayores estaban sentados leyendo el periódico. Los niños alborotaban bajo la atenta mirada de sus madres.

Anduve por los caminos a paso ligero hasta que por fin llegué a casa de Darren. La ventana sobre su piso estaba abierta y la música podía oírse desde la calle. Los pájaros trinaban. Pulsé sonriendo el botón del timbre. En lugar de activar la cerradura para abrirme, Darren apareció junto a la puerta igual que había hecho días atrás. Sin embargo, esta vez no parecía recién salido de la cama. Llevaba una camisa de color azul claro y pantalones oscuros, y daba la impresión de ir a ver a un cliente.

—Ya estás aquí —dijo, atrayéndome hacia él y besándome.

—Ya estoy aquí —repuse—. Y no tengo ninguna intención de marcharme.

53

Al cabo de un mes, tras una noche de calor asfixiante, me encontraba de pie frente a la ventana y contemplaba cómo el sol deslizaba sus primeros rayos sobre los árboles de Central Park. Estaba inquieta. No tener nada que hacer me destrozaba los nervios. Sentía una gran urgencia de actuar. La pregunta era: ¿dónde? Se suponía que tenía todas las opciones posibles y, en cambio, estaba indecisa. La única certeza era que pronto sería mistress O'Connor.

Por fortuna, Darren no había necesitado buscar mucho para encontrar un nuevo trabajo. Una empresa de alimentación le había ofrecido encargarse del nuevo diseño de sus envases. En los últimos tiempos, había mucha competencia en el mercado y habían sufrido pérdidas en los ingresos. El cometido de Darren era rescatarla. Yo tenía la certeza de que lo conseguiría.

—Podría preguntar si necesitan una química —había propuesto él, pero negué con la cabeza. No sabía nada de alimentación. Y probablemente para eso tenía que estar titulada.

De nuevo se me pasó por la cabeza si no sería bueno que terminara mis estudios. Tenía algo de dinero ahorrado. Y posiblemente Darren me apoyaría...

La puerta se abrió a mis espaldas. Oí el ruido familiar de Darren al andar. Al cabo de un instante estaba a mi lado. Noté su calidez y el olor de su loción de afeitar.

—Mira —dijo entregándome el periódico. Lo había abierto y doblado para que pudiera ver de inmediato el artículo.

«Elizabeth Arden inaugura el primer club de belleza del mundo», rezaba el titular.

Al instante se me quitaron las ganas de leerlo. Le devolví el periódico.

—No me interesa.

Darren asintió.

Me quedé pensando un momento y luego pregunté:

—¿Me ha mencionado? ¿Nos ha mencionado a alguno de los dos?

—No. Habla de su amiga Marbury y de ese tipo horrible, ¿cómo se llamaba..., Gaylor?

—Gayelord Hauser —le corregí—. ¿Habla de ese?

—Sí, de él y de su concepto nutricional. Además, le dice al periodista que Rue Carpenter se encargó del diseño y del interiorismo.

—Pero pasa por alto que miss Carpenter falleció hace años. Algunas de sus propuestas son de ella, pero muchas otras son mías.

Fruncí los labios. Me enojaba sentirme ignorada de ese modo. Y solo por haber reclamado el derecho a una vida privada.

Darren se acercó a mí y me abrazó.

—No le des más vueltas. Con tu experiencia, encontrarás un trabajo en cualquier sitio.

—En realidad, debería volver con madame. Se rumorea que tanteó a Thomas Jenkins, pero él lo tiene prohibido.

—Puedes estar contenta de que a ti miss Arden no te impidiera trabajar durante cinco años. ¿Por qué él accedió a algo así?

—Quizá era la condición a cambio del dinero que recibió. Quién sabe.

Sentí que me enfurecía.

—Bueno, vamos a desayunar primero y luego ya veremos.

Darren me tomó de la mano y me llevó a la cocina.

El aire se impregnó del olor a beicon y huevos fritos. Cuando Darren preparaba el desayuno, solía haber comida contundente, como patatas fritas. Al principio me había costado acostumbrarme a ello.

—¿No hay copos de maíz? —bromeé. Para entonces, su trabajo consistía en diseñar envases para ese producto.

—El jefe de la empresa me ha prometido un año de suministro gratuito si mis diseños aumentaban las ventas.

—En ese caso, vamos a tener que acostumbrarnos a comer eso también.

No estaba segura de que la idea me gustara. Por otra parte, tenía la sensación de que gracias al desayuno americano de Darren había engordado ya unos cuantos kilos.

—Si no, se los regalamos a los vecinos. Mister Harrison dijo que a sus hijos esos copos les vuelven locos. —Me miró—. O los guardamos para nuestros propios hijos.

—No creo que duren tanto como para que nuestros hijos también los coman.

Me gustaba mucho la idea de tener otro hijo con Darren. Pero hasta el momento aún no me había quedado embarazada.

—¿Por qué no? Es un producto seco, seguro que se conserva mucho tiempo.

Soltó una carcajada, me besó y me sentó en su regazo.

—Deberíamos ir pensando en cuándo vamos a anunciar nuestro compromiso —dijo—. Estoy seguro de que a algunos amigos míos les encantará asistir a la celebración.

Aquellas palabras me dolieron un poco. Me hacía mucha ilusión casarme, pero ¿quién estaría sentado en mi lado en la iglesia? Sin duda Ray aceptaría la invitación. En cuanto a Henny..., seguro que no aparecería. ¿Quién me quedaba? Kate, tal vez, y Peg también vendría siempre que miss Arden le diera permiso. Tal vez también Ella y Mindy, las criadas, aunque dudaba de que la nueva directora de la casa les permitiera ausentarse.

—Tengo ganas de conocer a tus amigos —dije sonriendo—. ¿Y si ponemos el anuncio en la prensa esta semana y fijamos la celebración para finales de agosto? Si hace buen tiempo, podríamos celebrarlo en el exterior.

Darren sonrió, se inclinó hacia mí y me besó.

—Me haces feliz, ¿lo sabes?

—¡Y tú a mí! —respondí.

Justo entonces sonó el timbre de la puerta.

Enarqué las cejas.

—¿Esperas a alguien?

Él negó con la cabeza.

—¿Y tú?

—No.

Me levanté y abandoné la cocina.

Aunque había pasado mucho tiempo, seguía esperando una carta de monsieur Martin. Tal vez él se había olvidado de mí, pero yo seguía confiando, aunque fuera poco probable, en que él daría con una pista.

Me acerqué a la puerta y la abrí. Por un instante pude vislumbrar la presencia de una persona de aspecto harapiento que acto seguido cayó en mis brazos.

—¡Darren! —grité mientras intentaba evitar que la persona me hiciera perder el equilibrio con su peso. Sin embargo, no lo conseguí y acabé también en el suelo. Fue entonces cuando le vi el rostro.

—¿Henny?

Al instante siguiente Darren corrió hacia mí y me apartó el cuerpo de encima.

—¿Quién es? —preguntó.

—¡Mi amiga! —dije presa del pánico mientras me arrastraba hacia ella. Tenía unas arrugas profundas en las mejillas y llevaba el pelo desgreñado y sucio. Su ropa desprendía un hedor indecible. Daba la impresión de haber pasado noches al raso.

—¡Henny! —volví a gritar sacudiéndola suavemente. Tenía los ojos cerrados, al parecer se había desmayado—. ¡Llama a un médico! —le grité a Darren.

Él se apresuró hacia el teléfono. Mientras tanto, intenté que Henny volviera en sí. Le acaricié suavemente las mejillas, pero ella no se movió. Se me llenaron los ojos de lágrimas. Me alegraba verla, pero ¿qué le pasaba?

—¿Henny? —dije hablándole en voz baja—. ¿Me oyes? ¡Abre los ojos, Henny, te lo ruego!

Sollocé. ¿Cómo había llegado hasta ahí? ¿Cómo había averiguado la dirección de Darren? Me sequé los ojos y la sacudí. ¿Respiraba aún?

Al poco, Darren volvió a aparecer en el recibidor.

—El doctor Epstein estará aquí en un momento. Le he dicho que se diera prisa.

—Bien.

Me sorbí la nariz y cogí a Henny de la mano. Ella, que siempre había llevado las uñas muy pulcras, ahora las tenía mordidas y descuidadas. Nunca antes la había visto así.

Al instante siguiente dejó oír un gemido débil.

—¿Henny? —intenté de nuevo. Esta vez abrió los ojos—. ¿Me oyes? —seguí preguntando—. ¿Me puedes ver?

Sus labios agrietados se movieron, pero parecía estar demasiado débil para decir algo.

—¡Henny, por favor, mantén los ojos abiertos! —exclamé mientras sus párpados se le cerraban—. Hemos avisado al médico, él se ocupará de ti, ¿de acuerdo? —Me incliné sobre ella y le besé la frente—. ¡Todo irá bien!

Llegó un coche. Unos chirridos de frenos y una puerta cerrándose de golpe. Darren se levantó y abrió la puerta de la entrada. Un instante después, apareció el médico. Era un hombre calvo que llevaba unas pequeñas gafas de níquel. Con su traje de color beis y su camisa blanca me hizo pensar en un explorador de los trópicos. Solo le faltaba el cazamariposas. Aparté de mí esa idea tan fuera de lugar, y volví la vista hacia Henny, que intentaba hacerme caso y mantener los ojos abiertos. Saltaba a la vista que cada vez le resultaba más difícil.

—Soy el doctor Epstein —se presentó el hombre mientras se ponía en cuclillas junto a nosotras y abría el maletín—. ¿Qué le pasa a la paciente?

—Se me ha caído encima —expliqué sintiendo cómo un sollozo me trepaba por la garganta—. Es... amiga mía. Debe de haber hecho un largo camino hasta aquí. Y... —Vacilé y bajé la vista a Henny. Tal vez me oiría. Pero lo que debía decir era importante. Para salvarle la vida, no podía guardármelo para mí.

—Durante un tiempo fue... adicta al opio. No sé si aún lo es.

Acaricié la frente de Henny. Tenía la mirada perdida y seguía adormilada.

—Está bien, yo me encargo —dijo el médico haciéndome un gesto para que me retirara.

Vi cómo le abría los párpados y le comprobaba el pulso. A continuación, sacó un estetoscopio del bolsillo y le desabrochó la ropa. Al verle los huesos y la piel sucia que escondía, tuve que apartar la vista horrorizada.

Darren me pasó el brazo por los hombros.

—Todo irá bien —me susurró. Es lo que quería creer con toda el alma y me recliné en él.

—Su amiga está gravemente deshidratada y desnutrida —explicó el médico—. Además, tiene fiebre. ¿Tienen modo de llevarla hasta el hospital?

—Sí —respondió Darren, sin vacilar—. Tengo coche.

—Bueno. Si me lo permiten, los llamaré y les informaré para que les esperen. Y luego le ayudaré a meterla en el vehículo.

—¿Acaso le pasa algo más? Esa fiebre debe tener alguna causa.

Mi corazón latía desbocado. ¡Después de tanto tiempo Henny volvía a estar conmigo! ¡No estaba dispuesta a perderla otra vez!

—Eso es algo que mis colegas del hospital tendrán que ver. No tiene pinta de ser neumonía, pero, sí, lleva usted razón, esa fiebre ha de tener una causa.

Darren acompañó al médico al teléfono y luego salió de casa para ir a buscar el coche, que tenía aparcado unas calles más allá. Me puse en cuclillas junto a mi amiga.

—Henny, ¿cómo has llegado hasta aquí? —pregunté acariciándole el pelo. No me respondió.

Darren apareció, y él y el doctor Epstein colocaron a Henny en el coche. La tumbaron en el asiento trasero, y yo me senté junto a ella. Parecía estar peor, para entonces tenía los ojos cerrados.

El miedo me oprimía la garganta. ¿Y si moría? Las lágrimas me rodaban por las mejillas, pero me apresuré a secármelas. Cuando yo me presenté en su casa, muerta de frío y repudiada de casa, Henny se mostró fuerte por mí. Ahora yo lo sería por ella.

Darren se despidió rápidamente del doctor Epstein y se puso al volante. A continuación, el motor se encendió con un rugido.

Mientras atravesábamos el tráfico, apoyé la cabeza de Henny en mi regazo. Ignoré el olor agrio que desprendía y que era señal inequívoca de que hacía tiempo que no dormía en una cama de verdad. Tenía miles de preguntas en la cabeza. ¿Cómo había llegado a Estados Unidos? ¿Por qué no me había escrito? ¿Acaso su compañía había actuado en Nueva York, y ella había huido aquí de Jouelle?

Era consciente de que, si en su momento ella no me hubiera acogido, yo habría sucumbido en cualquier sitio en una miseria similar. Pero ¿por qué la situación había llegado tan lejos?

Darren aparcó delante de la puerta de urgencias.

—Espera aquí, entraré a avisar —dijo apeándose.

Yo me volví de nuevo hacia ella.

—¿Henny? ¿Me oyes? —pregunté, pero ella no respondió.

A los pocos instantes, dos enfermeros se acercaron rápidamente al coche con una camilla. Me bajé y vi cómo sacaban a mi amiga del asiento trasero. De nuevo el temor me mordió el estómago de forma voraz. Me habría gustado gritar a los sanitarios que fueran más rápido, pero me contuve. Esos hombres hacían lo que podían. Mi desesperación solo lograría impedir que cumplieran con su trabajo.

Instantes después Henny fue conducida al interior. Yo la seguí. Ya en el pasillo me encontré a un médico. Era un hombre con canas en las sienes y barba gris. La bata le apretaba un poco por la zona de su pequeña barriga.

Daba la impresión de que estaba esperando la llegada de Henny, porque se inclinó al momento sobre ella.

—Se lo ruego, doctor —dije asustada—. Me llamo Sophia Krohn. Ella es mi amiga, Henny Wegstein. Durante un tiempo ella... ha sido consumidora de opio, pero no sé si es por eso que...

—Por favor, cálmese, miss Krohn— dijo el hombre—. Soy el doctor Miller. Yo me ocuparé de su amiga. Usted solo tiene que contarme lo ocurrido.

Se lo expliqué mientras él empezaba a examinar a Henny.

—Llévenla a la sala de curas —ordenó a los camilleros. Luego se volvió hacia mí—. Por favor, tenga un poco de paciencia. Haré cuanto esté en mi mano.

Mientras desaparecían en la sala de urgencias, Darren se acercó a mí.

—¿Cómo es posible? —pregunté asombrada—. ¿Cómo ha dado conmigo?

—Sea como sea, aquí la tienes —dijo él—. Esperemos que los médicos la curen. —Me besó en la cabeza y me preguntó—: ¿Volvemos a casa?

Negué con la cabeza.

—No. Quiero esperar a que el médico nos diga algo.

—Pero ha advertido que puede llevar un tiempo.

—Esperaremos —insistí con suavidad, pero con firmeza. A continuación, me acerqué a uno de los bancos de madera que había en un lado.

Me pasé todo el día sobre ascuas. Los pacientes pasaban tumbados en camillas a nuestro lado o se iban por su propio pie más tarde. El hospital bullía de actividad como un hormiguero.

Con el paso de las horas, el ambiente se volvió un poco más tranquilo.

Tenía la sensación de que mi cuerpo era de plomo. Me habría gustado dormir un poco, pero mi cabeza no descansaba. Cuando por fin logré dormitar un poco junto a Darren alguien se nos acercó. Di un respingo al vislumbrar una bata blanca.

Aquel no era el médico que había ingresado a Henny. Era un hombre bastante joven, con el pelo rubio muy bien peinado hacia atrás y fijado con gomina. En la nariz llevaba unas modernas gafas de carey.

—¿Miss Krohn? —preguntó con una expresión grave.

Me levanté como movida por un resorte.

—Sí, soy yo.

—Soy el doctor Jackson. Miss Wegstein me ha dado permiso para informarla.

¡Eso significaba que seguía viva!

—¿Cómo está? ¿Está consciente? —Las palabras me salieron disparadas de la boca, como balas.

—Se despertó un momento y estaba orientada. De todos modos, la he vuelto a dormir. Está débil y completamente extenuada. Por otra parte, su adicción ha causado estragos en ella. Su corazón no late como debería.

Me llevé la mano a la boca, horrorizada. Noté que las lágrimas me humedecían el dorso de la mano.

—¿Se recuperará? —preguntó Darren.

—Eso esperamos. Pero con ella debemos ser prudentes. Lo mejor es que se marche a casa con su esposa. Les informaremos en cuanto tengamos más noticias.

—Gracias —oí decir a Darren. Luego el médico se despidió. Yo era incapaz de hacer o decir algo.

—¿Lo has oído? —preguntó Darren pasándome el brazo sobre el hombro—. La curarán. Seguro.

¡Cómo me habría gustado creerle! Pero las palabras del médico me tenían muy preocupada. ¿Y si su corazón cansado le fallaba? ¿Y si moría?

—Vamos, cariño —dijo Darren besándome en la sien—. Mañana todo será distinto.

Asentí con la cabeza y dejé que me sacara del hospital. El espanto se había apoderado de mis extremidades y solo remitió un poco cuando nos dirigimos a la casa de Darren.

—Todo saldrá bien —susurró antes de besarme—. Te lo prometo.

Asentí y deseé que estuviera en lo cierto.

El médico nos había asegurado que nos llamaría en caso de que hubiera algún cambio. Pero eso no calmaba mi desazón. Henny... ¿Cómo había llegado hasta ahí?

Lo único positivo era que se había librado de Jouelle. ¿Acaso la había abandonado? ¿O tal vez ella había hecho acopio de todos sus ahorros y se había marchado a Estados Unidos para reunirse conmigo?

Pero ¿por qué no me había escrito? La habría recibido con los brazos abiertos. No, más que eso, le habría pagado el billete de buen grado.

Darren notó mi inquietud. Levantó la mano derecha del volante y acarició la mía.

—Se recuperará. Lo sé. No ha venido hasta aquí para darse ahora por vencida.

Asentí.

¡Cómo ansiaba creerle! Pero el miedo me había calado muy hondo y había bloqueado cualquier atisbo de esperanza.

—Estoy seguro de que mañana se encontrará mejor —añadió Darren, volviendo a poner la mano en el volante—. Quizá lo único que necesita es comer bien y beber. Los médicos harán todo lo que esté en su mano por ella.

Al entrar en el piso, sonó el teléfono. ¿Era el hospital? Aún era pronto para tener noticias. A menos que...

Darren y yo intercambiamos una breve mirada, y luego corrí a responder. Descolgué el auricular sin aliento, con el corazón agitado como si hubiera hecho una carrera de resistencia.

—¿Miss Krohn? —preguntó una voz de mujer que me resultaba muy familiar.

—¿Peg? —pregunté sorprendida—. ¿Cómo...? ¿De dónde ha sacado este número?

—Lo siento, no quería molestar —respondió algo nerviosa—. He encontrado este número en una tarjeta de visita que mister O'Connor olvidó aquí. Ayer vino una mujer, Henny Wegstein, o algo parecido. Tenía muy mal aspecto y parecía enferma. Preguntó por usted. Le dije que ya no vivía aquí. De hecho, quise mandarla a paseo, pero ella me rogó que le diera sus nuevas señas. Espero que no la haya molestado. Tengo remordimientos.

—Hizo usted bien —respondí—. Es una conocida mía... Hace un rato... ha llegado... y todo está bien.

—¿De verdad? —preguntó Peg inquieta.

—Sí —respondí. No quise contarle que Henny se había desmayado en casa y que ahora estaba en el hospital.

—Además, recibimos una carta de un tal mister Martin de París —continuó diciendo—. La llevé a correos hace dos días. Seguramente hoy mismo la recibirá. ¡Oh! ¡Ojalá estuviera usted aquí! ¡Habría sido una directora estupenda!

Aunque esas palabras me reconfortaron, también me entristecieron. ¿Acaso me había equivocado? Volví la vista hacia Darren. No. Aquel era el hombre que amaba.

—Muchas gracias, Peg —dije—. No deje nunca de ser tan buena persona como es.

—Lo mismo digo, miss Krohn. A ver si nos volvemos a ver.

—Eso espero —respondí y a continuación me despedí.

—¿Quién era? —preguntó Darren cuando entré en el salón.

—Peg, del club de belleza.

—¡Qué bien! —Darren sonrió—. Adoraba su estofado.

—Me ha dicho que Henny estuvo allí preguntando por mí. Además, llegó una carta del detective. La puso en el correo. Tal vez llegue hoy.

Darren miró la hora.

—El cartero debería pasar por aquí hacia el mediodía.

Me tomó entre sus brazos, me besó y me abrazó, y me sostuvo así un buen rato. Su cercanía me infundió confianza y aplacó un poco las preocupaciones que parecían quemarme por dentro.

El cartero, en efecto, trajo al mediodía la ansiada carta. La abrí estando aún en el vestíbulo y saqué el escrito.

> Chère *mademoiselle Krohn:*
> *Me complace informarle acerca de su amiga mademoiselle Wegstein. Hace unos días vino a verme. Estaba muy alterada y me rogó que la protegiera de monsieur Jouelle. Aunque no entró en detalles, parece que ya no está con él. Me pidió que la ayudara a reservar un pasaje en barco, algo a lo que yo, cómo no, accedí gustoso.*
>
> *En estos tiempos de locura son muchos los que intentan llegar al Nuevo Mundo, pero conozco a un hombre que me debía un favor desde hacía mucho*

tiempo. Pues bien, él no solo consiguió una plaza en el barco para su amiga, sino que además le pagó la travesía. Espero que esta carta llegue antes que ella.

Les deseo lo mejor a ambas y tenga usted por seguro que, si doy con alguna información nueva sobre su hijo, me pondré en contacto con usted.

Saludos cordiales,
LUC MARTIN

Bajé la mano que sostenía la carta. ¡No sabía cómo darle las gracias a monsieur Martin y a ese benefactor desconocido!

—¿Qué dice? —preguntó Darren poniéndose tras de mí y tomándome suavemente por la cintura. Su calor en mi espalda me envolvió como un manto reconfortante.

—Henny fue a verlo. Ha dejado a ese Jouelle y un amigo de monsieur Martin le pagó el pasaje.

—Supongo que eso son buenas noticias.

—Sí, desde luego. —Me giré y lo miré—. Cuando se encuentre mejor ¿te importaría tenerla en casa con nosotros? ¿Al menos al principio? En su momento hizo tanto por mí... Sin ella no sé dónde habría acabado.

Darren asintió.

—La tendremos en casa. Luego preguntaré por ahí si alguien le puede encontrar un sitio donde vivir. Seguro que querrá disponer de su propio espacio.

—Seguro.

De nuevo las lágrimas acudieron a mis ojos, aunque esta vez de pura emoción. Si bien por el momento todo parecía incierto, me permití mirar un poco hacia el futuro. Pensé en Henny y me dije que, cuando nos casásemos, ella podría ser nuestra dama de honor. Quizá su llegada auguraba que a partir de ahora las cosas irían mejor.